中國古典文學中的

婦女文化地位及形象研究

陳瑞芬——

著

目次

輯一

詩詞

由《詩經》〈國風〉探究周朝婦女的角色定位

壹、前言

　　《詩經》是中國最早的一部詩歌總集，也是北方文學的代表作。孔子說：「詩三百，一言以蔽之，曰思無邪。」^{（註一）}特別強調《詩經》內容的純正無邪，是以教化人民，陶冶氣質為主。又說：「興於詩，立於禮，成於樂。」^{（註二）}詩的產生，本為作者發自心靈的情感表達，所以能興發人好善惡惡的心，明辨是非，通曉事理，進而激發人的意志。禮節可以端正人的行為，使人舉手投足間，行住坐臥時，有所節度，有所依循。雖為舊詞卻著實富有真意，放眼環視今日社會百態，果不其然。有因失禮法而敗德亂行的不幸事件，屢見不鮮，有因貪得暴利而家破人亡的慘狀，層出不窮。此外，孔子認為音樂的功能，可以使人培養完美的品格，消弭暴戾之氣，化干戈而為玉帛。詩在先民流傳時，本為音樂性濃厚的歌謠，之後由於采詩之官的形諸於文字，才融鑄而成音樂、舞蹈與文字的三合一混合藝術。我們知道，早期先民受教育的機會極為有限，《詩經》中的民謠多半是一般平民的生活寫照和精神傳達。因此可以了解他們最早是以一種民歌傳唱的方式來表現，所以有音調、有唱詞，甚至興味意濃時，更加以舞蹈來配合，藉此充分抒發胸中情懷，展現出生活愜意的一面來。所以詩大序說：「情動於中而形於言，言之不足，故嗟歎之；嗟歎之不足，故永歌之；永歌之不足，不知手之舞之，足之蹈之也。」^{（註三）}可以說是詩作起源的最佳註腳。

　　詩在先民的生活中，既是文字、音樂、舞蹈的混合體，必然反映出一般百姓的生活型態，尤以男女感情為題的詩篇居多；而人民對於時政得失的感慨，自然也反映在生活的滿意度上。所以〈漢書藝文志〉說出《詩經》的成因為：「古有采詩之官，王者所以觀風俗，知得失，自考正也。」^{（註四）}又〈禮記王制篇〉也說：「命太師陳詩以觀民風。」^{（註五）}由此可知，古代君王由一般民間歌謠而採得一些訊

息，以了解民生疾苦與需求，這是古代資訊不發達的社會裡，一種得以為民喉舌的管道，也可說是君民之間溝通的一種橋梁。孔子認為《詩經》有它不可磨滅的功能和價值，除了可以激發人的心志，還可藉此觀察時政的得失，〈魏風‧碩鼠〉就是一篇以大鼠比喻苛徵農稅的國君，像吸血蟲般剝蝕著人民的血汗，可見民生疾苦的一斑。所以百姓才會大呼「碩鼠碩鼠，無食我黍。」、「碩鼠碩鼠，無食我麥。」、「碩鼠碩鼠，無食我苗。」百姓在極端痛苦中，便會靜極思動，尋求樂土，以免在苛政之下，民不聊生。所以會說：「逝將去女，適彼樂土。樂土樂土，爰得我所」、「逝將去女，適彼樂國。樂國樂國，爰得我直。」、「逝將去女，適彼樂郊。樂郊樂郊，誰知永號。」以重複三次的強調敘述法表明人民心中的憤恨，更得到了「得民者昌、失民者亡」的明證。

　　《詩經》除了有政治上的功能，也有文藝上的情趣，它可以溝通大眾的情感，在作文學欣賞時，更可以舒展個人的幽怨情懷。此外，對個人的處事態度，應對進退、拓展個人的知識和見解，都有莫大的助益。所以《論語》中說：「小子，何莫學夫詩？詩可以興，可以觀，可以群，可以怨：邇之事父，遠之事君，多識於鳥獸草木之名。」[註六]又說：「人而不為〈周南〉、〈召南〉，其猶正牆面而立也歟！」[註七]強調《詩經》能明析我們的心靈，拓展我們的視野，豐富我們的常識。人們如果不加以研讀體會個中奧妙，就好比面對著牆壁站著，被生硬的牆所阻隔，既無法向前行，更不能看到任何事物，果真如《論語》所言，便是自我設限而不知善於運用知識來源了。

　　《詩經》既有如此重大的功能，有益人心、淨化社會，實為人人必讀的經典作品。詩經在成書之前，由采詩之官到各地蒐集民謠，共有三千多首，爾後由孔子刪定而為三百一十一首[註八]。在如此浩繁的眾詩篇中，爬羅剔抉而得此精粹之作，值得後世子孫，細加品味咀嚼其中真意。

　　《詩經》內容依性質分，為風、雅、頌三部分。風，是指民情風俗而言，以抒情筆調為主，搜羅共十五個諸侯國的民間歌謠；雅，多為燕享朝會公卿大夫之作，以抒情、敘事為主；而頌，則是祭祀頌神，或為祖先歌功頌德的樂章，以敘事為主。詩經以體裁分，為賦、比、興三類。賦，為鋪陳直敘法；比，為譬喻法，亦即假桑喻槐法，就是

以彼物比此物。興，為先言他物，再導入所歌詠的主題。依吟詠的內容分二部分，一為民間歌謠，以風詩為主；另一為貴族廟堂的樂歌，如祀神歌和主述先王功績聖德的歌。《詩經》內容文辭簡潔，代表了先民生活純樸與個性耿直的一面，又擅長使用重複強調法，更顯現出北方民族情意真切而意趣綿長的特質。

本篇探討主要以《詩經》〈國風〉為主幹，因為風詩為民間歌謠的代表，所以要探得先民生活一隅，捨國風而無由他途，所以全篇先由風詩分五部分，作詳細的文學鑑賞與分析。在此，不但為先民勾勒出他們的愛情進行曲，更為周代社會女性的角色，作一次統整性的整清。在女性意識式微的西周社會，事實上存在著諸多隱含的問題，困擾著女性，更束縛著她們；當然也存在不少生活愜意而無憂自在的幸運者。我們在情詩巡禮中，均將一一道來，將古代女子生活搬出檯面上，進行一次健康檢查，除作史實研究之外，更因此而對古代社會作了一番更詳細的了解，盼此作得以拋磚引玉，為日後撰寫周代以後婦女角色的前引。

貳、《詩經》〈國風〉情詩巡禮——周朝社會的愛情進行式

在十五國風一百六十篇中，有許多探討兩性關係的詩篇，有純情的，有俏皮的，也有哀怨的戀曲。在中國源遠流長的文字發展史中，情詩一直是詩園中最芬芳的花朵，特別是在民間歌謠中，愛情更是出現最多的題材。周朝時期人民純樸而多情的性格，在《詩經》〈國風〉中表現得非常突出，所以筆者在品味〈國風〉歌謠的同時，將情詩整理成五部份加以探討。第一、二節論述男女相交往時的情誼，為交友期會的戀歌與離別情愁的相思。第三、四節為有緣千里來相會的結婚之歌和婚後夫妻遠別的相思情。第五節為無緣對面不相逢的棄婦閨怨詩。此五部分大凡以男女婚前、婚後作一概分，以明晰〈國風〉情詩的梗概。

一、情竇初開，二小無猜——交友期會的戀歌

自古男女在情竇初開相交往的階段時，總有許多的期盼、思念、移

情作用與移愛心理展現。在〈國風・邶風・靜女〉中彤管、荑草之所以為男子珍視，乃是因為心愛女子所贈貼身物的緣故。諸如此類詩篇，尚有如〈召南・野有死麕〉中，男贈女獵物以為愛意的表現、〈鄘風・桑中〉女送男的離情依依、〈衛風・木瓜〉的男女互贈定情物、〈王風・丘中〉有麻的男贈女玉佩、〈鄭風・溱洧〉的男贈女勺藥花等。又魏晉時陶淵明〈閑情賦〉有「願在衣而為領」、「願在裳而為帶」、「願在髮而為澤」、「願在眉而為黛」等句；而北朝樂府〈折楊柳歌〉更有「腹中愁不樂，願作郎馬鞭。出入攬郎臂，蹀坐郎膝邊。」；南方民歌〈子夜歌〉有「理絲入殘機，何悟不成匹。」〈子夜四時歌〉有「春風復多情，吹我羅裳開。」、「乘風采芙蓉，夜夜得蓮子。」、「蘭房競妝飾，綺帳待雙情。」以「絲、思」、「蓮、憐」、「匹、配」同音異字的雙關語表現了男女情意的婉轉深重。到了晚唐李商隱的無題詩「昨夜星辰昨夜風，畫樓西畔桂堂東。身無彩鳳雙飛翼，心有靈犀一點通。」更加深男女心靈相通的款款情實。以下由國風部分選取九首較具代表性的詩，來分析其中所賦予的情意和文字奧妙處。

（一）〈邶風・靜女〉

> 靜女其姝，俟我于城隅。愛而不見，搔首踟躕。
> 靜女其孌，貽我彤管。彤管有煒，說懌女美。
> 自牧歸荑，洵美且異。匪女之為美，美女之貽。[註九]

　　這是一首男女相戀的情詩，全詩以男子的口吻來描寫，樸質而生動，充分展現情人眼裡出西施的移情作用。首章寫和一位美麗貞靜的女子，相約在城牆上，因為急切的思念，而窘態畢露，坐立難安，搔首徘徊，心神不寧，把戀愛中的期待，描寫得極為真實。二章寫文靜嫺雅的女孩將自己平日所用的針線盒，送給心愛的人。古代女子做女紅時，針線盒是必備的隨身物，女子將日日所用的縫衣用具送人，可見情意的深重。美好光亮的禮物和文靜秀氣的女孩相襯，使男子心生擁有兩者的歡喜。在禮法嚴謹的周朝，雖社會上的眼光，對女子有嚴格的尺度要求，但正值年輕的少女，自然也會有掙脫樊籬、享受愛情的遐思。這就是一首女孩奔放而與男子自由交往的詩。如此說來，早期社會女子似乎看不出有受壓抑拘束之處，但婚姻是長程的舞臺，並

非只有交友階段，因此這首詩或許是由於戀愛中男女多愉悅欣喜的事，而難以逆料婚後諸多問題和疑難所呈現出的滿心快意吧！三章寫女孩和男子自郊外踏青歸來，送男子一根初生的茅草，以表情意，似乎想藉著這嫩草，表達自己的純真情意，如初生的草般，正在萌芽滋長。草兒雖微不足道，但歷經風雨，卻未見變色的特質，也象徵著女子性情雖柔弱，但貞靜的心是亙古不變的。男子拿著這柔美的小草時，極為珍視，只因它是心愛的女孩所贈，而使他覺得一文不值的小草，是何等的不平凡啊！且看以往美國社會搖滾歌手，所造成的風靡盛況，如早期的貓王普里斯萊‧湯姆瓊斯，一直到近日來臺演唱的麥可傑克遜，造成千萬女性歌迷的痴狂，有的在他們演唱會中，撕去他們的一截衣角、袖子或抽走手帕、領帶等，則有如獲至寶的欣喜感；甚至有用自己手帕為偶像拭汗，而以此珍藏永不洗去，保留他們的指爪、香汗，以作為榮耀與難忘回憶的痕跡，真可謂痴狂到了極點，這都是我們所說的移情作品與移愛心理。

（二）〈召南‧野有死麕〉

> 野有死麕，白毛包之。有女懷春，吉士誘之。
> 林有樸樕，野有死鹿。白茅純束，有女如玉。
> 舒而脫脫兮，無感我帨兮，無使尨也吠。^{（註十）}

這是一首山野中男女相戀期會的詩。在這首展現先民純樸個性的詩中，可察覺到一種鮮活而自然的男女對話，沒有矯情和粉飾的真情流露。首章寫山野男子用非常原始的方式，來追求女子的歡心；以獵得麕這種像鹿的稀有野獸，然後用白茅草包裹，在相約時，獻給女孩，以此來表達傾慕愛意。二章是《詩經》善於表現的重複強調法，男子用野味來換得如玉少女的芳心，可以看出農業社會為中心的先民男子，對於物質生活的看重，將物質的重要性提升，而與愛情相提並論。這一點印證了現代人所說的愛情麵包論，可見先民早已體驗到貧賤夫妻百世哀的困境，才有此原始的求愛方式，希望讓女子得到物質生活的安全保障。三章寫古代鄉野女子的矜持，生活在山野平民百姓家的女子，雖有交友的自由，活潑可愛的個性，可得到盡情的發抒，但畢竟人言可畏，尤其女子，更不得不為自己名節而著想，所以三章

是以女子的口吻來答話，請追求的男士不要太心急，應保持君子風度，舉止更應有節，不要驚動保護女主人的狗，而使左右側目。寫得可說是極盡生動的能事，更表現了古代女子受禮教束縛的痕跡。

（三）〈鄘風 ‧ 桑中〉

爰采唐矣，沫之鄉矣。云誰之思，美孟姜矣。
期我乎桑中，要我乎上宮，送我乎淇之上矣。
爰采麥矣，沫之北矣。云誰之思，美孟弋矣。
期我乎桑中，要我乎上宮，送我乎淇之上矣。
爰采葑矣，沫之東矣。云誰之思，美孟庸矣。
期我乎桑中，要我乎上宮，送我乎淇之上矣。^{（註十一）}

　　這首詩從在衛國境內採女蘿草興起，其實本意是要和美麗的孟姜相約見面的。一、二、三章均為一唱三嘆的重複特性，可以看出此男子與女子相約欣喜萬分的感情。又先民的詩篇最早的面目為歌謠展現，有旋律的音調配合，雖三章都是同義，但因有音樂的配合，使全首不顯重複，反覺純樸而可愛。詩中所說的孟姜、孟弋、孟庸其實只是女子的代稱，而並非男主角為一心三用不衷情的浪蕩子，之所以會有三個不同名稱，是因為要避免歌辭的重複而有的變化。

（四）〈衛風 ‧ 木瓜〉

投我以木瓜，報之以瓊琚。匪報也，永以為好也。
投我以木桃，報之以瓊瑤。匪報也，永以為好也。
投我以木李，報之以瓊玖。匪報也，永以為好也。^{（註十二）}

　　這是男女互相餽贈禮品，以表達情意的一首詩，雙方互贈，一為實用的瓜果，一為珍藏的美玉，回贈的心意並非只是禮尚往來，而是希望此情意能長存到永遠，以此為定情物，期待日後可結為秦晉之好的深遠情意。

（五）〈王風 ‧ 丘中有麻〉

丘中有麻，彼留子嗟。彼留子嗟，將其來施施。

　　丘中有麥，彼留子國。彼留子國，將其來食。

　　丘中有李，彼留之子。彼留之子，貽我佩玖。^{（註十三）}

　　這首詩描寫鄉野男女相約而歡樂之情，徐行而來見面，二人有一次愉快的交遊，並享受了一頓美食，臨別時男子贈送女子玉佩，以作為信物，永結同心。

（六）〈鄭風・子衿〉

　　青青子衿，悠悠我心。縱我不往，子寧不嗣音？

　　青青子佩，悠悠我思。縱我不往，子寧不來？

　　挑兮達兮，在城闕兮，一日不見，如三月兮。^{（註十四）}

　　這是一首男女相悅，而女子思念男子的苦戀詩，一、二章寫女子思念那俊俏的帥哥，在一段時日交往過後，男子似乎熱度銳減，女子則心生難過之意。女主角為了維持自己的女性自尊，不便主動探求真象，但心中卻滿懷疑竇，不知是有意或無意地受到冷落，於是輾轉反側，難以成眠。在百思不得其解時，便上城樓遠眺；思念之深，一日不見，心中的煎熬，卻有如期待了三個月之久一般，可見古代女子的內心世界，仍是柔軟的。唯恐他人閒言閒語，必須顧及社會凡俗的眼光，心裡雖想衝破禮教的約束，求得事情原委；但行為上卻又不得不收斂些，以符合社會的要求，免去來自外人奇異的眼光和斥責，這便是女子在心態上和作法上的一種進退維谷，忐忑不安的情緒；在受到社會倫常及禮教規範下，無奈的被束縛和困擾著。但從另外一個角度看，能歷時稍長，而得以圓熟思考，對於自身也並不全是負面的影響。

（七）〈鄭風・溱洧〉

　　溱與洧，方渙渙兮。士與女，方秉蕳兮。女曰觀乎？

　　士曰既且。且往觀乎洧之外，洵訏且樂。維士與女，伊其相謔，贈之以勺藥。

　　溱與洧，瀏其清矣。士與女，殷其盈矣。女曰觀乎？

　　士曰既且。且往觀乎洧之外，洵訏且樂。維士與女，伊其相謔，贈之以勺藥。（註十五）

　　這首詩寫一對遊侶相約外出愉快的對話，由純真的對答亦可看出女子在交往中的細心與讓步。

　　在春日河水暴漲而春遊興味正濃時，女孩問男友是否要一同踏青，男子卻不解風情的回答：「已去過了。」這時女子卻耐心地繼續誘導，希望對方能同行，終於男子被女孩的耐心打動。二人出遊玩得非常開心，有說有笑，子終於一反平淡的態度，送給女孩勺藥花，以表達心中的情意，以勺藥花為贈品，頗為恰當，勺藥花大而美麗，與女孩奔放的熱情和青春的容貌，正好可相配，可說是贈得其人。

（八）〈陳風・東門之池〉

> 東門之池，可以漚麻。彼美淑姬，可與晤歌。
> 東門之池，可以漚紵。彼美淑姬，可與晤語。
> 東門之池，可以漚菅。彼美淑姬，可與晤言。[註十六]

　　這首詩由東門之池可以作浸泡麻、紵、菅的功用而興起，美麗的女子開朗而健談，於是二人有一段非常愉快的心靈溝通時刻，以此互通款曲。

（九）〈陳風・東門之楊〉

> 東門之楊，其葉牂牂。昏以為期，明星煌煌。
> 東門之楊，其葉肺肺。昏以為期，明星晢晢。[註十七]

　　這首詩寫男女相約黃昏後，而女子未能如期赴約，男子久等至天明的癡情狀。古今來此情此景，似乎永遠不斷在重複搬演著。

二、繾綣別情，魂牽夢繫──離別情愁的相思

　　自古多情傷別離，歷代皆有歌頌愛情而又為之肝腸寸斷的繾綣思念詩句，由愛情的神力而產生的離愁，自周朝先民的「窈窕淑女，寤寐求之。求之不得，寤寐思服。悠哉悠哉，輾轉反側。」（〈周南・關雎〉）到漢樂府《古詩十九首》〈明月何皎皎〉中「憂愁不能寐，攬衣起徘徊。」、「出戶獨彷徨，愁思當告誰？」、「引領還入房，

淚下沾裳衣。」又如唐張九齡的〈折柳寄遠〉「纖纖折楊柳，持此寄
情人。」、唐韋承慶「不忍擲年華，含情寄攀折。」宋文同折楊柳「欲
折長條寄遠行，想到君邊已憔悴。」、晚唐李商隱無題詩中「相見時
難別亦難，東風無力百花殘。春蠶到死絲方盡，蠟炬成灰淚始乾。曉
鏡但愁雲鬢改，夜吟應覺月光寒。蓬山此去無多路，青鳥殷勤為探
看。」等惆悵哀怨詩句，都是寄遠別有情人的思念或愁緒。以下就〈國
風〉中〈秦風‧蒹葭〉、〈衛風‧竹竿〉、〈王風‧采葛〉、〈齊風‧
東方之日〉、〈鄭風‧狡童〉、〈陳風‧月出〉、〈陳風‧澤陂〉、〈檜
風‧素冠〉、〈周南‧漢廣〉等九首逐一賞析其間韻藉哀宛的情思。

（一）〈秦風‧蒹葭〉

> 蒹葭蒼蒼，白露為霜。所謂伊人，在水一方。
> 溯洄從之，道阻且長。溯游從之，宛在水中央。
> 蒹葭淒淒，白露未晞。所謂伊人，在水之湄。
> 溯洄從之，道阻且躋。溯游從之，宛在水中坻。
> 蒹葭采采，白露未已。所謂伊人，在水之涘。
> 溯洄從之，道阻且右。溯游從之，宛在水中沚。（註十八）

　　這是一首男子在離別後，思慕女子的詩，因為思慕的急切，使得
意中人在腦海中的浮現，痛苦的纏繞著自己的行住坐臥。不論向河流
中逆曲流而上，或逆直流而上，都彷彿若見伊人的倩影，在水中沙洲
或陸地上徘徊不去，也許這就是我們所說朝有所思，夜有所想而引起
的相思病吧！

（二）〈衛風‧竹竿〉

> 籊籊竹竿，以釣于淇。豈不爾思，遠莫致之。
> 泉源在左，淇水在右。女子有行，遠兄弟父母。
> 淇水在右，泉源在左。巧笑之瑳，佩玉之儺。
> 淇水悠悠，檜楫松舟。駕言出遊，以寫我憂。（註十九）

　　這首詩寫居住在淇水畔的男子，在女友已嫁遠方後，黯然神傷，
失魂落魄於河岸邊，獨自垂釣；想起以往和女友也曾在此度過美好時

光，不禁悲從中來。左思右想，晨昏定省，難以忘憂，只好駕車外出以求紓解內心的不平。推敲此居淇水畔的男子何以無法與心上人結合，究其因諸如門第的不相稱、或女方父母的嫌棄而作罷等因素，造成一對戀人的被拆散，世上事不盡如人意十之八九，而此癡情男子與現實無法取得平衡時，轉而變得自怨自艾，難以平息內心苦楚的現象，或許這就是社會倫理的枷鎖行之過於偏激，而帶來的後遺症吧！

（三）〈王風・采葛〉

> 彼采葛兮，一日不見，如三月兮。
> 彼采蕭兮，一日不見，如三秋兮。
> 彼采艾兮，一日不見，如三歲兮。[註二十]

這首詩道盡了男女離別相思的情懷，思念至極，一日有如三月、三秋或三歲。使人不禁慨嘆天下男女的至情至性，有情天地的愛恨情愁，似乎永遠在迴旋而重演著歷史！

（四）〈齊風・東方之日〉

> 東方之日兮，彼姝者子，在我室兮，在我室兮，履我即兮。
> 東方之月兮，彼姝者子，在我闥兮，在我闥兮，履我發兮。[註二一]

這首詩為一種男子自我遐思、自我安慰的心理展現。男子在無法求得女子歡心的窘況下，只好在自己的小天地中，自我遐想，自我陶醉，以寬慰受傷的心靈。

（五）〈鄭風・狡童〉

> 彼狡童兮，不與我言兮，維子之故，使我不能餐兮！
> 彼狡童兮，不與我食兮，維子之故，使我不能息兮！[註二二]

這首詩是女子和男子分手後，心有不甘，自認為不差，為何不能見愛於人，於是由愛而生恨，埋怨起這男子來了，自言自語地說道：「你這奸詐無理的小子，怎地不和我通音訊？因為你的不理又不睬，

使得我生活秩序大亂，不能飲食，更無法安眠哪！」這口吻一方面希
望得到對方的憐愛，另方面自己心中的怨氣，也希望藉此發抒出來，
可憐天下有情人的癡迷，在這首詩中發揮得相當真實！

（六）〈陳風 · 月出〉

> 月出皎兮，佼人僚兮。舒窈糾兮，勞心悄兮。
> 月出皓兮，佼人懰兮。舒慢受兮，勞心慅兮。
> 月出照兮，佼人燎兮。舒夭紹兮，勞心慘兮。 （註二三）

這首詩寫男女相悅而彼此二地相隔，因此思念的情意倍增，因為
無法和心上人相見，於是假託明月作為傾訴的對象，以明月的光亮比
作美人的明眸，見月如見人，更加激起思念的愁緒。

（七）〈陳風 · 澤陂〉

> 彼澤之陂，有蒲與荷。有美一人，傷如之何。
> 寤寐無為，涕泗滂沱。
> 彼澤之陂，有蒲與蕑。有美一人，碩大且卷。
> 寤寐無為，中心悁悁。
> 彼澤之陂，有蒲菡萏。有美一人，碩大而儼。
> 寤寐無為，輾轉伏枕。 （註二四）

這首詩寫男女相戀而無法相見所引起的思念。在二、三章中可證
明古代女子以壯碩為美。周代女子的健康美與今日所崇尚的瘦質娉婷
美，實在有根本上的差異。

（八）〈檜風 · 素冠〉

> 庶見素冠兮，棘人欒欒兮，勞心慱慱兮。
> 庶見素衣兮，我心傷悲兮，聊與子同歸兮。
> 庶見素韠兮，我心蘊結兮，聊與子如一兮。 （註二五）

這首詩寫女子思念男子之專情。一、二章寫女子思念意中人卻無
法得見，這愁緒使得自己形容枯槁，瘦質娉婷，憂愁滿面，只願有朝

一日能結為連理，也就不枉費年輕時的分離苦痛。三章更進一步寫願與心上人同生共死，以表心中亙古不變的真情。

（九）〈周南・漢廣〉

> 南有喬木，不可休息。漢有游女，不可求思。
> 漢之廣矣，不可泳思。江之永矣，不可方思。
> 翹翹錯薪，言刈其楚。之子于歸，言秣其馬。
> 漢之廣矣，不可泳思。江之永矣，不可方思。
> 翹翹錯薪，言刈其蔞。之子于歸，言秣其駒。
> 漢之廣矣，不可泳思。江之永矣，不可方思。（註二六）

　　這首詩寫山野中樵人的戀歌。由南有喬木說起，樹雖高大，但枝葉卻不能遮蔭，有如游女雖美，卻求之不可得而引起的慨嘆。二、三章強調即使此女無法求為妻妾，也希望在她出嫁時為之秣馬以送，藉此表達永恒的愛慕之意。

三、花開並蒂，花好月圓──鳴鐘擊鼓結婚樂

　　第三部份為有情人終成眷屬，王子與公主的圓滿結局。在〈國風〉中如〈周南・關雎〉的愛情大喜劇，〈螽斯〉的多子多孫、〈麟之趾〉的孝子賢孫、〈桃夭〉的宜室宜家、〈樛木〉的夫唱婦隨、〈葛覃〉的歸寧之喜；〈召南・采蘋〉的出閣前祭祀典禮、〈鵲巢〉的盛大婚禮；〈邶風・燕燕〉的于歸之情；〈鄭風・豐〉的待嫁女兒心、〈野有蔓草〉的新婚燕爾；〈唐風・綢繆〉的美滿婚緣等都屬於此類。此外，在漢樂府《古詩十九首》中表現著如膠似漆的愛情，如「客從遠方來，遺我一端綺。相去萬餘里，故人心尚爾。文彩雙鴛鴦，裁成合歡被。著以長相思，緣以結不解。以膠投漆中，誰能別離此。」又如元趙孟頫妻管道昇的〈我儂詞〉：「我儂你儂，忒煞情多，情多處似火。把一塊泥，捏一個你，塑一個我。將咱兩個，一齊打破，用水調和，再捏一個你，再塑一個我。我泥中有你，你泥中有我。我與你生同一個衾，死同一個槨。」將夫妻二人化成了生命共同體，生死與共，詮釋了古人說的在天願為「比翼鳥」，在地願為「連理枝」的癡情，真是何等

的感人肺腑啊！以下就國風中精選十二首，一一分析其情韻動人之美。

（一）〈國風周南 · 關雎〉

> 關關雎鳩，在河之洲。窈窕淑女，君子好逑。
> 參差荇菜，左右流之。窈窕淑女，寤寐求之。
> 求之不得，寤寐思服。悠哉悠哉，輾轉反側。
> 參差荇菜，左右采之。窈窕淑女，琴瑟友之。
> 參差荇菜，左右芼之。窈窕淑女，鐘鼓樂之。^{（註二七）}

　　這首是寫君子追求淑女，終於成就美滿姻緣的一首詩。第一章由關關雎鳩起興，引起君子與淑女為最佳拍檔的一段姻緣。以雄的雎鳩水鳥在黃河中的沙洲綠地關關的叫，想藉此引起雌鳥注意的求偶聲，興發才德兼備的女子是男子追求的美好匹配。二章寫男子追求淑女，晨思暮想，輾轉反側的不安情緒有如參差不齊、左右隨波擺動的荇菜水草般，狂亂浮動著，不知何時才能達到平靜的彼岸。三章寫男女交往由不得其門而入，進展到了以琴會友的階段。四章寫兩人戀愛成熟，所以用「參差荇菜，左右采之。」興起，此刻男子已得到女子的芳心，所以說荇菜已採得了，經過了一長串的苦心追求後，終於有了美好的結局，而在鳴鐘擊鼓、莊嚴隆重的婚禮中，譜出了愛情的美好樂章。

（二）〈周南 · 螽斯〉

> 螽斯羽，詵詵兮。宜爾子孫振振兮。
> 螽斯羽，薨薨兮。宜爾子孫繩繩兮。
> 螽斯羽，揖揖兮。宜爾子孫蟄蟄兮。^{（註二八）}

　　這首為祝賀人婚後多子多孫的詩。以蝗屬類的螽斯，比喻繁殖多而快速。古代農業社會以人力為主，能多生壯丁便是家中之福，可增添無限的生產力，這是以彼比此的假託，一、二、三章同義而重複強調使用。

（三）〈周南 · 麟之趾〉

> 麟之趾，振振公子。于嗟麟兮！

麟之定，振振公姓。于嗟麟兮！
麟之角，振振公族。于嗟麟兮！^{（註二九）}

這首為讚美諸侯王婚後，子孫眾多而優秀的詩。以神獸麒麟的足腳做比方，表祥瑞之氣降臨，諸侯王因仁慈普及百姓，所以德被子孫，繁衍了眾多傑出而優秀的後代！

（四）〈周南・桃夭〉

桃之夭夭，灼灼其華。之子于歸，宜其室家。
桃之夭夭，有蕡其實。之子于歸。宜其家室。
桃之夭夭，其葉蓁蓁。之子于歸，宜其家人。^{（註三十）}

這首詩為祝福女子出嫁後，能宜室宜家，為夫家造福添丁而五世其昌。這是一首以桃花的妖嬌美豔，興起女子在未嫁時有如桃樹的健壯，既嫁後如桃花般盛開迷人，日後將可為夫家帶來好運和福氣，使夫妻生活美滿和樂，可見健康是一切的根源，古代女子以碩大為美，成為農業社會選婦的必要條件。

（五）〈周南・樛木〉

南有樛木，葛藟纍之。樂只君子，福履綏之。
南有樛木，葛藟荒之。樂只君子，福履將之。
南有樛木，葛藟縈之。樂只君子，福履成之。^{（註三一）}

這是一首婦人祝福丈夫的詩，婦人嫁了一個官運亨通的夫婿，一輩子生活有了保障，這是古代社會典型的婚姻結構。這首詩以樛木被葛藟所纏繞而興起主題，以往婦女妻以夫貴，出嫁後一切依附在夫家，生活上、經濟上全仰仗夫家，所以丈夫的一切，妻子都要付出全部心力配合，好似爬藤般依附在木本樹上，賴以生存、茁壯。一旦丈夫飛黃騰達，那麼做妻子的莫不欣喜若狂與有榮焉，一則自己下半輩子有了保障，二則身份也水漲船高，辛苦有了代價，這是一個幸福的妻子，和一段美好婚姻的寫照。

（六）〈周南 · 葛覃〉

> 葛之覃兮，施于中谷，維葉萋萋。
> 黃鳥于飛，集于灌木，其鳴喈喈。
> 葛之覃兮，施于中谷，維葉莫莫。
> 是刈是濩，為絺為綌，服之無斁。
> 言告師氏，言告言歸，薄汙我私。
> 薄澣我衣，害澣害否？歸寧父母。^{（註三二）}

這首詩是婦女自詠嫁後的生活。這是一位克盡本分的舊式女子嫁後的生活自述。除操持一般家務外，還要負責女紅的工作，到山野中采葛而織成精粗兩用的葛織物來使用。勤勞的婦女在家中工作，使得她們異常的忙碌，但卻能甘之如飴，毫無怨言。若要回家省親問安，也必定先將夫家工作料理得當才可離開，禮教束縛之嚴，使得婦女在夫家的日子，有如老闆與雇員般，規律而嚴肅。

（七）〈召南 · 采蘋〉

> 于以采蘋，南澗之濱。于以采藻，于彼行潦。
> 于以盛之，維筐及筥。于以湘之，維錡及釜。
> 于以奠之，宗室牖下。誰其尸之，有齊季女。^{（註三三）}

這首詩寫將嫁的女子，采蘋藻祭祀，希望未來婚姻幸福美滿，一切都可平安度過而趨吉避凶。一章寫女子到鄉間澗水崖採流動的蘋藻以供祭祀。二章寫用方型或圓形的竹器盛裝，用錡或釜來燒煮食物。三章寫祭拜的位置在屋內靠牆的窗邊，而主祭者就是即將出閣的柔美少女，為自己和夫家祈福的儀式。

（八）〈召南 · 鵲巢〉

> 維鵲有巢，維鳩居之。之子于歸，百兩御之。
> 維鵲有巢，維鳩方之。之子于歸，百兩將之。
> 維鵲有巢，維鳩盈之。之子于歸，百兩成之。^{（註三四）}

　　這首詩寫諸侯嫁女的盛況。以鵲巢鳩佔興起諸侯嫁女的隆重盛大。鵲鳥善築巢，相傳每年十月後遷離本巢；而鳩鳥不善築巢，每當鵲鳥離巢時，鳩鳥則佔有為巢。以此興起諸侯之女出嫁，有百輛禮車迎娶，古代恐怕只有貴為諸侯才可能有如此的闊綽作風。此外，女子嫁至男家亦如男家多一位女主人，而能將家庭操持得更為有條理、有朝氣，以此回應鵲巢鳩佔之寓意。

（九）〈邶風・燕燕〉

> 燕燕于飛，差池其羽。之子于歸，遠送于野。
> 瞻望弗及，泣涕如雨。
> 燕燕于飛，頡之頏之。之子于歸，遠于將之。
> 瞻望弗及，佇立以泣。
> 燕燕于飛，上下其音。之子于歸，遠送于南。
> 瞻望弗及，實勞我心。
> 仲氏任只，其心塞淵。終溫且惠，淑慎其身。
> 先君之思，以勗寡人。^(註三五)

　　這首詩是衛君送妹妹遠嫁，在郊外離別的心境刻劃。由燕子的飛翔，而興起遠別之意。妹妹遠嫁，哥哥送于田野，終須一別，揮別之時，不禁泣涕如雨，悲涼不已。二、三章重複敘述嫁妹的難過心情。四章嘉許妹妹仲氏，是他最信賴的人，更是他的良師益友，時時以忠言勸勉他，真心期望他將國家治理得更好。所以在妹遠嫁之時，也衷心祝福她能宜室宜家，美滿幸福。

（十）〈鄭風・豐〉

> 子之豐兮，俟我乎巷兮，悔予不送兮。
> 子之昌兮，俟我乎堂兮，悔予不將兮。
> 衣錦褧衣，裳錦褧裳。叔兮伯兮，駕予與行。
> 裳錦褧裳，衣錦褧衣。叔兮伯兮，駕予同歸。^(註三六)

　　這首詩是女子出嫁時所自詠。一章寫新婦自房中窺見親迎的未婚夫婿，竟是如此俊美，心中想到當初來相親時，竟然沒有盡到禮數送

行，把女子將要出嫁前的且喜且愧心情，刻劃得頗為細膩。二章重複強調悔意，只作換韻的調整。三章、四章手法相同，首二句句法對換，顛倒使用，避免複製，為歌謠上的特色，給人新鮮有趣的感受。在兄弟們的祝福下，駕車為之送行至夫家，充分表露手足情深的可貴。

（十一）〈鄭風 · 野有蔓草〉

> 野有蔓草，零露漙兮，有美一人，清揚婉兮。
> 邂逅相遇，適我願兮。
> 野有蔓草，零露瀼瀼。有美一人，婉如清揚。
> 邂逅相遇，與子偕臧。（註三七）

　　這是一首描寫新婚夫婦相處和諧，回憶昔日田野初遇而至成就一段美滿姻緣，就如一場老天安排的好戲般，叫人心生歡喜和感謝。首章寫由鄉野初相遇至恰如己願的歷程。以文辭看來，為一男子口吻，感謝上蒼賜給他一位美嬌娘。在滿是荒草的郊外，和一位神清目明婉麗秀氣的女子相見，這種不期而遇的巧合，似乎是神明的巧安排，因而為秦晉之好。二章換韻重述前章之義，先寫景物，在寫美人的神態出眾，最後很直接的作結，與此女和樂地共組家庭。

（十二）〈唐風 · 綢繆〉

> 綢繆束薪，三星在天。今夕何夕，見此良人。
> 子兮子兮，如此良人何！
> 綢繆束芻，三星在隅。今夕何夕，見此邂逅。
> 子兮子兮，如此邂逅何！
> 綢繆束楚，三星在戶。今夕何夕，見此粲者。
> 子兮子兮，如此粲者何！（註三八）

　　這是一首歌詠新婚夫婦感念上天的垂憐，而使他們突破艱難，而結為婚姻的詩。首章寫新婚之夜，新婦見新郎，感婚姻原多阻礙，而今竟得實現美夢，有身處人間仙境之感。二章以新婦口吻，感謝神明賜給她如此不凡的夫婿。三章由「綢繆束楚，三星在戶。」興起今夕何夕的心語，轉而由新郎的口氣表達男子心中道不盡的感激，這是男

女對於這椿美滿姻緣的心聲呼應和衷心感懷。

四、王命難違，勞燕分飛——夫妻遠別的思念

在西周到東周諸多的閨怨詩及征人行露的詩篇裡，可反映出當代政治上，群雄逐鹿與動盪不安的狀態，以至於男丁疲於奔命於征途上，而婦人多傷懷愁苦於內眷中，實為時勢所趨的二分鴛鴦，情境著實堪憐！本節所反映的夫妻遠別、勞燕分飛的思念，諸如〈周南・卷耳〉、〈汝墳〉、〈召南・殷其靁〉、〈草蟲〉、〈小星〉、〈邶風・雄雉〉、〈秦風・小戎〉、〈衛風・伯兮〉、〈有狐〉、〈王風・君子于役〉、〈大車〉等。歷代描寫夫妻二地思念的感性詩句，真是多如過江之鯽，不勝枚舉，如漢《古詩十九首》詩句「迢迢牽牛星，皎皎河漢女。纖纖擢素手，札札弄機杼。終日不成章，泣涕零如雨。河漢清且淺，相去復幾許？盈盈一水間？脈脈不得語。」織女思念牛郎，工作效率低落，淡淡銀河雖似一水之隔，卻成了分離二人的鴻溝，寫出了多少夫妻相思的愁苦與無奈。在《古詩十九首》中第八首「冉冉孤生竹」表達的傷感，更是令人動容，詩云：「冉冉孤生竹，結根泰山阿；與君為新婚，菟絲附女蘿。菟絲生有時，夫婦會有宜；千里遠結婚，悠悠隔山坡。思君令人老，軒車來何遲！傷彼蕙蘭花，含英揚光輝，過時而不採，將隨秋草萎。居亮執高節，賤妾亦何為！」寫一個青春貌美的女子，在新婚之後，因丈夫遠離久別，而引起的深沉愁怨。藉此抒發了詩人對歲月如流、人生易逝的感慨！此外，在漢樂府中亦有精美的愛情誓言，如〈上邪〉一首：「上邪！我欲與君相知，長命無絕衰。山無陵，江水為竭，冬雷震震夏雨雪，天地合，乃敢與君絕。」這是以一婦人口吻而寫，指天為證，當山夷為平地、江水乾涸、冬夏時令相背時，才可能斷絕這份情感，真是純情極了。在漢魏樂府〈飲馬長城窟行〉中寫恩愛夫妻的別離之苦，更是極為寫實。詩云：「青青河畔草，綿綿思遠道。遠道不可思，宿昔夢見之。夢見在我旁，忽覺在他鄉。他鄉各異縣，輾轉不相見。」將夫妻間魂縈夢繫的感情，寫得婉轉而哀怨。秦觀的〈鵲橋仙詞〉「纖雲弄巧，飛星傳恨，銀漢迢迢暗度。金風玉露一相逢，便勝卻、人間無數。柔情似水，佳期如夢，忍顧鵲橋歸路。兩情若是長久時，又豈在、朝朝暮暮。」以七夕

的月色而勾起鵲橋相會的傳說，而以愛情昇華至精神上的相依偎作結。又李白〈長相思〉中：「憶君迢迢隔青天，昔時橫波目，今作流淚泉。不信妾腸斷，歸來看取明鏡前。」描寫為君容顏老的苦況，賺人熱淚。元遺山〈摸魚兒詞〉：「問世間情為何物，直教人生死相許。」以兩情繾綣至死不渝的主角人物，展現出偉大不朽的愛情。唐孟郊更以烈女操一首來表現節婦自守的心。詩云：「梧桐相待老，鴛鴦會雙死，貞婦貴殉夫，捨生亦如此。波瀾誓不起，妾心古井水。」以梧桐的偕老，鴛鴦的雙死，興起貞婦的殉夫，這種女子節烈的美德，是古來詩人最樂於吟詠的。以下便由國風中選出十一首來欣賞這節纏綿而哀凄的閨怨文學！

（一）〈周南 · 卷耳〉

采采卷耳，不盈頃筐。嗟我懷人，寘彼周行。

陟彼崔嵬，我馬虺隤。我姑酌彼金罍，維以不永懷。

陟彼高岡，我馬玄黃。我姑酌彼兕觥，維以不永傷。

陟彼砠矣，我馬瘏矣。我僕痡矣，云何吁矣！^{（註三九）}

這首詩寫征夫在外思念妻室，婦人在家鄉采野菜，邊采邊思念著夫婿，二地相思使得在外行路的征夫，在高岡上或在危坡頂發出無限的慨嘆之詞，思緒難解，只有藉酒澆愁，仰天長嘯，徒呼無奈了。

（二）〈召南 · 殷其靁〉

殷其靁，在南山之陽。何斯違斯，莫敢或遑。

振振君子，歸哉歸哉！

殷其靁，在南山之側。何斯違斯，莫敢遑息。

振振君子，歸哉歸哉！

殷其靁，在南山之下。何斯違斯，莫或遑處。

振振君子，歸哉歸哉！^{（註四十）}

這首詩是婦人整日思念夫君行役未歸的感傷，用陣陣的擊雷聲來表達心中的吶喊：「何日君再來啊？」內心的呼號彷彿貫耳的隆隆雷聲，震天價響！

（三）〈周南・汝墳〉

遵彼汝墳，伐其條枚。未見君子，惄如調飢。

遵彼汝墳，伐其條肆。既見君子，不我遐棄。

魴魚赬尾，王室如燬。雖則如燬，父母孔邇。^{（註四一）}

　　這首是婦人思念夫君行役在外，而在一段苦等的歲月之後，終於得以歡喜團圓歸的詩篇。由婦女循著汝水堤防一路砍伐樹枝，作為炊爨的薪柴興起；想到丈夫在外，不知何時歸來，心中的焦急，有如早晨的饑腸，求食若渴一般。二章由砍伐斬而復生的條枝，興起時光荏苒，過了一年，終於盼到了夫君回家團聚，欣見丈夫並未另結新歡拋棄結髮人，不禁喜極而泣。三章用比喻法道出丈夫行役的艱辛，有如魴魚紅尾般困頓，行役雖苦，但終於得以返家和父母妻子團圓。國家有難，男兒自當擔負捍衛責任，但做妻子的畢竟也有私心，不好直說為自己，而含蓄地說，盼望丈夫莫再遠別父母，使家庭支離破碎，希望一家人永遠相聚歡樂到老。

（四）〈召南・草蟲〉

喓喓草蟲，趯趯阜螽。未見君子，憂心忡忡。

亦既見止，亦既覯止，我心則降。

陟彼南山，言采其蕨。未見君子，憂心惙惙。

亦既見止，亦既覯止，我心則說。

陟彼南山，言采其薇。未見君子，我心傷悲。

亦既見止，亦既覯止，我心則夷。^{（註四二）}

　　這首詩是婦人喜勞人歸來之詩。首章寫婦人心中的焦慮，有如阜螽幼蝗般跳躍不得安寧，直到見著夫君歸來，那如鯁在喉的懸念，才能稍得平息。二、三章重複敘述而鮮明描繪出團圓前後的心理變化。

（五）〈召南・小星〉

嘒彼小星，三五在東。肅肅宵征，夙夜在公。實命不同。

嘒彼小星，維參與昴。肅肅宵征，抱衾與裯。實命不猶。^{（註四三）}

　　這首詩是行役之人，自詠其勞苦，而默默隱忍思念妻室的痛苦自述。一、二章將自己奔勞的命運，比喻成三五成群的天上小星星，倦鳥也有歸巢時，而自己卻無福享受天倫之樂。當人們已在靜夜中休息時，小星星仍要職司為夜路人指示方向的導引工作，實在是因個人命運各有不同所致。而這位征夫形容自己乖舛的命運，就好像小星星般勞碌一生，不得與家人聚首，呈現出百般的無奈與悲淒心境。

（六）〈邶風・雄雉〉

> 雄雉于飛，泄泄其羽。我之懷矣，自貽伊阻。
> 雄雉于飛，上下其音。展矣君子，實勞我心。
> 瞻彼日月，悠悠我思。道之云遠，曷云能來。
> 百爾君子，不知德行。不忮不求，何用不臧。^{（註四四）}

　　這首詩是婦人思念從役在外的夫君。一、二章由雄的野雞振翅飛舞，四處奔走，興起婦人對夫君在外出征，行役終年，不得休息的感嘆，更因此而自怨讓夫君離開的錯誤，使自己內心一刻不得安寧。三章寫悠悠歲月，年復一年，相隔甚遠，何日再重逢，充滿無限傷懷。四章描寫在無可奈何的情形下，只好昇華夫妻的愛而為關懷，遙寄祝福期勉的話：「不忮不求，何用不臧！」。意思是說出門在外當小心戒慎言行，心思要清明，不要貪求；待人要寬厚，不要嫉妒陷害別人，如此修為自己的德行，怎麼會不趨吉避凶而達到盡善盡美呢！

（七）〈秦風・小戎〉

> 小戎俴收，五楘梁輈，游環脅驅，陰靷鋈續，文茵暢轂，駕我騏馵。言念君子，溫其如玉。在其板屋，亂我心曲。
> 四牡孔阜，六轡在手，騏駵是中，騧驪是驂。龍盾之合，鋈以觼軜，言念君子，溫其在邑。方何為期，胡然我念之？
> 俴駟孔群，厹矛鋈錞，蒙伐有苑，虎韔鏤膺，交韔二弓。竹閉緄縢。言念君子，載寢載興。厭厭良人，秩秩德音。^{（註四五）}

　　這是一首寫丈夫出征，婦人送別的詩。一章寫婦人送出征的丈夫，看到出征時車馬馳騁顛仆奔騰，想到夫君日後到西戎，居住板屋的苦

況，心中不禁煩亂不安。二章寫由馬車的日漸行遠，引發心中疑難，不知夫君何日才能再回鄉團聚。三章描寫兵器的鋒利，以此引發遐想，夫君與敵人作戰，安危令人擔憂，所以婦人在寤寐之間都難以釋懷。沒有國那有家，在烽火亂世時，多少兒女私情，都結晶為拋頭顱灑熱血的心而昇華了。

（八）〈衛風・伯兮〉

> 伯兮朅兮，邦之桀兮。伯也執殳，為王前驅。
> 自伯之東，首如飛蓬。豈無膏沐，誰適為容。
> 其雨其雨，杲杲出日。願言思伯，使我心痗。^{（註四六）}

　　這是一首寫衛國的婦女因思念出征丈夫而寄託情意的詩。第一首呼叫丈夫的名字，再以欣賞的口吻讚美夫婿為國之棟樑，執殳作戰，為王先鋒，真是英勇無比的血性男子。二章寫丈夫遠行，婦人無心腸整理自己的容貌，終日蓬頭垢面，只因夫婿這能欣賞的人已不在了，還為誰粧扮，為誰修容呢？三章由「其雨其雨，杲杲出日。」天之陰晴驟變，不可預測，而興起人事變化的難料，所以婦人心中為丈夫的安危，時而心喜，時而頭痛不已。四章為願得忘憂的萱草，種植在北堂，可食用得以忘憂。事實上卻無法如此輕易忘憂，於是思念有如一把鎖，深深的將她困在痛苦的牢籠中。

（九）〈衛風・有狐〉

> 有狐綏綏，在彼淇梁。心之憂矣，之子無裳。
> 有狐綏綏，在彼淇厲。心之憂矣，之子無帶。
> 有狐綏綏，在彼淇側。心之憂矣，之子無服。^{（註四七）}

　　這首是寫婦人因思念，而憂慮行役在外的夫君，在冬夜裡，禦寒衣物不夠穿的詩。一、二、三章為重複強調，一唱三嘆的標準句。由狐狸行路緩步在淇水邊上，興起婦人心中的懸念與不安，只因冬日將近，而夫婿冷暖未知所致。由此可見古代女子生活重心，多以丈夫為主，夫婿出征行役，或在外做生意，則心中難抑思念之情，不是蓬頭垢面，無心施妝，便是思念成疾，病體日弱，忐忑不安、六神無主，

渾渾噩噩的度日，實在與今日婦女的一片天空大異其趣。此外，可以
了解到舊式婦女的痴、和對丈夫的從一而終觀念，使得家庭組織結構
較為穩固，今日雖女權高漲，但相對的容忍力也就較為薄弱，做丈夫
的若與古代一般，有任何不忠實的行為，在古代來說只不過「士之耽
兮，猶可說也。」（《詩經》〈衛風・氓〉篇），是可以被社會所原
諒的，若是那一家婦女要為此尋死尋活，或大吵大鬧的話，是要遭到
別人所恥笑的。所謂家醜不可外揚，又所謂浪子回頭金不換，這二句
話使得古代婦女終於只有選擇含悲忍淚一途。但在今日社會卻再也不
是全然偏重男子，而為他們脫罪的了。女性要求擁有做人的基本權利，
為了活出自己和跳脫長期的壓抑，女性為自己說話的聲音與意識漸
強，更走出了內心的牢籠和婚姻的枷鎖；為了更彰顯生命的價值，女
性在自由的空氣中，飽滿的呼吸著！轉化那自怨自艾、獨守空閨的苦
況和被社會家庭遺忘存在的頹喪，改頭換面，重新過活。數千年來的
悲苦女子，在現代得到最大的鬆綁，女性得以善盡其能，發揮所長，
享受為人的應有權利，不再像古代生來只是所謂的「弄瓦」般一文不
值的低賤。現代的女性與古代女子，在識見與生活的自由空間上相比，
實在是為古代受壓抑的婦女，申了怨氣；更因為古代婦女的篳路藍縷，
使得今日女性有所覺醒有所啟發。

（十）〈王風・君子于役〉

> 君子于役，不知其期。曷至哉？雞棲于塒，日之夕矣，牛羊下
> 來。君子于役，如之何勿思！
> 君子于役，不日不月。曷其有佸？雞棲於桀，日之夕矣，牛羊
> 下括。君子于役，苟無飢渴？[註四八]

　　這首是君子行役，婦人懷念的詩。首章寫夫婿在外服役，妻子獨
守空閨，操持家務，每當夜晚，大地歸於平靜時，便使人勾起思念情
緒，心中尤其掛念夫婿的歸期，在百無聊賴之下婦女也唯有夜夜向明
月傾訴衷腸一途了。二章重複思念夫君之意，更進而關懷他的飲食起
居，思念之深，見微知著。

（十一）〈王風‧大車〉

> 大車檻檻，毳衣如菼。豈不爾思，畏子不敢。
> 大車哼哼，毳衣如璊。豈不爾思，畏子不奔。
> 穀則異室，死則同穴。謂予不信，有如皦日。^{（註四九）}

這是一首寫征夫思念妻室的詩。一、二章由主帥的座車雄風威武而發出檻檻、哼哼聲，興起在外出征時軍令的嚴明。雖在外公務辛勞，但最溫馨的卻是思家的片刻，所謂千里繫情絲，莫不願奔回故鄉一敘，但是卻因主帥的威嚴而不敢造次。三章以自己的赤誠寫出對妻子的忠心不二，生雖異地而生，死當同葬一穴。君子一言既出，必當言而有信，若有半點假意，則如皦日般，日沒則人沒。這種毒誓若非出自本心，誰人肯為？

五、棄婦閨怨，投訴無門──弱勢婦女的悲苦

古代婦女在無什地位與保障的生活空間裡，著實為一群默默無聲的大眾，所能做的只是承受與讓步。在婚姻中，婦女更扮演著配角的身份，不但沒有自由意識安排生活，更難有訴苦或平反冤屈的機會。我們在〈國風〉中，可看出婦女忍受著長期壓抑的一些蛛絲馬跡來。如〈衛風‧氓〉篇、〈周南‧芣苢〉、〈召南‧行露〉等篇章是。在漢樂府中也表現了女子在情海生波時的無助和無奈！〈有所思〉一首云：「有所思，乃在人海南。何用問遺君？雙珠玳瑁簪，用玉紹繚之。聞君有他心，拉雜摧燒之，摧燒之，當風揚其灰。從今以往，勿復相思。」詩中女主角因情人有二心，遭遇情變時的內心洶湧如濤，難以止息，只有將準備好送情人的貴重髮簪摧折焚毀，在風前揚棄，希望自己的情也能隨風而逝。而事實上，燒去的只是有形的物質，那份刻骨銘心的痛，只有等待時間來療傷了！又如六朝情歌中之〈子夜歌〉：「我念歡的的，子行由豫情。霧露隱芙蓉，見蓮不分明。」首二句寫女子對男子的情意真確，而男方卻三心二意，遲疑不決，不肯表明心態。後二句為歇後雙關語，第一層意義是說薄霧將荷花遮住了，蓮花看不太清楚；而實際上為障眼手法，真正的意義在第二層，是說霧露遮掉夫的容貌，被愛與否，

不太分明，與「子行由豫情」前後呼應。這是女子在不能超脫情感的枷鎖時，所做的一種心境伸展。以下針對〈國風〉三篇詩，賞析弱勢婦女的悲苦情境。

（一）〈衛風‧氓〉

第三章「于嗟鳩兮，無食桑葚。」[註五十] 表現〈氓〉篇中使用比的特殊寫作技巧，棄婦心中的悲涼，是由丈夫變心而起，所以用鳩鳥比喻無情的丈夫，桑葚比喻將結美果的家庭。在尚未建立完善的一個家時，做丈夫的竟然就朝三暮四，移情別戀，恣意破壞這個家；就好像桑葚在未成熟時，就被鳩鳥肆意啃噬了，功敗垂成，實在非常可惜。但是丈夫在家中是主宰者，女性只能唯命是從，遵從若干禮教約束；而男子則是自由自在、任我翱翔。兩性的社會地位與家庭角色完全是主從或者是雇主與員工的關係。對家庭來說，不但缺乏了樂趣，更形成一種嚴肅而僵硬的制度，積重難返。所以要大呼「于嗟女兮，無與士耽。士之耽兮，猶可說也。女之耽兮，不可說也。」對舊社會制度發出了不平之鳴，更為兩性的天淵地位差異，感到無奈的傷痛！

詩中第五章更血淋淋的表現出人情的冷暖、棄婦的哀怨和投訴無門的悲涼。特別是這婦人平日操持家務，辛勤工作，未曾一日稍歇，而換得的卻是丈夫的變心，甚至拳腳相向，所以會有「言既遂矣，至于暴矣。」的感嘆！此外，在被棄後，回到娘家，又遭恥笑，「兄弟不知，咥其笑矣！靜言思之，躬自悼矣！」連自己的親兄弟也不肯同情，反以唇齒相譏，怎不令人心碎而鬱鬱寡歡呢？

由這詩中可看出周代女子，在婚姻上可說完全沒有保障，丈夫可以因為色衰而棄婦，更可以因無子而休妻，在這種危如疊卵的男性福利婚姻制度下，婦女仍必須強忍委屈，日出而作，日落卻不能息的為夫家賣命做活；而在婚姻生變後更得不到所謂的贍養費，在沒有經濟能力的情形下，只好返回娘家以求苟活，舊社會下的被棄婦人是沒有人格，更沒有羞恥的象徵，不但不能見容於人，連娘家也是迫於無奈而收容罷了。在一長串的婚姻追求歷程之後，婦人方才明瞭自己是多麼的無助，在長期的馨香禱祝後，卻也未見奏效，於是也只好認命，所以在氓篇最末便以「不思其反，反是不思，亦已焉哉！」的結語，讓老天替自己的命運作最公平的裁決吧！

（二）〈周南 · 芣苢〉

采采芣苢，薄言采之。采采芣苢，薄言有之。

采采芣苢，薄言掇之。采采芣苢，薄言捋之。

采采芣苢，薄言袺之。采采芣苢，薄言襭之。^{（註五一）}

　　這首詩寫婦女采芣苢時所唱的歌謠。周代婦女采芣苢蔚為風尚，這和社會結構、婦女的家庭地位，有著密切的關係。芣苢又稱車前子，也就是俗稱的宜男草，在中醫上是一味藥材，古代婦女為了求子心切，希望藉此鞏固自己在家庭中的地位，或能幸免於被「無後為大」的罪名冠上，而遭到被休的命運。婦女們於是時常三五成群，翻山越嶺，跋山涉水，不辭勞苦的尋找這種萬靈丹，一旦找著了，便興奮異常，所以有這首歌謠出現，以表現婦女們找到了宜男草，而可應和所謂的「宜室宜家」的祝福而感到驕傲。此詩產生的原因，可能是婦女在采獲這挽救婚姻的妙方時，欣喜之際而朗朗上口的一首歌謠，又或恐是婦女在婚姻路上，因無子而亮起紅燈時，在投訴無門的窘況中，尋求的一帖良藥吧！

（三）〈召南 · 行露〉

厭浥行露，豈不夙夜，謂行多露。

誰謂雀無角？何以穿我屋？誰謂女無家？何以速我獄？雖速我獄，室家不足。

誰謂鼠無牙？何以穿我墉？誰謂女無家？何以速我訟？雖速我訟，亦不汝從。^{（註五二）}

　　這首詩寫女子以禮自持，遇奸邪而不使之得逞，在被強暴未遂之下，自作此詩，以明己身遭遇之不幸及社會殘暴惡棍的可恨。若在今日。將遍受社會輿論的譴責，如士林之狼、北投之狼等，終究有被繩之以法的一日，不像古代任由男子奚落非禮，卻仍不能聲張，只有暗自飲泣，而以歌謠不痛不癢的抒發一下內心的不平和憤慨罷了，實在是女性的悲哀和不幸！

參、周朝婦女的角色定位

一、周朝社會女子的身價透視

（一）時不我予的女兒身

召南 • 摽有梅

摽有梅，其實七兮。求我庶士，迨其吉兮。

摽有梅，其實三兮。求我庶士，迨其今兮。

摽有梅，頃筐墍之。求我庶士，迨其謂之。　^{（註五三）}

　　在這首詩中，以歌詠男女婚嫁當及時為主題，卻也反應出女子的身價隨著歲月而逝去。首章，由梅樹落實，興起「求我庶士」一語。梅子落，有如少女的青春年華，由高峰而漸趨下滑；「其實七兮」，明示成熟的果實已有了七成，可隨時往樹上摘取，這情形彷彿身體健康狀況，正在巔峰時期的少女。梅與媒同音，梅落是因為花開結果所致，以此導引出男女應當及時嫁娶的原意。「求我庶士」中我字，應訓為女字，用女字代表女子在擁有年輕時，是炙手可熱的被追求者，可及時成就美滿姻緣。二章寫樹上梅子已漸減少，可想見又過了一段日子，有些梅子成熟了卻沒有摘取，可能掉落地上被人踐踏，或為蟲所噬，所以在樹上的剩下大約只有三成之多了。以此景況來比喻女子的青春，有如那剩下三成的梅子，健康狀況也不如年青時期的豐沛。古來女子滿了十五歲，所謂的及笄之齡，便要開始找婆家，將生育年齡比之為黃金階段。凡年過十九的，只怕已淪為人小妾或側室的地步了，可見古人對女子的青春，是多麼的重視。三章寫梅樹在結實和採擇的時期結束後，所剩的只是掉落滿地的果子，無法計數。在這遍地的墜果中，有的可能幾經風雨或被蟲侵蝕，已無法食用，有的也許幾經波折還完好無缺的，這就需要採食者耐心細心的尋找、挑選。詩中以梅子喻女子，可見得古代仍注重女子的實用價值，在生育一途和料理家務上，無怪在女子健康貌美時，詩人要大呼「迨其吉兮」、「迨其今兮」了！

　　在這第三階段中，形容採擇梅果的人，以頃筐來盛取，似乎躺在

地上的梅果毫無自我選擇的餘地，只有任由採梅的人挑選；不如還在樹上未掉落時的梅子，有高高在上的感覺，太高的，採梅者採不到，只好望梅興嘆，徒呼奈何了。梅與媒同音，詩經篇中善於使用「假桑喻槐」法，「梅」落，似乎「媒」也落了，日漸下滑的身價，自然與姻緣無緣了。所以時日的差距，使得梅子身價相形見絀，所謂物稀為貴、物賤傷農，滿地掉落的果子，怎能趁出它的稀罕高貴呢？以此比喻女子在年過及笄，而尚未出閣，時過境遷後，追求的庶士便如採梅者一般，看到那落地而沒毀壞的，便隨手撿拾而得，易如反掌般，只要遣媒提親，必定能快速成就婚姻，所以說「求我庶士，迨其謂之。」，是強調農業社會女子婚姻的時效性。

　　整首詩以落梅成熟的情形，由樹上七成已成熟可食用，至在樹上所剩只有三成，到最後樹上梅子已全掉落的三階段，引起追求女子的男士，有迨其吉兮、迨其今兮、迨其謂之的三種態度，可說是每況愈下，真是女性的悲哀。殊不知自古來，士家大族中甚至到販夫走卒類，都不乏存有著三妻四妾的觀念。反之，女性則應嚴守從一而歸的態度；且年過十六未嫁，則有如犯下天條，被視為草芥般不值一文，有些在及時嫁人後，卻又飽受來自家庭的壓力，便是生子的問題。傳宗接代在中國古代，是婚姻的終極目標，若是女子婚而無子，那真是罪大惡極，所以說「無後為大」，生子要說弄璋，產女則是弄瓦，價值貴賤，不言而喻。在詩經中反應出許多婦女受著「生子無由」的苦楚，倍受欺凌，在古代醫學又怎知生男生女，並非女子全然主導的呢？女性何辜，生女何錯？在詩經國風中不禁透露著一般女性的哀愁，也顯現了社會對女性評價的諸多端倪來！

（二）嫁雞隨雞做人難做媳婦更難

周南・芣苢

采采芣苢，薄言采之。采采芣苢，薄言有之。
采采芣苢，薄言掇之。采采芣苢，薄言捋之。
采采芣苢，薄言袺之。采采芣苢，薄言襭之。_{（註五四）}

　　這首寫婦女采了又采那車前子，當尋獲而滿載而歸時，難掩心中的興奮而歌詠的詩句。女子們采擇芣苢的動機莫非是為了維護家庭幸

福，使丈夫安心後繼有人，並鞏固自己在家庭的地位。深藏了女子內心世界的掙扎、徬徨與無助，轉而藉由藥草的力量，希望能挽回婚姻的危機，使自己心中的陰影，能有撥雲見日的一天。芣苢的本身並沒有那麼重要，它之所以受到婦女們的青睞，甚至歌詠它，是因為社會倫理的觀念深植人心，所造成的重男輕女所致。所以在這種尺度衡量下，婦女的地位與重要性便和對芣苢的仰賴，刻劃上了等號。事實上，由現代科學文明而知，若不是女性本身的生理問題，即使吃再多的車前子藥草，也是於事無補，那麼在古代社會中，女性豈不是要背負起不孝的罪名了？而在家庭裡更僅只是附庸地位，或請來的一個出勞力而無工資的佣人罷了。女性在如此悲苦的境遇下，果真要萬劫不復了嗎？這都是古代對女子的地位與重要性，在道德認定上的偏差。

　　另外〈衛風・氓〉篇也呈現了周代社會女性地位的低落和男性主義的高漲意識，因為種種的不合理現象，不平之鳴乃由詩篇的民謠中傳唱開來，且看〈衛風・氓〉篇見真章。

（三）色衰愛弛棄婦堪憐

衛風・氓

氓之蚩蚩，抱布貿絲。匪來貿絲，來即我謀。送子涉淇，至於頓丘。匪我愆期，子無良媒。將子無怒，秋以為期。

乘彼垝垣，以望復關。不見復關，泣涕漣漣。既見復關，載笑載言。爾卜爾筮，體無咎言。以爾車來，以我賄遷。

桑之未落，其葉沃若。于嗟鳩兮，無食桑葚。于嗟女兮，無與士耽。士之耽兮，猶可說也。女之耽兮，不可說也。

桑之落矣，其黃而隕。自我徂爾，三歲食貧。淇水湯湯，漸車帷裳。女也不爽，士貳其行。士也罔極，二三其德。

三歲為婦，靡室勞矣。夙興夜寐，靡有朝矣。言既遂矣，至於暴矣。兄弟不知，咥其笑矣。靜言思之，躬自悼矣。

及爾偕老，老使我怨。淇則有岸，隰則有泮。總角之宴，言笑晏晏。信誓旦旦，不思其反。反是不思，亦已焉哉！^(註五五)

　　這首是寫婦人為丈夫所拋棄，而自作的閨怨詩。由其中六章文字，可知棄婦怨恨之深和苦腸難伸的痛，茲分章敘述如下：

　　首章寫婦人未嫁前與男子由相識而相戀，在時機成熟時，便論及了婚嫁，二人就私自訂了終身。此後，女子在家苦候多日，未見音訊，便說道「匪我愆期」，並非女方有意拖延，實在是男方沒有請人來說媒啊！女子怎可違背禮教，而自行前往夫家呢？雖然心中百般焦急，埋怨著男子的不守信諾，可是言辭上卻仍要溫柔相向，但願男友不要發怒，並非自己造成的佳期延誤，於是再度好言相約，希望選在秋日成婚。

　　二章寫女子在家鄉等待未婚夫來迎娶的心情，可以了解為何她處處遷就男子，實因古來社會觀念如此，女人的未來是靠男人來主宰，找到了未來的一家之主，怎可言辭態度有所冒犯？如此，古代男女在扮演夫妻角色時，多離不開主從的關係，很明顯的由東西方的社交禮儀，便可採得蛛絲馬跡。至今西方元首造訪他國，或參加國宴，必然元首夫婦平行而進；反觀東方國家，最明顯的日本，必定是皇后跟隨在日皇之後，以表女性身分是卑微的，不足與夫君平起平坐的。西方國家雖然不盡然同意女權的伸張，但至少表面還做到了尊重的禮節，東方國家這一點就相形見絀了。此外，二章中的待嫁女兒心，有如坐針氈般的期待，她每天攀登到城牆上去眺望夫君的踪影，若還不見夫君來，就天天以淚洗面，等到有一天夫君終於來迎娶了，於是就又說又笑，欣喜若狂想到往日夫君曾為婚姻事，將二人生辰求神問卜，以知吉凶，那兆卦之體所顯示出來的，都是大吉之象，所以才會浩浩蕩蕩的來此迎婚，女方也準備了財貨做為嫁粧，一起送到夫家去。二章隱含女子心中始料未及的痛苦；言下之意，這段婚姻是自由戀愛而成，婚姻的過程，也曾占卜問筮而無虞，怎的下場會如此悲涼而不盡人情呢？詩中隱含了女子百思不得解的困惑！

　　三章運用了比的技巧，寫桑樹在壯盛期，所發的葉非常的柔嫩翠綠，以此來比喻女子將嫁時，正值年輕貌美時，是人人欣羨的美嬌娘。又寫桑葚在成熟時，果實甜美，但往往桑果在尚未成熟前，便慘遭鳩鳥的侵襲啄食，無疾而終。以此比喻女子嫁為人婦後，尚未生子，家中便有了變故，這就是丈夫變了心，有了外力介入所致，在這種家庭面臨破碎的邊緣時，女性若要爭吵不休，是會遭鄰里所不恥的，因為社會對男子是百般的寬待，出入風月場所或與紅粉相交，不過是逢場作戲，何足掛齒！而女性若與陌生男子相見或交談，就是大逆不道的

敗德亂行，千夫所指的淫婦了！所以這個心中有怨有苦的婦女，才會
發出內心的吶喊說「于嗟女兮，無與士耽。士之耽兮，猶可說也。女
之耽兮，不可說也。」分明表態了社會男女的不平等，男人在外花天
酒地，是可以被社會大眾所接受認同的，女人卻命定仰人鼻息，一旦
被社會唾棄便永無翻身之日了。

　　四章寫婦人嫁至夫家後，日子過得相當艱難，非但物質生活差，
精神上更得不到丈夫的憐愛，心中的怨恨，可想而知。首二句寫當桑
葉自然掉落時，都是在已枯黃的時期，用桑葉落比喻婦人年華消逝的
快速。人是一種精神作用的動物，若生活不快樂，日久臉上便會失去
光澤和笑容，自然衰老隨之而來。這位滿懷愁恨的女子說，嫁到夫家
三年來，生活非常貧困，在如此貧困的家庭中，如何講究婦女的修
飾，在長期的操勞下，雖年方十九，加之無財力裝扮自己，日久那負
心郎便以「色衰」之名，而予以施暴而拋棄。但女子多半擁有一顆柔
軟的心，想著當初夫君來迎娶時的誠心，不辭勞苦，跋山涉水，多麼
叫人感動，於是再苦也心甘情願忍了下來。但反省自己三年來，並沒
有犯過什麼大錯，或有失婦德的情形，為何丈夫不如結婚時的衷情，
甚至朝三暮四，流連忘返，棄她而去呢？叫她百思莫解，苦不堪言！

　　五章回憶新婚之後，持家的勞苦。三年來，早起睡晚，辛勤操持
家務，不得閒暇休息，但從不以此為苦。誰知丈夫的山盟海誓言猶在
耳，而生活面臨的卻是一個暴力相向的無情漢。當初未嫁時的信誓旦
旦，翩翩君子風度，怎能使人逆料日後的驟變負心呢？非但受到丈夫
的施暴，更受到娘家兄弟的恥笑，古代女子失婚而返回娘家，常會遭
致來自娘家的壓力，日子過得也很委屈。有如《孔雀東南飛》中的劉
蘭芝。在與焦仲卿分居後，回到娘家，便遭到哥哥百般的逼婚，使她
痛不欲生的困擾一樣。氓婦在遭到挫折來襲後，靜靜思考，事實似乎
已成為改變不了的定局了。社會不但不給予同情和諒解，反而使她身
受著由各方面來的責難與唾棄，恐怕也只有自顧哀憐，自我安慰了。
在今日社會，婦女有了更多的選擇，和獨立的意識，若遇相同境遇
時，或許就不再只停留在自怨自艾自憐的深淵，而可能是另一次的重
新肯定自我，再一次的重新出發，另一個自我潛能的再創造、再發揮。

　　六章寫怨之又怨，卻不能澆除心中的怒火。氓婦原本和所有女子
一般，在初為人婦之時，都希望與丈夫白頭偕老，但每當提起白頭偕

老一事，便使她心生憤恨，想到交往時的美好時光和夫君的誓言，就叫她不能忘懷過去，但是該說的都說盡了，還是不見夫君回轉心意，只好逆來順受，苟且偷活了！這就是氓婦在百般無奈和無助下與現實妥協的作法。

（四）妻以夫貴同享榮華

在〈周南・樛木〉篇顯示了周代社會婦人與丈夫之間的依存關係。全首詩如下：

周南・樛木
南有樛木，葛藟纍之。樂只君子，福履綏之。
南有樛木，葛藟荒之。樂只君子，福履將之。
南有樛木，葛藟縈之。樂只君子，福履成之。^{（註五六）}

葛是一種多年生的蔓生草木，根可做藥，莖的纖維可織布，藟也是葛的一種，都屬於草本植物。樛木為木本的樹幹，下部呈彎曲形狀，葛藟這種蔓藤類的植物，是無法直立生長的，必須依附在木本植物上，才能顯得枝葉的茂盛。這種關係就好像夫婦一樣，周代婦女沒有所謂的職業，都是依存在丈夫之下而生活，如果有也是輔佐丈夫的事業，扮演著附屬的角色。在這首詩中，透露了丈夫德業厚實，擁有豐碩的俸祿和家產，所以做妻子的也樂的扶持幫助夫婿，希望他日後成就更大，無怪做丈夫的樂不可支了。又如邶風燕燕，雖由詩上看是衛君送妹妹出嫁而不忍離別的詩，在詩中也透露著遠嫁鄰國國君，而日後定當妻以夫貴，而享受幸福日子自是不言而喻了。

（五）節婦自誓守身如玉

在〈鄘風・柏舟〉中寫婦人早年喪夫，心中受家庭及社會的壓力，但守貞的婦女卻不為所擾，堅定信念，從一而終。
詩云：

汎彼柏舟，在彼中河。髧彼兩髦，實為我儀。
之死矢靡它，母也天只，不諒人只！

汎彼柏舟，在彼河側。髧彼兩髦，實為我將。

之死矢靡慝，母也天只，不諒人只！^{（註五七）}

　　在婦人喪夫後，其母逼婚再嫁，而節婦誓死不事二夫。一、二章強調自身與夫婿匹配，至死也要保守心志，可嘆母親卻不能諒解這種心意，所以呼母呼天，盼能了結自己貞節自守的心。首二句以柏木，所造的船隻，泛駛於黃河中，興起人生悲喜如浮光掠影般，稍縱即逝，與夫婿此生塵緣已了而情緣願在來生再續，至情至性，頗令人感動。

　　在周代的宗法制度社會中，女子的行止倍備受關切矚目，更是不容越軌輕舉妄動的。《詩經》〈齊風‧敝笱〉篇便是譏諷男女行止失儀的詩。詩云：

敝笱在梁，其魚魴鰥。齊子歸止，其從如雲。

敝笱在梁，其魚魴鱮。齊子歸止，其從如雨。

敝笱在梁，在魚唯唯。齊子歸止，其從如水。^{（註五八）}

　　這首詩表面上是歌詠其女文姜嫁魯桓公的詩，實際上則是在譏刺文姜的不守婦道，為人所不恥的行為。詩序云：「敝笱，刺文姜也。齊人惡魯桓公微弱，不能防閑文姜，使至淫亂，為三國患焉。」一、二、三章為重複使用的筆法，用破舊的魚網來捕像魴、鰥一般的大魚，實在是既不相稱，又不能發揮實用的價值。用這個破網捕大魚比喻魯桓公的微弱，雖娶了美貌的文姜，卻不能駕馭她，由文姜出嫁于歸的氣勢來看，隨從的婢女如雲、如雨、如水般的眾多，實非魯桓公之福。後來文姜的失節行為，終於埋下日後魯桓公因文姜而遭殺身之禍的噩運。

　　此外〈召南‧行露〉篇更展現出周代女子為守貞而斥責強暴非禮的男子，可見得社會倫理教育在一般平民中即深植不移的觀念便是女子守節。

　　詩云：

厭浥行露，豈不夙夜？謂行多露。

誰謂雀無角？何以穿我屋？誰謂女無家？

> 何以速我獄？雖速我獄，室家不足。
>
> 誰謂鼠無牙？何以穿我墉？誰謂女無家？
>
> 何以速我訟？雖速我訟，亦不汝從。^{（註五九）}

　　這首詩寫一個女子拒絕一個性情粗暴而無理的男人所提出結婚的要求，充分表現出堅貞自守的心志。一章寫行人道上因露水潮溼，所以人們不願在早夜的時候走路。以這露水比喻強暴的惡男人，人人見而避之，怎敢和他稍作親近呢？二章將有堅硬嘴角的雀，比喻成這粗暴無禮的男人，即使以暴力強逼，以訴訟脅迫使女子坐牢獄之災，女子仍不願做他的妻室；並非媒聘之禮不足，實在是這種非禮強暴的男子，是絕對無法叫女子甘心情願託付終身的，所以婦女甘冒生命危險和她抗衡，只為保全個人志節，以禮自守，而不願在此惡勢力下喪節受辱，遺羞鄰里。

（六）征夫行露閨怨他鄉

　　〈邶風 · 雄雉〉篇是一首寫婦女思念從役在外的夫婿，心中所產生的不安愁緒。

　　詩云：

> 雄雉于飛，泄泄其雨。我之懷矣，自貽伊阻。
>
> 雄雉于飛，上下其音。展矣君子，實勞我心。
>
> 瞻彼日月，悠悠我思。道之云遠，曷云能來？
>
> 百爾君子，不知德行。不忮不求，何用不臧！^{（註六十）}

　　西周末東周初戰爭頻仍，受征戰的兵士不計其數，在國家動盪不安的同時，自然百姓會遭生命、財產、精神上的損失和牽連。許多的戰士遠別家鄉，萬里長征，幸運的尚可保留性命得以回家團圓；而不幸的征夫們拋頭顱灑熱血，身首異處，命喪他鄉，魂斷天涯亦不在少數。身為妻子的人，在家鄉飽受思念之苦，有些幸運的在苦守多年後，終於盼望到親夫回家團圓，也有許多與君一別便成了寡婦，閨怨因而四起，造成了無窮的社會問題。在〈國風〉歌謠中暴露許多征戰時期婦女思念夫君而造成閨怨的詩。諸如〈衛風 · 伯兮〉、〈有狐〉、〈王

風‧君子于役〉、〈秦風‧小戎〉等皆是。

（七）直爽純樸的鄉野女子

在〈召南‧野有死麕〉篇中，反應了周代女子的純真樸實、爽朗活潑且謹守禮法的性格。在十五、六歲年輕未嫁時，身價甚高，不論身份出自何處，即使是像這位鄉下姑娘，也能使男子百般獻殷勤而樂此不疲，

所以詩云：

> 野有死麕，白毛包之。有女懷春，吉士誘之。
> 林有樸樕，野有死鹿。白茅純束，有女如玉。
> 舒而脫脫兮，無感我帨兮，無使尨也吠。^{（註六一）}

山野中的女子率直的性格，和男子正常的自由交往，但純真中不失理性，質樸中也顯矜持，所以會提醒男子注意自己的行儀舉止，不要引人說閒話，雖生活在鄉間，可是輿論的力量仍是人人可畏的，但又不好直接道出緣由，所以推到自己忠心的狗身上，要男友小心自己言行，不要踰越規範，否則狗兒可不會口下留情的，真是一首非常逗趣、俏皮、鄉土味濃厚的詩。

二、周朝婦女的內心世界

在研究周代婦女在社會上的生活型態的同時，筆者也針對婦女的內心世界作了一番推敲，以下分四部份來探討。在這以男性為主的社會裡，女子的內心變幻多半圍繞在以男子為中心的主題上。所以我們分別探討女子婚前婚後心理狀況，從未嫁前以男友為思念的目標、先進的西周女子見絕於男的反彈心理、既嫁後以丈夫為思念的重心及棄婦在思念夫婿之餘，仍盼再續前緣等四部份做為探討的重點。

（一）未嫁前以男友為思念的目標

在第二章第二節中，我們鑑賞了許多男女交往期間相思的戀歌如〈秦風‧蒹葭〉、〈衛風‧竹竿〉、〈王風‧采葛〉、〈齊風‧

東方之日〉、〈鄭風・狡童〉、〈陳風・月出〉、〈澤陂〉、〈檜風・素冠〉、〈周南・漢廣〉、〈鄭風・子衿〉等是。在以上諸多詩篇中以〈鄭風・子衿〉、〈檜風・素冠〉、〈王風・采葛〉為女子思念男子最具代表性之作。〈鄭風・子衿〉以暢快淋漓的口語，清晰而誠實的表達了女性苦思的躊躇，如「縱我不往，子寧不嗣音？」、「縱我不往，子寧不來？」說明了女子期待的心，終日為情所苦而發的慨嘆。在極端無奈下，又不能傳遞音訊，只好登高望遠以解煩憂，但終究未能得見心上人，因此說了一句非常貼切而感性的話「一日不見，如三月兮。」可見得女子在未嫁前為情所苦和思念的深長了。在王風采葛中更進一步的說明女子深思男友的苦長，由「一日不見，如三月兮。」進而「一日不見，如三秋兮。」、「一日不見，如三歲兮。」雖言辭有強調的意味，但也可明瞭女性在未嫁的生活重心和思念目標為何了！

　　再如〈檜風・素冠〉將女子思念之情更加詳細描述，女子常於思之日深時廢寢忘餐，甚至形容為之枯槁，所以說「棘人欒欒兮」、「勞心博博兮」。女子形容自己內心的變化為「我心傷悲兮」、「我心蘊結兮」，心已糾結一起，只願能與心上人相見而實現謹守的諾言，便心滿意足了。

（二）先進的西周女子見絕於男的反彈心理

　　在〈鄭風・狡童〉中表現了一位敢愛敢恨的女性，先民耿直無偽的真性情，在她身上表露無遺。詩中說男子在負心別戀後，不吭一聲就斷了音訊，這個女子也不願做個悶葫蘆，徒然使自己承受著心靈的創傷，於是暢快淋漓的大罵「狡童」這可惡而始亂終棄的惡棍，以紓解心中的憤恨，雖然女子在逞口快罵了輕狂無知的「狡童」之後，仍難除心中鬱結，所以說「維子之故，使我不能餐兮！」、「維子之故，使我不能息兮！」可見得西周女子雖可針對現況發出不平之鳴，但內心世界常是倍受創傷，難以撫平的！

　　又如〈鄭風・褰裳〉更進一步道盡女子受創後的心聲。

　　詩云：

子惠思我，褰裳涉溱。子不我思，豈無他人？狂童之狂也且！

子惠思我，褰裳涉洧。子不我思，豈無他士？狂童之狂也且！^(註六二)

這首詩是寫見絕之女，戲謔男子的言辭。詩中女主角見男子已變心，情義已斷絕，於是把女性本有的矜持拋諸腦後，以受創的心情痛加斥責男子，當他追求女子時，不顧溱水的洶湧，涉水和女子會面，而今卻移情別戀，音訊杳無，薄情寡義至極。這位剛烈的女子，不願默默忍受這不平的待遇，於是說出負氣之語，豈無「他人」、「他士」的追求嗎？表示自己身價仍高，並不是非他莫屬，大罵男子的有始無終，以紓解胸中憤恨！

（三）既嫁後以丈夫為思念的重心

婦女在出嫁後往往以丈夫為生活的重心，精神上更是依賴的支柱。在國風中諸如此類的詩有許多，如第三章第四節作的賞析有〈周南‧卷耳〉、〈汝墳〉、〈召南‧殷其靁〉、〈草蟲〉、〈小星〉、〈邶風‧雄雉〉、〈秦風‧小戎〉、〈衛風‧伯兮〉、〈有狐〉、〈王風‧君子于役〉等都是。在征戰連連的西周末東周初期，征夫戰死沙場或遠赴異鄉征戰的不計其數，在這期間產生了許多怨婦和思婦，自是可以理解的。在〈周南‧卷耳〉中便道出了婦人思念夫君，咫尺天涯的痛苦，所以說「嗟我懷人，寘彼周行。」。〈召南‧殷其靁〉更把雷聲比之心中思念的急切心緒，形容夫君在外征戰辛苦，不得休息，所以有「莫敢或遑」、「莫敢遑息」、「莫或遑處」的語詞；在對夫君無限的憐愛中更激起了盼望夫君回家團圓的殷切，所以使用重複強調法說「振振君子，歸哉歸哉！」一唱又三嘆！

在〈周南‧汝墳〉中，婦人一邊砍伐薪柴，一邊思念著郎君，所以在日常生活上，可說心思一刻不得歇息，所以把思念的心比成「惄如調飢」，雖然有點粗俗，但卻也充分顯示出周代婦女思想之單純，夫妻情義的深重。

〈召南‧草蟲〉中更是將婦思夫的心態變化，直接的敘述出來。在未見到夫君（指夫婿）前，心理上是「憂心忡忡」、「憂心惙惙」、「我心傷悲」；已見面時，即幸運得以再度團圓時又是「我心則降」、「我心則說」、「我心則夷」真的是一百八十度大轉變。

　　〈邶風‧雄雉〉中的「我之懷矣，自詒伊阻。」、「展矣君子，實勞我心。」，秦風小戎中的「在其板屋，亂我心曲。」、「方何為期，胡然我念之？」、「言念君子，載寢載興。」〈衛風‧伯兮〉中的「自伯之東，首如飛蓬。」、「願言思伯，使我心痗。」〈衛風‧有狐〉中的「心之憂矣，之子無裳。」、「之子無帶」、「之子無服」，〈王風‧君子于役〉中的「君子于役，如之何勿思！」、「君子于役，苟無飢渴？」等皆有異曲同工之妙。

（四）棄婦在思念夫婿之餘仍盼再續前緣

　　在〈秦風‧晨風〉詩裡，很完整的透露出婦人被棄後的心態。
　　詩云：

> 鴥彼晨風，鬱彼北林。未見君子，憂心欽欽。
> 如何如何，忘我實多！
> 山有苞櫟，隰有六駮。未見君子，憂心靡樂。
> 如何如何，忘我實多！
> 山有苞棣，隰有樹檖。未見君子，憂心如醉。
> 如何如何，忘我實多！(註六三)

　　由「鴥彼晨風，鬱彼北林。」興起，看著晨風飛鳥馳入茂密北林，使自己不禁勾起與丈夫同遊時的歡樂，實在是景物依舊人事全非。如今單飛與夫君相離，內心憂愁難耐，只因夫婿的移心別戀，所以慨嘆「忘我實多」。二章、三章與首章同，眼前雖有美好景色，但卻無人共賞，內心的寂寥，可想而知。所以說「未見君子，憂心欽欽。」、「未見君子，憂心靡樂。」、「未見君子，憂心如醉。」既然已遭夫君拋棄，緣盡但情未了，婦人在感傷之餘，似仍盼有一日奇蹟出現，夫妻能破鏡重圓。所以雖言詞上稍有委屈難掩的情緒，卻使用了三次「如何如何，忘我實多。」強調夫君難道真的全忘了往日情懷，果真如此，如何是好？但未見埋怨或斥責的口氣，可見得在她的內心世界，多麼盼望再續前緣啊！
　　〈邶風‧谷風〉篇也是婦人為夫所棄後的詩，由詩篇來看婦人心理的變化。

詩云：

> 習習谷風，以陰以雨。黽勉同心，不宜有怒。
> 采葑采菲，無以下體？德音莫違，及爾同死。
> 行道遲遲，中心有違。不遠伊邇，薄送我畿。
> 誰謂荼苦，其甘如薺。宴爾新昏，如兄如弟。
> 涇以渭濁，湜湜其沚。宴爾新昏，不我屑以。
> 毋逝我梁，毋發我笱。我躬不閱，遑恤我後。
> 就其深矣，方之舟之。就其淺矣，泳之游之。
> 何有何亡，黽勉求之。凡民有喪，匍匐救之。
> 不我能慉，反以我為讎。既阻我德，賈用不售。
> 昔育恐育鞫，及爾顛覆。既生既育，比予于毒。
> 我有旨蓄，亦以御冬。宴爾新昏，以我御窮。
> 有洸有潰，既詒我肄。不念昔者，伊余來塈。 _{（註六四）}

　　首章寫夫妻有緣永結同心，應當珍惜相聚時刻，如東風的和暖，調和大地，萬物滋長。又如採蕪菁、蘿蔔，是根葉不分的，夫妻為同林鳥，連理枝，更當相親相愛，永不分離，切莫因小事而反目，當白首偕老、五世其昌。

　　二章寫婦人在婚後不久，為夫所棄，可恨夫君的寡情只送到內門而已，便讓妻子獨自前行，所以婦人說「誰謂荼苦，其甘如薺。」誰說荼菜苦呢？在婦人眼中荼菜已然是甜菜了，真正的苦是她內心難以言喻的苦楚啊！雖然內心萬般煎熬，但因對夫情深義重，既然夫已另結新歡，只好遙祝夫君與新婦和樂融融，永無咎言、相守到老。由此看出古來女子的美德和堅忍的性情，實在是現代人所萬難辦到的！

　　三章寫涇水使渭水變濁，但渭水的本質卻仍是清的。由此表示婦女的被棄，並非自己不守婦道，實在是有外力的侵入而致，真正的濁者，是那破壞別人家庭的女人。在此可看見婦人為丈夫脫罪的痕跡。婦人雖遭離棄的命運，仍掛念著家中自己常用的物件，回頭再想想自己已是下堂妻，又有何資格過問夫家的一切，這時才大夢初醒！

　　四章寫自己心中的疑惑，家務方面均盡心操持，鄰里間的急難，更是熱心相助，為婦之道已戮力為之，無奈仍遭此命運。言下之意，

夫君不念婦為家中所建立的功勞，也應感念她為夫家付出的苦勞吧！若夫君能回心轉意，必定又是一家和樂，所謂浪子回頭金不換，在此章中可看出婦人對無情的丈夫，仍存有一絲的幻想呢！

五章在好話說盡而不見回頭時，終於婦人心中的不平漸漸暴發了。想到與丈夫同甘共苦的歲月，細心的照顧和苦心的扶持，才有今日的家業基礎，而一切的成就竟然不屬於自己，反而被視為眼中釘，真是郎心狼心啊！

六章寫婦人怨恨更深，想著自己辛苦建立的家庭，竟然拱手讓人接收，心中滿是憤恨，想到昔日嫁到夫家的歡樂，竟然好景不常，充滿了無限哀傷，更盼老天垂憐，讓她盼到重聚的一刻！

此外〈衛風・氓〉篇及王風中谷有蓷也反應了婦人被棄的哀告。〈衛風・氓〉篇在前節已詳論，不再贅述。〈王風・中谷有蓷〉說明了女子在遭夫棄後，生活無依的苦況。

詩云：

> 中谷有蓷，嘆其乾矣。有女仳離，嘅其嘆矣。
> 嘅其嘆矣，遇人之艱難矣！
> 中谷有蓷，嘆其脩矣。有女仳離，條其歗矣！
> 條其歗矣！遇人之不淑矣！
> 中谷有蓷，嘆其濕矣。有女仳離，啜其泣矣！
> 啜其泣矣！何嗟及矣！（註六五）

由谷中有蓷草興起婦人被棄的哀淒，首章寫天久旱不雨，蓷草也乾旱不已。在此凶年收成不易，竟又遇人無情無義，而使得婦人生活更加艱難困苦。二章重複敘述乾旱的荒年，婦女遇人不淑加之被棄而不顧，所以棄婦慨嘆無限的幽長！二章強調哀痛之情，遭遇之悲，所以啜泣不止，悲腸難息，慨嘆終日，思前想後，但一切已成過去，「何嗟及矣！」似乎隱含著盼望老天垂憐，能挽救這段人力難回的婚姻呢！

三、周朝婦女所扮演的角色

（一）周朝社會婦女美的標準

在〈衛風・碩人〉篇中可說是描繪婦女之美最詳細的一首詩。在本詩中，除可認識許多草木鳥獸之名，更可鑑賞詩經中使用疊字的形容之美。

詩云：

> 碩人其頎，衣錦褧衣。齊侯之子，衛侯之妻。
> 東宮之妹，邢侯之姨，譚公維私。
> 手如柔荑，膚如凝脂。領如蝤蠐，齒如瓠犀。
> 螓首蛾眉，巧笑倩兮，美目盼兮。
> 碩人敖敖，說于農郊。四牡有驕，朱幩鑣鑣。
> 翟茀以朝，大夫夙退，無使君勞。
> 河水洋洋，北流活活。施罛濊濊，鱣鮪發發。
> 葭菼揭揭，庶姜孽孽，庶士有朅。（註六六）

這首詩中有荑、瓠、葭菼等草木名稱，蝤蠐、螓、蛾、鱣、鮪等昆蟲和魚的名稱，可讓我們多了解古代的草木鳥獸之名，此外，又善於運用疊字，如敖敖，鑣鑣，洋洋，活活，濊濊，發發，揭揭，孽孽等，使句意更顯活潑。

這首詩是衛人讚美莊姜貌美而賢的詩。

首章寫莊姜的儀表是屬於身材修長型，美麗而佼好，她的出身為齊莊公的女兒，衛莊公的妻子，齊太子得臣的妹妹，邢侯的阿姨，譚夫人的姊妹。由她的儀表、衣著敘述之完整，可見她外型秀麗、衣著華貴，是一位標準的貴夫人。

二章寫得更透徹，形容大家熟知的大美人莊姜，真是美的化身，令人為之癡狂，有如女神下凡。本章由手部的柔嫩如茅芽寫起，皮膚豐腴如凝固的脂膏，面部柔婉，頸部白皙而修長，牙齒如瓠子般潔白整齊，額頭寬廣如螓首，眉毛細長如蛾鬚，這些是屬於五官的美。再寫到神態的美，如美艷動人的笑貌、清明有神的眸子，透出一股清新

脫俗的靈氣，真不足以用回眸一笑百媚生來形容，此處寫美人的細膩，恐怕是漢賦如宋玉神女賦、登徒子好色賦中，狀美人之辭的前身導引吧！

　　三章寫莊姜自齊嫁衛君，在農郊稍事休息後，便入朝見衛君，她座車的華麗，和馬匹的壯健，令人艷羨。

　　四章寫莊姜娘家齊國的富饒廣大，陪嫁至衛國的齊女子多而美，媵臣武而壯，可見大國嫁女的禮儀是如何的隆盛重大。

　　另外陳風澤陂詩亦提到女子的外型，是以碩大端莊而健美為標準，在詩中「有美一人、碩大且卷」、「有美一人、碩大且儼。」一再證明周代女子美的標準是高大、健康、修長、端莊、才貌兼備的淑女。綜上所言，周代婦女的儀容、才德是大家所重視的，在未嫁時，是娘家之光；既嫁後，為夫家帶來榮耀與尊崇。這是後來漢代所流行的四德，「德、言、容、功」中的要件，婦女在當時扮演著足以使娘家或夫家對外誇示的籌碼，但社會的眼光又使女子不易接受教育，在男性主導的社會下，十足的要馬兒好，又不給馬兒吃草的矛盾心理作祟使然。

（二）賢夫婦相敬愛扶持的寫照

　　在〈鄭風‧女曰雞鳴〉中有一幅美滿祥和的家庭溫馨圖畫。詩云：

> 女曰雞鳴，士曰昧旦。子興視夜，明星有爛。
> 將翱將翔，弋鳧與雁。
> 弋言加之，與子宜之。宜言飲酒，與子偕老。
> 琴瑟在御，莫不靜好。
> 知子之來之，雜佩以贈之。知子之順之，雜佩以問之。
> 知子之好之，雜佩以報之。^(註六七)

　　這首詩是歌詠賢夫婦相敬愛扶持的詩。

　　首章寫夫婦間的話，婦人在雞鳴時催促丈夫早起，丈夫不信而起身檢視，果然已天亮，於是準備打獵的工具出門。

　　二章寫丈夫狩獵豐收而回，夫婦和樂，於是飲酒作樂，希望永結

同心，白頭到老。

三章寫婦人願與夫廝守終生，盡力協助夫君所需，不僅願為料理家事，且願助夫結交益友，有友人造訪，必定親切招待，以順夫君意，廣結善緣。

另外〈齊風‧雞鳴〉也是一首歌詠賢婦勸請其夫上早朝的詩。

詩云：

> 雞既鳴矣，朝既盈矣。匪雞則鳴，蒼蠅之聲。
> 東方明矣，朝既昌矣，匪東方則明，月出之光。
> 蟲飛薨薨，甘與子同夢。今且歸矣，無庶予子憎。^{（註六八）}

首章寫夫婦間對話，婦人聽見雞鳴聲，則警覺上朝的官員必定已齊集了，於是勸請丈夫快快起床。而丈夫回答說是蒼蠅的叫聲，而非雞鳴聲，可見二人都富於警覺心。在古代女子的終身幸福，全仰仗丈夫事業的順利與否，所以女子雖沒有職業上的牽掛，但卻為丈夫的工作、事業而同心一致，共同付出心力。

二章重複一章的模式，妻子說東方有光，一定是天亮了，滿朝文武官員必定已齊集上朝了，夫婿快快請起吧！而做丈夫的起身向外望，原來是月光，天尚未明呢！由妻子二次的督促，可見做太太的操心實不亞於先生，而這都是愛心千千萬的具體表現啊！

三章寫妻子聽到蟲飛薨薨，這是天將明的前兆，雖也願與夫君同夢，但想到未來的遠景，應該捨棄享樂而積極奮發，日後才有長相廝守的本錢，這是做太太的極為明理而有智慧的做法。在家庭中，婦女扮演著相夫教子的角色，雖古代重男輕女是不爭的事實，但女性卻是那一雙推動全家作息的手，看似地位輕賤，實則為不可忽視的重要主內角色。

（三）家人和樂團圓的幸福畫面

〈鄭風‧蘀兮〉是一首家人休憩共唱的詩。

詩云：

　　蘀兮蘀兮，風其吹女。叔兮伯兮，倡予和女

　　蘀兮蘀兮，風其漂女，叔兮伯兮，倡予要女。 ^{（註六九）}

　　首二句為興的寫法，以草木落葉隨風吹拂而四散，興起一家和樂
歌唱的景象。

　　二章重複強調一家你唱我和其樂融融。女性在家中扮演柔性的角
色，母愛的光輝和妻子的柔情使得家庭得以溫柔無比，這是女性所帶
來的一家精神快樂的泉源，我們可以說婦女在家庭扮演著精神主導的
實質地位。

肆、結論

一、婦女行儀的廣受重視

　　周代宗法組織嚴謹的社會，對於女子的行止，漸為重視，一旦稍
有逾越，則成為千夫所指的淫婦惡女，真是要萬劫不復、百死莫贖了。
在齊風敝笱中特別談到齊女文姜敗德，與哥哥齊襄公私通，後來嫁魯
桓公為妻，社會大眾給予淫蕩不恥的評價，因而有此歌謠傳唱。又〈齊
風・載驅〉，也是譏刺齊襄公和妹妹文姜相會的亂倫事件。

　　詩云：

　　　載驅薄薄，簟茀朱鞹。魯道有蕩，齊子發夕。
　　　四驪濟濟，垂轡濔濔。魯道有蕩，齊子豈弟。
　　　汶水湯湯，行人彭彭。魯道有蕩，齊子翔翔。
　　　汶水滔滔，行人儦儦。魯道有蕩，齊子遊敖。 ^{（註七十）}

　　首章寫文姜駕著華麗安適的馬車，由魯奔馳前去會魯襄公。由於
魯道平坦寬敞，所以文姜可以一日往返而無慮的和襄公幽會。

　　二章寫文姜心情愉悅，可以態度從容，實則仗恃著自己財大勢
大，而枉顧丈夫魯桓公的尊嚴。婚後仍私通舊情人，毫無慚愧之色，
實在諷刺到了極點。

　　三、四章使用疊唱法，文姜不以為自身行為有錯，駕車所過之

處，都是行人眾多的熱鬧街市，卻目中無人，自得其樂，甚至享受著旅途的歡愉呢！這和〈齊風・敝笱〉篇（見第三章第一節五）實在是前後輝映著百姓對這椿王室宮廷醜聞的看法了！

在〈召南・行露〉篇中（見第二章第一節五），針對女子為保全個人貞節，而與流民頑強抵抗，至死不屈，為百姓稱頌讚美之事。此外〈鄭風・將仲子〉也褒揚女子義正辭嚴的制止非禮男子，而保全名節的事件，更強調婚姻交往應尊重父母、兄長意見，及鄰里人言的可畏。

詩云：

> 將仲子兮，無踰我里，無折我樹杞。豈敢愛之？
> 畏我父母。仲可懷也，父母之言，亦可畏也。
> 將仲子兮，無踰我牆，無折我樹桑。豈敢愛之？
> 畏我諸兄。仲可懷也，諸兄之言，亦可畏也。
> 將仲子兮，無踰我園，無折我樹檀。豈敢愛之？
> 畏人之多言。仲可懷也，人之多言，亦可畏也。^{（註七一）}

首章寫無禮的仲子，竟攀越過女家門牆來窺視，還折斷家中的杞木枝葉，在父母尚未許婚的情形下，怎敢愛此唐突的男子呢？仲子雖情意感人，但父母不許，不應越禮而來，破壞女子名節。二章寫兄長之言亦當尊重。三章言鄰里人言，怎可置之不理。重複一、二章的意思。可見古代婦女在與異性交往時躊躇不前的原因，乃是因畏懼「父母之言」、「諸兄之言」、「人之多言」所致，反觀今日社會開放自由的情形，與古代相比則是大相逕庭。

此外〈鄭風・山有扶蘇〉一首，寫女子和男友相約會面，久等未遇，而遭到暴徒襲擊騷擾的事，但女子堅持自守，未讓此狂徒得逞。諸如此類女子為己身貞潔而自衛的事件，都為大眾所傳唱和讚揚。

詩云：

> 山有扶蘇，隰有荷華，不見子都，乃見狂且
> 山有橋松，隰有遊龍，不見子充，乃見狡童^{（註七二）}

令〈召南‧野有死麕〉中，雖是鄉野女子也不敢有所逾越，心中縱然喜歡男子的熱情真誠，但社會的眼光人言可畏，不能不顧，所以發出舒而脫脫兮，無感我帨兮，無使尨也吠之語，苦勸男友不要操之過急，而使鄰人側目，這是輿論的重要影響和社會規範使人畏懼，因此而導正個人踰禮的行為。

以上所舉〈齊風‧敝笱〉，載驅二首詩和〈召南‧行露〉、〈野有死麕〉；〈鄭風‧將仲子〉、〈山有扶蘇〉四首詩；呈現出二極化的女子行徑，和社會對女子守貞行為的重視，所以我們可以看出，周代婦女的行止儀態，受家庭倫理和社會輿論的規範長期為此金科玉律，而謹遵克守著。

二、悼念亡夫的執著

〈唐風‧葛生〉為代表性的女子哀悼亡夫之詩。

詩云：

> 葛生蒙楚，蘞蔓于野，予美亡此，誰與？獨處
> 葛生蒙棘，蘞蔓于域，予美亡此，誰與？獨息
> 角枕粲兮，錦衾爛兮，予美亡此，歸於其居
> 夏之日，冬之夜，百歲之後，歸於其居
> 冬之夜，夏之日，百歲之後，歸於其室[註七三]

一，二，三章寫婦女至墓地悼祭夫婿的亡墳，眼見長滿了蔓草和荊棘，一片荒涼蕭瑟的景象，不禁悲從中來，想到自己孤單一人，只有暗自飲泣，雖然嫠婦愁思在所難免，但心中守貞的意念卻極為堅定；四，五二章，寫夏日白晝長，冬日夜長晝短，所以寡婦在夏日悠長而冬夜漫漫的時光中煎熬著，淒苦至極，此時只有想著在死後和夫婿同穴而葬，才能解決苦痛，一勞永逸而圓此相思夢，此詩凸顯古代婦女的癡情和悼念亡夫的執著，更認同為夫守節是為人妻子應盡的婦德，真情怎不使得人神共泣！

三、農家婦女為家庭的幕後功臣

　　古來女子多為嫁雞隨雞式的婚姻生活，人人莫不希望能與豪門巨富，士家大賈節為秦晉，但並非各個都能幸運享受榮華生活，在農業社會裡，務農居多數所以嫁為農家婦的比例非常多，古代婦女們的可愛便在甘於命運的安排，不貪求更不苛求，樂天知命，知足所以能長樂，由〈豳風‧七月〉中可清楚了解農家婦女扮演的角色。

　　詩云：

> 七月流火，九月授衣，一之日觱發，二之日栗烈，無衣無褐，何以卒歲，三之日於耜，四之日舉趾，嗟我婦子，饁彼南畝，田畯至喜。
>
> 七月流火，九月授衣，春日載陽，有鳴倉庚，女執懿筐，遵彼微行，爰求柔桑，春日遲遲，采蘩祈祈，女心傷悲，殆及公子同歸。
>
> 七月流火，八月萑葦，蠶月條桑，取彼斧斨，以伐遠揚，猗彼女桑，七月鳴鵙，八月載績，載玄載黃，我朱孔陽，為公子裳。
>
> 四月秀葽，五月鳴蜩，八月其穫，十月隕蘀，一日之于貉，取彼狐狸，為公子裘，二之日其同，載纘武功，言私其豵，獻豜于公。
>
> 五月斯螽動股，六月莎雞振羽，七月在野，八月在宇，九月在戶，十月蟋蟀入我床下，穹窒熏鼠，塞向墐戶，嗟我婦子，曰為改歲，入此室處。
>
> 六月食鬱及薁，七月亨葵及菽，八月剝棗，十月穫稻，為此春酒，以介眉壽，七月食瓜，八月斷壺，九月叔苴，采荼薪樗，食我農夫。
>
> 九月築場圃，十月納禾稼，黍稷重穋，禾麻菽麥，嗟我農夫，我稼既同，上入執宮功，晝爾于茅，宵爾索綯，亟其乘屋，其始播百穀。

二之日鑿冰沖沖，三之日納于凌陰，四之日其蚤，獻羔祭韭，
九月肅霜，十月滌場，朋酒斯饗，曰殺羔羊，躋彼公堂，稱彼
兕觥，萬壽無疆。（註七四）

歸納七月詩中農家婦女的能幹和吃苦的美德有以下數點：

（一）春耕夏耘時節準備田食

當男人們在田間辛勤耕作，女人則在家裡準備便當帶著孩子到田埂
上和丈夫一起享用，所以有「同我婦子，饁彼南畝」之語了，除了物質
供應外，也給了丈夫精神上的支持，顯示一家和樂融融的景象，無怪田
畯至喜了。

（二）春日採桑養蠶做織布前的準備工作

春季裡，婦女們開始手執深筐，采摘嫩的桑葉和蘩葉來養蠶，這
是非常細膩的工作，要精選嫩葉，又要清掃蠶盒，只希望蠶兒能多吐
些絲，以作為織布的原料，即使再辛苦也不在乎了。

（三）秋日織布製衣

八月收蘆葦作為來年養蠶的工具，這時織布的材料已全，便開始
染絲織布，有黑紅色，有素趁織布之便，未嫁的女子就會為心上人預
做一件又鮮明又美觀的衣裳，以表情意。

（四）秋末準備禦寒冬衣

九月授衣，很明顯由月份可知在秋末是準備寒衣的時候了，誰來
準備呢？當然非婦女莫屬了，在古代男主外，女主內，司職分明，屬
於家務女紅的事自然是婦女的本分了。

（五）冬日製皮衣

在冬日男人農事已了，但能辛勤地從事狩獵工作，每當有獵物得
手，便卸下皮物，而有婦女們製皮衣，未嫁的女子自然也會把握機
會，選擇上好的狐狸皮，為心上人製皮衣。

（六）整頓屋內陳設以準備過冬

在大陸型氣候的豳地，每至隆冬歲月，為了要封閉向北的窗戶，使的北風不致貫入，必定要先清除室內老鼠的溫床，將家中做一次大清掃後，再用泥封住窗戶的縫隙，以保持室內的溫暖與整潔，這些準備工作也是全家總動員，而婦女則是主要的指揮工作者。

（七）家務瑣事的料理

主中饋及料理內務是婦女們的基本工作，在夏日六月吃唐棣，虆藟，七月吃葵菜，菽苴和瓜類，八月吃棗，十月幫忙收割稻米，冬日釀春酒，農事和家務的繁忙可想而知了。

綜上而言，豳地的農民是勤勞的，他們男的種田打獵，女的採桑養蠶織布做衣撫育子女，操持內務，連兒童也在農忙時幫著送飯，他們擁有著節儉樸實而謙恭知足的感恩之心，這正是中國農民的美德，而中華文化就是在這廣大堅實的基礎上，得以成長茁壯的！

四、禮教初形成的社會型態

東周時期禮教初形成的社會狀況，婚禮並不甚嚴格，男女一方面可有自由戀愛的機會，另方面卻也已見存受社會壓制的情形，中國婚姻制度未定以前，大多保留原始婚姻的遺制，如《詩傳》說：「三十之男，二十之女，禮未備則不待禮。」，又如《周禮》說：「以仲春之月會男女，是月也，奔者不禁。」；而媒妁婚制約形成於東周列國之時，有一般平民自由戀愛而成婚姻的，也有所謂父母之命媒妁之言的男女結合，更存在著不少放蕩不羈為社會不齒，卻又只能以輿論制裁男女淫亂的情形。以下分別敘述由《詩經》中分別展現的這三種情形：

（一）描寫自由戀愛的情形

描寫自由戀愛情形的有許多前以論述不少，茲綜合列舉之，諸如：

〈召南‧野有死麕〉：「野有死麕，白毛包之。有女懷春，吉士誘之。」

〈邶風‧靜女〉：「靜女其姝，俟我于城隅。」

〈鄘風・桑中〉：「期我乎桑中，要我乎上宮，送我乎淇之上矣！」

〈鄭風・遵大路〉：「遵大路兮，摻執子之手兮。」

〈鄭風・狡童〉：「彼狡童兮，不與我言兮，維子之故，使我不能餐兮！」

〈陳風・澤陂〉：「有美一人，傷如之何。寤寐無為，涕泗滂沱。」

若以上之交友狀況，不勝枚舉，可以推敲出當時社會雖有宗法組織，禮教初成，但對男女交往並不是太加限制的，否則怎會有如此之多的愛情詩篇呢？此外，如〈鄭風・野有蔓草〉中男女相戀而結合的自由表現，〈陳風・東門之枌〉、〈東門之池〉、〈東門之楊〉更將男子的率性、女性的天真純情，一一顯露出來。

（二）媒妁婚姻的情形

由國風詩中列舉數則，以明媒妁婚姻制在東周形成的情形。諸如：

〈衛風・氓〉篇：「匪我愆期，子無良媒。」

〈齊風・南山〉：「蓺麻如之何？衡從其畝；取妻如之何？必告父母。……析薪如之何？匪斧不克；取妻如之何？匪媒不得。」

由種麻應縱橫耕種期地而引申至娶妻，當有其必之途，就是稟告於父母。又說劈柴應如何，非斧亦不能為之，由析薪之理而興娶妻之意，則非媒妁不能成之。在此名言以媒妁而成的婚姻，才是正當的婚姻。

〈豳風・伐柯〉是一首運用比的技巧來說明婚姻宜依禮而行的詩。詩云：

> 伐柯如何？匪斧不克。娶妻如何？匪媒不得。
> 伐柯伐柯，其則不遠。我覯之子，籩豆有踐。^{（註七五）}

首章寫砍伐樹木以作為柄，若要製作，斧柄不用斧來劈是做不成的，同樣的道理，論及嫁娶，非由媒人從中介紹，經父母同意，而漸入佳境，也是不合禮數的，凡事皆應依必然之禮循序漸進。

二章寫結婚之禮，若依伐樹以取柄的例子來行事，那麼離禮法也就不遠了，就手中的舊柄而複製新柯，就好像娶妻由媒妁之言，依禮而娶，在新婚時新郎與新婦行共食之禮也就平順合宜了。

（三）男女交往而犯禮的情形

在平民階層中如：

〈鄭風・將仲子〉：「將仲子兮，無踰我禮，無折我樹杞。……將仲子兮，無踰我牆，無折我樹桑。……將仲子兮，無踰我園，無折我樹檀。……」

〈召南・野有死麕〉：「舒而脫脫兮，無感我帨兮，無使尨也吠。」

在貴族階級中如：

〈齊風・敝笱〉：「敝笱在梁，其魚魴鰥。……敝笱在梁，其魚魴鱮。……敝笱在梁，在魚唯唯。……」

以殘破之網與大魚之無視其阻隔，比之於魯桓公之懦弱，不足以壓制齊文姜與其兄齊襄公淫通亂倫之事。

〈齊風・載驅〉：「魯道有蕩，齊子發夕。……魯道有蕩，齊子豈弟。……魯道有蕩，齊子翱翔。……魯道有蕩，齊子遊敖。」

由魯道之寬敞平順，而諷喻文姜的敗德犯禮，實不足為取，並由詩文中可看出犯禮交往所受社會輿論制裁的確證。

在古代宗法組織的社會引導下，如婚約的形成，當有其可取之長處。周朝女子雖有廣泛的自由去結交異性，但又因有禮法及輿論的設限，使她們必須於二者中，保持應循的禮節。宗法制度下的繁文縟節，雖令人生厭，但由另一角度看，不啻為保護女性，也可說是婚前使男女更加審慎思量的規範和緩衝。正因為有禮法的依循，而使得中國古代文明社會得以長久維繫，歷久彌新，的確是我輩子孫應當含英咀華，去蕪存菁而加以保存的！

附註

註一：《論語》為政篇。
註二：《論語》泰伯篇。
註三：《詩經》集註，詩大序。
註四：《漢書》藝文志。
註五：《禮記》王制篇。
註六：《禮記》陽貨篇。
註七：《禮記》陽貨篇。
註八：《史記》孔子世家云「古詩三千餘篇，及至孔子，去其重，取可施於禮義，上采契后稷，中

述殷周之盛，至幽厲之缺。始於衽席，故曰，關雎之亂，以為風始；鹿鳴為小雅始；文王為大雅始；清廟為頌始。三百五篇，孔子皆弦歌之，以合韶武雅頌之音。」後人據此謂孔子曾刪詩。

註九：《詩經》集註，詩卷第二，邶一之三，靜女。

註十：《詩經》集註，詩卷第一，國風召南，野有死麕。

註十一：《詩經》集註，詩卷第三，鄘一之四，桑中。

註十二：《詩經》集註，詩卷第三，衛一之五，木瓜。

註十三：《詩經》集註，詩卷第四，王一之六，丘中有麻。

註十四：《詩經》集註，卷第四，鄭一之七，子衿。

註十五：《詩經》集註，卷第四，鄭一之七，溱洧。

註十六：《詩經》集註，卷第七，陳一之十二，東門之池。

註十七：《詩經》集註，卷第七，陳一之十二，東門之楊。

註十八：《詩經》集註，卷第六，秦一之十一，蒹葭。

註十九：《詩經》集註，卷第三，衛一之五，竹竿。

註二十：《詩經》集註，卷第四，王一之六，采葛。

註二一：《詩經》集註，卷第五，齊一之八，東方之日。

註二二：《詩經》集註，卷第四，鄭一之七，狡童。

註二三：《詩經》集註，卷第七，陳一之十二，月出。

註二四：《詩經》集註，卷第七，陳一之十二，澤陂。

註二五：《詩經》集註，卷第七，檜一之十三，素冠。

註二六：《詩經》集註，卷第一，周南一之一，漢廣。

註二七：《詩經》集註，卷第一，周南一之一，關雎。

註二八：《詩經》集註，卷第一，周南一之一，螽斯。

註二九：《詩經》集註，卷第一，周南一之一，麟之趾。

註三十：《詩經》集註，卷第一，周南一之一，桃夭。

註三一：《詩經》集註，卷第一，周南一之一，樛木。

註三二：《詩經》集註，卷第一，周南一之一，葛覃。

註三三：《詩經》集註，卷第一，召南一之二，鵲巢。

註三四：《詩經》集註，卷第一，召南一之二，鵲巢。

註三五：《詩經》集註，卷第二，邶一之三，燕燕。

註三六：《詩經》集註，卷第四，鄭一之七，豐。

註三七：《詩經》集註，卷第四，鄭一之七，野有蔓草。

註三八：《詩經》集註，卷第六，唐一之十，綢繆。

註三九：《詩經》集註，卷第一，周南一之一，卷耳。

註四十：《詩經》集註，卷第一，召南一之二，殷其靁。

註四一：《詩經》集註，卷第一，周南一之一，汝墳。

註四二：《詩經》集註，卷第一，召南一之二，草蟲。

註四三：《詩經》集註，卷第一，召南一之二，小星。

註四四：《詩經》集註，卷第二，邶一之三，雄雉。

註四五：《詩經》集註，卷第六，秦一之十一，小戎。

註四六：《詩經》集註，卷第三，衛一之五，伯兮。

註四七：《詩經》集註，卷第三，，衛一之五，有狐。

註四八：《詩經》集註，卷第四，王一之六，君子于役。

註四九：《詩經》集註，卷第四，王一之六，大車。

註五十：《詩經》集註，卷第三，衛一之五，氓。
註五一：《詩經》集註，卷第一，周南一之一，芣苢。
註五二：《詩經》集註，卷第一，召南一之二，行露。
註五三：《詩經》集註，卷第一，召南一之二，摽有梅。
註五四：《詩經》集註，卷第一，周南一之一，芣苢。
註五五：《詩經》集註，卷第三，衛一之五，氓。
註五六：《詩經》集註，卷第一，周南一之一，樛木。
註五七：《詩經》集註，卷第四，鄘一之四，柏舟。
註五八：《詩經》集註，卷第五，齊一之八，敝笱。
註五九：《詩經》集註，卷第一，召南一之二，行露。
註六十：《詩經》集註，卷第二，邶一之三，雄雉。
註六一：《詩經》集註，卷第一，國風召南，野有死麕。
註六二：《詩經》集註，卷第四，鄭一之七，褰裳。
註六三：《詩經》集註，卷第六，秦一之十一，晨風。
註六四：《詩經》集註，卷第二，邶一之三，谷風。邶風谷風第三章「涇以渭濁，湜湜其沚。」依詩經欣賞與研究一書，糜文開、裴普賢合著本，作「比之渭水涇水濁，涇水聚處也有清波。」，清姚際恆撰詩經通論云：「涇喻新昏者，謂喻己。謂涇誣以渭為濁，渭何嘗濁哉！其沚固已湜湜然清見底矣，余何因新昏而不以我為潔乎！應取渭清意。」，屈萬里詩經釋義云：「涇渭，二水名。在今陝西省，涇濁渭清。以，使也。涇流入渭，故言涇使渭濁。」，朱熹詩經集注云：「然涇未屬渭之時，雖濁而未甚見，由二水既合，而清濁益分。然其別出之渚，流或稍緩，則猶有清處。」以上諸說皆訓為涇濁而渭清，更以涇水比之為新婦，以渭水比之為棄婦之清白；雖成語中有「涇清而渭濁」一語，比喻是非善惡的分明，即雙方立場清楚之意，然邶風谷風「涇以渭濁」乃以「比」為體裁而寫，似仍應忠於原著，而訓為「涇濁渭清」以合於詩意。
註六五：《詩經》集註，卷第四，王一之六，中谷有蓷。
註六六：《詩經》集註，卷第三，衛一之五，碩人。
註六七：《詩經》集註，卷第四，鄭一之七，女曰雞鳴。
註六八：《詩經》集註，卷第五，齊一之八，雞鳴。
註六九：《詩經》集註，卷第四，鄭一之七，蘀兮。
註七十：《詩經》集註，卷第五，齊一之八，載驅。
註七一：《詩經》集註，卷第四，鄭一之七，將仲子。
註七二：《詩經》集註，卷第四，鄭一之七，山有扶蘇。
註七三：《詩經》集註，卷第六，唐一之十，葛生。
註七四：《詩經》集註，卷第八，豳一之十五，七月。
註七五：《詩經》集註，卷第八，豳一之十五，伐柯。

參考書目

1. 《四書集註》，朱熹註，三民書局。
2. 《詩經集註》，朱熹註，華正書局。
3. 《漢書》，班固註，藝文書局。
4. 《禮記》，鄭玄註，藝文書局。
5. 《史記》，司馬遷註，藝文書局。

6. 《詩經通識》，王靜芝註，輔大書局。

7. 《毛詩鄭箋三十卷》，毛亨傳鄭玄箋，新興書局。

8. 《毛詩草木鳥獸蟲魚疏二卷》，陸璣傳。

9. 《毛詩正義四十卷》，孔穎達疏，藝文書局。

10. 《毛詩正義四十卷》，歐陽修撰，大通書局。

11. 《詩經傳八卷》，朱熹撰，世界書局。

12. 《詩疑二卷》，王柏撰，大通書局。

13. 《毛詩稽古篇三十卷》，陳啟源撰，復興書局。

14. 《毛詩後箋三十卷》，胡承琪撰，復興書局。

15. 《毛詩傳箋通釋三十二卷》，馬瑞辰撰，藝文書局。

16. 《毛詩氏傳疏三十卷》，陳奐撰，世界書局。

17. 《毛詩會箋二十卷》，竹添光鴻撰，大通書局。

18. 《詩經釋義上下二冊》，屈萬里撰，中華文化事業出版委員會印行。

19. 《詩經通釋》，李辰冬著，水牛叢書。

20. 《詩經原始》，方玉潤著，藝文書局。

21. 《詩經集傳斠補》，汪中著，蘭台書局。

22. 《讀風偶識》，崔述著，學海書局。

23. 《詩經通識》，姚際恆撰，育民出版社。

24. 《詩經》，毛亨傳鄭玄箋，藝文書局。

25. 《詩經》，繆天綬選註，商務書局。

26. 《毛詩重言通釋》，李雲光著，商務書局。

27. 《三百篇演論》，蔣善國著，商務書局。

28. 《詩經今論》，何定生著，商務書局。

29. 《詩經學》，胡樸安著，商務書局。

30. 《詩經研究》，謝无量著，商務書局。

31. 《文學欣賞的新途徑》，李辰冬著，三民書局。

32. 《文學研究法》，郭虛中譯丸山學著，商務書局。

33. 《詩經研讀指導》，裴普賢著，東大書局。

34. 《詩經今註今釋》，馬持盈註，商務書局。

35. 《詩與美》，黃永武註，洪範書局。

36. 《中國婦女史論文集》，李又寧、張玉法編，商務書局。

37. 《婦女與社會》，蔡哲琛註，美新圖書公司。

38. 《婦女運動》，愛倫凱註林苑文譯，商務書局。

39. 《詩經欣賞與研究》，糜文開、裴普賢合著，三民書局。

40. 《名妻與名女》，司昭芳編著，常春樹書坊。

由《詩經》〈國風〉情詩探究周朝的女性意識

壹、前言

　　民國81年曾寫過〈由《詩經》〈國風〉探究周朝婦女的角色定位〉，而其中雖分析婦女的角色，但未明確提到女性意識、女性自覺的問題，此篇乃承續先前做過的研究而持續詳細剖析女性心理的議題，以加強我們在研究《詩經》〈國風〉情詩部分的更進一步釐清。

　　在文中有關女性意識釋意上，只用女性，而非婦人或女人，乃是對性別的尊重，對女性地位在稱呼上跳脫家庭主婦和女人傳統主內而無主見的刻板印象，故而選擇女性一名詞使用。意識：乃在自由意志下，對人、事、物有一定的個人見解和認知。女性意識乃女性對事物判斷有個人的見解，對個人的感受有主動表達的權利，意識乃自主性的認知，所謂「女性意識」亦即「能肯定與認知女性自身的主體存在。」^(註一)

貳、《詩經》〈國風〉情詩中的女性生活面貌

　　《詩經》〈國風〉民歌，乃先民因生活中情緒的喜怒哀樂，而呈現出的生活風貌，故而由歌謠中，既可見其生活狀態，又可察其心理導向，可謂文學與生活真正的合而為一。為此，〈國風〉的情詩歌謠，以女性為中心分成少女懷春期，交友戀愛期和少婦思歸期三部分，分析其生活面貌及心理態度，以利推敲作品中呈現的女性意識。

一、少女懷春期

召南・摽有梅

　　摽有梅，其實七兮。求我庶士，迨其吉兮。
　　摽有梅，其實三兮。求我庶士，迨其今兮。
　　摽有梅，頃筐塈之。求我庶士，迨其謂之。^(註二)

　　此詩寫出少女懷春的期待和嚮往，由歌辭中以梅子成熟的速度，比之女子青春的短暫易逝，在適婚年齡（15-18）的渴求，希望有美滿的婚姻，更願有適當的男子主動追求，適時的得到婚嫁的願望，而實際上則是女性對未來的一種恐懼的表現，希望得到男子求婚，乃是對自己未來的不確定性的一種心理反射。周朝女性既沒有受教權更沒有工作權，在社會上也沒有應有的地位只是謹守婦德家訓的傳統女性[註三]。想賴以維生除婚姻一途，可說別無他法。由歌謠淺層而言，似乎只是輕鬆的男女適婚年齡對異性的渴求，實則深層而言，女性在為自己的生存尋找出路，把婚姻看成是另一種的謀職，儘可能的自我推銷，在自己年輕時（其實七兮約 15，16 歲）有著花容月貌姣好的條件（生育年齡健康狀況）時，當然亦希望男子能以合於禮的對待，選擇黃道吉日[註四]，主要是自己年輕，仍可以等待；到了適婚年齡時（其實三兮約 17，18 歲）時間有點緊迫了，若選不到好日子，也就便罷，早早來迎接，就是現在了；而到了梅子全落下時（19 歲了），亦象徵著身份地位，適婚年齡的下滑，只能任人揀拾，有人開口要她，就要謝天謝地了。這是一種由內心深處的無奈（對青春逝去的自然規律）、恐懼（無工作權，亦背負著女家和社會眼光的價值批判）而綻放出來的自主行為（大聲疾呼，有意追求的男士們哪！動作要快啊！）古代雖沒有媒體的推波助瀾，但他們由歌謠中唱出自己的心聲，又何嘗不是一種主動積極為自己生存權而高歌的女性意識呢？古代女子雖知自己有委屈卻不知有所謂的男女平等。周朝傳統的道德規範男女為主從的關係[註五]，因此〈摽有梅〉詩歌中為自己發聲的行為，若不到危機意識極度強烈時，對古代保守被動的女性而言，若說是一種青春期的衝動，不如說是對性別不平等而發出的慨嘆吧！否則為何只有以梅子自比女子的詩歌，「梅」、「媒」同音，婚媒乃女子的全部，而竟無梅子比喻男子的年紀，可見得就婚姻而言，男子無年齡之別，而女子則是限制嚴苛，則這又是另一種的男女不平權了！〈召南・摽有梅〉中女子爭取的是主動交友中的積極權，爭取婚姻年齡上的兩性平權及慨嘆身為周朝女性，視野窄，無受教權、工作權只能委屈求全。

二、交友戀愛期

(一)〈召南‧野有死麕〉

> 野有死麕，白毛包之，有女懷春，吉士誘之。
> 林有樸樕，野有死鹿，白茅純束，有女如玉。
> 舒而脫脫兮，無感我帨兮，無使尨也吠。^{（註六）}

　　此詩透露出青年男女對異性追求的渴望。詩中一、二章唱出男子以獵物博取女子好感，進而做為追求女子的憑藉，由第三章以女性口吻唱出女性重視貞節的操守，雖然對於餽贈山產野味的男子傾心，但對鄉野男子的熱情衝動，亦充滿著人言可畏之心，所以才會刻意唱出要男子慢慢來啊慢慢來，暗指一切仍應依循禮法而來，郎若有情則請媒人來依六禮而行婚事，切不可私下有踰矩之行為，雖說不要使我的貼身護衛101忠狗「尨」吠叫，其實乃指，不要引起風吹草動的閒言閒語，驚動了鄰人恐怕事蹟敗露，被人察覺有損女子的名節清譽。由末章詩句呈現出女子欲迎還拒的羞澀竊喜，也顯現出女子在歡欣之餘的自持自重能力，理性與感性的交戰之際，終於能夠回歸到現實面，在兩性的交往上，實則為主導的關鍵性角色。〈召南‧野有死麕〉中女子表現的是開朗活潑、重視名節操守，理性更勝於感性的一面，打破了傳統女性因為過於感性而不理性的刻板印象，有理性、講倫理、守貞節有自持自重的基本信念，在兩性的交往上為關鍵的主導角色。

(二)〈鄭風‧溱洧〉

> 溱與洧，方渙渙兮。士與女，方秉蕑兮。
> 女曰觀乎？士曰既且。且往觀乎洧之外，洵訏且樂。
> 維士與女，伊其相謔，贈之以勺藥。
> 溱與洧，瀏其清矣。士與女，殷其盈矣。
> 女曰觀乎？士曰既且。且往觀乎洧之外，洵訏且樂。
> 維士與女，伊其將謔，贈之以勺藥。^{（註七）}

　　以對話式的歌謠，輕鬆活潑的帶出男女在春日相偕而遊的喜悅，

尤其以女子主動邀約的態度向男子搭理，而男子竟不解風情的回答說已經去過了，女子仍不死心再次相邀終成春遊之行。可見女性的主動積極為追求幸福而鍥而不捨，更展現鄭國民風的開放，女性為愛而大膽率性而為，亦是一種女性自主意識的強烈表現。

（三）〈鄭風・狡童〉

　　彼狡童兮，不與我言兮，維子之故，使我不能餐兮！
　　彼狡童兮，不與我食兮，維子之故，使我不能息兮！^{（註八）}

　　以女性的口吻唱出對已逝戀情的忐忑窘境，〈狡童〉為女子由愛而恨的對象，本為相處甚歡的伴侶曾經暢談心事，又曾相約郊遊野餐，過去的種種，點滴在心頭，卻不知為何，一夕情變，女子完全措手不及，被甩的心情當然是下陷到谷底，於是生活作息一團亂，百思不得其解，希望對象說清楚講明白，卻只能當個悶葫蘆吃了個悶虧，只好發出不平之鳴，這也是女性不甘於受不平等待遇，期待兩性有更平等的對待方式，而不是女性只有被動受氣的份。由詩歌中凸顯的怨氣，一則埋怨男子的不告而別，二則可恨自己身為女性的受限，不得一探情變究竟之苦，在在呈現出女性為掙脫性別束縛的枷鎖而作的困獸之鬥。

三、少婦思歸期

（一）〈衛風・伯兮〉

　　伯兮朅兮，邦之桀兮。伯也執殳，為王前驅。
　　自伯之東，首如飛蓬。豈無膏沐，誰適為容。
　　其雨其雨，杲杲出日。願言思伯，甘心首疾。
　　焉得諼草，言樹之背。願言思伯，使我心痗。^{（註九）}

　　一、二章用自述式的口吻訴說著女子所嫁得人，卻又苦於征戰的無情，女為「悅己者」容的心理，使得女子頓失生活重心，而光彩不再。三、四章以聯想方式興起望君早歸的苦情，婦人思念夫君一如農夫於大旱之望雲霓般般切，但天總不從人願，卻是艷陽高照天，和凡

人開玩笑捉迷藏；古人懷念母親可以在北堂種諼草，象徵母親，以為追思，而思念丈夫卻沒有任何花草可作為替代的象徵物，因此只能空想，而想得頭痛，想得心生了病，以今日醫學昌明來看，有可能因思念成疾而精神耗弱產生恍惚、妄想或幻想，甚而引起躁鬱、憂鬱等精神官能症或強迫症，婦人才會自言自語卻又無心梳洗打扮自己，整天蓬頭垢面已到了瘋狂的境界。造成婦女如此的狼狽不堪，雖則為諸侯征戰連年的野心造成，但也呈現出女性生活面的狹窄，除了丈夫為生活重心，則別無他途可作為精神寄託，一但失去了丈夫，生活步調立刻走了樣。雖說國風中有呈現出女性獨立自主，為自己而活的一面，但亦有跳脫不開傳統觀念的精神桎梏，一生都墜入了思想的深淵而自悲自憐。

（二）〈衛風‧有狐〉

> 有狐綏綏，在彼淇梁。心之憂矣，之子無裳。
> 有狐綏綏，在彼淇厲。心之憂矣，之子無帶。
> 有狐綏綏，在彼淇側。心之憂矣，之子無服。^{（註十）}

以興起的方式帶出婦人思夫的聯想，由於思念的幽深，而使得婦人產生了幻覺，表面上看似由狐狸小心奕奕地走在岸邊，怕掉入水中的擔憂，興起婦人擔憂夫君行役在外的心，而實則此婦似已思念成疾而產生幻影，看見了狐狸在岸上行走讓他想到了夫君，是夫君長得像狐狸、個性像狐狸、身影像狐狸般輕巧、還是看到狐狸毛皮溫暖高貴，想打下來給夫君做件皮裘；甚或擔憂夫君在外包養了狐狸精，而使自己落單成了望夫石？種種的幻想、妄想，成了癡想、狂想，到了快發瘋的境界，這雖是一種案例，但也可反映一種現象，即古代婦女的癡，執著和生活貧乏、單純、無生活重心、以夫為天、為中心，為一切的制式生命形態，造成了許多為情而犧牲活力的年輕生命！

（三）〈衛風‧氓〉

> 氓之蚩蚩，抱布貿絲。匪來貿絲，來即我謀。
> 送子涉淇，至於頓丘。匪我愆期，子無良媒。
> 將子無怒，秋以為期。

乘彼垝垣，以望復關，不見復關，泣涕漣漣。
既見復關，載笑載言。爾卜爾筮，體無咎言。
以爾車來，以我賄遷。
桑之未落，其葉沃若。于嗟鳩兮，無食桑葚。
于嗟女兮，無與士耽。士之耽兮，猶可說也。
女之耽兮，不可說也。
桑之落矣，其黃而隕。自我徂爾，三歲食貧。
淇水湯湯，漸車帷裳。女也不爽，士貳其行。
士也罔極，二三其德。
三歲為婦，靡室勞矣，夙興夜寐，靡有朝矣。
言既遂矣，至于暴矣。兄弟不知，咥其笑矣。
靜言思之，躬自悼矣。
及爾偕老，老使我怨，淇則有岸，隰則有泮。
總角之宴，言笑晏晏，信誓旦旦。不思其反，
反是不思，亦已焉哉！^{（註十一）}

此為一首少婦被棄的心情告白，心中充滿著：一、對絕情男子的痛恨，二、在感情上、生活上對男女不平等的泣訴，三、對婚姻制度中男性有絕對主導權提出了控訴，四、對倫理道德只規範女性而男性則參考之用，表達了強烈的不滿，五、無故而失婚，女家視為奇恥大辱，對傳統男尊女卑發出了怒吼，六、歷經婚姻坎坷，娘家見棄，認清了海誓山盟的真面貌，也走出了美滿婚姻的假象，勇敢的面對獨立的生活，沒有了丈夫，生命一樣有美好的藍圖！

（四）〈周南·芣苢〉

采采芣苢，薄言采之。采采芣苢，薄言有之。
采采芣苢，薄言掇之。采采芣苢，薄言捋之。
采采芣苢，薄言袺之。采采芣苢，薄言襭之。^{（註十二）}

採拾車前子（芣苢草）的動作，婦女邊採邊歌，多麼開心，實則反映了一些現象：

　　一、重男輕女的社會價值（男主外，女主內）。二、婦女家庭地位的不穩定（婦女以生育年齡及生育子女數為其依附男家的本錢）。三、無子的危機。四、生育男丁怪妻不怪夫的怪現象（如今來看是缺乏醫學常識的無知行為）。五、無法可想的情況下，以為車前子可改變體質易生男兒，故而「有」採到車前「子」，而歡天喜地以為即將「有」「子」了，有子萬事足，家庭地位可保無虞，這是古代女性的悲哀，亦是女性地位難以伸張的原因，男性鄙視女性，而女性本身亦自我看低，順應男子的價值判斷。無怪乎千年來女性要受到男子的壓制而翻不了身。小小的芣苢草，卻背負著大大的期待和願望。小小的芣苢草，正如婦女弱小的能力和家庭地位，錯誤的認知，終究帶來錯誤的結果，婦女並沒有因為常吃芣苢而改善了在家庭的地位，反之仍舊為自己的未來而徬徨不已呢？

參、《詩經》〈國風〉情詩中凸顯的女性意識

　　由〈國風〉情詩中凸顯的女性意識分成以下四部份來探討：一、對交友戀愛的主動積極。二、對兩性平權的渴望與追求。三、對美滿婚姻的嚮往和期待。四、對婚姻制度的流毒和政治制度的腐敗提出改進的導引。

一、對交友戀愛的主動積極

　　《詩經》〈國風〉情詩中男女的戀愛交往，使我們對古代男女的刻板印象有了顛覆的詮釋。春秋時代宗法制度社會，男尊女卑，禮教制度形成婚姻必須由媒妁之言促成，然而禮教的嚴明，庭訓的諄諄，卻不能牢栓青年人追求異性的嚮往。由詩經中的歌謠，我們不難發現這股自由戀愛的風氣在鄉間散播開來，諸如〈召南·摽有梅〉、〈召南·野有死麕〉、〈邶風·靜女〉、〈鄭風·狡童〉、〈鄭風·溱洧〉等。

　　由《詩經》〈國風〉情詩中可探得周朝時男女交往情形有其開放自由的一面，由〈摽有梅〉女子主動積極為自己終身大事的極力促銷行為，可知婚姻在女性看來確為大事，而且是有時效性的大事。雖

然交往有一定程度的自由，但男女的社會地位並未因此達到平等的地步。在對交友戀愛時的主動積極態度上，分為五種類型予以探討。一、自我推銷型（以〈召南・摽有梅〉為例）二、贈物示好型（以〈邶風・靜女〉、〈衛風・木瓜〉為例）三、以柔克剛型（以〈召南・野有死麕〉、〈鄭風・溱洧〉為例）四、怒由心生型（以〈鄭風・狡童〉為例）五、臨行送別型（以〈鄘風・桑中〉、〈衛風・氓〉為例）

（一）自我推銷型（以〈召南・摽有梅〉為例）

　　古代女子多害羞內向型，在周朝社會離母性社會不遠，故而女子仍存有母性社會的勇往直前，積極向上的本性。尤其在青春發動期，求偶的本能自是不容抹滅。周朝以農立國，女性又以碩大為美，足以增產報家報國，依其生活型態的內外兼顧，性情上自亦頗受影響。在男女不平等的社會中，周朝女子對自身的需求和未來的前途，發出高分貝的吶喊，以求達成婚配的目的。〈召南・摽有梅〉中對自己的年齡發出青春易逝的感嘆，亦對眾多男子吹出進攻的號角，給自己多一點機會，也為男性營造出和樂的氣氛。由詩歌中言語的淺白，可探得女子心中主動積極追求的目標為何。由〈召南・摽有梅〉「其實七兮，三兮，傾筐墍之。」等層次，以梅子落下表成熟的速度，帶出婚媒成功的比例。梅子落得愈快，表青春逝去愈快，婚媒的可能性就愈低，故而梅落彷彿媒落般使女子心焦如焚，故而發出警訊大聲疾呼：「求我庶士啊！儘管前進吧！」時間允許的話，依六禮選定良辰吉時，時間緊迫時則順勢而為，可立即完婚。若真的年華已過，仍可與心儀的對象長相廝守，這是周朝女子為自身幸福的主動積極，亦是女性在婚姻中無奈的悲鳴！

（二）贈物示好型（以〈邶風・靜女〉、〈衛風・木瓜〉為例）

邶風・靜女

靜女其姝，俟我于城隅。愛而不見，搔首踟躕。

靜女其孌，貽我彤管。彤管有煒，說懌女美。

自牧歸荑，洵美且異。匪女之為美，美人之貽。 [註十三]

在封建制度未見嚴格規範之前，男女一有開放自由的交往的情形，在〈邶風・靜女〉中可見女子贈送彤管（針線盒）和荑（初生的茅草）給男子，以增進彼此情誼，更因此向男子示好，以表情意。男女間的情愫自然因而加溫，有助於感情的圓滿成功。

衛風・木瓜

投我以木瓜，報之以瓊琚。匪報也，永以為好也。
投我以木桃，報之以瓊瑤。匪報也，永以為好也。
投我以木李，報之以瓊玖。匪報也，永以為好也。^{（註十四）}

〈衛風・木瓜〉中男女互贈玉珮和水果，非關禮物本身的價值貴賤，重點乃在增進情誼，盼望能永結同心，走向婚姻的彼岸。在〈衛風・木瓜〉中雖未言明何者為男女各自所贈之物，但互贈禮物則為事實，足見男女不僅有交往的事實，亦有互贈的事證。男子的求偶殷切，女子自然亦是等同對之。足見女性在交友的過程中，亦不掩飾本有的嬌羞而據理力爭為愛奮戰了。

（三）以柔克剛型（以〈召南・野有死麕〉、〈鄭風・溱洧〉為例）

〈召南・野有死麕〉^{（註十五）}中鄉野男女交往，凸顯男性的孔武有力為求所愛，不顧艱險，拼了命獵得獐鹿，只為搏得女子的歡心，以其超人的體力，衝勁，對女性的追求，可想見會有其熱情衝動的一面。因此女子才會說：「一切慢慢來啊！（言下之意要遵循社會的規範，男女要保持相當的距離，而不可有所踰越）不要碰觸到我的衣襟，不要讓我家的忠狗，因防衛保護主人而吠叫攻擊。」女子表現得感性在先，接受男子的獵物餽贈，亦即接受了男子的愛情。之後更以理性示意男子要快找媒人來說媒，不可逕自率性而為。以「尨」暗指人言可畏，連家中的狗都看不下去了，家人怎會不議論紛紛，若連家人都覺不妥，那麼外人更是難以苟同而閒言閒語了。在封建社會中，禮教規範人人當守，若有恣意而行者，更是千夫所指於禮不容了。因此女子以緩和的語氣說：「慢慢來啊慢慢來」以感性溫柔的語氣，表明她的忠誠不變，讓勇猛剛強的男子安心，進而用理性合理的說詞，請求男子不要輕舉妄動，隨意碰觸她的衣襟。最後用尨來示意兩人的愛戀，

還關係者家族和親友，千萬不要犯眾怒，而壞了好事啊！可見鄉野女子雖亦充滿少女的熱情，但在交友的感情處理上，仍是頗能圓融兼顧的。一則心愛的男子可欣然接受，二則也保留了自己和家族的尊嚴，可說是理性與感性兼顧的標準以柔克剛型的時代新女性。

　　由〈鄭風・溱洧〉[註十六]三月上巳男女遊春，美景當前，溫柔活潑的女性主動提起出遊賞春之事，而男子卻不解風情，遲鈍的說已去過了，溫柔多情的女子鍥而不捨的繼續邀約到洧水附近遊春，果然男子被說動而相偕而遊，開心的度過兩人世界的甜蜜，臨別還互贈芍藥花以表情意。此乃以女性的溫柔活潑，成功地克服了男性剛強固執的一面，本來可能形同陌路的關係，因為女子的主動積極以溫柔敏銳的女性本色，克服了男子剛烈頑強的性格，成功的達成了交友的和樂境界。

（四）怒由心生型（以〈鄭風・狡童〉為例）

　　這是一段戀情的終點站，女方因愛而生恨，回想起交往的情形，覺得自己並無犯過，何以受到「不與我言」、「不與我食」[註十七]近似絕交的對待，不由得嗔心起、怒氣生，加之思念殷切而造成食不下嚥、寢難成眠的狀況。在交友的過程中，女子本處於被動，但此女怒火中燒仍沉醉在戀愛的甜美之中，卻渾然不知已被甩了。因此很直接的表現她可能採取的行動，便是發洩出心中的怨氣，大罵負心人「狡童」，更說出心中的疑問：「為何不和我言語？」「有情人為何不能成佳偶？」。可見其心中的沮喪，但仍表現主動積極的作為，像是要天下人為她評評理般似的，在詩歌中表現怒氣而非默默做個小可憐蟲，這是萌芽中女性意識的開發。

（五）臨行送別型（以〈鄘風・桑中〉、〈衛風・氓〉為例）

鄘風・桑中

爰采唐矣，沬之鄉矣。云誰之思，美孟姜矣。
期我乎桑中，要我乎上宮，送我乎淇之上矣。
爰采麥矣，沬之北矣。云誰之思，美孟弋矣。
期我乎桑中，要我乎上宮，送我乎淇之上矣。
爰采葑矣，沬之東矣。云誰之思，美孟庸矣。
期我乎桑中，要我乎上宮，送我乎淇之上矣。[註十八]

　　〈鄘風・桑中〉在副歌中透露出男子高唱女子約她出遊的景點（桑中），主動邀約他見面的場所（上宮），臨別之時還親自到送別的地方（淇之上），可見女性為保住值得相愛的戀人，早已不在乎輿情如何，只有在臨別送行時，方可顯現臨別的真情流露，亦才容易留住對方那顆未定的心，因而有此送別之舉。

　　〈衛風・氓〉[註十九]第一章亦有送別之情，亦為送至淇水之郊，可見涉淇似乎成為男女定情的場所，由女子主動出擊，送別一招即可換來真情一片，甚或一段美滿姻緣，因此女子趨之若鶩而屢試不爽。

（六）小結

　　由〈召南・摽有梅〉女子的自我推銷，〈邶風・靜女〉、〈衛風・木瓜〉的贈物示好，〈召南・野有死麕〉的循循善誘，理性與感性兼顧，〈鄭風・溱洧〉的以柔克剛，〈鄭風・狡童〉失戀後的自力救濟，尋求解決戀愛觸礁的瓶頸等，在在顯示女性在交友戀愛過程中的主動積極與樂觀進取。

二、對兩性平權的渴望與追求

　　周朝男女地位的不平等，由〈小雅・斯干〉[註二十]說明了周朝時男女地位的懸殊[註二一]，詩經中女性在可能的範圍內，盡量表現女性心中的期待，縱使受到現實社會中價值的束縛，仍極力表現女性對交友戀愛婚姻渴求的自由與自主。在對兩性平權的渴望與追求的態度上分為：一、自嘆弗如型（以〈衛風・氓〉為例）二、與天爭時型（以〈召南・摽有梅〉為例）三、寧鳴不默型（以〈鄭風・狡童〉為例）四、捨我其誰型（以〈鄭風・溱洧〉為例）四種類型予以探討。

（一）自嘆弗如型（以〈衛風・氓〉為例）

　　婦女既嫁後無過，只因年老色衰而見棄「女也不爽，士貳其行」，返回母家則受兄弟嘲笑；丈夫則品行不端，見異思遷，停妻再娶，卻為社會所認可。婦人左思右想心難忍，故而唱出「士之耽兮，猶可說也，女之耽兮，不可說也。」凸顯婦女地位的低下，在丈夫的凌虐家暴之下，卻無處伸冤，只有身為女子的悲嘆泣訴，而內心深處則渴望

著來世亦能身為男子，得到無比的自由與寬容。由於周朝兩性的極端差距，造成社會價值觀的扭曲，使得女性受到差別待遇而苦不堪言，眼巴巴望著一切以男性為尊的成規，而只有自嘆弗如了。

（二）與天爭時型（以〈召南 · 摽有梅〉為例）

　　兩性在周朝除了性別地位的迥異外，年齡的差異，更是使女性內心受創的重要因素。〈召南 · 摽有梅〉道出了待嫁女兒心，自覺年華易逝，不若男子般不受婚齡所限，內心期待有媒，卻又顯現無媒時的徬徨不安，男子越老越值錢，女子卻越老越貶值，在與自然定律賽跑的同時，使得女性更懂得珍惜時光，工作更有效率，因為怠惰、延宕，便是浪費光陰，消磨了青春，見了「梅」子「落」下，不由得想起自身的婚「媒」，花「落」誰家呢？由此可推知女性心中極度的渴望追求與男性平權的喜悅和幸福。

（三）寧鳴不默型（以〈鄭風 · 狡童〉為例）

　　由〈鄭風 · 狡童〉可見男女的交往仍然受到性別與禮教的限制，男子無來由的與女方斷絕往來，女子卻求助無門，呼天搶地，只恨男女不平等，否則詩中主唱的女子，定會前去問個明白以解疑惑。雖則如此，詩歌中仍顯現了女子對兩性平權的渴望，道出了身為女子的苦楚，被蒙在鼓裡，只能猜測、懊惱、不安、鬱悶、不知所措，內心的交戰實非身為男性可易地而處的。

（四）捨我其誰型（以〈鄭風 · 溱洧〉為例）

　　女子果敢堅決的表現，為自己幸福而戰，即使男子興趣缺缺，女子亦要勇往直前，以誠意打動男子，使之遷就而請君入甕達成目標。

（五）小結

　　由〈衛風 · 氓〉婦女發出自嘆弗如男性尊崇的地位，凸顯性別差異，帶給女性的苦楚和對兩性平權的渴望，由〈召南 · 摽有梅〉女子與天爭時的呼天搶地，凸顯年齡差異，帶給女性先天的不平，而引發對兩性平等的渴求。由〈鄭風 · 狡童〉女子寧鳴而死不默而生的追求真相，凸顯交友見棄的不平。由〈鄭風 · 溱洧〉女子為愛挺身而主動

出擊付諸行動，成為追求兩性平權的鬥士，真是捨我其誰啊！

三、對美滿婚姻的嚮往和期待

　　女性自古生來唯一的職志，乃成為一個賢妻良母孝媳順婦，故而女性成長過程自然也依循此定律而逐步達成願望。以下就女性對美滿婚姻的嚮往和期待分成以下四種類型予以探討：一、闔家歡樂型（以〈周南・桃夭〉、〈周南・樛木〉、〈鄭風・丰〉、〈召南・采蘋〉為例）二、受制生男型（以〈周南・芣苢〉為例）三、屢仆屢起型（以〈衛風・氓〉為例）四、奮起思歸型（以〈衛風・有狐〉、〈衛風・伯兮〉為例）。

（一）闔家歡樂型（以〈周南・桃夭〉、〈周南・樛木〉、〈鄭風・丰〉、〈召南・采蘋〉為例）

周南・桃夭
桃之夭夭，灼灼其華。之子于歸，宜其室家。
桃之夭夭，有蕡其實。之子于歸，宜其家室。
桃之夭夭，其葉蓁蓁。之子于歸，宜其家人。（註二二）

　　〈周南・桃夭〉以桃花、桃子、桃葉與女子的花容月貌、健康產子、子孫繁茂產生聯想。一個女子的一生，在青春年華適婚年齡而嫁得其時，又嫁得其人，生得壯丁且連連得子，人丁興旺，此乃每一出嫁女子的嚮往和期待。故而祝福女子出嫁而言宜室宜家，乃對女子最深層的祝福。

周南・樛木
南有樛木，葛藟纍之。樂只君子，福履綏之。
南有樛木，葛藟荒之。樂只君子，福履將之。
南有樛木，葛藟縈之。樂只君子，福履成之。（註二三）

　　〈周南・樛木〉將夫妻的關係主從一分為二，夫高高在上如樛木一般，妻則低低柔柔如蔓草一般順勢攀附，所附為何則依樣成長，所

謂嫁雞隨雞，嫁狗隨狗，毫無自主能力。詩中所唱充滿了對婚姻生活的憧憬，勾勒了幸福的藍圖，就等待自己成為女主角入主理想的城堡。

鄭風 ‧ 豐

子之豐兮，俟我乎巷兮，悔予不送兮。

子之昌兮，俟我乎堂兮，悔予不將兮。

衣錦褧衣，裳錦褧裳。叔兮伯兮，駕予與行。

裳錦褧裳，衣錦褧衣。叔兮伯兮，駕予同歸。^{（註二四）}

〈鄭風 ‧ 豐〉女子出嫁時的心情，透露出對婚姻的期待，看著英姿煥發形貌豐盈的夫婿，對未來的生活充滿著嚮往和期待，期盼未來的生活，如同所穿的嫁衫罩袍般多采多姿、美滿充實、一家和樂。

召南 ‧ 采蘋

于以采蘋，南澗之濱。于以采藻，于彼行潦。

于以盛之，維筐及筥。于以湘之，維錡及釜。

于以奠之，宗室牖下。誰其尸之，有齊季女。^{（註二五）}

〈召南 ‧ 采蘋〉寫即將出閣的女子，採蘋草祭祀，祈求人生圓滿、夫妻和樂、白首偕老。可見女子對未來充滿未知的世界，投注以全新的期盼和嚮往。

（二）受制生男型（以〈周南 ‧ 芣苢〉為例）

〈周南 ‧ 芣苢〉^{（註二六）}詩三章皆以疊詞采采起首，每章采字使用四次五次不等，以如此頻繁的「采」字使用，凸顯了「採」這個動作的迫切性和重要性。婦女如此急切的想採得芣苢草的舉動便透露他們想生男的心理，思想影響行為，她越想採得，就反映出她越想獲得麟兒的心意，而這種採摘草葉的動作，也證明了女性的家庭地位嚴重的受制於生男與否的既定準則。婦女們嚮往期待婚姻的美滿，自然少不得要為夫家添幾個壯丁，當然也就使自己的地位更加茁壯，所以婦女們不辭勞苦，拼命的尋覓那生男妙藥，殊不知這種費勁的工夫，在今

日看來，則是精神可嘉，而得子之效應是徒勞無功的！

（三）屢仆屢起型（以〈衛風‧氓〉為例）

　　〈衛風‧氓〉^{（註二七）}婦女在見棄之後的自我回想、自我反省，其中第三、四章說明了身為妻子的安分守己，但身為丈夫的卻是悖德犯禮之事做盡，儘管如此，妻子仍忍耐包容他繼續度日，直到丈夫無理的以色衰愛弛這荒唐的理由休了妻，可憐的妻子才發出哀嚎哭訴，希望丈夫能回心轉意，但所有的用心皆為白費，丈夫已有二心一去不回頭。歷經了數年的身心煎熬，棄婦終於走出了夫家的陰霾和娘家精神上的二度傷害，雖仍時時想到丈夫往日的愛情誓言，但事過境遷之後這些宣告都成了莫大的諷刺，對人心、人性有了重新評估，自然對美滿婚姻的嚮往和期待有了更踏實的認知。

（四）奮起思歸型（以〈衛風‧有狐〉、〈衛風‧伯兮〉為例）

　　〈衛風‧有狐〉^{（註二八）}凸顯婦女在思夫上的無助，又因思念而牽動了精神上的聯想或幻想。因此才會看見了淇水岸邊的狐狸行走而想到了身在外地的丈夫，無盡的思念之情乃排山倒海而來。婦女生活面的單純導致空巢時的無所適從，但從另一角度看生活中有了一種期待、熱望、嚮往者未來仍能重聚，享受美滿幸福的婚姻，硬是能叫悲傷的婦女奮起，有了精神的寄託日日是好日，否則等待是最難熬的，但卻是一種甜蜜的犧牲，作為妻子的婦女們在思歸的過程中，培養出了無比的耐力，這也是憧憬美好未來的甜蜜展獲。

　　〈衛風‧伯兮〉強調思婦在丈夫離家後，他的日常生活作息，呈現一種停滯的狀態，消極、墮落是一個失魂婦女的寫照，但由於極度的思念丈夫，又燃起了他對生命的熱望而奮起立誓，心甘情願的痴等夫婿回轉。

（五）小結

　　在婚姻的路上，不論婦女如何嚮往或期待，總處於等待的被動角色，想要擁有主導權，事實上是有其困難之所在的。由〈周南‧桃夭〉^{（註二九）}探得女子對有子萬事足的預期心理。〈周南‧苤苢〉^{（註三十）}婦女主動採葉滿懷孕子的婦女苦情。〈衛風‧氓〉^{（註三一）}婦女遵循媒

妁婚約嚮往美滿未來，以先友後婚方式，竟仍事與願違，分析失婚緣由後，精神上主動積極勇敢面對未來人生。〈衛風‧有狐〉婦女對美滿婚姻的期待成了無盡的思念，充滿著無窮盡的想像力，亦是另一種的積極。〈衛風‧伯兮〉[註三二]期待俊美帥氣的丈夫功成名就後凱旋回來，以思念化作精神上的忠誠，卻換來了無止境的獨守空閨和無盡的苦悶。〈周南‧樛木〉[註三三]中所言夫妻之間關係，夫為木本大樹而妻為草本藤蔓類植物，草本要依附在木本樹上而不能獨立生長，正如妻子的地位乃是丈夫之附庸，所謂妻以夫貴、母以子貴，明顯的處於附屬性的角色地位，對美滿婚姻的嚮往和期待只能仰人鼻息，一朝丈夫變了心，這些美夢只能成為泡影而哭訴無門了。

四、對婚姻制度的流毒和政治制度的腐敗提出改進的導引

　　封建制度乃是男性制定的金科玉律，故而利益皆以男性為中心而設定，女性自出生起便注定了悲苦低下的一生，連在家庭中夫妻不平權都要視為當然，受了委屈只能含悲忍淚以作為賢淑的內助，這些社會規範、價值對女性而言，實為一種毒化教育或奴化教育，不僅戕賊了他們的身，也矮化了他們的心，在婚姻中有了不健康的妻子，難道會有幸福美滿的家庭嗎？充其量不過是一種假象罷了！而政治制度的腐敗，更是加速女性墮入苦海深淵的幫兇，由於婦女們長期所受的不幸煎熬，才足以使得後代對政治制度、家庭制度甚至道德教育上的缺失，獲得更進一步的反省和改善，從而得到導引而漸入合理的佳境。以下分成：一、離婚過程的草率（以〈衛風‧氓〉為例）二、家庭地位的兩極化（以〈周南‧芣苢〉為例）三、諸侯擴權下的犧牲品（以〈衛風‧伯兮〉為例）四、戰爭頻仍產生的躁鬱心理（男以〈王風‧大車〉、〈召南‧小星〉為例）（女以〈衛風‧伯兮〉為例）四方面予以探討。

（一）離婚過程的草率（以〈衛風‧氓〉為例）

　　〈衛風‧氓〉一位弱勢婦女受了家暴還被休棄的控訴，在夫家貧苦的生活下，操持家務毫無怨言，早起晚睡不辭勞苦，可以算得謹守婦道的女性，合於周朝的女性婦德行儀了。但丈夫竟自己在外花天酒

地宴樂無度，最後毫無預警的以色衰為藉口而羞辱她、家暴於她，最後竟休棄了她，這樣草率的離婚過程，只憑單方面的一面之詞，對女性人權毫無保障，對公平正義的維護更是蕩然無存。

（二）家庭地位的兩極化（以〈周南・芣苢〉為例）

　　所謂夫妻和睦並非丈夫開心，而妻子隱忍苦痛強顏歡笑的組合，但古代的婚姻制度可說是男性一人獨大的態勢，女子的加入只是配合演出，可以隨時更換配角來去自如，不影響整齣戲的情節演出。〈周南・芣苢〉的可憐村婦四下拾葉以求得男，多麼卑微多麼堪憐，得子對丈夫而言，向祖宗有了交代，承遞香火後繼有人，顏面有了光彩，而妻子則只不過盡了義務而不至於被休罷了，說穿了只不過是個生子的工具而已。以今日經濟社會角度而言，古代婚姻有如私人企業管理，員工要對老闆絕對的服從，若有不當，老闆可隨時下逐客令。因此婦女地位的低下，可悲的不是男性使詐的愚民政策，最可悲的是女性亦自我甘於認同，而承受千百年之恥辱與不合理，才是最卑微的心靈創傷。

（三）諸侯擴權下的犧牲品（以〈衛風・伯兮〉為例）

　　春秋戰國諸侯爭權，政治鬥爭之餘，免不了要發動武力戰爭，以滿足謀取權利的野心，這時征夫民兵變成了現實利益下的最大犧牲者。不僅征夫本身受征戰連年之無情而身心受創，征夫之妻在鄉亦同等飽受精神上的折磨煎熬，可說是整個家庭皆因而受累。以〈衛風・伯兮〉而言，出征前是壯碩魁武驍勇善戰的壯士，而能回來與否則留下問號，婦人心情的下陷可以想見了。詩歌中唱出思婦的生活，不修整容顏、不沐浴更衣，只為了思念丈夫，其心可憐、其情可憫！

（四）戰爭頻仍產生的躁鬱心理（男以〈王風・大車〉、〈召南・小星〉為例）（女以〈衛風・伯兮〉為例）

王風・大車

大車檻檻，毳衣如菼。豈不爾思，畏子不敢。
大車啍啍，毳衣如璊。豈不爾思，畏子不奔。
穀則異室，死則同穴。謂予不信，有如皦日。[註三四]

　　〈王風・大車〉中征夫在前線衝鋒陷陣時身不由己，但是心仍眷繫在妻室上，由主帥的座車發出具大聲響和主帥身著的細緻毛衣，顯現他的威儀穩重如山，更使得征夫們望而生畏，而不敢造次，斬斷士兵臨陣脫逃的可能。在種種限制和束縛下，征夫只好唱出心中思念之苦，做了個忠誠的軍人，就不能做個盡責的丈夫，左右為難只能對家鄉的妻子作出血的承諾「生同衾，死同穴」，如若不然，則日沒人沒，可見其心中躁鬱煩悶的心理，必須以此毒誓強烈表現，方可撫平其激動熾熱的心。

召南・小星

噂彼小星，三五在東。肅肅宵征，夙夜在公。實命不同。

噂彼小星，維參與昴。肅肅宵征，抱衾與裯。實命不猶。^(註三五)

　　〈召南・小星〉征夫夜半行路，為求突擊建功，不日不夜只為公家之事而忙忙碌碌出生入死，背著軍帳軍毯等負重之物，沉重的步伐有如沉重的心一般，不知歸期定準，只能哀嘆命運多舛，仰望小星星高掛天上，想著自己如星星般夜半仍不能休息，而星星乃是照耀大地、為人指明路徑，而征夫卻不知為何大半夜的仍在孳孳矻矻，所為何來？星星高高在天，而征夫低低在下，人如何能和天比呢？星星有高貴的目標為人們而閃亮，征夫覺得只是被利用的工具而已，半夜仍在無目的行軍徒步，不知前途為何？卻又敢怒而不敢言。

　　不僅征夫有著躁鬱不安的心理，思婦亦然。在家中守候的婦女如〈衛風・伯兮〉即是對事物不理不睬不醒人事，丈夫走了好似也把她的心帶走了，成天只有哭等傻想，心病因而產生，發瘋發狂的或亦有之，此種結果的導向應亦可測得也。

（五）小結

　　因兩性不平等的婚姻牢籠，而導致草率的離婚過程，由〈衛風・氓〉中丈夫的跋扈、專制、殘暴，凸顯婦人的弱勢、卑微、淒苦，更因男女的不平權，造成家庭地位的兩極化。由〈周南・芣苢〉凸顯了男尊女卑，為了生男，婦人忙翻了去採芣苢草，採得便有如已得子般的興奮不已，觀念影響情緒，情緒化的人生乃拜兩極化地位之賜。諸

侯征戰乃因權力鬥爭而起，由〈衛風・伯兮〉看到集權統治者專制、蠻橫無理的手段，但卻是無辜婦女成為野心家奪權的犧牲品。戰爭帶來許多的痛苦，更有數不盡也難以癒合的後遺症。由〈王風・大車〉、〈召南・小星〉可以嗅出前線征夫的躁鬱心理，當然更可以理解家鄉獨守閨門婦女的憂鬱無助、恐懼不安的心理了。

肆、結論

一、拆穿封建「妻以夫貴」匾額下的假象

　　婦女想活出自己卻又爭脫不了封建男尊女卑的窠臼，如〈周南・樛木〉塑造的女性像草木植物葛藟爬藤般，依附在樛木大樹上而無法獨立生存。名為妻以夫貴，實則沒有獨立人格，仰人鼻息的生活型態。這是在丈夫忠誠的情況下可行，若丈夫功成名就變了心，做妻子的束手無策只能坐以待斃。如《琵琶記》中蔡伯喈得中，趙五娘京城尋夫見棄。《鍘美案》中陳世美欺君枉上在前，中狀元被招為東床駙馬後，忘卻糟糠的吃辛受苦，殺妻滅子在後，敗壞人倫，均州荒年父飢寒而死，母懸樑自盡，不忠不孝不仁不義乃在一貪字。古人所謂貧賤不能移，要人窮志不窮，但重要的是成功之後，更要富貴不能淫，威武不能屈。秦香蓮的自覺乃教導子女從今而後勤讀詩書莫做官。此乃發自內心對妻以夫貴冠冕的深惡痛覺。自古喊出妻以夫貴的口號亦是女性在無可奈何中的唯一選擇。當女性在社會上不能靠自己獨立求生，只能尋找一張長期飯票全力扶持以求自保，但當被要求繳回這張飯票時（離婚或見棄）也只能默默的承受含恨而終了。無怪乎〈國風〉中許多棄婦詩產生 [註三六]，他們長年的飲泣便其來有自了。

二、堅毅果決的韌性透露生不逢辰的訊息

　　如〈衛風・氓篇〉中的婦女，倒敘自己的一生，由自由戀愛的歡樂到媒妁的婚媒金童玉女的結合，雖生活清苦卻也努力維繫，操持家務，不敢怠慢，歲月荏苒，出嫁時仍是清純少女，三年後竟成了被棄的黃臉婆，沒有人怪罪始作俑者的丈夫，而這見棄的婦女，回到母

家，卻要受到兄弟的訕笑，旁人的異樣眼光，受盡欺凌，含悲忍淚暗自飲泣，發出不平之鳴，要為自己也為同樣遭遇的女性一吐怨氣。〈衛風‧氓〉「士之耽兮，猶可說也，女之耽兮，不可說也。」[註三七]這段話唱出了肺腑之言，也唱出了婦女不平的心聲。背負著寧鳴而死不默而生的歷史包袱，奮力一搏，發出內心強烈的質疑，何以社會以雙重標準評論男女，男子是人，女子亦是人，為何男性犯過可以被社會大眾原諒，而女子犯錯便是十惡不赦了呢？女性忍受者被夫羞棄的恥辱和兄弟言語的凌虐，無形中卻培養了女性的堅毅韌性，但大環境是無法改變的，周代的婦女只能哀怨感嘆生不逢辰罷了。

三、婦女在家庭中試圖扮演著完美主義的角色

以男性為主的周朝社會，婦女在家中的職責在於相夫教子，侍奉公婆，務使全家和樂，人畜平安，內務打理得井井有條[註三八]。捨此而外，婦德以夫為貴，各司其職，在〈周南‧葛覃〉中，婦女要回母家探視父母之前，要先把夫家大小事情料理妥當，方得有餘閒探望父母。事情的先後順序，務必分得清楚明白，以免產生誤解，而得罪夫家，足見婦女對夫家的一切，皆小心謹慎處理，不敢有所怠慢。這樣的心理當然亦由經濟必須仰賴夫家而來。經濟不能獨立，造成心理上附屬地位的感受。由正面而言，婦女遵從古禮三從四德，謹守奉行，成為家庭穩固的重要精神支柱，也是生活上實質運作的執行者，但正因女性沒有工作權，當然就自然失去了發號司令主導全局的權利，一切由丈夫或公婆說了才算數，因此自始自終女性皆處於弱勢低下，仰人鼻息之境。要能逆來順受，也要能與有榮焉與夫共患難，亦同富貴，處於順境，生活優渥，則以為天賜良緣，幸福美滿，身處逆境則自怨自憐自嘆福薄，心理上存有著完美主義的堅持，稍有不順，則自責萬千，無疑是封建時代女性心理產生的毒害和自卑心理的流毒作祟。

四、自怨自憐心態下造成的潛在心理疾病

由周朝婦女在婚姻中扮演的角色[註三九]，深知處於弱勢悲苦的女性，對婚姻生活乃充滿著不確定感，生活沒有保障，一則沒有工作能

力，無法獨立養家活口，必須仰賴丈夫或夫家生活。（〈周南‧樛木〉）（註四十）二則生育子女又恐難獲麟兒，背負著無後為大的傳宗接代罪名，在在使得女性對婚姻滿是惶恐，微小的個人力量，乃由自身的謹言慎行和禮教三從四德的遵行開始，希望帶給夫家的是興旺和樂順遂平安，（〈周南‧桃夭〉）（註四一）進而積極的改善生育狀況，由婦女採集野菜宜男草的歡樂心情，（〈周南‧芣苢〉）（註四二）可透視婦女們想由一舉得男鞏固在家庭地位的殷切心情了。

　　在舊社會裡男女地位的不平等，道德標準的兩極化，男性的荒唐放誕，被視為人情之常。而女性的稍有不慎，則視為大逆不道，違反人倫，人神共憤得而誅之了。（〈衛風‧氓〉）（註四三）在未婚前雖亦有主動追求異性的情形，但男性可自由交往且有所選擇，而女性則在男性轉移方向時，只能發出哀嘆泣訴不平。（〈鄭風‧狡童〉）（註四四）恨其不回音，不告白，沒有平等的積極主動權，是女性為之扼腕的。而已婚之後，或因失婚見棄，或因征夫行役，婦女飽受思念之苦，為自己無辜受害苦心經營的家庭而憤忿不平，最矛盾的是，既痛恨著不忠的丈夫，卻又思念著往日情懷。留下一顆等待而無奈的心，盼能有破鏡重圓之日。（〈衛風‧氓〉）（註四五）

　　身在多事之秋的春秋戰國時代，必須承受命運帶來的諸多不圓滿，夫妻即使家庭和樂平順興旺，尚有外在的不可抗力因素從中破壞。諸侯的興兵討伐剷除異己，勢必要流血殺戮，被徵調之民兵，不僅失去自由意志，成了諸侯奪權下的戰爭工具，這些征夫背後的家庭妻子兒女，亦成為間接的受害者，許多的婦女因思念而產生幻覺，而有恍惚幻想的傾向。（〈衛風‧有狐〉）（註四六）更有因丈夫久戰不歸，一顆懸念的心不知丈夫生死與否，使得婦女在長期精神受煎熬之下，出現了躁鬱‧憂鬱甚至厭世的念頭。（〈衛風‧伯兮〉）（註四七）這些因重度思念而產生的精神官能症，是婦女人格上的危機，更是整個家庭面臨的重大危機。女性雖為弱勢，但在家中實則為隱性的主導者，缺少了她，家庭立刻陷入不堪的境地，因此女性的身心健康，成為家庭和樂興旺與否的關鍵因素，女性長期在自怨自憐的心態下過活，造成潛在的心理疾病實不容小覷，但地位卑下的女性所期待的只不過是一個卑微的願望，安身立命平凡自然，卻歷經數千年的演進以至於今日的兩性平權。在古代雖然沒有今日精神病症等醫學名詞，或先進藥物

足以照顧女性，但觀察古代婦女的行儀和處境，不僅讓我們看到了平
凡中的偉大，逆境中的韌性，更感謝她們的筆路藍縷，開創女性思維
與行為的先河，使今日的婦女有更寬廣的空間，得到更合理的尊重，
使得社會在兩性平權之下達到和諧共生的美好境界。

附註

註一：王月華（2006），《張籍婦女詩中的女性意識》中國文化月刊 311 期。
註二：屈萬里（1977），《詩經釋義》華岡出版社，頁 14。
註三：黃麗玲（2003），《女四書研究》南華碩論。
註四：《禮記昏義》十三經注疏本，藝文印書館。
註五：周玉珠（2002），《從詩經看周人的婚姻》，中正大學碩論。
註六：屈萬里（1977），《詩經釋義》華岡出版社，頁 15。
註七：屈萬里（1977），《詩經釋義》華岡出版社，頁 68。
註八：屈萬里（1977），《詩經釋義》華岡出版社，頁 63。
註九：屈萬里（1977），《詩經釋義》華岡出版社，頁 49。
註十：屈萬里（1977），《詩經釋義》華岡出版社，頁 50。
註十一：屈萬里（1977），《詩經釋義》華岡出版社，頁 45。
註十二：屈萬里（1977），《詩經釋義》華岡出版社，頁 6。
註十三：屈萬里（1977），《詩經釋義》華岡出版社，頁 31。
註十四：屈萬里（1977），《詩經釋義》華岡出版社，頁 50。
註十五：屈萬里（1977），《詩經釋義》華岡出版社，頁 15。
註十六：屈萬里（1977），《詩經釋義》華岡出版社，頁 68。
註十七：屈萬里（1977），《詩經釋義》華岡出版社，頁 63。
註十八：屈萬里（1977），《詩經釋義》華岡出版社，頁 36。
註十九：屈萬里（1977），《詩經釋義》華岡出版社，頁 45。
註二十：屈萬里（1977），《詩經釋義》華岡出版社，頁 146。
註二一：蘇芳萩（2005），《詩經女性意象研究》文化大學碩論。
註二二：屈萬里（1977），《詩經釋義》華岡出版社，頁 5。
註二三：屈萬里（1977），《詩經釋義》華岡出版社，頁 4。
註二四：屈萬里（1977），《詩經釋義》華岡出版社，頁 64。
註二五：屈萬里（1977），《詩經釋義》華岡出版社，頁 11。
註二六：屈萬里（1977），《詩經釋義》華岡出版社，頁 6。
註二七：屈萬里（1977），《詩經釋義》華岡出版社，頁 45。
註二八：屈萬里（1977），《詩經釋義》華岡出版社，頁 50。
註二九：屈萬里（1977），《詩經釋義》華岡出版社，頁 5。
註三十：屈萬里（1977），《詩經釋義》華岡出版社，頁 6。
註三一：屈萬里（1977），《詩經釋義》華岡出版社，頁 45。
註三二：屈萬里（1977），《詩經釋義》華岡出版社，頁 49。
註三三：屈萬里（1977），《詩經釋義》華岡出版社，頁 4。
註三四：屈萬里（1977），《詩經釋義》華岡出版社，頁 55。
註三五：屈萬里（1977），《詩經釋義》華岡出版社，頁 14。

註三六：劉秋英（2003），《詩經棄婦詩研究》彰師大碩論。
註三七：屈萬里（1977），《詩經釋義》華岡出版社，頁45。
註三八：《禮記》十三經註疏本，藝文書局。
註三九：陳瑞芬（1992），《由詩經國風探究周朝婦女的角色定位》藝術學報。
註四十：屈萬里（1977），《詩經釋義》華岡出版社，頁4。
註四一：屈萬里（1977），《詩經釋義》華岡出版社，頁5。
註四二：屈萬里（1977），《詩經釋義》華岡出版社，頁6。
註四三：屈萬里（1977），《詩經釋義》華岡出版社，頁45。
註四四：屈萬里（1977），《詩經釋義》華岡出版社，頁63。
註四五：屈萬里（1977），《詩經釋義》華岡出版社，頁45。
註四六：屈萬里（1977），《詩經釋義》華岡出版社，頁50。
註四七：屈萬里（1977），《詩經釋義》華岡出版社，頁49。

參考書目

一、《詩經》專書類

1. （1997）《詩經》，台北，藝文印書館影印阮刻重刊宋本。
2. 方玉潤（1969），《詩經原始》，台北，藝文印書館。
3. 王質（1983），《詩總聞》四庫全書‧經部‧詩類‧66，台北，台灣商務印書館。
4. 王先謙（1988），《詩三家義集疏》，台北，文明書局。
5. 王靜芝（1978），《詩經通釋》，台北，輔仁大學文學院。
6. 王延海（2001），《詩經釋論》，瀋陽，遼寧大學出版社。
7. 白川靜（2001），《詩經的世界》，台北，東大圖書公司。
8. 朱熹（2000），《詩集傳》，台北，萬卷樓圖書公司。
9. 朱熹（1983），《詩序辯說》四庫全書‧經部‧詩類‧83，台北，台灣商務印書館。
10. 何楷（1983），《詩經世本古義》四庫全書‧經部‧詩類‧81，台北，台灣商務印書館。
11. 李學勤主編、毛亨傳、鄭玄箋、孔穎達疏（2001），《毛詩正義》，台北，台灣古籍出版公司。
12. 呂祖謙（1984），《呂氏家塾讀詩記》，台北，新文豐出版公司。
13. 李辰冬（1996），《詩經通釋》，台北，水牛圖書公司。
14. 李辰冬（2002），《詩經研究》，台北，水牛圖書公司。
15. 余培林（1999），《詩經正詁》，台北，三民書局。
16. 屈萬里（2000），《詩經詮釋》，台北，聯經出版公司。
17. 周錦（1973），《詩經的文學成就》，台北，智燕出版社。
18. 周滿江（1993），《詩經》，台北，萬卷樓圖書公司。
19. 周嘯天主編（1999），《詩經鑑賞》，台北，五南出版公司。
20. 姚際恆（1994），《詩經通論》，台北，中研院中國文哲研究所。
21. 胡承珙（2002），《毛詩後箋》續修四庫全書‧經部‧詩類‧67，上海，古籍出版社。
22. 胡僕安（1988），《詩經學》，台北，台灣商務印書館。
23. 馬瑞辰（1973），《毛詩傳箋通釋》，台北，鼎文書局。
24. 馬瑞辰（2002），《毛詩傳箋通釋》續修四庫全書‧經部‧詩類‧68，上海，古籍出版社。
25. 馬持盈（2001），《詩經今注今譯》，台北，台灣商務印書館。

26. 夏傳才（1994），《詩經研究史概要》，台北，萬卷樓圖書公司。

27. 高亨（1981），《詩經今注》，台北，里仁書局。

28. 高本漢（1960），《詩經注釋》，台北，中華叢書編委會。

29. 崔述（1992），《讀風偶識》，台北，學海出版社。

30. 裴普賢（1998），《詩經評註讀本》，台北，三民書局。

31. 裴普賢等（1991），《詩經欣賞與研究》，台北，三民書局。

32. 裴普賢（1983），《詩經比較研究與欣賞》，台北，學生書局。

33. 裴普賢（1991），《詩經研讀指導》，台北，東大圖書公司。

34. 歐陽修（1983），《詩本義》，四庫全書・經部・詩類・64，台北，台灣商務印書館。

35. 蘇雪林（1995），《詩經雜俎》，台北，台灣商務印書館。

二、其他相關學科類

1. 王弼注、韓康伯註（1979），《周易王韓注》，校相臺岳氏本，台北，新興書局。

2. 王潔卿（1988），《中國婚姻──婚俗、婚禮與婚律》，台北，三民書局。

3. 王煒民（2001），《中國古代禮俗》，台北，台灣商務印書館。

4. 王忠林注譯（1985），《新譯荀子讀本》，台北，三民書局。

5. 司馬遷（1981），《史記》，台北，鼎文書局。

6. 朱熹（1982），《四書集注》，台北，世界書局。

7. 朱光潛（1999），《詩論》，台北，正中書局。

8. 朱筱新（1995），《中國古代禮儀制度》，台北，台灣商務印書館。

9. 任寅虎（2001），《中國古代婚姻》，台北，台灣商務印書館。

10. （1981），《尚書》，台北，藝文印書館，元月十三經注疏本。

11. 班固（1981），《漢書》台北：台灣商務印書館。

12. 高世瑜（1998），《中國古代婦女生活》台北，台灣商務印書館。

13. 高步瀛選注（1983），《唐宋詩舉要》，台北，學海出版社。

14. 許慎（2002），《說文解字》，北京，中國書店。

15. 陶希聖（1980），《婚姻與家庭》，台北，台灣商務印書館。

16. 陳顧遠（1992），《中國婚姻史》，台北，台灣商務印書館。

17. 陳東原（1997），《中國婦女生活史》，台北，台灣商務印書館。

18. 康正果（1991），《風騷與艷情》，（台北，雲龍出版社）。

19. （1981），《儀禮鄭注》，台北，新興書局校永懷堂本。

20. 劉向著、黃清泉注譯（1996），《烈女傳》，台北，三民書局。

21. 劉向（1973），《戰國策》，台北，星光出版社。

22. 劉光義（1990），《古典籍中所凸顯的貴族婚姻》，台北，台灣商務印書館。

23. 謝无量著（1979），《中國婦女文學史》，台北，中華書局。

24. 錢鍾書（1978），《管錐編》，台北，蘭馨室書齋。

25. （1981），《禮記鄭注》，台北，新興書局校相臺岳氏本。

26. 蘇冰等（1994），《中國婚姻史》台北，文津出版社。

27. 顧鑒塘（1995），《中國歷代婚姻與家庭》，台北，台灣商務印書館。

三、女性主義叢書書

1. 西蒙・波娃著、歐陽子譯（1972），《第二性》第一卷，台北，志文出版社。
2. 林麗珊（2001），《女性主義與兩性關係》，台北，五南圖書公司。
3. 珍、貝克密勒著、鄭至慧譯（2000），《女性新心理學》，台北，女書出版社。
4. 唐荷（2003），《女性主義文學理論》，台北，揚智文化事業公司。
5. 嚴明等（1999），《中國女性文學的傳統》，台北，洪葉文化公司。
6. 顧燕翎等主編（2002），《女性主義經典》，台北，女書文化事業有限公司。

四、論文類
（一）學位論文

1. 金恕賢（1997），《詩經兩性關係研究》，輔仁大學碩士論文。
2. 郭秋馨（2002），《先秦到兩漢之際女性特質的建構與事實》，成功大學碩士論文，2002 年 5 月。
3. 盧詩青（2001），《詩經婚戀詩研究》，南華大學碩士論文，2001 年 6 月。
4. 盧紹芬（1986），《詩經中古代生活的反映》，香港珠海大學碩士論文，1986 年 6 月。
5. 藍麗春（1986），《詩經所反映之周代社會》，高雄師大碩士論文，1986 年 6 月。
6. 劉秋吳（2003），《詩經棄婦詩研究》，彰師大碩士論文，2003 年。
7. 藍芳蓁（2005），《詩經之女性意象研究》，文化大學碩士論文，2005 年 6 月。
8. 周玉珠（2002），《從詩經看周人的婚姻》，中正大學碩士論文，2002 年 5 月。
9. 李昱怡（2007），《先秦女性在教育上的地位、角色與職能研究》，台北教育大學中文碩士論文，2007 年 1 月。
10. 黃麗玲（2003），《女四書研究》，南華碩士論文，2003 年。

（二）期刊論文

1. 陳碧月（1999），崇右學報，1999 年 12 月第七期。
2. 王國瓔（1998），〈《詩經》中「棄婦詩」解讀分歧試探〉，台大中文學報第 10 期，台大中文學系，1998 年 5 月。
3. 王啟興（1987），〈論儒家詩教及其影響〉，文學遺產，上海，古籍出版社，1987 年 8 月。
4. 李建崑，〈棄婦的悲吟－衛風・氓淺釋〉，孔孟月刊，第 21 卷第 4 期。
5. 江菊松（1998），〈淇則有岸　隰則有泮──談詩經〈氓〉篇中的愛怨情結，淡水牛津台灣文學研究集刊創刊號，1998 年 2 月。
6. 李美枝（1985），〈社會變遷中中國女性角色及性格的改變〉，婦女在國家發展過程中的角色研討會論文集下冊，台北，台灣大學人口研究中心，1985 年 3 月。
7. 林慧君（2002），〈《詩經・國風》中的棄婦詩探討〉，台北，淡江大學，2002 年 4 月。
8. 吳若芬（1985），〈直與紆－詩經國風中兩種女性角色的聲音〉，中外文學，第 13 卷第 12 期，1985 年 5 月。
9. 俞平伯（1983），〈讀詩雜說－邶風・柏舟〉林慶彰編，詩經研究論集，台北，學生書局。1983 年 11 月。

10. 徐儒宗（2002），〈《詩經》情詩的愛情觀，詩經研究叢刊，北京，學院出版社，2002 年 1 月。
11. 陳瑞芬（1993），〈由詩經國風探究周朝婦女的角色定位〉，藝術學報，第 53，1993 年 12 月。
12. 黃肇基〈《詩經》中婚姻習俗〉，中國語文，第 473 期。
13. 楊秀珠（1991），〈中國社會的婚姻與不平等〉，新史學，2 卷 4 期，1991 年 12 月。
14. 廖素卿，〈詩經鄭風中的愛情詩〉，書評，第 16 期。
15. 潘玲玲，〈由詩經篇章談周代婚姻觀〉，聯合學報，第 5 期。
16. 鍾慧玲，〈《詩經》女性角色期待的探討〉，中國文化月刊。
17. 王淳美（1992），〈詩經所呈現之女子感情生活〉，台南工商專校學報，台南，台南工商專校，1992 年 10 月。

《孔雀東南飛》析論

壹、前言

　　《孔雀東南飛》為漢代樂府詩，是中國五言敘事詩中最長篇。中國詩體自古多為重點綱要式的含蓄敘述，較少長篇大論式之詳論。《孔雀東南飛》一反往例，而以詩代文，將故事始末精微描摹，而中國古代由來已久的婆媳問題、父母對子女的權威教育及民間習俗，社會意識等，亦一一呈現在文字中，雖作者至今已不可考，而最初於南朝梁徐陵之《玉臺新詠卷一》所載，題為「古詩為焦仲卿妻作」，乃時人感於東漢末年府吏焦仲卿、劉蘭芝夫妻之摯愛，並為蘭芝所受不平待遇終至積怨自盡的悲劇所興發之文。全詩共三百五十七句，一千七百八十五字，樸實中帶有炫麗色彩，平述中宛見曲折、纏綿、悲壯的情意，閱者莫不為之動容，更甚有不禁為之淚溼襟衫者，非惟中國五言敘事詩中之最長篇，實乃個中之翹楚。推究其寫作原意，一則為蘭芝之沉冤昭雪，婆婆眼中的惡媳婦，其實不過是農業父系社會的小可憐，何嘗能欺下犯上、十惡不赦呢？二則經由對蘭芝的無限同情，導引大眾對女性人權的尊重，並呈現社會畸形心態的現象。以下由「孔雀東南飛」的內容與形式探討所呈現的家庭、社會問題與寫作技巧、特色；經由多重的省思，期盼對漢代婦女的角色，得以作更進一步的洞悉。

貳、《孔雀東南飛》所展現之時代意識

　　由《孔雀東南飛》一文內容分析，可經由三個層面論述，一為自古而有之家庭糾葛——婆媳問題，不知困擾過多少的夫妻、母子、婆媳，在此詩文中可清晰洞見之；二為社會意識的突顯，在古代的婚嫁中呈現出對女性明顯的歧視，弱勢婦女的悲苦情，油然可見；三為民間習俗的展現，漢代婦女的服飾、民間節慶的風俗，除文學鑑賞之美外，更令人感受歷史腳步逝去的軌跡。以下分別由此三個角度透視此

長篇敘事詩之時代意義。

一、漢代婦女在家庭中所呈現之心理現象

　　由《孔雀東南飛》敘事詩中，顯現出自古即存有一個家庭中二個女主人的戰爭，以下由焦母、蘭芝兩人之心理與性格，分別探討其同性相斥，終致緣盡人散的因由。

（一）千辛萬苦媳婦熬成婆──焦母

　　自古以來婦女在婚姻道上，便扮演著附庸和犧牲的角色，若嫁得官宦富貴人家，或許經濟上尚可不虞匱乏，日常瑣碎事務，亦可高枕無憂（註一）；反之，若嫁得販夫走卒、市井傖夫，生活的操勞艱困，自然不言可喻（註二）。婦女在瑣細家務之外，最難伺候的便是與公婆的相處了，在傳統的孝道觀念中，天下無不是的父母，父母的權威治家下，作晚輩實難背負不孝且不順的忤逆罪名，於是無數的怨婦，便在婆婆惡意虐待下，和丈夫過著百般痛苦，卻又無奈的歲月（註三）。直到有一天升格而為婆婆，終於得以揚眉吐氣見青天了，人性的弱點便展開積壓多年的報復心理。婆媳之所以會不合，恐怕這是最大的心結，這惡因使得家庭中女人與女人的戰爭，代代相傳，運行不已。孔雀東南飛中展現婦女間的問題，雖僅為一個個案，但亦不難咀嚼其間所蘊含之社會存在之現象。以下就焦仲卿之母的心理，以敘事詩所呈現之內容，歸納為跋扈心理、嫉妒心理、佔有心理、競爭心理加以分析說明。

1. 惡婆婆雄據山頭自立為王之跋扈心理

　　在媳婦終於熬成婆的情形下，惡婆婆有如山寨寨主般，其君臨天下發號司令的痛快，自是足以掃除為人媳婦多年所受的怨氣，而人性的弱點則逃脫不了自虐虐人之扁狹心態，以至於昨日的受虐媳婦，翻版而為今日的惡婆婆；久而久之，社會自然也給予認同，這種可怕的整人害人、倚老賣老心術，實足為人所唾棄。為人媳者，代代承受著身心雙重磨難，產生出極為不健康的家庭階級文化來。焦母對蘭芝的要求是雞鳴破曉時，便應開始紡紗織布，日復一日，不得休息。若是婆婆能體念她的一番心意便罷，事實不但並非如此，反而變本加厲，

嫌棄媳婦三天織成五匹的速度太慢，不但予以言辭奚落，更永無休止的加諸心靈折罰^{（註四）}。這種行為很明顯便是媳婦熬成婆的跋扈心理作祟而起，可知無論蘭芝如何賢慧，是絕不可能獲得婆婆歡心的。

2. 俊兒郎與俏佳人引發舅姑之嫉妒心理

焦母對蘭芝的得寵，心裡頗不是滋味，婦人自古生活面的狹小，使得重心全放在丈夫、子女身上，一旦子女長成，則難以調適兒子與媳婦的恩愛，由此不平衡的心理轉而成為嫉妒的矛盾心態，可憐的小媳婦便成了婆婆矛頭所指的對象。由焦母與仲卿之對話看：阿母謂府吏：「何乃太區區，此婦無禮節，舉動自專由，吾意久懷忿，汝豈得自由！」^{（註五）}蘭芝的賢慧並不能打動婆婆，反而刺激婆婆更加嫉妒她的各項美德，這種妒心便導引出歷久不衰的家庭問題，由對話中可見婆婆完全站在對立的角度而言便可知。

3. 舊式婦女養兒防老不正常之佔有心理

中國自古由易經而有男尊女卑、男高女低、男上女下的分野，男女地位有如天地、乾坤之遙，因而重男輕女觀念根深蒂固，母親對兒子關愛愈多，感情愈是不可動搖，一旦兒子娶妻，自然無法釋出那緊握的佔有習性。仲卿為媳婦而申述實情，焦母聞其情則搥床怒曰：「小子無所謂，何敢助婦語。吾已失恩義，會不相從許。」母親斷然而決定兒媳的命運，可見得這婆婆佔有兒子的心理，不受時空的限制，一往如昔^{（註六）}。

4. 身為同性年老色衰婆媳間之競爭心理

做婆婆的和媳婦間佈滿了競爭心理，想藉此使兒子給予自己多一些關懷，以證明兒子仍是可以為自己所操控的。因此想出了一個不道德的方法，要兒休掉元配，另行娶妾。詩云：「東家有賢女，自名秦羅敷。可憐體無比，阿母為汝求。便可速遣之，遣之慎莫留。」^{（註七）}由這段話可看出焦母的驕縱，主導兒子婚姻的無理蠻橫，蘭芝無奈地只好成為焦母瘋狂競爭奪愛下的犧牲品了。

（二）含悲忍淚心事誰人知──蘭芝

1. 小媳婦初來乍到禮教導致之退讓心理

婦女自周代宗法社會成立以來，便承襲三從四德之義，崇尚柔順為美（註八）。因此女子每在婚後，即是以恭順事上為要，若公婆有所不滿，媳婦便應自思己過，嚴重的甚至當自請而歸，社會上的眼光，也將此女性受虐之情事，視為當然，無怪蘭芝要發出「妾不堪驅使，徒留無所施。便可白公姥，及時相遣歸。」的悲鳴了！

2. 愛屋及烏柔弱屈意以侍母之求全心理

可憐的婦女曲意奉承公婆，只換來更受欺壓的後果，似乎生而為女性，便當認命所受一切，非但如此，還應心存感謝。蘭芝語：「奉事循公姥，進止敢自專？晝夜勤作息，伶俜縈苦辛。謂言無罪過，供養卒大恩。」蘭芝自問無過，但婆婆對她不滿意，只好反過來感謝婆家的恩情，自我請退，以顧全婆婆的顏面。所用的衣物、手飾盼日後贈予他人，以表己身清白，不帶走婆家一草一物，由蘭芝之言語和行為可看出她顧全大局的求全心理，用心良苦著實感人（註九）。

3. 含悲忍淚曲意承歡奉舅姑之掩飾心理

蘭芝在夫家的歲月，一向以隱忍服從為要，即使受到委屈，也從未語露積怨，更甭說憤而相抗、挺身而出為自己幸福大聲疾呼了，在宗法及舊禮教籠照的社會中，以蘭芝一弱女子的力量，勢難為不平的制度高唱改革的，於是只能臣服在不合理的家庭環境中，無奈地淪於為人欺負的小可憐了。在臨行拜別婆婆時說：「昔作女兒時，生小同野里。本自無教訓，兼懷貴家子。」婆婆對她的刻薄寡恩，並未造成蘭芝的怒目相視、惡言相向；反而充滿感性的自責未能善加侍候夫婿和公婆，表現了娘家女教成功的大度修養（註十）。此外更不計前嫌，體貼而辛酸的說：「受母錢帛多，不堪母驅使。今日還家去，念母勞家裡。」被遣歸卻仍心繫婆婆的照撫及家事的令人操持，感覺往後要煩勞婆婆照管一切，頗為過意不去。由此看出她掩飾自己內心將離夫家的悲痛，更強忍夫妻被拆散的痛楚，仍以婆婆為重，其賢、孝、勤、敬的婦德，實為難能可貴（註十一）。在與小姑話別時，更是淚如雨下說

道：「新婦初來時，小姑始扶床。今日被驅遣，小姑如我長。勤心養公婆，好自相扶將。初七及下九，嬉戲莫相忘。」今昔情景之相較，綣顧深情展現無遺^{（註十二）}。從小姑如床般身高到長成和嫂嫂一般高，可見時間過得很快，小孩已成長為大姑娘家，對小姑撫育所付出的心血，而今只落得被驅遣的命運，雖則如此，仍勸小姑好好奉養公姥，盡心扶持，婦德之柔順美德充分顯現。

4. 辛酸坎坷臨別告語無怨尤之絕望心理

　　蘭芝對婆家細意照撫，莫敢稍怠，語云：「奉事循公姥，進止敢自專。晝夜勤作息，伶俜縈苦辛。」怎奈日夜辛勤付出，仍不得公姥歡心，心酸之情不禁躍然紙上。古代婦女的柔順、依從，為夫命是從，為公婆言是聽，於是造成怨婦頻頻和心境無限的悲苦。藍芝在回娘家時，將所用的衣物悉數奉還，已表清白，雖物歸夫家，心情卻是萬般依戀的。事實上，家庭的幸福，應由自己來創造，父母的不是，尤應加以導正，一昧的曲從，不啻是愚孝，更有陷父母於不義的弊病^{（註十三）}。無限的辛酸和不幸，不經奮鬥爭取，怎知得不到快活和樂的家庭呢？而藍芝的軟弱，實受限於古來禮教的流毒，在可以放手一搏時，卻以絕望的心情予以承受現狀^{（註十四）}。由以下幾段對話看藍芝絕望的心情：

（1）「仍更近驅遣，和言復來還？」自以為今朝被逐出夫家，往後則不可能再歸回，有如覆水難收般的絕望心境，言下之意，完全不相信丈夫所說的「不久當歸還，還必相迎娶。」^{（註十五）}休妻後再娶下堂妻，對蘭芝而言不天方夜譚了。

（2）「物物各自異，種種在其中。人賤物亦鄙，不足迎後人。留得作遣施，於今無會因。時時為安慰，久久莫相忘。」人既已離家，所用物品亦不願帶走，以免睹物思人，蘭芝以絕望的心情，認為再不可能破鏡重圓，只希望所留下的衣物飾品，能與仲卿幾許的回憶和思妻時的慰藉。

（3）「自君別我後，人事不可量。果不如先願，又非君所詳。我有親父母，逼迫兼弟兄。以我應他人，君還何所望？」自言失婚後歸家，為母兄不容，回娘家後以為可得依靠，不料卻是走入悲劇的人生終極站。由兄長緊密的安排相親事宜看，再嫁不過是遲早的事^{（註十六）}，蘭芝的身不由己、實情非得

已，所以斬釘截鐵的告訴仲卿，團圓之日恐已無望顯現她置身於社會眼光下生存的無奈，沒有獨立生存的能力，加之不願為娘家帶來屈辱和負擔，於是選擇了無言的獨白，為她幽淒的一生劃下了悲涼的休止符[註十七]。

（4）「何意出此言，同是被逼迫，君爾妾亦然。黃泉下相見，勿違今日言。」向夫婿表達誓死如歸，為愛殉情、為節守貞之決心，更向仲卿澄清誤解，改嫁並非出於己意，實為娘家相逼使然，為夫守節，一心不變，以「生不同年，死同期」相許[註十八]，可見她對婚姻的前途，已徹底絕望。

（5）「我命絕今日，魂去尸長留。」對生存的希望，已全然斷滅，只有用精神的不死來替換肉身短暫的存在[註十九]。做此重大的決定雖然並不容易，但橫在眼前的是更大的恥辱，豈有烈女事二夫之理，因此毅然決然做下了無怨無悔的決定。由消極的一面言，蘭芝、仲卿的死實在是屈服在現實環境下的懦弱鴛鴦，若以強勢態度爭取幸福權利，又何嘗一定會失敗呢？走絕路除了是弱者的表現外，更陷父母兄長於不義，又豈智者當為？由積極面而言，蘭芝、仲卿的相繼殉情，不啻顯現社會的病態現象，更留與為人公婆者深省的機會，由此看來，亡命鴛鴦的犧牲，或許亦存有如許的積極效應吧！

二、婚儀制度下社會意識的凸顯

（一）聘禮制度造成女子出嫁後的晦暗心理

　　蘭芝語：「受母錢帛多，不堪母驅使。」古代女子心態上在接受了婆家聘禮，嫁後便想以勞力曲意承歡，予以回報。是實上，女性並非財貨，豈能任由以物易物之原始交易行為而抹殺人性的尊嚴呢？若媳婦未能滿意服侍於公婆，則心裡總是蒙上一層晦暗色彩，以為虧欠婆家所付之聘禮，由於這種不合理的制度，使得媳婦似乎嫁人後，便要受聘禮的包袱而倍受煎熬。在婚姻的過程中，多少存在著金錢交易的陰影，況且若被丈夫所休之後，回娘家更是為娘家不恥，中國自古婦女嫁後便為夫家之人，生為夫家人，死為夫家鬼，故結婚稱為歸寧，回到本應至之地曰歸，回復安寧平靜，婦女則如倦鳥返巢，如魚

得水。平日不得隨意回娘家，除了會替娘家帶來異樣眼光外，更可能使娘家噩運連連。出嫁的女子若隨意回娘家，必然被認為夫妻失和或為公婆斥回、遭夫遺棄等因素使然，因此層層的人言可畏[註二十]，使得婦女婚後一切只好自求多福，一旦失婚既無人哭訴，更甭說投靠了。所以蘭芝回娘家後，母親激動的說：「不圖子自歸！十三教汝織，十四能裁衣。十五談箜篌，十六知禮儀。十七遣汝嫁，謂言無誓違。汝今何罪過，不迎而自歸？」[註二十一] 文字中可見母親對女兒的歸來，感到無比的驚訝而憤怒不安。深覺不祥徵兆，將有禍事，而並非以歡喜之情迎接。蘭芝只好自白說：「兒實無罪過」以表白自己的無辜，用語簡單易解，卻也顯示出古代婦女之單純而不知為己辯駁。

（二）失婚後的受辱顯現女子的弱勢無依

蘭芝被遣後，二度為媒人說媒撮合，終難抗拒兄長意思，而勉為應允：「中道還兄門，處分適兄意，那得自任專？」[註二十二] 可看出女性在家中的地位，連自己的終身大事也由不得己。兄長的不肯收留和怕被人見笑，使得蘭芝只有被人安排日後生活而坎坷認命了。

（三）婚禮之繁文縟節只是徒具形式而已

蘭芝再婚嫁太守家的闊少爺，所送至女方的聘禮，極為可觀，而人數亦相當龐大隨轎而來。文曰：「絡繹如浮雲，青雀白鵠舫，四角龍子幡，婀娜隨風轉，金車玉作輪。躑躅青驄馬，流蘇金縷鞍。齎錢三百萬，皆用青絲穿。雜綵三百匹，交廣市鮭珍。從人四五百，鬱鬱登郡門。」雖有如許的闊綽排場，但這不過是富貴人家紈絝子弟誇示財富的手段而已，是否真情一如財貨般的深重，恐怕是有相當距離的[註二十三]。如此看來，古代婚禮中之繁文縟節不過是徒具形式，實質表徵男女雙方愛情的堅貞，則是微乎其微了！

（四）三角習題男人自我尊大的扁狹心理

仲卿在得知蘭芝將再嫁的婚變消息，無奈卻又略帶責備的口氣說：「賀君得高遷，磐石方且厚，可以卒千年。蒲葦一時紉，便作旦夕間。卿當日勝貴，吾獨向黃泉。」不但不自責自己的無能懦弱，卻反諷妻子的無情絕義，實有欠公允。於是蘭芝乃回應以堅貞的口吻說：「何

意初此言？同是被逼迫，君爾妾並然。黃泉下相見，勿違今日言。」以表與夫共存決心，著實令人感動(註二十四)。

三、見微知著民間習俗的展現

（一）漢代婦女服飾的披露

　　蘭芝在離開夫家前，粧扮自己，拜別公婆、小姑、丈夫，心中依戀不捨，表現在外便是萬般的躊躇忐忑。且看披露漢代婦女服飾的一段文字：「雞鳴外欲曙，新婦起嚴妝。著我繡裌裙，事事四五通。足下躡絲履，頭上玳瑁光。腰若流紈素，耳著明月璫。指如削蔥根，口如含珠丹。纖纖作細步，精妙世無雙。」蘭芝伴隨著雞啼而應聲起床，一件又一件的試那繡花裌裙，穿脫了四五回之多，代表她內心多麼不情願卻又難奈情勢逼人的現狀，於是穿著繡鞋，頭上插著玳瑁簪兒，腰間節著輕盈白色絹帶，耳朵上戴著明珠墜子，指頭像白潤的蔥根，嘴唇像鮮紅的丹砂，纖細的腳邁著小步，伶俐好看，真是舉世無匹。此地將漢代婦女服飾極為清晰的描繪出來，見文如見畫，確為研究漢代婦女服飾極佳的一項文獻資料。

（二）民間節慶習俗的呈現

　　在《孔雀東南飛》一文中所呈現的民間節慶習俗為七夕及每月十九，如文：「初七及下九，嬉戲莫相忘。」蘭芝在臨行前告誡一手帶大的小姑，要悉心照顧公婆，更在七夕和下九遊戲的時候，莫忘了相處三年的苦命嫂嫂。初七疑指七月七日乞巧節，民間為牛郎織女淒美的愛情而獻上無限的同情和哀禱。下九乃相應上九、中九而言，古人以二十九為上九，初九為中九，十九日為下九。每月十九日婦女備酒宴飲狂歡。名曰湯會，因女子屬陰，待湯以成，故有此說。伊士珍《瑯嬛記》：「女子於是夜為藏鈎諸戲以待月明，有忘寢而達曙者。」此為女子於每月十九夜晚，以鈎藏於數人之手，以為遊戲助興，此民間節慶遊樂之習俗之一。

參、五言敘事詩之寫作形式探討

《孔雀東南飛》一文，由形式探究，可經由三個特點論述，一為興體起首，二為對話式體裁，三為隱喻式寫作，以下分別由此三個角度，探討此文的寫作特色。

一、興體起首

朱子曰：「興者，先言他物，再引起所詠之詞。」^(註二十五)興體便是以一相類或不相類於主題的事物說起，而引出主題的一種導引寫作技巧。《孔雀東南飛》一文由孔雀各向東、南飛興起故事主角人物劉蘭芝、焦仲卿的鴛鴦兩分，由五里一徘徊，帶出人為因素之伏筆，使得夫妻依戀不捨的分離別情，更加淒清冷絕。本是無情的動物孔雀，卻由此而牽引出人性多情惹傷心的悲情結局，又孔雀是一種善於表現外在美的動物，當她展露那美艷亮麗的羽毛時，像極了生命凝結在那最高點，正如婚姻亦有高低起伏的變幻，象徵二人感情濃郁之情，便如孔雀開屏般，在美好人生的頂端，一但遇阻起變化時，往昔的歡樂則化為雲烟，正如孔雀獻技般的短暫不可捉摸。這可說是隱喻使用的興體，與事件本身相關聯之聯想寫作法。

二、對話式體裁

《孔雀東南飛》通篇所用，為一對話式體裁，將活潑、生動的效果，很直接的呈現出來^(註二十六)。以下分夫妻對話與母子對話二方面詳述之。

（一）夫妻對話

1.蘭芝向夫婿自述自幼而長遭遇

由起首一段文字說明蘭芝對婚姻由充滿著憧憬而至失望、絕望。詩云：「十三能織素，十四學裁衣，十五彈箜篌，十六誦詩書，十七為君婦，心中常苦悲。」詳述了由十三至十七歲，由少女而少婦之心

路歷程。蘭芝娘家茹苦含辛栽培女兒，使其能婦功完美，婦德、婦言、婦容兼備，但在早婚的社會形態下，蘭芝的命運，到了十七歲為之一轉，坎坷多難的苦況，自此而生。

2. 婆婆刁鑽媳婦難為悲劇始生

蘭芝與仲卿夫妻感情和睦恩愛，但夫君在外為官，做妻子的在家中操持，見面機會不多，倒是婆婆與之朝夕相處，關係極為密切，但婆婆生性多疑、心胸狹窄、性情刁蠻，於是形成一面倒的情勢，媳婦難為，織布由早到晚，無暇休息，我們看蘭芝向仲卿述說母親的刁難作風，感慨之語：「君既為府吏，守節情不移。賤妾留空房，相見常日稀。雞鳴入機織，夜夜不得息。三日斷五匹，大人故嫌遲，非為織作遲，君家婦難為。妾不堪驅使，徒留無所施。便可白公姥，及時相遣歸。」可知夫妻之不能長相廝守，乃因婆婆從中作梗而致，於是媳婦敵不過折磨，只好退讓自請而歸，婆婆至此大獲全勝，但殊不知結局的悲慘，兒子、媳婦雙雙自盡，留下孤苦的老太婆一人，爭寵嫉恨的結果只換來全盤皆輸的命運^(註二十七)。

（二）母子對話

1. 仲卿在母親前所表現的懦弱無能

仲卿為蘭芝向母親表白非蘭芝再不娶妻之心，詩曰：「伏惟啟阿母，今若遣此婦，終老不復取。」而焦母一聽則怒火中燒，搥床大怒說：「小子無所畏，何敢助婦語。吾已失恩義，會不相從許。」母親盛怒之下的斥責語，竟也將仲卿震懾住了，只好「府吏默無聲，再拜還入戶。舉言謂新婦，哽咽不能語」仲卿終於屈服於母親的權威之下，轉而強逼蘭芝回娘家。雖心中百般不願，卻又怕母親發怒怪罪下來，承擔不孝不順罪名，於是將矛盾指向蘭芝，由蘭芝一人而承受痛苦，終於向母親投降，做了婚姻的背叛者。但又怕蘭芝太過傷心，只好語帶玄機的給予蘭芝一線希望，說明休妻並非己意，日後必當擇期再次迎回相聚。語云：「我自不驅卿，逼迫有阿母。卿但暫還家，吾今且報府。不久當歸還，還必相迎取。以此下心意，慎勿違吾語。」仲卿雖將休妻之因，歸之於母親的逼迫，但也正暴露出他做丈夫的懦弱無能，不能保護妻小，連給予溫暖家庭的可能都破滅，實在令人為蘭芝

叫屈啊！

2. 焦母與仲卿言談中所呈現的跋扈

焦母在兒子面前派媳婦的不是，雞蛋裡挑骨頭，能看見的全都不滿意，能聽見的全都不順耳，於是挑撥離間兒子與媳婦的感情，更進而提出拆散人婚姻的缺德建議，此乃嫉妒心所造成偏差行為的鮮明寫照。身為母親做長輩的人，竟為兒子尋求妾室，而目的在趕走媳婦，焦母真該為她所出的餿點子，感到可恥才對。焦母語云：「何乃太區區，此婦無禮節，舉動自專由。吾意久懷忿，汝豈得自由！東家有賢女！自名秦羅敷。可憐體無比，阿母為汝求。便可速遣之，遣之慎莫留。」古代女性本已無什地位，加之同性更予以打壓歧視，女性的卑弱地位實可見一斑了。

三、比喻式寫作技巧與特色

（一）以磐石、蒲葦比之如夫妻

仲卿與蘭芝臨別相告語情義真摯，仲卿發誓決不辜負蘭芝，日後必當再迎娶回門。蘭芝因而感動回話：「感君區區懷，君既若見錄，不久望君來，君當作磐石，妾當作蒲葦。蒲葦紉如絲，磐石無轉移。我有親父兄，性行暴如雷，恐不任我意，逆以煎我懷。」蘭芝實願如夫君所說，能早日團圓，但又恐父兄不同意，身不由己，特夫君堅強的心意比之如磐石一般穩固不移，將自己獨具紉性的堅貞意念，比之如蒲葦一般，實為恰當之作。當蘭芝回娘家後，情勢果然極不樂觀，父母弟兄咄咄逼嫁，終至無奈而應允。仲卿知悉後心情極度敗壞乃言：「賀君得高遷，磐石方且厚，可以卒千年。蒲葦一時紉，便作旦夕間。卿當日勝貴，吾獨向黃泉。」以極為諷刺的口氣刺傷蘭芝的變節，殊不知蘭芝確有不得已的苦衷，但也因仲卿的口出狠語，使得蘭芝下定決心而了斷殘生。蘭芝語：「何意出此言？同是被逼迫，君爾妾並然。黃泉下相見，勿違今日言。」兩夫妻的共赴黃泉，其根源在於婆媳不合，加之仲卿懦弱一再委屈媳婦，又在休妻後言語相激，以致成為導火線，引發夫妻雙亡的悲劇，著實奪人哀憐。

（二）以南山石比之於焦母陽壽

仲卿在臨死前向母親辭行，心中痛苦莫名，卻又強忍住，只希望他死後，母親依然健康硬朗一如南山石之堅硬不變。語云：「今日大風寒，寒風摧樹木，嚴霜結庭蘭。兒今日冥冥，令母在後單，故作不良計，勿復怨鬼神，命如南山石，四體康且直。」語辭淒切，情感動人。

（三）以鴛鴦鳥、連理枝比之仲卿蘭芝夫妻情濃

古來多有為夫妻濃情而產生的名詞，如「在天願為比翼鳥，在地願為連理枝。」、「不能同年同月同日生，但願同年同月同日死。」、「你泥中有我，我泥中有你。」、「如膠似漆」等不勝枚舉之語，就仲卿蘭芝之情意言，亦可適用，只是其情感過程太過曲折，而結局又甚為悲涼罷了。看《孔雀東南飛》最後一段文字：「我命絕今日，魂去尸長留。攬裙脫絲履，舉身赴清池。府吏聞此事，心知長別離。徘徊庭樹下，自掛東南枝。兩家求合葬，合葬華山旁。東南植松柏，左右種梧桐。枝枝相覆蓋，葉葉相交通。中有雙飛鳥，自名為鴛鴦。仰頭相向鳴，夜夜達五更。行人駐足聽，寡婦起徬徨。多謝後世人，戒之慎勿忘。」可知仲卿蘭芝二人情意真摯，因此後人才將其遺體合葬以求死者安寧[註二十八]。

肆、結論

一、冤冤相報何時了，得饒人處且饒人

由《孔雀東南飛》中焦母對蘭芝的惡狠毒辣，害人害己，竟使獨子尋短自縊於樹庭，實無異於手刃親兒，如此的報應，豈為焦母本心所願？焦母當年做媳婦所受的氣，若能視為魔考，逆來順受，時機成熟時，善因必得善果，當因緣聚足時，自然水到渠成，不待費心，而求得順遂平安。雖其歷程必然倍極艱辛，畢竟凡人能明此理進而切實躬親遵奉者不多，以至於婆媳問題層出不窮，成長是必須付出代價的，但若明知故犯則罪當更加一等，因此自古以來，女人與女人的戰爭沿傳不斷，可得一明證。

二、賢媳與良妻不得兼，孝子與賢夫難兩全

　　仲卿對蘭芝一往情深，而不幸的是母親由妒生恨刻意的拆散，仲卿也曾無奈的做過困獸之鬥，向母親跪求曰：「伏惟啟阿母，今若遣此婦，終老不復取。」表明非蘭芝再不娶之心願，但為求做一名孝子^(註二十九)，又只好曲意承歡，請蘭芝暫歸娘家，以順母心。分別時許下承諾他日當再團圓，但未顧及社會眼光及蘭芝心理，古來婦女任意回娘家住乃不祥之事，更將遭致外人異樣的眼光，或為不守婦道，為夫所遣等因素加身，被遣的婦女是如何的身不由己、痛在心中而難以傾吐啊！仲卿對蘭芝雖亦有滿懷痛惜之心，但迫於母親相逼，由現在的眼光看，不免覺得仲卿太懦弱無能，既娶妻，便應盡可能化解母親誤解，不可為求孝順，而誤了妻子一生，甚或將妻子當成犧牲品，葬送美好姻緣。仲卿以己意推蘭芝心意，無奈世事難料，仲卿在別蘭芝語中，似乎全然未顧慮到蘭芝的痛苦，這也可看到女性在家庭中是全然唯命是從的一份子，以至於夫婿對妻子遣歸的話，並未存有商量討論之口氣，而是告語及承諾的耳提面命。為夫的一語既出，便是決定，為妻的只能順從，期盼夫婿真心相待了。似乎古代婦女的媳婦難為，如丈夫的孝子賢夫不能兩全般的困擾和痛苦，女子在婚姻制度下所受之箝制和受制於人的辛酸無奈境況實更甚於男子所受之困惑。

三、鴛鴦兩分的悲劇，留予後人無限哀思

　　蘭芝自幼在母親有計劃的培植之下，順利成長而成才貌雙全、四德兼備之女性，為人父母者莫不希望子女有美滿姻緣，終生幸福，怎奈十七為人婦後，美夢粉碎，如身陷囹圄中之不自由，實乃因為婆婆惡意虐待，媳婦精神已幾近崩潰，而丈夫為求孝心，而一味曲從母意，於是釀成悲劇。分析此家庭悲劇之因，一則焦仲卿過於用心公職，使得母親乘機得以凌虐獨守的妻子。焦母既已產生成見相處自然形成山雨欲來風滿樓之情勢。二則仲卿過於懦弱無能，他的曲意承歡做孝子，抹煞了他對蘭芝的一片痴情，更促使焦母從中挑撥離間，充分暴露了人性貪婪嫉妒、佔有慾的私心。三則蘭芝一再的退讓^(註三十)，終

於無法平息心中的委屈，只有挺身一躍清池，讓潭水洗去那糾結的情思和繁瑣的意念，尋求人生的解脫，仲卿和蘭芝的悲劇愛情故事，實足以做為現代人在倫理親情、愛情拿捏舉措間之明鑑和參考。

附註

註一：案：自古婦女在經濟上之不能獨立，造成依附丈夫而存在之附屬角色，安定與否全在於所嫁之夫家富裕程度而定。在《詩經》〈國風〉〈周南‧樛木〉篇：「南有樛木，葛藟纍之。樂只君子，福履綏之。」此婦人祝福夫婿之詩，由於嫁得高官厚祿夫婿，於是妻以夫貴，共享榮華安樂生活。

註二：案：小女子在舊式社會裡之無助和無地位，無人格，造成婦女長久以來，甘於為弱勢之族群，妄自菲薄；由此更縱容男性為中心的蠻橫不平社會現象。在家庭中操勞而又被棄之案例，俯拾皆是。如《詩經》〈衛風‧氓〉篇可見婦女倍受虐待之苦況。

註三：案：此種因舅姑而產生的家庭問題，由歷來的許多怨婦詩可探得些許蛛絲馬跡，婦女地位之微不足道，至宋代更見其低劣之甚，宋代女詞人朱淑真之遭遇亦甚為堪憐，而其在家庭中之生活寫照，出自親身體驗和誠心之筆觸，其可讀性與感人度更能勝於一般由文士代筆而寫的怨婦作品。參拙著〈朱淑真斷腸詩詞之藝術性發微〉一文。

註四：案：焦母之行為表現實為嫉妒心之生而有，非關蘭芝之生活勤奮與否，無論如何總不能滿足婆婆心意；由此看來，古代婦女必須具備無限的包容力和轉念思惟，方足以養生保命，即使如宋理學家程頤所倡導的養生之道，「三少」，口中言少，心中事少，肚中食少；「三宜」，酒宜勿飲，忿宜速懲，欲宜力制，一切反求諸己；但對婦女而言，似乎尚須補強一重，即耳宜重聽，怨宜轉念；如此或可應付那男女不平權的家庭制度之鞭笞。

註五：案：焦母刻意以己意代子意，執意不予仲卿以自由行為，更束縛一成年人之身心意識，此乃社會大環境的縱容，似與中國人棒子哲學的心理，有先後輝映之效。

註六：案：不重視人權的現象，古今皆存在，而在家庭中的人際關係常又與倫理親情相互糾結，難以法理論斷。焦母之言，無異將子女視為自己的財產，其擅自專橫，只有在母子親情的倫常關係下，得以逞其無知無恥、可恨又可憐的意圖。

註七：案：焦母之行徑棒打鴛鴦，兩分情侶，更為兒另覓鄰女，竊為其不取。而蘭芝之軟弱與漢樂府中陌上桑裡的女主角羅敷相較，則有鮮明的性格對比。羅敷開朗而活潑，為自己的幸福而力爭，不屈服於府吏之強娶為妾的淫威之下，而蘭芝的曲意承歡，終至家庭破碎，夫妻共赴黃泉之悲涼境地。孔詩與陌上桑中之羅敷非為同一人，實為名其美麗女子之謂耳。

註八：案：班昭《女誡》一書，共七篇，含序共一千六百字。內容在闡明婦人應守之三從四德典儀規範，使之成為社會上對婦女無形之心靈枷鎖，牢不可破的銬住了女性的身心，禁錮了長久以來中國女子的發展潛能。至宋代對女子更強調柔弱之美，以至宋代婦女多弱不禁風，楚楚可憐，實非種族之福。而纏足之風行，更是對婦女人格的否定和身體的戕害。

註九：案：古代婦女長期的受壓抑，造成妄自輕視的扁狹心態，蘭芝為婦三年，無功勞亦有苦勞，由詩文中可知其辛勤之一斑，在婆婆惡意逼休之際，亦當為下堂求去而尋得生活經濟之補償，此實為現實生活問題，況且古代婦女又無謀生之能力，更不容輕忽生存所需。而古來婦女在法律上即無任何保障，一旦被休，只好求助娘家，但言行全受母家控制，身不由己，境況著實堪憐。

註十：案：詩文中呈現之蘭芝，雖心中百般難耐苦楚，行為卻表現平和退讓，此古禮言為婦德不爭不妒之美德。今日看來實為有害身心發展之文飾，其內心之淒苦，何曾有人重視，女性之悲

　　　　情在古代社會中實難以伸張，今昔相比，實有若天淵之別。

註十一：案：就個人健康言，鬱結未解，當求轉念化之，若與蘭芝之委曲求全，則易造成心理疾病，
　　　　憂能傷人，思其力之所不及，而憂其智之所不能，其自我壓抑，以現代心理衛生觀點言，
　　　　實為不健康之作法。

註十二：案：時空之移轉，足以使人興發感慨，時移事易，由小姑自幼而為少女之成長過程，帶出
　　　　蘭芝無限的離愁傷懷。

註十三：案：孝之含義自孝經而有終始之義，於今而言，當古書今讀，舊辭新義觀之。如《左傳》
　　　　晉公子重耳之亡一事，言及晉獻公因驪姬而誤致世子申生自縊，申生雖曲意以順父命，但
　　　　行徑未為孝，只云「恭」，乃因其作法有陷父於不義之嫌，並有殺子之惡。雖為倫理親
　　　　情，實更應疏通意見，過於拘泥儀制，則為食古不化，損人不利己之作為。

註十四：案：蘭芝之心境誠如關漢卿劇《趙盼兒風月救風塵》之孤單無助，等待救援，所不同的是
　　　　宋引章終究獲得趙盼兒的援救脫離苦海，而劉蘭芝等到的竟然是奔赴黃泉路。

註十五：案：禮記昏義特明示「婦順」之義，一切以夫家意為己意，明顯的要女子斬斷個人意識，
　　　　而成為次人格的人種，因此蘭芝雖不信其回返夫家之言，卻不得不顧忌「婦順」之儀。

註十六：案：於此可見漢代再嫁之習俗。

註十七：案：對愛情之忠貞，古今中外莫不有悲壯萬端的個案，古有梁山伯與祝英台之淒美幻化為
　　　　蝶的殉情傳說；韓憑夫婦之在天願為比翼鳥，在地願為連理枝的殉情行為；梁鴻、孟光舉
　　　　案齊眉、相敬如賓的恩愛；孟姜女、萬杞良的千里思念等。外國則如英莎翁名劇殉情記劇
　　　　中人物的慷慨從容，可說皆是人間摯愛的忠誠展現。

註十八：案：「不能同年同月同日生，但願同年同月同日死。」之豪壯氣度，與「在天願為比翼鳥，
　　　　在地願為連理枝」之說有異曲同工之妙。

註十九：案：人之與草木鳥獸，其為生雖異，為死則同，皆化為灰燼塵土，所不同者，在於能死而
　　　　不朽。今言人生三不朽，立德、立功、立言。與歐陽修送徐無黨南歸序文所言之「修於
　　　　身」、「施於事」、「見於言」同為至理。

註二十：案：人言可畏，顯現社會大環境的力量更勝過個人的自由意識，婦女的言行不能自主，亦
　　　　由此而得一明證。參詩經鄭風將仲子。

註二一：案：詩文中可見蘭芝母親之辛勤苦心，亦可知古禮教書籍對女子的期許，便是家事的操持
　　　　與禮儀的謹守。參《女論語》。

註二二：案：由此可見女性人權的淪喪，失婚而歸母家，則有如觸犯天條，任憑兄長處置，毫無自
　　　　我意志可言。

註二三：案：古婚禮之繁文縟節，虛名之不切實際，排場一如烟雲，消散易逝。

註二四：案：由《易經》衍生之男尊女卑社會，而至今日的女男平等，尊重人權社會，其演進過程，
　　　　著實令人慨嘆。

註二五：案：參《詩經》大序。

註二六：案：除詩體中呈現外，以文體言亦不乏對話式的呈現，如《秋聲賦》、《赤壁賦》、《進
　　　　學解》、《答韋中立論師道書》等歐陽修、蘇軾、韓愈、柳宗元之作品皆易讀而饒具興味
　　　　與啟示。

註二七：案：以詩的形式表達敘事功能，以對話文體展現口語化的藝術技巧，為此詩文的特色。

註二八：案：以物之性質比之夫妻情愛堅貞，以石比之人高壽永年，以成對、成雙的動植物比之夫
　　　　妻鶼鰈情深，諸比喻式寫法與詩經中之比法使用，可看出時移文染之痕跡。

註二九：案：孝子、孝女、今日思之，當舊義新詮，孝經中云「身體髮膚，受之父母，不可毀傷，
　　　　孝之始也。」，若以此比之今日捐贈器官，遺愛在人間的作法，則有所違背，但以廣義解
　　　　釋之則不啻為一種人間大愛表現，更是大孝之新解，孰云不然。

註三十：案：漢詩民歌風格及敘事特色，乃詩句由短而長，由貴族化而通俗化，諸如漢高祖《大風

歌》、民歌《江南可採蓮》、《東門行》、《李夫人詩》等作品。此外，自然純樸、敘事詩的成形亦為其突出之處，諸如《古詩十九首》、《上山采蘼蕪》、《陌上桑》、《李延年》、《羽林郎》、蔡琰《悲憤詩》及本篇所探討之《孔雀東南飛》等皆是。

參考書目

1. 《列女傳》，清汪憲著．振綺堂叢書本。
2. 《名媛詩歸》，明鍾惺編．明刻清刻本。
3. 《歷代詩話》，清何文煥著．藝文印書館。
4. 《歷代詩話續編》，丁福保著．藝文印書館。
5. 《中國婦女文學史》，謝無量著．中華書局。
6. 《清代婦女文學史》，梁乙真編．中華書局。
7. 《中國婦女與文學》，陶秋英著．藍燈出版社。
8. 《中國婦女生活史》，陳東原著．商務印書館
9. 《中國詩歌發展史》，梁石著．經氏出版社。
10. 《中國詩歌史》，張敬文著．幼獅書店。
11. 《中國文學研究》，梁啟超著．明倫出版社。
12. 《中國文學發展史》，劉大杰著．華正書局。
13. 《文學評論之原理》，溫徹斯特著．商務印書館。
14. 《中國文學批評史大綱》，朱東潤著．開明書局。
15. 《中國文學批評家與文學批評》，米東潤等著．學生書局。
16. 《歷代詩論》，金達凱著．民主評論社印行。
17. 《中國詩論史》，鈴木虎雄著．商務印書館。
18. 《詩論》，朱光潛著．正中書局。
19. 《文藝心理學》，朱光潛著．開明書局。
20. 《詩學》，亞里斯多德著、傅東華譯．商務印書館。
21. 《詩學》，黃節著．學海出版社。
22. 《詩學》，張正體、張婷婷著．商務印書館。
23. 《中國詩學大綱》，楊鴻烈著．商務印書館。
24. 《中國詩學》，黃永武著．巨然圖書公司。
25. 《詩與美》，黃永武著．洪範書局。
26. 《色彩學概論》，林書堯著．力文出版社。
27. 《中國文學批評中的評價問題》，黃啟方撰．中外文學月刊第四卷第二期。
28. 《文人的想像與感情的隱喻》，王夢鷗撰．中外文學月刊第七卷第九期。
29. 《詩選的詩論價值》，楊松年撰．中外文學月刊第十卷第五期。
30. 《漢書》，鼎文書局．漢班固撰。
31. 《增補全像評林古今烈女傳》，廣文書局。
32. 《古典詩詞藝術探幽》，夏紹碩撰．漢京文化公司．古典文庫．中國古典文學類。
33. 《漢唐貴族與才女詩歌研究》，張修蓉著．文史哲出版。
34. 《中國歷代賢能婦女評傳》，劉子清著．黎明書局。
35. 《鍾嶸詩歌美學》，羅立乾著．東大書局。
36. 《中國五千年女性》，劉華亭編著．星光出版社。
37. 《漢唐宮廷祕史》，魯波著．國文天地雜誌社。
38. 《中國女性的文學生活》，譚正璧著．莊嚴出版社。《中國文學藝術家傳記》。

唐詩季節之美

　　佛家偈語：「春有百花秋有月，夏有涼風冬有雪；若無閒事掛心頭，便是人生好時節。」詩中含蓋了四季的風貌，蘊涵大自然的純樸，以此引伸人類應效法自然，使得心無塵染不著相，生命自然是美好的，日日自然是好日。以四季明喻人心所受的觸動，人類的七情六欲，適當涵養其有益的部分，自然擁有光明的人生境界。詩中運用虛實互見的鋪排，以四季實景烘托虛幻人生，從而面對自我心理的調適。一朵花一世界，一滴水一世界，日、月、山、河、風、花、雨、雪，皆是靈感創造的來源，運用細膩的觀察力，將經歷的所有事物呈現，實為文學存在的不朽價值。唐詩在歷經文字粹鍊中，發展出許多以季節抒情的詩篇，不僅寫景高妙，意在筆先，弦外之音更是屢見不鮮，以下由季節之分逐一探究精妙佳篇。

壹、春之思

一、文人因春有感

　　《說文》：「春，推也。从日艸屯，屯亦聲。」《尚書大傳》曰：「春出也，萬物之出也。」段玉裁注：「曰艸屯者，得時艸生也，屯字象艸木之初生。」以四季明言，春日萬物發榮滋長，大地回春，百花齊放，百鳥爭鳴，象徵希望、光明的湧現，人、事、物亦皆在此時掌握順利開展的契機。以春為題的詩如孟浩然的《春曉》：「春眠不覺曉，處處聞啼鳥；夜來風雨聲，花落知多少。」此詩有聲（鳥聲、風雨聲）有色（破曉的天色、落花的繽紛）的文字圖像與人類的聽覺、視覺密切結合。僅僅四句詩，卻創造了充滿動感的畫面，表現出立體的綜合藝術之美。春日的美妙，乃在於使人沈浸於溫柔婉約的暖陽之中，而不覺已度過漫漫長夜。以實應虛的運用，確為情韻綿渺，見落花而知夜裡曾歷經風雨飄搖，透露出對自然景物的細膩關愛。

　　春給人今非昔比的傷感，春去春又來，經冬復歷春，給人青春逝去的哀感，如李頻《渡漢江》：「嶺外音書絕，經冬復歷春；近鄉情

更怯，不敢問來人。」由數度經春，帶出歲月的流逝，四季運行的轉折，經冬復歷春，渡過漢水來到返鄉歸程，透露出近鄉情怯的忐忑。以實際情境勾勒鄉愁、內心的躊躇，不敢問來人，表現出行為的侷促不安，這些都是經由季節的更換而觸動的愁緒；以質樸的畫面，代替抽象的意念，以實寫虛，將內心的躑躅，表現得委婉巧妙。

　　春天本應春意盎然，花木扶疏；然而亦有因春感情、傷懷，進而直抒胸臆的詩，如杜甫《春望》：「國破山河在，城春草木深。感時花濺淚，恨別鳥驚心。烽火連三月，家書抵萬金。白頭搔更短，渾欲不勝簪。」由春天草木發榮滋長的充滿朝氣，與安史亂後，國家的殘破不堪，形成強烈的對比。以花濺淚、鳥驚心擬人化寫法，表現強烈的反戰思想。一幅畫，一個景，都並非只有單一色彩構成，而是如同視網膜顯影的精密，呈現許多不同的色彩。由春景與感官的角度聯想，融合成感覺（國破山河在）的雄渾悲涼，視覺（城春草木深、家書抵萬金）的色彩感受，聽覺（感時花濺淚、恨別鳥驚心）的詩中有聲，嗅覺（烽火連三月）的煙火連綿，觸覺（白頭搔更短、渾欲不勝簪）的形神俱疲等感官的心領神會，呈現出多元的藝術之美。

　　春日寫景抒懷，如李商隱《春雨》：「悵臥新春白袷衣，白門寥落意多違。紅樓隔雨相望冷，珠箔飄燈獨自歸。遠路應悲春晼晚，殘宵猶得夢依稀。玉璫緘札何由達，萬里雲羅一雁飛。」由春日冷暖的感受而憶起有情人間之情意冷暖，由望紅樓而興起思念佳人之情，含蓄而情意綿長，皆因見春雨而憶往，對情海的波折，發出深深的感嘆。

二、怨婦因春感懷

　　由《淮南子》〈繆稱訓〉：「春女思，秋士悲，而知物化矣。」高誘注：「春女感陽則思，秋士見陰則悲。」可見季節景物的改變，導致人情緒上的牽動則有例可循，有案可考。如李白《春思》：「燕草如碧絲，秦桑低綠枝。當君懷歸日，是妾斷腸時。春風不相識，何事入羅幃。」此詩藉春景而抒春情，以碧絲傳情思，以春風傳閨情，春風吹縐一池春水，也吹亂了思婦的心。北草、南桑、君妾相對，草喻君、桑喻妾，春草、春風將君王妃子之情細膩地描摹出來。

　　春雖美卻給人埋怨的理由，如金昌緒《春怨》：「打起黃鶯兒，

莫教枝上啼；啼時驚妾夢，不得到遼西。」黃鶯的啼叫聲，在春天狂亂的、興奮的啼叫，卻叫出一個殷望丈夫轉回鄉的女性，終日的期待與無盡愁緒。以春日花開、鳥鳴的榮景、熱情，引出黃鶯興奮地枝頭亂啼，在思婦的眼裡反成了秋冬的悲情，因此春日的樂與傷婦的悲，形成強烈的對比，不禁使婦人恨之又恨了。

刻畫宮女的春怨，如杜荀鶴《春宮怨》：「早被嬋娟誤，欲歸臨鏡慵。承恩不在貌，教妾若為容。風暖鳥聲碎，日高花影重。年年越溪女，相憶采芙蓉。」以承恩不在貌，帶出宮女與人臣的處境，其實頗有相同之處。此弦外之音凸顯無才學而得皇帝的榮寵，無美貌竟得寵幸，實為失意文人與失寵宮娥，共同的無奈和深沈的遺憾啊！

處於帝王之家，得寵失寵之間瞬息萬變的感慨，如王昌齡《春宮曲》：「昨夜風開露井桃，未央前殿月輪高；平陽歌舞新承寵，簾外春寒賜錦袍。」以男子之心揣摩宮女之情，藉春景桃花之美豔，與宮娥得寵時之嬌媚聯想。未央宮前月色高掛，暗喻嬪妃盼幸之情，如凡人欲摘星月般之遙不可及。春日乍暖還寒，以皇賜錦袍，帶出帝妃（漢武帝與平陽王之歌妓──後為孝武衛皇后）間之濃情蜜意，風開、月高、桃露、歌舞併作，春情就在春日贈與錦袍中表露無遺。

又借晚春之黃昏，寫宮女之怨，如劉方平《春怨》：「紗窗日落漸黃昏，金屋無人見淚痕。寂寞空庭春欲晚，梨花滿地不開門。」鋪陳深居宮闈之侍妾，對景空嘆的寂寞悲切之情，又為君守貞、苦等閨門，更展現專制王朝中的男女不平。

道不盡的宮女愁怨，如劉禹錫《春詞》：「新妝宜面下朱樓，深鎖春光一院愁。行到中庭數花朵，蜻蜓飛上玉搔頭。」藉春景凸顯少女的情懷冗冗，然而卻青春虛度，雖身處春光滿院，卻是充滿著春怨，生活在孤寂中度過，生命在四季的更迭中消逝。

以春日的欣欣向榮，進而深自反思。如皇甫冉《春思》：「鶯啼燕語報新年，馬邑龍堆路幾千。家住層城臨漢苑，心隨明月到胡天。機中錦字論長恨，樓上花枝笑獨眠。為問元戎竇車騎，何時返旆勒燕然。」道出婦女閨怨情懷，尤以丈夫出征未歸，又是新年到，心早已隨明月到了塞外尋夫去了，而身只能在閨中，織錦繡迴文詩，以聊寄相思之情了。詩中鶯啼燕語春意濃之際，亦為男兒展現平胡亂、謀太平的雄才大略時，家鄉的妻子明知男兒當以身報國，卻有訴不盡的哀

愁和苦楚，實因春而傷懷之故。

三、凸顯生命的追求

提出春盡使人愁，何以解憂。如孟浩然《清明日宴梅道士房》：「林臥愁春盡，開軒覽物華。忽逢青鳥使，邀入赤松家。丹竈初開火，仙桃正落花。童顏若可駐，何惜醉流霞。」仙人修道得仙桃以青春永駐，對於能擁有凡人不及的活力和快樂之源，發出對遠離世人在紅塵的罣礙，充滿羨慕和嚮往之情。

詩中有仙境、詩中有妙樂、詩中有舞蹈靈動之美，如張若虛《春江花月夜》：

> 春江潮水連海平，海上明月共潮生。
> 灩灩隨波千萬里，何處春江無月明！
> 江流宛轉繞芳甸，月照花林皆似霰；
> 空里流霜不覺飛，汀上白沙看不見。
> 江天一色無纖塵，皎皎空中孤月輪。
> 江畔何人初見月？江月何年初照人？
> 人生代代無窮已，江月年年望相似。
> 不知江月待何人，但見長江送流水。
> 白雲一片去悠悠，青楓浦上不勝愁。
> 誰家今夜扁舟子？何處相思明月樓？
> 可憐樓上月徘徊，應照離人妝鏡台。
> 玉戶簾中捲不去，搗衣砧上復還來。
> 此時相望不相聞，願逐月華流照君。
> 鴻雁長飛光不度，魚龍潛躍水成文。
> 昨夜閑潭夢落花，可憐春半不還家。
> 江水流春去欲盡，江潭落月復西斜。
> 斜月沉沉藏海霧，碣石瀟湘無限路。
> 不知乘月幾人歸，落月搖情滿江樹。

　　鏗鏘有緻的詩、樂，在用字上更運用了許多柔性字眼，以抒發春江花月夜之美景，如明月、江水、花林、霰、流霜、白沙、白雲、青楓、簾捲、搗衣、月華、鴻雁、魚龍、落花、海霧、江樹等是。春日美景當前，然而江水流逝明喻春去欲盡，透露出對有限生命的無限追求與期待。

　　春日泛舟，因景而感懷。如綦毋潛《春泛若耶溪》：「幽意無斷絕，此去隨所偶。晚風吹行舟，花路入溪口。際夜轉西壑，隔山望南斗。潭煙飛溶溶，林月低向后。生事且彌漫，願為持竿叟。」春夜泛舟，作超然出世之想，有感春江花月夜的潭煙瀰漫，與人生的際遇產生若合符節的聯想，而以成為漁翁終老作結，表現出空靈淡泊的人生境界。

貳、夏之戀

　　中國自古以農立國，生活上最衷情的對象便是農事。《說文》：「夏，治稼晏晏進也。」欣賞夏日田園美景，為人生一大樂事。如范成大《夏日田園雜興》：「晝出耘田夜績麻，村莊兒女各當家。童孫未解供耕織，也傍桑陰學種瓜。」農事雖苦日出而作，夜裡亦不得閒，仍要搓麻為繩。然而一家分工合作，男女老幼各司其職，毫不懈怠，連孩童亦學習大人們，在桑陰下學種瓜，用實際事件的狀態，表現農人們生活的樂趣和質樸無華的一面。

參、秋之情

一、秋士悲情

（一）初秋淒清之悲

　　初秋之景，如許渾《早秋》：「遙夜泛清瑟，西風生翠蘿。殘螢栖玉露，早雁拂金河。高樹曉還密，遠山晴更多。淮南一葉下，自覺洞庭波。」由大地自然的景緻（夜寂寂、風肅肅）和禽鳥的遷徙（殘螢宿、早雁飛），鋪陳一葉知秋的兆頭，將秋士悲的心理呈現在終老於煙波江上的晚景中。

（二）訪友未遇之悲

　　秋日登高訪友，如孟浩然《秋登蘭山寄張五》：「北山白雲裡，隱者自怡悅。相望始登高，心隨雁飛滅。愁因薄暮起，興是清秋發。時見歸村人，沙行渡頭歇。邊樹若薺，江畔洲如月。何當載酒來？共醉重陽節。」至北山（四川慶符縣北）訪友未遇，心中愁緒與暮色並至，而在清秋時節見村人歸，見溪沙上行人歇，見遠方天際漸渺的行道樹，見江畔沙洲的宛如弓刀月，在在顯現秋日的蒼涼景色，詩末以共醉於重陽節以消愁悶，以慰思念之情。

（三）夜憶故交之悲

　　秋夜懷舊，如韋應物《秋夜寄邱員外》：「懷君屬秋夜，散步詠涼天。空山松子落，幽人應未眠。」秋夜憶友人，由大地景物時序的移轉，揣測友人和自己皆有因懷秋而夜未眠的共同經驗吧！

二、情景交融

（一）秋之雨

　　雨後之秋景，如王維《山居秋暝》：「空山新雨後，天氣晚來秋。明月松間照，清泉石上流。竹喧歸浣女，蓮動下漁舟。隨意春芳歇，王孫自可留。」清新脫俗，鄉居之境有青松、漱泉、竹喧、浣女、漁舟、青草等，與末句貴族後裔王孫形成強烈的對比，實為情景交融之絕佳寫照。

（二）秋之夜

　　秋夜詠涼天，如王維《秋夜曲》：「桂魄初生秋露微，輕羅已薄未更衣。銀箏夜久殷勤弄，心怯空房不忍歸。」思婦犯愁望夫婦心切，長夜漫漫只能撫箏弄絃，以琴聲傳情聲，撥弄琴絃聊以慰藉秋之愁緒，以秋夜的淒涼映襯心境的淒清，實為情景交融的完美組合。

　　秋夜傷情，如杜牧《秋夕》：「銀燭秋光冷畫屏，輕羅小扇撲流螢。天階夜色涼如水，臥看牽牛織女星。」藉生活瑣事如撲流螢、望星辰等，填補冷宮歲月的孤寂無聊，這是詩人在細膩的觀察中，含蓄地表

現弱勢宮女期盼有出人頭地的一天，而事實上物質生活的豐富，卻填補不了精神上的無限空虛啊！

（三）秋之蕭瑟

以秋日為題，描寫陝西潼關在晚秋時的蕭瑟，如許渾《秋日赴闕題潼關驛樓》：「紅葉晚蕭蕭，長亭酒一瓢。殘雲歸太華，疏雨過中條。樹色隨關迥，河聲入海遙。帝鄉明日到，猶自夢漁樵。」雖赴長安到任，但仍因季節而興悲秋之情。由紅葉蕭殺之聲響，帶出時移事變、物變、景變、人更變的哀感。此詩充滿著因秋感懷的悲情，以秋聲（紅葉蕭蕭聲、疏雨聲、河聲），用視覺的色彩效果，如紅葉、殘雲、樹色鋪陳寂寥，最後以夢境引出個人的人生終極目標，乃在於回歸山林，響往大自然恬淡與世無爭的日子。

三、秋收之喜

《說文》：「秋，禾穀孰也。」秋收之景，如王績《秋夜喜遇王處士》：「北場耘藿罷，東皋割黍歸。相逢秋月滿，更值夜螢飛。」以北場除豆葉、東澤割熟黍的秋收之景，引出一種農忙歡樂場景，在秋夜月滿之時與友人相遇，實為再圓滿不過之事，連夜螢都為秋收、一家團圓聊表興奮之情而群螢亂飛呢？

肆、冬之盡

《說文》：「冬，四時盡也。」借塞外苦寒蒼涼之景，抒發送別的離情依依，如岑參《白雪歌送武判官歸京》：「北風捲地白草折，胡天八月即飛雪。忽如一夜春風來，千樹萬樹梨花開。散入珠簾濕羅幕，狐裘不煖錦衾薄。將軍角弓不得控，都護鐵衣冷猶著。瀚海闌干百丈冰，愁雲慘澹萬里凝。中軍置酒飲歸客，胡琴琵琶與羌笛。紛紛暮雪下轅門，風掣紅旗凍不翻。輪臺東門送君去，去時雪滿天山路。山迴路轉不見君，雪上空留馬行處。」首由大雪示早春將來到，暗指分離的歲月將很快結束；次則以冷、冰、凝等字，明示餞別離情依依，而胡琴、羌笛、和琵琶卻更是教人斷腸；末則再次以雪、凍等字鋪陳

大漠之急凍，送行之時，雪阻隔了山路，不但為友人掛念，更表現了真摯的關愛之情。

歲末感懷，如孟浩然《歲暮歸南山》：「北闕休上書，南山歸敝廬。不才明主棄，多病故人疏。白髮催年老，青陽逼歲除。永懷愁不寐，松月夜窗虛。」失意於仕宦的文人，因愁而不寐，伴虛白之月色度過長夜，實為反照自己生活一窮二白的苦況，在生命中毫無建樹的無奈。

從意境鋪排而知其時序，如柳宗元《江雪》：「千山鳥飛絕，萬徑人蹤滅。孤舟簑笠翁，獨釣寒江雪。」詩中未言明季節，然而借景、借禽鳥，呈現空靈高渺的畫境，以孤舟、獨釣鋪陳漁翁一人的身寂，末句點出江雪之景，為絕妙的山水美景圖，詩畫合一，創造了登峰造極的藝術境界。

由以上佳篇可知唐詩之佳作，以春秋二季為題之作品，較以冬夏為題之作品為多，而以春為名之詩，又比以秋題名者較多，足見春秋二季影響人之深遠，予人們的啟發與懷想，猶甚於冬夏二季。季節變換乃大自然之節奏定律，卻也主宰著眾生的情緒轉變，尤其文人多愁善感，可以因人、因事、因時、因地、因物而有感，當然更可因季節借景抒情，一展胸臆，因此成就了文人智慧結晶之四季佳作，留予後代子孫千秋萬代的不朽文化遺產和寶藏。

由《長恨歌》探究中國古代嬪妃之角色

壹、由歷史宏觀看嬪妃之角色

　　中國自古即是以男性為主之男尊女卑社會，女性的價值多半存在於家庭中，以三從四德、相夫教子為天職謹守恪遵著，而在宮廷裡，似乎也僅只是供帝王將相享樂玩賞的工具罷了。本文所指嬪妃，乃於宮中侍候皇帝之女官而言，亦可統稱之為古代帝王姬妾。這些女性，地位本就低賤卑微，但有朝一日宮廷政變，嬪妃們則莫名地頂上責任的大帽子，可憐的弱勢宮中婦女，怎地突然地位和影響力，激增暴漲如此之猛烈呢？這種全然將責任推卸在女子身上的作法，實有欠公允。是女子擅攬專權，罪有應得？抑或君王為求脫罪，而轉嫁在女子身上的手段呢？其心可議！其情可悲！在夏、商、周、秦、漢、唐諸朝，皆因帝王的沈浸美色淫亂中，而喪權辱國，斷送江山，改朝換代；而這期間的皇妃宮女亦背上了罪大惡極，罪無可逭的黑鍋。以下分美人荒淫擾後宮及權利慾望亂朝政兩方面，舉例說明古代嬪妃所背負的「重大歷史責任」。

一、宮闈荒淫只為痴

　　以下由妹嬉、妲己、褒姒、貂蟬分別闡述英雄難過美人關的痴迷和淫誕。

（一）酒池肉林為妹嬉

　　夏朝君王桀，因沈溺於妃子妹嬉之美色，為之造酒池肉林，瓊室瑤臺，極盡剝削民脂民膏之能事，只為搏得妹嬉歡心，而與之狂歡作樂，夜以繼日，淫佚無度。賢者關龍逢進諫雅言，竟慘遭賜死，老臣一一凋零，終遭致商湯王來襲，而大敗於山西，夏桀攜妹嬉逃往海上，終死於南巢（安徽）。

（二）炮烙極刑由妲己

商紂王與愛妃妲己，也是酒池肉林，歌舞昇平，日夜狂歡，結果招致民怨沸騰。紂王不由理性愛民為出發點，多加反省改善，反而為求妲己之感觀刺激，發明了慘無人道的炮烙之刑，以銅柱灌油炙人至死，壓制民怨；甚至對叔父比干的忠臣，報以剖心賜死的酷刑，激起人神共憤。殷軍終於倒戈投向周武王。紂王羞漸自焚而死，妲己則被武王擒獲，處以極刑示眾。

（三）美人一笑烽火台

西周最後一個帝王幽王，迷戀寵妃褒姒，宴遊冶飲，為之神魂顛倒，而這位具有傾國傾城之姿的褒國女奴，卻神色冷漠，難見笑容。一次烽火台的錯發信號，使得褒姒開懷大笑，此後幽王便經常濫發警報，以搏美人一笑。昏昧無知至極，終於種下了惡因，招來了犬戎、西夷及繒國之聯攻。幽王與褒姒逃命至洮，在驪山（陝西）被殺，褒姒淪於犬戎之手，西周結束，王權逐漸衰退，進入春秋時代，東周於焉開始，褒姒的富貴生活有如幻影朝露般，瞬間破滅。

（四）父子相殘為貂蟬

東漢董卓專政時代，王允府中歌妓貂蟬，為求報恩而獻身救國；先嫁呂布，後嫁董卓，勾起董卓和養子呂布父子之間隙，從而由內鬨引發呂布起兵殺了董卓；在《三國志演義》中，貂蟬扮演著悲涼的角色，一朵飄零的落花，著實堪憐！

二、權勢薰心由皇寵

以下由驪姬、呂雉、武則天、楊貴妃分別敘述后妃得寵而醉心權術的悲慘下場。

（一）驪姬魂斷弄權巧

春秋時代晉獻公在一次伐驪戎時，獲驪戎王的女兒驪姬姐妹，於是納而為妃。此後晉獻公迷戀驪姬，立而為后，自此驪姬便開始她瘋

狂的獵殺太子及儲王的行動，由於驪姬的巧施權謀，終將太子申生害死，皇子重耳、夷吾亦奔亡他鄉，外戚掌權，國政大壞。獻公死後，驪姬姐妹所生二子奚齊、卓子亦被大臣里克所殺，驪姬姐妹更在宮廷上被亂鞭毆打至死，悲慘的結束了一生的爭寵奪權野心，晉都城名為「絳」，意即血紅色，似乎早已暗喻著這場充滿血腥的宮廷王室奪權鬥爭呢！

（二）最毒呂雉婦人心

　　一代梟雄漢高祖劉邦，因懾於呂后之權變鐵腕作風，最後也不免栽在呂后手中。呂后心地陰狠、剛毅果決，她謀殺功臣、排除外力，殘害戚夫人，由這些殘酷的手段，可以看出她的性情毒辣至極，中國歷史上太后專權，便由呂后開風氣之先，其後更有武則天、西太后起而效尤，規模和慘烈行徑，更是有過之而無不及。

（三）一代女皇武則天

　　唐代的兩性關係，在中國歷史上，可說是最自由開放而幾近隨便的階段了。太宗時代進宮的才人武則天，在高宗時代，因王皇后嫉妒蕭淑妃，而採取「聯武制蕭」政策，引進了善於取悅皇帝的才人武則天，就因為如此，竟造成唐國祚既絕而復興之顛仆傾軋，更引爆了子娶父妾的亂倫事件，最重要的是自此以後，種下了女子干政的誘因。中宗時代的韋后和女兒安樂公主（裹兒），也都醉心於權勢的掌控，因此聯手巧計害死了中宗，好一個謀害親夫的妻室和陰狠弒父的逆女。武、韋二后的亂政，確使唐朝國祚受了相當大的衝擊，終引起平王李隆基發動政爭兵變，殺死韋后，平息一場宮廷闈亂。睿宗繼位，其妹太平公主亦圖謀自立為帝；似乎唐代的皇室妻女，已存在著女權抬頭的傾向，熱衷於政治和權力的爭取，而不幸又被姪兒李隆基所殺，第三次的宮廷政變之後，由李隆基繼位，進入了玄宗的盛世開元時期。

（四）馬嵬長恨玉環魂

　　唐玄宗前半段開元年間的文治武功政績，堪稱為英明君主，而後半段天寶年間卻晚節不保，聰明一世糊塗一時，由令人不齒的父奪子媳而引爆動搖國本的慘劇。玄宗的風流本為帝王之家的通病，但所迷

戀的人，竟為其第十八子壽王李瑁之妃楊玉環，且以聖旨之天威強佔了子媳，造成父子共有一妻之亂倫醜聞。又因沈迷楊貴妃的美色，言聽計從，大肆分封其親族，加官受爵，造成日後國勢大亂，一發不可收拾的局面。楊玉環的恃寵而驕，不知禍之將至，經常在素來不詳的驪山縱情荒誕，殊不知此地正是周幽王寵妃褒姒斷魂之處，殷鑑不遠，何以玉環愚痴若此而不自覺呢？或許這便是當局者迷的困惑吧！唐朝政治中出現的豪放女實在不少，而帝王間之亂倫做法實亦可羞，或云高祖李淵之母獨孤氏為胡人，故後代子孫不但未染華夏大方之風度、胸襟，反受胡人子可娶母之亂倫蠻夷習俗影響，以至於後代宮室血源大亂，無怪宋代理學大家朱熹說：「唐源流出於夷狄，故閨門失禮之事不為異。」不亦為宮闈紊亂的另一佐證？

　　由以上所舉之歷來嬪妃看，雖各在皇帝心中佔有舉足輕重的地位，但其下場卻頗為悲慘，推究其因，一則嬪妃所扮演的角色，不過為帝王享樂之工具而已，二則其中亦不乏力圖振作、運用權謀的女強人，如武后、韋后、安樂公主、太平公主等人，由於超強的權利慾望，使得世人對女子掌權產生畏懼、排斥的設防心理；其實女子從政並非全然不當，只因為她們行為過於偏激殘暴，以逞一己私慾為出發點或意圖不軌而引發出宮廷慘劇，所以生死常在轉瞬間便確立，怎不叫人為之悚然而慄呢？

　　古代視婦女如禍水，雖讚譽嬪妃之擁有傾國傾城之姿，如漢武帝時李延年為其妹所作之樂歌：「北方有佳人，絕世而獨力，一顧傾人城，再顧傾人國，寧不知傾城與傾國，佳人難再得。」實際上後代人使用這「傾國傾城」一詞，是饒富了三層含義的。一為對絕代佳人之美貌的驚艷，二有怪罪嬪妃傾覆人家國城池之意，三則君王並非不惜城池，只因佳人之不世出，英雄難過美人關而倍受牽連，言下之意指陳這些美人，正是國破政危，產生罪惡的淵藪。但反思之，若無君王之愚痴與寵溺，又何來無盡的迷思呢？

　　就嬪妃本身而言，有許多本是良家婦女出身，只因稍具姿色，而被迫離鄉背井，深入內宮，往往因此而註定了她們幽淒坎坷的命運，或因而提供了飛上枝頭作鳳凰的契機。能得著皇帝的寵幸，則一生富貴榮顯，甚至奪權主政，威赫榮顯，不可一世；若不幸受冷落，那麼將展開葬送青春，抑鬱終生的悲苦歲月。宮女的幸與不幸，端賴皇帝

垂愛與否而已。女子有如貨品財物般，任人擺佈玩賞，君王中意，則厚愛莫名；色衰愛弛，則被棄冷落。君主有決定別人命運的權利，而可憐深閨夢裡人，只有在雍容華美的牢籠中自怨自艾，唏噓寡歡一生了。

貳、《長恨歌》在創作上所呈現之藝術美

在樂府詩中，唐代白居易所作之七言古詩《長恨歌》，屬於長篇的敘事詩，將一事體之始末情形一貫的陳述，不僅擁有結構綿密完整之詩歌性質、圓熟老練的寫作技巧，更充分反映出當代社會意識和政治的亂象，留予後人在文學欣賞之餘，更對歷史作再次的巡禮、以期鑑往知來，發揮啟示功能。以下由《長恨歌》之結構、寫作特色及所呈現的意境和深層省思來探討其藝術價值。

一、寫作技巧分析

（一）言簡意賅、分層剝敘

《長恨歌》首句「漢皇重色思傾國」中重色、傾國二詞，呈現作者對唐玄宗誤國之憤慨和女人禍水的思想，將玄宗敗亡之因、以色字之難逃點出，而貴妃之狐媚亡國，以傾國之姿代言，此乃以簡馭繁之絕佳寫作技巧，以扼要的一句話，即突顯全篇的大旨，著實暢快淋漓。《長恨歌》四段文字中，首段寫貴妃與明皇間之愛情，如膠似漆，但亦為後來遭遇埋下了伏筆。二段寫女禍之不能見容於全民及六軍，因此只有以死謝罪，陰陽天人兩隔，留下明皇失魂落魄，難以釋懷。三段寫明皇回到宮中的睹物思人，觸景傷情，輾轉反側，孤枕難眠，意念真摯，情盡乎辭。四段寫明皇請方士招魂，以求貴妃一面，上天下地尋求玉人影蹤，貴妃終於現身以「在天願作比翼鳥，在地願為連理枝。」之誓言，表明兩人情意真切，膠漆不分，亙古不變的愛。末二句以「天長地久有時盡，此恨綿綿無絕期。」點題長恨作收，將繁華落盡後的悲哀和永難撫平的創痛，如泉湧奔洩般全然流露。通篇有漢皇重色、尋得佳麗、歌舞昇平、縱情淫誕至樂極生悲、香消玉殞、烽火四起、政亂國危、再轉入感性的沈鬱神傷、詩情畫意的情景交融，層層剝敘，導引故事，自始自終。在文末以「天長地久有時盡，此恨

綿綿無絕期」兩句點題作收，佈局穩當，結構完整，寓意深遠，實為
一篇膾炙人口的絕佳文學上品，值得人玩賞再四。

（二）敘事生動、迴環反覆

作者敘述玉環由入宮得寵，而地位一路攀升，玄宗亦因玉環的美
豔而晨昏荒誕，享樂無度。運筆語辭生動，引人入勝。如：

天生麗質難自棄　　一朝選在君王側
回眸一笑百媚生　　六宮粉黛無顏色
春寒賜浴華清池　　溫泉水滑洗凝脂
侍兒扶起嬌無力　　始是新承恩澤時
雲鬢花顏金步搖　　芙蓉帳暖度春宵
春宵苦短日高起　　從此君王不早朝
承歡侍宴無閒暇　　春從春遊夜專夜
後宮佳麗三千人　　三千寵愛集一身
金屋妝成嬌侍夜　　玉樓宴罷醉和春
驪宮高處入青雲　　仙樂飄飄處處聞
緩歌慢舞凝絲竹　　盡日君王看不足

將楊貴妃的嬌媚亮麗、唐玄宗的痴迷沉醉，極盡生動之能事，躍
然紙上，使人讀之，彷彿貴妃重現，明皇再生，巧妙地導引人進入藝
術欣賞的世界中。而玉環與玄宗間的情愛，亦由文字中迴環反覆敘述，
盪漾出兩人情意纏綿的宮廷閨情。在敘述兩人愛情已至窮途末路，其
情其景，更是絲絲入扣、奪人哀憐。如：

花鈿委地無人收　　翠翹金雀玉搔頭
君王掩面救不得　　迴看血淚相和流

又如：

歸來池苑皆依舊　　太液芙蓉未央柳
芙蓉如面柳如眉　　對此如何不淚垂

春風桃李花開日　　秋雨梧桐葉落時
西宮南內多秋草　　落葉滿階紅不掃
梨園弟子白髮新　　椒房阿監青娥老
夕殿螢飛思悄然　　孤燈挑盡未成眠
遲遲鐘鼓初長夜　　耿耿星河欲曙天
鴛鴦瓦冷霜華重　　翡翠衾寒誰與共
悠悠生死別經年　　魂魄不曾來入夢

　　將明皇的悔恨落寞，睹物思人的幽情，展然畢現，著實叫人不忍卒讀。

（三）託物寓意、聯想泉湧

　　詩人本是充滿感情、聯想和藝術爆發力的，在此詩篇中，在在呈現出作者超人的組織聯想和適切的託物寓意手法。且看以下例證，為作者之託物寓意聯想寫作法的表現。

　　（1）峨嵋山下少人行，旌旗無光日色薄。

　　旗幟代表國家，以此表君王心情，極度暗淡，有如日薄西山。跌入谷底般的絕望、慘淡！

　　（2）蜀江水碧蜀山青，聖主朝朝暮暮情。

　　以江水長藍，江山長青，比喻明皇（此時實已為昏君）之情深似水深藍，情長如山之長青。

　　（3）行宮見月傷心色，夜雨聞鈴腸斷聲。

　　因明月、夜雨託物寓意，映襯出傷心人的心境，月圓時分象徵圓滿團圓，而月圓人卻兩分，觸景傷情，自是更加哀淒，而雨夜本為淒涼之代稱，以此而說明斷腸愁緒，甚為妥貼。玄宗入蜀所見江水、青山、明月、夜雨都勾起那深深思念與羞慚之心；在寫作技巧上，山、水、月、雨、枝椏，皆屬於柔性字眼。見江水浮動，青山撫媚正如貴妃的婀娜多姿，而見月圓，反思人卻難團圓，不禁悲從中來，夜半聽雨，腸斷幽淒之情畢現。

　　（4）花鈿委地無人收，翠翹金雀玉搔頭。

　　楊貴妃的慘死，實在是做了君王謝罪的犧牲品，死時的倉皇匆促，可以想見與君王的恩愛情意，君權的力量，屆時已是發揮不了任

何作用了，只得任由她奔赴黃泉，以死謝罪，於是有「君王掩面救不得，迴看血淚相和流。」的悔恨描述。貴妃髮籠金簪散落一地的零亂，乃運用以物喻事之託物寓意法寫作，含蓄而生動。

（5）芙蓉如面柳如眉，對此如何不淚垂？

以芙蓉之嬌嫩欲滴，形容貴妃之媚；以柳條纖細飄逸。形容貴妃的婀娜美艷，奪人光彩，但貴妃香消玉殞後，明皇所見景物，無不產生聯想，而引發思念與感懷之悲淒。

（6）春風桃李花開日，秋雨梧桐葉落時。

春風表相愛之時和煦美好，如春花之盛開，如春風之溫柔。秋雨表日後之悲慘情景愁煞人，又如葉落般的墜落無助，莫可奈何。由春風秋雨之喜樂悲愁交替，顯示出玄宗的傷情及思念往日恩愛的酸痛和悲涼！

（7）西宮南內多秋草，落葉滿階紅不掃。

當人命運舛危時，草似乎也了無生氣地枯黃、發愁著，葉更悲淒、無奈地落了。以擬人法比喻貴妃人亡，而住宅大院亦為之荒涼廢弛，乏人看管，情景淒清。

（8）梨園子弟白髮新，椒房阿監青娥老。

以梨園子弟增白髮，宮中宮女太監的年華老去，比喻時日已過，年代已久，但想念之情，絲毫未減，表念舊之情，始終如一。

（9）遲遲鐘漏初長夜，耿耿星河欲曙天。

以鐘漏之計時，自覺時間過得緩慢，表心中思念至深，久久揮之不去，直至東方既白，而未曾稍衰，此乃以景寓意，托物抒情。

（10）鴛鴦瓦冷霜華重，翡翠衾寒誰與共。

鴛鴦瓦與翡翠衾皆是成雙成對之物，明皇觸景傷情，睹物思人，所以用「冷」、「寒」二字，以表無盡的落寞與暗然，霜華重和誰與共，則表露了淒清的月色長伴君王，而那美艷的一代美妃，卻早已長眠黃泉，永訣人寰了！

（11）在天願做比翼鳥，在地願做連理枝。

以比翼鳥之雙飛，和連理枝之纏繞，表夫妻情愛之亙古不變，實不同凡響，發人幽思。

二、社會意識的呈現

（一）由重男輕女而重女輕男

　　白居易《長恨歌》中寫道貴妃對家庭的貢獻和對社會的影響：「姊妹兄弟皆列土，可憐光彩生門戶；遂令天下父母心，不重生男重生女。」貴妃在世之時，民間歌謠眾所熟悉的如：「生女勿悲酸，生男勿喜歡；男不封侯女做妃，看女卻為門上楣。」

　　所謂「一人得道，雞犬升天」、「麻雀變鳳凰」，一朝飛上枝頭作鳳凰，貴妃之存有私心，就如同凡人一般。隨侍君王側，自然要為兄弟姊妹等親族，求得分封受爵了，因此外戚的勢力漸形強大，使得社會大眾對女子另眼相看，推翻了數千年來的重男意識；由卑視女子之心，轉而為女子是有利可圖的不正常心理，認為女兒身可幫助家庭更加富裕，甚至抬高社會地位，榮耀門楣。這種投機圖利心理，並非對女子真正的尊重，而是把女兒看成是奪取高官暴利的踏板而已；當時有此心態的為人父母者，應引以為羞恥罪惡才是。貴妃被迫就死後，重女之時尚，亦隨之煙消雲散，社會又再度回到重男輕女之傳統觀念中，由此可看出女性的悲淒和社會對女性人權的漠視。

（二）女性美的標準建立

　　楊貴妃之美，以豐腴富泰著稱。似乎美的角度與國勢的強弱，呈現出相對的關聯。唐玄宗時期，國勢鼎盛，故喜愛豐滿壯碩的貴妃之美，而衰弱如宋代則崇尚碩若娉婷之美，如五代後蜀主孟昶妃花蕊夫人及女詞人李清照、朱淑真等皆是。這其中隱含著有趣的寓意及審美觀。在詩人白居易的大加渲染下，楊貴妃的美成為「回眸一笑百媚生」，膚白則為「溫泉水滑洗凝脂」，身受皇帝的三千寵愛，是何等的尊榮啊！因此當時婦女亦人人起而效尤，崇尚那豐滿、壯碩、高貴之美。

　　而布兜之說，相傳為安祿山與楊妃私通時，一時失神而抓傷了楊貴妃前胸，貴妃惟恐玄宗發現，於是做了布兜穿上以遮掩傷痕；沒想到此後婦女竟大加模仿貴妃之布兜穿法，沿襲日久，而成為今日流行於婦女間的衣物服飾，美的象徵，實其來有自！而現今我們說到登徒好色、侵犯婦女者，則以「祿山之爪」代稱之！

三、朝政糜爛的突顯

（一）國君荒淫無度、廢弛朝政

唐玄宗之晚年敗德亂行，實肇因於荒淫好色。玄宗後宮佳麗，除王皇后外，動輒以千萬人計，主要的有趙麗妃、皇甫德儀、劉才人、武惠妃、江采蘋、楊貴妃等人所受寵幸最多，所生皇子亦有數十人之多，后妃間的爭寵自是無法避免的。到了開元二十八年，玄宗寵幸楊貴妃到達了荒淫的極點，飲酒作樂、廢弛朝政，《長恨歌》中「雲鬢花顏金步搖，芙蓉帳暖度春宵；春宵苦短日高起，從此君王不早朝。承歡侍宴無閑暇，春從春遊夜專夜。」、「緩歌慢舞凝絲竹，盡日君主看不足。」對玄宗廢弛朝政做了露骨的描述，在此縱情聲色的日子裡，君王又缺乏定力，怎能激發治理國政的清明思維，無怪自古淫樂無度的國君，必遭致亂臣賊子的禍國殃民、趁虛而入，逞其包藏禍心之欲。由字裡行間，可看出作者對君主無限的不滿與積恨。

（二）外戚入主亂政，引發叛變危機

楊貴妃對家人親族的大加分封賞賜，造成外戚勢力漸漸坐大，其中楊國忠為貴妃之堂兄，在百般的經營之下，終於做到了宰相之位，而安祿山則為楊貴妃的義子，統領平盧、范陽、河東，為此三地之節度使。由於楊、安二人與貴妃有不正常的男女關係，加以二人財大勢大權位高，造成爭風吃醋的嫉妒心理，因而造成安祿山叛變，以討罰楊國忠為名而起兵，終至一發不可收拾，這情形之肇因，則全由於外戚之身價丕變而來。

參、楊貴妃嬪妃角色之評析

自古便有許多諺語、佳句形容夫妻的恩愛情深，如「夫妻本是同林鳥」、「在天願做比翼鳥，在地願為連理枝。」、「如膠似漆」、「你泥中有我，我泥中有你。」等。夫妻本為一體，休戚與共生死相關，一方有了困難，另一方自然要予以協助扶持，所以現今婚禮儀式上，才有不論生老病死，都要互相依存，共渡時艱的誓詞。以此同林鳥的

觀點，推而觀唐朝之明皇與貴妃，自然二者關係密不可分，功過各半。
以下就玄宗與貴妃二者之角色分別敘述，以探討古代嬪妃之生活型態
與角色定位。

一、風流多情唐明皇

（一）宮廷之一夫多妻制

　　尊貴如玄宗者，身處於千萬人之上，操生殺之柄，課群臣之能，
無所不能，無所不可得，而何以在後宮眾多佳麗嬪妃中，卻獨鍾情於
楊玉環？細忖之，一則可訴諸於中國俗說之緣份牽引，二則與楊玉環
出水芙蓉之美貌和攻於心計之手段，有絕大的關聯。就前者而言，玄
宗本已有王皇后隨侍，但王皇后始終得不到皇帝歡心，因此玄宗轉而
前後與趙麗妃、皇甫德儀、劉才人、武惠妃、梅妃江采蘋等后妃有夫
妻之實。古來，帝王之多情，與宮制的多嬪妃，有著絕大的關係，似
乎皇帝想要獨專情於一人，而事實上是不太可能辦到的。如玄宗對楊
玉環的專寵，今日看來，只不過是短暫的緣份而已，何況玄宗在寵幸
楊玉環的同時，卻也與玉環的姊妹虢國夫人有搞七捻三、不清不白的
關係，便可推敲其內情之一二了。就後者而言，楊玉環之美艷，豐滿
絕色之姿，是名聞遐邇的。雖已嫁為壽王妃（明皇第十八子），但好
色如玄宗者，是斷斷不能放過此天生尤物的，對玄宗而言納妃不過是
換味換口而已，但對兒子壽王而言，卻是平地一聲雷，拆散了子媳的
恩愛情，真是荒唐糊塗的老家翁。為了自己的好色，竟不顧父子情，
君主身分，做出如此亂倫的事情來，真叫人不齒。在一般平民百姓家
如此的行為，是足以送入官府，判刑入罪的；但對帝王而言，世上女
人乃全供其差遣承歡的，何罪過之有呢？君王的跋扈驕縱可見一般了。

（二）由人性弱點談英雄

　　玄宗貴為一國之君，擁有後宮佳麗三千之眾，但仍不滿足，而做
出父奪子媳的醜事來，這點充分顯現了人性在私慾勝過理性時，貪婪
醜陋的一面。古諺：「由儉入奢易，由奢入儉難。」人一旦功成名就，
往往易於沉醉於享樂，深陷淫逸之中而不可自拔。就政局而言，唐玄
宗已在開元盛世中，奠立了國家的基業，於是在天寶年間，便開始自

我犒賞、縱情聲色、遊戲人生，享受著富貴榮華。世上之事，往往充滿著無限的缺憾，物極必反，樂極生悲，理之必至，屢試不爽。就人性的貪婪、窮奢極慾言，玄宗必然有犒賞自己年輕時創業的辛勞，故而歌舞昇平，宴遊終日不怠。享樂對君王而言，固然無可厚非，但在分寸拿捏上，卻未能適切恰當，於是闖下大禍而不自知，竟以賜死貴妃來了結這場政爭。史家多以為玄宗為一痴情種而迷戀貴妃，筆者以為與其說他痴，不如說他將女性尤其是絕代美女，視為玩物和替死鬼般的玩弄，來得真確。在愛情濃郁時脫口可出「在天願做比翼鳥，在地願做連理枝。」的誓言，而大限來時，卻將罪過推到楊玉環一人身上，由她來扛起全部責任，以死向全民謝罪，這種作法難道是身為君王痴情真心的表現嗎？楊玉環固然亦有狐媚惑主之過，但若玄宗不中了「色不迷人人自迷」的陷阱，又何嘗惹來一場斷腸慘劇呢？就整個內亂發生之叛變事件看，詩人很含蓄地說「六軍不發無奈何」將玄宗的逃避責任，轉移至六軍及民意身上，貴妃的死，表面上看是軍民一致的希望，但又何嘗不是玄宗高明的一步脫罪棋子呢？貴妃可以被賜死，國君又怎能毫髮無傷的推卸責任呢？後人對貴妃的唾棄，千萬倍於對玄宗的責難，著實是社會對女性歧視，而有欠公允的看法。玄宗對玉環或許果真存有一絲真情，然而獸慾及帝王驕態的趨使下，玉環也只不過為君王手下利用的一個工具罷了。

二、蓋棺論定話貴妃

（一）亂倫事件始末情

　　唐朝歷經高祖、太宗、高宗、中宗、睿宗、玄宗等皇帝，女禍之說頻頻出現，其中武后、韋后、安樂公主、太平公主以及楊貴妃，可以稱得上是排行中名列前茅者；其中又以武則天與楊貴妃最為有名。這二位轟動歷史而震驚宇內的美女，便是唐代最大兩起亂倫事件的女主角。武則天本為太宗之才人，在高宗時得寵納而為妃，此後便展開她恃寵而驕、恣意荒誕、奪權亂政的瘋狂行為，這是唐朝子娶父妾的第一樁亂倫事件。武后既可穿梭得寵於此父子檔間，可見得其貞節若何了，無怪在她主政後，艷幟大張，馮小寶（薛懷義）、郭行真、明崇儼、薛敖曹、沈南璆、張昌宗、張易之等人，皆成為她的入幕之賓了。

再談到楊貴妃，本為玄宗第十八子壽王妃，開元二三年在壽王府冊立為妃，過了五年幸福美滿的婚姻生活，一次，壽王因斥責妹婿楊洄對玉環的輕浮，得罪了楊洄，楊洄懷恨在心，於是在皇上跟前慫恿求得玉環這一絕色美女；玄宗好色，果然以詔書公然作出父奪子媳的醜事來，而楊洄設計拆散人夫妻的小人作風，真該被千刀萬剮才是。楊玉環受詔侍奉玄宗皇帝，起初尚有些許感傷徬徨之心，但後來卻暴露出她的見風轉舵，甚而變本加厲的不貞行為，與武則天相比，並不落其後，所謂上樑不正下樑歪，楊玉環所見高宗朝之子娶父妾、武皇后的宮闈淫亂，加之玄宗皇帝又父奪子媳，於是亦效尤之，與義子安祿山、堂兄楊國忠產生悖禮之事，而不覺羞恥。在男友的名單中，更出現了如李璡、皇甫惟明、李白等重臣、明人，可說是一個穿梭在男人叢中，樂此不疲、應付裕如的女強人。但由於她的缺乏大腦，導致兩個情敵安祿山、楊國忠的仇視，引爆了葬送自己富貴命運的安史之亂，終於在白綾六尺的束縛下，將此亂倫事件劃下了悲慘的休止符。

（二）楊貴妃功過析論

　　自古女人本為無自主權的個體，前途則是任由人指使擺佈的。在宮廷中的嬪妃，更是不可避免的隨波逐流，富貴榮寵與否，只看皇帝的臉色和心情而定，所以妃子們多半已養成了隨遇而安、以不變應萬變的態度了。在楊玉環接旨進宮侍浴侍寢的同時，雖也充滿對夫君壽王的無限離情和對迷茫前途的忐忑，但這些都在進侍玄宗的同時，化為烏有了。若楊玉環尚有些許古代女子重視的貞操觀念，自應予以婉拒自守；但由文獻上來看，並無守身自保的痕跡，甚至故意擺出狐媚狀，極盡巧思以得寵幸。在後宮中君主每有以蝴蝶停靠於宮女頭上而臨幸的，稱之為蝶幸。日本小說家井上靖的楊貴妃傳中，記載著有位頗費巧思的宮女，每以塗過蜂蜜的花朵，插在頭上，而夜夜賴此得皇寵的人，便是楊貴妃，姑且不論此說真實性如何，我們倒可以感受到她那顆想飛上枝頭作鳳凰的急切之心。與其說她不貞，不如說身為宮中嬪妃身不由己、為求自保的一種自衛反應吧！因此楊貴妃固然也為玄宗帶來了相當成份的快樂，使玄宗度過了十六年的歡樂晚年生活，但她與皇帝間的情感，憑心而論，多半是結合在名利之間的。由貴妃

的親戚大肆受封加爵、頃獲暴利，便可知她對玄宗的企圖，正如玄宗之利用她為解愁遣悶的工具一般了。倒敘論之，若有真情為基石，玄宗怎忍得下心，使貴妃成為綾下冤魂，而喪命異鄉呢！若真如那般痴情，怎未應許那「生為同林鳥，死為連理枝」、「不能同年同月同日生，但願同年同月同日死」的殉情誓言呢？推卸和逃避責任的作法，只有使後代人更加深刻的感受到玄宗那懦弱、無能、推委、萬般荒淫和可笑的內心世界。古來有許多為君主而殉情的痴情嬪妃如舜之后妃娥皇、女英，春秋息候之息夫人、漢成帝后趙飛燕姐妹等，而貴妃之死則是死時猶有不得已之情，其用情如何自是一覽無遺了。由楊貴妃一方看，雖本身享盡了榮華富貴，家人親族都得了無限尊榮名利，對家人貢獻良多，但她卻付出了生命、作為慘痛的慘價，姐妹兄弟也因此而身敗名裂、身首異處，實在是留下了不當求取名利者所得下場的最佳鐵證，更是後世攀附權貴者之最佳借鑑。

肆、楊貴妃與李夫人之比較

　　楊貴妃為唐玄宗天寶年間寵幸的愛妃，李夫人則是漢武帝時的愛妃，雖漢唐年代相去已遠，然而二位愛妃的遭遇，卻有值得一窺異同之處。同為絕世之美女，而命運則互有不同，以下就二者之地位、受寵度、下場之異同，予以探討，以明古來嬪妃之宮廷角色。

一、相同之處

　　以下由皇帝之榮寵、親族的受封及死後的相會之說加以評析。

（一）生前得皇帝之榮寵同

　　李夫人本為倡優人家出生，妙麗善舞，因兄為宮廷樂師，而得以引進入宮侍奉武帝於側，後得武帝喜愛，地位頓時高抬，得享榮寵。楊玉環本為蜀州司戶楊玄琰之女，能歌善舞，姿色動人，後選為壽王妃，過了五年美滿夫妻生活，在開元二十八年為玄宗皇帝看中，而召入內宮，終於晉身而為貴妃之尊，得到皇帝三千寵愛於一身。《唐朝演義》講到貴妃之美為：「肌態豐豔，骨肉停勻，眉不描而黛，髮不

漆而黑,頰不脂而紅,唇不塗而朱。」見君王則以原始素面,可見她對自己容貌的自信。而李夫人見君王則必粧扮後方才得見,可知以貌而論,楊貴妃則是超乎前代美女的,這可說是同中之小異。漢代女官有十四等,唐代女官則有十九等,按唐朝制度,後宮可擁有三千不同等級的女人,實際上常多達五、六萬人,皇后之下有貴妃、淑妃、德妃、賢妃,妃之下有昭儀、昭容、昭媛、修儀、修容、修媛、充儀、充容、充媛等九嬪,嬪下則是婕妤、美人、才人、寶林、御女、采女等各種女官、宮娥等。因此在沒有皇后的情形下,玉環實際上是後宮三千人中地位最崇高的。

(二)恩澤廣被親族

皇室嬪妃一旦入主宮廷,則勸請皇帝分封親族,以求鞏固自己的地位,如李夫人在得到武帝的寵愛之後,諫請武帝亦得封爵其內兄李延年和李廣利二人,前者封協律都尉,後者封為貳師將軍及海西侯,官位榮顯。但李夫人因貌美而得寵之因,在病死之後,漸漸愛亦廢弛,其後因李延年弟季作姦犯亂,使得內兄二人,亦同遭貶官殺戮。

楊貴妃和李夫人之親族兄長同樣都得到廣受分封爵位和榮祿的利益。楊玉環高祖揚令本原為金州刺史,父親楊玄琰本為蜀州司戶,自幼父母雙亡,擅長歌舞,通曉音樂,先後寄養於叔父楊玄珪、楊玄璬河南府士曹參軍家中。玉環為玄宗寵愛之後,大加追封其親族,如楊玉環的三個姊姊,大姊封韓國夫人,三姊封虢國夫人,八姊封秦國夫人,每年賞錢一千貫作為脂粉費。天寶初年冊封楊玉環為僅次於皇后的正一品貴妃。此刻追封其父楊玄琰到太尉、齊國公,母封涼國夫人,叔父楊玄珪封光祿卿,同曾祖的堂兄楊銛封鴻臚卿,官授三品,加正二品的上柱國頭銜,住宅門前立戟。另一堂兄楊錡,封侍御史,娶武惠妃女兒太華公主為妻,氣焰更加跋扈囂張。另一同曾祖堂兄楊國忠,亦受賜而做到宰相之尊,兼領劍南節度使,驕縱恣意,旁若無人。在大封后妃親族之作法下,楊貴妃則愈加尊榮,父祖都立家廟,玄宗亦為其家廟書寫碑文,而楊玄珪更遷陞到兵部尚書。天寶中范陽節度使安祿山大立邊功,受玄宗寵信,安祿山拜貴妃為母,不斷宴會賞賜,種下了後來安祿山造反之因子。而貴妃親族亦在她受賜而死之後,而個個遭戮慘死。

（三）死後傳說魂魄與陽世相會

楊貴妃與李夫人在身後，由於皇上的思念不已，而同享經由皇上所請之道士作法，在虛空中會面，得以一償相思衷情。李夫人死後，漢武帝感懷不已，乃請方士齊人少翁追魂，夜張燈燭，設帷帳，陳酒肉，而令皇上居他帳，遙望美女彷彿李夫人之貌，卻不得親近相見，武帝愈發相思悲感，乃作詩曰：「是邪，非邪，立而望之，偏何姍姍其來遲！」令音樂大家絃歌之，並自為作賦以傷悼李夫人。在楊貴妃一方，在她被賜死後，玄宗亦請道士求靈，在一場虛無縹緲的邂逅中，一償心中思念之意，玄宗在貴妃卒後，並未作賦填詞，僅由文人傳唱詩歌，為作悼文，如白居易之《長恨歌》、陳鴻之《長恨歌傳》，皆為千古絕唱之哀誄文，這或許可說是同中之小異吧！

二、相異之處

李夫人與楊貴妃二者相異之處，分別由死因、自覺、身後哀榮三部分加以分析。

（一）死因

李夫人之死為生命自然的消長，在產下一子後，身體極度虛弱而病重身亡。反觀楊貴妃的死，則是人為因素造成。唐代因女禍而幾遭亡國易代之命運，高宗時有武后之亂，篡唐立周；中宗時有韋后亂政，女兒安樂公主與之狼狽為奸；睿宗時更有太平公主干政，終為平王李隆基所殺，而平息一場內亂。到玄宗時代，楊貴妃憑一己的姿色，而擾亂宮闈，引來大禍，雖與玄宗恩愛情長，但在六軍及民意的趨使下，連明皇亦救她不得，只好順應民意，由皇帝賜死自縊身亡。由皇帝的寵幸而言，楊貴妃重於李夫人，但也正因為如此，使得唐國祚危在旦夕，貴妃的慘死命運，則更比李夫人要來得淒涼悲切許多了，似乎身而為妃的都難以終保長壽的。李夫人不壽，少而早卒，楊貴妃亦不壽，樂極生悲使然；李夫人生一男，後為昌邑哀王，得漢武帝愛幸，楊貴妃與壽王生二子「優」和「仆」，但史家多重在描寫她的美色禍國，而缺乏子嗣的詳細記載。

（二）自覺

　　李夫人和楊貴妃一般貌美，但李夫人較有自覺力；而楊貴妃卻缺乏自省及憂患意識，終至大難臨頭。李夫人在病中，便有女子得寵肇因於美色的深刻感觸，一旦美貌失去，命運自然有極大的轉變。李夫人病篤之際，武帝欲見之，而夫人堅拒之曰：「婦人貌不修飾，不見君父，妾不敢以燕媠見帝。」可見古代婦人對容貌之看重，重禮之情畢現，而亦透露出帝妃間的愛，多半是建立在色慾及名利之中的，一旦美色消逝，則惶恐之情，頓時產生。此外，女子對於自己年華逝去，容貌衰老，自然也充滿著悲哀的情懷，可由李夫人言中一窺心緒！夫人曰：「所以不欲見帝者，乃欲以深託兄弟也。我以容貌之好，得從微賤愛幸於上。夫以色事人者，色衰而愛弛，愛弛則恩絕。上所以孿孿顧念我者，乃以平生容貌也。今見我毀壞，顏色非故，必畏惡吐棄我，意尚肯復追思閔錄其兄弟哉！」嬪妃之重禮，實存有為己利而為者，李夫人對於武帝之垂愛，亦心知肚明，純粹乃由色欲相吸而致。一旦容貌毀損，愛戀亦消，可見得古來妃子、姜嬴內心是如何的淒苦了，而女性在古代之乏於人權地位，由此亦可了然於心。

　　再看楊貴妃，身繫三千寵愛，宴飲冶遊，因此失去了憂患意識；人在高處時，當居安思危，防患未然，切忌氣焰太盛，而致樂極生悲，楊貴妃正犯了為人之大忌，陶醉歡笑之中，未曾想過一夜平民的慘澹滋味，一直到大勢已去，才迫於民意，慘死白綾之下，結束了浪漫、傳奇的一生，實足奪人哀憐。所謂「鏡雖明，不能使醜者妍，酒雖美，不能使悲者樂。」（放翁對酒嘆）人貴在自覺，容貌姣好如貴妃者，徒有上天賦予之麗質，卻未能善盡佐君之責，只為一己私慾利而汲汲營營，伴君竟致伴虎，終至香消玉殞，成為綾下之亡魂，實導源昧於自覺而未能及時回頭所致。

（三）身後哀榮

　　李夫人少而早卒，留下一子，武帝憐憫之，圖畫其形於甘泉宮，早晚相視以為留念追思。武帝駕崩後第四年，大將軍霍光緣上雅意，合葬李夫人，追封諡號為「孝武皇后」可謂身後倍極榮顯尊崇。而楊貴妃死後並無封號，反為一般大眾譏之為淫惡亡國之女，不得堂而皇

之予以厚葬，僅由玄宗密令遷葬，遷葬時肌膚已壞，只有玄宗所贈之香囊猶存，玄宗皇帝見了十分難過，御命令人在偏殿上畫貴妃像，早晚探視，以求撫平心中賜死貴妃的愧疚心痕。由貴妃而牽動的關係人，不下數十人，皆因一次安史亂，而命喪黃泉，實足為趨炎附勢，卑鄙無恥的小人，予以當頭之棒喝！

伍、結論

一、充滿悲劇色彩的嬪妃角色

自古以來女性在封建社會中，便扮演著附庸的角色，毫無自主權的生活著，因此入宮而為女官，依然是要仰人鼻息的。侍候君王如伴虎，一個不留神，便可能遭貶抑打入冷宮，生活充滿著不安全感，為了生存以求自保和鞏固自己在皇室中的地位，於是明爭暗鬥，無所不用其極。用心良苦，巧施權謀者，自然得以展露頭角，一路攀升；明哲保身，孤芳自賞者，則終老禁宮，一生抑鬱，甚而在宮庭內鬨中，慘遭陷害而一蹶不振的，比比皆是。以下分別就是宮廷政變，皇室情愛和宮闈亂倫三方面來談嬪妃的角色。

（一）位高權重的宮廷政變

歷來宮室中便存在著諸多亂象，其中不乏由人性貪欲而引起的后妃與權臣聯合的宮廷政變，嬪妃為爭位而鬧出的狸貓換太子，皇室女嬰換民家男嬰偷龍轉鳳的醜行，甚至嬪妃之間互相構陷的欲加之罪等。這種種的互鬥、內鬨都只有一個目的，便是虧人而自利。因此嬪妃生來便是一個不可能快樂的角色，試想終日以權謀之術整人害人的人，怎能體會到真正的快樂呢？唐高宗時的武則天，便是一個最佳範例。她在千方百計進入了宮廷隨侍皇帝身邊後，只為求晉升后妃之位，不惜親手掐死自己方才在襁褓中的女兒，而轉嫁禍給未生子女的王皇后，圖謀加罪於王皇后，而創造自己地位篡升的機會。雖然她以如此卑劣的手段到達了目的，但心中仍未消除那不安全感，實在是因為宮中一夫多妻制所致。後宮數千佳麗是如何虎視眈眈的在覬覦那令人羨慕的尊榮后位，宮女的前途，本是一條不歸路，今日得寵，怎知明日

不被其他宮女所取代而淪為階下囚呢？宮中的現世報是迅速得叫人汗顏的，因此才有武后稱帝的奪權鬥爭，只為永保已有的地位，永享既有的榮華而已。唐代因女子的權利慾，而發動的三次政變中，除武則天是順順當當的當上了皇帝，並且過了十四年君臨天下的女王生活之外，其餘如中宗時的韋后和安樂公主的弒君弒父，以求篡位的行徑，不但未能得逞，反遭殺身之禍，最後太平公主的雄心圖謀皇位，亦遭李隆基的屠殺。這些為謀權位而設下毒計的醜聞，最後都隨著人亡而一併消逝，只有那悲涼的嬪妃角色，留予後人以憑弔論述了。

（二）美色權勢結合的情愛生活

　　嬪妃與帝王之間的情感，就嬪妃一方而言，多半是經由強迫而漸形成名利相結合的自保行為，宮中的秀女多從各方推薦或精選而來，因此其被選中的第一要件，便是美色，沒有幾分姿色的女子想要進入宮中，恐怕是機會渺茫的。而嬪妃一但為皇帝寵幸，自然要為自己未來地位尋求鞏固良方；所以不是廣求分封親族，便是曲意承歡，以期求女官名份的提升，可以看出嬪妃與帝王間的情愛，說穿了不過是美色與名利權勢的結合罷了。如漢武帝之愛妃李夫人，在產下一子後病重，羑至沈疴時，武帝要見她一面，竟為李夫人堅拒，只因深恐一張素面病容破壞了皇帝對她美好的印象，因此產生色衰愛弛，愛弛恩絕的不良後遺症，甚至恐怕因此而影響了她的兄弟們官位的陞遷。由這裡可看出古代嬪妃早已深知以色媚主是多麼短暫，當年華老去，病魔纏身時，恩寵遠離自是可以期待的。由此可見君主對嬪妃的看待，多半也只是視為玩物而已，宮女的生、老、病、死對帝王而言，不過是汰舊換新，如傢俱用品般用畢即棄罷了，怎不叫人為之感傷呢？李夫人的顧忌果然應驗，在她死後，因其弟李季之犯亂，皇帝便因而將李夫人的內兄李延年與李廣利一併殺戮，並去掉其所受之爵位封疆，晚景悲涼，先後實有天淵之別。

　　唐朝的楊貴妃亦復如此，雖身受玄宗的全部寵愛，若不是她的千嬌百媚，傾國之姿，怎能一路篡升至貴妃的一等女官位置，而親戚們也因此廣受分封加爵，但嬪妃的地位畢竟是朝不保夕的，富貴榮華往往僅繫於一旦，在安史之亂發生後，大軍的抗衡脅迫下，玄宗自然是不得不犧牲貴妃，以求平息眾怒。由於以美色、享樂而結合，基礎不夠穩固，因此在緊要關頭，自然是顧不得夫妻情分。貴妃被玄宗賜死

後，她的家人、親戚，也一一相繼被戮，或竄逃四處，隱姓埋名，真可印證財富暴得者必暴失，積善之家必有餘慶，積不善之家必有餘殃之語。宮中的情愛真可說是人在情份在，人亡情亦亡，現實殘酷至極。

（三）驕奢淫佚的亂倫血債

嬪妃在宮中可以說只是裝點華美的花瓶而已，活著只為取悅皇帝一人，當皇帝移情別戀，或自己受人引誘時，便容易發生橫生枝節的閨亂醜聞，而嬪妃在受寵時，尤其容易與宮中大臣或皇室子孫，自家親戚頻繁接觸，錯綜複雜的亂倫事件便從而產生。歷來可知的一些有名的亂倫事件，如春秋時期晉獻公與父武王之側室齊姜私通而生子申生、女伯姬，後獻公因寵愛驪姬而賜死申生，更是慘絕人寰的父弒子的悲劇。又如東漢靈帝時美女貂蟬，先嫁呂布後嫁呂布之養父董卓，父子為搶美女，竟反目成仇，中了司徒王允之計，終釀成養子弒父的慘劇。有唐一朝則有唐太宗、高宗父子，先後擁有武則天為妃，位高權重的武后，任意與屬意的男子苟合淫亂，法禮淪喪，終於造成宮室大亂，政權轉移，國祚丕變的動亂。又有唐玄宗和壽王父子，先後共有楊玉環為妻妾的亂倫情形，此後楊貴妃又與義子、堂兄等發生亂倫苟且之事，導致安史之亂，而一發不可收拾，終於賠上了自己寶貴的生命，真是自作孽不可活的最佳寫照。

二、嬪妃生活提供了絕佳的文學創作素材

宮廷嬪妃的生活有如曇花一現般的絢麗多彩，因此她們的遭遇往往成為騷人墨客筆下的文學素材，更因此提供了文人們磨亮他們文筆的契機。也正因為宮女們身處宮闈中命運的變幻莫測，生死未卜，更為文學創作的園地中，播下了無數的蓬勃種子，而水到渠成地開出燦爛鮮麗的花朵來。以下由唐代大詩人白居易、李白、杜牧之作品看以嬪妃為素材之藝術化文學。

（一）春風桃李花開日，秋雨梧桐葉落時

七言敘事詩中最為聞名的《長恨歌》，是作者白居易思念貴妃明皇華美絢爛的情海波瀾，而盪漾出如此文思洋灑之作品。由色迷唐皇

的楊家女敘述起，作品中闡揚女人當道的輝煌，暴露了翁媳同床的醜行和昏昧，呈現社會上不正常的重女心態，終於樂極生悲，戰亂突起，導致黃土一杯掩紅顏的悲劇結局。在大唐氣勢恢弘的全盛時代，由於楊家兒女們之驕奢淫靡，荒淫無度，不禁使得詩歌文學，也蒙上了一層纏綿的粉紅色彩。

（二）日落長沙秋色遠，不知何處弔湘君

李白在洞庭泛舟，曾為詩弔念湘君：「洞庭西望楚江分，水盡南天不見雲，日落長沙秋色遠，不知何處弔湘君。」

舜南巡湖南蒼梧山，不幸崩殂，二女亦投身湘水殉情，後世並稱湘妃，姊姊為湘君，妹妹為湘夫人。後代有所謂湘妃竹，傳言是舜帝崩死，湘妃淚灑竹上，淚浪斑斑，望湘妃竹可想見湘妃多情，令人惻然，湘妃竹又稱斑竹，這段淒美的愛情故事，提供了絕佳的文學素材，留予後人憑弔。

詩仙李白也有奉玄宗皇帝命，為楊貴妃作頌詩，而素以豪邁奔放著稱的太白詩，此刻則吟唱出婉約綺麗，柔媚嬌豔的情調來，寫成千古絕唱的〈清平調〉三章：

雲想衣裳花想容　春風拂檻露華濃
若非群玉山頭見　會想瑤台月下逢
一枝紅艷露凝香　雲雨巫山枉斷腸
借問漢宮誰得似　可憐飛燕倚新妝
名花傾國兩相歡　常得君王帶笑看
解釋春風無限恨　沈香亭北倚欄杆

這三章清麗柔美的詩篇，極美地展現了貴妃的神態容貌和李楊間的情愛，更映襯出那時代崇尚陰柔之美的審美情味。

（三）竟至息亡綠底事，可憐金谷墜樓人

唐詩人杜牧曾以「題桃花夫人廟」為題作詩，表達了為國殉情息夫人的貞烈。詩云：

細腰宮裡露桃新　脈脈無言度歲春
竟至息亡緣底事　可憐金谷墜樓人

　　息夫人為春秋時期息侯之妻，楚文王滅息，強娶息夫人為妾，息夫人趁文王外出，私會息侯以詩言志曰：「生不同時，死願同穴。」（《列女傳》劉向）遂自殺，息侯亦隨之自殺，夫妻二人為愛而殉情，實為慘烈。桃花夫人廟是後人為紀念息夫人的貞烈而建，名為桃花乃因廟址在桃花洞之故。

　　杜牧亦有因貴妃的享一己之樂而草菅人命的事實作過華清宮絕句，詩云：

昌安回望繡成堆　山頂千門次第開
一騎紅塵妃子笑　無人知是荔枝來

　　楊貴妃因愛吃南方的荔枝，玄宗乃令人每日快騎，由南往北驛馬傳送，實在是窮奢極慾，勞民傷財；雖滿足了她一人的口腹之慾，許多因傳送鮮荔枝，卻因此喪命於奔馳路上的不知有多少！貴妃站在驪山頂的平台上沈醉的笑著，但這笑靨渾然忘卻了國家社稷，忘卻了為換取鮮荔枝而付出生命的亡魂，真是造孽折服至極了，在她得意時，怎料想得到慘死的後果呢？詩人杜牧，將此悲喜之驟變，有生動的描述，〈過華清宮絕句詩〉云：

新豐綠樹起黃埃　數騎漁陽探使回
霓裳一曲千峰上　舞破中原始下來

　　半帶諷刺又幾許嘆息地將貴妃與天寶時期唐國祚作了一陳述，雖然楊貴妃是唐國勢趨弱緣由中爭議的焦點，但由此，因禍得福而為文學家，史學家描繪成藝術形式的創作美，而能留名千古，這或許是貴妃始料未及的吧！

三、長恨歌所帶來的啟示

（一）明爭暗鬥不過是折福求禍

　　唐玄宗時貴妃與梅妃之爭寵如火如荼，同為嬪妃，命運休戚相關，但卻彼此站在完全對立的敵視狀態相處，由宮中詩鬥便可知一二。一次玄宗命梅妃為貴妃讚詩一首，而梅妃作詩如：

　　　　撇卻巫山下楚雲　南宮一夜玉樓春
　　　　冰肌月貌誰曾似　錦繡江山半為君

　　貴妃知其譏諷她過於肥胖，後二句「月」貌與「半」為君，合起來便是「胖」字，心中氣不過，變回敬梅妃一首：

　　　　美艷何曾減卻春　梅花雪裡亦清真
　　　　總教借得春風早　不與凡花鬥色新

　　貴妃以「亦清真」更加譏刺梅妃太瘦。可見二人誰也不讓誰的緊張情勢。明爭暗鬥到頭來又當如何？楊貴妃不過是自掘墳墓，為皇室利用的工具和爭權利的可憐蟲罷了，何嘗有富貴尊榮的千秋萬世之名可言呢？

（二）平凡樸實即便為富貴榮華

　　由歷來嬪妃之急於求名求利來看，其下場多半是悲涼可嘆的。人生短暫如朝露，是非成敗，富貴榮華皆如浮雲般在轉瞬間便成過往煙雲，飄散的無形無蹤，長壽如彭祖，早夭如顏回，雖有遲速，總歸一空。當榮顯的妃子們在狂歡高閣沾沾自滿時，何曾料想到下場的悲淒無助呢？回歸現實，人應當腳踏實地，平凡樸實未必不是人生中的真樂和桃花源頭呢！

清代悼亡文學中之奇葩──《香畹樓憶語》

壹、前言

　　中國在周朝以前屬母系社會，而於西周以後父系社會漸趨形成。此後中國為男尊女卑、男主女從，以男性為中心之國度。由儒家經典中，可知男女生而互異、長而有別。《易》〈繫辭上〉：「天尊地卑，乾坤定矣。」、「乾道成男，坤道成女。」《易》〈家人卦〉：「女正位乎內，男正位乎外。男女正，天地之大義也。」《易》序：「聖人之作易也，將以順性命之理。是以立天之道曰陰與陽，立地之道曰柔與剛，立人之道曰仁與義，兼三才而兩之。」由經文中知，乾象為剛健，坤象為柔順，男女生來即有不同職責，佔有不同空間。男性天生便是尊貴顯榮，女性則是位卑足羞，這一切皆是命定。天地間之大義，人莫之能踰，莫之能改。《禮記》〈曲禮上〉：「外言不入於梱，內言不出於梱。」、「男女異長」、「父不祭子，夫不祭妻。」古禮明言男女不但生而有別，且非為對等個體，更受著不同內容之教育。如此，無非要使男子成為一家之主，甚而成為未來從政領袖。對男子莫不是望其成龍耀祖、榮顯門楣。故《禮記》〈郊特牲〉曰：「夫也者，以知帥人者也。」、「將以為社稷主，為祖先後。」反觀對女子之眼光乃為「婦人，從人者也。幼從父兄，嫁從夫，夫死從子。」、「出乎大門，而先男帥女。女從男，夫婦之義。」（〈郊特牲〉）女性被視為天生的服從者，沒有自我，更遑論地位，所受的教育是終身謹守婦德，生兒育女，以順事人為要務。只要安份守己、謹守禮教，識字與否，非所要務。所以《禮記》〈內則篇〉云：「女子十年不出，姆教婉娩聽從、執麻枲、治絲繭、織紝組紃，學女事，以共衣服。」。

　　古來女子「三從四德」之教育實源自於《周禮》「九嬪掌教四德」、《儀禮》〈喪服傳〉「婦人有三從之義，無專用之道。故未嫁從父，既嫁從夫，夫死從子。」三從是從父、從夫、從子，四德則是婦德、婦言、婦容、婦功。此女子特殊教育，乃是「男尊女卑」思想之淵藪。自古而來女性之鄙視及對男性之寬容，實已根深蒂固。我們看詩經〈衛

風‧氓〉篇：「于嗟女兮，無與士耽。士之耽兮，猶可說也。女之耽兮，不可說也。」男人敗德亂行，不過是逢場作戲，尚且被社會所容忍見諒，而女人稍有踰越，則是罪大惡極，死有餘辜。中國幾千年之傳統思想，加之前後漢各有劉向《列女傳》七篇、班昭《女誡》七篇，及紛陳之家訓典籍等仿此二書內容，「不遺餘力」之鼓吹，使得女子處於附庸地位，深固不移。至宋代，理學大盛，對女子身上所套枷鎖更加深重，「餓死事小，失節事大」、「女子無才便是德」之禁錮，使中華婦女受箝制程度，聳入雲霄。北宋以後更漸著興所謂「三寸金蓮」，婦女為迎合男子所訂標準，以搏取歡心，不惜咬牙忍淚自戕，是以宋以後婦女體魄漸弱，名門閨秀莫不呈現楚楚堪憐、弱不禁風之病態美。女性背負著禮教包伏，由外而言，是符合社會所訂尺度；由內推敲，殊不知正受著身心雙重束縛與壓榨而泣血煎熬著。無奈數千年來，男子竟仍為此「殘缺藝術」而醉心消魂不已！

　　中國數千年來，由傳統思想主導，女子教育不受重視，才華未能善盡發抒，達官貴人家或給予女子識字習文機會，惜只限於皮毛，因而女性在識見及文學成就上，少有出類拔萃者。至清代，由於「君王的倡導、詩社的林立、詩話的流傳及書業的發達，……加以文人名士對閨閣作品，多能樂予推獎稱譽。」（註一）使得婦女文學大放異彩，作家人數蔚然可觀。在眾多女詩人中，以乾隆、道光年間之女詩人汪端（以下簡稱其字允莊）堪稱為閨閣詩壇之冠冕。其地位在女性文學史上，是可以肯定的。（註二）允莊之所以能睥睨詩壇，創作平話體小說《元明逸史》十八卷（惜已焚稿失傳）（註三），選明三十家詩，提出她在文學理論上之見解，並擁有作品《自然好學齋詩鈔》十卷共一千一百三十八首。（註四）她在幼年所受庭訓，父兄及戚友之鼓勵有加，產生重大影響；加之婚後舅翁陳文述、夫婿陳裴之（以下簡稱裴之）全力裁成，自是功不可沒。此外，在《允莊選明詩》得不寐之疾時，為夫所納之妾王子蘭（以下簡稱其字紫湘），對其寫作生涯可謂貢獻卓著。在允莊文學成就上，實具有決定性之重要地位。由於紫湘之小星替月，使允莊得以盡心創作，照管家務及翁姑夫婿，悉數承擔。允莊日後之成就，紫湘當是幕後之大功臣也。

　　本文所探討之《香畹樓憶語》，緣於紫湘為妾四年，操持家務，積勞成疾，以至於回生乏術，與世永隔。身後，夫裴之在哀悼傷痛之

餘作哀祭文，以表懷思。由陳氏納妾動機、納妾過程、紫湘千餘日之庭闈操持、詩詞文等往返回憶，巨細靡遺，躍然紙上。全文悽惋悱惻，淚行與字行俱下。倘非木石心腸，終將為之勾起同情，於不自知中，淚溼襟衫！

　　悼亡文字寫成瑣屑憶語形式，乃由清初如皋名士冒辟疆所首創。冒氏與董小宛間哀怨情史，較之桃花扇中侯方域與李香君之戀情，可說不分軒輊、銖兩相稱！小宛早死，未能與夫白頭偕老，冒辟疆乃寫成影梅菴憶語，生動而感人，瀟灑奔放一萬多言，是悼亡文學中膾炙人口之不朽作品。裴之香畹樓憶語，文詞淒美，雖模擬冒氏之作亦襲用「憶語」為名，且相距有一百七十餘年之久，然內心所湧現之哀感，則先後相類，以憶語形式呈現，裴之所作實有鉅力萬鈞、青出於藍之勢，無怪乎朱氏言：「陳小雲的香畹樓憶語，文詞淒艷，真足與冒氏頡頏。相去一百七十餘年，竟有兩位同樣才人，同樣的悼其愛姬，兩副淚眼，兩支妙筆，又同樣的寫出萬餘言，傷心刺骨，情真語摯的文字，真可算得才匹情齊，後先輝映了。」^(註五)確為的論。

　　本文寫作，以裴之與紫湘由相識、結合、訣別之情為經，以裴之家庭、父母、大婦允莊、眾戚友與紫湘往還唱和之作，及裴之因哀悼所作詩、詞、文為緯，細訴此文寫作因由與作品淒美之處，要以諸多詩、詞、文內容為研究對象，以呈現古今來罕見之哀誄文風貌。

貳、《香畹樓憶語》主角人物──王紫湘

　　《香畹樓憶語》一文，雖為一淒美之哀悼文，然亦可稱得為一人物傳記。通篇以主角人物王紫湘為中心，而以納妾一事為所有愛恨情愁之本源。是無納妾之舉，憶語便無由產生，故探討憶語內容，必當首要了解裴之納妾一事，進而對紫湘歸寧後歲月作全盤性探討。

一、裴之納妾動機

　　陳裴之，字孟楷，因父陳文述字雲伯而得號小雲，別號朗玉山人，浙江錢塘人，父陳文述為嘉慶五年庚申舉人，才思雋永，詩詞俱工，曾為縣令，頗有政聲。^(註六)決斷訴訟，明快清廉，故陳文述每乘輿入郡

門，人稱「某醫至矣，案當結矣。」^{（註七）}仰賴信服若是。陳文述素性愛才，獎掖後進，猶恐不及，於閨秀金釵之創作文學推動，更是不遺餘力，受業女弟子凡二十餘人。與閨秀題詠者，多達數十人。^{（註八）}陳文述詩名遠播，亦是多情才子，生平最喜修葺前代美人祠墓，更有《西泠閨詠》五百首，以古今女士為詠詩對象。^{（註九）}人多比之吳梅村，其痴情程度真是千古罕有。管筠評其多情云：「弔古情深，憐才念切。」^{（註十）}由此二句，可想見其作風為人。陳文述既是個倜儻才子，家財富碩，動輒可為古人女子修墓，若非官宦人家，何能出此大手筆吟風弄月，舞文弄墨。其子裴之，年少風流，自不消說。在未納紫湘前，吳中女子如湘雨、佇雲、蘭語樓諸姬，均爭而為妾，然裴之未為所動。陳文述父子，在當時詩壇均為寫情聖手，裴之雖有才子之風流本性，然仍始終保持一妻，後迫於情勢而納妾，未若其父之多妻妾（一妻四妾），足見裴之用情甚專。

裴之繼承父親才學，文質彬彬，附庸風雅，少有文名，後與名門閨秀才女允莊結褵，更是才子佳人，金童玉女，一時傳為佳話。允莊本為名門之女，幼學詩書，質素蘭心，資秉穎異，七歲能吟詠。一日，父天潛翁（汪瑜）命允莊賦春雪詩，援筆立就，見者驚賞，謂不減柳絮因風之作。^{（註十一）}眾人乃比之於謝道韞，因此得名為小韞。允莊舅翁陳文述，人稱頤道居士，為清末極力推動婦女文學之文人，更是使婦女文學在清代開出瑰麗絢爛花朵之雅士。允莊在此文學氣息濃厚家庭中，加之深厚自我期許，並坐擁天時、地利、人和之賜，因而日後能湧現豐富絢麗之作品，自是可以預見者。

《香畹樓憶語》乃裴之與妻允莊結褵多年，並與妾紫湘相處融洽之生活寫照，三人間感情濃郁之描繪，在紫湘身後，為表哀悼而付梓，以明其誠，可至海枯石爛，永不改移。以下由《香畹樓憶語》（後則簡稱《憶語》）中文辭，探討裴之與紫湘結緣因由。

（一）舅翁臥病、夫婦異處

允莊之懿德昭然，足為今日婦女效尤者，於《憶語》中可見微知著，窺得一二。時值裴之父陳文述臥病在床，允莊除服侍在側外，更於神明前立誓長齋繡佛，夫妻二人持觀音經，分居異處，達四年之久。《憶語》：「家大人自崇疆受代歸，籌海積勞，抱恙甚劇。太夫人扶

病侍疾，自冬徂春，衣不解帶，參尤無靈，群醫束手。余時新病甫起，乃泣禱於白蓮橋華元化先生祠，願減己算，以益親年。閨人允莊復於慈雲大士前，誓願長齋繡佛，並偕余日持觀音經若干卷，奉行眾善，乃荷元化先生賜方四十九劑，服之病始次第愈。自此夫婦異處者四年。」(註十二)裴之與允莊至孝至善至誠，感動神明，以至於父病得以漸愈。

（二）夫婦染疾、續嗣為念

允莊在從事文學論著方面，於《明三十家詩選》之編著，耗盡許多心力，焚膏繼晷以至於心耗體弱，然心有感於愧對舅姑、夫婿及少子，乃欲為夫置妾，以彌補其未能仰事俯育之內疚。《憶語》云：「允莊方選明詩，復得不寐之疾，左鐺右茗，夜手一編，每置晨雞喔喔，猶未就枕，自慮心耗體屢，不克仰事俯育。常致書其姨母高陽太君、嫂氏中山夫人，為余訪置簉室，余堅卻之。」(註十三)時吳中後輩如湘雨、佇雲、蘭語樓女紅，皆自願為裴之妾室，然裴之以族人賴以為命者眾多，食指浩繁，重親在堂，年逾七秩，不宜另立妾室以為父母憂。況綠珠碧玉，徒留艷情，有損為夫品德，未容草草行事。允莊為夫納妾，以奉老母，以侍夫婿，有古關雎后妃寬容之懿德，實非泛泛可為。由允莊庶姑管筠語中可探得究竟，語云：「近以紫湘告殂，君哭之慟，先後為詩十六章，以寄哀思，更極沈痛哀艷，非直詩之工也，不妒之美，亦上符關雎樛木焉。」(註十四)允莊一心從事文學創作與論文選詩，廢寢忘餐，以至沈疴，顧及裴之一脈香煙，當使之繁衍興盛。所生長子孝如方滿月即夭折，次子孝先倖存，而允莊在娩後調養未當，故屢羸多疾。由允莊一方言，體弱多病，寫作之務繁重而未罄。由續嗣一方言，陳氏一脈單傳，實應添丁興旺家族，故允莊極力倡言納妾之必要，以求安定家族。

（三）裴之專情、紫湘獨鍾

裴之之專情，頗有可稱頌者，時金陵有停雲主人之女，名幼香，年方十五，對裴之深具傾慕之情，乃父亦對裴之頗有倚玉之意，願將女兒終身託付之，然裴之不為所動，賦詩婉謝以對。詩曰：

　　肯向天涯托掌珠，含光佳俠意如何。

桃花扇底人如玉，珍重侯生一紙書。
新柳雛鸞最可憐，怕成薄倖杜樊川。
重來縱踐看花約，拋擲春光已十年。
生平知己屬明妝，爭訝吳兒木石腸。
孤負畫蘭年十五，又傳消息到王昌。
催我空江打槳迎，誤人從古是浮名。
當筵一唱琴河曲，不解梅邨負玉京。
白門楊柳暗棲鴉，別夢何嘗到謝家。
惆悵鬱金堂外路，西風吹冷白蓮花。^{（註十五）}

　　一、二兩聯以掌珠對明月之對偶形式，呈現物對之隱喻妙用，以物相對，引申為幼香與裴之相配得宜。三、四兩聯言明自己已婚十年，而幼香方豆蔻年華，不應享齊人之福，擔誤幼香青春，而如杜牧般悔恨，空留薄倖名。五、六兩聯敘己心早有所屬，而今已成木石心腸，幼香年幼固當有才子匹配為宜。七、八兩聯，幼香父女，皆屬意裴之，然婚姻之事，本當兩願，裴之婉拒，恰似吳梅邨之負玉京般，落花有意而流水無情。九、十末兩聯，語重心長，祝福幼香永保清純如白蓮，則當前程似錦、幸福美滿。裴之對幼香之垂青雖銘感五內，然恐成薄倖郎，有負紅妝。裴之對情感之忠誠，置身於紅粉堆中，卻以木石心腸相待，婉拒盛情，故以詩謝停雲主人，由金陵至錢塘遠託嬌女之厚愛，及自己不忍負幼香，卻又必須快刀斬亂麻，懸崖勒馬以對。以此七言詩聊表心中情意，最是暢快淋漓。

　　另由《憶語》中「允莊為余訪置簉室，余堅卻之。」、「滿堂兮美人，獨與余兮目成，射工伺余，固不欲冒此不韙，且綠珠碧玉，徒侈艷情。」可知裴之心存厚道，用情專一，絕非一般濫情者所可比擬。

　　才子與佳人之相配，絕非偶然，試觀裴之與紫湘相識之因由，以明紫湘情何以獨鍾於裴之。紫湘注意裴之實已有年矣，故相見時乃言：「識之久矣。」^{（註十六）}裴之與幼香之事亦為紫湘知悉，並拜讀寄幼香詩作，不覺纏綿已極，君子風度，紙上翩然，故對裴之仰慕之情益加深濃。時值幼香即將遠嫁，紫湘乃含毫蘸墨拂楮，示意裴之賦詩，以志其過，實則乃紫湘為印證裴之用情如何之妙計也。詩云：

休問冰華舊鏡臺，碧雲日暮一徘徊。

錦書白下傳芳訊，翠袖朱家解愛才。

春水已催人早別，桃花空怨我遲來。

閒繙張泌妝樓記，孤負鸞期第幾回。

卻月橫雲畫未成，低鬟攏髻見分明。

枇杷門巷飄鐙箔，楊柳簾櫳送笛聲。

照水花繁禁著眼，臨風絮弱怕關情。

如何墨會靈簫侶，卻遣匆匆唱渭城。

如花美眷水流年，拍到紅牙共黯然。

不奈閒情酬淺盞，重煩纖手語香絃。

墮懷明月三生夢，入畫春風半面緣。

消受珠櫳還小坐，秋潮漫寄鯉魚箋。

一翦孤芳艷楚雲，初從香國拜湘君。

侍兒解捧紅絲研，年少休歌白練裙。

桃葉微波王大令，杏花疎雨杜司勳。

關心明鏡團欒約，不信揚州月二分。（註十七）

　　以一首七言古詩，道出裴之心聲及不願納妾之緣由，以辜負鸞期、橫雲畫未成、如花美眷水流年、春風半面緣、漫寄鯉魚箋，以表二人今生無緣為夫妻，只有寄予遙遠祝福。又以艷楚雲、紅絲研、桃葉、杏花寄寓幼香之青春美貌，然心境難與遇合，只有轉化而為友誼，衷心祝福她月圓人團圓，終能成就美好姻緣。

　　紫湘讀罷此詩，慨然太息曰：「夙聞君家重親之慈，夫人之賢，君輒有否無可，人或疑為薄倖，此皆非能知君者。」（註十八）紫湘對裴之仰慕之情，非唯才情，且以其做人寬厚，不忍誤人年華，而獨排眾納妾之議，而紫湘則是心已屬之，乃賦詞以表芳心，願輔助裴之侍奉慈闈，料理家庭。詞云：「烟柳空江拂畫橈，石城潮接廣陵潮。幾生修到人如玉，同聽簫聲二四橋。月落烏啼霜濃，馬滑搖鞭徑去，黯然魂銷。」（註十九）

　　紫湘深情，惟願與之結千年共枕緣，更願幻作比翼鳥，二人共奔前程，則此生於願已足。詞中盛讚裴之修養，同聽簫聲更寓意為願作同林鳥，同甘苦。情意真摯感人。

　　由於重親促成，加之允莊屬意紫湘，以為紫湘深明大義，非尋常金粉可比，裴之乃勉為允諾，曰：「一面之緣，三生之諾，必秉慈命而行，庶免唐突西子。」^(註二十)裴之與紫湘雖相識不久，然君子一言九鼎，必當奉行毋違，此真紫湘之福也。

　　紫湘雖為一年僅十九之青春女子，對於擇人而適，竟能審慎若此，實為難能可貴。古往今來，女子擇婿，或貪才貌，或圖富貴，餘則不加訊問，及至結合，家庭問題乃叢生焉，若於未結合前，能如紫湘審慎了解，當能避免許多無謂爭端。紫湘未識裴之前，早已讀過裴之贈幼香詩句，並設法刺探其家世，^(註二一)使盡知裴之家庭狀況，再下最後決定，可見紫湘之委身，乃經其深思熟慮，故而無怨無悔，以終其生，而紫湘之明識過人，使之能在日後與夫家親戚，上下相處融洽而絕無間隙，實乃其忠於所選擇，選其所愛，而愛其所選擇使然。

二、裴之納妾經過

（一）紫湘妾奔、幸得人歸

　　裴之在得父母首肯、大婦允莊敦促、及眾親友督責下，又得紫湘全心委身，願日後服侍夫家，無有二心。紫湘之所以傾慕裴之，自然是出於愛才，甘願付出一切，無怨無悔，而對裴之家庭，亦有相當之傾慕，故而以青春年華，甘為小星以侍大婦，實早已有心裡準備，因而能甘之如飴。裴之籌措迎娶事宜之初，紫湘性端重，知所嫁為重禮之大家庭，自忖當謹守禮法，不欲裴之親迎。^(註二二)裴之乃令允莊與紫湘母陪同前來，而裴之則於家中盛宴待妾。

　　紫湘共有姊妹十人，紫湘年最幼。眾姊妹中除第八位未嫁而卒，第六、七兩位嫁給尋常人家外，餘則皆為達官貴族之側室。^(註二三)紫湘初嫁時，昔日女友皆為之喜極而泣，更抱以艷羨眼光。蕙綢居士序陳裴之《夢玉詞》曰：「秦淮諸女郎，皆激揚歎羨，以姬得所歸，為之喜極淚下。如董青蓮故事，渤海生高陽臺詞曰：『素娥青女遙相妒，妒嬋娟最小，福慧雙脩。』」^(註二四)論者皆以為實錄。

　　就紫湘本人而言，亦深慶得其所，曾云：「飲餞之期，媥婭咸集，綠窗私語，僉有後來居上之歎。」^(註二五)紫湘于歸之時，姊妹皆偕夫婿，伉儷參與盛會，而就中姊妹皆露羨慕之意，故而使紫湘大喜，而以為後

來者居上，深幸得人歸。紫湘七姊嫁清河人氏，其夫婿為人放誕風流，七姊在紫湘于歸時，更以艷羨之語曰：「此事須讓十弟，我九人無能為也。」^{（註二六）}紫湘七姊語乃有頌讚此婚姻相配得宜，郎才女貌、天作之合之意，而在座兩行紅粉，皆佩服其詼諧吐屬之妙。裴之納妾，除紫湘外，實不作第二人想。

（二）親朋歡欣、賦詞相賀

裴之為紫湘營造新居，署曰香畹樓，字曰畹君。新嫁時裴之房中瓶蘭，開同心並蒂花一枝，允莊曰：「此國香之徵也。」花開並蒂實乃喜事臨門之吉兆，裴之因而賦國香詞曰：「悄指冰甌，道繪來倩影。浣盡離愁，回身抱成雙。笑竟體香收，擁髻離騷倦讀，勸拳芳人下西洲，琴心逗眉語。葉樣娉婷，花樣溫柔。比肩商略處，是蘭金小篆。翠墨初鈎，幾番孤負。贏得薄倖紅樓，紫鳳嬌銜楚佩，惹蓮鴻爭妒雙脩，雙脩漫相妒。織錦移春，倚玉紉秋。」^{（註二七）}裴之新納紫湘為妾，如膠似漆，深情款款，「擁髻離騷倦讀」想是必然情景。而「葉樣娉婷，花樣溫柔。」更是夫妻好合之完美寫照。終以紉秋蘭，以表對紫湘鍾情，銘感於心。此詞一出，又有平陽太守、延陵學士、珠湖主人、桐月居士等皆為詞作，以表賀枕。

紫湘姊妹花中對裴之與紫湘之結合，頗有讚詞，將二人比之為神仙眷侶，二人非君莫嫁，非卿不娶。欣羨二人情意相投之際，亦顧盼自身境遇，不禁唏噓。《憶語》曰：「蔻香閣狂香浩態，品為花中芍藥。嘗語芳波大令曰：『姊妹花中如紫夫人者，空谷之幽芳也。色香品格，斷推第一。天生一雲公子，非紫夫人不娶，而紫夫人亦非雲公子不屬。奇緣仙耦，鄭重分明，實為天下銀屏間人。吐氣我輩，飄花零葉，墜於藩溷也。』」^{（註二八）}眾姊妹將紫湘比之花中芍藥，喻紫湘之美如芍藥花般，大而美艷醒目。紫湘之賢，能為賢妻，更能為良婦。一如芍藥花般，既可觀賞，又可藥用。實一內外兼備之女子。此讚詞甚為得當。

允莊對紫湘之期許甚高，對其壺德風範，尤為稱許。而對裴之專情、重禮防之品性，更多有誇讚，故自忖裴之日後必能善待紫湘。有大婦之允諾，紫湘於夫家自可過得如魚得水，免遭間隙。而裴之專情，終得如花美眷，實為天報善人也。故允莊曰：「君當以他人酒盃，澆自己傀壘。興酣落筆，慨乎言之。苟至今日，敢謂秦無人耶。笤妹曰，

兄生平佳遇雖多，然皆申禮防以自持，不肯稍涉。苟且輕薄之行，今得紫君，天之報兄者亦至矣。」^(註二九)

古來妻妾能和睦處之者不多，如允莊、紫湘之融洽，實少之又少者。遠溯至唐之魚玄機，及笄之年時，李億納而為妾，李億為唐宣宗時進士科狀元，與魚玄機曾有一段如膠似漆感情。然好景不常，為大婦所嫉恨，而李億公子哥兒習性，亦不過逢場作戲而已，故日久愛衰，實勢之必至。可恨薄倖之李億，屈於大婦之不能見容，乃將妾魚玄機逐出，至長安咸宜觀中作道姑，後終因積怨過深而抑鬱以終。年不過二十四、五，實遇人不淑之薄命紅顏。與唐後期著名女詩人魚玄機相比，紫湘應可含笑九泉，死而無憾矣。

三、紫湘四年歸寧歲月

紫湘四年夫家生活，受到眾親無比喜愛，雖生活上，精神、體力均肩負沈重，然卻為甜蜜之負荷。試各就其與翁姑、大婦及夫婿生活相處上論述之。

（一）侍奉翁姑、賢孝備至

紫湘來歸裴之時，雖如願以償，得以與吳中才子晨昏相伴，不啻為天賜良緣，且為姊妹同鄉所艷羨。而婚姻乃是權利與義務相對等，裴之雖家世良好，人品俊秀。然父母在堂，年事已高，且又臥病榻中，身為姬妾自不能免於服侍之義務。初嫁之時，重施脂粉，錦衣玉飾，光彩煥發，神清氣爽。然夫家舅姑恙疾在榻，怎忍貪圖宴樂粧扮，乃一洗鉛華，輔佐家務。前此，裴之在母病十年後，與允莊商量，若必為納妾需能侍母病者方允諾，想必裴之早已與紫湘明示婚後種種。而紫湘尤能盡心盡力，晨昏定省，無所不在，實屬難能可貴。

紫湘婚後侍舅姑病榻之情形，由其舅姑龔玉晨紫姬小傳語中，可略窺孝親之忱。龔云：「初至之夕，賓客雲集，姻眷夾侍，姬端秀靜穆，神光離合，若瓊花之照春，而華月之白夜也。余以久病，辟穀十稔。裴之嘗與端言，苟謀置簉室，必得能侍余疾者。姬至逾月，輒屏鉛華，佐治內政，侍余尤盡心力，朝夕不離。」^(註三十)

紫湘事親至孝，實壺德之典範。在侍裴之母龔玉晨疾於病榻時，

朝夕相處，了解深刻。知母性畏雷，每當夏夜風雨、風馳電掣、雲雨交
集時，紫湘必急至太夫人身邊，圍侍達旦，雖深夜，亦復如是，無有差
等。^{（註三一）}後紫湘臥病碧梧庭院，每聞雷聲，則謂左右：「恨我遠離，
不能與主人同侍太夫人爾。」裴之哀曰：「未及周辰，遽爾化去，病
至綿惙而其愛戀吾親若此，悲哉！悲哉！」（《憶語》）紫湘於病中
仍心念照料堂上，真誠勤樸，賢孝淑慧，孝行感人。裴之納紫湘為妾，
非惟其本人之高視，亦且為陳氏一門之大幸也。

　　紫湘舅翁陳文述對其昭然壼範，尤為稱頌。特以賢、孝、勤、敬
四字^{（註三二）}，讚譽其懿德風範。蓋賢者，乃陳門逾千人之大家族，與
紫湘皆相處融洽，無有間隙。實因紫湘之賢淑，而能處之怡然其中，
自得其樂。孝者，紫湘於翁姑高堂前，承歡膝下，容色笑貌，以娛雙
親，晨昏請安，既孝且順。勤者，陳門上下，病榻多人，紫湘主中饋，
且熬治湯菜，以服侍翁姑、夫婿、大婦及子孝先。早起晚睡，無一日
怠忽職守，此其勤。若敬者，知進退，守禮份，故能言無過失，行無
矯情，夫婿所言，盡信秉持，莫之為逆，此其敬也。

　　紫湘能得翁姑如此崇高評價，其付出之心血，自然可想而知。紫
湘以一年華十九之青春女子，嫁為側室，而能以婉娩淑慎之壼德，使
夫家上下，一無間言，實母家教育成功之績致也。然天不永年，雖有
柔嘉之德，惜無福與心上人長相廝守，而竟撒手人寰。紫湘一旦病歿，
除夫婿、大婦、大姑、小姑為作哀誄詞外，裴之母親亦為作傳文，而
裴之父更為作出涕誄詞。在舊禮教尚存之社會，一家姬妾逝世，本無
什稀奇，而要如紫湘受如此身後哀榮者，要算破天荒，頭一遭也。

（二）服侍大婦、親如姊妹

　　紫湘對大婦病榻之悉心，可見其關愛之情，猶如姊妹般親密。又
焚香禱祝，願以己之陽壽換得允莊康復，此愛心，實足以動人心脾，
賺人熱淚。裴之言：「允莊忽染奇疾，淹篤積旬。姬乃雞鳴而起，即
詣環花閣褰帷，問夜來安否。親為塗藥，進匕後始理膏沐。扶持調護，
寢饋俱忘。語余世母謔國太君曰，夫人賢孝，閨中曾閔也。設有不諱，
必重傷堂上心，而貽夫子憂。稽首慈雲，妾願以身先之爾。」^{（註三三）}
紫湘以為若大婦間有不測，則必重傷舅姑之心，為求舅姑安享晚年，
大婦無恙，故願以身代，其心之憫，唯天可表。

　　而紫湘侍允莊時，因操勞過度，已得咯血症，然諱疾不言，故而漸至沈篤，裴之在外為官回家，相見時已骨瘦香桃，懨懨於床蓐之際矣。由裴之在寄蹟於東陽參軍絳雲僊館時寄詞予紫湘可見。詞曰：「年來飽識江湖味，今番怎添淒惋。遠樹蘢煙，殘鴉警雪，人在黃昏孤館。更長夢短，便夢到紅樓，也防驚轉。雁唳霜空，故鄉何事尺書斷。書末倍縈別恨，道閨人小病，羅帶新緩，茗火煎愁，蘭煙抱影。不是卿卿誰伴，憐卿可慣。況一口紅霞，黛蛾慵展。漫憶揚州，斷腸人更遠。」^(註三四) 所寫斷腸人在天涯之淒清，及故鄉情之難捨，一一呈現。

　　裴之因父命而遠官異鄉，然非所願，己意乃在長伴父母妻妾，而古來男兒豈能戀家若此，適足以貽笑大方？紫湘秀質蘭心，善體君意，盼裴之能物色一心意相契之人，隨行在側服侍，自己則願留下侍奉舅姑及大婦，自忖君若得一寬慰愁緒之隨侍人，則心願已了。曰：「君為尊親所屈，奉檄色喜。自斷不忍遠離膝下，但今既有此中沮，或者改官遠省。太夫人既憚長途，不能就養，夫人又以多病不去，我何忍侍君獨行。且寒暑抑搔，晨昏侍奉，留我替君之職，即以攄君之憂。至君之起居寒暖，必得一解事者，悉心護君，雖千山萬水，吾心慰矣。」^(註三五) 只為服侍大婦，而寧可夫君另納小星以代己位。行文圓熟老練，析理透闢精妙，深情濃意，一一展現於文氣中，論姊妹親情，亦不過如此。紫湘此語一出，孰知黃花續命之言，竟成紫玉成煙之讖，怎不令人深嘆其紅顏薄命。

　　紫湘雖為偏室，然愛大婦子女如所生，悉心照料，無微不至，身後允莊命女桂生為之持三年喪服，而子孝先亦為之持喪服，使紫湘身後備極哀榮。裴之為作輓聯曰：「四年來孝恭無忝，偏教玉碎香銷。愚夫婦觸境心酸，遺憾千秋，豈獨佳人難再得。兩月中消息雖通，只恨山遙水遠，慈舅姑倚閭望切，芳魂一縷，願偕公子蚤同歸。」^(註三六) 閱裴之文後，眾人皆為之泣下。友朋間僉贈輓聯詩句，以表哀惋，如金沙延陵女史。詞壇耆雋如扶風觀察、巢湖太守、高平都轉、清河觀察、渤海令君、申丈陳雲伯、鵝湖居士、鐵雲山人等。

　　紫湘對大婦允莊，情同手足，愛護照顧，克盡心力。紫湘曾為允莊病，不梳洗，不進食，隨侍在側，為治湯藥，每至深夜，則和衣而眠，數月如一，而允莊病幸賴以痊癒。龔玉晨云：「客冬端病頭風，手不能持匕箸，醫者云易傳染，語甚危。姬黎明起，不梳洗，不進飲食。先

為大婦敷藥餔糜，撫摩抑搔，恆至深夜，衣不解帶者數月，端疾竟賴以愈。」^(註三七)允莊〈紫姬哀詞序〉亦云：「客冬余臥病殊劇，姬佇苦哺糜，含辛調藥。中宵結帶，竟月罷妝，余疾既瘳，姬顏始解，嗚呼賢矣。」^(註三八)允莊因感於紫湘之恩情，於姬身後，為作詩八律，以哀悼之。

紫湘平日家居，與大婦情誼深濃，餘暇時則為太夫人、裴之、允莊編製禦寒襦褐，數年來皆為親手縫製，可見禮雖輕而情意深重。有詩云：「寒閨侍疾夜遲眠，藥裡勞君細意煎，彩勝倦簪挑菜節，羅屏靜掩試燈天。解歌芳草朝雲慧，潔奉蘭羞絡秀賢，猶記江城砧杵動，春纖疊雪擘吳錦。」^(註三九)與古代賢女子朝雲、絡秀相比，實有過之而無不及，而以古代婦女標準論紫湘，尤為四德僉具之女才人也。

（三）與夫相敬、情深義重

裴之雖幸得非尋常金粉之紫湘為妾，除堂上膝下得以備受悉心照料外，亦得以與之長相為伴。然官場多變，時有調任，每調任新職於他鄉時，總自疚於己身之未盡人子、人夫之責。裴之在寄役彭城時，心繫家庭，深感辜負閨中紅妝，有贈紫湘詞表明風雪憶故人，荒野思紅妝，近鄉情更怯之心懷。詞云：「蹋冰瘦馬投荒驛，負了卿憐惜。累卿風雪憶天涯，休說可人夫婿是秦嘉。」^(註四十)此秦嘉典乃因由乎紫湘未嫁時，與倚江聽春輩評次青容院本，或香祖樓警句，或賞四弦秋關目，紫湘獨舉雪中人「可人夫婿是秦嘉，風也憐他，月也憐他。」數語，^(註四一)其餘女紅侍婢笑曰：「十姑此時，固應心契此語。」^(註四二)四座金釵，以為確論。紫湘以秦嘉而喻裴之，行役在外之思歸人，無法返鄉，惟有與風月長伴，夜夜孤眠，所以「風也憐他，月也憐他。」句全然表達紫湘思念異鄉夫君之殷切思緒，以至於移情至風、月上，盼君異鄉生活，早日結束。

裴之行役在外，未能照撫紅顏知己，乃自責甚深，而寄紫湘詞曰：「霜月當頭圓復缺，躍馬彎弓那怪常離別。約了歸期今又不，關山只認無啼鴃。何事沾膺雙淚熱，帳下悲歌竟未生同穴。忍與歸時鐙畔說，五更一騎衝風雪。」^(註四三)歸人思鄉情切於末句「五更一騎衝風雪」更表達無遺。

裴之與紫湘夫妻和睦情篤，故戚友多贈其和睦相處之象徵物，如

香影閣贈鬟花綃帕、香霏閣贈冰紈雜佩、秋雯閣贈瓜瓤繡縷、香霏閣贈雕籠蟈蟈一枚。裴之因作柳梢青詞以回謝眾親友之盛情。詞曰：「曳雪牽雲，玉籠鸚鵡。喚掩重門，曲曲回闌。疎疎簾影，也夠銷魂。愁看照眼濃春，添多少香痕淚痕。默默尋思，生生孤負，無數黃昏。休憩雙蛾，鬟華倩影好伴維摩，嬌倚香篝，話殘銀燭。閒煞衾窩，更無人唱回波，只怕惹情多恨多。葉葉花花，鶼鶼鰈鰈，此願難麼。」（註四四）鶼鰈蜜意，惹人深羨。實為用字柔美之繾綣艷辭。

紫湘為裴之肯納其為妾而心存感激，使其解脫情絲之綑綁纏繞。允莊曰：「風流道學，不觸不背，當是眾香國中無上妙法。」（註四五）紫湘乃曰：「飄藩墜溷，千古傷心。君能現身接引，亦是情天善果。余曰，安得金屋千萬間，大庇天下美人皆歡顏耶，姬亦為之輾然。」（註四六）可見紫湘對裴之實情有獨鍾，能如願嫁至陳門，自言為情天善果，或以為祖德餘蔭，然則安能得此人人羨慕之婚姻？

紫湘與陳門上下能怡然和樂相處，實因由於一己全力心血累積而得，也因於此，紫湘原娉婷弱質之身，更折煞而愈加羸弱，紫湘於病榻之時，裴之多次求神問卦，然屢得兆卦之體為凶。詢蓉湖施生擲六木以決福禍，言有破鏡之戚，而徵得破解之法乃「小星替月」法，或曰：「嘗彼三五，或免遞及之禍。」（註四七）又平陽中瀚為紫湘推算，亦如蓉湖施生所言。後又請鄰人隴西氏向鬼神祈禱而占之曰：「前身是香界司花仙史，艷金玉之緣，遂為法華所轉，愛緣將盡，會當御風以歸爾。」（註四八）凡所求神問卦結果皆為不祥之兆，故允莊乃極請舅姑眾親，為裴之量珠購艷，以應施生之說。然裴之極力反對，惟恐身得負心漢之罵名，語云：「新人苟可移情，輒使桃僵李代。捫心自問，已覺不情。設令膠先續斷，香不返魂。長留薄倖之名，莫雪向隅之恨。更非我之所願，又豈卿之所安哉。」（註四九）

裴之專情遠近知名，所言「新人苟可移情，輒使桃僵李代。」乃言明心既已有屬，再難與他處紅粧共擁合歡被，若不忠於一己所感，則將長留薄倖名、風流債，實非風雅儒士者所當為，深情有如裴之、紫湘者，真乃人人欣羨之同命鴛鴦也。

參、《香畹樓憶語》寫作因由與作品特色

論及《香畹樓憶語》之寫作因由，當先溯自紫湘照撫翁姑、大婦而起，後紫湘病漸至沈篤，加之求神問卜，均未能奏效，裴之與允莊乃為紫湘病共商大計，以為紫湘歸家省親若能成行，當可為卻病之良方，於是允莊乃為請重闈，而整裝定歸計。故在探討其寫作因由前，首先探尋紫湘歸鄉養疴之過程與結果，以有助於明瞭《憶語》之創作因緣。

一、紫湘染疾返鄉至天人永隔

（一）紫湘染疾、歸鄉省親

紫湘既得大婦垂憐，為定返鄉之計，則整裝待發。歸鄉行前，裴之為禱於武帝廟，得籤詩曰：「貴人相遇水雲鄉，冷淡交情滋味長，黃閣開時延故客，驊騮應得聘康莊。」^{（註五十）}裴之母見籤中有驊騮康莊之語，以為道路平安。乃允諾紫湘歸鄉省親。然在裴之家園三槐堂中偏西楹帖有刻文為「康莊驥足躡青雲」，觀此二語，似隱含符合之意，孰知籤中語與楹上帖竟是一語成讖。

紫湘歸省母家後，裴之、允莊以詩相與往返唱和，深表情意之濃郁。試錄其興作詩以明其情。

允莊寄紫湘詩曰：「梅雨絲絲暗畫樓，玉人扶病上扁舟。釧鬆皓腕香桃瘦，帶緩纖腰弱柳柔。五月江聲流短夢，六朝山色送新愁。勤調藥裡刪離恨，好寄平安水閣頭。」^{（註五一）}

紫湘依韻和之並呈太夫人詩曰：「風雨經春怯倚樓，空江如夢送歸舟。綿綿遠道花箋寄，黯黯臨歧絮語柔。閨福難消悲薄命，慈恩未報動深愁。望雲更識郎心苦，月子彎彎繫兩頭。」^{（註五二）}

允莊寄裴之詩曰：「問君雙槳載桃根，殘月空江第幾邨。淡墨似烟書有淚，遠天如水夢無痕。晚風橫篴青谿閣，新柳藏鴉白下門。更憶嬋媛支病骨，背鐙擁髻話黃昏。」^{（註五三）}

允莊寄紫湘詩以梅雨絲絲寓己意之離情依依。相聚甚短如夢，離別更增新愁，只盼善加調理身體，速速康復，平安回歸。以大婦寬厚

之心意，呈現詩作中，情意感人至深。

　　紫湘非唯妾室者，甚且頗具才情。在古代女子無才便是德之環境，紫湘之才華，無乃出類拔萃、萬中選一。能受夫家眾親喜愛，實為難得。深受大婦愛憐，更是古來少見。然其性多愁善感、憂愁幽思，於和大婦允莊詩中所用諸多消沈字眼如怯、空、夢、黯黯、柔、難消、悲薄命、深愁、苦、兩頭；可明瞭她內心徬徨無助，面臨死神挑戰時之痛苦。所言「閨福難消悲薄命」、「月子彎彎繫兩頭」似在預言自己命運多舛，無福消受夫家之愛護，更心感將天人永隔之悲哀。孰知此句竟一語成讖，永難再續前緣。

　　允莊寄裴之詩，字裡行間湧現對紫湘無限思念。由所用字辭如殘月、空江、淡墨、似烟、書有淚、夢無痕、黃昏等，可見其心緒之黯淡痛苦，呼天無應之憤恨。而紫湘於歸鄉省親時，仍不忘裴之恩情，離情依依，斷難相捨。對夫家之愛憐，夫婿之深情，只能蹙眉而言：「薄命人惟恐消受不起。」（《湘烟小錄》）此刻骨銘心之無奈言語，孰料竟為撒手離塵之讖哉！

（二）恙至沈疴、天人永隔

　　裴之伴紫湘回歸省親一月，而裴之母病又遽，二難之間，紫湘乃云：「妾病已深，難期向愈，支離呻楚，徒憶君心，願他日一紙書來，好收吾骨以歸爾。」[註五四] 又泣曰：「拜佛求仙，累君僕僕，吾未知所以報也。」[註五五] 紫湘似心中早知己病已難以痊癒，而積勤成瘵，於古代癆瘵之病，有如今之愛滋，來勢洶湧，卻未有良方得治，故罹患者皆心知其結果為何，因發此言。裴之因紫湘辭之再四而轉回探視母恙。一日夜，裴之女桂生驚啼曰：「孃歸矣」詢之曰：「上香畹樓矣。」[註五六] 太夫人疑為離魂之徵，隕涕不止。乃屬戚友急製湖綿衣屨以為沖喜之用。孰知裴之攜至紫湘家中時，已然天人永隔，臨終時，竟未得見最後一面，實為人生一大慟事。

二、裴之《憶語》寫作因由與特色

　　在允莊、裴之極力促成下，紫湘乃歸鄉省親及養病，殊不知此去竟是人天之隔，一別而成永訣。裴之喪妾之痛，淒切哀悼之意無從表

達，適值廣平居士以梅垞生新譜影梅庵傳奇，央求裴之題詞。蓋影梅庵傳奇之主題乃清初如皋名士冒辟疆與董小宛間一段淒美動人之愛情故事。裴之讀後，益增悽恨，且紫湘之姊妹淘閨湘居士又大力相勸曰：「影梅庵憶語，世艷稱之，然以公子之才品，遠過參軍，紫妹之賢孝，亦踰小宛。且此段因緣，作合之奇，名分之正，堂上之慈，夫人之惠，皆千古所罕有。前日讀君家大人慈訓有曰，惜身心而報以筆墨，俾與朝雲蒨桃並傳，公子其有意！」裴之聽語後痴坐碧梧庭院，哀悽萬狀，後乃決意為文以悼，此時距紫湘仙去有十日矣。裴之寫作《憶語》因由肇因於為紫湘留名後世，亦藉此表其忠誠與哀悼之意。如今看來，其願已達，且得彰顯文名，恐為裴之所始料未及者！以下由《憶語》中詩、詞、文作品來探討其文學特色與風格，進而了解《憶語》之所以能名揚文壇之理。

（一）裴之詩作：用字細膩、韻藉哀惋

紫湘回鄉養病，裴之、允莊以詩相與唱和，就中裴之依韻和允莊詩曰：「情根種處即愁根，紗瀚青溪別有邨。伴影帶餘前剩眼，捧心鏡浥舊啼痕。江城楊柳宵聞笛，水閣枇杷晝掩門。回首重闈心百結，合歡卿獨奉晨昏。」（註五七）裴之心情之沈鬱正如所言「心百結」，前此不願納妾之意乃所言「情根種處即愁根」，自古英雄美人，才子佳人，金童玉女，孰能無死，了卻生命或可斬斷愁根，心情之灰黯無趣，亦不難想見。無怪乎曹小琴女史讀之歎曰：「此二百二十四字，是君家三人淚珠凝結而成者，始知別賦、恨賦，未是傷心透骨之作。」（註五八）此二百二十四字乃指紫湘、允莊、裴之三人往返興作之四首七律詩。而古來最膾炙人口之哀感文作，乃漢朝江文通之別賦、恨賦。於今讀之，裴之哀悼文辭，亦未必次於江淹也。

紫湘愛月亦愛雨，頗知鬧中取靜之理，隨機學習，自我修養。嘗曰：「董青蓮謂月之氣靜，不知雨之聲尤靜，籠袖薰香垂簾，晏坐簷花落處，萬念俱忘。」（註五九）靜中景非為真靜，鬧中能體會出靜，方為真靜。紫湘處於世家大族中，能以此人生哲理融入其中，無乃真性情中人也。有感於紫湘之愛雨，裴之乃為賦坐雨詩並云：「從此雨晨月夕，倚枕憑欄，無非斷腸之聲，傷心之色矣。」（《憶語》）足見其了無生趣，慘然情懷，不悲者有盡，而悲者無窮期矣。試觀香畹樓

坐雨詩曰：「翦燭聽春雨，開簾照海棠。玉壺銷淺酌，翠被幕餘香。惻惻新寒重，沈沈夜漏長。宛疑臨水閣，無那近斜廊。」^{（註六十）}紫湘離世方十餘日，故云「新寒重」、「夜漏長」。裴之新鰥，孤枕難眠，情何以堪。詩末以「清福艷福，此際消受為多。」作結，頗為貼切。

（二）裴之詞作：敘事論人、情盡乎辭

裴之在外為官時，一日夜泛舟於蘭陵，睡夢中見紫湘笑語如往昔，夢醒乃記詞曰：「喜見桃花面，似年時招涼待月。竹西池館，豆蔻香生新浴後。茉莉釵梁暗顫，恰小試玉羅衫軟。照水芙蓉迷艷影，問鴛鴦甚日雙飛慣。低首弄，白團扇。星河欲曙天雞喚，乍驚心蘭舟聽雨。翠衾孤展，重翦銀鐙溫昔夢，夢比蓬山更遠。怎醒後蓮籌偏緩，謾訝青衫容易濕，料紅綃早印嘱痕滿。荒驛外，五更轉。」^{（註六一）}此在外行役之人，思家之情懷，心中愧對妾室，使之獨守空閨，一任翠衾孤展落莫，故雖身處荒野，猶夢中相見人面桃花。所謂日有所思，夜有所夢是也。無怪所著士子服淚濕，此實男子思家濃烈而宣洩之情狀，無怪乎偕行者閱而歎曰：「此種筆墨，無論識與不識，皆知佳絕，惟覺淒惋太甚耳。」^{（註六二）}凡閱者所感，當與之同耳。

紫湘臨終之際，裴之未能及時趕到，以至抱憾終身。有詞曰：「初六觸炎登陸，曛黑入門。家人兮惝惶，嫂姪兮含悲。易錦茵以牀垂兮，代羅幬以素帷。魂飛越而足趑趄兮，心震駴而肝腸摧撫。玉琴之在御兮，瞻遺挂之在壁。慭瓊蕤之無徵兮，恨朝霞之難挹。萃秋風以酸滴兮，涉遲想兮髣髴。」^{（註六三）}殷切盼見紫湘最終一面，又無法如願，因而魂牽夢繫、肝腸寸斷、晨思暮想，憶起與紫湘生前種種，髣髴已然超脫塵世，與之俱化。然清醒後，才又回到現實，痛苦之情，足以想見。

裴之喪妾之痛，於其詞作中，突顯其真摯情懷與悽艷辭語，試觀其坐月、聽雨二闋詞。

《香畹樓坐月詞》曰：「蟾漪瀣玉，人影天涯。獨鏡檻妝，成調細粟。應減舊時蛾綠，歸來夢斷關山。卷簾暝怯春寒，誰信黛鬟雙照，一般孤負闌干。」^{（註六四）}

《香畹樓聽雨詞》曰：「夢回鴛瓦疎疎響，鐙影明虛幌。爭禁此夜客天涯，細數番風況近玉梅花。比肩笑向巡檐。索怕見簷花落。傷春人

又病懨懨，拚與一春不開簾。蕭黯之音，自然流露。雲搖雨散，邈若山河。」^{（註六五）}

語辭中憶及舊時蛾綠，而今卻夢斷關山月，景物依舊，人事全非之景之情畢現。雨絲猶如淚絲，魂斷天涯之淒，怕見花落，又恐傷春，陰暗晦澀之混沌心緒，自然流露，絕無矯情。

裴之憶及受軍旅官職於閣部時，適值壬午之秋，下榻自家庭院時，《寄紫湘蕪城詞》曰：「新漲石城東，雪聚花濃。迴潮瓜步動寒鐘，應向秋江彈別淚。長徧芙蓉，金翠好房櫳。燕去梁空，開窗偏又近梧桐。葉葉聲聲，聽不得錯怪西風。」^{（註六六）}對紫姬懷念之情，遍布詞中，「向秋江彈別淚」、「燕去梁空」皆是懷思而引發之移情作用。

又《于紉秋水榭對月寄詞》曰：「深閨未識家山路，淒淒夜殘風曉。霧濕湘鬢，寒禁翠袖。曾照銀屏雙笑，紅樓樹杪，怕隱隱迢迢，夢雲難到。萬一歸來，屋梁霜霽畫簾悄。憑欄愁見雁字，問書空寄恨。能寄多少，水驛鐙昏江城笛脆，絲鬢催人先老，團欒最好。況冷到波心，竹西秋早。待寫脩蛾，二分休瘦了。」^{（註六七）}就中淒淒、殘、濕、寒、怕、隱、迢、難、愁、雁、空、恨、昏、老、冷、秋、瘦等字皆有離愁傷感之意。一首詞中運用十八字哀愁字眼，實不多見，可知裴之心懷，不惟回憶夫妻恩愛情景，追悔之情，油然更起。裴之以悲壯語氣滲入詞中，淒美之意，流露筆尖。香影閣主人所作《憶語哀詞評論》曰：「此時此際，月滿花芳。偶爾分襟，愴懷如許。陽關三疊，河滿一聲。惻惻動人，聲筆入破。用心良苦，其如淒絕何。」^{（註六八）}裴之聞之，更加哀慟悔恨，然為時已晚矣，只有空留餘恨於此有情天地之中。此段評語，確能將裴之回天乏術之無奈心境，剖析得淋漓盡緻。

（三）裴之悼文：情意真摯、語辭淒切

裴之悼文，用情之真摯，可比之韓愈《祭十二郎文》；用辭之悽艷，於袁枚之祭妹文，更有青出於藍之勢。雖紫湘命乖，境遇堪憐，青年早逝，吾人在不勝唏噓，慨嘆才女未果福壽雙全之際，亦慶幸裴之得此機會一展詩作及悼亡文之長才，以至大放異彩。試觀數則，以鑑賞其悼亡文中用辭之美。文曰：「而姬歿後，櫬停適當其處。開我西閣門，坐我綠陰床。事後追思，如夢如幻。神能知之，而不能拯之。豈蒼蒼定數，竟屬萬難挽回哉。」^{（註六九）}紫湘之病，神能知之，卻不

能救之，逝世之事，如夢如幻，不能盡信，悠悠故我思，蒼天何有極，哀慟之情，論之令人扼腕。

紫湘父母流涕告裴之，言紫湘於初四戌刻，未果能見公子面而遽去，實為一大憾事，裴之更是寸斷肝腸云：「嗚呼！遲到兩朝，緣慳一面。撫棺長慟，痛如之何。」^{（註七十）}紫湘身後，母家夫家皆為之作傳及哀詞，並由夫裴之恭錄而與其衣履共焚，以告慰紫湘魂魄。

紫湘臨命終之夜，語其季嫂繆玉真曰：「我仗佛力歸去，當無所苦。公子悼我，第請以堂上為念。扶持調護，宜覓替人。公子必義不忘我，皈向者要不乏人耳。」^{（註七一）}裴之知悉後，悽感欲絕，然逝者有如於情海波濤中得著解脫，而長存者尤感於世間情愁，惟願此生莫再接觸有情物，更勿作有情人，以消解鬱結。語云：「於乎紫姬，來去湛然。解脫愛緣，逍遙極樂。幸勿必鄙人為念，所悲吾親無人侍奉。所喜吾兒，漸已長成。承重蔭之孔長，冀門祚之可寄。余則心芽不苗，性海無波，且願生生世世，弗作有情之物矣。」^{（註七二）}可謂深有所感之作。

紫湘身後，裴之回想以往與妾夢中相見事，頗與現實相符，生離死別，欲橫之哀戚，又豈是常人所能理解？《憶語》云：「孰知蘭陵入夢之期，即秣陵離塵之夕。帳中環珮，是耶非耶，其來也有自，其去也又何歸耶。腸迴目極，心酸淚枯。姬儻有知，亦當嗚咽。」^{（註七三）}紫湘入夢之時，裴之行役在外，此時恰是紫湘辭世之時，真是無巧不成書。人世間若無靈魂，而夢中辭別之事又何說？行文情意真摯，語辭淒切，閱之令人盪氣迴腸。

紫湘之容貌如出水芙蓉，不假雕飾。裴之母曰：「韶顏稚齒，素服澹妝，秀矣，雅矣。」裴之憶紫湘於壬午初夏，嬌陽蔽空時，侍祖太君作紅橋之遊，眾姊妹侍女為開奩助妝後，艷若天人，孰知紅顏早夭若是，真乃天不永年矣。語云：「粧炫服，祇此一朝而已，羅襟膩粉，繡襪餘香。金翠叢殘，覽之隕涕。」^{（註七四）}禍兮福所倚，福兮禍所伏，風雲有不測，禍福有旦夕，實動人心脾之言。

因長年羈旅從役，待紫湘謝世，裴之悔曰：「余初出於不自覺，聞此乃深悔之。頻年斷梗，轉眼空花。影事如塵，愁心欲碎。玉溪句云，此情可待成追憶，只是當時已惘然。霜紈印月，錦瑟凝塵。斷墨叢烟，益增碎琴焚研之恨。」^{（註七五）}多年來因官居他鄉，兩地阻隔，

莘負紅粧，前塵往事，思之心碎。故借李商隱錦瑟詩句，以表懷妾幽思，及憤而碎琴、焚墨之鬱悶。

裴之作紫湘哀詞，太夫人為作傳二千餘言，紫湘實當之無愧，實至名歸。裴之為作誄詞，而悼亡作品之顯赫聲名亦因此而起。語末曰：「國朝以來姬侍中一人而已，嗚呼紫姬，余撰憶語，千言萬語，不如太夫人此作，實足俾汝不朽。郁烈之芳，出于委灰。繁會之音，生于絕弦。彤管補靜女之徽，黃絹銘幼婦之石。嗚呼，紫姬魂其慰而（註七十六按），而今而後，余其無作可也。」^{（註七六）}文中太夫人之作乃指裴之母龔玉晨所作紫姬小傳。而裴之作誄文與太夫人之傳文，實可助益紫湘之長留後世而不朽。今余得幸為紫湘誄文作萬言解析，得緣於身為同性，讀其遭遇，亦不免為掬同情淚，是以有此作也。

肆、結論

香畹樓憶語在有清一代，算是少數頂尖悼亡文學中之佼佼者。寫作者陳裴之為世家大族子弟，在文學氣息濃厚之環境中，蘊育出一對出色之父子檔。陳文述與裴之父子，在清代婦女文學中扮演相當重要角色，陳文述除本身擁有豐富學識與文學作品^{（註七七）}外，更致力於推動閨閣文學創作，其受業弟子及相與唱和者，高達數十人之多。^{（註七八）}就與閨秀相往還唱和之作品言，盛況更堪與隨園老人之推動女性創作相比。二人所致力之心願，使清代婦女文學大放異彩，並開出燦爛花朵，實為清末女性文學發展之濫觴。

陳文述雖為名門子弟，且與一代才女汪端金童玉女相結合，使其文采因得佳人，而更豐富創作資源。後因允莊作詩、選詩得不寐之疾，而勉采納妾之議，得與紫湘結秦晉之好，基於大家庭人口眾多因素，紫湘於陳門乃扮演一折衝尊俎之角色，非僅擔負起侍奉照撫翁姑之責，更與大婦允莊情同手足，於允莊病榻前撫慰，更馨香祝禱神明，願以身代，祈福之誠若此，實為凡人萬難。紫湘除有任勞任怨之婦德外，更頗具文采，能詩賦詞，然全力輔佐大婦，使無後顧之憂，盡心創作，以至於允莊日後有雄據女性詩壇之地位。錦上添花，凡人多喜為之；雪中送炭，卻惟恐避之不及。前此，已為文確立允莊之不朽文學地位，紫湘之賢淑聰穎，倘得以創作契機，豈非另一允莊乎？故為

文以明其德，並彰顯古代為姜女才人之貢獻，故一吐胸中之語，為言萬餘，紫湘地下有知，當可含笑也。

於古代姜室地位低落^(註七九)，更無實質權利之同時，紫湘能得夫婿及重親之垂愛，所獲身後哀榮^(註八十)，實為古來為姜者所不及。若就納妾之當否言，則非本文探討之範圍，僅就其因納妾而產生之因緣而細述之。就憶語全文萬餘言而論，採故事情節為經，人物唱和詩作及瑣屑憶語為緯以作凡例。因屬哀祭類，故自首至尾多籠照於表彰懿德，及追思哀悼之意念下進行。雖人多易於親友身後加諸許多顯揚字句，以紫湘短短二十三年生命，尚未絢麗奪目，便已香消玉殞，固足奪人哀憐，然其於夫家四年，無怨無悔，甘之如飴，奉獻若渴，真可謂鞠躬盡瘁，死而後已。此奮不顧身，愛人如己胸懷，又豈是一般金粉所可比擬！是以諸家戚友所為哀誄悼祭文，所用嘉善之詞者，當非溢美也。

《憶語》一文中令人咄咄稱奇者有三：

所涵蓋之人物，將陳氏一門奇才展現無遺，如陳文述、龔玉晨、裴之、允莊、紫湘等數十人，個個能詩賦詞作文，才華洋溢，此奇一也。

裴之、允莊、紫湘三人之婚姻關係，得以和諧相處，實屬難得，此奇緣之肇始，乃因由於紫湘之專情與賢、孝、勤、敬昭然婦德，若此姬姜之用心者，古來罕見，此奇二也。

若乃詩、辭、文之展現，實為鉅力萬鈞、排山倒海之情愁湧現。由作品內容言，一般悼亡文字，大多僅具哀感之辭，而此文竟將故事始末，真誠而細膩全然陳之，實屬罕見而內容詳審之悼亡作品。此奇三也。

綜此奇之又奇之人、事與文，呈現有情世界感性溫馨一面，香畹樓憶語實堪稱清代悼亡文學中之奇葩。今日女性所受優渥待遇與古相比，實為天淵。我輩有幸，生此寶島，益當惜福，戮力所學，以告慰古代諸賢在女性文學園地中之筆路藍縷。

本文研究以紫湘為中心人物探討，並將放射狀觸角涉及相關之人、事、物及詩、詞、文，對紫湘短暫生命所綻放之無限光輝，做虔誠巡禮，以表彰其懿德壺範，更藉此提升婦女地位，正視婦女文學，在女性文學尚可大力開採之園地中胼手胝足。

附註

註一：鍾慧玲著《清代女詩人研究》第六章，七十一年政大博士論文頁四一五。

註二：拙著《汪端研究》第七章，師大國文研究所集刊第三十一號頁二四七。

註三：胡敬撰《汪允莊女史傳》頁二。按：周遊著《中國女性文藝春秋》一書第一五通俗小說家汪端一節言「汪端因明太祖待高青邱殘酷，感吳王張士誠代士之賢，乃節錄明史，搜採侠事「用平話著成一書，即（元明侠史）凡十八卷，此書曾否刊行，現不可考。中國歷史上所謂『正統』的史法，『成則為王，敗者為寇。』，除卻司馬遷外，其他都難脫此窠臼。」譚正璧著《中國女性的文學生活》一書中第七章通俗小說與彈詞第二汪端一節中所言汪端之作《元明侠史》一段文字與周著相合符節。凡引案例亦同，如周著中「我們不妨把它（指《元明侠史》）拿來和梁啟超作的「王安石傳」、胡適之替王莽作的翻案文章作一例觀。」此段文字，與譚著亦同。豈二作心相印證，而花開並蒂，又或為巧合者！蓋仁和胡敬所撰《汪允莊女史傳》，文中「既因青邱，感張吳待士之賢，節錄明史，蒐采逸事，以稗官體行之，曰元明逸史，凡十八卷，未幾，悔之，盡焚其稿。存元遺臣及張吳諸臣詩於集中，以為詩史。」是周說與譚說「曾否刊行，現不可考。」一語不足為信。又頤道先生作《孝慧汪宜人傳》曰：「世人墨守舊說，以成敗論人，由未見載籍耳。因節錄明史，蒐採逸事，以稗官體行之，曰元明逸史，凡八十卷。……既學道乃悔之曰：『吾觀明史於洪永兩朝，虐政諱於本紀，而不諱於諸臣之列傳。張吳已事，翁既為張吳官閨殉節錄序、重訂七姬權厝志跋、書楊夢羽金姬傳後金姬事略，公子小雲撰七姬權厝志論，姪蒹魯又為薪橋卿建隆安公主祠碑。公論已大明矣，今已專心禮誦，有限之光陰，不以治吾身心性命，而齗齗與古人之陳跡為仇乎？』因取稿本焚之，存元遺臣及張吳諸臣詩於集中，以為詩史。」由允莊口中親言，可知《元明侠史》一書，因允莊潛心向禪，雖心為古人不平，然不願再涉近紅塵瑣事，以擾心頭，有礙清修。且舅翁文述、夫婿裴之、姪蒹魯已有所作以明，故有感而發，僅留元遺臣及張吳諸臣詩數首，餘則於寫磬時盡焚其稿。故周、譚二氏「此書曾否刊行，現不可考。」一說，非惟不可信，更無所謂「刊行」可言。不知二人何以能夠親睹此書，以至於極薦汪端為有清僅見之通俗小說家，而對其為詩、選文之才華，則隻字未提，致使其小說寫作地位淹沒詩、論文之燦然可觀？此外，八十卷與十八卷之說，筆者以為古時或有鐫刻之誤。且八十與十八恰為倒文，繆誤生之甚易，然以頤道與允莊翁媳之關係言，其說似較為可信。惜今已無法窺其全豹，是所至憾矣！

註四：拙著《汪端研究》第五章第一節汪端詩之歸納頁一〇三：「汪端所著詩篇，集於自然好學齋詩鈔一書中，全書共分十卷，計一千一百卅八首。依其詩篇性質，可區分為題畫詩、題集詩、弔輓詩、和詩、贈答詩、同作詩、病中留言詩、讀書有感書、題壁詩、詠史詩、懷古詩、紀事詩、與道教有關之詩、寄興詩共十四類。」

註五：朱劍芒著《香畹樓憶語考》頁一。

註六：拙著《汪端研究》第二章汪端世系第三節夫系頁二十六：「陳文述曾留官江南，歷任寶山、常熟、上海、奉賢、崇明五縣縣令，此五地皆瀕海，號稱難治。然陳文述所至，有政聲。」

註七：清代學者象傳陳文述條。

註八：拙著《汪端研究》第二章第三節夫系頁二十七：「閨秀以詩詞受業，稱弟子者，二十餘人，仿隨園湖樓請業圖，意作金釵問字圖，閨秀題詠者，至數十家。」

註九：陳文述著西泠閨詠。

註十：管筠作《西湖三女士墓記》按：陳文述喜修葺前代美人祠墓，如在金陵曾修張麗華、孔貴嬪墓；蘇州曾修瓊姬、紫玉、鄭旦諸墓；揚州曾修袁寶兒墓；西湖曾修菊香、楊雲友、馮小青

　　　　諸墓,並建蘭因館於墓旁;常熟曾修柳如是、吳冰仙墓。

註十一:汪端著《自然好學齋詩鈔》卷一第三首同諸兄伯姊詠春雪云:「寒意遲初燕,春聲靜早鴉;
　　　　未應吟柳絮,漸欲點桃花。微濕融鴛瓦,新泥膩鈿車;何如謝道韞,群從詠芳華。」允莊
　　　　擁柳絮因風之才而睥睨詩壇,小韞之名,實不虛傳。

註十二:陳裴之著《湘烟小錄》卷二《香畹樓憶語》卷首。

註十三:同註十二。

註十四:汪端著《自然好學齋詩鈔》道光甲申九月錢塘管筠序。按:允莊為夫納妾,一則恙疾纏身,
　　　　難以暇顧家務,且堂上膝下猶乏之人照管,故油然而生納妾之意。二則允莊心繫選詩之務,
　　　　實難一心二用,為完成其創作心願,名留後世,乃請命納妾。其用心之誠,不容置疑,且
　　　　觀諸裴之所為文及唱和詩,未為拈花惹草,風流成性之輩,非惟如此,且甚為專情,由辭
　　　　謝幼香詩可見一斑。譚正璧著《中國女性的文學生活》一書,對允莊請命納妾一事之論
　　　　點,筆者頗為允莊不平。譚氏云:「她身處多妻的大家庭內,即使欲丈夫不納妾不可得;
　　　　所以請命納妾,乃是偽道德所強迫,而非出於本心,所謂順水推舟而已。迨子蘭香消玉
　　　　殞,作詩以哭,也不過剝露她天生的同情心,為一般薄命女子慟哭,無所謂妒不妒也!」
　　　　此段話將允莊人格派入谷底,視紫姬不過為一紅顏薄命如蚍蜉之女子。古禮教之嚴,固然
　　　　女子無力掙脫世人眼光之枷鎖,然人性之光輝乃在於善良真誠之本性,由允莊作詩言文
　　　　中,呈現憐愛痛惜之情,一如手足。說允莊之真情流露為道德之假象,無乃失之厚道之
　　　　辭。且暫不論允莊用心如何,古禮嚴明之世,豈真無善女子,而必女子互鬥、彼此猜忌,
　　　　戴上禮教之假面具過活而後可乎?且「順水推舟」一辭,筆者研究文獻中可見之裴之在在
　　　　證明其雖文采風流,實則專情有加,實非世人以為之處處留情、浪蕩登徒輩耳。

註十五:陳裴之著《香畹樓憶語 · 湘烟小錄》卷二。

註十六至註二十:同註十五。

註二一:陳裴之著《湘烟小錄》王端蘭題詞頁五〇六七。按:紫湘曾語姊瑞蘭曰:「雲公子人品學
　　　　問,有目共賞,毋俟鄙言,聞其傳家孝友,天性過人,此尤妹所怦怦心動者耳。」足見對
　　　　裴之傾慕情意。

註二二:十三經注疏本《禮記 · 內則》頁五三九:「十有五而笄,二十而嫁,有二十三年而嫁。
　　　　聘則為妻,奔則為妾,凡女拜,尚右手。」漢鄭玄注曰:「聘,問也,妻之言齊也。妾之
　　　　言接也,聞彼有禮走而往焉,以得接見於君子也。」按:古禮娶妻則親迎納聘,納妾則妾
　　　　由娘家自往歸焉,故曰奔。一樣真情,竟得社會兩樣對待,幸紫湘習於古禮之習俗,自往
　　　　夫家,而自忖惟能與君天長地久,只何在乎禮制之不平!紫湘外柔內剛、賢淑能忍,可稱
　　　　得思想開明之女性主義者。

註二三:《湘烟小錄》卷二《香畹樓憶語》頁十三:「姬同懷十人,長歸鐵嶺方伯、次歸天水司馬、
　　　　次歸汝南太守、次歸清河觀察、次歸隴西參軍、次歸樂安氏、次歸清河氏、次未字而卒、
　　　　次歸鴛湖大尹,姬則含苞最小枝也。」

註二四:陳裴之著《香畹樓憶語》頁十三。

註二五:同註二十四。

註二六:李笠翁《秦淮健兒傳》中語。

註二七:同註二四。

註二八:《蔻香閣群芳》語。

註二九:同註二十四。

註三十:陳裴之《湘烟小錄》龔玉晨撰《紫姬小傳》頁五〇七六。

註三一:龔玉晨撰《紫姬小傳》頁五〇七六云:「余性畏雷,每頑雲屯空,驚電掣影,裴之夫婦輒
　　　　在側,姬既至,裴之或以事他出,或在家,雖深夜,姬必先侍余側也。」又云:「上年春,
　　　　余在揚病亟,姬焚香籲天,請以身代,並代裴之持觀音齋。」按:紫姬本性淳厚,終其一

生為陳門撫老育幼，侍母至孝，母性畏雷常侍在側；母病時，更焚香禱祝，願以身代，並為持觀音齋。大婦允莊病時更親為調護，撫育大婦子孝先如所生，此寬大婦德，實為古今來少有之賢女子，無怪大婦對之備極愛憐，而裴之母在紫湘逝後，更為之洋洋灑灑揮毫寫作一篇兩千言沈痛傳文。舅翁陳文述更因為作誄詞而潸然出涕，此乃古今來奇之又奇之事也。

註三二：頤道居士撰《紫湘誄》頁五○六九誄文曰：「嗚呼紫湘，秉德淳貞。淮水之秀，鍾山之英。噯彼小星，以事君子。大婦心怡，高堂色喜。吾家族大，食指逾千。同聲稱媺，惟爾之賢。重親致歡，善承色笑，侍膳問安，惟爾之孝。佐饌調藥，以事小君。夙興夜寐，惟爾之勤。言罔愆禮，行知飭性，無違夫子，惟爾之敬。姬侍備此，令德克宣，允宜獲福，奚不永年。剪紙招魂，采蘅設祭，我作此辭，潸焉出涕。」

註三三：陳裴之《香畹樓憶語》頁五○九四。

註三四、三五：同註三三。

註三六：陳裴之《香畹樓憶語》頁五○九一。

註三七：龔玉晨《紫姬小傳》頁五○七六。

註三八：汪允莊《紫姬哀詞》頁五○七一。

註三九：同註三八。

註四十：陳裴之《香畹樓憶語》頁五一○九。

註四一至註四六：同註四十。

註四七：同註四十。按：裴之請益卜卦命相師，以求得允莊恙疾或能有起色，然每得其解非為「小星替月」，即為「噯彼三立，或免遞及之禍。」《詩經》〈國風〉〈召南・小星〉：「噯彼小星，三五在東，肅肅宵征，夙夜在公，寔命不同。噯彼小星，維參與昴，肅肅宵征，抱衾與裯，寔命不猶。」（朱熹《集注本》）蓋此詩乃行役之人，夜間行路，見天上微弱光芒之小星，三三五五閃動於東方，又同時見參星與昴星，因而興起役人征夫思家之念與遠行之苦。命雖塞舛，卻安而不怨。卜筮算命者所言「噯彼三五」，此以引申意詮釋，指裴之當另納小星為姜，以沖喜之計，求紫湘能安然無恙也。

註四八至註七四：同註四十。

註七五：《玉谿生詩集箋注》頁四九三。

註七六：同註四十。按：「魂其慰而」或與「而今而後」句重複刻印造成錯誤，當為「魂其慰矣！」較為允妥。

註七七：按：陳文述，字雲伯，別號碧城，晚號退菴，人稱頤道先生，亦稱蓮可居士，浙江錢塘人，為嘉慶五年庚申舉人。作品有《碧城仙館詩鈔》，為在京師任職所作。《頤道堂集》，為官江左時，紀事、懷人、考古、明道之作。《西泠懷古集》，為吟詠自唐虞三代至清初人物，與西湖一地有關之作。《蘭因集》為頤道主人為菊香、小青、雲友西湖三女士修墓，而於孤山葛嶺間營蘭因館合祀之墓誌銘及詩作。《西泠閨詠》，五百首作品中，多以古今女子為詠詩對象。《西谿雜詠》，內容多半為陳文述個人詩作及與女弟子、閨秀詩人贈合唱和之作。《秣稜集》為其官江左十四年所作之文獻興地考證之作。

註七八：龔素山著《頤道居士事略》，陳文述著《西泠閨詠》。

註七九：趙鳳喈著《中國婦女在法律上之地位》頁八十一，陳東原著《中國婦女生活史》頁二五○。趙著：「妾對夫喪服之義務與妻同為服斬衰三年，而夫對妾則有子為之緦（三月之喪），無子則已；後世無論有子與否，均無報服。」又《禮記・喪服》小記：「士妾有子而為之緦，無子則已。」及明代以後，始無報服。按：自古凡妾薨世有，有子，則僅為著三月孝服，無子則罷。明代以後，一概不為妾著喪服。蓋紫湘嫁後與裴之並無一男半女，而逝後，裴之命大婦允莊女桂生，為持三年喪服，而子孝先亦為著喪服，對紫湘之情深義重，可見一斑。

註八十：按：紫湘病逝後，夫婿陳裴之為作哀誄文香畹樓憶語，翁姑分別有誄辭與傳文，大婦允莊更為賦律八首，大姑陳華嫝（菶仙）、小姑陳麗嫝（苕仙）更分別為賦哀詞。

參考書目

1. 《周易正義》十卷，魏王弼、韓康伯注，唐孔穎達等正義，藝文印書館十三經注疏本。
2. 《毛詩正義》七十卷，漢毛公傳、鄭玄箋，唐孔穎達等正義，藝文印書館注疏本。
3. 《禮記正義》六十三卷，漢鄭玄注，堂孔穎達等正義，藝文印書館十三經注疏本。
4. 《明史紀事本末》，清谷應泰著，商務印書館。
5. 《清史紀事本末》，黃源壽著，三民書局。
6. 《清史藝文志》，朱師轍著，廣文書局。
7. 《清碑傳集》，清繆荃孫編，清宣統二年江楚編譯書局利本。
8. 《清朝詩人徵略》，清張維屏著，嘉慶二十四年刊本。
9. 《清朝賢媛類徵初編》，清李桓輯，清光緒十七年湘陰李氏刊本。
10. 《清代閨閣詩人徵略》，施淑儀著，鼎文書局。
11. 《清朝先正事略》，清李元度編，清同治五年上海文瑞樓石印本。
12. 《明詩記事》，清陳田輯，中華國學叢書本。
13. 《清朝詩人小傳》，清鄭方坤著，廣文書局。
14. 《烈女傳》，清汪憲著，振綺堂叢書本。
15. 《清代學者象傳》，清葉衍蘭著，民國十七年上海商務印書館影印珂羅版。
16. 《明詩評》，明王世貞著，叢書集成初編本。
17. 《明詩評選》，清王夫之著，船山遺書全集本。
18. 《國朝詩評》，明王世貞著，叢書集成初編本。
19. 《國朝詩鐸》，清張應昌輯，清同治八年刊本。
20. 《明詩綜》，清朱彝尊著，清西泠清來堂吳氏刊本。
21. 《明詩別裁》，清沈德潛編，商務國學基本叢書本。
22. 《清詩匯》，徐世昌編，世界書局。
23. 《名媛詩歸》，明鍾惺編，明刻清印本。
24. 《國朝閨秀正始集》，清完顏惲珠編，清道光十一年紅香館刊本。
25. 《清代女詩人選集》，陳香編，商務印書館。
26. 《宋文憲公全集》，明宋濂著，中華書局四部備要本。
27. 《青邱集》，明高啟著，四部備要本。
28. 《頻羅庵遺集》，清梁同書著，清光緒十三年鎮海鮑氏重刊本。
29. 《簡松草堂文集》，清張雲璈著，北平燕京大學印本。
30. 《簡松草堂詩集》，清張雲璈著，清道光年間刊本。
31. 《碧城仙館詩鈔》，清陳文述著，靈鶼閣叢書本。
32. 《蘭因集》，清陳文述著，清光緒十三年西泠翠螺閣重刊本。
33. 《西泠仙詠》，清陳文述著，清光緒八年西泠丁氏翠螺仙館刊本。
34. 《西泠閨詠》，清陳文述著，清光緒十三年西泠翠螺閣重刊本。
35. 《西泠懷古集》，清陳文述著，清光緒九年刊本。
36. 《秣陵集》，清陳文述著，清光緒十年淮南書局重刊本。
37. 《岱游集》，清陳文述著，房山山房叢書本。
38. 《西溪雜詠》，清陳文述著，清光緒丁酉刊本。
39. 《澄懷堂詩集》，清陳裴之著，感逝集本。
40. 《澄懷堂文抄》，清陳裴之著，清道光間刊本。

41. 《湘烟小錄》，清陳裴之著，筆記小說大觀五編。

42. 《香畹樓憶語》，清陳裴之著，足本浮生六記。

43. 《明三十家詩選》，清汪端編著，清同治十二年十月蘊蘭吟館重刊本。

44. 《自然好學齋詩鈔》，清汪端著，清同治十三年重刊本。

45. 《清詩話》，丁福保校訂，藝文印書館。

46. 《清代詩話敘錄》，鄭靜若著，學生書局。

47. 《中國婦女文學史》，謝无量著，中華書局。

48. 《清代婦女文學史》，梁乙真編，中華書局。

49. 《中國婦女與文字》，陶秋英著，藍燈出版社。

50. 《中國婦女生活史》，陳東原著，商務印書館。

51. 《中國女性的文學生活》，譚正璧著，河洛出版社。

52. 《明代文學批評資料彙編》，葉慶炳、邵紅編，成文出版社。

53. 《明代文學批評資料彙編》，葉慶炳、吳宏一編，成文出版社。

54. 《明清文學批評》，張健著，國家出版社。

55. 《清代詩學初探》，吳宏一著，牧童出版社。

56. 《清代女詩人書目總索引》，陳香撰，書評書目第卅六至卅八期。

57. 《清代女詩人研究》，鍾慧玲著，政大博士論文七十一年。

58. 《中國婦女生活史話》，郭立誠著，漢光文化事業公司。

59. 《中國婚姻史》，陳顧遠著，商務書局。

60. 《中國婦女史論集》，鮑家麟著，牧童出版社。

61. 《清詩評註》，王文濡編，廣文書局。

62. 《中國詩學》，黃永武著，巨流圖書公司。

63. 《汪端研究》，陳瑞芬著，師大國文研究所集刊第三十一號。

輯二
戲曲

元雜劇愛情故事類型之分類研究

　　由元雜劇百種分類篩選其劇情內容，而以愛情故事居翹首的一類
共三十三部劇，以劇中人物身份分項敘述共七項，每一部劇依其性
質、人物、劇情作分項歸納，釐清劇情，同性質的劇本歸類有助於整
合分項的研究。限於篇幅，愛情故事類僅列為九種故事原型分類之一，
與元劇全數通盤比量其研究成果或可對分類情形有更進一步的了解。
在愛情故事類雜劇中依男角身分言，共有平民百姓的婚姻，皇帝、官
員的婚姻和仙凡類婚姻三種，以下分別敘述之。

　　平民百姓的婚姻一類主要為書生戀，依其對象身分的不同分為書
生妓女戀、書生小姐戀和書生道姑戀三項。以下分別敘述之。

　　一、書生妓女戀：在書生妓女戀中與歌妓結緣的原因，或為前程
　　　　奔赴考場途中，趁春光明媚，遊盛景相遇，如《曲江池》中
　　　　鄭元和與李亞仙在曲江池的相遇；《謝天香》中柳永與謝天
　　　　香的妓院相識，《金線池》中韓輔臣在友人石敏家中與呂妓
　　　　杜蕊娘相識，皆因此而延誤考期無心仕途；或為遊學途中與
　　　　名妓相識的曲折遭遇，如《百花亭》中王煥之遇賀憐憐，《玉
　　　　壺春》中李斌之遇李素蘭，《兩世姻緣》中韋皋之遇韓玉簫；
　　　　或因貪戀花酒而沉迷女色中，如《救風塵》中安秀實和宋引
　　　　章之戀、《兩世姻緣》中韋皋和韓玉簫之戀、《謝天香》中
　　　　柳永和謝天香之戀、《紅梨花》中趙汝州和謝金蓮之戀；或
　　　　因公餘之暇而結識名妓之官員，如《青衫淚》中白居易和裴
　　　　興奴之戀、《揚州夢》中杜牧和張好好之戀、《酷寒亭》中
　　　　鄭嵩與蕭娥的糾葛、《風光好》中陶穀與秦若蘭的纏鬥等。
　　　　書生與妓女邂逅地點有郊外賞春、妓院教坊、友人府宴及洽
　　　　公官府中等。其戀愛故事可分為一見鍾情型、金盡遭遣型、
　　　　巧計成姻緣型、粉紅陷阱型。書生赴試為時代價值觀所趨無
　　　　由自主，然而在人性的趨向上及古代保守的社會現象，男子
　　　　只有往妓院或酒宴招妓方有相識異性的機會，致使書生妓女
　　　　戀情層出不窮，雖社會地位不高的歌妓卻又是書生不可或缺
　　　　的傾訴對象。

二、書生小姐戀：書生小姐戀與書生妓女戀在邂逅因緣與地點亦
　　有雷同之處，就其愛戀因果分為父母長輩之命型、陰錯陽差
　　型、地下花園型、仕途失意型、近水樓臺型等婚姻類型敘述。
　　由一般士子文人與閨門之女的婚姻看，多為長輩為其作決定
　　而謹遵之終身大事，其餘則為偶然相遇而發展的地下戀情，
　　不敢訴諸大庭如《牆頭馬上》；或因父債女還演義成兒女私
　　會的陰錯陽差型如《鴛鴦被》；或因仕途失意巧遇美眷留信
　　物而成的姻緣如《留鞋記》、《金錢記》；或因做家庭教師
　　工作之便而得的姻緣如《玉鏡台》、《蕭淑蘭》等。一般而
　　言仍是遵命多於自由的婚姻模式。

三、書生道姑戀：書生道姑戀將古代之第二春呈現出半推半就的
　　模式結合，白道姑角色的鮮明和成就姻緣的媒婆色彩，是《望
　　江亭》劇前半的光彩，譚記兒健朗的生活態度和遇事不屈，
　　勇於面對的衝鋒性格，更具顛覆傳統婦女形象的功能。

　　皇帝、官員一類的婚姻分為皇帝妃子戀和戰亂官員戀二項，由於
政治的因素，使得皇帝和官員有同舟一命的因緣，朝政不張國勢衰
頹，帝王無力主國自然更難以保衛心愛的妃子，因此才有了昭君出塞；
帝王個人行事失當，未納忠諫造成政局的動盪，滿朝無可用之人以擋
頹勢，為消民怨助長士氣，只好忍痛割愛謝罪，因此才有了貴妃自縊；
安史亂起烽火連連，百姓遭殃，臣子亦遠征，為求功名於亂世，則必
須忍受夫妻相離之苦，所以就有了梧桐葉的離合故事；諸侯征戰年代，
戰將離家從軍，公爾忘私，十載相離，夫妻見面不相識，引發一段桑
園笑鬧而有了秋胡戲妻。就宮廷而言，帝王有三宮六院眾多嬪妃，實
行著一夫多妻制度，受寵的妃子想要獨霸皇帝，其實有實際上的困
難，要鞏固自己永續不衰的受寵地位，便成了一項艱鉅的事業，帝后
之戀本身就存在著宿命的悲劇成份，加上政爭的險惡和外患的掙獰，
帝后戀的結局更成了一條不歸路，因此《漢宮秋》和《梧桐雨》皆為
末本悲劇即可知其透出之訊息。《梧桐葉》和《秋胡戲妻》二劇皆因
離亂而造成夫妻失散或遠隔，家庭的不幸和政局的不穩有著必然的關
係，雖為亂離之官員，而戰事終有平息之日，團圓之日亦指日可期，
然而帝王雖位高權重享盡極樂，所負責任與一般臣民更難以相比，就
婚姻而言，帝后之戀無疑是權力傾軋過程中的片段，如石火電光般也

許激情，卻絕難長久。市井小民或下級臣民，或汲汲營營於功名利祿，或馬不停蹄於人事糾葛，在婚姻的自主上而言，是遠高於帝王的受限的。

仙凡聯姻一類分為仙凡之戀和仙人轉世之戀二項，仙凡之戀為凡人與仙子之結緣，或為修道之人或為失志秀才，在科考和仕途受挫時，加入仙子結緣的情節，將人力難以圓滿的世事以宗教神話色彩美化，以撫慰人心，淨化人性；因此有了劉晨、阮肇的誤入桃、柳毅與龍女的遇合、陳世英和桂花仙子的緣契。仙人轉世之戀，將思凡之金童玉女鋪陳至下界為凡夫龍女姻緣再續，中加入東華仙、毛仙姑、法雲禪師使故事佈入宗教仙家迷霧之中，增加人力難解宿世仙契、霧裡看花之美。此類劇雖為神話色彩之迢思，將仙性融入人性，如誤入桃中太白金星化作樵夫引迷津並成就劉、阮與兩仙女的姻緣；柳毅傳書中之錢塘君火龍雖為神仙，卻亦有暴躁的脾氣更有義氣和知恩圖報之情，以至於撮合了柳毅與龍女的聯姻；張天師中之西池長眉仙為眾仙之長，雖有權處份失當者，但因賦予其人性化的一面，念在桂花仙子為報恩而下山，乃網開一面恕其無罪。另亦有將人性本質仙性化者，如張生煮海中將張羽和龍女二者本質，列為金童玉女仙界轉世而來，因有仙契夙緣才得毛仙姑指示，以法器煮海圓滿前世姻緣。以神力結合人力將劇中情節湧上萬鈞之勢，給予失意的人無限可能的期盼，其提昇人性圓滿的功勞是不可抹滅的。

壹、元雜劇書生妓女戀故事類型

在元雜劇中，書生之與妓女相戀不論是一般歌妓或官妓，多半為赴京趕考途中邂逅之劇情安排，如曲江池中，二十一歲的鄭元和，在進京趕考途中，巧遇也和玩伴們至曲江池賞春作樂的歌妓李亞仙，於是一見鍾情，展開兩年耗盡盤纏的教坊享樂歲月，到頭來換得人去樓空，落魄江湖唱輓歌為生，更為其父鞭笞幾死，故事轉折至歌妓溫柔賢淑的關鍵性，使得鄭元和能浪子回頭，躍登金榜重拾幸福。曲江池與百花亭同為花園之戀，二十二歲的青年王煥，在清明時節至洛陽陳家園百花亭遊玩，巧遇洛陽上廳行首賀憐憐遊春，從而譜出一段戀曲，經歷幾番波折而終至圓滿收場。曲江池、百花亭和牆頭馬上，西

廂記等皆為花園戀情，形成一種雜劇情節發展的雛型。歸納產生書生妓女戀的故事類型有六種，以下分別敘述之。

一、書生出遊型

1. 進京赴試：如曲江池中鄭元和、金線池中韓輔臣、謝天香中柳耆卿等，皆因春榜動，士子求功名之心而進京赴試一展鴻圖，途中遇艷妓而延誤仕途。

2. 遊學：如《百花亭》中王煥、《玉壺春》中李斌、《兩世姻緣》中韋皋等，《對玉梳》中荊楚臣，王煥遊學洛陽，李斌遊學嘉禾，韋皋遊學洛陽，荊楚臣遊學松江，而分別與官妓結識譜出戀曲。

3. 好花酒：如《救風塵》中安秀實兩世姻緣中韋皋，《謝天香》中柳耆卿，《紅梨花》中趙汝州等人皆因性好花酒而思近歌妓一睹風采進而結緣。

4. 公餘結識：如《青衫淚》中白居易、因於官署中悶倦而與二友賈浪仙、孟浩然一同走訪教坊司時識得裴興奴、《揚州夢》中杜牧因與豫章太守張紞為八拜之交，杜牧時為翰林侍讀有公幹至豫章，將欲啟程回京，張紞則安排酒宴為之餞行，因而識得張紞家中購得之梨園歌妓張好好。《酷寒亭》中鄭孔目因官妓蕭娥求他幫忙除名從良而結下一段緣、《風光好》中陶穀因赴南唐說降李後主而為昇州太守韓熙載設下之美人計所陷，後與名妓秦若蘭結合。

二、邂逅地點型

1. 郊外賞春：如《曲江池》中洛陽歌妓李亞仙與進京赴試的士子鄭元和在曲江池賞花遊春而邂逅、《百花亭》中汴梁公子王煥和洛陽官妓賀憐憐清明相遇於百花亭而傾心、《玉壺春》中維揚書生李斌和嘉禾官妓李素蘭於郊外踏青遊玩相識等。

2. 妓院教坊：如《救風塵》中歌妓宋引章與洛陽秀才安秀實於汴梁妓院情、《兩世姻緣》中官妓韓玉蘭與成都解元韋皋於洛陽

妓院定情、《對玉梳》中官妓顏玉香與揚州秀才荊楚臣於松江
妓院定情、《青衫淚》中官妓裴興奴與吏部侍郎白居易於長安
教坊結識、《謝天香》中官妓謝天香和錢塘書生柳永於開封妓
院定情等。

3. 友人訪宴：如《金線池》中洛陽應舉考生韓輔臣，赴試途中於
好友石敏府宴中遇濟南名妓杜蕊娘，兩相慕悅而定情，日久金
盡情薄，鴇母設計阻止二人，後由濟南府尹石敏在金線池擺
酒，利用職權高壓而使得輔臣蕊娘復合，有情人終成眷屬。《揚
州夢》中翰林侍讀杜牧在好友豫章太守張紡府宴中和年僅十三
的歌妓張好好相識，三年後又在忘年交揚州太守牛僧儒府宴
中再次與亭亭玉立的好好重逢，後由揚州好友白文禮作媒，牛
僧儒終於撮合杜牧與張好好的喜事。《紅梨花》中秀才趙汝州
慕名妓謝金蓮，同窗故友洛陽太守劉公弼為汝州施巧計，安排
二人在太守家花園相識，將金蓮隱姓埋名，假說為王同知的女
兒，後來又著金蓮假扮為三婆說園中有鬼，迷死了她兒子李秀
才，以此刺激汝州使之轉而奮發求學，及至汝州中狀元除洛陽
縣令，公弼則將金蓮樂籍上除了名，使得佳人才子兩團圓。

4. 洽公官府：如《酷寒亭》中鄭州府把筆司吏鄭孔目與鄭州官妓
蕭娥結識，起於蕭娥的處心積慮，蕭自始至終就有嫁鄭之企
圖，乃至官府找鄭請鄭引見李府尹為除樂籍改嫁良人，鄭也確
為蕭求情，言為舊例可循，因此李府尹即於禮案中為其除名著
之改嫁良人。自此蕭乃展開一連串蠱惑鄭之能事，使得鄭家破
人亡，屈身山寨。《風光好》中晉處士陶潛之後宋翰林學士陶
穀，為宋太祖下江南之策而說降南唐李後主，以索取圖籍文書
為由欲見李主而巧意說詞，不料李主抱疾不朝無由可見。羈留
三月漸入秋深，丞相宋齊丘與昇州太守韓熙載將其機關探破，
乃施以美人計以破其游說之功。令金陵名妓秦若蘭之色藝取得
陶於衾枕間之手稿風光好詞一闋為信物。陶穀因沉醉溫柔鄉，
誤中美人計，錯留手札為証，使得身負說降重任未行，更讓自
己回不了汴京，只換得英雄難過美人關，終究在異鄉與秦若蘭
結為秦晉。

三、一見鍾情型

如《揚州夢》中杜牧與張好好、《兩世姻緣》中韋皋與韓玉蘭、《百花亭》中王煥與賀憐憐、《青衫淚》中白居易與裴興奴、《曲江池》中鄭元和與李亞仙間的戀情均屬古代書生文士與痴情名妓的離合。

四、金盡遭遣型

1. 《金線池》中韓輔臣為杜蕊娘散盡錢財反遭杜母驅逐，後好友石敏高壓使蕊娘母女就範才成就二人姻緣。

2. 《對玉梳》中荊楚臣與顧玉香同居二年後金盡被逐，離別時玉香折玉梳一人一半以為信物，日後楚臣中狀元除縣令果以信物相認而結合。

3. 《玉壺春》中李賦斌與李素蘭同居一年後被李母嫌棄金盡被逐，後因一篇萬言長策得皇帝青睞而得紫綬金章封官加爵而迎娶素蘭女。

4. 《曲江池》中鄭元和因愛戀李亞仙，所有盤纏在兩年內都在教坊中花用殆盡，於是被虔婆趕出，本欲進京赴試結果反為糊口而成了輓歌手，鄭父知悉後將之鞭笞幾死，後歷經二人重逢，重拾書本，在亞仙的照料鼓勵下，元和一舉登科，元和父子相認，夫婦團圓，絕代嬋娟與風流學士，曲江池前定情，杏園後心堅，歷經波折終能跳龍門桂枝高折一償夙願。

五、巧計成姻緣型

1. 《救風塵》中宋引章與安秀實的姻緣全靠姊妹趙盼兒善施巧計誘周舍入甕，使得引章之遇人不淑得以及時補救，取得周舍之休書，秀實得以與引章團圓，皆拜有義且機智的女性盼兒。由於慣於以金錢為衡量事務的準則，導致引章妓院女子錯選終身，由此劇情發展出男女不平權的情形，如周舍打妻子致死亦不需償命的觀念，女性地位低落更遑論妓女想一爭長短了，所

幸妓院姊妹患難相助兩肋插刀勝過手足之情，終能圓滿收場。

2. 《紅梨花》中趙汝州與謝金蓮的戀情成功，全靠趙好友劉公弼所施巧計，斷卻汝州分心讀書的意念而假託金蓮已另嫁他人，但另方面又安排兩人在太守家花園相識，日後恐汝州迷戀女色無意仕進，又命金蓮假扮三婆謊稱花園之女為王同知女為鬼魅之說，汝州驚而奔逃，後果中狀元除洛陽縣令，此時劉公弼方才現出原形還原金蓮本尊，上廳行首謝金蓮總算與仰慕名妓已久的趙汝州永結百合。

3. 《玉壺春》中李斌與李素蘭因金盡被逐散後，由嘉興官妓陳玉英巧意安排兩人再會面，不巧被卜兒虔婆發現，一狀告知官府，恰為李玉壺故友嘉興府太守陶伯常所管轄，原來當年玉壺曾委請陶進萬言長策給皇上，皇上大喜而封官，陶正欲報喜而巧欲告官之事，乃依其職權判玉壺與素蘭結合，而甚舍倚財奪人妻妾，廷仗四十逐出衙們，圓滿收場。

4. 《謝天香》中柳耆卿與謝天香的愛戀，因同堂故友錢大尹的巧安排結合，柳永為上京應舉而託錢大尹代為照料伊人，柳永辭別後，錢許謝作妾並為之教坊除名，三年有名無實夫妻全為保全柳永清譽，恐日後人言可畏，娶娼為妻有礙家聲，似這般為友之善舉實為有情有義，一則了卻故友鍾情心願，二則為友避品官不得娶娼為妻之禍，至於他人對他娶姬妾及柳永的誤解非為不介意反耐心將原委道出，為好友照顧摯愛之女三年，實屬難能可貴。

六、粉紅陷阱型

1. 《酷寒亭》中鄭嵩為官妓蕭娥媚惑，耽溺其家中貪戀花酒，而蕭娥一心只想嫁鄭從良，不但將鄭妻活活氣死，做了後娘又屠毒其子女，更趁鄭公幹時與高成有姦情，鄭為捉姦而誤殺蕭娥，被判杖刑八十，刺配沙門島。這接踵而至的不幸皆因鄭嵩失察人品而墮入紅粉陷阱害了一家大小。所幸鄭嵩曾為護橋龍宋彬之誤傷人命盡力，使之免於死罪發配沙門島，宋彬為一知恩必報之人，在其掙脫解子枷鎖山中落草為寇時，知悉鄭之

犯刑，於是帶領五百僂儸至酷寒亭搭救鄭及其兒女，並將惡人高成千刀萬剮，以報鄭恩。鄭嵩個人行為的欠周，婚外情迷失往往困惑著古今中外無數的英雄好漢，鄭嵩的下場無疑是一絕佳的警訊，悲的是無辜的妻兒蒙受不幸，美滿家庭亦毀於一旦，喜的是故事結局仍留下伏筆，鄭與宋彬一起山中為寇等待朝廷招安，故將之列為書生妓女戀一項中頗具警示意味的唯一悲喜劇。

2. 《風光好》中宋翰林學士陶穀，至南唐身負重任，為宋太祖說降李後主，留滯館驛三月，難耐孤寂而為丞相宋齊丘、金陵太守韓熙載識盡機關，設下美人計請君入甕。陶穀見金陵名妓秦若蘭時，本來仍矜持書生文人本色如如不動，但用計之人三番兩次設陷，陶終不耐其誘惑而墮入捕器之中，更於醉夢香閨中寫下了令自己翻不了身的證物，即風光好詞一闋，並落款翰林陶學士作，使自己百口莫辯，非但無法完成使命，有辱國格、人格，士子聲譽更使自己心愧赧而無顏返汴京赴命，只得潛身寄杭。此劇就國事而言陶穀未為一盡職之臣反有辱君命，但就另方面言陶穀在異地與名妓秦若蘭戀情得以結為好合，亦算是喜劇圓滿的收場。

結語

就書生妓女戀一項十三種雜劇其劇情發展，書生不外因出遊、遊學、赴試、公出、赴宴的原由與名妓相識，而發展的戀情亦不外為花園之戀，一見鍾情之戀，妓女教坊定情之戀，友人媒介之戀，因公接觸之戀等，由相遇、相識、相戀、分離、相思、而至團圓形成一公式化的戀情發展，其曲折度有限而振盪度亦不高，因之觀此項劇情極易與同類評比而產生似曾相識之感。

貳、元雜劇書生小姐戀故事類型

歸納書生小姐戀一項之劇情結構及邂逅姻緣可分為長輩之命型、陰錯陽差型、地下花園型、仕途失意型、近水樓臺型等五種婚姻，分別敘述如后。

一、長輩之命型

此類婚姻由長輩做主而定、分父母之命型、叔父之命型、指腹為婚型三種。

（一）父母之命型：如《碧桃花》、《芻梅香》皆是。

1. 《碧桃花》：張珪為廣東潮陽縣縣丞與同縣知縣徐端皆為東京人氏，又同朝為官，因此互許兒女婚事。時遇春景，牡丹盛開，張珪請徐端夫婦至官邸賞玩，碧桃在自家花園散心，張珪子道南因酒筵中不期籠內走了白鸚鵡，尋鳥來到徐宅後花園跳牆而入正遇碧桃，父母返家正好撞見此景，徐端痛責女辱門敗戶做的禽獸勾當，沒想到碧桃回房竟羞憤而氣死，揀地葬自家園中，其後徐端、張珪任滿還京，道南應舉得第，任潮陽知縣，再至園中憶及故人，遇女即碧桃魂靈，二人重聚後道南則身染重症，薩真人設壇場差天將勾碧桃魂至壇下，言尚有二十年陽壽，且與道南有夫妻宿緣前契，經生死婚姻判官證實果然不虛，真人乃借正當暴死之碧桃妹玉蘭屍放碧桃還魂，與道南重為夫婦。此劇情節與倩女離魂皆有魂魄鬼魅，情節串於其中以增加其曲折性和凸顯女主角對愛情的執著堅貞，在當時社會女性地位的低下，此一安排無疑是一種替女性訴怨的手法，只因婚前與夫婿共語便遭父母譴責羞辱至死，無乃對女性極度的枷鎖和不平的反擊。《碧桃花》中的為愛還魂，《倩女離魂》中的為愛離魂，《牆頭馬上》的為愛隱居花園七年成了幽靈人口在在可洞悉女性意識暗藏的玄機。作者以戲劇手法賦予鬼魅神力以圓滿現實生活中的缺憾，此技巧將世間許多差強人意之情或事與願違之苦轉化，戲劇與文學的功能即在於撫慰人心、圓滿人性，讓人世的虛無苦楚在神界、仙界、鬼界、靈界中尋求釋放，再展風情，此為作者一再使用超現實主義的手法凸顯得失之間的關係，失去了生命但回收了愛情，失去了活著時的愛戀而得著了死亡所退去的禮教枷鎖，對女主人翁碧桃而言或許是再值得不過的事了。

2 《㑳梅香》：白敏中父白參軍與裴小蠻父晉相國公裴度征討淮
　西戰經百陣，不期被賊兵圍困，裴度在槍刀險難之中，步將白
　參軍挺身赴戰救他一命，身重六槍，因此兩人結為生死之交。
　白父金槍瘡發，裴公來問病，二人榻間互許兒女婚事，裴公以
　官裡所賜玉帶一條留為信物。後白父裴父先後辭世，敏中著玉
　帶，一則求功名，二則弔孝至裴府問親，沒想到裴夫人（韓退
　之姐）竟叫女小蠻和伴讀女樊素以兄妹相稱，意欲毀婚，情節
　與《西廂記》甚似。裴夫人將敏中暫留府中，小蠻將訴說情意
　的香囊留在敏中處，卻使敏中害起相思重病，樊素居間傳話，
　借探敏中病情，為敏中傳竹簡情意，又推燒夜香而巧安排小姐
　和敏中赴約，不巧撞見老夫人，樊素與老夫人激辯一陣又挨一
　頓棍棒，遣敏中赴試求功名，小姐別贈玉簪金釵，以表情如碧
　玉簪，心赤如黃金鳳。後白敏中果登雲路不負眾望，不做白衣
　相而高中狀元，奉聖命與小蠻匹配成親。此劇雖初為父親媒妁
　之約，但為人子女守信不渝若此，可見古代男女對父母之言盡
　全力履行，傳統道德倫理的觀念主導著子女的學業、事業甚至
　婚姻，相較今日實有時代分隔造成的價值差異。

（二）叔父之命型：如瀟湘雨是。

　　《瀟湘雨》：宋諫議大夫張天覺與女往江州渡淮河，風浪陡作翻
了船，父女失散，翠鸞為崔文遠所救，後與其姪兒崔甸士議婚，待其
功名取得後完婚，此乃奉叔父之命之婚姻。崔甸士有婚約在前，卻在
高中狀元後昧著良心向主試官造謊未有婚約，因而名利雙收除秦川縣
令又娶趙禮部試官十八年華的小姐為妻。翠鸞苦等了三年，得之甸士
音訊乃至秦川尋夫，甸士竟指其為奴婢，誣陷她偷了銀壺臺盞杖責加
身，在她臉上刺著逃奴二字解往沙門島，更差快走的解子在路上送她
西歸。在臨江驛寄宿時，張天覺為廉訪使與女翠鸞館驛重逢，知其委
屈，於是縛甸士並數其罪。甸士一介嫌貧愛富模樣，在得知翠鸞有高
官之父，立刻願休了媳婦和小姐重做夫妻，充分表現凡夫俗子貪金愛
財為名捨義的嘴臉，而自古婚姻多勸合不勸離的觀念下，崔文遠乃極
力促成甸士與翠鸞的婚事，而甸士原娶之妻趙小姐則改為侍妾梅香服
侍小姐。此劇在結構上雖仍為喜劇收場，但趙小姐的下場卻值得同

情，在古代男性品德上的錯誤確要由女性無怨的承擔，實可謂時代的犧牲品。

（三）指腹為婚型：如《倩女離魂》、《竹塢聽琴》是。

1. 《倩女離魂》：王文舉之父在任衡州同知時與同朝為官之張公弼指腹成親，文舉父母雙亡，正值春榜動選場開，文舉一則往長安應舉，二則探望岳母，張倩女年十七，父亡，一切由母做主，母轉其夫妻情而為兄妹相稱（和《䚢梅香》、《西廂記》劇情甚似），倩女在楔子中之仙呂賞花時和么篇唱出對文舉的深情和對母親的毀婚表現出不滿的情緒，將古代女性對愛的癡表露無遺。倩女恨母間阻又無力抗爭，在相思成疾之下而靈魂出竅尋夫，其實倩女母也並非全然毀婚，實則門第觀念作祟，張家三代不招白衣秀士，為使文舉發憤求得一官半職，才以兄妹命其相稱，不想倩女反應如此激烈而相思成疾甚而靈魂脫殼。這又是作者鄭德輝有意為弱勢女性掙脫樊籬換取自由的神遊色彩。本尊的倩女仍瀰留病榻足不出戶，前途未卜命在旦夕，象徵傳統女性聽任父母安排前程只得坐以待斃；而分身的倩女則自由奔放敢愛敢恨，掙脫牢龍反傳統反禮教之法而爭一己之幸福，由於尋正常管道無法可想，只有以非常手段。魂之所繫乃意念之所自出，作者安排出遊的倩女無疑的是做了無言的抗議，倩女對家庭的弱勢可以是社會的黑暗面，政治的污濁面人性的腐敗面的縮影，當人力無法挽回頹勢時，訴諸於怪力亂神成為一種無耐奈的解脫方式。

2. 《竹塢聽琴》：鄭彩鸞父在禮部與在工部的同僚秦思道指腹成親，兩家父母早逝而失聯。秦脩然因取功名至鄭州，投靠叔父鄭州府尹梁公弼，暫住其衙舍中，而彩鸞年已十八不願另嫁而出家，拜鄭州尼庵的道姑為師，脩然偶聞竹塢琴聲，循聲而遇彩鸞知為指腹為婚之夫妻極為留念，叔父為恐脩然廢弛學業乃嚇唬脩然所遇庵中道姑為鬼魂，脩然乃辭別叔父專心應試。梁公弼訪彩鸞得知為其指腹之妻乃將竹塢庵中之鄭道姑移居至白雲觀作住持，待脩然得中榮歸再團圓。後脩然果中狀元除授鄭州通判，公弼借白雲觀設宴，使之與彩鸞重逢而夫妻團圓。因指腹為婚之姻契而使一對小兒女堅守信實，這種執著與信守誓

約的精神，實為今日社會所欠缺的，而身為父執的公弼為晚輩的幸福極力促成，亦使自己與失散多年的妻子鄭氏團聚，又一善報之明證。

二、陰錯陽差型：如《鴛鴦被》是。

《鴛鴦被》：洛陽府尹李彥實為官忠勤廉正，遭人陷害劾奏，官府差校尉縛其入京問罪，無奈清官囊底蕭條無計所出，乃請玉清菴劉道姑輾轉向劉彥明員外商借盤纏。為了十個銀子，立下借據，劉道姑為保人，李彥實之女玉英也畫字以為日後還債憑信。一年後彥實杳無音信，劉員外覬覦玉英已久，乃以告官要脅，由劉道姑居間牽線，玉英亦恐延誤青春而將鴛鴦被交與道姑為信物，劉道姑為二人安排玉清庵夜月相會。當晚劉道姑至施主家做齋，吩咐小道姑執行任務。劉員外在赴約途中，被巡夜更卒誤認為賊，抓到巡鋪裡；此時上京取應的秀才張瑞卿路過欲借庵中投宿，小道姑誤將瑞卿認為劉員外，便將瑞卿與玉英引入房中，陰錯陽差之下二人成了親，天色將明玉英才知共處一室之男為張瑞卿，於是將錯就錯與瑞卿鴛鴦被權為信物，玉英在被上親手繡著兩個交頸鴛鴦兒，日後見此鴛鴦被便是夫妻團圓日。劉員外在人才兩失之下將玉英置於酒店中打雜，欲迫其就範下嫁。瑞卿高中後欲娶玉英而遭劉員外阻隔告上官府，而堂上大人竟為玉英失散已久之父李彥實，終於為之洗刷了冤情，李家婦女重逢，瑞卿玉英也夫妻團圓。劇中瑞卿一介書生至庵中住宿已知誤入房中，仍做出犯禮之事，亂點鴛鴦譜中的男女亦皆認命，女願為其守貞後亦果未再嫁劉員外，而男亦誓言高中後轉回迎娶不負情意，在其後亦應驗；就瑞卿書生人品的塑造上，凸顯人性在道德禮教的嚴防律法下，仍存在著一絲僥倖和放縱的心理，因此瑞卿不該跨過的禁忌也犯了，玉英女夜月私會的行為本屬欠當，但在父債未清的保護傘下，似乎也合理化了，此其疑一。劉道姑清修之人，為求個人免徇役官告之刑，竟做了男女私會定情之仲介，違背了道觀戒規，卻展現了宗教色彩掩蓋住的人性貪婪和無知，此其疑二。瑞卿玉英二人一夜夫妻，後於酒肆再遇，玉英竟不識其面，將女子的淺智和弱勢表象化，此其疑三。在古代科舉對男子的價值禁錮，教條對女子的道德規範，家庭倫理和社會意識的

雙重限制，皆為男女在交遊上受限，思想純一也認命接受自然的安排，因此在一段陰錯陽差的姻緣過程中，無怨無悔而甘之如飴則成為必然的結果。

三、地下花園型：如《牆頭馬上》是。

　　《牆頭馬上》：唐高宗儀鳳三年工部尚書裴行儉奉命往洛陽選揀奇花異卉和買花栽子，因年高而由子裴少俊代行。少俊年當弱冠至洛陽，三月八日上已節令洛陽王孫士女傾城玩賞，少俊騎馬來到李千金家後花園外，適逢千金與梅香在園中賞春，一在牆頭一在馬上，四目相覷，各有眷心，於是展開一段長達七年的地下婚姻。少俊以文采動之以情，千金回以夜月後園期會，少俊則越粉牆就姻緣，二人私情在被嬤嬤發現後欲告官，二人求情而雙雙離家，少俊自洛陽歸家並攜眷返回一事瞞著老父，時過七載生了一對兒女隱藏在後花園中，兒子六歲叫端端，女兒四歲叫重陽，不曾見過少俊父母，全為老院公打理一切，為少俊保密。在清明時節裴尚書至花園省親少俊孩兒書房課業，不意遇上自己的孫子女與兒媳而不自知，竟以為鄰人野孩子誤入園中玩耍。經少俊言明才知買花栽子之行成了一語雙關，因識得美眷育成子女，恐父嚴責而未稟明原委暗自消磨。裴尚書的做法竟迫子休妻，將千金逐出家園，而少俊亦軟弱地謹從父命奔赴考場求取功名。千金被休回到洛陽，父母雙亡淒清幽居。後少俊高中返洛陽求千金相認，千金則展現出極度剛毅不屈的烈性情，直至公婆將其年幼子女帶出，以親情打動，才使千金心軟而母子團圓，夫妻相認。劇中之裴尚書勢利角色，非但在得知子窩藏民女事實後，對千金百般凌辱，嫌其出身低又自為媒聘不足取信於人；在得知千金為皇族李世傑之女後則百般獻殷勤攜子帶孫向媳婦致歉，用親情喊話彌補此段婚姻的缺憾。裴少俊的懦弱在千金與之委屈度日七年後，得到的竟是少俊用休書了結塵緣的結果，這種沒有擔當的懦弱書生，是促使千金下定決心不回頭的原因，少俊對愛情退縮的態度與千金果決堅毅的表現，形成強烈的對比。少俊對愛拿得起卻放不下，敢花園藏嬌卻又不敢面告父母實情，連妻子兒女的基本親情尊嚴都不能維護，這種愛的真摯性只能存疑；反觀千金，她可以為愛遠離家庭忍辱花園中生活，直到東窗事發而無

怨無悔，但她對愛亦愛恨分明，為少俊她可以不顧一切但又恨裴尚書狠心斷其骨肉親情，使千金母子兩分離，表面上看她是委曲求全在後花園中苟言殘喘，事實上由此情形可看出女性比男性更有韌性，對愛更能擔當。少俊對父母而言未盡人子之心潛心向學追求功名，對妻子而言更未盡善待之責全力保護，為了個人私慾而使週遭的親人承受無比的壓力，成為當時士子文人懦弱的表徵，更為封建社會婚姻不能自主的陋規寫下時代的悲劇，雖然此牆頭馬上姻緣以喜劇收場，更凸顯了女性在諸多不合理的對待上至終仍是只有妥協一途，女性沒有自主的經濟、教育及社會、家庭奧援，妄作困獸之鬥也只是徒勞無功。

四、仕途失意型：如《留鞋記》、《金錢記》是。

1. 《留鞋記》：西京洛陽秀才郭華奉父母命上朝應舉，時運不濟榜上無名，屢次束裝返鄉，皆因落第而羞歸鄉里。留滯期間在相國寺胭脂鋪見店家之女王月英而結緣。月英屬意郭華而作詩一首，由梅香傳情約郭華上元夜相國寺相會，時值元宵佳節，郭華與友賞燈，因飲酒過量至觀音殿而宿醉，月英與梅香至見郭華酣睡，留下羅帕包著一隻繡花鞋為記。郭華醒後懊悔不已，因病酒而誤佳期，乃含恨吞羅帕而死。開封府包拯審理案情命張千扮成貨郎，帶著證物繡花鞋尋找失主，巧遇王月英母而認出繡花鞋，月英向包拯招出與郭華私會之內情，再次返回現場找尋香羅帕，至相國寺月英赫然發現郭華嘴角的一絲手卷，順手抽出，郭華竟奇蹟似地還陽，包拯以為二人有宿世姻緣，月英雖私自相約，然郭華因其幸而不死，不將王女問罪，郭王兩人結為連理。劇中王月英以簡帖賦詩主動示愛，顛覆傳統的作為，將女性面對所謂的禁忌作鬆綁的另類呈現，一則為女性長久以來的壓抑作了伸展，二則將被動弱勢的女性以大膽的方式，為女性意識抬頭的先聲。在郭華死而復生的情節中，無疑透露著為失意的書生留下一絲希望，在考場失意而情場能有所補償的心態下鋪陳，使劇情得失持平而以圓滿收場，有撫慰人心的作用。

2. 《金錢記》：洛陽秀才韓翃，雖然應過舉，卻未蒙除授，性貪

戀酒色，與禮部寺郎兼集賢院學士賀知章，翰林院學士李太白皆為同志故友。一日與學士們飲酒間風聞九龍池盛會，逃了席赴會，與長安王公弼府尹之女邂逅，匆促間柳眉以開元通寶金錢五十文與之以為表記。其後韓翃潛入公弼園中欲尋小姐芳蹤，被誤為賊子，王府尹問其由來，適逢賀知章學士來解圍，向府尹澄清韓飛卿的身份應過舉試，王府尹因愛才，意欲留下飛卿作門館先生與之討論經典，由賀知章居間協調，此意正中飛卿之懷，混入府中目的在王柳眉身上，有教職之便更易一遂心願。然入府任王正，馬求之先生卻無心教書，一心只求見王柳眉的面，一日王府尹著酒餚至書房中，與飛卿樽酒論文，翻看周易間驚見開元通寶金錢，王府尹氣極敗壞盤問方知小女與飛卿之私傳信物，飛卿入園本即意有所圖，王府尹卻被蒙在鼓裡，正要吊起處置時，賀知章報喜言飛卿狀元及第聖上宣之入朝，加授翰林院學士官職，才為之解圍，王府尹著賀知章學士保親為媒，招狀元為婿，由李太白主持韓飛卿與王府尹女柳眉兒的婚事。韓飛卿原為失意舉人，應試未授官職終日遊蕩，不意九龍池上定姻緣，王府園中做門館，由金錢五十文而成姻眷，原來的失意因婚姻的滿意亦帶來好運而官運加身。

五、近水樓台型：如《玉鏡台》、《蕭淑蘭》是。

1. 《玉鏡台》：東晉翰林學士溫嶠奉姑母命教表妹劉倩英彈琴寫字，嶠一見傾心，後姑母託他為表妹保一門親事，嶠乃以玉鏡台為聘禮，託官媒說媒迫使姑母同意婚事。新婚之日，倩英滿心委屈不願嫁年長的表兄，更威脅溫嶠若靠近則抓他老臉皮使他見不得人。聖上知情，命王府尹特設一水墨宴，又叫鴛鴦會，專請學士與夫人赴席，筵宴中請學士夫人吟詩作賦，有詩的學士金鍾飲酒，夫人插金鳳釵搽官定粉，無詩的學士瓦盆裡飲水，夫人頭戴草花墨烏面皮。由於溫嶠的文采卓然吟得好詩，不使夫人失顏面反而因此得賜金鍾飲酒，插金鳳釵搽官定粉，水墨宴中挽回了倩英的心而依隨了溫學士，使其夫婦會合團圓。溫嶠雖年紀老大但借重姑母的信賴及教表妹習字練琴的機緣，

取其近水樓台之便而為自己謀終身，所幸恩賜的鴛鴦會而使得其夫妻倆團圓，將此非俊男美女配的婚姻，也佈滿了炫麗的幸福色彩，可見古代女子對男性的要求功名與才華是遠超過個人的年紀和相貌的。

2. 《蕭淑蘭》：浙江溫州府秀才張世英在友人蕭公讓家中為其二子做館賓。公讓之妹蕭淑蘭年方十九，窺見世英外貌俊雅內性溫良更兼才華洋溢器宇非凡，早已心有所屬。清明時節，託病不上墳，暗中至書院見世英表明心意，而世英一介書生磊落於心，曉以大義而斥退之。此做法與鴛鴦被中的張瑞卿做法可說是天淵對比之分。世英本欲向公讓稟明實情，又擔心淑蘭受過，乃暗沉不語。淑蘭魂牽世英而做菩薩蠻一詞，請嬤嬤傳送情意，而世英仍堅守主僕的階級觀念，自認為蕭公門下處館，若對其妹有非分之想則無顏面立於其門下，再次嚴詞斥責管家老嬤嬤不知守禮。一介迂儒世英在淑蘭三番兩次主動示好下竟藉故避往西興，臨行題詩壁上。公讓得知修書一封到西興，淑蘭病中再做《菩薩蠻》詞一首併入信中，被兄長識破，知其原委後更加看中世英人品，託媒西興，招世英作東床客，成就一段近水樓台的鴛鴦夢。劇中淑蘭此一充滿活力為愛而力爭幸福的女子，是古代女性中形象較鮮明的一種前衛表徵。只可惜所遇世英呆頭鵝不解風情反嚴詞以對，使得淑蘭為相思成疾，雖空有近水樓台之便卻難以成就美滿姻緣。公讓基於兄妹同胞情誼，主動由女方提出親事，世英半推半就的作法和過於拘泥的古板思想，雖可謂謹守分際知書達禮之人，但對淑蘭而言確有負蘭女初心，既然到頭來終究願為比翼，何以先前惺惺作態拒人千里，倒使人覺得劇中男女的角色性格倒錯，或許自古來對男女已深印一刻板印象，以致淑蘭的落落大方和世英的忸忸忐忑，形成本劇最為可觀的著墨處。

參、元雜劇仙凡之戀故事類型

歸納仙凡之戀一項，有末本喜劇一誤入桃，旦本喜劇二柳毅傳書與張天師等。三劇皆為凡夫俗子與仙女之戀故事，邂逅姻緣與劇情結

構皆富於神話色彩與道家思想的寓意蘊含期間。以下就女仙之戀為名分別敘述紫霄玉女戀、龍女三娘戀、桂花仙子戀等三種類別。

一、紫霄玉女戀：《誤入桃》

　　劉晨和阮肇皆為天台縣人，幼攻詩書長同志趣，因見姦佞當道，晉室衰頹，於是潛形林壑之間修行以度春秋。一日，兩人同上天台上採藥，由糾察人間善惡的太白金星化做樵夫，指引他們到桃源洞與二仙子相識，劉阮二人在山中被白雲所迷登高涉險來到有落花，流水之人間仙境桃源洞，二仙子已備妥酒禮樂器迎接貴客並以劉郎阮郎直呼，又有金童玉女奉王母仙旨來奉獻仙桃兼賀得婿之喜。劉阮二人與仙子婚後一年塵緣未斷而思歸，值暮春時節聞得百禽鳴野倍增思歸之念，二人雖與仙子有五百年夙世姻緣，但心去意難留，二仙只得十里長亭一杯餞別。劉阮二人歸家途中所見景物已大不相同，家人亦不相識，上天台採藥那年親種的門前兩株松樹業已百餘年，二人方悟山中方七日，世上已千年之言，一切早已物轉星移，方知桃源為神仙之境，於是又返回山中尋訪，此時太白金星再度現身為指迷津，引之入洞與二仙子相會以救度他二人出世超凡。劉阮二人因共慕清虛，視事業如草芥而不求名應舉反隱遁山林，太白金星見其仙風道骨又與二仙有五百年仙契，於是成就了兩性姻緣，二人再度返仙界與仙子神仙眷侶三年行滿赴蓬萊同還仙位。劇中以修真士子孤高自賞，有道則見，無到則隱的理念，凸顯晉室的政治黑暗，使賢達遠遁，忠良盡失。以仙凡之戀共譜美眷將仙風道骨潛心修行士子與澄淨素樸不受塵染仙子匹配，亦有物以類聚共登桃源無塵染的理想國境的寓意。劉、阮去鄉一載卻幌如隔世，以仙凡的視界差距透出塵世俗見與仙家超遠，實有境界上的迥然差異。一般市井小民的心聲盼同登極樂，似乎也由劇中主人翁身上的際遇可嗅出端倪，作者以神話宗教色彩注入劇中人物情節，倍增在四咀嚼玩味知濃興。

二、龍女三娘戀：《柳毅傳書》

　　淮陰書生柳毅在年年下第應舉失利，東歸途中至涇河縣訪友，於

涇河岸遇一牧羊女，盤問下才知為洞庭湖龍女三娘，嫁涇河小龍為妻，無奈小龍暴躁不仁只為婢僕所惑致使夫妻失和，被涇河老龍安置在涇河岸上牧羊受苦，求柳毅為之傳遞家書一封給父親以脫離苦海。柳毅依三娘所囑致洞庭湖口廟旁社橘以金釵擊樹，而當傳書使者，果有夜叉引領謁見洞庭湖老龍，恰巧洞庭君兄弟錢塘君火龍來到，知其情怒不可抑，乃領下水卒與涇河小龍決鬥，小龍不敵，被錢塘君吞入腹中，洞庭君有感柳毅搭救之恩欲招為婿，無奈柳毅以老母無人侍奉為由，急欲返鄉而作罷，實則因所見牧羊龍女的憔悴損面而拒絕，待拜別時見龍女已不如先前所見之污穢又心生悔意，將男子重視女子容貌的因素作誇大的描摹。後來柳毅娶范楊盧氏女，其實盧氏即為龍女化身欲報秀才活命之恩。失意秀才而情場有得善有善報，文弱書生之勇、智與武力高強卻心高氣傲的錢塘君火龍和涇河小龍的依恃權杖、胡作非為有極鮮明的性格分野。龍女為報恩而願獻身，叔父錢塘君有感柳毅的義勇為其作良媒而被拒，在人性的世界裡，將神話色彩轉化而成為凡人的接受度，因而柳毅在與盧氏女結合時方揭開女子身世之謎，以此作結將仙凡之戀落實凡界，予世上行善之人撫慰，亦予惡之人警示。

三、桂花仙子戀：《張天師》

　　洛陽太守陳全忠姪兒陳世英，進京赴試途中探望叔父，在全忠住所書房安下溫習經史，時值中秋佳節，叔姪園中飲酒賞月賦詩彈琴，世英一曲搖琴感動婁宿，救了月宮月食之難，月中桂花仙子為報恩又與世英有宿緣仙契，而下凡飲酒相聚後分離，相約來年中秋再會。世英此後不思進取功名專等來年此夜，相思成疾。適遇第三十七代天師張道玄回信州龍虎山途中來陳太守衙門拜辭，察覺府中有人染病更明言因花月之妖而攪纏成疾，於是結一壇場剿除妖怪，捉拿梅、菊、荷、桃、風、花、雪、月眾神勘問，卻說是桂花仙子思凡所致，張天師牒致西池長眉仙請他問罪。長眉仙為眾仙之長，受牒文而怒斥仙子道德為仙家之本，清間乃開悟之門，不遵守天條而迷惑秀士，犯思凡之罪而押赴陰山待罪，但念他報恩下山而恕其無罪，眾仙各歸本位。情之一字任仙凡二界皆有難以脫逃之時，陳世英一屆士子血氣方剛為情所動誠屬自然，桂花仙子仙界修行仍難斷塵緣，仙凡之戀於焉而生。

　　仙凡之戀三劇多由失意女子文人士子為出發點，或對政局充滿韃伐之意，或無心仕途歸隱山林走出世之路，如劉晨、阮肇是，或屢試不第自信受創無顏歸鄉，如柳毅是，或年少赴試依附親戚而備考，如陳世英等。在官場仕途或考場春榜中失意的文人，卻也在生命的境界中得到精神上的指引，劉阮二人因與紫霄玉女二仙結緣而共赴蓬萊，柳毅也因與化身龍女結合而登仙家；陳世英更因與桂花仙子夙世姻緣而拯救其後的為愛癡狂病症。劇中得因果在在表現出彌補的功能，或由失之東榆收之桑榆的安排達到撫慰人心，淨化人性的作用。

肆、元雜劇皇帝妃子戀故事類型

　　皇帝妃子戀一項《漢宮秋》、《梧桐雨》二劇皆為末本悲劇，呈現宮廷戀愛劇的悲慘下場，也為後宮嬪妃的角色做了深刻的詮釋。昭君因為琵琶而得幸於漢王，貴妃因歌舞而榮寵於唐皇，以下分別敘述琵琶戀與羽衣戀二劇。

一、琵琶戀：《漢宮秋》

　　漢元帝承繼漢高祖之盛大基業而自以為高枕無憂，乃從毛延壽之請遍選室女以實後宮，供元帝按圖臨幸之用。毛利用刷選室女之便大行索賄之實，成都秭歸美女王嬙字昭君，生得絕色艷麗之姿，無奈家貧難付百兩黃金以應毛需索，毛恨而美人圖上點破綻，使其被發入冷宮難登榮顯。一日元帝興至巡遊後宮，深夜聞琵琶聲哀泣，至室內方知為美人昭君託琵琶寄懷。知詳情後欲斬毛，毛聞訊攜昭君圖遁匈奴獻於單于。毛陰狠狡詐一不做二不休慫恿單于遣使入漢求婚指明要昭君入塞，元帝為此寢食難安，昭君深明大義，願為社稷之福而獨往匈奴和親。元帝親往灞陵橋送別，愛妃遠去和番，堂堂天子情何以堪。昭君行至番漢交界處，借一盃酒望南澆奠漢家便縱身一躍入黑龍江。單于感其義葬於江邊號青塚，縛毛送漢。漢元帝自從名妃和番，百日不設朝，一日夜景蕭索掛起美人圖解悶，不意入睡，夢中昭君回宮相見團圓，時值深秋孤鴈鳴叫擾人清夢，元帝夢醒追念不已。後番國使臣綁送毛返漢，元帝下令斬毛延壽以祭獻明妃。皇帝妃子之戀在承平

時代望似幸福無疆，實則亦有諸多宮廷政爭，嬪妃內鬨之隙暗藏凶險；在內憂外患國情之時，則更將面對大愛置前、個人情愛放空的昇華境界，昭君之和番帶給元帝的難堪實有甚於躍入黑江之重，昭君身雖死，卻留下義名，而元帝身雖留，卻滿懷國恥和個人無盡的追悔，因而夢回孤枕夜相思，只換得孤鴈聲聲，漢宮秋色成了元帝禁錮心靈的牢籠。

二、羽衣戀：《梧桐雨》

　　營州雜胡安祿山於開元年間隨繼父安延偃歸唐，分隸幽州節度使張守珪部下，因其通曉六蕃語言且膂力過人，因此被遣率兵征討奚契丹，但安祿山自恃勇力，深入敵陣，不料眾寡不敵遂致喪師。安因罪入京見唐明皇，適逢武惠妃死後唐皇新寵壽王妃被冊為貴妃居太真院，與唐皇朝歌暮宴消遣終日。丞相張九齡薦請對失機蕃將安祿山依例斬首，然而玄宗卻不信丞相留此人有異相，他日必有後患的預警，免了安的死罪留他做白衣將領，且楊貴妃喜歡，便做了貴妃的義子，加封漁陽節度使，統領蕃漢兵馬鎮守邊庭，當玄宗仍與貴妃朝朝寒食夜夜元宵時，安祿山則早在漁陽操練人馬，非專為錦繡江山卻只為搶貴妃一個。天寶十四年秋，玄宗與貴妃在御園沈香亭閒耍，貴妃特為玄宗獻上霓裳羽衣舞，使玄宗沉醉其中而渾然不知大禍已然臨頭。當左丞相李林甫報安祿山反叛時，賊兵壓境眾官竟束手無策，連名將哥舒翰都失守，京中將官更無人可擋，玄宗倉皇幸蜀，右龍武將軍陳玄禮統領禁軍護駕，乞玄宗處置楊氏兄妹，玄宗無奈，貴妃自縊於馬嵬驛中，楊國忠亦就地正法。亂事平定後，玄宗退位居西宮，晝夜思念貴妃，請人畫了真容一軸日夜供養，一夜忽夢貴妃來會，忽然被窗前梧桐雨聲驚醒，追憶當初貴妃舞翠盤時在此梧桐樹下，而七夕乞巧與貴妃盟誓亦對此樹，貴妃身亡後夢境相尋，卻又被梧桐樹驚覺，陣陣秋夜梧桐雨，玄宗空留無限悵惘。劇中的安祿山以胡旋舞搏得貴妃好感，在洗兒會中加官晉祿；玄宗以年高承平為恃，寵貴妃不倫之戀，貪霓裳羽衣之歡，丞相張九齡忠諫不應，種種作為都為玄宗的國勢提早敲響了喪鐘。

　　皇帝妃子的戀情在此二劇中就妃子角色言，明妃與貴妃皆因美色

而得皇帝厚愛，是其幸亦不幸，明妃得離深宮怨享一朝寵，只可惜好景不常，和蕃路上為貞而香消玉殞；貴妃拋夫棄子成就翁媳不倫戀，雖位極尊榮，而在荔枝品鮮的當下，卻不知草菅人命的後果竟是自作孽的活靶。明妃一只琵琶取幽怨，是古代傳統女性為情守貞無怨無悔的典型，卻又是無力自主為愛請命弱勢的象徵；貴妃一曲霓裳舞喪國，是情海左右逢源的前衛女性，卻也因自由奔放的強勢作風，樂極生悲作繭自縛。就帝王角色而言，元帝與玄宗皆有人性難了的困頓，傾國紅粉之誘，使之失了為君之道，致使外患臨境時，只能以最無尊嚴的方式自保，元帝之懦弱連摯愛妃子都無力保有，反成為平亂之工具，明妃雖是時代的犧牲品，時則元帝才是真正的弱者。唐皇亦復如此，夜夜昇歌，戰馬奔騰軍情告急時，卻猶腹肆嚐鮮，慾望城池；及至大軍不發為懲元凶，竟倉皇推出貴妃，成為自己畏罪的擋箭牌，以愛人之死換取自己終身的悔。二劇相較明妃之死雖死猶生，予人義氣懍然之慨；而唐皇之生，雖生猶死，貴妃之驕縱放蕩固然可議，唐皇行為亦不啻為自己加上心靈永恆的枷鎖。兩位帝王的宮中秋愁、雨驚梧桐，為了愛妃皆高束美人圖追憶，無限的自責、追悔、午夜夢迴、寒鴉驚雁，只留下千古的風流債。

伍、元雜劇戰亂官員之戀故事類型

　　元雜劇戰亂官員之戀一項有《梧桐葉》、《秋胡戲妻》二劇，均為在朝為官之人因戰亂而夫妻兩分，歷經波折而團圓之旦本喜劇，以下分別敘述之。

一、《梧桐葉》

　　西蜀人任繼圖與丞相李林甫之孫女李雲英為夫妻。繼圖自幼攻習詩書亦兼通武藝，有同堂朋友哥舒翰守禦西蕃，遣使請繼圖參贊軍事。雲英因安祿山作亂，恐夫涉險婉言相勸，繼圖以取功名於亂世，遂平生之願為由決意登程。繼圖赴前線不久，安祿山兵馬攻陷長安，李雲英被亂兵劫去，幸遇尚書牛僧孺以其為相門之後收為義女，與小姐金哥結拜為姊妹留養府中。亂平牛尚書隨駕回京雲英亦隨行。繼圖返鄉途中往大慈寺，題壁詞寄《木蘭花慢》，以寫思家離別之懷。正

值雲英亦隨牛尚書夫婦進香，出佛殿看見與繼圖形似的模樣卻未及相見，又見廟中壁詞字體與繼圖神似，於是亦和詞一首，以作為繼圖他日尋妻之線索，尚書夫婦也才知悉內情。繼圖與花仲清在戰後尋思科考求官，於是在大慈寺借禪房安住候選。雲英終日思夫，一日忽然風吹一片梧桐葉至雲英面前，雲英乃寫一首詩在葉上以寄愁懷；秋風送葉飄至大慈寺，被繼圖撿到，在佛殿上又看見題壁和詩，心中了然其夫妻必有完聚的日子。之後朝廷開文武科場，繼圖與仲清雙雙及第文武狀元，牛尚書想招文武狀元為婿，命金哥和雲英拋彩球招親，而雲英與夫分離三載查無音信一心守志，只有金哥拋球，球中繼圖，繼圖不接，花仲清接球成其佳配。牛尚書擇吉日良辰為仲清金哥完婚，繼圖陪仲清至牛府，雲英也陪金哥出堂，大驚，夫妻相認，繼圖以錦囊收藏廊下拾得的題詩梧桐葉即雲英所作，常揣在懷中，不意竟成為相認的信物，廟中和詞亦成姻緣會合的巧安排。繼圖為官公而忘私，夫妻守節離亂三載，以壁中詞、桐葉詩牽繫住兩人姻緣，終至友情人相逢兩團圓，劇情強調夫妻的守貞情意，加上外力助緣如牛尚書的收養等，是婚姻可長可久的妙藥。

二、《秋胡戲妻》

秋胡，魯鉅野人，父早逝，母劉氏做主為取羅大戶之女梅英為妻，新婚三日奉上司差遣離家從軍，一時間全家陷於愁雲慘霧之中，秋胡匆匆成行並囑梅英照顧母親隨即當軍去。秋胡離家十年未歸，鄉人李大戶垂涎梅英美色，利用欠錢未還的羅大戶騙梅英說秋胡已死，欲逼梅英下嫁，強送紅定逼其父允從，而梅英堅不改嫁。秋胡在軍中累立奇功官加中大夫之職，十年未省親乃乞假還家，魯昭公見其可憐賜黃金一餅以充膳母之資，於是秋胡衣錦榮歸回故里。行至家鄉，見一女在桑園採桑，以言語挑逗之又以魯君所賜之黃金餅利誘，女堅而拒之，秋胡更要追至女家求親，慘遭採桑女一頓羞辱，不了了之。秋胡歸家與母親相敘方知梅英以蠶桑奉養婆婆，又為其守節，而適才桑園調戲之女子即為梅英，愧而請罪。梅英氣憤難抑羞與秋胡為偶，堅不相認。秋胡母以尋死相逼，梅英不忍心方才和秋胡相認。劇中梅英一角謹守婦德，不嫌秋胡家貧而愛李大戶之財富，嫁夫守貞十年，不

事二夫，奉養婆婆至孝，柔弱女子卻有堅毅的性格操守，不為強凌不被利誘，明辨善惡代夫行孝。反觀劇中之兩男梅英父羅大戶與秋胡，一則為了欠下的四十石糧食而與李大戶串謀騙婚，使梅英一度涉險；一則為個人私慾而調戲民女，無視所負之責任和妻子的艱苦。舊社會中之大男人時則暴露出諸多性格上的盲點，與男尊女卑的社會型態所呈現的強勢男性作風大相逕庭。秋胡母自言梅英的賢孝貞烈令其感動，願來世為梅英的媳婦，同等的報答她，將女性柔弱勝剛強的一面作鮮明的陪襯。

　　《梧桐葉》與《秋胡戲妻》二劇皆由亂離之國情為主線發展，國不穩定，家自然難安，夫妻分離，戰亂中男在前線飽受征伐之困，女在故里亦蒙受風霜之苦，就整體而言皆是不幸，但在不能背離社會道德標準的量尺下，對已婚之男女仍有既定的褒貶。雖結局皆以喜劇團圓收場，但過程則以諸多的情節串入，以凸顯社會大眾對夫妻守貞情誼的重視和對社會上為名利而不擇手段的份子之屬加撻伐。

陸、元雜劇仙人轉世之戀與書生道姑之戀故事類型研究

一、仙人轉世之戀

　　仙人轉世之戀一節以張生煮海一劇為代表性之作，以神話宗教色彩鋪陳情節為一旦本喜劇。

　　《張生煮海》：潮州秀才張羽，父母雙亡，自幼飽讀詩書卻功名未遂，閒遊海上，因見古剎清涼境界，便向長老借住淨室溫習經史，一日天色已晚乃彈琴消遣石佛寺院中，恰巧東海龍神第三女瓊蓮閒遊海上散心與梅香、翠荷相伴，聽琴聲而至古厝，見張羽而傾心，相約中秋夜到海上要招他為婿。臨行以鮫綃帕為信物，張羽為失意秀才，在情場得意又有此富貴，自然等不得中秋，早來到沙門島海岸邊遍尋芳蹤。張羽在海邊迷失道路，問路於毛仙姑才知龍神狠惡暴躁，兒女自為媒之婚事恐有阻礙，毛仙姑為指引張羽歸還正道而成就其願，與張羽三件法物，銀鍋一雙，金錢一文，鐵杓一把，將海水用鐵杓舀在鍋裡，放金錢在水中煎一分，海水去十丈，煎二分去二十丈，若煎乾了鍋海水見底，龍王受不了，必然答應婚事。果然龍王託石佛寺法雲禪師勸化張生，法雲引張

生入龍宮，龍王答應由法雲作媒招張生為婿，兩人感念仙姑賜寶之恩促成姻緣。正當此時東華仙現身，說明二人前世本是瑤池上金童玉女，因一念思凡被謫罰下界，而今償還夙契，即脫離苦水府，重返瑤池，共証前因，同歸仙位。以禍福相依，得失同源為劇情發展的主軸，張生考場失戀，寺中操琴，龍女出遊竊聽動情而成就姻緣。張生追求人世間的功名利祿不得其門而入，無心插柳中反了結夙世姻緣享有仙界極樂，雖其中注入神話仙家色彩，卻無損於人性圓夢的理想，在考場張生主權乃操之在人，而情場因有法器在身則主權操之在己，作者將人生不盡如意的場景，作了巧妙地轉移，事物看法的多元其玄機也往往由此見端倪。

二、書生道姑戀

　　書生道姑戀一節，以《望江亭》一劇為代表作，其中女性的主動積極為愛奔走、為夫解困是形象鮮明的角色區隔，為一旦本喜劇。

　　《望江亭》：潭州縣令白士中姑母在清安觀做住持，一日白士中至觀訪姑，白姑姑關心姪兒知其婦已亡現正鰥居，乃為其引見每日到清安觀和白道姑攀談的女子，此女乃學士李希顏的夫人譚記兒，已守寡三年，平日無事常流連道觀中，有意出家。白道姑勸其了終身之事，談話間白道姑以咳嗽示意白士中出現，白道姑又以恐嚇手段迫使譚記兒允嫁白士中成就一段姻緣，白士中乃所攜夫人同赴任所。另有權豪勢宦楊衙內聞其下嫁事，心有不甘向皇上謊奏白士中不理公事貪戀花酒，因此得了勢劍、金牌及文書欲取白士中首級，白士中母親得此消息懸念不安，乃捎家書報兒劫難，士中滿面愁容，記兒則是挺身應對，為自己的幸福，勇敢維護，在第二折煞尾，將記兒的剽悍機謀、士中以婦為傲的興奮極力呈現。譚記兒假扮為漁婦，至望江亭為楊衙內切鱠，趁機盜回勢劍、金牌、文書，當楊衙內還沉醉在與假扮漁婦的潭記兒婚配的夢中時，三樣合同文書，信物早已不翼而飛。楊衙內失了文書仍欲法辦白士中，被士中識破，譚記兒成了原吉，楊衙內成了背告，拐騙良家婦女，後由巡撫湖南都御史李秉忠勘問斷案，將妄奏皇上、興奪人妻妾之心的楊衙內杖責削職歸田，而白士中夫妻團圓。譚記兒天生智慧為解夫厄親上漁船化為漁婦，作者關漢卿在三折將譚記兒靈活的交際手腕，活潑開朗的性格，舖陳於與楊衙內杯酒交錯周

旋之中，使得楊衙內言聽計從，一則折於其美色，二則惑於其所言，終因記兒的機智而消彌楊衙內奸計於無形。劇中譚記兒以少見的女強人姿態描繪。女性意識抬頭的訊息清晰可見，相形之下與白士中的遇事茫然手無所措，楊衙內的匹夫之勇，勇而無謀形成極強烈的對比，記兒的身分由潛心修行準備出家而至身再嫁人婦為夫而解厄消災，心境和處境都有極大的改變卻仍能以輕鬆的方式面對，一則劇情走勢的引人入勝，二則描摹的口語詼諧，方使此一望江亭獨具其玩味的價值。

柒、結論

　　元雜劇愛情故事中，在在呈現出為人津津樂道的藝術情境與感人的藝術之美。如《救風塵》中凸顯的人物性格。《救風塵》中宋引章與安秀實的姻緣全靠姊妹趙盼兒善施巧計誘周舍入甕，使得引章之遇人不淑得以及時補救，取得周舍之休書，秀實得以與引章團圓，皆拜有義且機智的女性盼兒。由於慣於以金錢為衡量事務的準則，導致引章妓院女子錯選終身，由此劇情發展出男女不平權的情形，如周舍打妻子致死亦不需償命的觀念，女性地位低落更遑論妓女想一爭長短了，所幸妓院姊妹患難相助兩肋插刀勝過手足之情，終能圓滿收場。

　　如《倩女離魂》中凸顯萌芽中的女性意識。《倩女離魂》：王文舉之父在任衡州同知時與同朝為官之張公弼指腹成親，文舉父母雙亡，正值春榜動選場開，文舉一則往長安應舉，二則探望岳母，張倩女年十七，父亡，一切由母做主，母轉其夫妻情而為兄妹相稱（和《㑇梅香》、《西廂記》劇情甚似），倩女在楔子中之仙呂賞花時和么篇唱出對文舉的深情和對母親的毀婚表現出不滿的情緒，將古代女性對愛的癡表露無遺。倩女恨母間阻又無力抗爭，在相思成疾之下而靈魂出竅尋夫，其實倩女母也並非全然毀婚，實則門第觀念作祟，張家三代不招白衣秀士，為使文舉發憤求得一官半職，才以兄妹命其相稱，不想倩女反應如此激烈而相思成疾甚而靈魂脫殼。這又是作者鄭德輝有意為弱勢女性掙脫樊籬換取自由的神遊色彩。本尊的倩女仍瀰留病榻足不出戶，前途未卜命在旦夕，象徵傳統女性聽任父母安排前程只得坐以待斃；而分身的倩女則自由奔放敢愛敢恨，掙脫牢籠反傳統反禮教之法而爭一己之幸福，由於尋正常管道無法可想，只有以非常手

段。魂之所繫乃意念之所自出，作者安排出遊的倩女無疑的是做了無言的抗議，倩女對家庭的弱勢可以是社會的黑暗面，政治的污濁面人性的腐敗面的縮影，當人力無法挽回頹勢時，訴諸於怪力亂神成為一種無奈的解脫方式。

如《漢宮秋》中以女性的堅毅凸顯朝政腐敗、無能政客的惡行惡狀。漢元帝承繼漢高祖之盛大基業而自以為高枕無憂，乃從毛延壽之請遍選室女以實後宮，供元帝按圖臨幸之用。毛利用刷選室女之便大行索賄之實，成都秭歸美女王嬙字昭君，生得絕色艷麗之姿，無奈家貧難付百兩黃金以應毛需索，毛恨而美人圖上點破綻，使其被發入冷宮難登榮顯。一日元帝興至，巡遊後宮，深夜聞琵琶聲哀泣，至室內方知為美人昭君託琵琶寄懷。知詳情後欲斬毛，毛聞訊攜昭君圖遁匈奴獻於單于。毛陰狠狡詐一不做二不休慫恿單于遣使入漢求婚指明要昭君入塞，元帝為此寢食難安，昭君深明大義，願為社稷之福而獨往匈奴和親。元帝親往灞陵橋送別，愛妃遠去和番，堂堂天子情何以堪。昭君行至番漢交界處，借一盃酒望南澆奠漢家便縱身一躍入黑龍江。單于感其義葬於江邊號青塚，縛毛送漢。漢元帝自從名妃和番，百日不設朝，一日夜景蕭索掛起美人圖解悶，不意入睡，夢中昭君回宮相見團圓，時值深秋孤雁鳴叫擾人清夢，元帝夢醒追念不已。後番國使臣綁送毛返漢，元帝下令斬毛延壽以祭獻明妃。皇帝妃子之戀在承平時代望似幸福無疆，實則亦有諸多宮廷政爭，嬪妃內鬨之際暗藏凶險；在內憂外患國情之時，則更將面對大愛置前、個人情愛放空的昇華境界，昭君之和番帶給元帝的難堪實有甚於躍入黑江之重，昭君身雖死，卻留下義名，而元帝身雖留，卻滿懷國恥和個人無盡的追悔，因而夢回孤枕夜相思，只換得孤雁聲聲，漢宮秋色成了元帝禁錮心靈的牢籠。

又如《張生煮海》凸顯濃郁的神話宗教色彩，以喜劇的方式將戲劇的藝術之美達到完美的境界。

潮州秀才張羽，父母雙亡，自幼飽讀詩書卻功名未遂，閒遊海上，因見古剎清涼境界，便向長老借住淨室溫習經史，一日天色已晚乃彈琴消遣石佛寺院中，恰巧東海龍神第三女瓊蓮閒遊海上散心與梅香、翠荷相伴，聽琴聲而至古曆，見張羽而傾心，相約中秋夜到海上要招他為婿。臨行以鮫綃帕為信物，張羽為失意秀才，在情場得意又

有此富貴，自然等不得中秋，早來到沙門島海岸邊遍尋芳蹤。張羽在
海邊迷失道路，問路於毛仙姑才知龍神狠惡暴躁，兒女自為媒之婚事
恐有阻礙，毛仙姑為指引張羽歸還正道而成就其願，與張羽三件法
物，銀鍋一雙，金錢一文，鐵杓一把，將海水用鐵杓舀在鍋裡，放金
錢在水中煎一分，海水去十丈，煎二分去二十丈，若煎乾了鍋海水見
底，龍王受不了，必然答應婚事。果然龍王託石佛寺法雲禪師勸化張
生，法雲引張生入龍宮，龍王答應由法雲作媒招張生為婿，兩人感念
仙姑賜寶之恩促成姻緣。正當此時東華仙現身，說明二人前世本是瑤
池上金童玉女，因一念思凡被謫罰下界，而今償還夙契，即脫離苦水
府，重返瑤池，共証前因，同歸仙位。以禍福相依，得失同源為劇情
發展的主軸，張生考場失戀，寺中操琴，龍女出遊竊聽動情而成就姻
緣。張生追求人世間的功名利祿不得其門而入，無心插柳中反了結夙
世姻緣享有仙界極樂，雖其中注入神話仙家色彩，卻無損於人性圓夢
的理想，在考場張生主權乃操之在人，而情場因有法器在身則主權操
之在己，作者將人生不盡如意的場景，作了巧妙地轉移，事物看法的
多元其玄機也往往由此見端倪。

《竇娥冤》之婦女形象研究

壹、前言

關漢卿膾炙人口的旦本悲劇《竇娥冤》，敘述女主角竇端雲自幼女、童養媳、寡婦、怨婦乃至於遊魂的心路歷程和人生際遇，凸顯外柔內剛的性格，最終以陰魂訴願，洗刷了受冤的名節作結。由身分地位言，劇中女主角為平民婦女的竇娥，受不平待遇，作者以天降異象，反映人力無法圓滿人事時，上天總會還百姓公道。由劇中女主角歸納列舉出其呈現的女性形象以供後來研究者從女性議題做更多元的探討。

關漢卿在中國文學與戲劇上的卓越貢獻，除了豐富多元的創作內容外，便是其深入社會底層的力量和人性的光輝。在那苦悶的時代，他以「喜劇」嬉笑怒罵，諷刺強權惡勢；以「悲劇」呈現一個莊嚴的時代面貌給苦難的大眾，更為可貴的是，他前瞻且成功的塑造出生動的女性形象。《竇娥冤》即是「悲劇」的最佳代表。

元代對漢人來說，是個黑暗苦難的時代，關漢卿處在這種苦悶氣氛下，激發出個人強大的創造力，不斷地在戲劇中以「喜劇」嬉笑怒罵的犀利口語，諷刺不公不義的社會，令強權窮途，令弱者得勝，歌頌正面的人生價值，使普羅大眾在艱難的生活困境中，露出輕鬆的笑容；另一面又以無比沉痛的雷霆之筆，揭露苦難的根源，以受難者的淒厲控訴，呈現出社會的共有悲情，呈現出「悲劇」的廣闊性與崇高感，令觀眾從受難者的犧牲中，產生敬意，提昇奮鬥的意志。《竇娥冤》即是悲劇的最佳代表。

蒙古人以強大慓悍的武力，入主中原，採用高壓的奴化政策，將人民分為：蒙古人、色目人、漢人、南人四種，將南方漢人列為最卑下的族群，同時在社會階級上，也顛覆了以士人階級為重心的傳統，重工藝而不尚文采。

謝枋得〈送方佰載歸三山序〉云：

我大元制典，人有十等，一官二吏，先之者貴之也。七匠八倡
九儒十丐，後之者賤之也。吾人品豈在娼之下丐之上者乎？

無論是「八娼九儒十丐」亦或鄭思肖所載的「一官，二吏，三僧，
四道，五醫，六工，七獵，八民，九儒，十丐」，皆可清楚地了解，
漢籍讀書人被強烈貶抑，不僅科舉無路，精神上亦遭踐踏。

元代的輕儒，社會的尊嚴地位盡失，「內聖外王」的人生理想進
路亦阻絕，其茫然、苦悶、絕望的情緒是可以想見的，但也因為大環
境如此的逼迫，才驅策讀書人走入社會底層，吸取民間最原始的生命
力，咀嚼素樸活潑的機智語言，進一步和廣大民眾同喜同悲，最後並
以其悲憫的胸懷，藉由戲劇的形式，對鐵蹄下的不公不義，發出強烈
的抗爭，同時亦藉由戲劇的形式，安慰受屈辱、壓迫的廣大民眾，給
予種種可能的幸福希望。

元代在政治上的要務，大抵僅以兩項為主：一、徵斂財賦，二、
防制反動。高壓的政策和窮徵暴斂的手段，使用費漢人在異族統治下，
受盡壓迫和歧視，讀書人的社會地位處境尚且如此，那麼一向在傳統
禮教壓抑下的下層婦女，處境恐怕更加的苦不堪言。

元代婦女承襲宋代漸趨謹嚴的禮教束縛，雖蒙古外族奔放的氣息
加入，仍難逃中原傳統禮教的約束，我們從《古今圖書集成》中所載
的「節婦」、「烈女」傳記搜尋，可清楚看到，自宋以降，「節婦」、
「烈女」的人數較之前代，明顯暴增。所謂的「節婦」不單指已嫁而
能守節者，未嫁而能守節者，也可以算為「節婦」；「烈女」並非單
指未嫁而能守貞者，就算已嫁而能守貞者，也可以算是「烈女」。二
者最主要的差異，在於「節」與「烈」二字，「節婦」只是犧牲幸福
或毀壞身體以維持貞操，而「烈女」則是犧牲生命或遭殺戮以保貞潔。
根據董家遵〈歷代節婦烈女的統計〉一文所歸納的表單人數顯示，宋
以前的「節婦」人數僅佔百分之〇‧二六，單宋代就佔百分之〇‧
四一，共一五二人，元代更加超前，佔百分之〇‧九六，共三五九人；
至於在「烈女」的統計數目，宋以前佔百分之〇‧八，有宋一代佔百
分之一，共一二二人，元代則躍升為百分之三‧一五，共三八三人。

從史料所載的人數來觀察，我們可以窺見，元代婦女並未因外族
的介入而能逃脫禮教的束制，反見更加沉重的精神負荷。

對元代婦女而言，漢人的地位既低下，身處於父權禮教壓力下的底層婦女，地位更加不堪，再加以整個元代社會舊有價值、階級、制度的顛覆轉換，關漢卿以《竇娥冤》悲劇為例反映社會意義及女性形象，更反映社會人心一直處於浮沉不安的狀態，又元朝廷的貪污腐敗，縱放特殊階層恣意不法，奪人產業，姦污婦女，無惡不作，種種痛苦，加諸於廣大民眾的身上，底層婦女的悲歡，即在此種社會氣氛下，無助蔓延。

元雜劇以創新的形式，在元代強大的武力、經濟力後盾，所開展的繁榮商業下，提供其肥沃的土壤，更重要的是，文人自社會階級的雲端墜落下層後，懷著百感交集的情緒，投入雜劇的創作，除了抒發個人主觀的生命情志外，亦發抒社會共存的生命價值，在瞬間即逝的舞台，賣力演出屬於整個元代的生命情調。

關漢卿，自號己齋叟，字漢卿。大都（今北平市）人。生卒年不詳，大約生於金朝末年，卒於元成宗大德年間（1297-1307）。曾任太醫院尹，元朱經（青樓集序）謂其金亡之後，絕意仕進，羅忼烈認為不足信，說見《元曲三百首箋》。元末熊自得《析津志、名宦傳》謂其「生而倜儻，博學能文，滑稽多智，蘊藉風流，為一時之冠。」明賈仲明《續錄鬼簿》謂其「驅梨園領袖，總編修師首，捻雜劇班頭」。畢生致力於雜劇之創作，作品多至六十餘種，現存尚有《竇娥冤》、《救風塵》、《拜月亭》、《單刀會》等十餘種，內容包羅萬象，各極其致，向來被公認為中國最偉大的元劇作家。與馬致遠、白樸、鄭光祖齊名，並稱為「元曲四大家」。其散曲則多寫兒女柔情，似僅餘力為之，成就不如戲劇。《全元散曲》錄有小令五十七首，散套十三套。

貳、《竇娥冤》之人物性格分析

一、《竇娥冤》劇情概要

楔子：窮秀才竇天章因付不起老寡婦蔡婆婆的高利貸款，因將七歲的女兒端雲抵押償債，從此端雲即成蔡家童養媳，而後改名竇娥。

第一折：光陰荏苒，十三年後竇娥不僅已嫁蔡家獨子，同時也不幸成為寡婦，與蔡婆婆相依為命。蔡婆婆在放貸的過程

中，碰上無錢可還的賽盧醫，賽一時情急，遂設計殺害蔡婆婆，所幸巧遇張驢兒父子，才解除危機，豈料張氏父子亦非善類，藉機逼婚蔡婆媳，但竇娥直言婆婆的不是，並嚴辭拒婚。

第二折：張驢兒因竇娥拒婚，故想毒死蔡婆婆，促使孤單的竇娥屈從，於是威脅賽盧醫配製毒劑，混於蔡婆婆之羊肚湯中，一番陰錯陽差，羊肚湯竟下了張父腹中，竇娥不畏張驢兒誣賴其下毒殺人的勒索，仍剛烈拒婚，張驢兒惱羞成怒，誣告殺人，楚州太守桃杌，糊塗無能，黑白不分，堅持重刑屈打，逼迫竇娥招認，怎奈竇娥寧死不屈，桃杌轉而下令重打蔡婆婆，竇娥不忍，即刻忍辱招認，被判死刑。

第三折：竇娥正被押往刑場，沿途悲憤，怨天恨命，但仍苦心請求勿被婆婆看見自己的苦難模樣，以免老人家傷心，末了還是遇上蔡婆婆，竇娥趁機強調張驢兒的惡劣手段及企圖，並勸婆婆不要傷心難過，她只怨自己命蹇。臨刑，竇娥首先要求「丈二白練，掛在旗鎗上」，若竇娥有冤，刀過頭落，鮮血都飛到白練上；再求暑夏六月三尺雪；三要楚州亢旱三年。竇娥冤死後，三種誓願一一實現。

第四折：時過三年，竇天章擔任兩淮提刑肅政廉訪使，剛到楚州，竇娥冤魂夜來入夢相認，求父雪冤。冤情大白之時，竇娥自當離去，臨走，懇求父親安養蔡婆婆，殺盡天下貪官污吏，最後，為自己平反罪名，留個清白的名聲。以下以劇中人出場順序分析人物性格。

二、竇天章人物性格分析

竇天章為一舊社會制度下的文弱書生，一心只想考上科舉榮登金榜，光耀門楣，卻身處在父母雙亡，妻子早逝，女兒年幼，家徒四壁的窘境之中。在楔子中自言三次無奈的心聲，一則時運不通，功名未遂。二則上朝取應，苦無盤纏。三則鬻女抵債，臨行囑女的苦情。[註一]心裡雖充滿著自責悲苦，卻又是百般無奈的應和著當時的社會價值觀。

身為男人為自身前途衝刺，似乎勝過為人父親撫養子女的義務了。

　　竇天章空有滿腹經綸，卻無用武之地，怨懟充其胸臆，有志難伸，想對幼女盡其父親義務，又放不下世俗功名利祿的追求，在情與理的糾葛之下，他是優柔寡斷的，但最後選擇了父女兩分，狠心送女作童養媳，心中著實也充滿了愧疚之情，在臨行前對女兒的叮嚀，也流露出了慈父的心。最後以無語暗消魂抹去了自己心中的抱歉，一逕的奔赴自身前程，這可說是時代悲劇下的產物，也凸顯人性捨親情而追求過眼雲煙名利的不智了。

　　竇天章在功成名就之後，卻失去了唯一的親生女兒，獲得了的功名卻失去了親情，作者關漢卿在鋪陳此一人物性格上，給予當時為求功名，而捨親情的士子們當頭棒喝！而就在身為欽差大臣的榮耀加於其身時，竟受到女兒鬼魂的投訴，登上龍門之獲益，竟是為自己女兒的冤情翻案，倒因為果的情節，是多麼大的諷刺！又是多麼令人鼻酸的苦情啊！一個為求前程似錦的男人，竟背負著如此沉重的罪名，為親生女的死而自責一生，這一個人物性格是糾葛的，是泣訴天地的，是萬般無奈的！

三、蔡婆人物性格分析

　　蔡婆是一個年近花甲的老太婆，身世坎坷，丈夫早么，孤兒寡母相依為命，靠著一點遺產放高利貸度日，也算是個中等人家，只因竇天章欠債未還，以女兒抵債，於是和竇娥結下了婆媳之緣。本也可安穩度日，卻因賽盧醫欠債不還，反欲置蔡婆於死地，而冒出了張驢兒這對流氓父子，救了蔡婆卻又要他們婆媳下嫁其父子，導致了為爭美嬌娘，而犧牲竇娥一生幸福的結果。蔡婆是一個性格剛強的女人，她可以一個人撫孤自立，放高利貸而謀取收入，又一個人收債度日，拋頭露面出入自如，是一個不畏艱難的女人。但在張驢兒要脅之下，蔡婆如此剛強的女人，也屈服在流氓惡勢力之下，不但願意下嫁張父，也一起把竇娥給賣了，在這行為下可見蔡婆的軟弱，更勝過守貞的性格。^(註二)

四、竇娥人物性格分析

　　竇娥，一個身世孤苦，淒涼無助的弱女子，沒有選擇餘地的來到人間，又在不知不覺中被棄養，更在惶恐驚嚇之下，被流氓強逼下嫁，心中的積怨之深，可以想像了。幼年的竇娥，只覺得父母都不要她，是一個無助的小女孩，七歲便嫁作童養媳，無辜又可憐。（註三）長大後嫁作童養媳，為蔡婆家一員，更因此而改了姓，與蔡婆相處婆媳融洽，以其善良溫厚的性格，生活也還過得去，但天不佑其夫，作者安排竇娥多舛的命運，在父母相繼離他遠去後，丈夫又得弱症而亡，年輕守寡，心中滿腹怨言。（註四）竇娥矢志守節，三年守寡，孤苦幽居回想新婚的歡樂，眼前的錦緞仍嶄新如昔，人事的變化，卻已是天人永隔，怨八字不好，註定要一世憂愁，勸人當自省，修來世福，矢志守寡，奉養婆婆，當心口如一。在張驢兒強力逼嫁時，竇娥亦展現出女子堅守自持的一面，奮力一搏，為自己的節操而死命還擊。（註五）表現出敢愛敢恨的性格。竇娥不屈服在張驢兒的惡勢力下，不肯承認毒殺張父，因此選擇官休，任由張驢兒告官，滿以為官府老爺會為她作主，平反冤情，沒想到竟是斷送了自己的青春年華而命喪黃泉！竇娥在面對官府嚴刑拷打時，亦表現得不屈不撓，忍著痛也要護衛著自己的清白，埋怨官府的虎狼吞噬良民，控訴冤屈無人知。（註六）在太守要痛打婆婆時，竇娥主動認罪以挽回婆婆一條老命。（註七）竇娥被判斬刑時，要求劊子手繞後街，避開婆婆而行，表現出體貼老人家白髮送黑髮之苦，不忍教她眼見媳婦受刑之痛。（註八）竇娥雖勇於救婆認罪，但遇到生死交關的一刻，也會怕做了餓死鬼，因此要求婆婆為她祭奠，不求好吃好穿，只求有吃有花用的錢鈔即可。（註九）

　　竇娥被誣處以極刑，而身首異處，只求婆婆能看在她身世淒涼，自幼無父母，長大失丈夫，為她燒些紙錢，怨只怨自己，並囑婆婆好自為之，勿以她為念，表現出媳婦晚輩的孝心和體貼。（註十）竇娥一生為求清白，在死後三年，仍一心求得洗刷冤情，直到父親欽差大臣來到楚州，魂魄直指衙門前去告狀。（註十一）縱然有門神擋住大廳，竇娥為求清白亦不畏不懼，務必要和許久未見的父親一訴冤情。（註十二）

　　作者安排鬼魂訴怨，又表露出竇娥清白堅貞的女子，卻招致禍尤

的不滿，死後更透出對官吏誤判貪財的憤恨。[註十三]竇娥的清白在死後都仍堅守，為求洗刷冤屈，表現出為人守正不阿的精神。[註十四]臨終時鬼魂更交代父親要好好照顧婆婆，孝順之情溢於言表，更可看出竇娥傳統婦德的光輝。[註十五]

五、張驢兒人物性格分析

　　張驢兒是個陰險狡詐，有勇無謀，見財起意，趁人之危的流氓小人，只因與父有機緣救下被害的蔡婆，便趁勢脅迫老婦就範，要強娶蔡家婆媳，若不肯便要勒死蔡婆，可見救人之心意，只意圖回報，非真心誠意之輩。[註十六]為求娶得竇娥歸，張驢兒設下計謀意欲毒害蔡婆，在羊肚湯裡下藥，沒想到蔡婆打嘔不想吃，張老頭竟因貪嘴吃光而被毒，一命嗚呼！張驢兒惡有惡報，仍不知悔改，竟誣賴竇娥殺父，告以官休或私休，滿以為竇娥會心生恐懼而就範，沒想到竇娥的不屈不撓，使得張驢兒惱羞成怒，而賄絡官府將竇娥定罪，實在是一個為達目的，不擇手段的小人。[註十七、十八]在竇娥鬼魂前來告狀後，竇天章重審文案，要張驢兒前來對質，當竇娥鬼魂出現時，張驢兒嚇得魂魄喪膽，還不斷的唸咒語，作者關漢卿將人物性格描寫得鮮明有緻，尤其這種做出傷天害理事件的小人，更是刻畫得淋漓盡致。[註十九]

六、賽盧醫的人物性格分析

　　賽盧醫的人物性格特色，正如作者在定場詩中下的註腳「死的醫不活，活的醫死了。」分明是個赤腳蒙古大夫，專司草菅人命，欠了蔡婆錢不還，還要人命，完全違反了行醫救人的品德。[註二十]賽盧醫犯案了之後便逃之夭夭，直到張驢兒前來恐嚇索毒藥，懾於張流氓的脅迫，只好給了毒藥，又恐張驢兒作惡多端，東窗事發，又再度規避責任，逃離遠去，是一個不求甚解，騙吃騙喝的江湖術士。[註二一]

七、桃杌人物性格分析

　　桃杌為楚州太守，可說是張驢兒做壞事的幫兇，由其定場詩，可知是個收賄的大昏官，告狀的人必須要備妥銀兩，才能過得了官府這一關，若是行賄之事發，上司查案，便推託了事，一問三不知。^{（註二二）}

　　張驢兒告官在前，行賄在後，桃杌自然對竇娥採取嚴刑峻罰，打得她皮開肉綻。^{（註二三）}竇娥不招，又抓蔡婆行刑，竇娥不忍婆婆受刑，自願認罪，桃杌不分青紅皂白，竟接受此事實，而造成冤獄，自己獲利便不顧他人的權益，實為一泯滅人性，尸位素餐的黑官。^{（註二四）}

參、《竇娥冤》呈現的婦女形象

　　關漢卿十二本「旦本」戲中，完整凸顯婦女的鮮明形象，表露出對弱勢婦女奮鬥精神的無限讚美，並高度同情其所承受的重重逆境，尤以下層婦女暗喻民族自尊、自信的意圖，這些「旦本」戲中「悲劇」的傑作乃為《竇娥冤》。作者以無限悲憫的胸懷，塑造了在苦難中剛烈抗爭的竇娥，中國傳統婦女不論在歷史或文學上，大多透過其對傳統道德價值的堅持及自我犧牲的受難歷程，來呈現其偉大的形象，「竇娥」即是在此種文化心理下，塑造出來的受難婦女典型，她面對道德衝突時所表現的正氣凜然、面對自私婆婆的純孝包容，甚至整個「代罪」過程的徹底自我犧牲，都符合傳統文化的「心靈模式」及「角色期待」。從內在思想及外在行動兩方面，剖析「受難婦女」的形象特質。

一、貞節烈女的守貞形象

（一）守喪三年，貞婦懿德

　　竇娥本名端雲，在賣給蔡婆後改名為竇娥，七歲到蔡家和蔡婆相處形同母女，性情溫馴，而老天不眷顧此孤女，竟讓她在青春年華遭逢喪夫之痛，守喪三年，忍受孤苦，卻矢志守節，孤苦寡居，淒涼心情，可由第一折混江龍曲牌見其端倪^{（註二五）}，所見夫妻往昔所用物品，不禁悲從中來。^{（註二六）}作者塑造竇娥堅貞婦德形象，無疑在弘揚

許多默默為家庭付出的婦女們，謹守婦德，堅守本分，堅不踰矩的美德是值得頌揚的。

（二）浪子逼婚，信守節烈

張驢兒父子耍賴住在蔡婆家，成天好吃懶做，見色起意，圖謀年輕的竇娥，幾度挑逗，竇娥卻不為所動，表現出節烈婦女謹守自持的節操。^(註二七)

（三）不變應變，光明磊落

張驢兒巧施毒計，意欲請君入甕，竇娥的光明磊落，打碎了張驢兒的詭計，竇娥一向善良純樸，侍婆恭順，婆病自然當送湯藥，張驢兒心懷不軌想使壞，從中得利存了害人之心，作者安排張父半途搶食，實在是凸顯老天有眼，護持善良人的劇情，竇娥以不變應萬變，行事光明磊落，終能使冤情昭雪。^(註二八)竇娥本就是一個平凡中見其不平凡的角色，如果她沒有坎坷的際遇，也不會有此轟轟烈烈的戲劇化情節張力，她是關漢卿筆下的活化人物，也是人們心中同情的市井小婦人，使得人們省思，為何平凡小市民會遭受如此不平等的虐待，以至於無路可走，無家可歸，她的表現和作者的筆觸，妥貼的將人們心中的不滿，和對社會的期待，一一吶喊了出來，竇娥的守喪、守節，行事光明，在在表現出了貞節烈女的守貞形象。

二、孝悌忠信的楷模形象

（一）侍婆至孝，信守婦德

竇娥雖自幼被賣，卻未心生憤恨，守分守紀，安份所處，隨著蔡婆做家事的操持，靜靜打理生活如常，雖夫早夭，仍侍婆至孝，謹遵庭訓婦德，甘之如飴。^(註二九)

（二）官府問罪，為孝護婆

在發生張父喝湯而亡的事件後，竇娥身陷囹圄，不僅不畏刑罰的拷打，仍一心護持婆婆的安危，實可謂孝悌之楷模。^(註三十)

（三）謹守四德，忠誠護持

竇娥謹守婦德、婦言、婦容、婦工，四種德性，在家與婆婆或個人獨自操持家事，皆能忠心不二，守身如玉，更護持家人，不落口實，婆婆身染重病，一心煎湯藥自持，只盼望婆病康健，白頭到老。^(註三一)

竇娥純孝侍奉婆婆，信守婦德，守正不阿；官府行刑，為護婆而認死罪被斬，謹守四德，實為婦女忠誠護持的楷模形象。

三、外柔內剛的不屈形象

（一）幼小被賣，剛毅成長

竇娥自幼被賣，幼小弱勢的小女孩，卻有著剛毅的性格，父親捨棄了她，她也能順應人事，在蔡家自然成長，和蔡婆相伴相依，並未受失去父母照顧的重大打擊，表現出剛毅不屈的形象。^(註三二)

（二）少妻守寡，婆媳相依

竇娥十六歲嫁為人婦，初嚐新婚的甜蜜，不到二年，丈夫得重症亡，竇娥謹守婦德守寡侍婆，不向命運低頭，婆媳相依，雖外觀為孤寡婆媳，同為弱勢婦女，但卻擁有外柔內剛，堅強不屈的婦女特質。^(註三三)

（三）逼婚不成，奮力自救

張驢兒逼婚不成，竇娥以其執著不屈的性格堅守不讓，儘管張驢兒威迫利誘，仍不能使之動情。反之竇娥以其弱質婦女的本色，推了張驢兒一把，以阻止登徒子的踰越禮教，可見作者在塑造外柔內剛的不屈形象是細膩而饒富興味的。^(註三四)

四、富於正義感的執著形象

（一）不恥張驢兒流氓作風

張氏父子流氓出身，橫行霸道，孔武有力，在蔡家住下便賴著不走，單憑對蔡婆有救命之恩，便開啟予取予求之方便門。竇娥心生不

恥，對二人作風亦不敢苟同，只是敢怒不敢言，直到父子有過分請求，非份想法，竇娥才嚴正以對，將她充滿正義執著的性格表現出來。^(註三五)

（二）為救婆婆，仗義受刑

在緊要關頭公案審判時，竇娥奮不顧身為救婆婆的正氣凜然態度，執意要代婆受刑，此大愛的發揮，著實令人感動。即便是一般男人，在碰到性命交關時，人總是會愛惜自己的生命，勝過一切，如竇娥弱女子般的視死如歸，實屬難得的女中豪傑形象。^(註三六)

（三）鬼魂洗冤，執著清白

擁有強烈正義感和榮譽感的竇娥，即使受冤被斬，她的鬼魂仍盤旋在陽間，為洗刷冤情而存續著，她的執著清白是作者刻意要強調的人性光輝，榮譽是人的第二生命，雖為市井小民，又為弱勢女子，但榮譽之心人人皆有，因此安排鬼魂訴怨申冤的情節，便是劇情中，讓人為之一掬同情之淚的悲歌。^(註三七)

五、有容德乃大的犧牲形象

（一）義勇救婆，犧牲小我

竇娥這個悲劇性的角色人物，由楔子出現，便是一個人見人憐的弱女孩，直到長大嫁為人婦，仍是一個命運悲慘的年輕寡婦，老天沒有給她一個溫暖的原生家庭，又奪去了她唯一可以依靠的丈夫，只剩下婆媳間的親情關係。作者安排此情景，乃在凸顯命運悲慘至極的女子，竟然可以發出人間至情至性的大愛光芒。在這世界上，能捨身救人，公而忘私的情操，又有幾人？而竇娥表現義勇救婆，除了代表丈夫對婆婆表現孝心，更是有無限包容力、寬容之心，將犧牲精神發揮在和她沒有一點血緣關係的蔡婆身上，這種形象是值得人稱道頌揚千秋的！^(註三八)

（二）冤魂訴怨，昭雪護婆

竇娥魂魄經歷了三年遊走，作者安排其飄流楚州，意在呈現其為

求懿德完美的形象，儘管人死已蓋棺論定，但竇娥的犧牲要有價值有意義，不能讓她白白犧牲，讓壞人逍遙法外，作者在此有凸顯揚善懲惡的意念，法網恢恢終有讓好人出頭，事情水落石出，真相昭雪的時刻。^{（註三九）}

（三）身世坎坷，化做勸世

竇娥的命運身世，在作者刻意的鋪陳之下，是一般人難以忍受而從容度日的，在竇娥的表現中，雖也可見其哀怨的一面，在第一折的混江龍、油葫蘆、天下樂三個曲牌中，不難看出她內心萬般的苦悶，對一個新婚未久便守寡的年輕婦女，這一種精神上的酷刑是嚴苛的。在蔡婆願再嫁作人婦時，竇娥表現得落落大方，深深的庭訓教誨，出落在對一個 60 歲老婦的訓誡話語中，可見其傳統禮教的約束，在她的實際生活中發酵滋長。在第一折一半兒、後庭花、青哥兒、寄生草、賺煞等曲牌中，可見她對婆婆要再嫁的行為和心意頗不以為然，不但勸婆婆回心轉意，更勸世人勿貪情愛而違反人倫婦德規範。^{（註四十）}

由竇娥此故事主角人物，探索作者所要傳達的婦女形象，實與其中賓白所呈現的意念相互輝映，若非竇娥本質善良純孝，則不能塑造其守貞孝悌的楷模形象，若非竇娥不屈不撓，富有正義感的大愛精神，亦不能凸顯其正義凜然的犧牲形象。在悲慘中的人，不貪求自己的幸福，反而凡事為他人著想，被貪官陷害，而仍對官府存有一線希望，做鬼也要翻案雪冤，在現今世道混沌，靜觀此劇中作者傳遞的婦女形象，實有益世道人心，更有使社會亂象化干戈為玉帛的導正功能。

肆、《竇娥冤》呈現的社會意識

《竇娥冤》為元代關漢卿的代表作。為一部震撼人心的古典悲劇。王國維在《宋元戲曲考》中評論《竇娥冤》一劇，即列之於世界大悲劇中亦無愧色。著名戲曲史家王季思教授主編《中國十大古典悲劇集》首列《竇娥冤》。魂驚動天竇娥淚關漢卿劇作賞析康保成。台北：開今文化事業有限公司，1994 年 5 月。

此劇已有法文及日譯本。明代至今此劇不斷被改編上演舞台劇，並被搬上銀幕。由此可知《竇娥冤》在中國古典戲劇史所居之重要地

位，悲劇故事情節，不僅深入人心，且具有深遠之影響。論及《竇娥冤》一劇所呈現的社會意識，特別值得一提的是本劇作者關漢卿社會背景，影響作者所處的心理反應。

一、傳統社會之巨變

中國歷代朝代之更替，統治階級如：秦漢隋唐宋等，均為漢族中統治權仍掌握在漢人的手中。然而至元代由異族自漢族手中取得政權後，導致中國歷史上產生一個巨大的變動。黃宗羲《明夷待訪錄》云：「古今之變，至秦一盡，至元又一盡」。吉川幸次郎〈元雜劇研究序〉云：「求之於中國人自身孕育而來的變動，以及由於蒙古人的刺激而生的變動。（見原序頁五。）

此一統治階級由原為漢人統治的舊勢力，改變為由元人異族統治的新王朝。元帝國此一新的統治階級，其得天下歸功於強大的武力，視百姓為被征服的民族。施政措施為鞏固其統治政權一切以蒙古人的政治、經濟利益為最高目標，相對的漢族及其他弱勢族群，則為被剝削及歧視的對象。

孫克寬斡脫錢與西域人對華的經濟剝削一文中云：終元之世，民害迄未解除，在老百姓心目中，蒙古一字是銀的代名詞。蒙古政治，變成了一種只剝削而不謀福利的貴族統治階級。（見《元明史研究論集》）元帝國為維持其既得利益，採取高壓奴化政策，將人民依種族分為蒙古人、色目人、漢人、南人等四級。蒙古人最高，色目人次之，漢人又次之，南人最為低下。元史百官志云：「世祖既位。……酌古今之宜，內外之官，……官有常職，位有常員，其長則蒙古人為之，而漢人、南人貳焉。」（《元史百官志》卷八十五百官）

由此得知，元帝國統治中國，施行高壓奴化統治，種族歧視不僅造成漢民族空前的浩劫，亦導致中國傳統社會結構產生根本的變動。

二、呈現廢除科舉迫使士人轉向雜劇創作的效應

元人入主中國獨尊蒙古人，對漢人不僅採行高壓奴化、種族歧視政策，進一步廢除士人賴以晉升、光宗耀祖的科舉考試，此實為對士

人精神上致命的打擊。文忠集載：「元滅金後，只行科舉一次，以後廢去垂八十年之久。」（《文忠集》卷六，《四庫珍本初集》收）

直至仁宗延祐二年（一三一五）始恢復舉行。然而在福利及所享的待遇方面，則又呈現另一種的歧視現象。據文獻通考選舉考載：「凡蒙古由科舉出身者，授從六品，色目、漢人迫降一級。」當時居此社會背景的讀書人，其面臨的弱勢地位，實令人沮喪消沉。「蒙古代興，社會變動有了激烈變化，仕宦所蓄積的文學修養，無用武之地，被排除了做官的權利，淪落到社會的低層，經濟上瀕臨絕境，不少人悲觀失望，走到消極頹廢的道路上去。」（耿湘沅著《元雜劇所反映之時代精神》，台北、文史哲出版社，民國七十六年七月初版，第十七－十八頁。）此為耿湘沅在《元雜劇所反映之時代精神》一書中極為貼切的描述。

《竇娥冤》一劇作者關漢卿，即為將此一滿懷委屈不平的心態，巧妙地轉化為致力雜劇的創作，文人的聰明才智，必須找到一個適當的出口，元雜劇展現的光芒，便在此時此刻應運而生了。關漢卿在抒發文人對所處現實社會，大環境的無奈悲感之情，藉著創作劇中人物之特殊個性，將作者對現實社會之悲憤、無奈、不滿之情，讓劇中人物表現出人性極端善與惡的對比。藉由創作將戲劇效果擴大至無限的想像空間。有意識的在筆觸中控訴現實社會的不平現象，藉此激發對人性的一種反省與再造。

三、凸題人性貪婪的惡質現象

（一）私慾無限擴大形成的性惡行為

作者關漢卿以劇中張驢兒性惡、殘忍的角色，延伸劇情的張力，又以劇中竇天章賣女、賽盧醫賣藥、桃杌行賄等的不道德行為，建構一個貪婪人性網。竇天章賣女，實因個人私慾的擴大，而減低了女兒應享有的被照顧權利，竟促使他賣了女兒，除了重男輕女觀念的作祟，實則為自私自利的極致表現。雖只是角色人物的安排，實則呈現出社會的一種追求功名，勝過一切倫理親情的普遍現象。賽盧醫賣毒藥給張驢兒，雖明知為惡，恐將鬧出人命，便逃之夭夭規避責任，實則亦為自私自利的性惡表現，將自己的安定，建築在他人的險境之上。

桃杌明知犯人有被屈打成招之虞，竟因行賄受益，而罔顧生民的權益，將自己的利益建築在人民生死關頭之上，實為草菅人命，殺人不眨眼的惡魔。

　　讀者由旁觀角色看這些迷惘中的人物，藉此喚醒人們勤於自我省思，本劇實亦兼具社會教化導引人性向善提升之功能。

（二）政治與黑金掛鉤的醜陋面相

　　桃杌身為百姓父母官，竟不知自愛，收受張驢兒的黑金賄賂，顛倒是非，不分青紅皂白，便將竇娥杖刑，不招便打得昏死過去，噴水三次又再醒來。眼見竇娥不招，又將蔡婆抓來欲嚴刑逼供，務必要求得口供畫押，以了結公案，得其行賄錢財之實，可憐的竇娥成了政治與黑金掛鉤之下的犧牲者，政治人物為遂其濫權獲利的私欲，而露出了人性猙獰的醜陋面貌，作者在此著墨許多，對公眾人物亦有極深的醒世勸世意味。

四、呼應弱勢的絕望與吶喊

（一）小女孩的社會福利、基本人權無人聞問

　　作者創造竇端雲小女孩形象，但生世淒涼，無父無母照顧，母喪，父親又一心只在功名，形同孤兒狀態，父親的半途棄養，給幼小的心靈造成莫大的創傷。竇父的蒙蔽良心，罔顧孩子的基本人權，擅自作主將孩子賣出抵債，而社會上竟亦無人過問，沒人關心幼童的福利，因而作者以此凸顯弱勢族群的心聲，更呼應許多現實社會中勢力微小的人們。

（二）婦女的守寡問題、乏人照管，竟成黑道懲兇的死角

　　在古代婦德盛行年代，守貞是婦女應盡的義務，然而人事更迭，事世皆有變化，能白首到老，自然是一件幸福的事，若中途喪偶，則面臨守寡的孤苦困境，尤其古代女子不能出外工作，經濟問題立刻面臨莫大難題，如劇中呈現的黑道惡勢力，張驢兒父子的脅迫，則完全無力招架，只有無奈的被欺負而不敢聲張。蔡婆和竇娥同為守寡婦女，乏人照料，家中沒有男人，使得流氓趁虛而入，逞兇鬥狠，騙財又要

騙婚。關漢卿塑造此類人物，亦是將社會上婦女族群的難言之隱，顯化於戲劇之中，正視一些生活在陰暗之中人物的感受和痛處。《禮記》〈禮運大同篇〉：「鰥寡孤獨廢疾者皆有所養」，要達成理想的大同社會必須使各類族群和弱勢族群能和諧共生，人人都有依託的場所，而不致流離失所，精神上也能得到良好的照顧，此乃理想的大同境界。

五、彰顯懲惡揚善的人心歸向

（一）市井小民的不平之鳴、正義之聲，在現實社會中難以伸張

　　《竇娥冤》第三折，為竇娥控訴冤獄的形成，一個弱女子本滿懷對青天大老爺的期待，但官府的勢力和黑心讓她徹底的絕望了。因此，在【正宮】、【端正好】曲牌中，唱出小女人沒來由竟犯了死罪，呼天搶地的叫天叫地，天地卻不為所動，因而心生重重埋怨！在【滾繡毬】曲牌中，怨恨天地錯勘賢愚，怨恨官吏怕硬欺軟，只得無奈地感嘆，好人不長命，壞人活千年。在【叨叨令】曲牌中泣訴自幼形單影隻，無親人眷顧，生活上是含悲忍淚，忍氣吞聲的，守身守份的結果，竟只換來了無情鐵枷上鎖，深受這許多的不平，但本性的善良面卻並未泯沒，臨行刑前還要求劊子手繞後街，批枷上鎖，奔赴法場，就怕婆婆看了心痛難過。如此細膩體貼的心，在一個身受重刑冤屈的人身上，實屬難能可貴，更叫人心痛不已，作者為伸張其苦處，用以象徵市井小民之不平，更為伸張正義而用心鋪陳。

（二）運用戲劇手法撫慰人心，鼓勵大眾以蒼天之名勸善止惡

　　在劇中人竇娥身陷囹圄，被判處斬刑時呼天天不應，問地地不靈，作者藉天降異象的方式，以竇娥之口說出心中三項誓願，在人世間不能平反的冤情，只能假託賭咒，得到一些心靈的撫慰，作者運用戲劇手法安慰人心，鼓勵大眾，以蒼天之名，勸善止惡，讓人印象深刻，更深具教化意義。

伍、結論

　　關漢卿窮畢生精力致力於文學創作，尤以劇曲方面表現出他揚溢

的才華，除了在用字遣詞的神妙妥切，在劇情角色的運籌帷幄，更是拿捏生動，描摹深刻，直指人心人性，令人讀之有如主角人物已栩栩如生在眼前，如泣如訴般的以影音觸動讀者的心門。

一、就《竇娥冤》劇情言

　　作者安排一個弱勢家庭的處境登場，吸引了一般市井小民，使得劇作表露出大眾生活化的同理心。用一個失意文人急切求功名而未成的焦慮充塞胸臆；搭配一個未成年的女童，失怙苦情，不僅沒有一個歡樂的童年，甚至連得到僅有的父愛也成為一種奢侈；一個中年男子帶著一個七歲女兒，在士子萬般皆下品的觀念下，放不下身段，高不成低不就的只得放下身邊的羈絆，犧牲了女兒的幸福，賣給了債權人蔡婆，更用女兒的賸餘價值免了債又解決了盤纏的羞澀困境。雖然作者一再用三次無奈的表白，為竇天章踏出錯誤的第一步辯解，一則說明當時男人身處社會價值觀的衡量標準下，不容許他為家小放棄前程，二則刻劃竇天章仍是充滿愧疚不安，畢竟身為父親不能盡撫養的義務是一種不恥的行為啊。

　　縱然竇天章也曾天人交戰過，但人性的自私面卻衝破了個人應盡義務的心，而成了一隻洪水猛獸，撲天蓋地的吞噬了為人父慈愛的心，竇娥也就在此時成了此劇註定的悲慘人物了。

　　在楔子中作者明白交待了主軸人物和關鍵情節，使整齣戲的走勢，在一條直線上作迂迴的發展。第一折出現了賽盧醫的勒人免債事件，比起了竇天章的賣女抵債，同是天涯淪落人，但賽盧醫行醫卻沒醫德，泯滅人性，本應救人竟成了殺人未遂的兇手；而竇天章和賽盧醫同是欠債未還的債務人，竇天章雖以文明的方式用女兒抵免了他的債務，殊不知此事卻是比賽盧醫更加野蠻地把女兒推向萬劫不復的深淵啊！文人雖只是舞文弄墨，但殺人不見血的事也常只是在筆尖哪！如桃杌的收賄錯判造成兩個家庭的破碎，也只是一念之間下筆即造成冤案了啊！作者不但佈局了書生竇天章、醫生賽盧醫，更塑造了人性之極惡的張驢兒父子，這四個男人是將一個弱女子打入死牢，終結她幸福的惡魔。作者鋪陳人性的劣根在張氏父子身上一一顯露，貪財又貪吃使得張父一命嗚呼，好色又黑心使得張驢兒作繭自縛，永無超生

之日！惡有惡報的角色在關漢卿的筆下一一得到懲罰，象徵性的角色扮演，影射現實生活中的大小人物，發出不平之鳴，為百姓作紙上伸冤，為平民抒發不滿情懷，實為一社會寫實主義的文學創作者！

二、就《竇娥冤》劇中角色人物言

作者創造了一個個躍然紙上的鮮活人物，每一個角色都代表著時代市井小民的生活面向，也透露著每一種階層人物的心理導向，此劇的可貴，在角色塑造的深入淺出，寓意雋永令人印象深刻，經由角色俚語、口語生活化的襯飾，將情節烘托得更加膾炙人口，繞樑三日。不論竇天章的窮途潦倒模樣、小端雲的楚楚可憐、蔡婆的粗壯婦態、張驢兒的蠻橫、無理、竇娥的堅貞、沉穩、賽盧醫的黑心等角色描寫，無一不活靈活現，缺一不可，成功地營造出此劇環環相扣的關鍵情節，若說此劇之為人傳誦不絕，戲劇演出為人搬演數百年，這些由紙上飄然而起的戲劇人物實在是最大功臣！

三、就《竇娥冤》呈現的婦女形象言

在此劇中女角為竇娥，蔡婆亦為婦女角色，但其動向乃環伺主角人物而作變化，蔡婆是一個舊時代舊社會的傳統女性，但仍有其反傳統的面向，如她赤手空拳，拋頭露面的放高利貸收欠款，孤兒寡母婆媳自主過活，這些都可看出她堅毅的一面；但面對張驢兒的強勢逼婚時，她堅強的外衣，褪色了！她天不怕地不怕的個性，渙散了！只表現出息事寧人，委屈求全的心態，這也是作者在塑造一個典型人物的同時，刻劃出角色心理的多樣性和多元面貌！

主角竇娥經歷人生許多劫難，雖為杜撰人物，但因遭遇和現實人生中的波折起伏息息相關，故而深深地引人一掬同情熱淚；凡涉及倫理親情是最最教人割捨不下的，也是最能打動脆弱人心的一塊心靈敏感地帶！

竇娥雖是一個足不出戶的家庭主婦，但傳統禮教的深植人心，力量是非常龐大的，她的堅貞烈女形象、富正義感形象、犧牲形象，皆非出自一弱女子所能承擔得了的，而作者塑造此一鮮明楷模形象，讓

人由平凡中見其偉大情操，實為一有益世道人心之創舉！

四、就《竇娥冤》凸顯的社會意識言

作者深知當時政治的黑暗面，故而辭官歸鄉，專事文學創作，筆下的事件、人物何嘗不是內心對時政、風氣的對照和不滿表現，尤其在凸顯貪官汙吏的惡行方面，更是深惡痛絕，為小老百姓和弱勢的婦女們發出不平之鳴。在竇娥角色描繪上，強調為之伸張正義，為受冤之人平反冤獄，又穿插人性對榮譽感的重視，在生前和生後則為皆然。由戲劇的效果張顯作惡多端之人終將有惡報，受冤枉的人，連老天也為之感動而天降異象，終至於懲惡揚善。科舉制度的社會價值觀流毒，造成男子拋家棄子的行為，而竟以奔赴前程作為合理的藉口，加上重男輕女觀念，更使得竇天章的角色，可以擺脫父親的重責，而輕易棄女。另一面弱勢的婦女蔡婆和竇娥一老一幼，一傷殘多病，一年輕無助，只能被惡勢力操弄於股掌之間。

第四折描寫竇天章感嘆人生際遇的轉折如黃粱一夢，如真似幻，功名利祿，看來是如此真實，但回歸到現實，父女再也難以重逢，皆因一己追求名利所致。此時，這些官銜看起來又是如此的微不足道，而令人充滿罪惡！

關漢卿藉竇天章的體悟道出自己對官場文化和功名利祿追求的心路歷程，當親情至愛已失時，再怎樣論功過得失，已毫無意義，讓人再度省思，人生價值意義的真諦。

經由本文論述《竇娥冤》的劇情內容、人物性格、婦女形象、反映的社會意識和作者呈現個人心理層面，實與人性善惡和因果關係環環相扣，當我們在研讀以社會、政治背景為基調的文學創作時，能扣緊人性的本質和大環境依存關係，則當能切合作者所要傳遞的淺層和深層的蘊涵了。

附註

註一：楔子（幼習儒業，飽有文章；爭奈時運不通，功名未遂。不幸渾家亡化已過，撇下這箇女孩兒，小字端雲，從三歲上亡了他母親，如今孩兒七歲了也。小生一貧如洗，流落在這楚州居住。）（況如今春榜動，選場開，正待上朝取應，又苦盤纏缺少，小生出於無奈，只得將女孩兒端雲送與蔡婆婆做兒媳婦去。）（婆婆端雲孩兒該打呵，看小生面則罵幾句；當罵呵，則處分幾句。孩兒，你也不比在我跟前，我是你親爺，將就你，你如今在這裡，早晚若頑劣呵，你只討那罵喫。兒哩！我也是出於無奈。）

註二：第一折（卜兒背云）（我不依他，他又勒殺我。罷罷罷，你爺兒兩箇隨我到家中去來。）（道我婆媳婦又沒老公，他爺兒兩箇又沒老婆，正是天緣天對，若不隨順，他依舊要勒死我，那時節我就慌張了，莫說自己許了他，連你也許了他。兒也，這也是出於無奈。）（卜兒云）（孩兒也，再不要說我了，他爺兒兩箇都在門首等候，事已至此，不若連你也招了女婿罷。）

註三：子（正旦做悲科，云）爹爹，你直下的撇了我孩兒去也！

註四：第一折【混江龍】則問那黃昏白晝，兩般兒忘食廢寢幾時休？大都來昨宵夢裡，和著這今日心頭。催人淚的是錦爛熳花枝橫繡闥，斷人腸的是剔團圞月色掛粧樓。長則是急煎煎按不住意中焦，悶沉沉展不徹眉間皺，越覺得情懷冗冗，心緒悠悠。

【油葫蘆】莫不是八字兒該載著一世憂，誰似我無盡頭！須知道人心不似水長流。我從三歲母親身亡後，到七歲與父分離久，嫁的箇同住人，他可又拔著短籌；撇的俺婆婦每都把空房守，端的箇有誰問，有誰偢？

【天下樂】莫不是前世裡燒香不到頭，今也波生招禍尤，勸今人早將來世修，我將這婆侍養，我將這服孝守，我言詞須應口。

註五：第一折（張驢兒云）這歪剌骨！便是黃花女兒，剛剛扯的一把，也不消這等使性，平空的推了我一交，我肯干罷！

註六：第二折【感皇恩】呀！是誰人唱叫揚疾，不由我不魄散魂飛。恰消停，纔蘇醒，又昏迷。捱千般打拷，萬種凌逼，一杖下，一道血，一層皮。

【採茶歌】打的我肉都飛，血淋漓，腹中冤枉有誰知！則我這小婦人毒藥來從何處也？天那，怎麼的覆盆不照太陽暉！

註七：第二折（正旦忙云）住住住，休打我婆婆，情願我招了罷，是我藥死公公來。

註八：第三折【叨叨令】（正旦唱）怕則怕前街裡被我婆婆見。（正旦云）俺婆婆若見我披枷帶鎖赴法場飡刀去呵，（唱）枉將他氣殺也麼哥，枉將他氣殺也麼哥。告哥哥，臨危好與人行方便。

註九：第三折（婆婆，此後遇著冬時年節，月一十五，有瀽不了的漿水飯，瀽半碗兒與我吃；燒不了的紙錢，與竇娥燒一陌兒。則是看你死的孩兒面上！）

註十：第三折【快活三】念竇娥葫蘆提當罪愆，念竇娥身首不完全，念竇娥從前已往幹家緣；婆婆也，你只看竇娥少爺無娘面。

【鮑老兒】（正旦唱）婆婆也，再也不要啼啼哭哭，煩煩惱惱，怨氣衝天。這都是我做竇娥的沒時沒運。不明不闇，負屈銜冤。

註十一：第四折【沉醉東風】我是那提刑的女孩，須不比現世的妖怪，怎不容我到燈影前，卻攔截在門桯外？（做叫科，云）我那爺爺呵！（唱）枉自有勢劍金牌，把俺這死三年的腐骨骸，怎脫離無邊苦海？

註十二：第四折【鴈兒落】你看這文卷曾道來不道來，則我這冤枉忍耐如何耐？我不肯順他人，倒

　　著我赴法場；我不肯辱辱祖上，倒把我殘生壞。

　　【得勝令】呀，今日簡搭伏定攝魂臺，一靈兒怨哀哀。父親也，你現掌著刑名事，親蒙聖主差，端詳這文冊，那廝亂綱常合當敗，便萬剮了喬才，還道報冤讎不暢懷。

註十三：第四折【梅花酒】你道咱不該這招狀供寫的明白，本一點孝順的心懷，倒做了惹禍的胚胎。我只道官吏每還覆勘，怎將咱屈斬首在長街！

註十四：第四折【收江南】呀，這的是衙門從古向南開，就中無箇不冤哉！痛殺我嬌姿弱體閉泉臺，蚤三年以外，則落的悠悠流恨似長淮。

註十五：第四折【鴛鴦煞尾】囑咐你爹爹，收養我妳妳。可憐他無婦無兒，誰管顧年衰邁！

註十六：第一折（張驢兒云）你感是不肯，故意將錢鈔哄我？賽盧醫的繩子還在，我仍舊勒死了你罷。

註十七：第一折（做接嘗料，云）這裡面少些鹽醋，你去取來。（正旦下）（張驢兒放藥科）（正旦上，云）這不是鹽醋？（張驢兒云）你傾下些。

註十八：第一折（張驢兒云）好也囉！你把我老子藥死了，更待乾罷！

註十九：第四折（張驢兒做怕科，云）有鬼有鬼，撮鹽入水，太上老君急急如律令救。（魂旦云）張驢兒，你當日下毒藥在羊肚兒湯裡，本意藥死俺婆婆，要逼勒我做渾家。不想俺婆婆不吃，讓與你父親吃，被藥死了。你今日還敢賴哩！

註二十：第一折（盧醫云）來到此處，東也無人，西也無人，這裡不下手，等甚麼，我隨身帶的有繩子。（做勒卜兒科）

註二一：第二折（張驢兒做拖盧云）好呀，前日謀死蔡婆婆的，不是你來？你說我不認的你哩！我拖你見官去。（賽盧醫做慌科，云）大哥，你放我，有藥有藥。（做與藥科）

註二二：第二折（淨扮孤引祇候上，詩云）我做官人勝別人，告狀來的要金銀，若是上司當刷卷，在家推病不出門。下官楚州太守桃杌是也。

註二三：第二折（孤云）人是賤蟲，不打不招。左右，與我選大棍子打著。

註二四：第二折（孤云）既然招了，著他畫了伏狀，將枷來枷上，下在死囚牢裡去。到來日判簡斬字，押赴市曹典刑。

註二五：見註四。

註二六：第一折【仙呂點絳唇】滿腹閒愁，數年禁受，天知否？天若是知我情由，怕不待和天瘦。

註二七：第一折（就當面賭箇誓與你：我今生今世不要他做老婆，我也不算好男子。）

註二八：第二折（張驢兒云竇娥，你藥殺了俺老子，你要官休？要私休？）

註二九：楔子（卜兒云）（媳婦兒，你在我家，我是親婆，你是親媳婦，只當自家骨肉一般。你不要啼哭，跟著老身前後執料去來。）

註三十：同註七。

註三一：第二折【隔尾】你說道少鹽欠醋無滋味，加料添椒纔脆美。但願娘親蚤痊濟，飲羹湯一杯，勝甘露灌體，得一箇身子平安倒大來喜。

註三二：第二折同註三。

註三三：第二折【梁州第七】這一箇似卓氏般當鑪滌器，這一箇似孟光般舉案齊眉，說的來藏頭蓋角多伶俐！道著難曉，做出纔知。舊恩忘卻，新愛偏宜；墳頭上土脈猶濕，架兒上又換新衣。那裡有奔喪處哭倒長城？那裡有浣紗時甘投大水？那裡有上山來便化頑石？可悲，可恥！婦人家直恁的無仁義，多淫奔，少志氣，虧殺前人在那裡，更休說百步相隨。

註三四：第一折同註五。

註三五：第一折（正旦云）婆婆，這箇怕不中麼？你再尋思咱；俺家裡又不是沒有飯吃，沒有衣穿，又不是少欠錢債，被人催逼不過，況妳年紀高大，六十以外的人，怎生又招丈夫那？

註三六：第二折同註七。

註三七：第四折（魂旦望科，云）門神戶尉不放我進去。我是廉訪使竇天章女孩兒，因我屈死，父

親不知，特來託一夢與他咱。

註三八：第二折同註七。

註三九：第四折（詩云）不告官司只告天，心中怨氣口難言。防他老母遭刑憲，情願無辭認罪愆。
　　　　三尺瓊花骸骨掩，一腔鮮血練旗懸；豈獨霜飛鄒衍屈，今朝方表竇娥冤。

註四十：第一折同註四。

參考書目

書籍

1. 楊家駱主編：《全元雜劇》初編、二編、三編，世界書局。
2. 王國維：《宋元戲曲史》，臺灣商務印書館。
3. 吳國欽：《中國戲曲史漫話》，木鐸出版社。
4. 唐文標：《中國古代戲曲史初稿》，聯經出版事業公司。
5. 蘇國榮：《中國劇詩美學風格》，丹青圖書公司。
6. 劉大杰：《中國文學發展史》，華正書局。
7. 劉綱紀、李澤厚主編：《中國美學史》，漢京文化事業有限公司。
8. 中國戲曲研究院編：《中國古典戲曲論著集成》，中國戲劇出版社。
9. 吉川幸次朗著、鄭清茂譯：《元雜劇研究》，藝文印書館。
10. 張淑香：《元雜劇中的愛情與社會》，長安出版社。
11. 傅惜華：《元代雜劇作家傳略》，文泉閣出版社。
12. 朱光潛：《悲劇心理學》，元山書局。
13. 顏天佑：《元雜劇所反映之元代社會》，政大中研所六十九年博士論文。
14. 王安祈：《中國古典戲劇的藝術精神》，《中國美學論集》。
15. 王季思：《關漢卿和他的雜劇》，古典文學研究彙刊第一輯。

期刊雜誌

1. 紀庸：〈元雜劇之題材〉，《國文月刊》第七十一期。
2. 姚一葦：〈元雜劇中之悲劇觀初探〉，《中外文學》四卷四期。
3. 古添洪：〈悲劇：感天動地《竇娥冤》〉，《中外文學》四卷八期。
4. 張漢良：〈關漢卿的《竇娥冤》：一個通俗劇〉，《中外文學》四卷八期。
5. 柯慶明：〈悲劇情感與命運〉，《中外文學》五卷二期。
6. 方光珞：〈什麼是喜劇？什麼是悲劇？〉，《中外文學》四卷一期。
7. Jose Ortega Y. Gasset、范國生譯：〈悲劇、喜劇和悲喜劇〉，《中外文學》五卷五期。
8. 黃麗貞（1997，1月）〈關漢卿雜劇欣賞——《救風塵》（上）〉，《中國語文》。
9. 趙美娟（1997，1月）〈關漢卿所塑造的三個妓女形象之試探〉，《輔大中研所學刊》卷期80：1＝475，頁17-21。
10. 黃麗貞（1996，6月）〈關漢卿雜劇欣賞——《救風塵》（下）〉，《中國語文》，卷期6，頁383-398。

11. 黃麗貞（1996，6月）〈關漢卿雜劇欣賞「竇娥冤」〉，《中國語文》，卷期 78：6 = 468，頁 23-30。

12. 劉季雲（1995，7月）〈以「女性意識」解讀「望江亭」〉，《藝術論衡》，卷期 1，頁 102-111。

13. 劉中玉（1995，7月）〈關漢卿的戲劇〉，《復興劇藝學刊》，卷期 13，頁 23-27。

14. 姜翠芬（1993，11月）〈假戲真做，真戲假做：關漢卿筆下深通「權變」之女性〉，《中外文學》，卷期 22：6 = 256，頁 93-107。

15. 魏子雲（1993，4月）〈關漢卿的舞台藝術衍說〉，《復興劇藝學刊》，卷期 4，頁 1-16。

元雜劇《漢宮秋》與《梧桐雨》之比較研究

壹、前言

　　元代劇作家馬致遠，以充滿感性又筆帶諷刺意味的手法寫《漢宮秋》雜劇，一反漢書記載的實境，而做了巧妙的改編。一則呈現漢代元帝時期的慵懶貪歡，臣子間的逢迎諂諛，嬪妃們的孤寂落寞，二則凸顯外侮來襲時，滿期文武的束手無策，只能極力鼓動妃子和親，以平息刀兵挽救國勢的危亡。在此一歷史劇中描述了宮廷情愛（元帝和王昭君）、倫理親情（昭君和父母弟妹）、歷史上的政治倫理（漢王君臣間）、外交的險惡（漢室和匈奴非友即敵的隱晦關係）、人性的貪婪（毛延壽畫仕女圖圖利）、和政治的壓力（臣子將士不動如山執意獻妃子入藩，元帝無力回天之頹勢）。此劇中足以探討的問題，如古代皇帝為充實後宮，而派臣刷選秀女的作法、貞操在古代為女性純良與否的指標、如何挽救漸趨頹廢的人性、劇中人物性格探討，電影和戲劇中對《漢宮秋》劇的著墨和強調的色彩解讀。

　　白仁甫唐明皇秋夜《梧桐雨》雜劇，根據歷史記載，述說唐玄宗與楊貴妃由盛而衰的愛情故事，印證了樂極生悲的生命輪迴，這一段為人津津樂道的戀情，一則其變化曲折，二則其角色多樣，唐玄宗亦君、亦夫、亦舅翁的崇高地位，楊貴妃則亦媳、亦妻、亦道姑的角色扮演，只因石火電光之觸動，使得不可能的一段複雜人倫，化做纏綿萬代的糾葛情緣。在歷史上、在政治情愛上、在文學上、在家庭倫理親情上，牽動了多少人心，關係著多少生命，掌控住多少文學靈魂，那火花、那極光，迸裂出人性最精華的智慧語錄和數不盡的珠璣魂。在《梧桐雨》雜劇中可以探討的有荔枝餐、溫泉浴、梨花雨、霓裳羽衣曲、胡旋舞、明皇衣、愛情火花、親情倫理、道家情懷，真情激情之辯，在在是人們諸多探討的話題，而兩劇間的同異之處，更是值得一而再探究的人性情迷與宮闈紊亂的議題。

貳、《漢宮秋》雜劇的內容

此劇的內容探討包括了宮廷情愛、倫理親情、歷史上的政治倫理、外交的險惡、人性的貪婪和政治的壓力等議題。以下分別敘述之。

一、宮廷情愛

漢元帝和王昭君的關係，用官方語言可視為政治上的關係，勉強可說是情愛關係，至於是否為一段戀情，則有待釐清。所謂愛情應該是兩情相悅和合而成。然而漢皇以一紙行政命令，下詔遍選美女，以為王室享樂之用，將女性物化的嚴重程度，可由按圖臨幸得知。慢說選秀由天下而來，本已不止千百，更談不上所謂情衷一處，尤其一夫多妻制度下，皇室的極權男尊女卑，則更是不在話下，昭君的卑微只是眾多宮女的一種寫照而已，只是在被埋沒的眾多案例中，有幸敗部復活的一個個案而已。因此稱此兩位主角人物為宮廷情愛，則是強調其非由愛情之兩情相悅而來，只是皇帝逞其權力慾望的工具之一而已。

二、倫理親情

昭君如眾多被選秀的家庭一樣，遭受許多有形和無形的壓力。一般家庭得知皇帝下鄉遍選時，便匆匆將適婚女兒下嫁凡夫俗子，以免遭受冷宮歲月的摧殘，終生難得見天日，未能如願完婚者只好待價而沽聽天由命了。劇中昭君想起出身務農世家，不捨娘家之離情，在冷宮十年每日懷抱琵琶思故鄉念親人，對於一個年輕的女子，如何承受離鄉背井後，倍受冷落的椎心之痛！

三、歷史上的政治倫理

當元帝受窘於匈奴要脅，下嫁昭君之時，尚書令五鹿充宗和內常侍石顯身居要津，而一味推諉，無計可施，醜態盡露，只求個人全身而退，迫使元帝妥協下嫁昭君，這樣的政治倫理，無疑是一大笑柄。

君臣之間如酒肉朋友般，只能共享樂而不能共患難，實在是一種歷史朝代的恥辱。

四、外交的險惡

漢朝嗣傳十代至漢元帝，一向沿襲和親政策，朝中大臣因循苟且，皇帝偏安，沉溺耽樂之中，君臣自我麻醉下，士卒自然也上行下效，日久國無可用之兵，朝無可遣之臣。一旦匈奴發狠脅迫中原，漢室則不得不屈就如其所願，以維持和平的假象，足見外交上實無真正的和平，只是一種險惡的政治利益交換而已。

五、人性的貪婪

鷹心雁爪的毛延壽，貪念充塞其心，為人機巧奸佞，逢迎皇帝，勸之少見儒臣，多暱女色，實為亡國滅種的萬惡淵藪。然而漢元帝竟亦聽信讒言，遠忠臣親小人，使得親痛仇快，終釀大禍而仍不自知。毛延壽借君王之勢，成就其得以無窮搜刮宮女的管道，玷汙皇帝授予的榮譽職和畫師的尊榮，索賄無度，將人性的貪婪表露無遺。

六、政治的壓力

作者鋪陳毛延壽假昭君仕女圖，慫恿呼韓邪單于以索要昭君為題，發動武力進犯時，漢室臣子、將士不動如山，元帝不禁感嘆養兵千日，卻無可用之兵，屬下執意獻妃子入藩，元帝無力回天實屬難堪，也看見其雖貴為皇帝，也終將迫於政治的壓力而妥協，割愛以求自保。

參、《漢宮秋》雜劇的寫作特色

《漢宮秋》雜劇的寫作特色，以下分別由定場詩中人物性格的鮮明寫照、加深漢元帝的昏庸形象、凸顯毛延壽的黑金騙術形象、直述呼韓耶單于的慓悍武夫形象、製造王昭君傳統與反傳統的衝突形象、劇本中情節瑕疵之處敘述之。

一、定場詩中人物性格的鮮明寫照

在定場詩中人物性格有鮮明的寫照，角色上場之定場詩中，實情敘述主人翁的腳色定位，以詼諧的諷刺手法自我調侃，楔子中淨腳毛延壽的定場詩表現得令人發出莞爾一笑。作者將毛延壽攻於心計，欺下瞞上，目無王法，謀取私利的人物性格，由本尊口中道出，實為令人叫絕的描繪。冲末扮番王之定場詩，將胡人逐水草而居的遊牧生活，洗鍊鋪陳，以天地為家，白天征戰連綿，夜晚則悲笳更引發寂寥的愁悵。呼韓邪單于掌握百萬雄兵，以大漠為家，聲勢浩大，但卻仍向漢室稱臣互為甥舅。言下之意，心中為實有忿忿不平，難解雄風壯志未酬之憾。正末扮漢元帝之定場絕句詩中，將漢元帝偏安心態，以反諷手法，凸顯其苟且貪得祖先餘蔭，不求奮發圖強，卻思永享承平時代的鴕鳥心態。

二、加深漢元帝的昏庸形象

楔子中藉漢元帝之口明言，以加深漢元帝的昏庸形象。身為一國之君，不思興利除弊，卻一昧貪戀女色，深陷佞臣之中，物以類聚的沾染下，自然遠賢臣、親小人，墮入萬劫不復的深淵之中；尤其對毛延壽之獻策，言聽計從情節，巧妙匯入，遍選天下美女，勞民傷財，物化女性，將中選之宮女，按圖臨幸，更給予毛延壽最佳圖利的護身符。在【仙呂賞花時】曲牌中，更為自己的耽樂，尋找最佳的藉口。既然四海昇平，五穀豐收，連市井小民田舍翁，在多收成十斛麥時，尚欲納妾自娛，身為萬民之上的一國之君，自我犒賞一番，又有何大驚小怪？在朝中不辨忠奸，聽信讒言，毛延壽之計明為個人私利，元帝卻唱道毛延壽是如何舟車勞頓為國，更示意達成任務回朝時，必然賜與重賞，實則作了賞罰不公的最劣示範。

三、凸顯毛延壽的黑金騙術形象

第一折定場詩中，作者描摹毛延壽的黑金騙術形象，一副仗勢欺

人，蠻橫狂徒口氣，明目張膽的貪污，淋漓盡緻襯托其行徑的乖張，全然不管人言可畏，實可謂現代黑金政治的鼻祖。假藉皇帝授予畫仕女圖的權限，對宮女們須需索無度，不肯就範者，則予以嚴加對付。毛延壽既拿不到賄財，亦不讓宮女好過，可見其用心之狠毒。第二折中毛延壽假藉昭君圖，誘使單于至中原提親，還挑撥離間漢藩友好情誼，佞臣誤主，遺害民生，可見一般。毛延壽的角色在一、二折出現後便不復見，直到第四折被送回漢家才又提及，足見作者將毛延壽定位成佞臣角色，其為君獻計，只在一時之謀利奪權，絲毫不為國計民生，捅出了大紕漏，便逃之夭夭，十足的古代詐騙集團首腦之代表人物形象。

四、直述呼韓耶單于的慓悍武夫形象

番王受了毛延壽的煽動，意欲索求昭君為閼氏和親，表面上為柔性訴求，實則為強悍的要脅，不肯答應則發動戰事，南侵圖謀中原，第二折直述呼韓邪單于的慓悍，武夫形象鮮明。當君臣遲疑不決時，番使又來二度逼迫，使得漢朝群臣束手無策，可見其獨夫慓悍作風，與向來不練兵抵禦外侮的軟弱漢室，形成強烈的對比。

五、製造王昭君傳統與反傳統的衝突形象

由第一折中顯見昭君受傳統禮教從父、從夫、三從四德、相夫教子之傳統形象，欲成為一賢妻良母，沒想到命運作弄人，適逢朝廷選秀，雀屏中選而入宮待幸，又不幸遇貪官毛延壽，想起臨行與父母之離情依依，但一切仍依父母、順朝廷，為一遵循傳統禮教的女性，後遇單于來犯邊求和親時，竟一反傳統女性的柔弱無助，縱有萬般不捨的所謂夫妻情，卻勇敢的承擔保家衛國的任務，一個微弱女子，勝過滿朝文武百官男子之眾，一心報效國家，實為平息刀兵，不戰而屈人之兵的一代女間諜及和平大使，柔性和親終於勝過無能踟躕的君臣，作者成功地塑造出昭君傳統和反傳統的衝突形象。

六、劇本中情節瑕疵之處

在第一折中元帝既見昭君圖，雷霆大發，欲問斬毛延壽，而第三折中又述及毛延壽將昭君美人圖軸獻與單于王，著單于王按圖索要，進行挑撥以求自保，不知其圖從何而來，抑或另行憑記憶重繪，否則匆忙逃走之際又怎能索圖或優閒地重製呢？此為劇本中情節較啟人疑竇之處。

七、曲詞華美、情意真切

（一）頂真法

如第二折【梅花酒】、【收江南】曲牌。第四折【醉春風】曲牌。

梅花酒

呀！俺向著這迴野悲涼，草已添黃，兔早迎霜。犬褪得毛蒼，人搠起纓槍，馬負著行裝，車運著餱糧，打獵起圍場。他、他、他，傷心辭漢主；我、我、我，攜手上河梁。他部從入窮荒，我鑾輿返咸陽。返咸陽，過宮牆；過宮牆，繞回廊。繞回廊，近椒房；近椒房，月昏黃。月昏黃，夜生涼；夜生涼，泣寒螿。泣寒螿，綠紗窗；綠紗窗，不思量！

夜月昏黃、視覺、聽覺、嗅覺、觸覺等感官，藉寒螿展示元帝飆淚的情狀，以反向逆勢操作，愈說不思量，愈表現一個皇帝淚的意義。自我中心、宮廷戀情、歌舞貪歡的墮落、罔顧人民的福祉，交織成偽君子與真聖人的強烈對比。

收江南

呀！不思量，除是鐵心腸；鐵心腸也愁淚滴千行。美人圖今夜掛昭陽，我那裡供養，便是我高燒銀燭照紅妝。

以軟硬程度，凸顯人心肉做的脆弱，不敵生離之苦，以至於愁淚千行！

醉春風

燒盡御爐香，再添黃串餅。想娘娘似竹林寺，不見半分形；則留下這個影，影。

未死之時，在生之日，我可也一般恭敬。

以形影之牽動，帶出元帝身居崇高的地位，卻生死皆以卑微的心保存昭君畫像，映襯心中無限的悔恨！

（二）疊詞使用

如第二折【二煞】、第四折【中呂粉蝶兒】、第四折【滿庭芳】、【堯民歌】

二煞

雖然似昭君般成敗都皆有，誰似這做天子的官差不自由！情知他怎收那膘滿的紫騂騮。往常時翠轎香兜，兀自卷朱簾揭繡，上下處要成就。誰承望月自空明水自流，恨思悠悠。

思也悠悠，恨也悠悠，鏡花水月皆是空，藉昭君的犧牲，呈現天子亦有的無能為力。

中呂粉蝶兒

寶殿涼生，夜迢迢六宮人靜。對銀臺一點寒燈，枕席間，臨寢處，越顯的吾身薄倖。萬里龍廷，知他宿誰家一靈真性。

滿庭芳

又不是心中愛聽，大古似林風瑟瑟，岩溜冷冷。我只見山長水遠天如鏡，又生怕誤了你途程。見被你冷落了瀟湘暮景，更打動我邊塞離情。還說甚雁過留聲，那堪更瑤階夜永，嫌殺月兒明！

堯民歌

呀呀的飛過蓼花汀，孤雁兒不離了鳳凰城。畫檐間鐵馬響丁丁，寶殿中御榻冷清清，寒也波更，蕭蕭落葉聲，燭暗長門靜。

（三）重複強調使用

如第三折【梅花酒】

梅花酒

呀！俺向著這迴野悲涼，草已添黃，兔早迎霜。犬褪得毛蒼，人搠起纓槍，馬負著行裝，車運著餱糧，打獵起圍場。他、他、他，傷心辭漢主；我、我、我，攜手上河梁。他部從入窮荒，我鑾輿返咸陽。返咸陽，過宮牆；過宮牆，繞回廊。

繞回廊，近椒房；近椒房，月昏黃。月昏黃，夜生涼；夜生涼，泣寒螿。泣寒螿，綠紗窗；綠紗窗，不思量！

以她、我再四呈現，作者強調句中二主人翁的重要性，元帝只在乎其個人崇高的地位及妃子的私情，在他重視個人本位主義之下，又置百姓蒼生於何處？

（四）生動描寫離別之情

如第三折【梅花酒】、【七弟兄】、【收江南】、【鴛鴦煞】、【得勝令】、第二折【黃鐘尾】、【烏夜啼】、【哭皇天】、第四折【隨煞】、【蔓青菜】、【么篇】

梅花酒

呀！俺向著這迴野悲涼，草已添黃，兔早迎霜。犬褪得毛蒼，人搠起纓槍，馬負著行裝，車運著餱糧，打獵起圍場。他、他、他，傷心辭漢主；我、我、我，攜手上河梁。他部從入窮荒，我鑾輿返咸陽。返咸陽，過宮牆；過宮牆，繞回廊。

繞回廊，近椒房；近椒房，月昏黃。月昏黃，夜生涼；夜生涼，泣寒螿。泣寒螿，綠紗窗；綠紗窗，不思量！

荒郊草黃、初秋霜降、馬駝糧草、地點宮廷、建築物宮牆、迴廊、椒房、鑾輿返宮、為有形場景。椒房離情、乃無形精神沉淪。以有形的景物觸動和無形的情感糾葛，編織出生動的依依離情。

七弟兄

說甚麼大王、不當、戀王嬙，兀良，怎禁他臨去也回頭望。那堪這散風雪旌節影悠揚，動關山鼓角聲悲壯。

駕鴦煞

我只索大臣行說一個推辭謊，又則怕筆尖兒那火編修講。不見他花朵兒精神，怎趁那草地裡風光？唱道佇立多時，徘徊半晌，猛聽的塞雁南翔，呀呀的聲嘹亮，卻原來滿目牛羊，是兀那載離恨的氈車半坡裡響。

得勝令

他去也不沙架海紫金梁，枉養著那邊庭上鐵衣郎。您也要左右人扶侍，俺可甚糟糠妻下堂！你但提起刀槍，卻早小鹿兒心頭撞。今日央及煞娘娘，怎做的男兒當自強！

黃鐘尾

怕娘娘覺饑時吃一塊淡淡鹽燒肉，害渴時喝一杓兒酪和粥。我索折一枝斷腸柳，餞一杯送路酒。眼見得趕程途，趁宿頭；痛傷心，重回首，則怕他望不見鳳閣龍樓，今夜且則向灞陵橋畔宿。

哭皇天

你有甚事疾忙奏，俺無那鼎鑊邊滾熱油。我道您文臣安社稷，武將定戈矛。您只會文武班頭，山呼萬歲，舞蹈揚塵，道那聲誠惶頓首。如今陽關路上，昭君出塞；當日未央宮裡，女主垂旒。文武每，我不信你敢差排呂太后。枉以後，龍爭虎鬥，都是俺鸞交鳳友。

烏夜啼

今日嫁單于，宰相休生受。早則俺漢明妃有國難投，它那裡黃雲不出青山岫。投至兩處凝眸，盼得一雁橫秋。單注著寡人今歲攬閒愁。王嬙這運添憔瘦，翠羽冠，香羅綬，都做了錦蒙頭暖帽，珠絡縫貂裘。

隨煞

一聲兒繞漢宮，一聲兒寄渭城，暗添人白髮呈衰病，直恁的吾當可也勸不省。

蔓青菜

白日裡無承應，教寡人不曾一覺到天明，做的個團圓夢境。卻原來雁叫長門兩三聲，怎知道更有個人孤零！

么篇

傷感似替昭君思漢主，哀怨似作薤露哭田橫；悽愴似和半夜楚歌聲，悲切似唱三疊陽關令。

（五）比喻法

如第三折【駐馬廳】、【雁兒落】、【殿前歡】、【落梅風】、【步步嬌】、第二折【三煞】、【賀新郎】、【鬥蝦蟆】、【梁洲第七】、第一折【醉中天】、【金盞兒】、【醉扶歸】

駐馬廳

宰相每商量，大國使還朝多賜賞。早是俺夫妻悒怏，小家兒出外也搖裝。尚兀自渭城衰柳助淒涼，共那灞橋流水添惆悵。偏您不斷腸，想娘娘那一天愁都撮在琵琶上。

渭城曲、陽關三疊、折柳送別的淒清、灞陵生離的惆悵。以琵琶喻昭君之愁苦斷腸象徵。

雁兒落

我做了別虞姬楚霸王，全不見守玉關征西將。那裡取保親的李左車，送女客的蕭丞相？

以別虞姬的楚霸王自比，表現四面楚歌下的危機悲情。

殿前歡

則甚麼留下舞衣裳，被西風吹散舊時香。我委實怕宮車再過青苔巷，猛到椒房，那一會想菱花鏡裡妝，風流相，兜的又橫心上。看今日昭君出塞，幾時似蘇武還鄉？

將昭君出塞，比之蘇武十九年後的返鄉，後者雖苦，終究有重回家溫暖懷抱的一天，而可憐的昭君則是一去不復返的終極任務。

落梅風

可憐俺別離重，你好是歸去的忙。寡人心先到他李陵臺上，回頭兒卻才魂夢裡想，便休題貴人多忘。

步步嬌

您將那一曲陽關休輕放，俺咫尺如天樣，慢慢的捧玉觴。朕本意待尊前捱些時光，且休問劣了宮商，您則與我半句兒俄延著唱。

陽關一曲之離情，雖身在咫尺，精神上卻宛在天涯，以緩慢的步調有意多捱些時光，以表對分離時刻剎那的珍視。

三煞

我則恨那忘恩咬主賊禽獸，怎生不畫在凌煙閣上頭？紫臺行都是俺手裡的眾公侯，那椿兒不共卿謀，那件兒不依卿奏？爭忍教第一夜夢迤逗，從今後不見長安望北斗，生扭做織女牽牛！

以牛郎、織女、北斗星呈現宮廷情愛的虛無。

賀新郎

俺又不曾徹青霄高蓋起摘星樓；不說他伊尹扶湯，則說那武王伐紂。有一朝身到黃泉後，若和他留侯留侯廝遘，你可也羞那不羞？您臥重裀，食列鼎，乘肥馬，衣輕裘。您須見舞春風嫩柳宮腰瘦，怎下的教他環珮影搖青冢月，琵琶聲斷黑江秋！

以春風嫩柳，喻宮娥初來乍到時的青春貌美，姿儀容色，青冢、黑江、琵琶聲斷的劇情安排，皆為反諷的無情宣告！

鬥蝦蟆

當日個誰展英雄手，能梟項羽頭，把江山屬俺炎劉？全虧韓元帥九里山前戰鬥，十大功勞成就。恁也丹墀裡頭，往被金章紫綬；恁也朱門裡頭，都寵著歌衫舞袖。

恐怕邊關透露，狹及家人奔驟；似箭穿著雁口，沒個人敢咳嗽。吾當僝僽，他也、他也紅妝年幼，無人搭救。昭君共你每有甚麼殺父母冤仇？休、休，少不的滿朝中都做了毛延壽！我呵！空掌著文武三千隊，中原四百州；只待要割鴻溝。陡恁的千軍易得，一將難求！

梁洲第七

我雖是見宰相，似文王施禮；一頭地離明妃，早宋玉悲秋。怎禁他帶天香著莫定龍衣袖！他諸餘可愛，所事兒相投；消磨人幽悶，陪伴我閒游。偏宜向梨花月底登樓，芙蓉燭下藏闐。體態是二十年挑剔就的溫柔，婚緣是五百載該撥下的配偶，臉兒有一千般說不盡的風流。寡人乞求，他左右，他比那落伽山觀自在無楊柳，見一面得長壽。情繫人心早晚休，則除是雨歇雲收。

將昭君比之如觀自在菩薩之美善莊嚴，楊柳喻昭君之婀娜多姿，唱出與美女相伴的賞心悅目多長壽，雲雨情亦隱喻為女禍之源頭。

醉中天

將兩葉賽宮樣眉兒畫，把一個宜梳裹臉兒搽，額角香鈿貼翠花，一笑有傾城價。

若是越勾踐姑蘇臺上見她，那西施半籌也不納，更敢早十年敗國亡家。

將昭君喻之為西施，具傾國傾城之姿，二女皆為間諜任務，負有

保國安家的艱鉅使命。

金盞兒

我看你眉掃黛，鬢堆鴉，腰弄柳，臉舒霞，那昭陽到處難安
插，誰問你一犁兩壩做生涯。也是你君恩留枕簟，天教雨露潤
桑麻。既不沙，俺江山千萬里，直尋到茅舍兩三家。

將昭君之美貌、柳腰纖細、彩霞潤臉、黛眉鬢鴉，比喻妥貼，國
君恩情亦雨露均霑。

醉扶歸

我則問那待詔別無話，卻怎麼這顏色不加搽？點得這一寸秋波
玉有瑕。端的是卿眇目，他雙瞎？便宣的八百姻嬌比並他，也
未必強如俺娘娘帶破賺丹青畫。

秋波有瑕，暗喻昭君遇毛延壽此大貪官，因手繪仕女圖，貪汙行
賄，志得意滿，卻毀了青春美少女的一生。

（六）今昔對比法

如第三折【雙調新水令】、第二折【牧羊關】

雙調新水令

錦貂裘生改盡漢宮妝，我則索看昭君畫圖模樣。舊恩金勒短，
新恨玉鞭長。本是對金殿鴛鴦，分飛翼，怎承望！

漢宮妝裡舊恩纏，昭君圖中新恨長。本是對金殿鴛鴦，無奈今勞
燕分飛，今昔對比，怎一苦字了得！

牧羊關

興廢從來有，干戈不肯休。可不食君祿，命懸君口。太平時、
賣你宰相功勞；有事處、把俺佳人遞流。你們乾請了皇家俸，
著甚的分破帝王憂？那壁廂鎖樹的怕彎著手，這壁廂攀欄的怕

撒破了頭。

今昔對比太平時、有事處，凸顯宰相人臣、文武百官的無能，乾領皇家俸祿，卻無人替皇室分勞解憂，都是些畏刀避劍的鼠輩！

（七）數字對句

如第二折【鬥蝦蟆】、【梁洲第七】

鬥蝦蟆

當日個誰展英雄手，能梟項羽頭，把江山屬俺炎劉？全虧韓元帥九里山前戰鬥，十大功勞成就。怎也丹墀裡頭，往被金章紫綬；怎也朱門裡頭，都寵著歌衫舞袖。
恐怕邊關透露，狹及家人奔驟；似箭穿著雁口，沒個人敢咳嗽。吾當僝僽，他也、他也紅妝年幼，無人搭救。昭君共你每有甚麼殺父母冤仇？休、休，少不的滿朝中都做了毛延壽！我呵！空掌著文武三千隊，中原四百州；只待要割鴻溝。陡恁的千軍易得，一將難求！

以九里山、十大功、文武三千隊、中原四百州、千軍易得，皆在呼應最後的一將難求！這是數字懸殊形成對比的最佳使用法。

梁洲第七

我雖是見宰相，似文王施禮；一頭地離明妃，早宋玉悲秋。怎禁他帶天香著莫定龍衣袖！他諸餘可愛，所事兒相投；消磨人幽悶，陪伴我閒游。偏宜向梨花月底登樓，芙蓉燭下藏鬮。體態是二十年挑剔就的溫柔，婚緣是五百載該撥下的配偶，臉兒有一千般說不盡的風流。寡人乞求，他左右，他比那落伽山觀自在無楊柳，見一面得長壽。情繫人心早晚休，則除是雨歇雲收。

（八）典故使用

如第二折【賀新郎】、【隔尾】、第一折【賺煞】、第四折【叫聲】

賀新郎

俺又不曾徹青霄高蓋起摘星樓；不說他伊尹扶湯，則說那武王
伐紂。有一朝身到黃泉後，若和他留侯留侯廝遘，你可也羞那
不羞？您臥重裀，食列鼎，乘肥馬，衣輕裘。您須見舞春風嫩
柳宮腰瘦，怎下的教他環珮影搖青冢月，琵琶聲斷黑江秋！

　　商湯、武王皆因有賢臣輔佐而功業彪炳，言下之意，應近賢臣、遠
小人都還來不及，怎可逆勢操作，反而怠惰朝綱，運用典故予以更大的
諷刺。

隔尾

恁的般長門前抱怨的宮娥舊，怎知我西宮下偏心兒夢境熟。愛
他晚妝罷，描不成，畫不就，尚對菱花自羞。我來到這妝臺背
後，原來廣寒殿嫦娥，在這月明裡有。

　　長門怨的宮娥情，西宮下的妃子情，嫦娥奔月的情愫，皆在用典
說明宮廷情愛的短暫與不實。

賺煞

且盡此宵情，休問明朝話。到明日，多管是醉臥在昭陽御榻。
休煩惱，吾當且是耍鬥，卿來便當真假。恰才家輦路兒熟滑，
怎下的真個長門再不踏？明夜裡西宮閣下，你是必悄聲兒接駕；
我則怕六宮人攀例撥琵琶。

叫聲

高唐夢，苦難成。那裡也愛卿、愛卿，卻怎生無些靈聖？偏不
許楚襄王枕上雨雲情。

　　高唐夢、楚襄王雨雲情，亦皆用典描寫皇帝妃子的短暫情愛，雖
美卻更加叫人難以捉模。

（九）有無對句

如第一折【混江龍】、第二折【南呂一枝花】

混江龍

料必他珠簾不掛，望昭陽一步一天涯。疑了些無風竹影，恨了些有月窗紗。

他每見弦管聲中巡玉輦，恰便似斗牛星畔盼浮槎。是誰人偷彈一曲，寫出嗟呀？

莫便要忙傳聖旨，報與他家。我則怕乍蒙恩把不定心兒怕，驚起宮槐宿鳥，庭澍棲鴉。

　　以有無相對之曲詞句型，烘托室女入宮所承受的心靈禁錮，為了得到皇帝的寵幸，望穿秋水，只恨那珠簾的遮蔽視線，與皇帝的寢宮昭陽殿相距近在有形的咫尺，而精神上卻是天涯之遙。由作者的文字推敲，這些宮女們對於無風竹影、有月窗紗，疑神疑鬼的行徑，已是現代所稱的躁鬱症和憂鬱症的前兆了。

南呂一枝花

四時雨露勻，萬里江山秀。忠臣皆有用，高枕已無憂。守著那皓齒星眸，爭忍的虛白晝。近新來染得些症候，一半兒為國憂民，一半兒愁花病酒。

　　以有用、無憂相對之曲詞，和首二句四時雨露勻、萬里江山秀，數字相對之大自然景色作呼應，掌權者擁有天時、地利，卻無法處理人和的問題，將無憂的假象，對應在忠臣皆有用、帝王憂國憂民的反諷上，順理成章帶出愁花病酒的合理性。

肆、《梧桐雨》雜劇的內容

一、宮廷情愛

　　唐玄宗曾以臨淄郡王之尊，發動靖難之變，迫其兄長寧王禪位，繼位二十餘年幸有賢相姚元之、宋璟、韓休、張九齡同心輔政，玄宗得以安逸治國。在武惠妃死後，六宮嬪妃雖多，卻無衷情者。偶然見十六子壽王妃，有嫦娥之貌，驚為天人，欲據為己有，命其為女道士居太真院，日後策為貴妃。本為翁媳關係，竟驟轉為夫妻情愛，楊妃入宮後朝歌暮宴，運用宮中資源，進行個人無度的情慾揮霍，梨園弟子為奏雅樂，太監優人服侍在側，從此君王沉溺於溫柔鄉中，再也不知上朝為何物。

　　天寶四年，玄宗冊封貴妃，半后服用，貴妃堂兄陽國忠加封為丞相，外戚勢力因此進入宮廷，貴妃姊妹三人封做夫人，楊氏一門倍極尊榮。楊貴妃受皇帝專寵，不思感恩，仍有紅杏出牆之念，與義子安祿山暗藏不倫，作者鋪陳其身處至高點，飽暖思淫欲，一步步親手將自己幸福，推向萬丈深淵而不自知。而安祿山以一胡人叛將，罪臣之身，竟亦躋身後宮，露出重涎美色的狼爪之心，更是在在表現了人性的醜態。

二、倫理親情

　　唐玄宗與楊貴妃本為翁媳關係，竟因皇帝的貪戀美色而背離了倫常，硬是以人力假象改造事實，將貴妃據為己有，枉顧父子的親情倫理，強佔子媳情何以堪。在貴妃一方，本為壽王妃，原可本分相夫教子，安享餘年，卻唾棄烈女不事二夫之古訓。對於皇帝授予的顯耀名分，充滿了懷想，盲目於拋夫別子的下場，卻仍擺脫不了紅顏禍水，亡國滅族的噩運。享受一家尊榮地位的短暫時光，卻遭受了亙古歷史的源源不絕批判。

　　楊貴妃與唐玄宗在長生殿慶賞七夕，歡度乞巧，設瓜果之會，玄宗贈貴妃金釵一對、鈿盒一枚以為定情之物。在秋光可人，月下花前

時，楊貴妃舞霓裳羽衣曲於御園中沉香亭，沉醉在兩人間的癡迷愛
戀，是權力與慾望的結合，抑或是短暫激情的釋放，在宮廷中的花花
世界，人性的情感歸宿，實呈現著霧裡看花的迷茫，這種撲朔迷離的
景象，正如旁觀者看此男女主角一般，混雜著分不開的倫理親情，亦
纏繞著令人缺乏安全感的愛情誓言。

三、歷史上的政治倫理

　　白仁甫塑造宰相張九齡角色，為一具有先見之明的形象。身居丞
相之職，實亦非浪得虛名，見被邊帥張守珪解送之失機蕃將安祿山，
身軀肥矮，語言便巧，懷有異相，知其日後必亂天下。承奏天子依律
當斬。而安祿山見玄宗時，自薦能左右開弓，十八般武藝無所不能，
更通六蕃言語。尤表明腹中唯有赤心對朝廷。因此打動了玄宗，赦免
極刑並留做白衣將領。安祿山當皇帝的面跳胡旋舞，以矮矬身段舞旋
為皇帝解悶，更得貴妃之信賴，暢行後宮榮登義子之銜。皇帝貴妃皆
為之迷惑，張九齡無力勸阻，知其日久必亂唐室衣冠，轉而示意國舅
楊國忠，務必屏除為妙。

　　貴妃珍愛義子安祿山，辦洗兒會，取百兩黃金賜為賀禮，更請皇
帝下詔封安祿山為平章政事，以便於出入宮掖。幸張九齡、楊國忠勸
阻，以狼子野心之胡人並無功勳，實不宜妄加升陞擢，以免撓亂國家
典制。玄宗於是權任安祿山為漁陽節度使，統領蕃漢兵馬，鎮守邊庭
願其早立軍功，然也因此埋下了安祿山的恨意，悄悄厲兵秣馬等待反
擊。在楔子中安排楊國忠的勸阻皇上，對安祿山的封官，使得安祿山
懷恨在心，而暗生與楊國忠較勁之心，於是在漁陽操練甲士，以待時
機到來，一逞胡人爭強鬥狠之虎狼本性。

　　玄宗因個人喜好，不察政治倫理的重要性，君臣之間失了分際，
使具奸巧之心的胡人安祿山，深入宮闈之中，以至於攪亂宮廷倫理，
引發複雜的覬覦之心，而終至一發不可收拾。

四、外交的險惡

　　在第二折中安祿山不顧玄宗、貴妃對其寬容施恩，所得倍極榮

寵，仍滿足不了胡人的嗜血性格，即使與貴妃親如母子關係，仍狠心發動戰爭，以達其權力慾望無限伸展的意圖。玄宗處於承平之日久，毫無招架能力，安祿山勢如破竹，看準了唐氏之不堪一擊，乃趁人之危，一舉衝破潼關，進犯長安城。安祿山麾下，蕃漢兵馬四十餘萬精兵，皆以一當百，唐朝無可用之兵，自是處於兵敗如山倒的劣勢。

外交之處境，常是無情無義的。國勢衰弱實力不足，自是遭受強凌弱的慘狀。玄宗之用人不當，無識人之明，在眾臣勸阻聲浪中，執意重用安祿山，深信胡人不過是蠻夷之邦，不足懼矣！誰知過於輕敵，驕態一出，敗亡不遠矣！第三折中處置郭子儀、李光弼為元帥，由太子扈統兵殺賊，實已無濟於事，無力回天，只有挾著皇帝之尊，敗逃幸蜀，以求苟安的窘態畢露，殊不知更險惡的代價，在軍士們的怒吼聲中開啟了序幕。

五、人性的貪婪

貴妃娘娘好啖鮮荔枝，下屬臣子奉旨特來進鮮，而所進貢之荔枝，必須及時送達，以求得貴妃歡心，否則怪罪下來，使臣差役皆不免死罪。唐明皇為博楊貴妃紅顏一笑，不惜勞師動眾，千里送荔枝。貴妃之恃寵而驕、草菅人命，已被文學家、詩人化做筆下的諷刺素材，人們在敢怒不敢言的情況之下，只能怨聲載道，終於埋下了日後，大軍不發無奈何的困境，只為索要貴妃命，以平息因女禍而招致之刀兵四起。騷人墨客以宮廷情事為寫作題材之文學作品，在敘事抒情上文情並茂，躍然文壇之上，給予後人無限追憶和垂思！

安祿山性猾黠，善奉承人意，以其壯碩之滑稽身形，又能胡旋舞，博得玄宗、貴妃歡心，於是能由一叛將而得以免處極刑。唐朝皇室給予的恩澤不思回報，反恩將仇報，進犯中原圖謀權勢，充分表現出人性無止境的貪婪面。

六、政治的壓力

玄宗在疏於朝政日久之後，終於釀成巨災，導致安史之亂，叛軍直搗黃龍，逼使玄宗避難四川，形勢比人強，玄宗在兵荒馬亂之下，

收拾六宮嬪御，諸王百官，幸蜀逃難去。太子亶領軍鎮守長安，然而
眾軍言國有姦邪，才招致皇室乘輿播遷，不清君側不能歛戢眾志；大
軍為首陳玄禮，言楊國忠專權誤國，又與吐蕃使者交通，似有反情，
請誅之以謝天下。眾軍怒吼，玄宗已無法掌控局面，只能卑微地向陳
玄禮為楊國忠求情，眾軍士終究誅殺楊國忠以平息眾怒。丞相伏法，
眾兵仍怒吼，願皇帝割愛將貴妃正法，若將士不安，則君王亦永無寧
日。玄宗由人之常情言，自是不思割捨，卻又無能挽救貴妃，眾人皆
將亂國之禍，歸於楊氏兄妹，若不正法，人禍便永難消除，玄宗迫於
政治的壓力，現實的無情，只好命高力士引貴妃佛堂以白練自盡，然
後教軍士驗看，陳玄禮率眾，馬踏其屍，以洩烽火戰亂興兵之恨。

伍、《梧桐雨》雜劇的寫作特色

一、文字洗鍊，角色佈局精妙

在《梧桐雨》雜劇的佈局上，首先由藩鎮名臣幽州節度使張守珪
出場，欲將因征討契丹失利喪師之蕃將安祿山，處以極刑之緊張場景
呈現。鋪陳安祿山犯下軍機重罪，而仍義正詞嚴不肯伏法就範；巧妙
地運用自敘方式，凸顯個人的驍勇善戰，將招致敗績之過，推諉成因
為將士膽怯，創造一個口齒便佞、奸巧的胡兒形象。唐玄宗在楔子中
的表現，顯現對胡人的輕蔑態度，以為胡兒肥胖，胡腹中何所有，不
足為懼。特赦蕃將，留其活口，只為在宮中憑添些許娛樂，以皇帝在
位時驕氣凌人的口吻，將自得其樂、渾然不知大禍將至的不智形象，
描繪得淋漓逼真。這是作者白仁甫以洗鍊的文字，在楔子中將角色佈
局做的精妙安排與陳述。

唐玄宗與楊貴妃的結緣，在第一折便以七夕、乞巧節、瓜果會穿
插，輔以金釵、玉鈿的贈禮，烘托兩情繾綣的撲朔迷離，將歡愉、甜
蜜籠罩整個場域。第二折逆轉為樂極生悲，煙塵四起的高潮情節。第
三折凸顯錯用佞臣的悔恨，賜死貴妃的無奈與愧疚。第四折呈現玄宗
遷都的落寞、無奈、自傷，深陷被貼上無能皇帝標籤的風暴中，只能
悻悻然，心痛、神傷、凝望貴妃圖，夜夜悔恨。劇情走勢由楔子的政
治佈局，第一折情感鋪陳，第二折由樂轉悲，第三折由悲轉悔，第四

折則由悔轉痛。由於錯失問斬罪臣之先機，導致沉迷於自負的強勢假象中，前後鮮明對比將整齣戲的氣氛由歡樂、喜氣、緊張、刺激到殺戮、嗜血的場景，實為高潮迭起，使人讀之興味濃郁而印象深刻。

二、曲詞整齊，對句華美

（一）地名相對

　　「痛飲昭陽，爛醉華清。」第一折【仙呂八聲甘州】

　　皇帝與傾國傾城妃子的情愛，在昭陽殿飲酒作樂中滋長，又在華清宮親暱的溫泉浴之下沉醉，倦怠朝綱，卻寄情於百媚千嬌的溫柔鄉。痛飲和爛醉相對，昭陽殿和華清宮地名相對，塑造成奢侈與墮落的代名詞。

　　「不想你馬嵬坡下今朝化，沒指望長生殿裡當時話。」第三折【三煞】

　　馬嵬坡下、長生殿裡，兩地名相對，語帶意外地道出主人翁的心態，從不以華靡的驕奢為意，生在非現實的情境之下，醉生夢死，由長生殿裡的歡情誓言，到馬嵬坡下的干犯眾怒，將生死一瞬間，以地名做了最快速的詮釋。

（二）數字相對

　　「珊瑚枕上兩意足，翡翠簾前百媚生。」第一折【仙呂八聲甘州】

　　以珊瑚枕上的兩情繾綣、春風如意，翡翠簾前的歡情笑語、百媚姿態。以數字兩意足、百媚生之對句，凸顯縱使在享盡千般富貴、萬種榮華的同時，卻不自知隱藏了樂極生悲劫數的無知。

　　「七寶金釵盟厚意，百花鈿盒表深情。」第一折【金盞兒】

　　在新秋節令楊妃受玄宗之賜，以七寶金釵高聳頂上、百花鈿盒手中嬌捧，宣示深情厚意。金釵、鈿盒成了明喻的定情物，七寶與百花的數字相對，更成了多情的代稱。

　　「五更長歎息，則是一夜短恩情。」第一折【金盞兒】

　　枕邊忽聽雞報曉的鳴叫，一早便迎接著離愁與別淚，以五更的敲

擊聲如歎息聲般令人驚心，帶出一夜恩情的短暫。以數字對句，將熱戀中情侶的焦急、對時光的敏感表露無遺。

「依舊的兩般兒點綴上陽宮，他管一露兒瀟灑長安道。」第四折【么】

貴妃伏法後的玄宗，以一幅真容圖像緬懷所愛，見芙蓉似的媚臉，憶楊柳般的纖腰，依舊在上陽宮內妝點著，由數字相對，將皇帝自我麻醉、一徑地瀟灑於長安城中的行為，作出深刻的描繪。

「一會家心焦懆，四壁廂秋蟲鬧。」第四折【伴讀書】

藉四處秋蟲喧鬧的唧唧，引爆一度簾捲西風的躁鬱、遙觀烏雲罩頂的陰霾。主人翁的披衣、靠屏動作，皆成了煩悶、難眠的象徵。

（三）疊詞相對

「悄悄蹙蹙款把紗窗映，撲撲簌簌風颭珠簾影。」第一折【油葫蘆】

以四套疊詞，重複強調貴妃接駕的興奮、慌忙、忐忑、嬌嗔，喝斥宮娥慢行，一切要親力親為上瑤階、步前檻、倩影風珠簾、姿容映紗窗，務求將最好的一面，展現在皇帝尊駕前。

「行的一步步嬌，生的一件件撐，一聲聲似柳外鶯。」第一折【天下樂】

以聲似柳鶯、行步嬌，換羽裳三套疊詞，強調見駕的呼聲、迎駕的驚恐、娉婷的姿儀天成，非筆墨得以描摹。

「這金釵兒教你高聳聳頭上頂，這鈿盒把你另巍巍手中擎」第一折【金盞兒】

金釵高聳頭上頂、鈿盒巍巍手中擎。聳聳、巍巍兩套疊詞，將貴妃受恩寵、受尊榮的高度再次強調。

「卻早離愁情脈脈。別淚雨泠泠。」第一折【金盞兒】

愁情脈脈、別淚泠泠，重複強調離情依依，淚如雨下一般。

「咱日日醉霞觥。夜夜宿銀屏。」第一折【金盞兒】

日日貪觥，夜夜宿醉，強調沉迷酒色的歡愉，亦道出窮途末路的未來。

「香噴噴味正甘。嬌滴滴色初綻。」第二折【迎仙客】

以香噴噴甘味、嬌滴滴容色，強調對鮮荔枝人間美味的貪啖，至於驛使的困乏、百姓的憤怒則全然不以為意。

「他是朵嬌滴滴海棠花，怎做得鬧荒荒亡國禍根芽。再不將曲彎彎遠山眉兒畫，亂鬆鬆雲鬢堆鴉。怎下的磣磕磕馬蹄兒臉上踏。則將細裊裊咽喉捂，早把條長攙攙素白練安排下。他那裡一身受死，我痛煞煞獨力難加。」第三折【殿前歡】

以海棠花的嬌媚滴滴，強調寵妃的嬌貴。以遠山般的畫眉彎彎、亂鬆鬆的雲鬢堆鴉，強調是鬧得沸沸揚揚的亡國禍根。富貴專寵卻敵不過大軍的怒吼，終至長攙攙白練下、馬蹄兒臉上踏，悲慘的了結殘生。

「潤濛濛楊柳雨，淒淒院宇侵簾幕。細絲絲梅子雨，粧點江干滿樓閣。」第四折【三煞】

濛濛、淒淒、絲絲蕭條的楊柳雨、細梅雨、杏花雨、梨花雨、荷花雨、豆花雨，強調處決妃子後，玄宗的驚魂破夢、助恨添愁、徹夜失眠。

「口床口床似噴泉瑞獸臨雙沼，刷刷似食葉春蠶散滿箔。」第四折【二煞】

縱有如噴泉瑞獸的貴器，卻無法彌補精神上的空虛寂寥，只剩下更殘漏斷、枕冷衾寒，燭滅香消的苦痛。

（四）禽鳥入句相對

「他此夕把雲路鳳車乘，銀漢鵲橋平。」第一折【金盞兒】

以鳳與鵲烘托喜氣的象徵，在此喻為帝王的尊貴和牛郎織女的濃情並稱。

「靠著這招綵鳳，舞青鸞。」第一折【醉中天】

以鳳與鸞禽鳥入句，比之貴妃的舞姿輕盈曼妙。

（五）人物相對

「我為君王猶妄想，你做皇后尚嫌輕。」第一折【金盞兒】

唐玄宗對楊貴妃發出深情的慨歎：「姜想牛郎織女，年年相見，天長地久，只是如此，世人怎得似他情長也。」

「我把你半斟的肩兒凭，他把簡百媚臉兒擎。」第一折【醉中天】

「那些個齊管仲鄭子產，敢待做假忠孝龍逢比干。」第二折【別銀燈】

皇帝承平日久，人不知兵，筵舞笙歌。邊關飛報，安祿山造反，大勢軍馬冒天顏殺將而來。以滿朝假忠孝龍逢、比干，帶出心中對齊管仲、鄭子產般的賢相的期待。

「須不似周襃姒舉火取笑，紂妲己敲脛覷人。」第三折【攬箏琶】

陳玄禮率眾討賊，玄宗不忍妃子受刑罰，為愛妾說項，言其不似周襃姒、紂妲己誤國，縱便有萬千不是，也看天顏面饒過他。

（六）有無相對

「寡人有心待蓋一座楊妃廟。爭奈無權柄謝位辭朝。」第四折【呆骨朵】

君王有心為楊妃蓋廟，無奈已迫辭權柄謝位。限辰難熬，帝妃充滿離恨。生時不能同衾枕，死後也望同棺槨。以有、無相對句中，一切的功過皆隨馬嵬坡塵土，化為烏有了。

（七）植物相對

「見芙蓉懷媚臉，遇楊柳憶纖腰。」第四折【么】

芙蓉表富貴、楊柳喻情思，巧妙運用植物於對句之中。

「見楊柳裊翠藍絲，芙蓉拆胭脂葶。」第四折【白鶴子】

楊柳顯姿儀、芙蓉呈華容，巧妙運用植物於對句之中。

「杏花雨紅濕闌干，梨花雨玉容寂寞。荷花雨翠蓋翩翩，豆花雨綠葉蕭條。都不似你驚魂破夢，助恨添愁，徹夜連宵。莫不是水仙弄嬌，蘸楊柳灑風飄？」第四折【三煞】

以杏花、梨花、荷花表美女的柔媚，豆花喻美女的粉嫩肌膚。

（八）詞意相反對句

「在生時同衾枕不能勾，死後也同棺槨誰承望。」第四折【呆骨朵】

以生死對應極端表現用情之赤誠。

三、用字細膩，情意真切

（一）含蓄之情色描摹

「鬆開了龍袍羅扣。偏斜了鳳帶紅鞓。」第一折【混江龍】

描寫酒氣初醒，晚來乘興，鬆開龍袍，偏斜鳳帶，含蓄呈現男女激情。

（二）引用唐詩置入曲詞

「瑤階月色晃疏櫺，銀燭秋光冷畫屏。消遣此時此夜景，和月步閒庭，苔浸的淩波羅襪冷。」第一折【憶王孫】

置入唐詩杜牧《秋夕》「銀燭秋光冷畫屏」整句，餘四句亦語意相近。

（三）感官敏銳的觸動呈現

「露下天高夜氣清，風掠得羽衣輕，香惹丁東環佩聲。碧天澄淨，銀河光瑩，只疑是身在玉蓬瀛。」第一折【勝葫蘆】

夜氣清凸顯嗅覺的敏銳，羽衣輕凸顯觸覺的敏銳，環佩聲凸顯聽覺的敏銳，銀河光瑩凸顯視覺的敏銳，身在玉蓬瀛凸顯幻覺的敏銳。

（四）用典入句相對

「暗想那織女分，牛郎命。」第一折【醉扶歸】

以織女、牛郎情緣入句，喻情意將永存，縱使如銀河阻隔，經年度歲，孤伶與相思皆為另類的甜蜜。

（五）方位入句相對

「上列著星宿名，下臨著塵世生。把天上姻緣重，將人間恩愛輕。」第一折【後庭花】

方位入句相對，上列星宿名，下臨塵世生。天上姻緣重，人間恩愛輕。以上下極端之方位對稱，表帝后身分的高貴，天心必應其情緣真摯。

陸、《漢宮秋》與《梧桐雨》雜劇的比較

一、皇帝皆因美色誤國，從此君王不早朝

唐玄宗和漢元帝同為一國之君，皆因逃離不了美色誘惑，荒廢朝政使得國事日衰，君王自恃江山為己所有，恣意逞慾，視百姓為無物，六宮佳麗無數，仍需索無度，致使漢有外侮匈奴，唐有內賊安祿山，均曾發動浩大戰役，只是漢室因和親而得息刀兵，唐朝則是定調為女禍，為皇帝脫罪，愛恨之間皆由國君定奪，全國受一人牽連而烽火四起。

二、兩劇女主角自盡的結局

《漢宮秋》和《梧桐雨》兩劇的結局，皆為女主角自盡而亡，王昭君在馬致遠的筆下，是一位貞烈女子，盡忠君王報效國家，不遺餘力，縱使遠別家鄉，親赴大漠，只要得以平息戰役，寧願請行，以免生靈塗炭；而在蕃漢交界處時，竟縱身一躍，了結殘生。此投黑龍江自盡的作法，又是作者再度彰顯王昭君的節義操守，反諷漢元帝懦弱無能的表徵。漢元帝在昭君投江自盡後，在寢宮黯然神傷，不僅深受世人唾棄，更背負了千秋的罵名，此誤國行徑，正與唐玄宗無分軒輊。

《梧桐雨》之結局與史實相符，劇情內容旨在凸顯唐玄宗處於國難當頭時的軟弱，處死楊國忠、楊貴妃，而使自己全身而退。楊貴妃的一生起伏，皆因貪欲而起，她的自縊下場，在折磨下人、品嚐鮮荔枝的同時，又何曾想到過庶民的悲戚？白仁甫將史實描述，具有以正

視聽的用意，更喚醒世人的注意，給予昏君賢君公平的評價，讓賢妃和惡婦做自然的區隔。

三、夢境

　　《漢宮秋》第四折昭君投江後，在漢元帝夢境中與其相會。藉王昭君魂魄對漢元帝的影響，鋪陳雁叫聲帶出漢元帝的形單影隻。《梧桐雨》第四折在楊貴妃自縊後，至長生殿和唐玄宗相會，玄宗唱道：「忽見青衣走來報道，太真妃將寡人邀宴樂。」醒來大驚，原來只是夢一場，分明夢見妃子，卻又若有似無。

　　此二劇鋪陳夢境，皆為作者在主人翁極度悲傷狀態下，以戲劇效果針對主角人物及讀者，設計一種超現實精神療癒的穿插情節，以達成心靈撫慰的效果。

四、神傷

　　《漢宮秋》第三折，元帝唱送別昭君的離情難捨，有比喻的技法（如殿前歡曲牌），追憶起菱花鏡裡的紅妝、留下的舞衣裳，不禁又牽動出昭君出塞時的訣別之情，以蘇武還鄉比喻，強調思念的遙遙無期？有抒情的描述（如【雙調新水令】曲牌）有唱叫揚疾的激情呈現（如【得勝令】曲牌），皆唱出漢元帝對明妃的思念；而第四折在如夢似幻的恍忽幻境中，被孤雁驚擾團圓夢，只落得蕭蕭燭暗長門冷清，在秋夜中更顯孤寂空蕩。

　　《梧桐雨》第三折，白仁甫亦安排貴妃馬嵬坡自縊身亡，玄宗被迫處決了貴妃，心中苦自是不言可喻，第四折安排夢中與愛妃相見，換來的卻是無盡哀思，在秋夜雨聲纏綿之中，使得玄宗不禁老淚縱橫。兩劇的結局，皆為男主角不察個人私慾，自誤誤人，導致國家權益受損，民生凋蔽，不思自省，苟且偷安的寫照，歷史與文學的記載，給予最深切的批判和評價，實足為後人殷鑑。

柒、結論

　　自古君王生於安逸之中，天職賦予他享有國家所有的資源，在專制時代君命如天，臣子萬民當奉行不悖，義無反顧，做為一個不世出的君主，固然必須有自制力、責任感、愛國情操，更必須要有悲天憫人的胸懷，視民如己，民胞物與，輔以賢臣與有德者為良師益友，則國之幸甚，民之幸甚。反之，身繫民心，國之安危重責之人，若視民如草芥，貪歡享樂不知明日，視國之干城為寇仇，遠賢臣、親小人，則國勢必日衰，外侮必日興，終將使軍機要地淪陷，君臣為階下囚，而百姓為化外之民。

　　由《漢宮秋》和《梧桐雨》此二劇內容言，雖為史實改編之戲曲源頭，實則藉歷史事件，反應其帶給後人之省思，賓白文字洗鍊、用詞清新，讀來餘音繞樑，三日不絕。除其在文學上的造詣，令人讀後口齒留香外，滿佈元劇時代意識下的流暢文筆，更透露出文人雅士，意欲藉筆下主人翁，傳遞主政者對於身繫國家安危之重任，絕不可輕忽的強調意味。尤其《漢宮秋》改編歷史，將昭君塑造成投江自盡的貞節烈女形象，自行了斷糾結苦痛的思念之情。王昭君寧胡閼氏的身分，本為使胡人和大漢永享安寧，作者運用諷刺手法，對主政者做了最強烈的指控和批判，貴為皇帝愛妾，卻連生命都無法自保，這樣的皇帝是何等的墮落、無能、卑劣和懦弱啊！反諷手法在《漢宮秋》劇中在在呈現，使得全劇跳脫歷史的框架，而是情感的帶動，激起讀者憐恤弱勢、唾棄強權、憎恨武力、痛斥黑金的沸騰血脈，一路秒殺賓白，衝至第四折結束而後快，表現了劇情強烈的連貫張力。《梧桐雨》刻畫玄宗自武惠妃死後，雖後宮嬪妃眾多卻無當意者，竟在十六子壽王邸見楊妃，驚為另類嫦娥欲納為后妃，又恐佔媳醜聞曝光，則用粉飾守法，命為女道士，以供日後另立為貴妃，漂白身分之用。二人愛情世界朝歌暮宴，高力士負責傳旨排宴，梨園弟子為奏笙歌絲竹管樂，只為皇帝之娛而律動，從此展開一場轟轟烈烈的政變雲霄飛車秀。在直指出明皇不倫之舉情節後，大篇幅渲染其老來坐享榮華之沉淪，在年輕的貴妃身上，深刻描繪人性的見異思遷、久處安逸中的情慾泛濫、笑看帝妃間激情的石火電光、君臣間權利傾軋的人性拼鬥，

心機的謀略已成宮廷政變的前哨戰，而國勢由盛而衰的勾勒，也成了君王老邁之後的夙命。唐玄宗與漢元帝皆因國中太平無事的假象，盡情享樂，廣收宮女，後宮人眾，恍若隔世仙境，享樂無度。玄宗依靠賢相姚元之，宋璟、韓修、張九齡同心輔政，得以安逸度日，卻不思珍惜，竟殘酷地踐踏了忠臣的赤膽而廢弛朝政，終於引爆一發不可收拾的戰爭。

　　歸結此二歷史劇主人翁之作為，皆因老而不知自省，犯下了不可饒恕的怠忽朝政事實，亦同樣因女色而擾亂朝綱，只是玄宗在亂倫行為上更勝一籌，使得家庭倫理，亦受到嚴厲的挑戰，做了史上萬民最惡質的示範。身為皇帝，在三宮六苑數萬嬪妃的環伺之下，卻仍慾求不滿，覬覦子媳美色，此行為無疑已是目無綱常，毀國滅族終極罪惡的淵藪！最可悲的是國難平息的方法，竟同樣以處置妃子，作為脫身的跳板，而在人去樓空之後，只是顯露出孤獨、寂寥、無奈、痛苦的情緒表現，以為悲情即可抹滅個人罪孽，以為無能即可換來卑微苟活的餘年！在不同的時空之下，因同樣的自我蹧蹋、墮落的愛、混沌不清的孽緣糾葛，招致樂極生悲的輪迴，兩個時代的愛恨情仇，造成了多少個家庭的破碎，多少人的流離失所，而在劇本中的描寫，我們看到的是皇帝對愛妃無限的思念、悔恨和愧疚！相對的卻看不到君王對百姓、國家虧欠的自責和補償。這個缺漏，似乎兩位作者有意留白，卻更加凸顯君王的昏庸、草菅人命，無視於蒼生的前途，只在乎個人私慾的狹隘格局，雖身居九五之尊，統領億萬生靈之生殺大權，心中卻無悲憫之情，這是作者刻意不書而書之最要緊的言外玄機了。

參考書目

1. 《漢宮秋》，馬致遠著。
2. 《梧桐雨》，白仁甫著。
3. 《元曲選》，正中書局。
4. 《中國古典戲劇的認識與欣賞》，曾永義編著，正中書局。
5. 《戲曲小說叢考》，葉德均著，麒麟書店。
6. 《中華戲曲選》，台灣中華書局編輯部編，中華書局。
7. 《中國戲曲史》，孟瑤著，傳記文學出版社印行。
8. 《中國近世戲曲史》，青木正兒著，王吉盧譯，台灣商務印書館。
9. 《中國戲劇史綱》，鄧綏寧著。

10.《中國戲曲的創造與鑑賞》，鄭向恆著，文史哲出版社印行。

11.《中國戲劇發展史》，僶勉出版社印行。

12.《元曲六大家研究資料彙編》，僶勉出版社印行。

13.《古典文學長生殿》，洪昇著，文源書局有限公司總經銷。

14.《中國戲劇史》，鄧綏甯著，國立台灣藝術學院藝術書。

15.《宋元戲曲史》，王國維著，台灣商務印書館印行。

16.《元雜劇析論》，叢靜文著，台灣商務印書館印行。

17.《元曲六大家》，王忠林、應裕康著，東大圖書公司印行。

18.《元代雜劇藝術》，徐扶明著，中國戲曲論著叢刊。

19.《中國古典戲曲論著集成》，中國戲劇出版社。

20.《民間文學與元雜劇》，譚達先著，台灣學生書局印行。

21.《講唱文學‧元雜劇‧民間文學》，譚達先著，中國民間文學知識叢書之二。

22.《漢宮秋》，馬致遠，中州古籍出版社。

23.《中國古典戲劇選注》，曾永義，國家。

24.《元曲經典故事》，馬景賢，小魯文化。

25.《元曲悲劇探微》，張文澍，中華書局。

26.《漢代琅華照寒煙：漢賦與樂府詩》，聶小晴，野人。

27.《元雜劇愛情卷》，關漢卿等撰，華夏出版社。

28.《桃花扇》，孔尚任原著，復山等編寫，桂冠。

29.《元曲悲劇探微》，張文澍，中華書局。

30.《元人雜劇選》，顧學頡，選注，人民文學出版社。

元雜劇中之口語表達藝術與文字應用特色研究──以《竇娥冤》與《羅李郎》為例

壹、前言

　　《竇娥冤》與《羅李郎》之情節內容已在元雜劇功名求取類型－以《竇娥冤》與《羅李郎》為例一文中，詳加敘述。^{（註一）}《竇娥冤》與《羅李郎》之寫作特色亦已在《竇娥冤》與《羅李郎》之比較研究一文中，分別以比喻法、疊詞使用、典故使用、劇本架構、定場詩、人物角色對比寫作等六項，表列敘述並比較之。^{（註二）}本論文重點，在元雜劇之架構下，探討口語表達及文字應用之藝術特色，尤其著墨於方言、俗語之運用、對仗整齊之運用、賓白曲辭寫作特色、下場詩詞、劇本架構場景等項目，呈現其寫作特色與口語表達之精妙。元雜劇為中國戲曲之源頭，雖與現代有著時空上的差異性，然而其口語表達的精準度和圓熟，對於今日語文的運用和詮釋，實扮演著兼容並蓄的融合角色，要能在現代社會擁有強有力的語言表達能力者，有必要對元雜劇有一定程度的了解與研究，俾使古今合璧，將優美的文學精髓，藉經典閱讀和鑑賞的播種，得到開花結果的最佳成效。以下分別由方言俗語、對仗整齊、賓白曲辭寫作特色、下場詩詞、劇本架構場景等項目，詳述寫作與口語表達之精要。

貳、方言、俗語之運用

一、《竇娥冤》賓白曲詞中方言、俗語、同音字、語末助詞之運用

（一）氣殺也麼哥：真叫人氣死了；氣殺：氣極了（俗語）（也麼哥為語末助詞，有強調語意的作用）

　　【叨叨令】〔可憐我孤身隻影無親眷，則落的吞聲忍氣空嗟怨。〕〔唱〕〔枉將他氣殺也麼哥，枉將他氣殺也麼哥。告哥哥，臨危好與

人行方便。〕^{（註三）}氣殺二字，皆念去聲，氣死之意。也麼哥為語末助詞之運用，念起來使得語氣舒緩，更易於情感之表達，對於一個將死之人，最後一個行孝的機會，自然得到劊子手的同情，欣然答應繞後街而行，避免婆婆老人家情緒激動。此方言及語末助詞在曲詞中之運用，和生活緊密接合，使劇中人活靈活現，更博得觀眾和讀者的無限同情。

（二）沒來由：無緣無故（方言）；犯由牌：代罪羔羊（俗語）；
　　　接腳：再嫁之丈夫（俗語）；唅：我（方言）

　　今日官去衙門在－跑得了和尚跑不了廟，別以為事過境遷沒事了。（俗語）

　　【七弟兄】〔你只為賴財，放乖，要當災。〕〔帶云〕「這毒藥呵！」〔唱〕〔原來是你賽盧醫出賣，張驢兒買，沒來由填做我犯由牌，到今日官去衙門在。〕〔竇天章云〕「帶那蔡婆婆上來。我看你也六十外人了，家中又是有錢鈔的，如何又嫁了老張，做出這等事來？」〔蔡婆婆云〕「老婦人因為他爺兒兩個救了我的性命，收留他在家養膳過世，那張驢兒常說，要將他老子接腳進來，老婦人並不曾許他。」〔竇天章云〕「這等說，你那媳婦就不該認做藥死公公了。」〔魂旦云〕「當日問官要打俺婆婆，我怕他年老受刑不起，因此唅認做藥死公公，委實是屈招個！」^{（註四）}

（三）殺：極了（方言）；爭奈：怎奈、無奈（方言）；渾家：妻
　　　子（俗語）

　　〔沖末扮竇天章引正旦扮端雲上，詩云〕「讀盡縹緗萬卷書，可憐貧殺馬相如，漢庭一日承恩召，不說當壚說子虛。小生姓竇名天章，祖貫長安京兆人也。幼習儒業，飽有文章；爭奈時運不通，功名未遂。不幸渾家亡化已過，撇下這個女孩兒，小字端雲，從三歲上亡了他母親，如今孩兒七歲了也。」^{（註五）}

（四）喬才：可惡的傢伙（俗語）

　　【得勝令】〔呀，今日箇搭伏定攝魂臺，一靈兒怨哀哀。父親也，你現掌著刑名事，親蒙聖主差，端詳這文冊，那廝亂綱常，當合敗便

萬剮了喬才，還道報冤仇不暢快。〕（註六）

（五）喫敲材：可惡的傢伙（俗語）；闇裡栽排－私下栽贓（俗語）

【川撥棹】〔猛見了你這吃敲材，我只問你這毒藥從何處來？你本意待闇裡栽排，要逼勒我和諧，倒把你親爺毒害，怎教咱替你耽罪責？〕（註七）

（六）妳妳：婆婆（俗語）；改：正（俗語）

【鴛鴦煞尾】〔從今後把金牌勢劍從頭擺，將濫官汙吏都殺壞，與天子分憂，萬民除害。〕〔云〕「我可忘了一件，爹爹，俺婆婆年紀高大，無人侍養，你可收恤家中，替你孩兒盡養生送死之禮，我便九泉之下，可也瞑目。」〔竇天章云〕「好孝順的兒也。」〔魂旦唱〕〔囑付你爹爹，收養我妳妳，可憐他無婦無兒，誰管顧年衰邁。再將那文卷舒開。〕〔帶云〕「爹爹也，把我竇娥名下。」〔唱〕〔屈死的於伏罪名兒改。〕（註八）此劇表彰一個孝婦的善良，更凸顯名譽是人的第二生命，竇娥的被誣陷致死，作鬼都要為清白而努力不懈，全劇的中心主旨，乃在於一個「改」字，天理昭彰，為官者，為人者，都當堂堂正正，清清白白，仰無愧於天，俯無怍於人。

（七）人心不似水長流：人心是肉做的，並非如自然界的江水一般無感（俗語）；嫁的簡同住人：嫁給了自小做童養媳的丈夫（俗語）；拔著短籌：遭逢厄運、倒楣透頂（俗語）；撇：丟下（方言）；俺：我（方言）；婆婦每：婆媳們（同音字）；端的：真的（俗語）；俢、瞅：看、探望（俗語）

【油葫蘆】〔莫不是八字兒該載著一世憂？誰似我無盡頭！須知道人心不似水長流。我從三歲母親身亡後，到七歲與父分離久。嫁的簡同住人，他可又拔著短籌；撇的俺婆婦每都把空房守，端的簡有誰問，有誰瞅？〕（註九）

（八）去來：去（方言、語末助詞）

〔卜兒云〕「媳婦兒，你在我家，我是親婆，你是親媳婦，只當自家骨肉一般。你不要啼哭，跟著老身前後執料去來。」（註十）

（九）兀的：真的（方言）

　　〔卜兒云〕「這等，你是我親家了。你本利少我四十兩銀子，兀的是借錢的文書，還了你；再送與你十兩銀子做盤纏。」^{（註十一）}

（十）兀的：真的（方言）

　　〔竇天章做謝科，云〕「多謝了婆婆，先少你許多銀子都不要我還了，今又送我盤纏，此恩異日必當重報。婆婆，女孩兒早晚呆癡，看小生薄面，看覷女孩兒咱。」〔卜兒云〕「親家，這不消你囑付，令愛到我家，就做親女兒一般看承他，你只管放心的去。」〔竇天章云〕「婆婆，端雲孩兒該打呵，看小生面則罵幾句；當罵呵，則處分幾句。孩兒，你也不比在我跟前，我是你親爺，將就的你；你如今在這裡，早晚若頑劣呵，你只討那打罵吃。兒囔，我也是出於無奈。」^{（註十二）}

　　情真語切，句句動人肺腑，把骨肉至親離散，寫得入情理，賺人熱淚。

（十一）恁的：如此這般的（方言）；虧殺：羞殺、羞愧極了（方言）；波：使語氣舒緩易於表達情意（語末助詞）；有累你：有勞你、麻煩你了（俗語）；打嘔：噁心（方言）

　　【梁州第七】〔可悲可恥婦人家，直恁的無仁義，多淫奔，少志氣；虧殺前人在那裡，更休說本性難移。〕〔云〕「婆婆，羊肚兒湯做成了，你吃些兒波。」〔卜兒云〕「有累你。」〔做嘔科云〕「我如今打嘔，不要這湯吃了，你老人家吃罷。」^{（註十三）}

（十二）女大不中留：女大不中留，留來留去留成仇（俗語）；中年萬事休：人到中年萬事休（俗語）

　　【後庭花】〔怪不的女大不中留。你如今六旬左右，可不道到中年萬事休！舊恩愛一筆勾，新夫妻兩意投，枉教人笑破口！〕^{（註十四）}

（十三）前世裡燒香不到頭：上輩子不敬神明沒燒好香（俗語）；今也波生：也波為襯字、語助詞，使得語氣更加的哀怨（語助詞）；我言詞須應口：我說到做到（俗語）；這早

晚：這麼晚了（方言）；波：啊，使語意更加舒緩無奈（語
末助詞）

【天下樂】〔莫不是前世裡燒香不到頭，今也波生招禍尤？勸今
人早將來世修。我將這婆侍養，我將這服孝守，我言詞須應口。〕〔云〕
「婆婆索錢去了，怎生這早晚不見回來？」〔卜兒做哭科云〕「孩兒也，
你教我怎生說波！」^{（註十五）}

（十四）婦人每：婦人們（同音字）；村老子：鄉下老頭（方言）；
　　　　兀的不是：難道不是、真的是（方言）；沒丈夫的婦女下
　　　　場頭：可憐寡婦飽受欺凌（俗語）

【賺煞】〔我想這婦人每休信那男兒口。婆婆也，怕沒有貞心兒
自守，到今日招著個村老子，領著個半死囚。〕〔張驢兒做扯正旦拜
科，正旦推跌科，唱〕〔兀的不是俺沒丈夫的婦女下場頭！〕^{（註十六）}

（十五）再作區處：再作打算（俗語）；歪剌骨：亦作歪辣骨、歪
　　　　剌姑，指卑劣下賤的婦人（俗語）；黃花女兒：未婚的年
　　　　輕女子（俗語）；我肯幹罷：怎肯善罷干休、干罷（同音字）；
　　　　小妮子：小女子（俗語）；憊賴：頑劣、潑辣（俗語）

〔卜兒云〕「待他有個回心轉意，再作區處。」〔張驢兒云〕「這
歪剌骨！便是黃花女兒，剛剛扯的一把，也不消這等使性，平空的推了
我一交，我肯幹罷！就當面賭個誓與你：我今生今世不要他做老婆，我
也不算好男子！」〔詞云〕「美婦人我見過萬千向外，不似這小妮子生
得十分憊賴。我救了你老性命死裡重生，怎割捨得不肯把肉身陪待？」
〔同下〕^{（註十七）}

作者運用口語化的賓白，將張驢兒狡詐刁蠻的流氓性格，刻劃得栩
栩如生，在被竇娥推倒之後，更露出一張肆無忌憚又貪婪的小人嘴臉。

（十六）恁的：如此這般（方言）；阿：啊（語末助詞）

【黃鐘尾】〔我做了個銜冤負屈沒頭鬼，怎肯便放了你好色荒淫
漏面賊。想人心不可欺，冤枉事天地知，爭到頭，競到底，到如今待怎
的？情願認藥殺公公，與了招罪。婆婆也，我怕把你來便打的，打

的來怔的。我若是不死呵，如何救得你。〕^{（註十八）}

　　《竇娥冤》劇的賓白字字句句皆深蘊著人情世故。淺白的口語，是竇娥心憂的最佳寫照。作者通過人情，如實的呈現，錘鍊出高度的生活語言。這些口語化的賓白，用在悲劇裡，不僅表現作者對語言掌握的高妙，且能增強人物的真實性與說服力。戲劇的語言，賓白為自然的呈現，而此自然乃真實表達情感，不做雕琢。關漢卿在《竇娥冤》中語言的技巧，形象的鮮明，情感的宣洩達到李漁所說：「元人非不深心，而所填之詞皆覺過於淺近，以其深而出之以淺，非借淺以文其不深也。」其鍛字鍊句，與生活、人性做出完美的融合。

二、《羅李郎》賓白曲詞中方言、俗語、同音字、語末助詞之運用

（一）嫡親：直系親屬（俗語）；渾家：妻子（俗語）；亡逝：過世（俗語）

　　〔沖末扮蘇文順同外扮孟倉士上〕〔蘇文順詩云〕「坐守寒窗二十春，虀鹽樂道不知貧。腹中曉盡古今事，命裡不如天下人。」「小生蘇文順便是。這一個是我同堂學業八拜交的弟兄，是孟倉士。祖居陳州人氏，嫡親的三口兒。近新來渾家亡逝已過，撇下這個女孩兒叫做定奴。」^{（註十九）}

（二）一徑的來：直接來（俗語）；俺：我（方言）；爭奈：怎奈（方言）；盤纏：路費、銀兩（俗語）；止有：只有（同音字）；質當：換取（俗語）

　　〔蘇文順云〕「哥哥，您兄弟一徑的來，俺二人待要上朝取應，爭奈盤纏缺少，起身不得。止有這一對孩兒，我的女孩兒喚做定奴，兄弟的孩兒喚做湯哥，在哥哥跟前質當些少盤纏，上朝取應去。」^{（註二十）}

（三）喒：我（方言）；看覷：看顧、照料（俗語）；咱：我（方言）；兩樣三般覷：三心二意、大小眼、言不由衷、心口不一。（俗語）；孩兒阿：孩兒啊，無奈的呼喊！（語末助詞）

　　【仙呂端正好】〔喒意相投情相睦，索甚立質當文書。〕〔蘇文順云〕

「則望哥哥看覷這兩個孩兒。」〔正末唱〕〔您兒女就是咱兒女。我怎肯兩樣三般覷。〕〔蘇、孟悲科云〕「孩兒呵，也是我出於無奈。」^(註二一)

（四）呵：啊（語末助詞）；光景：時間（俗語）；撇下：丟下（俗語）；兀的：真的（方言）；害殺我也：害慘我了（方言）；也：了（語末助詞）

　　〔正末引侯興、旦兒、倈兒上，云〕「過日月好疾也呵。自從兩個兄弟去了，可早二十年光景，撇下兩個孩兒定奴，湯哥，老夫與他婚配成家，所生一子，立春日生，就喚名受春。兩個兄弟不知幾時回來？則被這湯哥孩兒逐日飲酒非為，不依公道，兀的不害殺我也。」^(註二二)

（五）也波：襯字、無義。（語助詞）

　　【天下樂】〔俺也曾蚤起遲眠使計謀，營也波求肯罷手。〕^(註二三)

（六）舍人：官宦人家少爺的稱呼（俗語）；鬧炒：吵鬧（同音字）；老爹：老爺（俗語）；討酒錢：要酒錢（俗語）；咱：我（方言）；哩：呢（語助詞）；少：欠（俗語）

　　〔外扮酒家上云〕「湯舍，湯舍在家裡麼？」〔正末云〕「侯興，做甚麼鬧炒？」（侯興看科云）「老爹，門首有人叫湯舍討酒錢。」（正末云）「咱家誰做官來？叫湯舍。」（侯興云）「討酒錢哩。」（正末云）「他少多少錢？」（侯興出門問云）「他少你多少錢？」（外云）「少一千瓶酒錢。」（侯興云）「老爹，少他一千瓶酒錢。」^(註二四)

（七）恁般：如此這般（方言）；不勾：不夠、不到（同音字）

　　【後庭花】〔逐朝家飲興酬，全不將學業修。教你向芸窗下把書埋首，卻元來糟屋中酒浸頭，直恁般好風流。半年不勾，早吃下一千瓶香糯酒。〕^(註二五)

（八）討錢：要錢（俗語）；小娘每：小娘子們（同音字）；吃酒耍子：飲酒作樂（方言）；樂歌錢：和小娘子們吃酒耍子，樂人彈唱伏侍的。（俗語）

　　〔外云〕「我討樂歌錢。」〔侯興云〕「老爹，討樂歌錢的。」〔正

末云〕「怎生喚做樂歌錢？」〔侯興云〕「阿！這老爹一竅也不通。樂歌錢是和小娘每吃酒耍子，樂人彈唱伏侍的。」（註二六）

（九）勾：夠（同音字）；阿：啊（語末助詞）；俺：我（方言）

　　【醉中天】〔這廝結纜著章台柳，鋪買下謝家樓。我但到官陳詞見的勾〕（帶云）「若不受狀阿。」（唱）〔我將皇城叩。索共那五奴虔婆出頭，這債到底俺湯哥兒承受，休、休、休！免得定刑名笞杖徒流。〕（註二七）

（十）瞅：看、聽（方言）；幹家心：拼了命為這個家的心（俗語）；
　　　沒來由：不為什麼、不奢求甚麼、不論甚麼原因（俗語）；
　　　莫為兒孫作馬牛：不要甚麼都為子孫想得太周到，做牛做馬
　　　的結果，會使自己痛不欲生（俗語）；紅裙翠袖：指燈紅酒
　　　綠、煙花巷中的歡場女子（俗語）；黃幹黑瘦：指在銷金窟
　　　中紙醉金迷的癡漢。（成語）；阿：啊（方言）；兒要自養，
　　　穀要自種：說明養別人兒女的下場，只是一場空（俗語）

　　【賺煞】〔你少不的賣了莊田，折了孳畜，將我這逆耳良言不瞅。愚濫荒淫出盡醜，我一片幹家心話不相投。沒來由，枉把你收留，莫為兒孫作馬牛。你戀著紅裙翠袖，折倒的你黃幹黑瘦。〕（帶云）「古人言的不錯阿：要兒自養，要穀自種。」〔唱〕〔這是我養別人兒女下場頭。〕（註二八）

（十一）引的狼來屋裡窩，尋的蚰蜒鑽耳朵：引狼入室（成語）

　　【仙呂賞花時】〔我不是引的狼來屋裡窩，尋的蚰蜒鑽耳朵？問甚麼山險峻，路嵯峨，山遙水闊，我則你手裡要湯哥。〕（註二九）

（十二）盤纏：路費（俗語）；阿：啊（方言）；氣殺：氣極：氣
　　　　死（方言）；家緣過活：全部家產（俗語）

　　〔侯興云〕「湯哥若到前路，無了盤纏，使銀子呵，著人拿住，也是個死。我到家裡說了，氣殺那老子，也是個死。可不定奴兒與我做了老婆，家緣過活都是我的。憑著我一片好心，天也與我半碗飯吃。」（註三十）

（十三）恁的：如此這般的（方言）（句型口語化）

【南呂一枝花】〔這些時悶懨懨心不歡，愁戚戚情不樂。直爭爭發似揪，熱烘烘面如燒。心癢難揉，都為他無消耗。湯哥兒那裡去了，去不到半月十朝，只恁的魚沉雁杳。〕^{（註三一）}羅李郎為了湯哥的離去而傷感，真情流露，運用淺白的語言，道出心不歡、情不樂、面如燒、心癢難揉、音信杳如的苦痛。

（十四）撇的俺三口兒：丟下我們三個（方言）；自從去了你呵！：
　　　　自從你去了啊！（方言）（句型口語化並以倒裝句型，強
　　　　調湯哥離去帶給他的傷痛）；堂上尊：如父親一般的長輩
　　　　（俗語）；那廝：那傢伙（俗語）；常言道口是心苗：俗
　　　　話說口能應心（俗語）；腳頭妻：結髮夫妻（俗語）

【梁州第七】〔把不定心喬意怯，立不定肉顫身搖。出門去沒一個人知道。恰便似石沉大海，鐵墜江濤。知他在何方歸著？甚處流落？只為他孤身去梗泛萍漂。撇的俺三口兒夢斷魂勞。〕〔帶云〕「湯哥兒，自從去了你呵。」（唱）〔我是你堂上尊，撇的來這般懆懆焦焦懷內子。〕（帶云）「道俺爹爹這早晚不來家呵。」（唱）〔也這般煩煩惱惱，哎！連你這嬌滴滴腳頭妻、也這般灑灑瀟瀟。我如今與他定約，侯興那廝若是尋來到。〕（帶云）「你若回來呵。」（唱）〔我合道處再不道。任憑他把銅斗兒家私使盡了，常言道口是心苗。〕^{（註三二）}

（十五）這廝：這傢伙（俗語）；諕的我：嚇的我（同音字）；半
　　　　晌：半天（俗語）；傒倖倒：等待急得快要昏倒（俗語）

【四塊玉】〔這廝便虛話多實心少，諕的我半晌家如同熱油澆。〕（帶云）「侯興你哥哥在那裡？叫他過來。」〔唱〕〔你有和無打快疾忙道。他可又不肯言不肯告，則被你將人傒倖倒。〕^{（註三三）}

（十六）養小防備老：養兒防老（俗語）

【牧羊關】〔哎！可憐我孤影空相吊，那裡也養小防備老。〕^{（註三四）}

（十七）吃湯：喝湯（方言）；老不才：老不死（俗語）；捻：抓
（方言）；家私錢物：家當錢鈔（俗語）；嗏：我（方言）；
街坊救人咱：啊（語末助詞）；盤纏：路費（俗語）；央：
求（方言）；好歹：無論如何（俗語）；去來：去（語末
助詞）

〔云〕「定奴孩兒，拿些湯來我吃。」〔旦兒拿粥上〕〔正末接
科〕〔侯興怒云〕「我罵你老不才，我的媳婦，你如何捻他手。」〔做
推正末倒科〕〔侯興云〕「老婆，收拾些家私錢物，嗏和你走了罷。」
〔扯旦兒同下〕〔正末醒科云〕「街坊救人咱！侯興逼盜家私，拐帶
我媳婦兒走了。料想湯哥也不曾死。我收拾些盤纏，封鎖了門戶，央
街坊看一看。我不問那裡，好歹尋著我那孩兒去來。」^{（註三五）}

（十八）那塌裡、那搭裡：在那裡（方言）；奴胎：賤種（俗語）

【尾煞】〔問甚麼家家門外長安道，買賣歸來汗未消，打聽的湯
哥有些音耗。那塌裡遇著，那搭裡撞著，我把那背義的奴胎不道的素
放了。〕^{（註三六）}

（十九）風過耳：耳邊風（俗語）；壓殺我：壓死我了（方言）；
上筐兒：沉重的負擔（俗語）

【商調金菊香】〔往常時秦樓謝館飲金卮，柳陌花街占表子，爺娘
道著風過耳，煙花擔沉的來無似，則被你壓殺我也那上筐兒。〕^{（註三七）}

（二十）唻：呢（語末助詞）；須索：必須（方言）；去來：去（方言）

〔帶云〕「湯哥兒唻。」〔唱〕〔再唱甚麼零落了梧桐葉兒。〕〔云〕
「天色晚了也，須索進城去來。」^{（註三八）}

（二一）打火店：供膳宿之旅店（俗語）；土市子：大街上市集（俗
語）；好門面、好鋪席、好庫司：好裝潢、好擺設（方言）

【金菊香】〔恰離了招商打火店門兒，早來到物穰人稠土市子。
好門面，好鋪席，好庫司，門畫雞兒，行行買賣忒如斯。〕^{（註三九）}

（二二）呵：啊（語末助詞）；念些經乘烈些紙：念經文燒紙錢（俗語）；儜儨死：折磨死（俗語）；可憐殺：可憐極了、真可憐（方言）

【么篇】〔兒呵！我為你多念些經乘烈些紙，我不合一路上作念，你許多時離鄉背井，將你來儜儨死。須不于是你爹爹不是，可憐殺孤魂無主遠鄉兒。〕（註四十）

（二三）那廝：那傢伙（方言）；咱：我（方言）；向俺跟前使：在我面前說（方言）；咬人狗兒不露齒：陰狠不外露（俗語）；骨殖兒：骨灰（俗語）

【么篇】〔那廝卻有一二，咱家無三思。將那謊局段則向俺跟前使，那廝正是咬人狗兒不露齒。其餘都不是，那匣子裡卻是誰的骨殖兒。〕（註四一）

（二四）我捨著金鐘撞破盆，好鞋踏臭屎：不畏難、不為利、一切為了守信義（俗語）；潑奴胎：無情無義的壞胚子（俗語）

【浪裡來煞】〔我捨著金鐘撞破盆，好鞋踏臭屎，但得個軸頭兒也有抹著時。我拚的撅皇城，撾怨鼓，插狀子，怕甚麼金瓜武士，我和那潑奴胎情願打官司。〕（註四二）

（二五）想著那轝車後拖麻的是誰家胤，我死後誰與我上新墳，這煩惱何時盡。：古來養生送死的迷思，只為百年後有人治喪，有人上墳，卻要付出無盡煩惱的代價。（俗語）

【步步嬌】〔想著我前世裡原無兒孫分，遭逢著寡宿孤辰運。我全然不受貧，想著那轝車後拖麻的是誰家胤，我死後誰與我上新墳，這煩惱何時盡。〕（註四三）

（二六）兀的：真的（方言）；怎生的：為什麼（俗語）

【搗練子】〔兀的不驚了七魄，謔了三魂。〕〔淨云〕「老爹，快來救我。」〔正末云〕「怎麼又是一個叫我。」〔看科〕〔唱〕〔我則見湯哥兒吊得不沾塵，告哥哥說個緣因，怎生的惹禍根。〕（註四四）

（二七）恁：如此這般（方言）；淹潤：通融（俗語）；老弟子孩兒：
　　　　老頭（俗語）；兀那老的：嘿老頭（兀為語助詞）；小兒孫：
　　　　小孫子（俗語）；老家尊：老父親（俗語）；元來：原來（同
　　　　音字）

　　【梅花酒】〔這哥哥恁地狠，沒些兒淹潤，一剗地沙村，倒把人
尋趁。〕（張千云）「我打你這個老弟子孩兒。」（做打科）（正末唱）
〔軟肋上粗棍子搠，面皮上大拳墩。〕（張千云）「兀那老的，你和
他甚麼親？他是你甚麼人？」（正末唱）〔又不是世故人，他是我小
兒孫，〕（張千云）「你可是他甚麼人？」（正末唱）〔我須是他老家
尊。〕（張千云）「元來你們一家兒都在這裡？」（正末唱）^{（註四五）}

　　《羅李郎》劇的賓白活潑生動，透露著人性中的正義感與劣根性。
作者通過淺白的生活言語，將口語化的賓白，在此帶有笑鬧劇成分卻
又極具教化意義的喜劇中呈現，不僅表現作者對語言掌握的穩重，且
能增強人物的真性情與感染力。劇中的語言、賓白自然、真誠表達情
感，不矯揉造作，使劇中人形象鮮明，其曲詞賓白，不離生活、人情，
是一篇極為值得提升人性、發揮生命光輝、價值與意義的勸世之作。

參、對仗整齊之運用

一、《竇娥冤》曲詞對仗

　　《竇娥冤》曲詞對仗整齊，以下由人物、數字、反義詞、物件、
景物、事件、頂真等七項對仗舉例說明之。

（一）人物相對

　　1. 銜冤負屈沒頭鬼（竇娥）vs好色荒淫漏面賊（張驢兒）；你（指
　　　張驢兒）vs 我（指竇娥）

　　【黃鍾尾】〔我做了箇銜冤負屈沒頭鬼，怎肯便放了你好色荒淫
漏面賊。想人心不可欺，冤枉事天地知。爭到頭競到底，到如今待怎
的。情願認藥殺公公，與了招罪，婆婆也，我怕把你來便打的，打的
來恁的。我若是不死呵，如何救得你。〕^{（註四六）}

2. 將竇娥與卓文君、孟光、孟姜女相比，凸顯夫妻情愛的堅
貞，生死與共的誓言，藉此諷刺蔡婆的晚節不保。

【梁州第七】〔這一個似卓氏般當壚滌器，這一個似孟光般舉案
齊眉；說的來藏頭蓋腳多伶俐，道著難曉，做出才知。舊恩忘卻，新
愛偏宜；墳頭上土脈猶濕，架兒上又換新衣。那裡有奔喪處哭倒長城？
那裡有浣紗時甘投大水？那裡有上山來便化頑石？可悲可恥婦人家，
直恁的無仁義，多淫奔，少志氣；虧殺前人在那裡，更休說本性難
移。〕（註四七）

3. 竇天章 vs 竇娥

【喬牌兒】〔則見他疑心兒胡亂猜，聽了我這哭聲兒轉驚駭。哎，
你個竇天章，直恁的威風大，且受我竇娥這一拜。〕（註四八）【雁兒落】
〔你看這文卷曾道來不道來，則我這冤枉要忍耐如何耐？我不肯順他
人，倒著我赴法場；我不肯辱祖上，倒把我殘生壞。〕（註四九）竇娥唱
出父親竇天章的慌張，更唱出身世遭遇的淒涼。

4. 鬼魂 vs 讎人

【雙調新水令】〔我每日哭啼啼守住望鄉臺，急煎煎把讎人等
待，慢騰騰昏地裡走，足律律旋風中來，則被這霧鎖雲埋竄掇的鬼魂
快。〕（註五十）

5. 朝廷官吏 vs 犯事百姓

【梅花酒】〔本一點孝順的心懷，倒做了惹禍的胚胎。我只道官
吏每還覆勘，怎將咱屈斬首在長街，第一要素旗鎗鮮血灑，第二要三
尺雪將死屍埋，第三要三年旱示天災，咱誓願委實大。〕（註五一）

6. 蔡婆 vs 竇娥

【寄生草】〔你道他匆匆喜，我替你倒細細愁。愁則愁興闌刪，嚥
不下交歡酒，愁則愁眼昏騰，扭不上同心扣，愁則愁意朦朧，睡不穩芙
蓉褥。你待要笙歌引至畫堂前，我道這姻緣敢落在他人後。〕（註五二）竇
娥對蔡婆的輕許婚姻，心焦如麻，更責難婆婆隨惡人起舞的無知。

7. 東海孝婦 vs 山陽竇娥

【一煞】〔你道是天公不可期，人心不可憐，不知皇天也肯從人願。做甚麼三年不見甘霖降，也只為東海曾經孝婦冤。如今輪到你山陽縣，這都是官吏每無心正法，使百姓有口難言。〕^{（註五三）}作者鋪陳竇娥行刑前發的悲情誓願，漢朝有個東海孝婦冤，曾使老天三年不雨；如今元朝亦有個山陽竇娥冤，冤斬之案不少，罪魁禍首實是昏官使然。

8. 盜跖 vs 顏淵

盜跖為古代的大盜。顏淵為春秋時代，孔子的學生，是當時的賢者。盜跖、顏淵後用為好人與壞人的代稱。糊突為混淆、糊塗之意。小老百姓竇娥對判官的荼毒百姓徒呼奈何，轉而對天地生出埋怨之心，本應明辨清濁的天地日月，竟如將盜跖、顏淵好壞混淆般糊塗，不辨善惡，錯勘賢愚，不分好歹，使弱勢孤寡全然失望，跌落痛的深淵。

【滾繡球】〔有日月朝暮懸，有鬼神掌著生死權，天地也，只合把清濁分辨，可怎生糊突了盜跖顏淵。為善的受貧窮更命短，造惡的享富貴又壽延。天地也，做得箇怕硬欺軟，卻元來也這般順水推船。地也，你不分好歹何為地。天也，你錯勘賢愚枉做天。哎，只落得兩淚漣漣。〕^{（註五四）}

（二）數字相對

1. 一生鴛帳眠 vs 半夜空房睡

【南呂一枝花】〔他則待一生鴛帳眠，那裡肯半夜空房睡，他本是張郎婦，又做了李郎妻。〕^{（註五五）}竇娥一本守貞志節，對於蔡婆的屈從張氏父子，頗不以為然，因此唱了一段諷刺婆婆的話，以表明心意。

2. 三朝五夕 vs 一家一計

【鬭蝦蟆】〔相守三朝五夕，說甚一家一計，又無羊酒段匹，又無花紅財禮，把手為活過日，撒手如同休棄。不是竇娥忤逆，生怕傍人論議，不如聽咱勸你，認箇自家悔氣，割捨的一具棺材，停置幾件布帛，收拾出了咱家門裡，送入他家墳地。〕^{（註五六）}張驢兒父親貪嘴吃了羊肚湯，一命嗚呼。竇娥勸蔡婆順水推舟，將張老頭埋葬了事，

以除後患。以數字三朝五夕，喻短暫的情緣，怎比得上自己的元配，明媒正娶，有情有義。

3. 舊恩愛一筆勾 vs 新夫妻兩意投

【後庭花】〔舊恩愛一筆勾，新夫妻兩意投，枉教人笑破口。〕^{（註五七）}以數字相對，強調蔡婆對亡夫忘情的快速，卻與張父一拍即合，竇娥唱詞視此為一段笑鬧劇。

4. 百年同墓穴 vs 千里送寒衣

【賀新郎】〔一箇道你請喫，一箇道婆先喫，這言語聽也難聽，我可是氣也不氣。想他家與咱家有甚的親和戚，怎不記舊日夫妻情意，也曾有百縱千隨。婆婆也，你莫不為黃金浮世寶，白髮故人稀，因此上把舊恩情全不比新知契。則待要百年同墓穴，那裡肯千里送寒衣。〕^{（註五八）}

5. 千般打拷 vs 萬種凌逼；一杖下 vs 一道血 vs 一層皮

【感皇恩】〔呀！是誰人唱叫揚疾，不由我不魄散魂飛。恰消停，纔蘇醒，又昏迷。捱千般打拷，萬種凌逼，一杖下，一道血，一層皮。〕^{（註五九）}

6. 半星 vs 八尺 vs 四下

【耍孩兒】〔不是我竇娥罰下這等無頭願，委實的冤情不淺。若沒些兒靈聖與世人傳，也不見得湛湛青天。我不要半星熱血紅塵灑，都只在八尺旗槍素練懸。等他四下裡皆瞧見，這就是咱萇弘化碧，望帝啼鵑。〕^{（註六十）}

7. 六月 vs 一腔 vs 六出

【二煞】〔你道是暑氣暄，不是那下雪天。豈不聞飛霜六月因鄒衍，若果有一腔怨，噴如火，定要感的六出冰花滾似綿，免著我屍骸現。要什麼素車白馬，斷送出古陌荒阡？〕^{（註六一）}

（三）反義詞相對

1. 霜雪般白狄髻 vs 雲霞般錦帕兜；舊恩愛一筆勾 vs 新夫妻兩意投

【後庭花】〔避凶神要擇好日頭，拜家堂要將香火修。梳著個霜雪般白狄髻，怎將這雲霞般錦帕兜。怪不的女大不中留，你如今六旬左右，可不道到中年萬事休。舊恩愛一筆勾，新夫妻兩意投，枉教人笑破口。〕^{（註六二）}作者用雙反義詞在曲牌內作延伸對仗，以滿面風霜、雪白髮髻和彩霞錦蓋映襯，曲辭中呈現圖像，色調對比，生動烘托蔡婆年逾花甲再嫁的不適，實為曲中有畫之壓卷。以人到中年萬事休，說明歲月催人老的事實，以竇娥一個年輕寡婦的口吻，表白婦女當以守貞為要，切莫捨舊愛投新歡，成為街坊鄰居的笑柄，凸顯一個小女子，對人言可畏的重視，更彰顯婦女念舊美德和不事惡夫的正義。曲詞中表露心聲，實為曲中有聲的經典之作。

2. 有口難言 vs 無心正法

【一煞】〔你道是天公不可期，人心不可憐，不知皇天也肯從人願。做甚麼三年不見甘霖降，也只為東海曾經孝婦冤。如今輪到你山陽縣，這都是官吏每無心正法，使百姓有口難言。〕^{（註六三）}作者以有無相對，凸顯官吏權柄在握，草菅人命，在於利慾薰心，官官相護；百姓弱勢，手無寸鐵，命如螻蟻，實在是有口難言。對仗鏗鏘有力，官逼民怨，有無強弱，直指人心。

3. 匆匆喜 vs 細細愁

【寄生草】〔你道他匆匆喜，我替你倒細細愁。〕^{（註六四）}悲喜相對仗的運用，將蔡婆隨張氏父子擺佈的庸懦、竇娥心細揣度未來危機而發愁的慧巧，清晰活脫躍然文墨之間。

4. 舊恩忘卻 vs 新愛偏宜

【梁州第七】「這一個似卓氏般當罏滌器，這一個似孟光般舉案齊眉；說的來藏頭蓋腳多伶俐，道著難曉，做出才知。舊恩忘卻，新愛偏宜；墳頭上土脈猶濕，架兒上又換新衣。那裡有奔喪處哭倒長城？那裡有浣紗時

甘投大水？那裡有上山來便化頑石？可悲可恥婦人家，直恁的無仁義，多淫奔，少志氣；虧殺前人在那裡，更休說本性難移。」^(註六五)

5. 舊恩情 vs 新知契

【賀新郎】〔一箇道你請喫，一箇道婆先喫，這言語聽也難聽，我可是氣也不氣。想他家與咱家有甚的親和戚，怎不記舊日夫妻情意，也曾有百縱千隨。婆婆也，你莫不為黃金浮世寶，白髮故人稀，因此上把舊恩情全不比新知契。則待要百年同墓穴，那裡肯千里送寒衣。〕^(註六六)

6. 天 vs 地；日 vs 月；善 vs 惡；好 vs 歹；賢 vs 愚；清 vs 濁；軟 vs 硬；生 vs 死；貧窮 vs 富貴；命短 vs 壽延

【滾繡球】〔有日月朝暮懸，有鬼神掌著生死權，天地也，只合把清濁分辨，可怎生糊突了盜跖顏淵。為善的受貧窮更命短，造惡的享富貴又壽延。天地也，做得箇怕硬欺軟，卻元來也這般順水推船。地也，你不分好歹何為地。天也，你錯勘賢愚枉做天。哎，只落得兩淚漣漣。〕^(註六七)此曲牌運用了十個對比式反義詞，凸顯好人不長命，壞人活千年的不公，對社會的不滿呈現，形象鮮明，淺白易懂，將人為造成的惡質現狀，全指派給天地來承擔。

7. 左 vs 右；前 vs 後

【倘秀才】〔則被這枷紐的我左側右偏，人擁的我前合後偃。我竇娥向哥哥行有句言〕。〔正旦唱〕〔前街裡去心懷恨，後街裡去死無冤，休推辭路遠。〕^(註六八)為免婆婆白髮送黑之痛，低聲向劊子手求情，寧可繞道遠行後街，弱女臨終，孝行感人。

8. 孝順的心懷 vs 惹禍的胚胎

【梅花酒】〔你道是咱不該，這招狀供寫的明白。本一點孝順的心懷，倒做了惹禍的胚胎。我只道官吏每還覆勘，怎將咱屈斬首在長街。第一要素旗槍鮮血灑，第二要三尺雪將死屍埋，第三要三年旱示天災，咱誓願委實大。〕死前三願，實凸顯誓願有多大，委屈便有多大。一顆善良的心，竟成了獲罪被斬的根由，叫世間人如何再做一個善良的人，無怪乎她要唱出好人不長命，壞人活千年的不平之語了。

（四）物件相對

羊酒段匹 vs 花紅財禮

【鬪蝦蟆】〔相守三朝五夕，說甚一家一計，又無羊酒段匹，又無花紅財禮，把手為活過日，撒手如同休棄。不是竇娥忤逆，生怕傍人論議，不如聽咱勸你，認箇自家悔氣，割捨的一具棺材，停置幾件布帛，收拾出了咱家門裡，送入他家墳地。〕^{（註六九）}

（五）景物相對

浮雲 vs 悲風

風雲景物相對，犯婦在法場，臨終悲歌，使得陰風淒厲的效果更加彰顯。

【煞尾】〔浮雲為我陰，悲風為我旋，三椿兒誓願明題徧。〕〔做哭科云〕「婆婆也，直等待雪飛六月，亢旱三年呵！」〔唱〕〔那其間纔把你個屈死的冤魂這竇娥顯。〕^{（註七十）}

（六）事件相對

1. 相如文君私奔、孟光舉案齊眉、孟姜女哭倒萬里長城、西施為義赴難、雕像望夫石的堅貞。

【梁州第七】「這一個似卓氏般當壚滌器，這一個似孟光般舉案齊眉；說的來藏頭蓋腳多伶俐，道著難曉，做出才知。舊恩忘卻，新愛偏宜；墳頭上土脈猶濕，架兒上又換新衣。那裡有奔喪處哭倒長城？那裡有浣紗時甘投大水？那裡有上山來便化頑石？可悲可恥婦人家，直恁的無仁義，多淫奔，少志氣；虧殺前人在那裡，更休說本性難移。」^{（註七一）}

2. 漢朝東海孝婦含冤被斬，致使三年不雨，後于公將文卷改正，親祭孝婦之墓，乃降甘霖。作者以此事與竇娥冤案形成對比，以凸顯公道自在人心不易的真理。

【一煞】〔你道是天公不可期，人心不可憐，不知皇天也肯從人願。做甚麼三年不見甘霖降，也只為東海曾經孝婦冤。如今輪到你山陽縣，這都是官吏每無心正法，使百姓有口難言。〕^{（註七二）}

（七）頂真法

我怕把你來便打的，打的來恁的。

【黃鐘尾】〔我做了個銜冤負屈沒頭鬼，怎肯便放了你好色荒淫漏面賊。想人心不可欺，冤枉事天地知，爭到頭，競到底，到如今待怎的？情願認藥殺公公，與了招罪。婆婆也，我怕把你來便打的，打的來恁的。我若是不死呵，如何救得你。〕（註七三）

二、《羅李郎》曲詞對仗

《羅李郎》曲詞對仗整齊，以下由人物、數字、反義詞、物件、景物、顏色、季節、引用經典、地名、頂真等十項對仗舉例說明。

（一）人物相對

1. 醫人 vs 大夫

【牧羊關】〔我腦袋似石頭墜，身軀似繩索縛，但行著不覺低高。這的是些悶都在心頭，氣刺著肋梢。你喚醫人忙裏藥，請大夫把病來調。我澀的難行立，轟的則待倒。〕（註七四）

2. 師婆 vs 山人

【商調集賢賓】〔出陳州五里巴堠子，無明夜到京師。指東畫西，去了義子。走南料北，不見孩兒。也不索喚師婆摶鼓邀神，請山人占卦揲蓍。則我這眉尖悶鎖無鑰匙，空教我抹淚揉眵。只被他明明的搶了媳婦，停停的要了家私。〕（註七五）

3. 教師 vs 浪子；占猱兒（侍婢）vs 養弟子（酒肉朋友）

【後庭花】〔人都道你是教師，人都道你是浪子。上長街百十樣風流事，到家中一千場五代史。自尋思全不肯改志，引興兒，共保兒，穿茶坊，入酒肆，把家財胡亂使，占猱兒，養弟子，我良言須逆耳。〕（註七六）

4. 小廝 vs 老子；湯哥 vs 神鬼

【醋葫蘆】〔不知是那個小廝，一聲聲喚這老子。和那熬煎我的，須

索辨個雄雌。〕〔淨云〕「是我叫你來。」〔正末唱〕〔我這裡孜孜的端詳了多半時，好和我那亡過的湯哥相似，是神是鬼遠些兒。〕^(註七七)

5. 我 vs 你；你爹爹 vs 遠鄉兒

【么篇】〔兒呵！我為你多念些經乘烈些紙，我不合一路上作念，你許多時離鄉背井，將你來僝僽死。須不于是你爹爹不是，可憐殺孤魂無主遠鄉兒。〕^(註七八)

6. 你 vs 我

【川撥棹】〔誰家的小魔軍，兩三番迤逗人？我這裡扭項回身，吃我會搶問。你暢好是不知個高低遠近，向前來審問的真。〕^(註七九)

7. 我 vs 你；他 vs 我

【七弟兄】〔我只道是甚人，原來是受春。你為何因，因甚的違條犯法遭推問。見他撲簌簌眼裡搵啼痕，教我滴屑屑手腳難停穩。〕^(註八十)

8. 湯哥 vs 哥哥（蘇文順）

【搗練子】〔兀的不驚了七魄，諕了三魂。〕〔淨云〕「老爹，快來救我。」〔正末云〕「怎麼又是一個叫我。」〔看科〕〔唱〕〔我則見湯哥兒吊得不沾塵，告哥哥說個緣因，怎生的惹禍根。〕^(註八一)

9. 小兒孫（湯哥和受春）vs 老家尊（羅李郎）

羅李郎見湯哥和受春被吊掛在蘇文順府前，急忙上前解危，說明兒（湯哥）孫（受春）和自己的關係。

【梅花酒】〔這哥哥恁地狠，沒些兒淹潤，一剗地沙村，倒把人尋趁。〕（張千云）「我打你這個老弟子孩兒。」（做打科）（正末唱）〔軟肋上粗棍子搠，面皮上大拳墩。〕（張千云）「兀那老的，你和他甚麼親？他是你甚麼人？」（正末唱）〔又不是世故人，他是我小兒孫，〕（張千云）「你可是他甚麼人？」（正末唱）〔我須是他老家尊。〕（張千云）「元來你們一家兒都在這裡？」（正末唱）^(註八二)

10. 我（指羅李郎）vs 他兩個（指湯哥和受春）哥哥 vs 哥哥（指
    張千）

【收江南】〔哥也，更怕我不因親者強來親，單饒了他兩個與些金
銀。〕〔張千云〕「我不敢要銀子，你自家告相公去。」〔正末唱〕〔哥
哥是心直口快射糧軍，哥哥是好人，我這裡低腰曲脊進衙門。〕^{（註八三）}

11. 我（指羅李郎）vs 你（指蘇文順）

【乾荷葉】〔老漢是愚民，特地來訴詞因。〕〔唱〕〔我可便家
住在陳州郡。總饒你滿園春萬花新，爭如得見當鄉人。〔正末唱〕〔你
暢好是安樂也蘇文順。〕^{（註八四）}

12. 這孩兒是你的親孫（受春）vs 這官人是你的家尊（孟倉士）

    羅李郎和孟倉士二十年不見，相認時向孟倉士解釋，受春是孟倉
士的親孫，祐向湯哥說明孟倉士是親爹。
【亂柳葉】〔這孩兒是你的親孫，這官人是你的家尊，哎！你個
定奴兒快疾將你爺來認。早是我希彪胡都喜。則管裡迷丟答都問。我
須是匹配你的大媒人。〕^{（註八五）}

13. 他雖是生身父（指蘇文順、孟倉士）vs 我也有養育恩（指
    羅李郎）

【水仙子】〔我好生的和勸到半時辰，親的原來則是親，親兒親
女把親爺認，中間裡干閃下老業人。我死後做了個無主孤魂，他雖是
生身父，我也有養育恩，二十年枉受辛勤。〕^{（註八六）}

14. 你兩個養兒女的（指蘇文順、孟倉士）vs 我趕候興的（指
    羅李郎）

【收尾】〔到長安受盡多勞頓，也則為故人義分，你兩個養兒女
的都到了家，可惜我趕候興的乾折了本。〕^{（註八七）}

（二）數字相對

1. 一朝身死無人救 vs 三寸氣在千般有

【油葫蘆】身似飄飄不纜舟，幾時得巴到岸口？想當初莊子歎骷髏，一朝身死無人救，三寸氣在千般有。今日春，明日秋。金烏玉兔東西走，斷送一生休。（註八八）

2. 兩葉眉兒皺 vs 一點赤心愁

【醉扶歸】〔常教我兩葉眉兒皺，一點赤心愁。卻不道父母惟其疾病憂，常落在別人彀。〕（註八九）

3. 上長街百十樣風流事 vs 到家中一千場五代史

【後庭花】〔人都道你是教師，人都道你是浪子。上長街百十樣風流事，到家中一千場五代史。自尋思全不肯改志，引興兒，共保兒，穿茶坊，入酒肆，把家財胡亂使，占猱兒，養弟子，我良言須逆耳。〕（註九十）

4. 一人有慶 vs 兆民賴之

【么篇】〔彩畫的紅近著白，青間著紫，無褒彈，無破綻，沒瑕疵。托賴著一人有慶，兆民賴之，是當今敕賜，保護著玉葉共金枝。〕（註九一）

5. 那廝卻有一二 vs 咱家無三思

【么篇】〔那廝卻有一二，咱家無三思。將那謊局段則向俺跟前使，那廝正是咬人狗兒不露齒。其餘都不是，那匣子裡卻是誰的骨殖兒。〕（註九二）

侯興滿肚子壞水，對主人懷有二心，而羅李郎卻是個大好人，對三代家奴從不疑有他，正因為無三思之心，造成侯興的竊人家產、奪人妻子惡行。

6. 恰過了六市 vs 來到三門

【胡十八】〔恰過了六市，來到三門，揉開我這汪淚眼，打拍我

這老精神，想著他行行不住叫聲頻，莫不是他錯認，到今日忘魂，不由我嗔忿忿，不由我怒氳氳。〕^{（註九三）}

7. 七魄 vs 三魂

【搗練子】〔兀的不驚了七魄，諕了三魂。〕〔看科〕〔唱〕〔我則見湯哥兒吊得不沾塵，告哥哥說個緣因，怎生的惹禍根。〕^{（註九四）}

8. 二十載不通音信 vs 十八上才成秦晉

【太平令】〔拜的你不須審問〕〔蘇文順云〕「哥哥，他是誰？」〔正末唱〕〔他便是定奴的女婿郎君，您去了二十載不通音信，十八上才成秦晉。〕〔蘇文順云〕「哥哥，你怎生匹配他兩個來？」〔正末云〕「我也曾勘婚過門便就親，結果了他夫妻和順。」^{（註九五）}

（三）反義詞相對

1. 今日 vs 明日；前人 vs 後人

【混江龍】〔可正是今日不知明日事，前人田土後人收。到頭來只落得個誰消受？〕^{（註九六）}

【油葫蘆】〔想當初莊子歎骷髏，一朝身死無人救，三寸氣在千般有。今日春，明日秋。金烏玉兔東西走，斷送一生休。〕^{（註九七）}

2. 逐朝家飲興酬 vs 全不將學業修
窗下把書埋首 vs 糟屋中酒浸頭

【後庭花】〔逐朝家飲興酬，全不將學業修。教你向芸窗下把書埋首，卻元來糟屋中酒浸頭，直恁般好風流。半年不勾，早吃下一千瓶香糯酒。〕^{（註九八）}

3. 貧 vs 富；死 vs 活；有 vs 無；幾處笙歌 vs 幾處愁

【一半兒】〔你這般借錢取債結交游，做大粧么不害羞，知你那爺貧也富也，活也死也，那無共有。你那一日不秦樓，正是幾處笙歌幾處愁。〕^{（註九九）}

4. 有 vs 無；恩 vs 仇；早 vs 晚

【後庭花】〔你因酒上沒做有，為花上恩變做仇。你交財上不應口，爭氣處打破頭。這四件忒精熟，諸般懶就，這便是你男兒得志秋。〕

【金盞兒】〔你待縱酒飲深甌，花帶大開頭。因花為酒添憔瘦，還道是有花方酌酒，無月不登樓。早辰間因酒病，到晚來為花愁。〕^(註一〇〇)

5. 虛 vs 實；有 vs 無

【四塊玉】〔這廝便虛話多實心少，諕的我半晌家如同熱油澆。〕（帶云）「侯興你哥哥在那裡？叫他過來。」〔唱〕〔你有和無打快疾忙道。他可又不肯言不肯告，則被你將人徯倖倒。〕^(註一〇一)

6. 立 vs 倒

【牧羊關】〔我腦袋似石頭墜，身軀似繩索縛，但行著不覺低高。這的是些悶都在心頭，氣刺著肋梢。你喚醫人忙裹藥，請大夫把病來調。我澀的難行立，轟的則待倒。〕^(註一〇二)

7. 東 vs 西；南 vs 北

【商調集賢賓】〔出陳州五里巴堠子，無明夜到京師。指東畫西，去了義子。走南料北，不見孩兒。也不索喚師婆擂鼓邀神，請山人占卦撲蓍。則我這眉尖悶鎖無鑰匙，空教我抹淚揉眵。只被他明明的搶了媳婦，停停的要了家私。〕^(註一〇三)

8. 白頭翁 vs 少年兒

【雙鴈兒】〔白頭翁先哭少年兒，想天公也有私，教老拙遭逢著這場事。遠遠的不避辭，特特的來到此。〕

9. 廚中有人 vs 眼裡無珍；心慈 vs 心狠；鐵鎖沉枷早離身 vs 落一覺安眠睡穩

【沉醉東風】〔我與你送茶飯，廚中有人，他把我廝禁持，眼裡無珍。我心慈，他心狠，全無些父子情分。則願得鐵鎖沉枷早離身，我落一覺安眠睡穩。〕^(註一〇四)

10. 要從良便寫約無差錯 vs 他要家私停分有下梢

【隔尾】〔要從良便寫約無差錯，〕〔唱〕〔他要家私停分有下梢。〕^(註一〇五)

羅李實實地被侯興蒙騙，白白的折損了大筆家產，奉送了此奸邪小人。

（四）物件相對

1. 腦袋 vs 身軀；石頭 vs 繩索；心頭 vs 肋梢

【牧羊關】〔我腦袋似石頭墜，身軀似繩索縛，但行著不覺低高。這的是些悶都在心頭，氣刺著肋梢。你喚醫人忙裏藥，請大夫把病來調。我澀的難行立，轟的則待倒。〕^(註一〇六)

2. 金鐘 vs 好鞋

【浪裡來煞】〔我捨著金鐘撞破盆，好鞋踏臭屎，但得個軸頭兒也有抹著時。我拚的搣皇城，搇怨鼓，插狀子，怕甚麼金瓜武士，我和那潑奴胎情願打官司。〕^(註一〇七)

3. 軟肋上 vs 面皮上；粗棍 vs 大拳

【梅花酒】〔這哥哥怎地狠，沒些兒淹潤，一剗地沙村，倒把人尋趁。〕（張千云）「我打你這個老弟子孩兒。」（做打科）（正末唱）〔軟肋上粗棍子搦，面皮上大拳墩。〕（張千云）「兀那老的，你和他甚麼親？他是你甚麼人？」（正末唱）〔又不是世故人，他是我小兒孫，〕（張千云）「你可是他甚麼人？」（正末唱）〔我須是他老家尊。〕（張千云）「元來你們一家兒都在這裡？」（正末唱）^(註一〇八)

4. 榆木枷 vs 粗鐵鎖；項筋 vs 腰身

【沽美酒】〔拜了呵，再不著榆木枷壓項筋，粗鐵鎖束腰身，穩情取白馬紅纓彩色新。將你那破衣服重加整頓，施禮數敘寒溫。〕^(註一〇九)

（五）景物相對

1. 風中燭 vs 水上漚

【混江龍】〔如風中秉燭，似水上浮漚。〕[註一一〇]

2. 山險峻 vs 路嵯峨；山遙 vs 水闊

【仙呂賞花時】〔我不是引的狼來屋裡窩，尋的蚰蜒鑽耳朵？問甚麼山險峻，路嵯峨，山遙水闊，我則你手裡要湯哥。〕[註一一一]

3. 花發時起怪風 vs 月圓後長浮雲

【雙調新水令】〔為湯哥哭的我眼睛昏，教我在他鄉有家難奔。花發時起怪風，月圓後長浮雲。但有個兒孫，誰待受這愁困。〕[註一一二]

天有不測風雲，人有旦夕禍福。可憐養父慈心，千里尋親。

（六）顏色相對

1. 紅鑪閣 vs 白雪詩

【梧葉兒】〔冬賞紅鑪閣，閑吟白雪詩。到春來賞紅杏染胭脂，到夏把荷蓮采，滿斟著金屈卮，若到的暮秋時。〕[註一一三]

2. 紅近著白 vs 青間著紫

【么篇】〔彩畫的紅近著白，青間著紫，無褒彈，無破綻，沒瑕疵。托賴著一人有慶，兆民賴之，是當今救賜，保護著玉葉共金枝。〕[註一一四]

（七）季節相對

1. 春 vs 秋

【油葫蘆】〔身似飄飄不纜舟，幾時得巴到岸口？想當初莊子歎骷髏，一朝身死無人救，三寸氣在千般有。今日春，明日秋。金烏玉兔東西走，斷送一生休。〕[註一一五]

2. 冬 vs 春；夏 vs 秋

【梧葉兒】〔冬賞紅鑪閣，閑吟白雪詩。到春來賞紅杏染胭脂，

到夏把荷蓮采，滿斟著金屈卮，若到的暮秋時。〕〔帶云〕「湯哥兒喚。」〔唱〕「再唱甚麼零落了梧桐葉兒。」〔云〕「天色晚了也，須索進城去來。」^{（註一一六）}

（八）引用經典

1. 父母惟其疾病憂 vs 父母惟其疾之憂（論語為政篇）

【醉扶歸】〔常教我兩葉眉兒皺，一點赤心愁。卻不道父母惟其疾病憂，常落在別人彀。〕^{（註一一七）}

2. 莊子歎骷髏 vs（莊子至樂篇）

【油葫蘆】〔身似飄飄不纜舟，幾時得巴到岸口？想當初莊子歎骷髏，一朝身死無人救，三寸氣在千般有。今日春，明日秋。金烏玉兔東西走，斷送一生休。〕^{（註一一八）}

莊子到楚國，看見路邊有個形骸已經枯槁的骷髏頭。莊子用馬鞭敲它問說：「你是因為貪圖生存、違背常理；還是因為國家敗亡、慘遭殺戮；還是因為作惡多端，慚愧自己留給父母妻子恥辱而活不下去；還是因為挨餓受凍的災難；還是因為你的年壽到了期限，才變成這樣的？」莊子與骷髏頭對話，這五種死因之中，只有最後一種是常態，反映戰國時代的混亂，可見不少人死於非命。不過，既然是路邊枯骨，可想而知是未得善終。莊子說完，拉過骷髏頭當做枕頭睡覺，半夜，骷髏頭入莊子夢中，描述死人的情況：「人死了，上無國君，下無臣子，也沒有四季要料理的事，自由自在與天地並生共存；就算是南面稱王的快樂，也不能超過啊！」此則為莊子想破除一般人執著於生存的意念。

（九）地點相對

1. 章台柳 vs 謝家樓

【醉中天】〔這廝結縛著章台柳，鋪買下謝家樓。〕^{（註一一九）}

2. 秦樓謝館 vs 柳陌花街

【商調金菊香】〔往常時秦樓謝館飲金卮，柳陌花街占表子，爺娘

道著風過耳，煙花擔沉的來無似，則被你壓殺我也那上筐兒。〕[註一二〇]

3. 茶坊 vs 酒肆

【後庭花】〔人都道你是教師，人都道你是浪子。上長街百十樣風流事，到家中一千場五代史。自尋思全不肯改志，引興兒，共保兒，穿茶坊，入酒肆，把家財胡亂使，占猱兒，養弟子，我良言須逆耳。〕[註一二一]

4. 打火店 vs 土市子

【金菊香】〔恰離了招商打火店門兒，早來到物穰人稠土市子。好門面，好鋪席，好庫司，門畫雞兒，行行買賣忒如斯。〕[註一二二]

（十）頂真相對

1. 你為何因，因甚的違條犯法遭推問。

【七弟兒】〔我只道是甚人，原來是受春。你為何因，因甚的違條犯法遭推問。見他撲簌簌眼裡搵啼痕，教我滴屑屑手腳難停穩。〕[註一二三]

2. 親的原來則是親，親兒親女把親爺認。

【水仙子】〔我好生的和勸到半時辰，親的原來則是親，親兒親女把親爺認。中間裡干閃下老業人，我死後做了個無主孤魂，他雖是生身父，我也有養育恩，二十年枉受辛勤。〕[註一二四]親人到底是親人，有著血濃於水的關係，雖幾經波折，終究能夠和諧團圓。

肆、賓白曲辭之口語表達特色

《竇娥冤》與《羅李郎》之賓白曲辭與劇情的銜接，皆有清晰及口語化的表現，以下採表列方式就劇情相類處，結集賓白曲辭的運用，呈現口語表達的特色。

《竇娥冤》與《羅李郎》賓白曲辭之口語表達特色

《竇娥冤》－（淺白生活化）		《羅李郎》－（口語易懂）	
1.引狼入室	蔡婆－張驢兒父子	1.家賊難防	羅李郎－侯興
2.科考餘毒	竇天章	2.追求功名	蘇文順、孟倉士
3.賣女抵債	竇天章	3.拋棄子女	蘇文順、孟倉士
4.奪財謀命	張驢兒父子	4.謀財害命	侯興
5.正義化身	竇娥－張驢兒	5.糾舉不法	羅李郎－侯興
6.義救婆母	竇娥－蔡婆	6.義救友子	羅李郎－湯哥、定奴
7.利益導向借貸	蔡婆－竇天章	7.道義相挺借貸	羅李郎－蘇文順、孟倉士
8.秀才商賈價值觀	蔡婆－竇天章	8.臨危托故人	羅李郎－蘇文順、孟倉士

《竇娥冤》與《羅李郎》賓白曲辭之口語表達特色比較表

《竇娥冤》－（淺白生活化）		《羅李郎》－（口語易懂）	
1.引狼入室	蔡婆－張驢兒父子	1.家賊難防	羅李郎－侯興
〔卜兒背云〕「我不依他，他又勒殺我。罷、罷、罷，你爺兒兩個隨我到家中去來。」（第一折） 【喬玉郎】「這無情棍棒教我捱不的。婆婆也。須是你自做下怨他誰。」（第二折）		〔侯興云〕「湯哥若到前路，無了盤纏，使銀子呵，著人拿住，也是個死。我到家裡說了，氣殺那老子，也是個死。可不定奴兒與我做了老婆，家緣過活都是我的。」（楔子二） 【仙呂賞花時】「我不是引的狼來屋裡窩，尋的蛐蜓鑽耳朵？問甚麼山險峻，路嵯峨，山遙水闊，我則你手裡要湯哥。」（楔子二）	
2.科考餘毒	竇天章	2.追求功名	蘇文順、孟倉士
〔沖末竇天章云〕「幼習儒業，飽有文章；爭奈時運不通，功名未遂。不幸渾家亡化已過，撇下這個女孩兒，小字端雲，從三歲上亡了他母親，如今孩兒七歲了也。小生一貧如洗，流落在這楚州居住。此間一個蔡婆婆，他家廣有錢物，小生因無盤纏，曾借了他二十兩銀子，到今本利該對還他四十兩。……誰想蔡婆婆常常著人來說，要小生女孩兒做他兒媳婦。」（楔子） 【仙呂賞花時】「我也只為無計營生四壁貧，因此上割捨得親兒在兩處分。從今日遠踐洛陽塵，又不知歸期定準，則落的無語暗消魂。」（楔子）		〔蘇文順〕「俺二人待要上朝取應，爭奈盤纏缺少，起身不得。止有這一對孩兒，我的女孩兒喚做定奴，兄弟的孩兒喚做湯哥，在哥哥跟前質當些少盤纏，上朝取應去。」（楔子一） 【么篇】「你則放心懷應舉求官去，相別後便進長途，更休辭跋涉耽辛苦。拋家業，赴皇都；憑才藝，仗詩書；同射策，觀鑾輿；登御宴，飲芳醑；衣紫綬，帶金魚。我言語並無虛，則願你早上青霄路。」（楔子一）	

《竇娥冤》－（淺白生活化）		《羅李郎》－（口語易懂）	
3.賣女抵債	竇天章	3.拋棄子女	蘇文順、孟倉士
①科考之前－〔做相見科，竇天章云〕小生今日一徑的將女孩兒送來與婆婆，怎敢說做媳婦，只與婆婆早晚使用。小生目下就要上朝進取功名去，留下女孩兒在此，只望婆婆看覷則箇。〔卜兒云〕這等，你是我親家了，你本利少我四十兩銀子，兀的是借錢的文書，還了你；再送與你十兩銀子做盤纏。親家，你休嫌輕少。〔竇天章做謝科，云〕多謝了婆婆，先少你許多銀子都不要我還了，今又送我盤纏，此恩異日必當重報。（楔子）賣女換錢，賣愧為人父。		①科考之前－（見科）（蘇文順云）哥哥，您兄弟一徑的來，俺二人待要上朝取應，爭奈盤纏缺少，起身不得。止有這一對孩兒，我的女孩兒喚做定奴，兄弟的孩兒喚做湯哥，在哥哥跟前質當些少盤纏，上朝取應去。（正末云）既然兄弟上朝取應去，侯興，取兩個銀子來。（侯興云）銀子在此。（正末云）兄弟，這兩錠銀子送二位做盤纏，休嫌輕少。（楔子一）蘇文順、孟倉士心懷愧疚、虧欠之意。	
②科考之後－[竇天章冠帶引丑張千祗從上詩云]「獨立空堂思黯然，高峰月出滿林煙，非關有事人難睡，自是驚魂夜不眠。老夫竇天章是也。自離了我那端雲一舉及第，官拜參知政事。只因老夫廉能清正，節操堅剛，謝聖恩可憐，加老夫兩淮提刑肅政廉訪使之職，隨處審囚刷卷，體察濫官汙吏，容老夫先斬後奏。老夫一喜一悲。喜呵，老夫身居臺省，職掌刑名，勢劍金牌，威權萬里。悲呵，有端雲孩兒，七歲上與了蔡婆婆為兒媳婦，老夫自得官之後，使人往楚州問蔡婆婆家，他鄰里街坊道，自當年蔡婆婆不知搬在那裡去了，至今音信皆無。老夫為端雲孩兒啼哭的眼目昏花，憂愁得鬚髮斑白。今日來到這淮南地面，不知這楚州為何三年不雨？」（第四折）竇天章得官之後，悲喜參半，喜得高官，身居要津，光耀門楣。悲則端雲，杳無音訊，心中時存身為父親，關懷思念之情。		②科考之後－（蘇文順引張千上，詩云）白髮刁騷兩鬢侵，老來灰盡少年心。雖然博得官兒做，爭奈家鄉沒信音。老夫蘇文順。自離了羅李郎哥哥，早二十年光景也。從別後到于帝都闕下，謝聖恩此二十多年，不曾差人回去，討問我定奴兒消息。我想來，羅李郎是我八拜交的哥哥，料他看承，就似他自家骨血一般，必然不至流落。我兄弟孟倉士，做到禮部侍郎，也不放歸去，他也不曾通一個家信，總是這主意。（第三折）蘇文順、孟倉士兩人，功成名就之後，竟對子女的下落，漠不關心，作者將這一對父親，狠心腸的行徑表露無遺。	

《竇娥冤》－（淺白生活化）		《羅李郎》－（口語易懂）	
4.奪財謀命逼婚三步曲	張驢兒父子	4.謀財害命騙婚三步曲	侯興（羅李郎家僕）
①奪財謀命－〔孛老云〕「兀那婆婆，你無丈夫，我無渾家，你肯與我做個老婆，意下如何？」〔卜兒云〕「是何言語！待我回家，多備些錢鈔相謝。」〔張驢兒云〕「你敢是不肯，故意將錢鈔哄我？賽盧醫的繩子還在，我仍舊勒死了你罷。」〔做拿繩科〕〔卜兒云〕「哥哥，待我慢慢地尋思咱！」〔張驢兒云〕「你尋思些什麼？你隨我老子，我便要你媳婦兒。」〔卜兒背云〕「我不依他，他又勒殺我。罷、罷、罷，你爺兒兩個隨我到家中去來。」（第一折）		①為僕不忠、三代除役－（正末扮羅李郎、丑扮侯興上，云）老夫陳州人氏，姓李名玉，字和之。年幼時織造羅段為生，又在羅家入贅，人口順都喚我做羅李郎。婆婆早年亡過，這個小的是侯興。他在我家三輩兒了，他的公公伏侍我的公公，他的父親伏侍我的父親，生下這個小的伏侍老夫。（侯云）老爹，你也好與我一紙從良的文書了。（楔子一）侯興暗自地想著擺脫三代為奴的宿命。	
②下毒逼婚－〔張驢兒上，云〕「自家張驢兒，可奈那竇娥百般的不肯隨順我；如今那老婆子害病，我討服毒藥與他吃了，藥死那老婆子，這小妮子好歹做我的老婆。」（第二折）		②心懷不軌、奪人家產－侯興眼看著小主人湯哥荒唐度日，滿心不願地聽主人吩咐，還掉賒的酒錢、請樂人彈唱尋歡的樂歌錢。湯哥在外打人逞兇，也只有替他賠錢了事，湯哥種種愁花病酒、荒廢青春行徑，身為僕人的侯興也只能為之掩飾過失。【賺煞】〔你少不的賣了莊田，折了孳畜，將我這逆耳良言不瞅。愚濫荒淫出盡醜，我一片幹家心話不相投。沒來由，枉把你收留，莫為兒孫作馬牛。你戀著紅裙翠袖，折倒的你黃乾黑瘦，〕（帶云）「古人言的不錯呵：要兒自養，要穀自種。」（唱）這是我養別人兒女下場頭。〕（第一折）藉著羅李對湯哥表現的失望之際，極盡挑撥之能事，吐露二十年前湯哥之父托養之事，慫恿湯哥離家尋生父，準備取而代之接收羅家一切產業。（侯興云）可知不是羅李郎的兒子，你父親在京師做大官哩。你只管在這裡要討這許多不自在吃，你不如去京師尋你父親，可不好那？你則尋著時，休忘了我侯興。（淨云）你那裡是我哥？就是我父母一般。則今日辭了哥哥，便索往京師尋我父親走一遭去也。（第一折）	
③奸計害命－〔張驢兒云〕「你教竇娥隨順了我，叫我三聲嫡嫡親親的丈夫，我便饒了他。」〔正旦云〕「我又不曾藥死你老子，情願和你見官去來。」〔孤云〕「既然不是你，與我打毬婆子。」〔正旦忙云〕「住住住，休打我婆婆，情願我招了罷。是我藥死公公來。」〔孤云〕「既然招了，著他畫了伏狀，將枷來枷上，下在死囚牢裡去。到來日判個斬字，押付市曹典刑。」（第二折）			

《竇娥冤》－（淺白生活化）		《羅李郎》－（口語易懂）	
		③裝神弄鬼、奪人妻子－侯興	
		侯興騙羅李湯哥橫死客地，在祭拜時使詐，假裝昏倒，以亡靈附體發話反制羅李，提出三項要求，缺一不可，羅李不疑有他，免於答應，侯興半推半就，成了最大的家產受益人。（侯興云）頭一件事家緣過活，分與侯興一半。（正末云）這是誰說來？（侯興云）是我湯哥說來。（正末云）依的。（侯興云）第二件，侯興伏侍多年了，與他一紙從良的文書。（正末云）誰說來？（侯興云）是我湯哥說來。（正末云）依的！依的！（侯興云）第三件，把定奴與侯興做老婆。（正末云）是誰說來？（侯興云）我說來。（做醒科，云）老爹，我恰才怎生來？（正末云）恰才湯哥附著你來。（侯興悲科，云）我那有靈聖的哥哥，不知說甚麼來？（正末云）你哥哥吩咐三件事。（侯興云）可是那三件事？（正末唱）【隔尾】〔要從良便寫約無差錯，〕（侯興云）我不要。（正末云）我道你是家生孩兒，一定不要。（唱）〔他要家私停分有下梢。〕（侯興云）我也不要。（正末云）哦，你也不要？（侯興云）老爹，這是兩件，第三件怎麼說哩？（旦兒云）老爹，你是必休說？（正末唱）〔定奴兒與你為妻，你可是要也不要？〕（侯興云）這件我若不要，害疔瘡。（正末唱）〔審約想度，把我半世兒清名誤賺了。〕（第二折）	
5.正義化身	竇娥－張驢兒	5.糾舉不法	羅李郎－湯哥 羅李郎－侯興
竇娥受刑前三誓言－ ①血濺白練 〔正旦云〕「要一領淨席，等我竇娥站立，又要丈二白練，掛在旗槍上。若是我竇娥委實冤枉，刀過處頭落，一腔熱血休半點兒沾在地下，都飛在白練上者。」		①羅李郎（養父）－湯哥（養子） 湯哥荒唐戒酒三步曲－辭酒、斷酒、開酒 【後庭花】〔你因酒上沒做有，為花上恩變做仇。你交財上不應口，爭氣處打破頭。這四件忒精熟，諸般懶就，這便是你男兒得志秋。〕	

《竇娥冤》－（淺白生活化）	《羅李郎》－（口語易懂）
【耍孩兒】〔不是我竇娥罰下這等無頭願，委實的冤情不淺。若沒些兒靈聖與世人傳，也不見得湛湛青天。我不要半星熱血紅塵灑，都只在八尺旗槍素練懸。等他四下裡皆瞧見，這就是咱萇弘化碧，望帝啼鵑。〕（第三折）②六月飛雪〔正旦再跪科云〕「大人，如今是三伏天道，若竇娥委實冤枉，身死之後，天降三尺瑞雪，遮掩了竇娥屍首。」【二煞】〔你道是暑氣暄，不是那下雪天。豈不聞飛霜六月因鄒衍，若果有一腔怨，噴如火，定要感的六出冰花滾似綿，免著我屍骸現。要什麼素車白馬，斷送出古陌荒阡？〕（第三折）③楚州三年旱〔正旦再跪科云〕「大人，我竇娥死的委實冤枉，從今以後，著這楚州亢旱三年。」【一煞】〔你道是天公不可期，人心不可憐，不知皇天也肯從人願。做甚麼三年不見甘霖降，也只為東海曾經孝婦冤。如今輪到你山陽縣，這都是官吏每無心正法，使百姓有口難言。〕（第三折）在犯眾怒的貪官誤判之下，小女子的冤，只能問天買卦，借天降異象傾訴積怨。作者型塑弱者為一正義的化身，在曲詞與賓白表現上，以強而有力的敘述，驚天動地的畫面，深入人心的感知，不啻替社會上躲在黑暗角落啜泣的怨聲伸張正義，更為受到不人道對待的市井小民平反冤情。	（淨云）〔老爹掙扎了許來大家私，您孩兒正好快活哩。可不道飲酒只待飲深甌，帶花須帶大開頭。〕（正末唱）【金盞兒】〔你待縱酒飲深甌，花帶大開頭。因花為酒添憔瘦，還道是有花方酌酒，無月不登樓。早辰間因酒病，到晚來為花愁。可不道野花村務酒，〕（帶云）定奴兒，靠後。（唱）〔知滋味便合休。〕（第一折）湯哥定奴自幼羅李郎收養，雖稱羅為父親，卻愧對恩人，酒色財氣一樣不缺。（淨云）父親教我斷酒，我不敢不斷，我則告寬我三日假。（正末云）怎生告三日假？（淨云）頭一日殺五個羊請眾兄弟每來吃一醉，喚做辭酒。第二日再安排一席，可便是斷酒。第三日再安排一席，喚做開酒。（正末云）你看這廝波，你快與我斷了酒者。（淨云）你孩兒再吃酒，賭一個痛咒。（正末云）你賭甚麼咒？（淨云）你孩兒再吃酒，我就吃蜜蜂兒的屎。（第一折）由湯哥戒酒的缺乏誠意，可見其凡事缺乏決心，也因為不好讀書，凡事不知三思而後行，更易被有心人所利用。【一半兒】〔你這般借錢取債結交游，做大妝么不害羞，知你那爺貧也富也，活也死也，那無共有。你那一日不奉樓，正是幾處笙歌幾處愁。〕（第一折）羅李雖有心管教兒女，卻因讀書不多，亦無法有效管教，只有無盡的哀嘆之聲。②羅李郎（主）－侯興（僕）羅李郎在答應侯興的魂魄附體囈語之後，侯興原形畢露，言行粗暴相向，羅李驚覺被騙，然而侯興已帶著定奴捲款逃逸。羅李郎不辭千里尋兒孫，追緝無情家僕，拼著老命，準備反擊。【尾煞】〔問甚麼家門外長安道，買賣歸來汗未消，打聽的湯哥有些音耗。那塌裡遇著，那搭裡撞著，我把那背義的奴胎，不道的素放了。〕（第二折）

《竇娥冤》－（淺白生活化）		《羅李郎》－（口語易懂）	
6.義救婆母	竇娥－蔡婆	6.義救友子	羅李郎－湯哥、定奴

①救人義氣－〔孤云〕「你招也不招？」〔正旦云〕「委的不是小婦人下毒藥來。」〔孤云〕「既然不是你，與我打那婆子。」〔正旦忙云〕「住住住，休打我婆婆，情願我招了罷。是我藥死公公來。」〔孤云〕「既然招了，著他畫了伏狀，將枷來枷上，下在死囚牢裡去。到來日判個斬字，押付市曹典刑。」 〔卜兒哭科云〕「竇娥孩兒，這都是我送了你性命，兀的不痛殺我也。」〔正旦唱〕 【黃鐘尾】〔我做了個銜冤負屈沒頭鬼，怎肯便放了你好色荒淫漏面賊。想人心不可欺，冤枉事天地知，爭到頭，競到底，到如今待怎的？情願認藥殺公公，與了招罪。婆婆也，我怕把你來便打的，打的來怎的。我若是不死呵，如何救得你。〕（第二折）義氣救婆，奮不顧身，情願屈招，至情至性之表現。 ②事婆至孝－ 〔劊子云〕「你適才要我往後街裡去，是甚麼主意。〔正旦唱〕〔怕則怕前街裡被我婆婆見。〕〔劊子云〕「你的性命也顧不得，怕他見怎的。」〔正旦云〕「俺婆婆若見我披枷帶鎖赴法場餐刀去呵。」〔唱〕〔枉將他氣殺也麼哥，枉將他氣殺也麼哥。告哥哥，臨危好與人行方便。〕（第三折） 竇娥知婆年事已高，不忍白髮為媳送終，特意繞道避開婆婆，以免老人家傷心不支，孝行感人。	①救人義氣－ 當羅李郎知道一切家中變故，皆因侯興的使壞而起時，立刻輕車儉行地，千里奔赴長安城，指為照養二十年的養子女，可見主人翁之情深義重。〔正末醒科云〕「街坊救人咱！侯興逼盜家私，拐帶我媳婦兒走了。料想湯哥也不曾死。我收拾些盤纏，封鎖了門戶，央街坊看一看。我不問那裡，好歹尋著我那孩兒去來。」（第二折） ②養父情重－ 羅李郎大鬧相國寺，只為搭救被岳父囚禁的養子女湯哥、定奴和孫子受春。〔張千吊俫科〕〔淨上云〕「自從做了甲頭，好生自在。我前後遊玩一回，來到這門首。」〔俫兒云〕「兀的不是俺爹爹？〔淨驚看科云〕「受春兒也，你怎生在這裡？」〔俫云〕「侯興拐出我來，賣與這老爹家。」〔蘇文順云〕「張千，拿過那廝來。」〔張千拿淨跪科〕〔蘇文順云〕「你是甚麼人？我吊的小廝，幹你甚事？」〔淨云〕「這個小的，是我的孩兒。」〔蘇文順云〕「是了，這唕盂是這小廝遞盜與他了，把這廝也吊起來。」〔吊淨科〕〔淨云〕「嗨！正是官高必險。天那！教誰人救我也！」〔正末上云〕「誰想這裡得見我孩兒？我好歹救他去來。」〔唱〕【雙調新水令】〔為湯哥哭的我眼睛昏，教我在他鄉有家難奔。花發時起怪風，月圓後長浮雲。但有個兒孫，誰待受這愁困。〕（第四折）

7.利益導向借貸	蔡婆－竇天章	7.情義相挺借貸	羅李郎－蘇文順、孟倉士

蔡婆（金主）→竇天章（債主） &（要立借據）& 蔡婆要求竇天章以女兒還債做童養媳，借貸皆以利益導向，收下幼女撕了借據，事成則以十兩銀子權作盤纏，打發竇天章秀才進京赴試。〔卜兒云〕「你本利少我	羅李郎（金主）→蘇文順、孟倉士（債主） &（不要借據）& 羅李郎既與蘇、孟二人交好，當二人奔赴前程時，羅自是情意相挺，不但不要二人立下借據，還負責撫養兩人子女。表現出朋友有情有義的真漢子面目。〔正末云〕

《竇娥冤》－（淺白生活化）	《羅李郎》－（口語易懂）
四十兩銀子，兀的是借錢的文書還了你。再送你十兩銀子作盤纏。」（楔子）	「既為友義，豈論錢財。」〔唱〕【仙呂端正好】〔嗒意相投情相睦，索甚立質當文書。〕〔蘇文順云〕「則望哥哥看覷這兩個孩兒。」〔正末唱〕〔您兒女就是咱兒女。我怎肯兩樣三般覷。〕〔蘇、孟悲科云〕「孩兒呵，也是我出於無奈。」（楔子一）
8.秀才商賈金錢價值觀　蔡婆－竇天章	8.臨危托故人　羅李郎－蘇文順、孟倉士
楔子中竇天章將女兒送與蔡婆抵了先前所借之欠債，當蔡婆再送盤纏十兩銀子時，竇天章竟感激涕零的說「此恩異日必當重報」（楔子），可見阮囊羞澀對一個秀才而言，及時的金援，是一如救命之恩的可貴，真可謂缺錢困死窮秀才。	楔子中正末羅李郎因僅為一市井小民、商賈之人，又沒什學問，因而多為口語表現，亦無定場詩脫口，可見其俚俗角色之一般。羅李郎仗義出借錢財，不需立借據，義務照顧朋友兒女。一個真正將錢財看做身外之物的人，而蘇、孟二人卻將羅當臨時的避風港，百無一用的書生雖瞧不起商人，無助時仍要向會理財的生意人低頭求援，真可謂情義深重而不求回報之信實商賈。
	【么篇】〔你則放心懷心舉求官去，相別後便進長途，更休辭跋涉耽辛苦。拋家業，赴皇都；憑才藝，仗詩書；同射策，覷鑾輿；登禦宴，飲芳醑；衣紫綬，帶金魚。我言語，並無虛，則願你早上青霄路。〕〔蘇文順云〕「咱兄弟蒙賜盤纏，兩個兒女又蒙看覷。則今日拜辭了哥哥，收拾琴劍書箱，上朝取應走一遭去也。」〔詩云〕「為功名無奈相催，便登程趲赴春闈。」〔孟倉士詩云〕「可憐我一家骨肉，淚盈盈兩處偷垂。」（楔子一）

伍、下場詩詞、劇本架構場景之特色

　　《竇娥冤》與《羅李郎》下場詩詞、劇本架構場景在口語表達上，各具特色，以下分別敘述之。

一、下場詩之特色

	《竇娥冤》	《羅李郎》
下場詩	竇娥魂魄不告官司只告天在（第四折）中呈現。魂旦告天，向父訴怨，乞求洗刷冤情，還小女子清譽。為救婆母，忍受屈打成招，旗槍血濺白練，六月飛霜雪覆屍，楚州三年為女旱，只待親父洗刷沉冤。〔詩云〕「不告官司只告天，心中怨氣口難言，防他老母遭刑憲，情願無辭認罪愆。三尺瓊花骸骨掩，一腔熱血練旗懸，豈獨霜飛鄒衍屈，今朝方表竇娥冤。」^{（註一二五）}此下場詩將竇娥的萬般苦痛與無奈，義正詞嚴宣洩，身死怨氣口難言，只願一命換來官府的自覺與百姓未來的公平正義，讀來令人鼻酸，深深打動平民百姓的心，更切切實實的道出市井小民的共同心願，作者能用文字有效掌握人們生活的關鍵感受，是一段令人有感又富於文學技巧心靈饗宴。	犧牲兒女，成就功名的心酸在（楔子一）中呈現。科舉應試，為成就儒生之唯一志向，但遠踐洛陽塵，倫理親情只得拋棄，萬般無奈之下，只有兩淚漣漣，強忍割捨兒女親情之痛。〔蘇文順詩云〕「為功名無奈相催，便登程趕赴春闈。」〔孟倉士詩云〕「可憐我一家骨肉，淚盈盈兩處偷垂。」^{（註一二六）}（同下）身為士子儒生，本具有大展鴻圖之志向，功名求取，理應所至，然而在兩相權衡之計，兒女教養之事，暫為託付親信，亦情有可原。當已功成名就多年，卻將撫養子女之事置之不理，實有違人倫，於情於理皆不容矯情託詞。楔子中下場詩的落寞無奈之情，著實亦能搏取讀者觀眾的同情，然而相較於（第三折）定場詩中^{（註一二七）}，呈現對子女的無所作為，實令人覺得已是無情之至，再高的功名爵位亦不能為他人品的低劣抵過。作者對二位儒生的表現雖著墨不多，但無言無行為的表現，也是一種消極的不負責任呈現。

二、下場詞之特色

	《竇娥冤》
下場詞	1.〔詞云〕〔美婦人我見過萬千向外，不似這小妮子生得十分憊賴。我救了你老性命死裡重生，怎割捨得不肯把肉身陪待？〕（同下）^{（註一二八）} 2.〔詞云〕〔莫道我念亡女與他滅罪消愆，也只可憐見楚州郡大旱三年。昔于公曾表白東海孝婦，果然是感召得靈雨如泉。豈可便推諉道天災代有，竟不想人之意感應通天。今日個將文卷重行改正，方顯的王家法不使民冤。〕^{（註一二九）}
	《羅李郎》劇無下場詞之呈現。

三、劇本結構場景之比較

劇本結構	（楔子一）	（第一折）	（楔子二）	（第二折）	（第三折）	（第四折）
《竇娥冤》	✓	✓	✕	✓	✓	✓
《羅李郎》	✓	✓	✓	✓	✓	✓

結構場景	《竇娥冤》	《羅李郎》
楔子一	①賣女為童養媳事件－ 場景由點的切入，有建設隨之而來的就是破壞，一個家徒四壁的窮書生，功名與親情的掙扎，引起了賣女事件。蔡婆免了他的債，接收了他的女兒為童養媳，名為蔡婆收作童養媳，實則竇天章賣女、棄養的粗暴行為。 ②奇特的家庭組合－ 竇天章的無奈進京赴試，滿足了身為儒生的抱負，然而心中始終懷有愧疚，由於求取功名、重男輕女、萬般皆下品惟有讀書高的社會意識，造成奇怪的家庭組合，一個寡婦蔡婆，因賺取高利貸，變相得了個現成媳婦竇端雲。	①棄養兒女事件－ 場景由點的切入，功名與親情的難以得兼，使得三個鰥夫蘇、孟、羅，產生了極度密切的親情倫理關係。窮途潦倒又欲赴試的蘇文順、孟倉士，將兒女托給了義兄羅李郎，二人為前途，名為托付兒女，實則即為棄養。 ②奇異的家庭成員－ 羅義氣支援二人盤纏，代為照顧兒女，成為最佳的義務保母和功名的推手，提供有形的幫助和無形的精神支持。由於追逐功名的社會導向，造成奇怪的家庭組合，一個鰥夫羅李郎，代為照顧年幼子女，湯哥和定奴。
第一折	①十三年後－ 場景由點進入直線發展，快速轉換場景，劇情走勢快速進行中，十三年後，幼媳已長大成人，與蔡婆兒子結婚不久就守了寡，守喪三年即將屆滿。 ②賽盧醫勒婆事件－ 二十歲的年輕寡婦和放高利貸的男人婆，婆媳倆相依為命，弱勢孤寡婆媳自立謀生，於是發生了賽盧醫欠錢不還，荒郊勒婆事件。 ③張驢兒偽善逼婚－ 張驢兒父子見賽盧醫逞兇，救下蔡婆，卻心懷不軌，逼迫婆媳二人再嫁，露出地痞流氓兇惡的本性，行善有所求則非善行，又藉機行惡，實造惡莫甚。張驢兒更在第一折下場詞中，撂下狠話，娶不到竇娥，	①二十年後－ 場景由點進入直線發展，快速轉換場景，劇情走勢急遽加速進行中，二十年後，湯哥、定奴已長大成人，羅李郎作主，成就婚事，二人生下了兒子受春。 ②湯哥荒唐事件－ 二十歲的年輕人湯哥，花天酒地，不務正業，不識酒、色、財、氣四大皆空，更無戒酒之心，成天只會闖禍，養父羅李郎百般勸諫無效，只能以銀兩擺平所欠酒錢、樂歌錢、打人應賠之款項。 ③湯哥京師尋生父－ 羅李郎之家僕侯興心懷不軌，趁羅李郎因湯哥衍生之事端，感嘆油然而生，覺得替人養孩子，實在是倒楣，傷財又傷身。故意告訴湯哥生

結構場景	《竇娥冤》	《羅李郎》
	算不得好男子，話中盡是較勁意味，一念惡心起，斷送了一個善良婦女的未來。此情節埋下第二折複雜情節發展的伏筆。	父在京師作官，露出奸惡小人的本性，更準備下一波漸進式的奪產計劃。侯興的處心積慮，由嫉妒湯哥的一切擁有，此情節埋下楔子二中侯興露出多樣惡行的伏筆。
楔子二《羅》劇	《竇娥冤》劇無楔子二，直接進入第二折。 《羅李郎》劇穿插楔子二，鋪陳侯興的種種詭計，意欲置羅李郎與湯哥於死地，雖篇幅不大，然而便於閱讀第二折侯興的惡行惡狀情節時，能連貫前因。因此楔子二的加入，對於劇情走勢的順暢，實有其必要性。 《羅李郎》劇楔子二情節重點面相 ①羅李郎命侯興尋找湯哥－ 　場景由點、線進入多面發展，一個扶養兒子二十年的養父，發狂似的想尋回養子，無論花費多少錢財，都願意交換，鋪陳一個慈父無價的關愛之情，侯興正是背負著此重任，要將此千呼萬喚的養子帶回。 ②侯興換假銀害湯哥－ 　侯興以兩面手法，遂行其奪產計謀。拿了兩個假銀子，給湯哥作為盤纏，本應勸其返家見養父，竟背道而馳，兩面造假，兩面討好，兩邊欺騙，慫恿湯哥繼續前行。 ③侯興欺騙湯哥使無退路－ 　侯興在追到湯哥之後，湯哥本欲返回家中，侯興則騙湯哥羅李郎以拐帶金銀罪名將他告官，官府正要捉拿他歸案。湯哥中計直奔京城繼續尋生父。 ④代罪羔羊湯哥－ 　湯哥在明，侯興在暗，暗中使壞，明裡被整，侯興的整個人財謀奪盤算，關鍵就在於除掉湯哥，湯哥在侯興的滅羅計劃中成了代罪羔羊。因此第二折中湯哥的犯法、羅李的氣殺、定奴受春的被拐帶、羅家產業的被竊奪等情節，便前後有了連結。
第二折《竇》劇	《竇娥冤》劇第二折情節重點面相 ①張驢兒下毒手害人害己－ 　場景由點、線進入多面發展，人不足蛇吞象，張驢兒便是一個標準範例，本是一個無業遊民，因蔡婆感念其救命之恩，迎回家中供養，衣食無虞，飽暖思淫慾，張驢兒竟設計下毒陷害蔡婆，惡人現世報，陰錯陽差之下，竟毒死了張老頭。 ②行賄桃杌屈打成招－ 　張驢兒毒害老婦不成，嫁禍竇娥毒死親父，又行賄楚州太守桃杌，上下聯手將竇娥屈打成招，造成冤案。 ③無辜斬刑兇嫌脫罪－ 　竇娥心地坦蕩，不肯順從下嫁張驢兒，因此被張驢兒告官毒死張父，貪官草菅人命，知其孝心不忍婆婆受行逼供，屈從認罪，官府問斬，真兇全身而退。 ④代罪羔羊竇娥－ 　一個可憐的弱女子，失去了父親、丈夫的保護傘，和年邁的婆婆茹苦含辛的生活，孤寡婦人成了惡霸欺凌的最佳對象，加之張驢兒要為自己的犯行脫罪，於是竇娥便成了最佳的代罪羔羊。

結構場景	《竇娥冤》	《羅李郎》
	《竇娥冤》劇第二折與《羅李郎》劇楔子二，有共同的情節鋪陳線路，兩劇中的惡人都在此情節中，盤算謀劃陰計，十足的犯易迫使被害人一步步掉入陷阱之中，最後逐行好人不長命，壞人活千年的社會不平結構。	
第二折《羅》劇	《羅李郎》劇第二折情節重點面相，皆環繞在侯興的惡行惡狀之下。①湯哥因假銀入獄－湯哥被侯興所騙，使用假銀兩，無辜犯法入獄。②羅李感傷湯哥早逝－羅李郎被侯興所騙，誤以為湯哥果真途中暴斃身亡。因此自責甚深，感傷不已。③魂魄附體三願毒計－侯興趁羅李傷感之際，偽裝湯哥魂魄附身，藉以說出三項誓願，迫使羅李就範，逐行其奪人家財郎虎之心。定奴、受春被拐帶成了無辜受害人，羅家產業亦就此被掠奪。	
第三折《竇》劇	《竇娥冤》劇第三折情節重點面相，皆環繞在竇娥的告天訴怨情境。①告天訴願－竇娥罪刑定讞，百般無奈，卻又不甘無辜枉死，因而呼天搶地，做生前最後的控訴。②發下三願－竇娥在行刑之前，發下血濺旗槍白練、六月降下飛雪、楚州三年乾旱。③二項成真－竇娥在行刑之時，果然鮮血逆勢向上而噴，六月三伏之炎夏，竟亦頓時滿佈飛雙，前兩項誓願因冤情不淺而成真，第三項亢旱三年情節，為第四折魂靈反擊埋下伏筆。《竇娥冤》劇第三折與《羅李郎》劇第二折情節，有共同的情節鋪陳線路，《羅李郎》劇中侯興故弄玄虛，魂魄附體，以三願毒計篡奪人財產妻子。《竇娥冤》劇中竇娥被惡棍張驢兒、昏官桃杌聯手推進了鬼門關，行刑之前亦發下三願，控訴天地之不公。兩劇中的惡人都在此情節中，全面性的展開執行密謀算計，使被害人含冤莫白。	
第三折《羅》劇	《羅李郎》劇第三折情節重點面相故事由現實拉回二十年前的場景，從記憶當中回溯一個年輕的夢想。當老臣持重時，功成名就的點滴，只不過譜成了一首士子的悲歌。幾經波折之後，年長時的歷練，更懂得珍視得之不易的親情。①功成名就士子悲歌－蘇文順、孟倉士身居要津，對子女應盡的義務卻是一片空白。②慈心佈施換得機緣－羅李郎千里尋子，來到相國寺一遊，發慈心佈施因犯，換得機緣父子相認。③羅李湯哥異地相逢－羅李郎和湯哥異地相逢，對質之下，才知被侯興全然矇蔽，從頭到尾竟是一場騙局。	
第四折《羅》劇	《羅李郎》劇第四折情節重點面相①府衙門前祖孫相逢－蘇文順府衙門前，吊掛著湯哥、受春父子，祖孫相逢卻不相識，幸得羅李郎從中圓場，方得以三代同堂其樂融融。②結義兄弟同鄉相認－二十年前蘇、孟、羅結義，羅李郎情義相挺，二十年後仍不改初衷，為朋友所託的子女，如尋覓失落的羊群一般費盡苦心。終於皇天不負苦心人，同鄉異地相逢，激動相認。③親人相認喜慶團圓－羅李在尋親過程中，真情流露，善有善報，蘇、孟祖孫三代，同感其恩澤，願承擔羅李頤養天年的責任，共享天倫之樂。	

結構場景	《竇娥冤》	《羅李郎》
第四折 《竇》劇	《竇娥冤》劇第四折情節重點面相 ①功成名就後之悲歌－ 　竇天章離鄉十三年，再回頭已無法重拾天倫。幾經打探總無女兒音訊，縱使老淚縱橫，也只能徒呼奈何。 ②楚州查案夜審文卷－ 　竇天章以欽差大臣之尊，楚州查案夜審文卷，功在社稷，卻難保幼女之安危，實為極大的諷刺。 ③鬼魂泣訴親父翻案－ 　作者安排鬼魂伸冤的情節，無疑是對貪官之當頭棒喝。在生之時無法伸冤，只能學人走後門，向做父親的告狀，父親該不會置之不理的，對竇天章而言真是情何以堪。 　《竇娥冤》劇第四折與《羅李郎》劇第三、四折情節，有共同的情節鋪陳線路，兩劇中主人翁都陷在情感的糾結之中，無法自拔，將人性中最難以理解詮釋的情感糾葛，細膩描摹。 　羅李郎一家人遭遇雖值得同情，但畢竟失而復得，結局仍是喜慶之大團圓。竇天章一家人的再團圓，已是天人永隔，人鬼間對話無限哀淒，因此《竇娥冤》此大悲劇，尤能賺人熱淚，歷久而彌新。	

　　《竇娥冤》與《羅李郎》兩劇共有五個相關情節佈局，寫作情節和文字運用有其同質性，是值得深入探討研究之議題，以下列表說明兩劇相關情節之佈局。

　　《竇娥冤》與《羅李郎》相關情節分佈表

情節架構	楔子一	第一折	楔子二	第二折	第三折	第四折
《竇娥冤》	①	②	×	③	④	⑤
《羅李郎》	①	②	③	④	⑤	⑤

《竇娥冤》與《羅李郎》情節架構分析

（一）楔子

　　《竇娥冤》劇在楔子中先介紹角色人物，將故事的前因說明，使得讀者在接續後面的情節時，不會發生關係中斷的狀況。由於士子的求取功名，發生賣女事件，作劇情場景「點」的出發。與其說是一個窮書生的掙扎，實則為竇天章賣女、棄養的鐵證，於是一個奇特又怪異的家庭組合應運而生。

　　《羅李郎》劇在楔子一中同樣以介紹角色人物開始，將故事的前

因說明，使得讀者在接續情節時，能快速掌握劇情走勢。由士子的求取功名，發生棄養事件，以此作為劇情點的出發。場景由點的切入，功名與親情的難以得兼，使得三個鰥夫蘇、孟、羅，產生了極度密切的親情倫理關係。蘇文順、孟倉士，將兒女托給了義兄羅李郎，二人為前途，名為托付兒女，實則即為棄養。羅義氣支援代為照顧兒女，提供有形、無形的幫助。由於名利追逐的社會意識，造成奇怪的家庭組合，一個鰥夫羅李郎，代友照顧年幼子女，湯哥和定奴。

（二）第一折

《竇娥冤》劇到第一折時已是十三年後，場景由「點」進入「直線」發展，快速轉換場景，劇情走勢快速進行，幼媳已成了寡婦，守喪三年即將屆滿時，卻發生賽盧醫勒婆事件，孤寡婆媳自立為生，於是賽盧醫欺負婦道人家，才出現荒郊勒婆之事。張驢兒偽善救下蔡婆，卻心懷不軌，向婆媳逼婚，一念惡心起，斷送了一個善良婦女的未來。此情節埋下第二折複雜情節發展的伏筆。

《羅李郎》劇在第一折時，已切換到二十年後，場景亦由「點」進入「直線」發展，快速轉換場景，使劇情走勢急邊加速進行，此刻湯哥、定奴已長大成人，羅李郎作主，成就婚事，二人生下了兒子受春，形成三代同堂的組合，無奈湯哥不務正業，養父羅李郎只能盡量擺平一切。家僕侯興趁羅李郎感嘆養兒難防老時，慫恿湯哥至京師尋生父，侯興的處心積慮，正準備著奪產計劃，此情節埋下楔子二中侯興多重惡行的伏筆。

（三）楔子二

《竇娥冤》劇並無楔子二之情節穿插。

《羅李郎》劇穿插楔子二，鋪陳侯興的種種詭計，意欲置羅李郎與湯哥於死地，雖篇幅不大，然而便於第二折前因後果的情節閱讀。因此楔子二的加入，對於劇情走勢的順暢，實有其必要性。羅李郎命侯興尋找湯哥，場景由「點」、「線」進入「全面」發展，鋪陳一個慈父無價的關愛。家僕侯興卻以兩面手法，遂行其奪產計謀，更使湯哥永無退路一意向前行。湯哥在侯興的滅羅計劃中成了代罪羔羊，羅家產業的被竊奪等情節前後才有了連結。

（四）第二折

　　《竇娥冤》劇第二折場景由「點」、「線」進入「全面」發展，張驢兒本是一市井刁民，仗恃著對蔡婆有救命之恩，獨佔蔡家，又設計毒害蔡婆，陰錯陽差，竟毒死了自己父親。害人害己，仍不思悔改，反嫁禍竇娥，行賄桃杌，問斬竇娥，造成冤案，竇娥成了垂手可得的代罪羔羊，而真兇卻全身而退。

　　《竇娥冤》劇第二折與《羅李郎》劇楔子二，有共同的情節鋪陳線路，兩劇中的惡人都在此情節中，盤算謀劃陰計，十足的犯意，迫使被害人一步步墜入陷阱，最終形成社會上不公平的結構。

（五）第三折

　　《竇娥冤》劇第三折情節重點面相，皆環繞在竇娥的告天訴怨情境。

　　竇娥不甘枉死，因而呼天搶地，發出最後的控訴。行刑之前發下三願，要以天降異相，證明自己的清白。三願中前二項成真，第三項亢旱三年情節，為第四折魂靈反擊埋下伏筆。

　　《羅李郎》劇第二折情節重點面相，皆環繞在侯興的惡行惡狀之下。

　　湯哥被侯興所騙，使用假銀兩，無辜犯法入獄。羅李郎被侯興所騙，誤以為湯哥途中暴斃，自責甚深，感傷不已。侯興趁羅李傷感之際，偽裝湯哥魂魄附身，藉此說出三項誓願，迫使羅李就範，遂行其奪人家財郎虎之心。定奴、受春被拐帶成了無辜受害人，羅家產業亦就此被掠奪。

　　《竇娥冤》劇第三折與《羅李郎》劇第二折情節，有共同的情節線路，《羅李郎》劇中侯興偽裝魂魄附體，以三願毒計，篡奪人財產妻子。《竇娥冤》劇中竇娥被惡棍張驢兒、昏官桃杌聯手推進了鬼門關，行刑之前亦發下三願，控訴天地之不公。兩劇中的惡人都在此情節中，全面性的展開密謀行動，使被害人含冤莫白。

（六）第四折

　　《竇娥冤》劇第四折回溯竇天章離鄉十三年的往事，雖曾打聽女兒下落，願望卻總是落空，真心懺悔，青春不在。竇天章以欽差大臣之尊，楚州查案夜審文卷，功在社稷，卻難保幼女之安危，實為極大的諷刺。作者安排鬼魂伸冤的情節，無疑是對貪官之當頭棒喝。在生之時無法伸冤，只能學人走後門，向做父親的告狀，對竇天章而言真是情何以堪。

　　《羅李郎》劇第三折情節重點面相，故事由現實拉回二十年前的場景，從記憶當中回溯一個年輕的夢想。當老臣持重時，功成名就的點滴，只不過譜成了一首士子的悲歌。蘇文順、孟倉士即使身居要津，對子女應盡的義務，卻是一片空白。羅李郎千里尋子，來到相國寺遊，羅李郎發慈心佈施囚犯，換得機緣父子相認。羅李郎和湯哥異地相逢，對質之下，才知被侯興矇蔽，恍然大悟是一場騙局。

　　《羅李郎》劇第四折情節重點面相，蘇文順府衙門前祖孫相逢，幸得羅李郎從中圓場，方得以三代同堂其樂融融。羅李郎二十年不改初衷，情義相挺，為朋友所託的子女，費盡苦心。終於同鄉異地相逢，激動相認。羅李在尋親過程，真情流露，善有善報，蘇、孟祖孫三代，同感其恩澤，承擔羅李頤養天年的責任，共享天倫之樂。

　　《竇娥冤》劇第四折與《羅李郎》劇第三、四折情節，有共同的情節鋪陳線路，兩劇中主人翁都陷在情感的糾結之中，將人性中難以詮釋的情感糾葛，細膩描摹。羅李郎一家人遭遇雖值得同情，但畢竟失而復得，結局仍是喜慶之大團圓。竇天章一家人的再團圓，已是天人永隔，人鬼間對話無限哀淒，因此《竇娥冤》此一大悲劇，尤能賺人熱淚，歷久而彌新。

陸、結論

　　《竇娥冤》與《羅李郎》之情節內容屬於元雜劇功名求取類型，在元雜劇之架構下，以此二劇探討口語表達及文字應用之藝術特色，尤其著墨於方言、俗語之運用、對仗整齊之運用、賓白曲辭寫作、下

場詩詞、劇本架構場景等項目之研究，文中舉出許多劇本中之精華範例，尤其賓白曲詞的佳作部分，以求應證其藝術之美和口語表達之高妙之處，實令人印象深刻。元雜劇在口語表達的精準和圓熟，對於今日語文的運用，實扮演著兼容並蓄、承先啟後的角色。

　　本論文以此二劇為例之原因，一則兩劇取自同源之故事類型，二則《竇娥冤》具有反映時代之苦悶情節，作者以悲劇收場，塑造主角之弱勢悲劇形象，博取廣大讀者群的同理心。三則《羅李郎》劇為喜劇收場，情節走勢之運用，雖不如《竇娥冤》扣人心弦，然而作者塑造之形象，都是具有伸張正義的俠士風格，對於世道人心，具有正面積極效益。今日社會，世事多變，人性亦面臨各種挑戰，此二劇男女主角，充分展現人性的光輝，追求良善、正義的美德，對於閱聽讀者及世道人心，皆具有發人深省的價值和意義。

附註

註一：民國一百零二年六月十八日臺灣藝術大學通識中心國語文研討會元雜劇功名求取類型－以《竇娥冤》與《羅李郎》為例。

註二：民國一百零二年十月臺灣藝術大學藝術學報《竇娥冤》與《羅李郎》之比較研究。

註三：明‧臧晉叔，《元曲選》（標點整理《元曲選》上、下冊 1999 年 9 月 1 日出版，臺北：正文書局印行）《元曲選》下冊，《竇娥冤》（第三折），頁 1509。

註四：明‧臧晉叔，《元曲選》（標點整理《元曲選》上、下冊 1999 年 9 月 1 日出版，臺北：正文書局印行）《元曲選》下冊，《竇娥冤》（第四折），頁 1516。

註五：明‧臧晉叔，《元曲選》（標點整理《元曲選》上、下冊 1999 年 9 月 1 日出版，臺北：正文書局印行）《元曲選》下冊，《竇娥冤》（楔子），頁 1499。

註六：明‧臧晉叔，《元曲選》（標點整理《元曲選》上、下冊 1999 年 9 月 1 日出版，臺北：正文書局印行）《元曲選》下冊，《竇娥冤》（第四折），頁 1514。

註七：明‧臧晉叔，《元曲選》（標點整理《元曲選》上、下冊 1999 年 9 月 1 日出版，臺北：正文書局印行）《元曲選》下冊，《竇娥冤》（第四折），頁 1515。

註八：明‧臧晉叔，《元曲選》（標點整理《元曲選》上、下冊 1999 年 9 月 1 日出版，臺北：正文書局印行）《元曲選》下冊，《竇娥冤》（第四折），頁 1517。

註九：明‧臧晉叔，《元曲選》（標點整理《元曲選》上、下冊 1999 年 9 月 1 日出版，臺北：正文書局印行）《元曲選》下冊，《竇娥冤》（第一折），頁 1501。

註十：明‧臧晉叔，《元曲選》（標點整理《元曲選》上、下冊 1999 年 9 月 1 日出版，臺北：正文書局印行）《元曲選》下冊，《竇娥冤》（楔子），頁 1500。

註十一：明‧臧晉叔，《元曲選》（標點整理《元曲選》上、下冊 1999 年 9 月 1 日出版，臺北：正文書局印行）《元曲選》下冊，《竇娥冤》（楔子），頁 1499。

註十二：明‧臧晉叔，《元曲選》（標點整理《元曲選》上、下冊 1999 年 9 月 1 日出版，臺北：正文書局印行）《元曲選》下冊，《竇娥冤》（楔子），頁 1499。

註十三：明・臧晉叔，《元曲選》（標點整理《元曲選》上、下冊 1999 年 9 月 1 日出版，臺北：
　　　　正文書局印行）《元曲選》下冊，《竇娥冤》（第二折），頁 1505。

註十四：明・臧晉叔，《元曲選》（標點整理《元曲選》上、下冊 1999 年 9 月 1 日出版，臺北：
　　　　正文書局印行）《元曲選》下冊，《竇娥冤》（第一折），頁 1502。

註十五：明・臧晉叔，《元曲選》（標點整理《元曲選》上、下冊 1999 年 9 月 1 日出版，臺北：
　　　　正文書局印行）《元曲選》下冊，《竇娥冤》（第一折），頁 1502。

註十六：明・臧晉叔，《元曲選》（標點整理《元曲選》上、下冊 1999 年 9 月 1 日出版，臺北：
　　　　正文書局印行）《元曲選》下冊，《竇娥冤》（第一折），頁 1503。

註十七：明・臧晉叔，《元曲選》（標點整理《元曲選》上、下冊 1999 年 9 月 1 日出版，臺北：
　　　　正文書局印行）《元曲選》下冊，《竇娥冤》（第一折），頁 1503。

註十八：明・臧晉叔，《元曲選》（標點整理《元曲選》上、下冊 1999 年 9 月 1 日出版，臺北：
　　　　正文書局印行）《元曲選》下冊，《竇娥冤》（第二折），頁 1508。

註十九：明・臧晉叔，《元曲選》（標點整理《元曲選》上、下冊 1999 年 9 月 1 日出版，臺北：
　　　　正文書局印行）《元曲選》下冊，《羅李郎》（楔子），頁 1567。

註二十：明・臧晉叔，《元曲選》（標點整理《元曲選》上、下冊 1999 年 9 月 1 日出版，臺北：
　　　　正文書局印行）《元曲選》下冊，《羅李郎》（楔子），頁 1567。

註二一：明・臧晉叔，《元曲選》（標點整理《元曲選》上、下冊 1999 年 9 月 1 日出版，臺北：
　　　　正文書局印行）《元曲選》下冊，《羅李郎》（楔子），頁 1567。

註二二：明・臧晉叔，《元曲選》（標點整理《元曲選》上、下冊 1999 年 9 月 1 日出版，臺北：
　　　　正文書局印行）《元曲選》下冊，《羅李郎》（第一折），頁 1568。

註二三：明・臧晉叔，《元曲選》（標點整理《元曲選》上、下冊 1999 年 9 月 1 日出版，臺北：
　　　　正文書局印行）《元曲選》下冊，《羅李郎》（第一折），頁 1568。

註二四：明・臧晉叔，《元曲選》（標點整理《元曲選》上、下冊 1999 年 9 月 1 日出版，臺北：
　　　　正文書局印行）《元曲選》下冊，《羅李郎》（第一折），頁 1569。

註二五：明・臧晉叔，《元曲選》（標點整理《元曲選》上、下冊 1999 年 9 月 1 日出版，臺北：
　　　　正文書局印行）《元曲選》下冊，《羅李郎》（第一折），頁 1569。

註二六：明・臧晉叔，《元曲選》（標點整理《元曲選》上、下冊 1999 年 9 月 1 日出版，臺北：
　　　　正文書局印行）《元曲選》下冊，《羅李郎》（第一折），頁 1569。

註二七：明・臧晉叔，《元曲選》（標點整理《元曲選》上、下冊 1999 年 9 月 1 日出版，臺北：
　　　　正文書局印行）《元曲選》下冊，《羅李郎》（第一折），頁 1569。

註二八：明・臧晉叔，《元曲選》（標點整理《元曲選》上、下冊 1999 年 9 月 1 日出版，臺北：
　　　　正文書局印行）《元曲選》下冊，《羅李郎》（第一折），頁 1571。

註二九：明・臧晉叔，《元曲選》（標點整理《元曲選》上、下冊 1999 年 9 月 1 日出版，臺北：
　　　　正文書局印行）《元曲選》下冊，《羅李郎》（楔子二），頁 1572。

註三十：明・臧晉叔，《元曲選》（標點整理《元曲選》上、下冊 1999 年 9 月 1 日出版，臺北：
　　　　正文書局印行）《元曲選》下冊，《羅李郎》（楔子二），頁 1572。

註三一：明・臧晉叔，《元曲選》（標點整理《元曲選》上、下冊 1999 年 9 月 1 日出版，臺北：
　　　　正文書局印行）《元曲選》下冊，《羅李郎》（楔子二），頁 1573。

註三二：明・臧晉叔，《元曲選》（標點整理《元曲選》上、下冊 1999 年 9 月 1 日出版，臺北：
　　　　正文書局印行）《元曲選》下冊，《羅李郎》（楔子二），頁 1573。

註三三：明・臧晉叔，《元曲選》（標點整理《元曲選》上、下冊 1999 年 9 月 1 日出版，臺北：
　　　　正文書局印行）《元曲選》下冊，《羅李郎》（第二折），頁 1573。

註三四：明・臧晉叔，《元曲選》（標點整理《元曲選》上、下冊 1999 年 9 月 1 日出版，臺北：
　　　　正文書局印行）《元曲選》下冊，《羅李郎》（第二折），頁 1574。

註三五：明・臧晉叔，《元曲選》（標點整理《元曲選》上、下冊 1999 年 9 月 1 日出版，臺北：
　　　　正文書局印行）《元曲選》下冊，《羅李郎》（第二折），頁 1575。

註三六：明・臧晉叔，《元曲選》（標點整理《元曲選》上、下冊 1999 年 9 月 1 日出版，臺北：
　　　　正文書局印行）《元曲選》下冊，《羅李郎》（第二折），頁 1575。

註三七：明・臧晉叔，《元曲選》（標點整理《元曲選》上、下冊 1999 年 9 月 1 日出版，臺北：
　　　　正文書局印行）《元曲選》下冊，《羅李郎》（第三折），頁 1576。

註三八：明・臧晉叔，《元曲選》（標點整理《元曲選》上、下冊 1999 年 9 月 1 日出版，臺北：
　　　　正文書局印行）《元曲選》下冊，《羅李郎》（第三折），頁 1577。

註三九：明・臧晉叔，《元曲選》（標點整理《元曲選》上、下冊 1999 年 9 月 1 日出版，臺北：
　　　　正文書局印行）《元曲選》下冊，《羅李郎》（第三折），頁 1577。

註四十：明・臧晉叔，《元曲選》（標點整理《元曲選》上、下冊 1999 年 9 月 1 日出版，臺北：
　　　　正文書局印行）《元曲選》下冊，《羅李郎》（第三折），頁 1578。

註四一：明・臧晉叔，《元曲選》（標點整理《元曲選》上、下冊 1999 年 9 月 1 日出版，臺北：
　　　　正文書局印行）《元曲選》下冊，《羅李郎》（第三折），頁 1579。

註四二：明・臧晉叔，《元曲選》（標點整理《元曲選》上、下冊 1999 年 9 月 1 日出版，臺北：
　　　　正文書局印行）《元曲選》下冊，《羅李郎》（第三折），頁 1579。

註四三：明・臧晉叔，《元曲選》（標點整理《元曲選》上、下冊 1999 年 9 月 1 日出版，臺北：
　　　　正文書局印行）《元曲選》下冊，《羅李郎》（第四折），頁 1580。

註四四：明・臧晉叔，《元曲選》（標點整理《元曲選》上、下冊 1999 年 9 月 1 日出版，臺北：
　　　　正文書局印行）《元曲選》下冊，《羅李郎》（第四折），頁 1581。

註四五：明・臧晉叔，《元曲選》（標點整理《元曲選》上、下冊 1999 年 9 月 1 日出版，臺北：
　　　　正文書局印行）《元曲選》下冊，《羅李郎》（第四折），頁 1581。

註四六：明・臧晉叔，《元曲選》（標點整理《元曲選》上、下冊 1999 年 9 月 1 日出版，臺北：
　　　　正文書局印行）《元曲選》下冊，《竇娥冤》（第二折），頁 1508。

註四七：明・臧晉叔，《元曲選》（標點整理《元曲選》上、下冊 1999 年 9 月 1 日出版，臺北：
　　　　正文書局印行）《元曲選》下冊，《竇娥冤》（第二折），頁 1505。

註四八：明・臧晉叔，《元曲選》（標點整理《元曲選》上、下冊 1999 年 9 月 1 日出版，臺北：
　　　　正文書局印行）《元曲選》下冊，《竇娥冤》（第四折），頁 1513。

註四九：明・臧晉叔，《元曲選》（標點整理《元曲選》上、下冊 1999 年 9 月 1 日出版，臺北：
　　　　正文書局印行）《元曲選》下冊，《竇娥冤》（第四折），頁 1514。

註五十：明・臧晉叔，《元曲選》（標點整理《元曲選》上、下冊 1999 年 9 月 1 日出版，臺北：
　　　　正文書局印行）《元曲選》下冊，《竇娥冤》（第四折），頁 1512。

註五一：明・臧晉叔，《元曲選》（標點整理《元曲選》上、下冊 1999 年 9 月 1 日出版，臺北：
　　　　正文書局印行）《元曲選》下冊，《竇娥冤》（第四折），頁 1516。

註五二：明・臧晉叔，《元曲選》（標點整理《元曲選》上、下冊 1999 年 9 月 1 日出版，臺北：
　　　　正文書局印行）《元曲選》下冊，《竇娥冤》（第一折），頁 1503。

註五三：明・臧晉叔，《元曲選》（標點整理《元曲選》上、下冊 1999 年 9 月 1 日出版，臺北：
　　　　正文書局印行）《元曲選》下冊，《竇娥冤》（第三折），頁 1511。

註五四：明・臧晉叔，《元曲選》（標點整理《元曲選》上、下冊 1999 年 9 月 1 日出版，臺北：
　　　　正文書局印行）《元曲選》下冊，《竇娥冤》（第三折），頁 1509。

註五五：明・臧晉叔，《元曲選》（標點整理《元曲選》上、下冊 1999 年 9 月 1 日出版，臺北：
　　　　正文書局印行）《元曲選》下冊，《竇娥冤》（第二折），頁 1505。

註五六：明・臧晉叔，《元曲選》（標點整理《元曲選》上、下冊 1999 年 9 月 1 日出版，臺北：
　　　　正文書局印行）《元曲選》下冊，《竇娥冤》（第二折），頁 1506。

註五七：明‧臧晉叔，《元曲選》（標點整理《元曲選》上、下冊1999年9月1日出版，臺北：
　　　　正文書局印行）《元曲選》下冊，《竇娥冤》（第一折），頁1502。

註五八：明‧臧晉叔，《元曲選》（標點整理《元曲選》上、下冊1999年9月1日出版，臺北：
　　　　正文書局印行）《元曲選》下冊，《竇娥冤》（第二折），頁1506。

註五九：明‧臧晉叔，《元曲選》（標點整理《元曲選》上、下冊1999年9月1日出版，臺北：
　　　　正文書局印行）《元曲選》下冊，《竇娥冤》（第二折），頁1508。

註六十：明‧臧晉叔，《元曲選》（標點整理《元曲選》上、下冊1999年9月1日出版，臺北：
　　　　正文書局印行）《元曲選》下冊，《竇娥冤》（第三折），頁1510。

註六一：明‧臧晉叔，《元曲選》（標點整理《元曲選》上、下冊1999年9月1日出版，臺北：
　　　　正文書局印行）《元曲選》下冊，《竇娥冤》（第三折），頁1510。

註六二：明‧臧晉叔，《元曲選》（標點整理《元曲選》上、下冊1999年9月1日出版，臺北：
　　　　正文書局印行）《元曲選》下冊，《竇娥冤》（第一折），頁1502。

註六三：明‧臧晉叔，《元曲選》（標點整理《元曲選》上、下冊1999年9月1日出版，臺北：
　　　　正文書局印行）《元曲選》下冊，《竇娥冤》（第三折），頁1511。

註六四：明‧臧晉叔，《元曲選》（標點整理《元曲選》上、下冊1999年9月1日出版，臺北：
　　　　正文書局印行）《元曲選》下冊，《竇娥冤》（第一折），頁1503。

註六五：明‧臧晉叔，《元曲選》（標點整理《元曲選》上、下冊1999年9月1日出版，臺北：
　　　　正文書局印行）《元曲選》下冊，《竇娥冤》（第二折），頁1505。

註六六：明‧臧晉叔，《元曲選》（標點整理《元曲選》上、下冊1999年9月1日出版，臺北：
　　　　正文書局印行）《元曲選》下冊，《竇娥冤》（第二折），頁1506。

註六七：明‧臧晉叔，《元曲選》（標點整理《元曲選》上、下冊1999年9月1日出版，臺北：
　　　　正文書局印行）《元曲選》下冊，《竇娥冤》（第三折），頁1509。

註六八：明‧臧晉叔，《元曲選》（標點整理《元曲選》上、下冊1999年9月1日出版，臺北：
　　　　正文書局印行）《元曲選》下冊，《竇娥冤》（第三折），頁1509。

註六九：明‧臧晉叔，《元曲選》（標點整理《元曲選》上、下冊1999年9月1日出版，臺北：
　　　　正文書局印行）《元曲選》下冊，《竇娥冤》（第二折），頁1506。

註七十：明‧臧晉叔，《元曲選》（標點整理《元曲選》上、下冊1999年9月1日出版，臺北：
　　　　正文書局印行）《元曲選》下冊，《竇娥冤》（第三折），頁1511。

註七一：明‧臧晉叔，《元曲選》（標點整理《元曲選》上、下冊1999年9月1日出版，臺北：
　　　　正文書局印行）《元曲選》下冊，《竇娥冤》（第二折），頁1505。

註七二：明‧臧晉叔，《元曲選》（標點整理《元曲選》上、下冊1999年9月1日出版，臺北：
　　　　正文書局印行）《元曲選》下冊，《竇娥冤》（第三折），頁1511。

註七三：明‧臧晉叔，《元曲選》（標點整理《元曲選》上、下冊1999年9月1日出版，臺北：
　　　　正文書局印行）《元曲選》下冊，《竇娥冤》（第二折），頁1508。

註七四：明‧臧晉叔，《元曲選》（標點整理《元曲選》上、下冊1999年9月1日出版，臺北：
　　　　正文書局印行）《元曲選》下冊，《羅李郎》（第二折），頁1575。

註七五：明‧臧晉叔，《元曲選》（標點整理《元曲選》上、下冊1999年9月1日出版，臺北：
　　　　正文書局印行）《元曲選》下冊，《羅李郎》（第三折），頁1576。

註七六：明‧臧晉叔，《元曲選》（標點整理《元曲選》上、下冊1999年9月1日出版，臺北：
　　　　正文書局印行）《元曲選》下冊，《羅李郎》（第三折），頁1577。

註七七：明‧臧晉叔，《元曲選》（標點整理《元曲選》上、下冊1999年9月1日出版，臺北：
　　　　正文書局印行）《元曲選》下冊，《羅李郎》（第三折），頁1578。

註七八：明‧臧晉叔，《元曲選》（標點整理《元曲選》上、下冊1999年9月1日出版，臺北：
　　　　正文書局印行）《元曲選》下冊，《羅李郎》（第三折），頁1578。

註七九：明・臧晉叔，《元曲選》（標點整理《元曲選》上、下冊1999年9月1日出版，臺北：正文書局印行）《元曲選》下冊，《羅李郎》（第四折），頁1581。

註八十：明・臧晉叔，《元曲選》（標點整理《元曲選》上、下冊1999年9月1日出版，臺北：正文書局印行）《元曲選》下冊，《羅李郎》（第四折），頁1581。

註八一：明・臧晉叔，《元曲選》（標點整理《元曲選》上、下冊1999年9月1日出版，臺北：正文書局印行）《元曲選》下冊，《羅李郎》（第四折），頁1581。

註八二：明・臧晉叔，《元曲選》（標點整理《元曲選》上、下冊1999年9月1日出版，臺北：正文書局印行）《元曲選》下冊，《羅李郎》（第四折），頁1581。

註八三：明・臧晉叔，《元曲選》（標點整理《元曲選》上、下冊1999年9月1日出版，臺北：正文書局印行）《元曲選》下冊，《羅李郎》（第四折），頁1581。

註八四：明・臧晉叔，《元曲選》（標點整理《元曲選》上、下冊1999年9月1日出版，臺北：正文書局印行）《元曲選》下冊，《羅李郎》（第四折），頁1581。

註八五：明・臧晉叔，《元曲選》（標點整理《元曲選》上、下冊1999年9月1日出版，臺北：正文書局印行）《元曲選》下冊，《羅李郎》（第四折），頁1582。

註八六：明・臧晉叔，《元曲選》（標點整理《元曲選》上、下冊1999年9月1日出版，臺北：正文書局印行）《元曲選》下冊，《羅李郎》（第四折），頁1583。

註八七：明・臧晉叔，《元曲選》（標點整理《元曲選》上、下冊1999年9月1日出版，臺北：正文書局印行）《元曲選》下冊，《羅李郎》（第四折），頁1583。

註八八：明・臧晉叔，《元曲選》（標點整理《元曲選》上、下冊1999年9月1日出版，臺北：正文書局印行）《元曲選》下冊，《羅李郎》（第一折），頁1568。

註八九：明・臧晉叔，《元曲選》（標點整理《元曲選》上、下冊1999年9月1日出版，臺北：正文書局印行）《元曲選》下冊，《羅李郎》（第一折），頁1569。

註九十：明・臧晉叔，《元曲選》（標點整理《元曲選》上、下冊1999年9月1日出版，臺北：正文書局印行）《元曲選》下冊，《羅李郎》（第三折），頁1577。

註九一：明・臧晉叔，《元曲選》（標點整理《元曲選》上、下冊1999年9月1日出版，臺北：正文書局印行）《元曲選》下冊，《羅李郎》（第三折），頁1577。

註九二：明・臧晉叔，《元曲選》（標點整理《元曲選》上、下冊1999年9月1日出版，臺北：正文書局印行）《元曲選》下冊，《羅李郎》（第三折），頁1579。

註九三：明・臧晉叔，《元曲選》（標點整理《元曲選》上、下冊1999年9月1日出版，臺北：正文書局印行）《元曲選》下冊，《羅李郎》（第四折），頁1580。

註九四：明・臧晉叔，《元曲選》（標點整理《元曲選》上、下冊1999年9月1日出版，臺北：正文書局印行）《元曲選》下冊，《羅李郎》（第四折），頁1581。

註九五：明・臧晉叔，《元曲選》（標點整理《元曲選》上、下冊1999年9月1日出版，臺北：正文書局印行）《元曲選》下冊，《羅李郎》（第四折），頁1582。

註九六：明・臧晉叔，《元曲選》（標點整理《元曲選》上、下冊1999年9月1日出版，臺北：正文書局印行）《元曲選》下冊，《羅李郎》（第一折），頁1568。

註九七：明・臧晉叔，《元曲選》（標點整理《元曲選》上、下冊1999年9月1日出版，臺北：正文書局印行）《元曲選》下冊，《羅李郎》（第一折），頁1568。

註九八：明・臧晉叔，《元曲選》（標點整理《元曲選》上、下冊1999年9月1日出版，臺北：正文書局印行）《元曲選》下冊，《羅李郎》（第一折），頁1569。

註九九：明・臧晉叔，《元曲選》（標點整理《元曲選》上、下冊1999年9月1日出版，臺北：正文書局印行）《元曲選》下冊，《羅李郎》（第一折），頁1569。

註一〇〇：明・臧晉叔，《元曲選》（標點整理《元曲選》上、下冊1999年9月1日出版，臺北：正文書局印行）《元曲選》下冊，《羅李郎》（第一折），頁1570。

註一〇一：明・臧晉叔，《元曲選》（標點整理《元曲選》上、下冊 1999 年 9 月 1 日出版，臺北：
　　　　　正文書局印行）《元曲選》下冊，《羅李郎》（第二折），頁 1573。
註一〇二：明・臧晉叔，《元曲選》（標點整理《元曲選》上、下冊 1999 年 9 月 1 日出版，臺北：
　　　　　正文書局印行）《元曲選》下冊，《羅李郎》（第二折），頁 1575。
註一〇三：明・臧晉叔，《元曲選》（標點整理《元曲選》上、下冊 1999 年 9 月 1 日出版，臺北：
　　　　　正文書局印行）《元曲選》下冊，《羅李郎》（第三折），頁 1576。
註一〇四：明・臧晉叔，《元曲選》（標點整理《元曲選》上、下冊 1999 年 9 月 1 日出版，臺北：
　　　　　正文書局印行）《元曲選》下冊，《羅李郎》（第四折），頁 1580。
註一〇五：明・臧晉叔，《元曲選》（標點整理《元曲選》上、下冊 1999 年 9 月 1 日出版，臺北：
　　　　　正文書局印行）《元曲選》下冊，《羅李郎》（第二折），頁 1575。
註一〇六：明・臧晉叔，《元曲選》（標點整理《元曲選》上、下冊 1999 年 9 月 1 日出版，臺北：
　　　　　正文書局印行）《元曲選》下冊，《羅李郎》（第二折），頁 1575。
註一〇七：明・臧晉叔，《元曲選》（標點整理《元曲選》上、下冊 1999 年 9 月 1 日出版，臺北：
　　　　　正文書局印行）《元曲選》下冊，《羅李郎》（第三折），頁 1579。
註一〇八：明・臧晉叔，《元曲選》（標點整理《元曲選》上、下冊 1999 年 9 月 1 日出版，臺北：
　　　　　正文書局印行）《元曲選》下冊，《羅李郎》（第四折），頁 1581。
註一〇九：明・臧晉叔，《元曲選》（標點整理《元曲選》上、下冊 1999 年 9 月 1 日出版，臺北：
　　　　　正文書局印行）《元曲選》下冊，《羅李郎》（第四折），頁 1582。
註一一〇：明・臧晉叔，《元曲選》（標點整理《元曲選》上、下冊 1999 年 9 月 1 日出版，臺北：
　　　　　正文書局印行）《元曲選》下冊，《羅李郎》（第一折），頁 1568。
註一一一：明・臧晉叔，《元曲選》（標點整理《元曲選》上、下冊 1999 年 9 月 1 日出版，臺北：
　　　　　正文書局印行）《元曲選》下冊，《羅李郎》（楔子二），頁 1572。
註一一二：明・臧晉叔，《元曲選》（標點整理《元曲選》上、下冊 1999 年 9 月 1 日出版，臺北：
　　　　　正文書局印行）《元曲選》下冊，《羅李郎》（第四折），頁 1580。
註一一三：明・臧晉叔，《元曲選》（標點整理《元曲選》上、下冊 1999 年 9 月 1 日出版，臺北：
　　　　　正文書局印行）《元曲選》下冊，《羅李郎》（第三折），頁 1577。
註一一四：明・臧晉叔，《元曲選》（標點整理《元曲選》上、下冊 1999 年 9 月 1 日出版，臺北：
　　　　　正文書局印行）《元曲選》下冊，《羅李郎》（第三折），頁 1577。
註一一五：明・臧晉叔，《元曲選》（標點整理《元曲選》上、下冊 1999 年 9 月 1 日出版，臺北：
　　　　　正文書局印行）《元曲選》下冊，《羅李郎》（第一折），頁 1568。
註一一六：明・臧晉叔，《元曲選》（標點整理《元曲選》上、下冊 1999 年 9 月 1 日出版，臺北：
　　　　　正文書局印行）《元曲選》下冊，《羅李郎》（第三折），頁 1577。
註一一七：明・臧晉叔，《元曲選》（標點整理《元曲選》上、下冊 1999 年 9 月 1 日出版，臺北：
　　　　　正文書局印行）《元曲選》下冊，《羅李郎》（第一折），頁 1569。
註一一八：明・臧晉叔，《元曲選》（標點整理《元曲選》上、下冊 1999 年 9 月 1 日出版，臺北：
　　　　　正文書局印行）《元曲選》下冊，《羅李郎》（第一折），頁 1568。
註一一九：明・臧晉叔，《元曲選》（標點整理《元曲選》上、下冊 1999 年 9 月 1 日出版，臺北：
　　　　　正文書局印行）《元曲選》下冊，《羅李郎》（第一折），頁 1569。
註一二〇：明・臧晉叔，《元曲選》（標點整理《元曲選》上、下冊 1999 年 9 月 1 日出版，臺北：
　　　　　正文書局印行）《元曲選》下冊，《羅李郎》（第三折），頁 1576。
註一二一：明・臧晉叔，《元曲選》（標點整理《元曲選》上、下冊 1999 年 9 月 1 日出版，臺北：
　　　　　正文書局印行）《元曲選》下冊，《羅李郎》（第三折），頁 1577。
註一二二：明・臧晉叔，《元曲選》（標點整理《元曲選》上、下冊 1999 年 9 月 1 日出版，臺北：
　　　　　正文書局印行）《元曲選》下冊，《羅李郎》（第三折），頁 1577。

註一二三：明・臧晉叔，《元曲選》（標點整理《元曲選》上、下冊 1999 年 9 月 1 日出版，臺北：正文書局印行）《元曲選》下冊，《羅李郎》（第四折），頁 1581。

註一二四：明・臧晉叔，《元曲選》（標點整理《元曲選》上、下冊 1999 年 9 月 1 日出版，臺北：正文書局印行）《元曲選》下冊，《羅李郎》（第四折），頁 1583。

註一二五：明・臧晉叔，《元曲選》（標點整理《元曲選》上、下冊 1999 年 9 月 1 日出版，臺北：正文書局印行）《元曲選》下冊，《竇娥冤》（第四折），頁 1514。

註一二六：明・臧晉叔，《元曲選》（標點整理《元曲選》上、下冊 1999 年 9 月 1 日出版，臺北：正文書局印行）《元曲選》下冊，《羅李郎》（楔子），頁 1568。

註一二七：明・臧晉叔，《元曲選》（標點整理《元曲選》上、下冊 1999 年 9 月 1 日出版，臺北：正文書局印行）《元曲選》下冊，《羅李郎》（第三折），頁 1576。（蘇文順引張千上，詩云）白髮刁騷兩鬢侵，老來灰盡少年心。雖然博得官兒做，爭奈家鄉沒信音。老夫蘇文順。自離了羅李郎哥哥，早二十年光景也。從別後到于帝都闕下，謝聖恩可憐，累遷尚書左丞之職，求歸不允，因此二十多年，不曾差人回去，討問我定奴兒消息。我想來，羅李郎是我八拜交的哥哥，料他看承，就似他自家骨血一般，必然不至流落。我兄弟孟倉士，做到禮部侍郎，也不放歸去，他也不曾通一個家信，總是這主意。

註一二八：明・臧晉叔，《元曲選》（標點整理《元曲選》上、下冊 1999 年 9 月 1 日出版，臺北：正文書局印行）《元曲選》下冊，《竇娥冤》（第一折），頁 1503。

註一二九：明・臧晉叔，《元曲選》（標點整理《元曲選》上、下冊 1999 年 9 月 1 日出版，臺北：正文書局印行）《元曲選》下冊，《竇娥冤》（第四折），頁 1517。

輯三

文學

儒家思想之教育目標與教學方法

　　儒家思想在教育方面具有極深入之見解，對中國人的人文修養更有具體而實效性之議論，其中《禮記》〈學記篇〉將身為教育者應具備之功夫、身為學習者應具備之態度、施教時之有效方法、學習時之實質效益等，做了詳盡而深入之分析，可說是儒家思想對教育原理原則最有創意的一篇文章。此外《禮記》〈大學篇〉，提出了身為大學生應了解的學習目標和進程，抽絲剝繭，層層推敲，以明白易解之言，說明學習之大法與功用。除了《禮記》中的兩篇文章言及為學之法外，諸如《荀子》〈勸學篇〉、韓愈〈師說〉、〈進學解〉、柳宗元〈答韋中立論師道書〉、張載〈西銘〉、〈東銘〉、曾鞏〈宜黃縣學記〉、顧炎武〈與友人論學書〉、劉開〈問說〉、列子〈愚公移山〉、孟子〈舜發於畎畝之中章〉、崔瑗〈座右銘〉、楊繼盛〈書付尾箕兩兒〉等文，皆為學習上之良篇，細讀而躬行之當可獲益無窮。以下針對儒家之教育目標、教學方法歸納說明，而以儒家思想體系中之若干篇章為印証，以說明教育之影響力、教育之達成應內外咸備、術德兼修，方足以臻學識與人格修養相互為用，相得益彰之境界。

壹、儒家思想之教育目標

　　針對儒家思想中闡述教育而具有代表性之〈學記〉、〈大學〉兩篇文章，歸納其中之教育方針有化民成俗、學制評量、課程規劃，因材施教，尊師重道等目標，年代雖已久遠，而其思想則極精緻透闢。

一、化民成俗目標

　　人之降生於世，本無善惡是非之情，是所謂赤子之心，然而有感於外在之人、事、物，而不免觸境生情，雖本稚嫩純靜之心，亦難續其止水之前緣，有鑑於人之易感於物而為所誘導，儒家乃提出教育之必要、必然、必需性，教育之終極目標乃在於教化人民，成就善良風俗。[註一] 國家之組成為人民，若人民盡是作奸犯科之輩，實難求國

泰民安之勢，因而儒家提出教育之終極目標，乃在於人群心之所向，若僅只一人或少數人導向善途，仍未足以成就風氣，必需使整個國家社會皆蔚為風尚，追求善良樸質之人格修養，陶冶豐碩完滿之智識學問，培養純淨無邪之好善惡惡之心，方可成就國家社會之善良風俗，因此國之教育興衰與否，實繫之於每一個國民之受教意願和每一個知識份子發揮正面影響力的基礎之上。

二、學制評量目標

《禮記》中言明之教學場所有因人數之多寡，而有不同之名稱，每二十五家則為於「塾」之設立，每足五百家則有「庠」校之建立，每一萬二千伍佰家，則有「序」學之建立，諸侯天子之國中則有「學」之設置，此名稱上之不同，與現代之泛稱就學場所皆為學校，為其相異之處。古之對學子學習評量上亦有五等進階。〈學記〉：「一年視離經辨志，三年視敬業樂群，五年視博習親師，七年視論學取友，謂之小成。九年知類通達，強立而不反，謂之大成。」每一階段有其修業之年限與評量之標準，雖其評量尺度，或有籠統之嫌，而「小成」，「大成」之學習成果亦未為明顯，從另一角度看古人之不如今人重視有形之名銜，換言之，古之人重視學習之品質，不重學習所得之名份，今之人反之，甚重於學習獲得之頭銜，而粗略於實質應學之範疇。由功利言，古人之樸實無著眼於此，更顯其可愛之處；而由學習上言，古人之籠統規劃每一階層之學習效益，實為學知識前應先具備陶冶人格之重要功夫，看似淺略，完滿實行卻著實不易。由昔賢所訂之簡短學制劃分目標，見微知著，實有足資現代教育佐參之處。

三、課程規劃之目標

古代大學之課程規劃有正學、居學之分，正學乃上課修業期間所研讀之課程及科目，居學則為居家之學，凡禮儀、樂理、設喻作詩等六藝之技，必在所習之列，以補足正業之不足，使之相輔為用。與今之大學相較，正業有如今之必修科目，專業知識之培養，人文組織架構之建立；而居學則有如選習之科目或參與之各項社團，由中陶冶性

情，並與正業間達成融合之連繫功能，換言之，亦即理論與實踐中取得平衡點，以促成更加美善之學習效果。

四、因材施教目標

　　人之資質穎異、平庸抑或駑頓，實天生而成，聰穎彪稟者，固難以齊頭平等式教育之；駑頓頑劣者，更不可堅以高標尺度強授之。因此昔賢乃指出學生無論資質優劣，均易犯之毛病有四，如《禮記》：「或失則多，或失則寡，或失則易，或失則止。」此學習上易犯之多而不精，偏於一隅、見異思遷，淺嚐即止的四種毛病，實起因於人之貪多務得、好高騖遠心理而不講實際所造成，而教者知學生之習性，方可避免其誤入歧途，進而就教材的安排、教法的使用、進度的配合詳加規劃，以適應學生心理能力。古之教者與學生相處時日長，科目範疇亦固定，對學生的心性較易掌控；今之多元化社會，家庭結構、人際關係亦形繁複，學習領域各有所專，教授時數亦有所限，因而師生關係不似往日之熟稔，加上班級人數與古之私塾小班教學已大異其趣，故而在因材施教上，恐亦只能做到因應大多數之平均資質而論以取材施教。

五、尊師重道目標

　　《禮記》中明白指出：「凡學之道，嚴師為難，師嚴然後道尊，道尊然後民知敬學。」^(註二)作為學習者的首要條件，便是一顆謙遜之心，既有謙遜之心懷，方可虛心受教，既能不高傲自滿，亦才能含英咀華，後出轉精。因此古人特別重視的便是尊師，《禮記》中表明為學之道，尊敬師長的態度是非常難能可貴的，更是一切學習、訓練的開端。能有尊師的態度，才能對師傳的道重視，進而才會珍惜所學，孜孜矻矻窮研所學，以致有成。今之學人與古相較，或可免於諸多繁文縟節之禮，然而師生之基本禮儀仍不可免，此乃尊師亦所以自尊也。今之學習者若能切實遵循此良法美意，當可受用匪淺。

貳、儒家思想之教學方法

　　以《禮記》〈大學〉、〈學記〉所論之教學法可概分為言行實証法、教學相長法、課餘自學法、循序漸進法、觀摩啟發法等五類，茲以各類之教學原理和教學大法互為佐証以解析。

一、言行實証法

　　理論與實際之互為印証，自古而有此教學法，此因果本末之理。《禮記》〈學記〉言：「雖有嘉肴，弗食，不知其旨也；雖有至道，弗學，不知其善也。是故，學，然後知不足，教，然後知困。」〈大學〉亦言：「物有本末，事有終始，知所先後，則近道矣。」在智識道理上能貫通後，再配合行為上的實踐，使之言行合一，自是美上加美之實証學習。古之教者欲明示尊師敬道之要旨，而於開學之際乃著白鹿皮禮帽，以蘋藻菜肴祭天，將恭謹謙懷之誠，表之於天，以此祈求天佑學子順利學習，圓滿學成。(註三) 若僅以言語說明似乎仍難為人所解，配合祭祀之活動，予莘莘學子明瞭祭天之禮，尊天敬師之道，可達到生活教育之絕佳效果。在入學之前，則發給學生每人一書籍，並擊鼓以示莊重嚴謹之表徵，古禮制於莊嚴隆重之儀式上，必備有鐘鼓樂器，是所以廟堂中鳴鐘擊鼓於早晚課間，實為一警示提振向學之效用。而所發之竹製書箱為中空之物，以此隱喻為學習謙遜為懷，虛心如箱之中空，如竹之有節，愈高而愈彎腰，高而不危，謙卑下人，若能領悟此要旨，則必可由無而有，由空空如也而收獲豐碩、滿載而歸。

二、教學相長法

　　教與學本為一互動之關係，兩者成為兩受其利，學者兩蒙其羞，教者因施教之義務而需備以待學，由施教之過程中甘苦自得於心，補其不足而展其有餘，學習乃人生永久的歷程，因此施教之同時，亦為一種學習，切不可自我設限，反之，日漸突破衍生之瓶頸，自是豁然開朗，另闢蹊徑，驟見桃源，別有洞天。因此《禮記》〈學記〉言：

「學，然後知不足，教，然後知困。知不足，然後能自反也；知困，然後能自強也。故曰：教學相長也。兌命曰：斅學半。其此之謂乎！」韓愈〈師說〉云：「是故弟子不必不如師，師不必賢於弟子，聞道有先後，術業有專攻。」學習若比之為一圓，學與教則各佔一半份量，欲求學習之圓滿，則必需教學互動，體用兼備以達提昇之境界，學習者當奮學精進，而教者亦知所融通，兩者方可於「相悅以解」之境地中鑽研識界。

三、課餘自學法

　　古代教學甚重視學生之利用課餘之暇，做自我修身之內斂功夫，故〈學記〉云：「不學操縵，不能安弦；不學博依，不能安詩；不學雜服，不能安禮；不興其藝，不能樂學。」以音理樂器陶冶性情，以成溫柔敦厚之人格；學設喻細觀周遭事物，以熟練詩體之比興，詳研服飾之合宜穿著，以明瞭禮儀之表達；此外六藝之技術，亦應盡可能學者，以發展未開啟之潛能。隨時保持一顆學習的心，所謂處處留意，就是學問，誠不虛言。學問知識乃累積匯聚而成的，一課之時日有限，而課餘之閒暇無窮，若得善於運用近在身旁之光陰，自可於學習之天地中，如魚得水，遊刃有餘。

四、循序漸進法

　　《禮記》〈學記〉以教者之答問與學者之發問程序皆應依序而行，言明循序漸進之重要大法。〈學記〉：「善問者，如攻堅木，先其易者，後其節目，及其久也，相說以解。不善問者反此。善待問者，如撞鐘，叩之以小者則小鳴，叩之以大者則大鳴；得其從容，然後盡其聲。不善答問者反此。此皆進學之道也。」可知學習不可操之過急，為樂乃積漸而成之功夫，非朝夕所成，應省思反芻，學思而後問，由淺深，先易而後難；若此，則困難如攻堅木，亦可漸次砍伐而成。教者之回應學者發問，則有如撞鐘，能適時點化警醒，使疑團冰釋，則有如晨鐘暮鼓，春風化雨以振聾啟瞶、以報大旱之望雲霓。〈學記〉亦云：「時觀而弗語，存其心也。幼者聽而弗問，學不躐等也。」教

者於施教時多從旁觀察學生，而不殷殷告語，使其有自我磨練，自我解答疑難，化解問題的機會，當學習者心求通而未得，口欲言而未能之時，教者再予以啟發，此循序漸進法，乃儒家循循善誘之良法美意。大學篇亦明吾為學之程序應由內而外，修己以安人。故曰：「大學之道，在明明德，在親民，在止於至善。」人之為學乃在於除舊佈新，汰蕪存菁，因此由個人內心做清理的工作，以發揚光明和德性，己立而後立人，己達而後達人，由修己功夫而做到助人修己，方為至善境界。〈大學〉亦言：「物有本末，事有終始，知所先後，則近道矣。」清楚分明表達凡事循序以進，以合理方式進行，即可接近大學之道了。〈大學〉中所言之本末，內外皆啟示人學習之漸進為高，速成為下之實際做法，因此〈大學〉中所言定、靜、安、慮、得之學習五程序，自始至終一心不亂，將本末、始終、知行之要旨拿捏得法，當可隨順自得、有成可待。

五、觀摩啟發法

　　自發自動之學習法，為一種內部潛能開發的自性拓展，凡人皆有一股不可估量的學習意識，若能妥善適切的予以點引開啟，將有點石成金，化腐朽為神奇之功效。因此禮記學記篇中即說明並提出了觀摩、啟發教學法。〈學記〉：「相觀而善之謂摩。」又言：「君子之教喻也，道而弗牽，強而弗抑，開而弗達。道而弗牽則和，強而弗抑則易，開而弗達則思，和易以思，可謂善喻矣。」學者多觀摩他人，可予自己思維上，認知上衝擊，借以自我砥礪、修正。教者施教可提綱挈領，而不但抑其天性之自然發展，使學生有親自體驗的機會，避免其不勞而獲，易得易失之弊，以收勤學之功效。〈學記〉：「必也其聽語乎，力不能問，然後語之。語之而不知，雖舍之可也。」此鼓勵學生發問，再適時予以啟發，實在不能發問的，才主動告訴他。而在學生能力未及時，施以教誨，若仍不能理解，則給予一段緩衝時日，使之消化、吸收、理解，再等適當時機予以開啟，如此當可收學習之實效。

參、教育之影響力

　　教育之施行是日積月累並因施教者之不同而有差異之效果，更因環境之不同而有截然相反之結果。《荀子》〈勸學篇〉言：「干越夷貉之子，生而同聲，長而異俗，教使之然也。」雖是同胞手足，但因所受教之客觀因素不同，而產生互異現象，可見教育影響力之深遠。以下將教育之影響力分從無而有、種因得果、修心冶性、積漸為強、鑑往知來五方面探討。

一、從無而有

　　〈大學篇〉言人之學習應從混沌無知，漸漸摸索出門徑立定志向，爾後才能心不妄動，泰然所處之境，進而能周詳思慮而有所心得。此自立立人，己達達人之必經歷程，亦為由茫然無所而至心有所得，服務人群之大有成果。大學亦將修己而至安人之層次分格物、致知、誠意、正心、修身、齊家、治國、平天下八條目，經由教育之程序可由小我而完成大我。〈學記〉於篇章之管，便言明學識之開展應由修身、謏聞、動眾而至化民成俗^(註四)，亦即由小處拓展至大處，感化大眾本應植基於個人之自我超越，自性之完成。〈學記〉中所言古之學為由初學至第七年，可謂「小成」，第九年則謂「大成」。可知教育之影響力乃逐步形成，造就人才更非一蹴可及。

二、種因得果

　　〈學記〉說明教育之興廢各有所由，分別以豫、時、遜、摩四種對應關係說明此因果現象。〈學記〉：「大學之法，禁於未發之謂豫。」對應「發然後禁，則扞格而不勝。」凡事豫則立，不豫則廢，未雨綢繆要比事後追悔，更能避免不必要的疏失、惱恨。「當其可之謂時」對應「時過然後學，則勤苦而難成。」切實把握良機學習，合於時宜，則可事半功倍，若坐失良機而揮霍青春，只有徒呼奈何，勤苦而難有所成。「不陵節而施之謂遜」對應「雜施而不孫則壞亂而不修。」順

勢而學，依難易程度而適切接受，妥善進境自然可順利學習，反之，則不易學成，更難有所成就。「相觀而善之謂摩。」對應「獨學而無友，則孤陋而寡聞。」「學習有互相砥礪琢磨之對象，往往易於增長智慧，激盪思想，其學習效果要數倍於閉門造車者，生活上所遇之對象或親人，更是影響人學習的重要因素，當學習的目標反覆出現時，潛意識中便建立了所見的行為或思想模式，有朝一日得以展現時，便可得心應手，左右逢源，無往而不利。〈學記〉言：「良冶之子，必學為裘；良弓之子，必學為箕；始駕馬者反之，車在馬前。」便是環境影響人學習之因果關係，打鐵、造弓之子雖不必然克紹箕裘，然而其裂裘為箕之能，則是耳濡目染、積漸而成的，此乃學習上之因果印證。《荀子》〈勸學〉言：「君子博學而日參省乎己，則知明而行無過矣。」好逸惡勞人之天性，能除此積弊，則能免去許多禍災，進而積極辛勤，奮力所學，自我反省，自然可思想清明，充滿智慧，減少過失。因此學習的過程中，必要了解到努力耕耘種善因，必可歡呼收割得善果，此因果循環，為自然大旨要道，不可不慎。

三、修心冶性

　　教育之功能乃是在潛移默化之蓄積中展現的，特別對人之心性修養扮演著重要角色。學記中主張之正業學習外，尚應注意居家之學，亦即課外休閒生活的安排，因為學習是不應有下課時間的，[註五]在隨意細心儲存知識學問下，受教育則擁有堅強的信心，即使離開師長之教導，但學生已擁有辨別是非善惡之能力，不易使之偏離正道，違法亂紀，此時平日修心冶性所產生之定知、定見、定力使發生了教育最大化民成俗的功效，〈大學〉中亦言：「欲修其身者，先正其心，欲正其心者，先誠其意；欲誠其意者，先致其知；致知在格物。」修身之功夫，追本溯源則由心性的陶冶做起，要能革除心中之積弊，窮研事物之真理，擁有追求真知之泉源不斷，動力，必然可將修身功夫培養起來。

四、積漸為強

《荀子》〈勸學〉篇:「故不積跬步,無以致千里,不積小流,無以成江海。騏驥一躍,不能十步;駑馬十駕,功在不舍。鍥而舍之,朽木不折,鍥而不舍,金石可鏤。」、「為善不積邪,安有不聞者乎?」、「學惡乎始?惡乎終?曰:其數則始乎誦經,終乎讀禮,其義則始乎為士,終乎為聖人。真積力久則入,學至乎沒而後止也。故學數有終,若其義則不可須臾舍也。」學習是一種累積知識、經驗以避免錯誤的過程,更是個人耐心、恆心、毅力之展現,不能專默精誠,自我挑戰,戰勝心中之敵者,將墮入萬劫不復之境,實難求學識修養之進境。

五、鑑往知來

〈學記〉言:「古之學者,比物醜類。」古代之學習法,亦重視以同類事物加以比較,以辨其異同,由其中攫取學習之典範,亦即觀摩他人作法以為己用,換言之,將他人之專業知識轉換成為個人之普通常識,以有利自我學習。所謂鑑往知來乃是要對事物之原委、本末有清楚之認識,而善於運用此原理而予以發揚光大自性發展的方法。因此學記以鼓為比方,說明五聲音律之和諧乃植基於鼓作,以水為比方,說明五色之美侖光彩乃本之於水性攪調,以學為比方,說明五種官職之得以治民安善,實由學習而來,以師為比方,說明了解五種古禮服之穿著,實因有師長之教誨而得。^(註六)做為謙遜之學習者,理想遵循本末之理,孔子說:「君子務本,本立而道生。」凡事能隨順根本做起,自然積累之功夫指日可得。

肆、教育應內外咸備、術德兼修

一、聞道術業齊進,學識修養並存

理想之教育成果,應是內外修養同時並進,而致美善境界的,然而

人之智慧資質各有不同天賦，領悟、貫通、開啟之時自各有遲速之別，學習的對象、時間與範疇更不應受到限制，而蒙蔽滋補心靈空虛的學習動力？因此韓愈〈師說〉言：「是故弟子不必不如師，師不必賢於弟子。聞道有先後，術業有專攻，如是而已。」在學習的路程上，應打開心門，融通眾善知識，正見聞，取他人之長補己之短，豁達於此，了然於心，則無處不可以學，無人不可以為師，若能堅持為學之專一，有恆，聞道與術業之展然進程，絕非遐想。韓愈〈進學解〉一文亦勉學生應學識修養並存而不悖，文曰：「業精於勤荒於嬉，行成於思毀於隨。」、「諸生業患不能精，無患有思之不明；行患不能成，無患有司之不公。」學業之精進肇因辛勤努力，不懈勞苦，反之，學之不成，枯竭，荒廢則植因於嬉戲，耽樂。品行，人格之陶冶錘鍊，堅穩經久，乃因苦思之融會貫通；反之，敗德亂行，隳壞法紀，則起於任性隨意，頹廢唐突。此因果關係亦說明先賢之重視內外品學雙修之學習，失之偏廢皆為遺憾。為學本身應是一種欣喜愉悅感的獲得，當若有所悟時，心領神會處，自是精神上莫大的安慰，而一朝能學有所用，不惟修之於身，更進而能施之於事，甚或見之於言，則更是人生價值之無上光輝。

二、偏廢其一之弊，二者雙修之利

　　教育二字於說文：「教，上所施下所效也。」「斅，覺悟也。」學乃篆文斅省體。「育，養子使作善也，从㐬，肉聲。虞書曰：教育子。」依說文解，教既有上行下效導正、示範之意，育又是教誨子嗣使為善之用，教育二字連用則引申為教化培養大眾，使成和諧康樂社會之積極意義。既是教化人民，必期使之術德兼備，內外如一，互榮其益，免受其弊，然人之學有智愚之分，機緣亦有幸與不幸之別，若二者偏廢其一，自是令人惋惜；若兩者因緣俱足則學者可喜獲雙修之利，使之互為表裡，而得內外雙贏局面。先言前者學為重術而不重德者，則失之匠器，仕儈俗鄙，晃無靈魂之軀殼，如唐之自傲士人，無向學之心，更恥於拜師問學，要如李蟠，韋中立等之自動請益良師者，則是萬中選一少之又少了。[註七]反之，學者重德而重術者，修身功夫固然值得嘉許，若能習得學業技術專業知識，以使理論實踐互相為用，自可避免老王賣瓜之嫌及文人相輕之積弊。次言後者，術德雙

修之利，本清晰可見，一者言行合一，體用皆備，實為教學成果之完美組合，其次除完成小我之個人修為外，更成就大我，將所學貢獻社會，將小愛發展而成大愛，不啻為世間祥和幸福之基石。

伍、結論

綜合儒家思想所言之五項教育目標和教學方法，我們可知在中國古代已有進步之學術思想模式、科學的教育方法，符合人性化的心理輔導及尊師重道的重要觀念產生，給予中國教育制度上，建立了一套穩固的組織架構，數千年來中國教育在課程方面或有增添改易之情形－在施教方式上也有一定比例的沿革，然而基本之教育原理原則大政方針則仍依循儒家思想而行，此觀念已然在中國人心中植根而歷久彌新。經由儒家之宏揚者的傳承，發揮了教育炎黃子孫強大的教育功能，更使我們深深體悟到教育影響力之無遠弗屆。時代雖然不同了，觀念也許也有了差異，然而時間不是距離，觀念可以溝通，更不是問題，我們在儒家思想發展了數千年後，再度予以倡導，更認同其價值與重要功能之實效，實是我輩子孫之光榮與義務，讓我們以學習上無比的耐心、恆心、觀摩心，累積的心專一地投向所學，以為中國教育成果寫下更光輝耀眼的一頁。

附註

註一：《禮記》〈學記〉：「君子如欲化民成俗，其必由學乎！」

註二：《禮記》〈學記〉：「是故君之所不臣於其臣者二：當其為尸，則弗臣也；當其為師，則弗臣也。大學之禮，雖詔於天子，無北面，所以尊師也。」古之君王以教學為先，更於尊師之禮，巨細靡遺，於師之前亦不敢驕矜以君王之位而傲視其師，何況升斗小民？此君王之重禮以此蔚為風氣，上行下效而致。

註三：《禮記》〈學記〉：「大學始教，皮弁祭菜，示敬道也。……入學鼓篋，孫其業也。」

註四：〈學記〉：「發慮憲，求善良，足以謏聞，不足以動眾。就賢體遠，足以動眾，未足以化民，君子如欲化民成俗，其必由學乎！」由小而大，見微知著之証。

註五：〈學記〉：「君子之於學也，藏焉，脩焉，息焉，游焉。」時時刻刻學習，處處留意就是學問。

註六：〈學記〉：「鼓無當於五聲，五聲弗得不和；水無當於五色，五色弗得不章；學無當於五官，五官弗得不治；師無當於五服，五服弗得不親。君子曰：『大德不官，大道不器，大信不約，大時不齊。』察於此四者，可以有志於本矣。三王之祭川也，皆先河而後海。或源也，或委也，此之謂務本。」古之君王祭祀神明以表虔敬，亦先由河神而後海神，因海之成其大乃源

之於百川河流之匯聚所致，故鑑往知來，為政者倣效依循以為治事施政時之準則。為學者鑑於此，亦可知所善學者。

註七：見韓愈〈師說〉、柳宗元〈答韋中立論師道〉書。

《左傳》、《史記》、《戰國策》之史學價值與文學特性舉隅

壹、前言

　　《左傳》依《春秋》而詳載史實，歷記魯國隱、桓、莊、閔、僖、文、宣、成、襄、昭、定、哀等十二公，二百餘年各國大事。漢初，《左傳》不立學官，流行於民間，至劉歆始表彰之，東漢以降，學者日眾，《公羊》、《穀梁傳》遂微，唯《左傳》盛行於世。《史記》為通史紀傳體之祖，然其體例乃前有所本，融合前代各項史書之基幹而成為本紀、表、書、世家、列傳五類，共一百三十篇，本紀以帝王為中心，分十二本紀以記述全國大事，世家記諸侯王盛衰興亡之事分三十世家，列傳分類記錄自古至漢之各階層特殊人物事蹟，表以時間為中心編述各代同類大事，書乃記載典章制度。《戰國策》為劉向所定，共三十三篇，上繼春秋下至秦漢之起二百四五十年間事，輯成諸國之記載史料刪定而成，故作者非一人所作，其書多由《史記》轉載而成，而《史記》中亦有多處採自《左傳》之文或沿襲《左傳》之體制，由《史記》中之夏、周、秦、秦始皇本紀、十二諸侯年表、曆書以及吳、齊、魯、燕、管、蔡、陳、衛、宋、晉、楚、越、鄭、趙、魏、韓、田完、孔子諸世家，還有〈伍子胥列傳〉等篇，司馬遷據《左氏春秋》述《春秋》史的部份和相關的《左傳》相較，可知《左傳》之特質和記事體制，大量保留在《史記》中。如《左傳》隱公三年之君子曰一段話，在《史記》宋世家中亦重複使用，又《左傳》隱公八年與《史記》魯世家之語，有太史公仿《左傳》體例之筆法痕跡。[註一]史公受左氏影響極深，其文章亦與左氏最為神似，得其精髓。《戰國策》中之文章亦多取材自《左傳》、《史記》之文融綴而成，故三書之史學與文學特質實有密不可分之關連，由三書之諸多篇章而言其史事之精要深刻敘述、人物之多樣動容描繪以及文章內容所顯現的文學特性，其得為探討深究之處，蓋亦有足多著焉。

貳、史事記載精要而深刻

在《左傳》、《史記》、《戰國策》中論及史事部份多重點鋪述，以深入筆法而扼要精鍊展現事件之始末。以下就《左傳》中之〈秦晉殽之戰〉、〈鄭伯克段於鄢〉、〈晉公子重耳之亡〉，《史記》中之〈魏公子列傳〉、〈游俠列傳〉、〈白起、王翦列傳〉、〈廉頗、藺相如列傳〉、〈秦本紀〉、〈趙世家〉，《戰國策》中之〈荊軻刺秦王〉、〈趙且伐燕〉、〈信陵君殺晉鄙〉、〈秦王使人謂安陵君〉等篇探究其史事記載之特性。

一、秦晉殽之戰

秦晉殽之戰一段史事乃追溯至晉文公重耳之歷史，由於重耳避驪姬之難而輾轉奔逃十九年，終得秦穆公之助得返晉而重拾君位。文公在得掌君權後乃展開一連串報復行動，其中曹、衛、鄭、楚皆在報復行列之中，這段史事乃專載對鄭之報復行徑，以鄭之二次軍事危機為反襯，帶出晉文公報復之前因，其中穿插智者燭之武及蹇叔力勸退兵之事，說明亡羊補牢、未雨綢繆及採納雅言之重要性。主題為秦晉在殽之役，前因敘述詳審，而殽之戰過程則甚為精要，以簡短幾筆文字輕輕帶過，卻甚為妥貼表現出文字之功能及事件過程因由。^(註二) 可知《左傳》寫作史實乃重其前因後果之描述，而過程實景則以簡要深刻筆調而囊括之。殽之戰後對秦穆公與晉襄公之對比敘述法及秦將三俘虜之表現亦有出色之描寫^(註三)

二、鄭伯克段於鄢

鄭莊公與弟共叔段爭母寵之史料，為重因果之寫作，卻又精要點出緣由，母子交惡、兄弟失和，實乃肇因於莊公母武姜之難產莊公所產生莫名之惡感，心理上的不平衡帶來日後無窮禍患。^(註四) 運用母愛子心切之情而轉入溺愛及不公平的愛所帶來的後果，其過程經由五問五答之君臣對話，而呈現出一股山雨欲來風滿樓的態勢，表面上看似聲聲語

氣輕緩、寬容，但內裡卻包藏一舉殲滅之手段預備著！鄭莊公回絕其母為弟請命封邑，但在文字表現只以公曰數語反襯，餘味無窮。（註五）在回應鄭大夫祭仲報怨示警叔段之坐大狂妄為曰：「姜氏欲之，焉避害？」短短二句話，表明了自幼至長心中的不滿，足見其暗藏殺機、沈穩錘鍊，只待叔段之發動攻勢便可一舉成擒，文中之簡要問答、語帶玄機，頗能引人入勝，欲睹其始末而後止之吸引力展然呈現。

三、晉公子重耳之亡

　　魯僖公二十三年，晉世子申生自縊，重耳逃避驪姬之禍而遊走他國，雖非己過而深覺當留下日後返國的退路，於是與諸賢者如狐偃、趙衰、顛頡、魏武子等相偕奔亡。文中以重耳簡短之語「有人而校，罪莫大焉。吾其奔也。」表明其奔亡之原因，與心中矛盾之情緒，非不能與父相抗，實不為也。重耳奔亡十九年中，歷經狄、衛、齊、曹、宋、鄭、楚、秦等八國，所受待遇各有異等，所經事故亦多變數，十九年之漫長歲月，在文字使用編排下，卻甚為緊湊扼要帶過，簡略而不失深刻，精微而切中所需，有畫龍點睛、舉一隅使人得三隅反之實效，語辭精簡，多以對話式文體進行，對實情始末之瞭解，有高度助益，對社會現象的表徵，亦有無限的衍伸發抒，如至狄對其妻季隗曰：「待我二十五年，不來而後嫁。」僅二句話卻語露玄機。男子自先秦始，對女子即有主從、先後、上下之分，故重耳臨行對其妻言勿改嫁，乃欲使之保守貞節，以免失丈夫之尊嚴。由重耳和季隗之對話（註六），可知自古男女地位之天淵差別，似呈現著各安其位的狀態。

四、魏降兵救趙

　　《史記》〈魏公子列傳〉中，太史公對信陵君，有絕佳之推崇，將其地位遠列於、孟嘗、春申、平原君之上，是戰國四公子之冠，其作為及修養由對食客之禮遇、謙讓，對手足之關愛、熱心畢現。（註七）傳記之要旨乃在闡明其人物性格及所遇事件之影響力為要，然人之一生數十載，必然事件人物經歷龐雜，史公能以巧妙手法排列井然，一應所解，予人以追根究底之心而得以徹底了悟列傳中之史實及人物實

為巧具匠心之編排鋪敘。在說明信陵君之禮賢下士，謙沖自牧、大肚
能容時，排列出所迎賓客如侯嬴、朱亥、毛公、薛公、唐雎等事件；
在說明魏公子之深具仁德情操、以心換心之得人法，於軍中下令：「父
子俱在父歸，兄弟俱在兄歸，獨子無兄弟者歸養。」此作法予人以會
心之了然；在描述信陵君之不得善終原因，則以哀莫大於心死之基調，
以短語說出壯志未酬、難伸己志之無奈，叫人不勝唏噓。末以反襯對
比之手法貫穿全文之情節，將安釐王、秦昭王兩人性格作一鮮明對
比，實為拍案之絕。

五、魏受困於秦

　　信陵畏罪避之於趙而十年不歸魏，雖心生恐懼被魏王下罪不忠之
名，然落葉歸根，人總有些許懷舊思親之情，在魏受困於秦之時，雖信
陵下令不得諫請救魏，而食客毛公薛公冒死以諫，終能回轉信陵心意而
驅車救駕，力挽狂瀾。文中言此戰役亦為數筆帶過[註八]，重因果而以重
點過程而敘述之，精要而不失深刻。就信陵君之下場言，曾經是呼風喚
雨，馬首是瞻的上將軍，就在秦王設下反間攻心之計，成功地瓦解了魏
王與信陵君間之信賴後，信陵君魏無忌的末日便快馬加鞭地到來。雖周
遭有許多門人食客，但信陵君心已死，故頹廢自棄，終至病卒。在吉光
片羽之文字說明下，道出了秦王之奸詐巧施偽術、信陵君之無奈悲痛、
自暴自棄，加速走向死亡道路的日期，而不智又妒心甚重的安釐王在同
年亦病卒。此情此景實快速回應之現世報，迂迴曲折之轉寰情境，在數
行文字中展露淋漓盡致。

六、燕秦之間隙

　　《戰國策》中荊軻為燕太子丹刺秦王一文，闡述燕太子丹之為秦
人質時在秦地飽受凌虐，返國後乃為一償受辱之恥，一為收復秦佔之
失地，思之以武力必不敵眾，乃出一下策求刺客以取秦王首級，或挾
天子以令諸侯。全文環繞在與荊軻之謀面、計畫、封爵加祿、乃至於
倉促成行、易水悲情、秦殿驚魂、壯士斷腕之慘烈結局。文字敘述環
環相扣，由田光之獻策薦荊軻予太子丹，而引出荊軻之勇猛、樊於期

之義氣，又因太子丹之失言，而造成田光自縊、荊軻負氣而行，均為日後行刺埋下失利之伏筆。

七、趙且伐燕

《戰國策》中趙且伐燕一則，言及趙惠文王欲伐燕，逞其兼併弱國之策，燕告急國內，門下食客蘇代為燕出使趙，以其智慧言語出之寓言相比，將趙、燕兩國情勢，比之如鷸蚌相爭，若兩國武力相向，兩敗俱傷，徒然予秦以可乘之機，坐收漁利，豈不為天下笑，而自負如趙君者，又何以承擔全國百姓之身家性命於危亡，若落入強秦之手，則將成為千古之罪人。蘇代因比喻妥貼允當，終於成功地勸止趙惠文王伐燕，平息一場將興未興之戰爭，實居功厥偉。今日凡言戰國策者，莫不引之為一絕佳口才書，集合群賢之珠璣智慧，以寓言短文引申之故事涵義，不僅引人入勝，更有發人深省之實質功效。

參、人物性格描寫之多樣與精微

大凡歷史事件多與人有密切之關連，人物的行徑動態、鬥智與使力，串連出政治生態上、社會生活中許許多多的角色特徵，以下就歷史之沿革變遷所出現之關鍵人物做一歸納、評論、分析。茲概分為智者、賢者、賢女、君王、朝臣、布衣六種人物分別舉例說明之。

一、智者

戰國時期各國征戰頻仍，或出以強權併吞弱國，或以復仇為要而起干戈，動則窮兵黷武，置百姓於民不聊生，然其間亦不乏肝膽忠義之文人武將，或為國而鼓動如簧之舌說項敵國，或獻其智慧計策共赴國難，諸如是者歸於此類評之，要以不戰而屈人之兵，冒死而忠諫其主，重義輕利之有智慧之人，實足留芳後世以為效尤。

（一）燭之武──智語勸退秦穆公擊鄭之兵

鄭文公於晉公子重耳出亡期間，曾對其言辭無禮而侮辱之，由於

患難之日無限懷恨，埋下日後晉文公之報復行動。在秦穆公大力助晉公子重耳返晉即位後，鄭便在晉文公報復雪恥之名單中排列。當鄭正在軍事危機籠照之下，秦晉聯合出擊，大軍壓境，鄭國大夫奮勇而出，以其智慧之語夜見秦王，分析襲鄭之利弊得失，正反敘述，權衡輕重，帶出秦當退兵之五項因由：一、路途遙遠，鄭以逸待勞，秦不易致勝；二、亡鄭倍晉之舉，不異為晉倍增疆域、拓展實力以兼併他國，實為不智。三、多一敵人不如多一朋友，何不以鄭為東道主，做為行李之往來。四、以離間計分化秦晉之關係。五、晉野心大，向東、西發展勢力範圍、非秦、鄭莫屬。燭之武以其冷靜、沈著、智慧之融合演出了一場成功的勸退喜劇，此非大勇大智之人不能為，更顯現出不戰而屈人之兵、以智取勝巧思之可貴。

（二）蹇叔──力勸秦穆公勿伐鄭而未成

秦穆公於消解伐鄭之意後，仍置杞子、逢孫、楊孫三大夫駐守邊境以觀望。魯僖公三十二年戍守之大夫告穆公以裡應外合之計，穆公心生貪念欲攻鄭以得利，行前請益於長者蹇叔大夫，蹇叔含怒而言，明析其不贊成東征之由，一為勞師襲遠，鄭以逸待勞，不易致勝。二為大軍行之千里，鄭必知曉，有所防備，襲擊恐不易行之。三者若戰後失利，徒勞而無功，必招致民怨，軍民離心，國將崩析。蹇叔言之有理，不幸秦穆公以貪勤民而違蹇叔，終至慘敗，大軍暴屍於殽，僅存三大將返回，蹇叔之子亦不幸罹難，無怪乎臨行前老臣之哭師，實心有所感之悲愴而致。

（三）弦高──愛國商人巧計解鄭危

鄭之二次軍事危機於魯僖三十三年，揭開序幕，時值秦師與之遇於國境之上，弦高由其行徑、裝備、氣勢研判其動機，乃巧施薄計以扣住秦兵，先以物示好留秦軍過夜，提供一日之糧，備一夕之衛，使秦軍得以安歇，實欲鬆散其戒心，而夜急告鄭穆公以軍情，使有所備。軍事戰爭中，情勢乃瞬息萬變之速，成大事更不容輕易怠惰，秦師為一夕之息，卻使戰爭由勝算而轉為劣勢一蹶不振，弦高成功設計秦軍，而化解鄭之軍事危機，消弭戰爭於無形之中，不啻為千古流芳之傳奇商人。

（四）狐偃——獻計重耳患難見忠貞

晉公子重耳流亡列國十九年中，舅犯狐偃扮演著亦師亦友之智囊角色，與重耳共度無數艱難困苦與逆境，更在重耳潦倒喪志或利欲薰心時，予以提攜教誨，重耳之得以重拾王位，狐偃可謂第一功臣。其中重耳在經衛、齊、秦三國時，因狐偃之指導進策，而化險為夷、轉危為安、漸至佳境。過衛時，重耳乞食於人，人予之土塊，引起重耳不悅而欲鞭之，子犯乃言天賜之得國徵兆，重耳方才息怒，老臣之沈穩置重耳橫逆暴怒於平靜，更因而得攬奇才，排解紛擾，實居功厥偉。至齊，齊桓公妻之姜氏，安其居處，贈以俊馬，重耳頗呈樂不思蜀之態，子犯與姜氏謀，醉而遣送重耳出齊，以杜其自拔之不能；及秦，子犯進計重耳，秦穆公宴饗賓客，當請嫻於辭令、頗富文采之趙衰同往，重耳從之，果成功完成交付使命。

（五）叔詹——賢大夫析論避禍不成

《左傳》僖公二十三年，重耳至鄭，鄭文公不加禮遇，大夫叔詹頗具慧眼和智能，懇切分析重耳軍情及未來情勢，希鄭文公得以採納，無奈未獲踐行，然由其分析之言論、見地，仍可晰窺智慧之結晶。叔詹分析重耳日後必有契機之三要項：同姓父母之後代，本生不蕃，而重耳竟安然存之，此奇之一；出亡十九年，晉國內不安，無乃天意助之，此奇之二；諸賢士哲人為之謀略擘劃，終能趨吉避凶、否極泰來，此奇三也。叔詹弗聽智慧之言為忠效主，只可惜鄭文公弗聽，而引發魯僖公三十年及三十三年之二次軍事危機，幸而有燭之武、弦高二人之效命，終化解一場虛驚，倖免於難。

（六）趙衰——折衝樽俎間秦助伐晉

重耳赴秦穆公之宴，趙衰隨行在側，以其功於文采之外交才能助重耳，在應對進退間，得宜處置，順水推舟，以穆公言詩小雅六月一篇，附會為以「佐天子之忠」為名，於是伐晉取君位，乃得以名正言順，師出有名。^{（註九）}

（七）蘇代——智慧箴言燕趙息戰火

燕、趙兩國交惡，趙惠文王欲攻燕起戰事，燕使蘇代為使臣至趙，說趙惠文王以大義，更以其智慧之言，出之以寓言故事，以鷸、蚌二物相爭而兩敗俱傷，留予漁翁拾利之慘局，使趙王頓悟互相殘殺只能帶來更大的災難，於是欣然休兵，一齊向秦而戰。

（八）唐雎——食客珠璣忠言正逆行

魏公子信陵君於降兵救趙後，因畏不忠不義之罪乃滯留趙十年不歸。留趙期間信陵驕矜而有自功之色，唐雎乃說之曰：「物有不可忘，或有不可不忘。夫人有德於公子，公子不可忘也；公子有德於人，願公子忘之也。且矯魏王令，奪晉鄙兵以救趙，於趙則有功矣，於魏則未為忠臣也。公子乃自驕而攻之，竊為公子不取也。」（註十）以淺簡之告語說明「人有恩於我，不可或忘也；我有恩於人，不可不忘也。」之處事為人之道。給予信陵莫大震撼，亦發生強力之效果，信陵乃慚愧自責而收斂作為。

（九）侯嬴——以心換心信陵解趙危

信陵君禮賢下士，謙沖自牧之修養，在與食客相交中以心換心相待，故能得門人食客之以死回報，侯嬴在為信陵謀救趙之計策上，巧費心思，先收買如姬之心為報父仇，再使如姬為公子偷盜兵符，繼而矯詔君令，誅殺大將，號令大軍抗秦，終能轉趙之危而存全之，然侯嬴於獻計之後乃北嚮自剄而死，以表其忠貞不洩密之赤誠，其心可感，其情可憫，實為信陵得人之絕佳寫照，而侯嬴之智取虎符、為信陵設計、沙盤推演正反情勢，忠心耿耿以對，實智者聰慧果敢之表徵。

（十）朱亥——俠義處士襄助於陣前

侯嬴之計，設想頗為周全，料想信陵至鄴以軍符接管兵權時，若晉鄙生疑心，則信陵身必危亡，故請朱亥與之同行，果如所料，朱亥乃以大鐵椎椎殺晉鄙，使信陵得以順利接掌兵權，號令軍中，進而為姊解危。市井凡夫多不拘小禮，而危急存亡之時，方以全力效之挽救危亡，此真士子之行徑。（註十一）

（十一）毛公──忠貞死諫德報信陵歸

（十二）薛公──處士無真不言為主忠

　　毛公、薛公為趙國處士，毛公為賭徒，薛公則為賣漿者，雖市井小徒卻頗有高義，不慕榮顯，但求俠義伸張，信陵君與之相交則經迂迴再三，方得以微服布衣與之交游，足見二人之與信陵君為友亦不在利益之上，而在道義之交，是以信陵在下令為諫請救魏者死之時，毛公、薛公仍一本初衷以真心實情回報信陵君，使之得以幡然悔悟，重返魏國，為魏解危。

二、賢者

　　戰國時期於政治上，諸侯爭露頭角，在思想上，則是百家爭鳴，百花齊放之時代，或為自我省思後之精純智慧，獻於諸侯王以求一展抱負，實踐理想；或為個人修為上之德備超群，智勇雙全，為亂世中之英雄人物，更有慧眼識人之伯樂，其賢能內鍊，足堪為一世之奇葩者乃人生中三不朽之最，修身是也，以下分別舉例以為明示。

（一）介之推──不食其食與母偕隱

　　晉公子重耳流亡十九年返國，受秦穆公之助得返王位是為文公，俟後論功行賞，大肆封爵賜祿，唯介之推不重祿不求賞，不同於與文公從亡者之貪利圖祿，更竊不恥於文公之不察君臣之義，故與母相偕隱於綿山。（註十二）

（二）信陵君──禮賢下士謙沖自牧

　　信陵之禮賢下士，謙和自牧由對侯嬴、朱亥之躬親登門造訪，為之設宴，駕車親迎，可見其禮遇之心。對毛公、薛公二博徒與賣漿家，願放下身段，入境問俗，以心換心，謙卑虛懷，恭謹下士，足見其誠心。信陵採納唐雎之諫言，欣然知錯而改，可見其仁德情操之宏偉氣度，實非常人可至之境界。

（三）管子、鮑叔——識人之才薦進不妒

　　管仲若為千里馬，鮑叔則為伯樂，管仲與鮑叔為摯友，而鮑叔待管仲極盡忍讓、寬容，因鮑叔有識人之才與不妒之心，故日後能助管仲登上仕途，薦請齊桓公用之，終能成為賢相，佐齊桓成霸主，九合諸侯，擁周室，使天下復歸於正。雖為管仲之謀略而致，然薦請為用之人實為鮑叔，其識人之才與不妒之德，實足歌頌後世。

（四）晏子——明辨功過微察秋毫

　　晏平仲嬰，春秋齊國人，曾輔佐齊靈公、莊公、景公三君，節儉自持，公正不阿，國之上下，莫不尊崇。其為人廣招賢才，更提攜後進，不遺餘力，曾收容勞役者越石父而獲啟示，即士為知己而死，故謙卑以待下，廣得智者哲人。[註十三] 乃因其不恥於表白一己之功過，故而避免剛愎自用之行事。又任使駕車之車伕，因車伕之妻聰穎智慧怨無限，進夫婿以雅言，而使之驕氣釋出，卑遜自持，因有賢妻而得官者，唯有晏子之明察秋毫可表。

三、賢女

　　戰國時期女子之於家庭與社會，均居於附屬之次級地位，雖名份上位卑足羞，而實質上往往因其資慧聰穎，而對夫婿、國家、社會產生莫大的影響，因此小女子、弱女子之刻板印象，當其展現智慧操守之時，乃突顯出女子力量之不可輕忽，其儀行義風之可堪為表。以下概舉數人以為例說明之。

（一）懷嬴——婦德沛然相敬相諒

　　懷嬴為秦穆公之女，嫁晉懷公圉以為兩國相好之和親，圉於秦為質，不久往歸晉而留下懷嬴[註十四]，使懷嬴有夫而寡，穆公懷恨在心，乃與重耳交好欲助重耳而返晉以報復圉之不義。為求重耳之親信於秦，穆公作將懷嬴再嫁重耳，[註十五]，懷嬴既曾為下堂妻，乃處處小心翼翼，對重耳更是恭謹有加，不敢輕忽怠惰，甚而為之「奉匜沃盥」[註十六] 充分發揮古代女子柔順美德、體貼賢慧之性情，但重

耳揚灑污水之無禮，使懷嬴及時糾正重耳之行為，重耳亦欣然認錯陪罪，由緊張之對立關係而趨於平緩詳和，可見懷嬴之婦德，並非一味曲從夫意，由相敬而明辨是非，嚴革積弊，相愛而相諒。

（二）趙姬──念舊懷古飲水思源

趙姬為重耳之女，頗有賢德，嫁重耳之外交大臣趙衰，重耳在流亡狄國時，與趙衰分別娶了季隗與叔隗，趙衰與叔隗並育有一子趙盾，重耳返國即位後趙衰娶趙姬為妻，趙姬乃請迎叔隗與子趙盾，趙衰本有難色，趙姬乃言曰：「得寵而忘舊，何以使人？必逆之。」^{（註十七）}趙姬以軍中講求紀律，不念舊情，拋棄糟糠，如何御下人，語辭激烈勸夫飲水思源，終使趙衰迎叔隗與子盾，並以叔隗為正室，己身為之下，以盾為嫡子，而己子為盾之下，古來女子之忍退德性在趙姬身上著實畢現。

（三）如姬──嫉惡如仇以德報德

戰國四公子中以信陵之德操為後世所最推崇，此外日後為人稱道者乃在接納雅言，不問階級，在解趙之危困時，採納侯嬴之計，為求如姬偷盜兵符於魏王寢宮，先替如姬報父之仇，欲人效命，先予之為己效命之由，果然深得如姬之心，成功地奪取兵符為趙紓困。就事件本身言，似乎如姬與信陵僅只是交換條件而已，而魏安釐王之善妒與刻意打壓其弟信陵君，亦為不爭事實，眾多食客門人皆願為之效死命，服膺信陵忠貞不移，何況是如姬此忠孝俠氣濃郁之女子，既已蒙信陵為之報父仇，則以德報德忠人之事，凡事皆有一體之兩面，如姬為信陵盜取虎符，成就其救趙之急功義行，而於一己之行為則為內奸之叛國賊，所謂忠孝難兩全，實言不虛立。正如信陵之救趙後滯留十年不歸，實亦於趙為有功，而於魏則未為忠臣耳。

（四）姜氏──善語勸夫曉以大義

晉公子重耳出亡期間，於齊因桓公賜，得與姜氏為妻，好逸惡勞本人情之常，姜氏之賢，使重耳本沈溺於安樂之中得以回頭，姜氏名言：「懷與安，實敗名。」^{（註十八）}將人性之情欲，貪懶之性，求安逸、厭勞苦、樂以忘憂之惡，鮮明點出。重耳得賢妻與良臣之助，方能由溫柔鄉、安樂窩，轉而賡續復國志業。

四、君王

　　史書之記載，本環繞歷史事件之人、事、時、地、物，而作放射狀描繪，每一事件之起由，主導力量，莫不由君王發號司令起，成敗、得失、興亡、起落亦全在於決策之正確與否，史書之記載中有廣納賢士、博採眾議的賢君，有冥頑驕恃、獨斷獨行的暴君，有聰穎一生而晚節不保的狡猾之君，更有攻於心機、害人害己的冷酷之君。各種不同人物性格反映出多樣之國家社會與人民。以下列舉數位為人君者之行為以做為佐證。

（一）鄭文公——驕恃不智先頑後悔

　　鄭文公於重耳過鄭時，極為短視近利而不予禮遇，更對賢大夫叔詹之言不予採信，其頑愚自恃之驕氣，使晉國飽受秦鄭夾攻以及秦軍偷襲之二次軍事危機，索幸有燭之武、弦高二人之奮力機智化解方得以轉危為安、化險為夷。在太平時期則要其人君權力象徵之威勢，盛氣凌人、目空一切；而遇危亡之時，方才悔之不及地呼風喚雨、手足無措，幸有良臣與愛國之士戮力以對，方不致滅亡於旦夕之間。

（二）晉文公——命運多舛否極泰來

　　不畏嬪妃之亂的重耳，與命運搏鬥幾近二十年，只在於證明皇子與姬妾之競爭角力賽終將大獲全勝，結集皇室精英以為智囊，遍遊列國以為友邦，盡盟邦誼以為庇護，廣收賢良以為復國，其用心之深，處事之勤，可預知終將成功復國，其間所嚐之甘苦辛酸，亦有為所擊潰之時，因所有之良臣、賢妻鼓舞獻計輔佐之，竟能在多舛之命運中，否極泰來，躍登龍門。

（三）秦穆公——聰慧一世疵於利欲

　　秦向來善於攻心反間之策略，至穆公更是足智多謀、勤於治國之人，然智者多慮，德有所失，何況出之以不當之名義求利逞貪欲，則更為天所不容，秦於魯僖公三十二年，東征伐鄭，以其國弱力薄，易逞其豪暴爭利之目的，竟在老臣蹇叔強力反對之餘而一意孤行，斷下

決策，瘋狂征戰，終於在殽造成子弟兵全軍覆沒，暴屍荒谷，斷魂殽山之慘劇，百里孟明視、西乞術、百乙丙三員大將亦因決策君主一念之差而蒙羞受俘，後因晉襄公之懦弱猶疑，三將乘隙而奔亡回秦，晉助秦之成為後來霸主，亦有間接促成之功效。秦穆公雖於貪利上使決斷留下瑕疵，為人品評，但事後之知過悔改，不嫁禍於人而勇於承擔作風，使之重拾人心，重整軍備，取信於將領、充分授權，終能於日後振興，實有其可取和效法之處。

（四）魏安釐王──恐懼善妒中反間

　　魏安釐王圉與魏無忌信陵君為異母兄弟，雖身而為王，卻因智能不及無忌而由妒生恨，惟恐其弟聲望過之，不使任之國事，以杜後患。（註十九）俟後信陵因降兵救趙矯詔君令，亡命於趙不歸，而秦因無忌之亡而大舉攻魏，在毛公薛公之感悟下，無忌終再返魏，為領五國之兵而大破秦軍於河外，威振天下。此時秦再施以反間，力功魏王之妒心，而妄言信陵之將南面而王，取而代之，更誣傳世知有魏公子而不知有魏王。魏王果中其反間而廢信陵之上將軍權勢，無忌以毀廢，乃謝病不朝，意消心死，萬念俱灰，長夜飲酒，多近女色，日夜宴樂，終因病酒而卒。魏本可因有賢能之信陵而強化國力，孰知魏王之善妒多疑加之愚痴已極，中秦訛言誣傳，導全民於萬劫不復之境，無忌死後，秦王政乃水灌大梁城，屠殺百姓，終成廢墟，魏亡而成秦之東郡。滅亡之路全導因於安釐王之不智，足見為人君者之個人修養與智慧之重要性。

（五）秦王政──攻於心計屢遭行刺

　　〈秦本紀〉、〈魏公子列傳〉、〈刺客列傳〉中記載著秦以奸猾謀略，周旋於諸侯國之間，更擅長使用反間計，以攻心為上，而取人疆土，奪人身家性命。戰國時期多年奪魏而未成，終以反間攻心之計謀下，瓦解魏之對無忌之信心，使之自毀哲人，自斷後路，而自取滅亡。又於燕太子丹質秦時予以羞辱凌虐，使之受困窘，並併吞燕地，巧取豪奪，太子丹回國後乃思復仇而力有未殆，因田光而得荊軻刺秦之計以報秦之無禮。後荊軻行刺失利，被八創而慷慨就死，其莫逆高漸離更以鉛置筑中，舉筑擊殺秦王政，惜未中，反遭誅殺，秦王受

驚，行刺者眾乃樹敵者多使然，由秦王之劇平諸侯手段和多次被刺之事件，亦可突顯多行不義必自斃之理。

五、朝臣

　　君王之決策國家大事，多由朝臣之進言諫語做為依循、參考，憑此而做最後裁量，因而朝臣之於君王莫不有舉足輕重之諫臣地位。諫臣之難為實可思之一二，諫言如君意，行之成功，則逞君心，將可鴻運當頭，一展官運；若為君所屏棄者，其下場則頗值忐忑憂心，為人臣之顛仆不定則與國勢呈現出息息相關、休戚與共的關係。以下列舉數人以為例說明。

（一）鞠武──圖窮報主刺客亡燕

　　燕太子丹為雪恥於秦為質時之辱，求之於太傅鞠武，鞠武進言穩步謀將，切莫輕舉，以肉投餒虎，更勿妄動以批強秦之逆鱗。勸太子丹遣秦罪將樊於期入匈奴，免予秦以口實伐燕。太子丹礙於自尊不願遣樊將軍，鞠武請田光又為之圖謀計策，以荊軻行刺求復失地、雪前恥；然此計未為純熟精微詳盡，以致不得挾秦王令群臣，反遭致始皇十九年之大軍攻燕，秦將李信追擊燕王喜，燕王用代王嘉之計，殺太子丹獻之秦王，秦再急攻燕，五年以後，終滅燕俘虜燕王喜。太子丹在遣荊軻行刺之初，實則為一矛盾心理，荊軻若得擒秦王，還舊地則恐其日後報復；反之若行刺失利，秦必然更被激怒，大舉攻燕，二者皆為負面結果，但太子丹仍行之不悔，欲做困獸之鬥，由荊軻之行刺作一賭注而欲雪前恥、殺秦王。故荊軻之行其結果太子丹自應逆料而得。總言之，此計雖為一壯舉，然影響其決策者乃由鞠武始，若無鞠武之薦田光，間接而得死士荊軻，則燕之國運恐亦有所異於史實所載哉！

（二）無忌──德意廣被仁人來歸

　　魏無忌之禮賢下士、德被廣眾，非惟安釐王之心腹之患，更為秦不敢蠢動伐魏之要因，魏之安危，端賴公子之存亡，且看魏遭秦攻伐之前後情勢，魏王與無忌交好而無忌尚在魏境時，秦未敢於伐魏，魏達數十年之安定，實因有無忌也。後無忌解兵救趙，滯留趙不歸，秦

視佳機之不可失，乃大舉攻魏，秦之轉變靜默觀望而為主動征討，實因魏之無公子無忌。魏無忌受門人點化而落葉歸根救援祖國，替魏解危，退秦兵後，魏王因信反間誣妄之言，而削解無忌之兵權，使無忌心灰意冷，終病酒而卒。俟無忌身亡後，秦乃大舉入侵魏，實又因魏之無公子無忌。無忌於留趙之時，曾微服與布衣之賭徒毛公、賣漿家薛公為友，而趙平原君勝乃嗤之以鼻，不以為然。二人之個人修為立見分曉，故日後平原君之門下食客泰半往歸信陵，足見其謙德情操已傳之千里，致使仁人哲士爭相來歸。

（三）僖負羈──觀晉侯從盤飧置璧

僖負羈為曹恭公之大夫，當晉公子重耳過曹之時，曹恭公聞其駢脅，乃觀其裸浴，因而埋下日後重耳復國之伐曹因子。曹恭公之羞辱重耳，舉國皆知，以為重耳不過為一落難之人，唯僖負羈之妻頗具眼力，以為重耳之隨從皆將相賢能之士，日後必能輔佐重耳復國即位，乃力勸夫為重耳效命，僖負羈於是妥備菜餚而於其中置璧玉，向重耳示好，以表欲行君臣之禮心意，然而重耳領受佳餚美意而歸還璧玉，一則以忠臣不事二主，二則復國大業尋求外援猶恐不及，況奪人臣相，恐將引發戰爭，徒增事端，故不智之事不為。僖負羈有獨具慧眼之妻本為其幸，然其妻不明貳主變節之意乃其大不幸，僖負羈忝為大夫，竟無辨明是非之心，率爾從妻言行事，事二主不成，反為叛徒，此朝臣圖利投機者之明鑑。

（四）披與頭須──君釋前嫌博採眾議

寺人披為宦官內臣與晉公子重耳有隙，舊仇始於驪姬之亂後，魯僖公五年晉獻公命披伐重耳於蒲城，其後披又為惠公殺重耳於狄國未成，因此重耳視披而為仇敵，欲除之而後快，在重耳返國之際，披轉而示好，言身在朝廷由不得己之苦，誅殺他人不過為主上所借之刀而已。另一財務小臣頭須，為重耳圖謀反國攜財逃竄，為求獻計而行，孰知重耳即位後以之為賊人而斥退之。^(註二十)披本為巧言令色之人，但以利益交替，而獻呂飴，欲芮欲火焚宮室誅殺重耳之事，終得重耳之接納為入幕之臣。頭須則為忠心耿耿之臣，以其大無畏之精神對重耳曉以大義，終於在重耳即位後恢復君臣間之和諧關係，共同開創新朝廷命脈。

六、布衣

　　在平民百姓中，市井傖夫裡常存有許多或不為世所用者、或自避於亂世另闢桃源而居者、或以一己之力而解他人之困者，在在以俠義凜冽之氣，充塞於天地之間，且不論其社會階層之高下，其見義勇為、為國捐軀而目不瞬者，高風亮節實有甚於王公貴卿、世家大族，類此而名留青史者蓋亦有足多者焉。

（一）游俠——朱家、郭解俠義仁厚

　　史遷於列傳中特為游俠作一傳記，意在強調並提昇游俠地位，藉此批判大夫公孫弘之不明是非，誣上殘民，寫游俠，無乃即為自我悲慘冤屈遭遇之影射，故此移情作用之寫作，實為史公伸展不平怨氣，更為游俠名留後世之宏觀史作。列傳中列舉人物者甚夥，重在使人名存史冊，而其中事蹟記載犖犖大者為朱家、郭解二人。朱家與漢高祖約為同時代之人，以任俠而名聞天下。郭解短小精幹，為人正直。兩人共同之特點，一為振人之命，不計其功。二為嚴以律己，直以待人。就解困言，朱家曾陰脫季布將軍之厄，及季布尊貴時，朱家則終身不見，為善不求回饋，濟人之不贍，先由貧賤始，為善更不欲人知。郭解為人排難解紛而不居其功，雒陽人相仇，因郭解調停而化解，郭解居中斡旋卻歸功於當地邑中之賢大夫，其行俠之本色，非沽名釣譽可知。就人己之分言，朱家則為衣不光采，食不重味，不矜其能，羞伐其德，家無餘財，乘車不過小牛之車，專以急人之困阨為要。郭解則家貧，助人不求回報，姊子為人所殺，待得兇嫌而知甥因強灌人飲酒，遭人憤而行凶，竟縱兇嫌而罪其甥，足見其行俠仗義，不徇私之豪俠正義。然而殺人者竟因而逍遙法外，未能歸咎元凶，加以適當懲處，易造成社會動盪不安，並予年輕人模仿學習範例，橫行枉顧人性之作法，或將流於行俠卻難伸正義之弊。

（二）刺客——曹沫專諸匕首報主、豫讓聶政慷慨赴義、荊軻武陽易水蕭蕭、高漸離擊鉛筑殉節

　　《史記》〈刺客列傳〉記魯國曹沫之劫齊桓公以匕首，成功奪取三戰所失之地。一百六十七年後吳有專諸為公子光以匕首藏魚腹而行刺王

僚，公子光自立為王，是為闔閭。七十餘年而後晉有豫讓之事，豫讓事智伯而甚受尊寵，後趙襄子與韓魏合謀滅智伯，智伯被滅之後被三分土地，趙襄子深恨智伯，竟漆其頭以為飲器，豫讓心念智伯知遇之恩，乃思為智伯復仇，第一次躲入宮中之廁欲刺襄子未遂，^{（註二一）}二次又以漆塗身，吞炭為啞，殘身苦形以報仇未成^{（註二二）}，三次則埋伏於趙襄子當過之橋下，又為所發現而不成。趙襄子詰問之為主復仇之意堅何故，實則為知己而死之忠貞所致^{（註二三）}。襄子數次釋之，至此不再釋之，而豫讓乃求死前以擊襄子之衣，以致報讎之意，事成乃伏劍自殺。其後四十餘年韓、軹有聶政之事^{（註二四）}，聶政避仇隱於屠，韓卿嚴仲子與韓相俠累有隙，欲殺其相，聞政驍勇，厚禮下交，且贈百金為政母壽，為報韓卿嚴仲子乃獨行仗劍刺殺俠累，更自皮面抉目屠腸死，韓取其屍暴於市井之中，其姊前往認屍，亦自絕於弟之側，晉、楚、齊、衛聞之皆曰非獨政能也，乃其姊亦烈女也。其後二百二十餘年秦有荊軻之事，荊軻為燕太子刺秦，偕秦武陽同行，惜荊軻膽識不足，又劍法不精，以致未刺中秦王而中銅柱，遭秦王劈八創而亡。其行前之風蕭蕭兮易水寒告語，似乎在訴說著秦之行，存有著幾分不詳與悲涼！荊軻死後好友高漸離為求復仇乃藉擊筑而接近秦王，秦王恐遭行刺，乃弄瞎其雙眼，孰知高漸離仍置鉛於筑中投執秦王，未射中而亦被誅殺，為友殉節之忠義節操頗為感人。

肆、開啟智慧之文學特性

　　文學作品之生成，乃肇始於人性感於事、物、環境之變異而開啟出之泉源文思，進而將其文字化、具象化展現。文學作品既始之於性靈敏銳觸感揮宏馳騁，其動之於人心，感之於社會，必有其不可磨滅之價值與特性。文學作品自先秦之民歌，漢樂府古詩、魏晉南北朝之歌行、唐格律詩、宋詞、元曲、明雜劇，清小說等等文體之代興演進，皆因時代政治背景之不同，王室文人獎掖之有異，加之文體發展到達極限時，必然有另一新興文體續而代之，文體之演化遞遭，正如代代改朝更名，轉移政權般平淡無奇。然文體名稱雖各自有異，然各朝代之作品，卻輩出佳作極品，非惟與歷史緊密相結合，暗地裡扮演著史家針砭時事、批評時政之責，實際上又字字珠璣，心血堆砌，欲

一吐長思厚意而後快。從歷史角度言，由文字之批判並予以客觀更正，有助於其活潑化、生活化、趣味化及富於啟示性；從文字角度言，有歷史事件之幫襯，可使原過於浪漫逞意之筆調收緊，而實事求是加以記錄，除去過多幻化虛無、渺不可及之浪漫和意境之美化，可使作品本身更具有實質之可讀性。就個人言，更可由語白領受到身為君王，將相之不易，史料故事不僅充滿曲折劇情的歷史可與浮誇現實的人生劇做一鮮明對比，而就其文字內含及表達之意義，實為無限之智慧珠璣，足資為後世闡揚留傳、生生不息的。

一、史事演化倍予省思

　　史料中最緊張刺激懸疑的部分便是〈刺客列傳〉，其中不乏成功而具足豪情壯志者，亦有自以為聰明之文人哲士奮力為主效命，以字字珠璣之箴言，予青年我輩以無限省思。就《史記》中以列傳部份，忠肝義膽之士最多，如荊軻刺秦、豫讓吞炭、聶政自決屠腸、高漸離為友復仇，在在顯示俠義處士之高風義行，世所共瞻。

二、智慧警語發人深省

　　《左傳》、《史記》、《戰國策》三書以記史為綱，敘事抒情為要，更啟迪人以無限智慧，寓史於開悟通達事理之際。如《左傳》中鄭大夫足智多謀力止秦穆公之貪圖利欲而轉危為安，化險為夷，若非以其智之超絕群倫，則成功恐無日可期。又秦大夫蹇叔之警語告之秦穆公，聲淚俱下，竟不足以使之動容，雖穆公終究蹈伐閿干戈之險，蹇叔言猶在耳，而子弟兵之暴屍荒谷竟只成穆公決策貪念下的炮灰耳。又鄭文公大夫叔詹之析理分明、評戰穩貼，而為人君者卻不能知人善任，接納雅言，空有一智多星卻難以發揮功能，只留予後人以警醒。《史記》中之智慧箴言亦觸處即是，如魏公子門人唐雎之警語一出，信陵立見改悟而奉行不懈，終得民心而穩固地位於諸侯之間。《左傳》中之侯嬴，朱亥、狐偃、趙衰等親信一旁提攜扶助重耳，更是不可或缺之左右得力助手、實功不可沒。此外毛公、薛公等忠諫死士更是信陵名聲和食客與日俱增之重要因素。而戰國策截自史記之荊軻傳中，鞠

武、田光、高漸離等賢者對太子丹之諫議、謀劃、為友殉節、復仇之高風亮節，足為後人虔敬憑弔而萬世不墜。

三、游俠伐困為民解危

漢世階級觀念不可諱言仍極深重，萬般皆下品唯有讀書高之意識，深植人心牢不可破，即使一般文人士子不以清高自居，然對諸販夫走卒，仍或多或少存有些許卑視心態。故而在當日社會政治中，行俠仗義之武人俠客，雖行俠仗義，為民除害，伸張正義，平反冤情，為受辱者翻案，但一般人對其地位仍置之武夫粗俗之輩，實對諸為民伐困之烈士之大不敬，故太史公於列傳之始便將儒者概分為真儒、偽儒、布衣之儒，其中尤為推崇布衣之儒，因平民百姓雖無什名份地位，但其為社會、國家、人民所做之事，實有甚於真儒、偽儒之所為，只因其人格高操、正氣凜然、明是非而有仁厚之心故能成為太史筆下留名青史之人。

四、信陵德備厚賜於人

中國人講究修身治事之行事準則，故常奉行嚴以律己，寬以待人，寧可人負我，不可我負人，所謂積善人家必有餘慶，善有善報，惡有惡報之因果定律。魏無忌信陵君之得哲人賢士多因其修養豁達，而受賜於處士之效死命，如侯嬴、朱亥為信陵君之獻計謀略進而全程輔佐，更有以己之亡靈俾佑主之忠貞，毛公薛公之為信陵死諫，更有值得信陵深慶得人之兆，若無信陵之修養則無侯嬴、朱亥之巧計為主謀，若非如姬之父仇已報，使之報主心切，晉兵權之取得將不盡然順利進行，凡此種種皆信陵之品德高義而獲得之食客回報耳。

五、孟嘗得安實緣於客

齊之孟嘗君身居要津，豢養眾賓客，多為展示威信，誇耀財富與匯集智慧謀略，以求鞏固個人地位與財勢。食客處士多為抑鬱不得志者，或為期期以求為人主之晉用，更有只求己意為人主者實踐通行，而不求名份回饋者，此真俠義豪客之智者行徑。如馮諼者，不過為一

失意之劍客武士，為乞食於孟嘗家，數次得寸進尺之舉，竟為孟嘗欣然接受而無難色，即此寬容包藏如許之觀望態度，造成日後馮諼之為效死命，實不無其人格上御人術之淋漓發揮。

伍、結論

一、寫作方法佈局縝密

　　《左傳》〈鄭伯克段於鄢〉之寫作，重因果之呈現，由母子交惡之因導入兄弟鬩牆之果，在鄭莊公與臣相間之五問五答中，由不動聲色到一聲令下，欲置其弟死而後快意之作法：由鄭大夫子封之語「國不堪貳」而牽引出叔段之不得民心及大夫之欲除段而後暢其意之心，而莊公卻靜觀其變不動聲色，實則刻意之放縱，欲以名正言順之由而一舉殲滅，實居心狠毒慘烈至極。至叔段終坐大時，則伐之以正義之師，輕而易舉取下叔段京畿要塞之地，此段史料雖文字淺短，然寓意深遠，佈局環環相扣，實為引人入勝、膾炙人口之作。

二、經學、史學、文學兼容並蓄

　　凡此以史學為背景之書，多具有醒世之警語，或人主、卿相間告語之智慧珠璣，如《左傳》作者左丘明充份掌握了孔子在《春秋》之思想根源，於是以禮義予以論斷《春秋》，更以正名分之大義而褒貶善惡忠奸，《左傳》旁證古經文以明其說，因此後人足以據此而考源流、通訓詁、對群經有助於更深入之解析。在史料上，《左傳》、《史記》、《戰國策》、各備述一代大事，由諸侯迭興，征戰連連到改朝換代，君王群臣間更有無窮之史事記載，其各篇之記錄，足以予史家更富於遵循之依據。史書之敘事詳審，固其當然，而文詞之簡樸更不容減損，字字珠璣，饒富興味。史書中之智慧精華與洗練文字，實為完美之典範，我輩子孫於增長智慧之自省中，當珍視先賢之珠璣光芒，使之衍生永恆之芳香甘醇，是身為中華民族，研究中國文化之後學，萬難屏棄之重責。以銅為鑑可正衣冠，以史為鑑可知得失，史料價值足資後人免於重蹈覆轍，實為中國炎黃子孫必讀之智慧書籍。

三、珠璣光芒萬世長存

　　魯僖公三十年、三十二年之秦晉圍鄭，秦晉殽之戰所衍生之歷史事件，不論其成因、過程，乃至結果，或其間之關鍵人物燭之武、蹇叔、弦高、秦穆公、晉文公、晉襄公、文嬴、百里孟明視、西乞術、白乙丙乃至於鄭文公、鄭穆公、杞子、逢孫、楊孫等人，由歷史事件串以人物角色之巧飾，衍生出迴環曲折，詭譎多變而饒富興味、引人入勝之史實故事與智慧花朵。因燭之武之善辯說理而成冷靜智取、化險為夷，轉危為安之典範人物，因鄭文公之無禮而使鄭陷於危機之中，因秦穆公之貪利，又枉顧老臣諫言，因此葬千萬子弟兵於異鄉，暴屍山谷而魂魄不得歸返故里，留下無限懷恨之遺憾，足為後世明鑑。自古賢士哲人，將相名臣，自不乏予國政興利除弊，保家安邦之助，而古禮之嚴明與傳統之禮教風俗，往往忽略女子予國家之貢獻，實則賢妻其要不下於良相、良母之責任，更不輕之於賢臣，其誠心實不容忽視，更應予以肯定。如晉公子重耳之妻齊姜名言以勸夫：「懷與安，實敗名。」不啻與重耳以享樂時之當頭棒喝，更予後人莫大警世作用！

　　親情之濃郁最是人間之摯愛表徵，所謂及時訴衷情乃在於善體親心，以免孝之唯恐不及，鄭莊公與武姜間之閒隙終因大夫穎考叔之善於點化誘導而技巧地使莊公母子和好如初。^{（註二五）}《春秋經》上對莊公與其弟之攻伐，予以譏評，實因骨肉相殘為不悌，兄之為長而未盡所能教化，反相抗衡，非人情之常，乃嚴辭撻伐之。

　　人生之中除親情為最可貴外，友情與社會人情亦是溫馨而令人歌頌感懷者，特以患難足以見忠貞，利祿不足以薰心之人，為友朋中之最要者，錦上添花者觸處皆是，雪中送炭者不為多見，故《史記》中為主獻計而自縊以表忠誠者，如侯嬴之於魏公子信陵君，田光之於燕太子丹，更有慕郭解仁義之俠氣為人，不為利誘，反助其脫困而自縊以絕口供者如籍少公，諸如此類慷慨表忠貞之人，足為人所景仰而歌誦表彰、凡於危急存亡之秋而為主解難、或為人紓困者，亦為世人所重念而恭悼者，如朱亥之為朱公子巧奪晉兵權、毛公、薛公之為主死諫以求正義伸張、唐睢予信陵凜然為人作風之誨辭、布衣朱家陰脫季布諸人事之難不求回報、郭解助人無數更不計其功，諸如此類者或為

處士或為俠客，或以文為主諫，或用武使人安，皆各盡所能，為人伐困解危，俠義之情可歌可泣。

　　戰國時期諸侯征戰連連，各為已佔一席之地，而逞其拓展疆域，主控政權之慾，當武力無法戰勝時，往往則尋求刺客以達目的。諸如魯曹沫之行刺齊桓而得返失地、吳專諸為公子光刺王僚得立為王、晉豫讓忠貞不事二主，為主復仇不成伏劍自殺、韓聶政報葬母之恩，為嚴仲子行刺俠累後自盡，再如荊軻之為燕太子丹刺秦王不成為所斬殉義。諸如此類俠客或為祖國效忠，或為俠義助人，莫不傾其全力為成其事而戮力以赴，此忠肝義膽、古道熱腸，非今世可再現，其名留青史，為世歌誦，義行足式，提振人心，實於社會有積極正面之效益。

附註

註一：《左傳》隱公三年：「八月，庚辰，宋穆公卒，殤公即位。君子曰：『宋宣公可謂知人矣。立穆公，其子饗之；命以義夫？商頌曰：「殷受命咸宜，百祿是荷。」其是之謂乎？』」《史記》宋世家：「八月，庚辰，穆公卒，兄宣公與夷立，是為殤公。君子聞之曰：『宋宣公可謂知人矣。立其弟以成義，然卒其子復享之。』」二處比對可見《左傳》君子曰之體例在《史記》中重現。又《左傳》隱公八年：「鄭伯請釋泰山之祀而祀周公，以泰山之祊易許田。三月，鄭伯使宛來歸祊。不祀泰山也。」《史記》魯世家：「與鄭易天子之太山之邑祊及許田，君子譏之。」案：《左傳》中之「不祀泰山」乃言周天子因廢巡狩之禮不再祭祀泰山，導致鄭伯對天子之無禮，私自以祊交換魯之許田。太史公於是仿效《左傳》君子曰之筆法體例，而以「君子譏之」刺此事，由此可見其斧鑿痕。

註二：《左傳》魯僖公三十三年春：「遂發命，遽興姜戎。子墨衰絰，梁弘御戎，萊駒為右。夏四月辛巳，敗秦師於殽，獲百里孟明視、西乞術、白乙丙以歸。」案：短短數語卻已涵蓋秦晉殽之戰全部戰役過程，語辭精要而深刻。

註三：案：晉襄公因母親短短數語而釋放秦將，不僅觸怒晉之武將先軫，更犯了縱虎歸山，斬草不除根之禍患。秦穆公雖犯了貪利之過而出師伐鄭、晉，但終能幡然改過而力挽頹勢，其英明睿智與晉襄公之失察恰成為鮮明之對照。而秦三俘將之機智奔亡亦為令人贊嘆者，在危急存亡之秋仍不失大將遵禮之風度，晉襄公反悔當下，由陽處父往追，三人已發舟河中央，卻仍恭謹上告表明感激之情，但君子報仇三年未晚，先禮後兵之表現實可圈可點。

註四：《左傳》魯隱公元年夏五月鄭伯克段於鄢文中「莊公寤生，驚姜氏，故名曰寤生，遂惡之，愛公叔段，欲立之，亟請於武公、公弗許。」案：簡短數語即帶出母子交惡、兄弟鬩牆之遠因、近因，乃至於偏頗之立太子行為，造成日後戰事之難以倖免。

註五：《左傳》魯僖公元年，及莊公即位，為之請制，公曰：「制，巖邑也，虢叔死焉，他邑唯命。」案：鄭莊公語不帶動氣之色，作法上卻強力抵制母親之請求，此暗藏其日後以武力假公濟私制服叔段之心。

註六：《左傳》晉公子重耳之亡：將往齊，謂季隗曰：「待我二十五年，不來而後嫁。」對曰：「我二十五年矣，又如是而嫁，則就木焉。請待子。」案：季隗對重耳之命令式告語，不但無駁斥之言，反而柔順地回以願一生奉侍君前，一心不變，以待來年相會，終於因以柔克剛、以

退為進之作法，而打動重耳心腸，在狄一待便是十二年，佔流亡生活中之一半以上。

註七：案：信陵君與平原君趙勝夫人乃同胞姊弟，時值秦攻趙、趙向魏告急求援，魏安釐王使大將晉鄙壁鄴挾兩端以觀望，懾於秦之赫言而進退維谷，信陵君乃採賓客侯嬴之計，矯詔君令、椎殺晉鄙、奮不顧己而為姊解危，於趙挽救趙人於危亡之中為有恩，於魏則叛君弒臣為不忠不義，此乃信陵處趙十載不歸之主因。

註八：《史記》〈魏公子列傳〉第十七：「諸侯聞公子將，各遣將將兵救魏。公子率五國之兵，破秦軍於河外，走蒙驁。遂乘勝逐秦軍至函谷關，抑秦兵，秦兵不敢出。」案：信陵君在毛公薛公之死諫下，終拾起故國懷舊之情，再度返魏效命，其威名遠播，德配天下，在率五國之軍的聲勢下，可見其在當日的豪氣干雲。

註九：〈重耳論河水篇〉，此為逸詩，首章有「沔彼流水，朝宗于海。」之語，重耳誦此詩，暗喻己若即位，當尊穆公為盟主，似有利益交換之內情。穆公誦詩六月，詩中稱頌尹吉甫輔佐周宣王伐玁狁之功勞、預祝重耳返國即位，輔佐天子建功立業。

註十：《史記》卷七十七魏公子列傳第十七。

註十一：《史記》〈魏公子列傳〉第十七，朱亥笑曰：「臣迺市井鼓刀屠者，而公子親數存之，所以不報謝者，以為小禮無所用。今公子有急，此乃臣效命之秋也。」販夫走卒之講義氣不同於士子，乃隱士之特性淪為市井中人，實為俠義之人，不願錦上添花，但求雪中送炭。

註十二：《左傳》〈晉公子重耳之亡〉魯僖公二十四年；介之推言：「下義其罪，上賞其姦；上下相蒙，難與處矣。」其曰：「盍亦求之，以死誰懟？」對曰：「尤而效之，罪又甚焉。且出怨言，不食其食。」案：介之推為維護其個人清譽，辭官歸田亦不無厚非之處，然未稍試達勸諫於君王而擅自棄之，亦有失諫臣之儀，況身為君者，莫非聖人？豈有不粗鑒失察之處，焉可攜母與之同歸於盡，雖終究保全其節操，然於其母則失之措置欠允，於文公則失之誠告之責，陷文公於火劫二命之不義，更有殺良臣之惡，其行事動機雖美，而手段方法則可免於不可迴轉挽留之餘步。

註十三：《史記》〈管晏列傳〉，越石父曰：「既已感悟贖我，是知己，知己而無禮，固不如縲紲之中。」由越石父之言，晏子立頓悟，乃迎為上賓，盡釋前隙。

註十四：古代女子嫁後名字多為綜合而成。如鄭武公娶申國姜姓女子，乃呼之為武姜，以夫之名號為姓而娘家本姓為名，為鄭莊公之母。又晉公子重耳母狐姬為犬戎姬姓。秦穆公女懷嬴，秦為嬴姓國嫁晉懷公而稱懷嬴。戰國時期女子姓置之男子之後習慣用法可見一斑。

註十五：秦穆公作主將女再嫁重耳，則形成叔姪共有一婦之情形，而以穆公諸侯之尊而將女再嫁，可見戰國之時，女子再嫁並無什禁忌，亦不受社會士人之評判，穆公為求國家之安定與女兒前途，作此抉擇似乎是外交上一種策略殷實平淡無奇。

註十六：《左傳》〈晉公子重耳之亡〉：「秦伯納女五人，懷嬴與焉；奉匜沃盥，既而揮之。怒曰：『秦晉匹也，何以卑我？』公子懼，降服而囚。」懷嬴處處採低姿態以討重耳歡心，不料卻在放下身段，為重耳捧水盆洗手時，遭重耳揮水灑之臉上侮蔑，故義正辭嚴予以理論，終能使之悔改謝罪。

註十七：《左傳》〈晉公子重耳之亡〉一文。

註十八：《左傳》〈晉公子重耳之亡〉。

註十九：《史記》〈信陵君列傳〉第十七卷七十七案：信陵君與安釐王博，而北境傳舉烽，信陵君告以趙王田獵之舉，魏王恐，無心於博奕，乃至傳報果如是，則驚於無忌之逆料諸事，懼其智多賢能，不惟心生嫉妒，更不敢任以國之要政，以絕坐大波及王位之存續。

註二十：《左傳》〈晉公子重耳之亡〉，頭須為求己身清白之澄清竟遭文公重耳以沐浴之由屏退，乃謂僕人曰：「沐則心覆，心覆則圖反，宜吾不得見也。居者為社稷之守，行者為羈絏之僕，其亦可也，何必罪居者？國君而讎匹夫，懼者甚眾矣。」文公聞之，乃釋前嫌而悅納之。

註二一：《史記》〈卷八十六刺客列傳〉第二十六：豫讓於廁中行刺趙襄子，左右士兵欲誅之，襄子則釋放之。曰：「彼義人也，吾謹避之耳，且智伯亡無後，而其臣欲為報讎，此天下之賢人也，卒釋去之。」

註二二：〈刺客列傳〉，豫讓一次復仇未遂乃自殘形骸以為已過，表忠臣不事二主之心志。

註二三：〈刺客列傳〉，豫讓為智伯效死而不為范中行氏效死命，乃因智伯待其如國士之禮遇，而范中行氏得之不過如泛泛眾人，故士為知己者死，乃感恩圖報之義行。

註二四：〈刺客列傳〉，軹，河南省濟源縣。

註二五：《左傳》魯隱公元年，莊公與弟叔段攻伐，使之出奔共國而不得回返，由於母親於幕後操縱，莊公乃記恨於其母而誓曰：「不及黃泉，無相見也。」既而悔其所言。穎考叔知莊公心意，乃巧言說君以感化之，曰：「小人有母，皆嘗小人之食矣，未嘗君之羹，請以遺之？」公曰：「爾有母遺，繄我獨無！」僅此言語上之感通，即使莊公回心轉意，穎考叔更進之以「闕地及泉」、「入隧相見」之計，終能助莊公完成孝心，化解與母之誤解，更冰釋母子多年之心結。

參考書目

1. 魏王肅：《左氏解》。
2. 蜀李譔：《左氏傳》。
3. 晉杜預：《春秋經傳集解》。
4. 唐孔穎達：《春秋左傳正義》。
5. 宋蘇軾：《春秋集傳》。
6. 張大亨：《春秋通訓》。
7. 呂祖謙：《左氏傳說》。
8. 呂祖謙：《東萊左氏博議》。
9. 元王元杰：《春秋讞義》。
10. 明王樵：《春秋輯傳》。
11. 清惠士奇：《春秋說》。
12. 顧棟高：《春秋大事表》。
13. 馬驌：《左傳事緯》。
14. 高士奇：《左傳紀事本末》。
15. 惠棟：《左傳補注》。
16. 沈彤：《春秋左氏傳小疏》。
17. 洪亮吉：《左傳詁》。
18. 馬宗璉：《左傳補注》。
19. 梁履繩：《左傳補釋》。
20. 劉正浩：《六十年來之左氏學》，正中書局，六一版。
21. 清乾隆武英殿刊本：《史記》，藝文印書館。
22. 張森楷：《史記新校注稿》，中國學典館印行。
23. 《新校史記三家注》，世界書局。
24. 日本川瀧龜太郎：《史記會注考證》，藝文印書館。
25. 明凌雅隆輯校：《補標史記評林》，明李光縉增補日本有井範平補標，蘭臺書局。
26. 吳汝綸：《史記集評》，中華書局。
27. 吳見思：《史記論文》，中華書局。

28. 清梁玉繩：《史記志疑》，學生書局。
29. 清郭嵩燾：《史記札記》，樂天出版社。
30. 清邵泰衢：《史記疑問》，商務印書館。
31. 劉坦：《史記紀年考》，商務印書館。
32. 朱東潤：《史記考索》，開明書局。
33. 靳德峻：《史記釋例》，商務印書館。
34. 王駿圖、王駿觀：《史記舊注平義》，正中書局。
35. 李長之：《司馬遷之人格與風格》，開明書局。
36. 施之勉：《漢史辨疑》，中央文物供應社。
37. 錢穆：《史記地名考》，三民書局。
38. 鄭鶴聲：《司馬遷年譜》，國史研究室。
39. 高平子：《史記天官書今註》，中華書局、臺灣書局。
40. 勞幹、屈萬里：《史記今註》，中華書局、臺灣書局。
41. 孫德謙：《太史公書義法》，中華書局。
42. 《史記研究論文集》，森海出版社。
43. 李日剛：《史記導讀》，師大出版社。
44. 林礽乾、田博元：《史記導讀》，師大出版社。
45. 木鐸編輯室：《史記論文集》，木鐸出版社。
46. 胡適：《中國古代哲學史》，商務印書館。
47. 錢穆：《中國思想史》，華岡書局。
48. 謝无量：《中國哲學史》，中華書局。
49. 鍾泰：《中國哲學史》，商務印書館。
50. 林尹：《中國學術思想大綱》，學生書局。
51. 《春秋左傳林合注》，學海出版社。
52. 黃玉林註譯：《戰國策》，綜合出版社。
53. 漢司馬遷撰：《史記》，大申書局。
54. 《左傳》，十三經注疏本，藝文印書館。
55. 《史記》，二十五史本，藝文印書館。
56. 康有為著：《新學偽經考》，盤庚出版社。
57. 張心澂：《偽書通考》，盤庚出版社。
58. 清章學誠撰：《文史通義》，華世出版社。

漢代婦女文學之探究

壹、前言

　　漢代自高祖開國以來，文治武功卓有見樹，在文景之時，更是蔚為太平盛世，在這樣的朝代中自然有許多名女人穿梭其間，而形成多樣可歌可泣的人、事、物，每一朝代的特殊人物自然就成為文人筆下最佳的素材，如呂后的陰毒和野心權謀，項羽愛妾虞美人的柔情和堅貞、漢文帝時的緹縈上書救父、漢武帝時卓文君的夜奔情郎鳳求凰、漢武帝時細君和解憂兩位公主出使西域執行和親任務、漢武帝的李夫人卓有識見、漢元帝時王昭君出西域的淒美故事、漢成帝時趙飛燕姊妹的漢宮韻事、漢成帝時班婕妤的幽怨情愫、漢哀帝時秋胡妻的貞節風骨、漢光武帝時陰麗華的謙德垂範、東漢初年孟光的舉案齊眉、漢和帝時班昭地展露頭角、東漢末年蔡文姬的才高命薄、東漢光武帝時的秦羅敷陌上桑義正退輕薄、漢末建安石劉蘭芝的坎坷婚姻歷程等等，此外尚有身世不可考但有一、二首作品的如徐淑、蘇柏玉妻、甄氏、王宋、孟珠、丁廙妻等。在這以兩漢時期為斷代的研究中，以出身官宦名門之家的女文學家、嫁為官吏之妻而善為文的女文學家、展現婦女社會地位的佚名作品等三類分析評述其人其事其作品。

貳、出身官宦富豪的女文學家

一、卓文君──白頭吟

　　漢代才女卓文君和春秋時期百里奚妻杜氏，兩人有不謀而合的共通點，就是同樣因作詩歌挽回丈夫心意而得名。由文字而應用在婚姻上的功能，前有杜氏的扊扅歌，後有卓文君的白頭吟，年代雖各有先後，而效果卻有異曲同工之妙，可知作品出自真心誠意就能打動人心而獲得預期的效果。卓文君為臨邛豪富卓王孫之女，一日家中宴請賓客，當時文壇名士司馬相如為卓府之座上客，酒過數巡，相如引綠綺

琴彈奏琴曲鳳求凰，文君年方十七，新寡閨中，在屏風後偷窺，見得
相如才貌翩翩，琴曲中若訴情意，當夜文君便投相相如而與之雙雙私
奔成都。此後相如家徒四壁無以為生，而文君隨身細軟亦已點當殆
盡，於是乃回臨邛，變賣車馬等隨身物而開了一家酒店，文君每日拋
頭露面，當墟賣酒，而相如則身穿短褐，下著褌鼻褌，店中洗滌杯
盤，跑堂打雜。卓玉孫知悉女兒，女婿之窘況，深以為恥，不得已乃
將文君應得的嫁粧財物悉數奉送，文君相如自是關閉酒店，回成都購
置田宅，得以安然度日。時光催人老，青春歲月在文君身上漸次消
逝，時日一久，相如乃心生二意，想要納妾，這時文君痛苦萬分，怨
憤交集，於是作「白頭吟」一詩向相如一表心志。古代女子地位低下，
能識字習文的已屬不多，有能力創作詩歌文賦的更是少之又少，因此
文君雖在文學作品上，創作僅只一、二，但由其內容的真摯，我們亦
應給予這位漢代前衛女性喝采！因為她拋開了世俗的眼光，勇敢地為
自己的命運做開創之旅，不僅與相如私奔一事，使得群情嘩然，在相
如變心之後，更是作賦作詩一表心中的幽怨憤慨，終而能挽回夫意，
實屬難得之佳作，因此我們在兩漢的婦女文學中，自是少不得要提起
這位敢愛敢恨向命運挑戰，不畏傳統禮教的漢代新女性卓文君的作品
的！下面附錄白頭吟詩篇：

> 皚如山上雪，皎若雲間月，
> 聞君有兩意，故來相決絕。
> 今日斗酒會，明旦溝水頭，
> 躞蹀御溝上，溝水東西流。
> 淒淒復淒淒，嫁娶不須啼，
> 願得一心人，白頭不相離。
> 竹竿何嫋嫋，魚尾何簁簁，
> 男兒重意氣，何用錢刀為？^(註一)

　　卓文君用文字將為妻的用心專一、情意堅貞，表現得相當貼切，
以皚皚白雪和皎皎明月比喻自己的深愛真情，可見日月。純潔有如白
雪，明月般的晶瑩剔透，雪永遠是白的，而月亮更是經久而常存的，
愛情堅貞不渝如文君者，竟亦於色衰後而見棄，在心情齟齬時步履蹣

蹣地走在河川之上，既已與夫君決絕，乃生機杳然，心境之落寞，是
多麼悲涼悽慘哪！想起私奔逃竄之時，嫁娶成婚之日，與夫君相依為
命，賣酒營生，放棄了富家千金的豪門生活，而和一介書生苦撐惡鬥
度日，只為尋得了知心人，而不顧顏面名譽，而今卻落得如此下場，
慘遭遺棄。末章以竹竿之釣魚做比方，形容夫妻的關係正如竹竿和魚
兒一樣，沒有了魚兒，則無需竹竿垂釣，缺少了釣竿，又如何釣魚？
竹竿用來釣魚為主動者喻夫君，魚兒待餌上鉤，則為被動，夫君好似
竹竿般飄蕩不定，而為妻的好似魚兒般，尋尋覓覓那弔鉤上的餌，那
顆倍受牽制的心，真是忐忑不安、猶疑不定，那無限期盼而又怕受傷
害的心，是多麼令人同情啊！言下之意，為夫之人應重情意，始終不
渝，怎可因富貴飽暖而思淫欲變節呢？悲痛之情溢於言表，忠貞之意
更是展然自現，無怪乎相如要無地自容，愧不能已了。

　　此外，文君又寫了兩次信札給相如以表心意，書曰：

　　　春華競芳，五色凌素，
　　　琴尚在御，而新聲代故。
　　　錦水有鴛，溪宮有水，
　　　彼物而新，嗟世之人兮，
　　　瞀於淫而不悟！
　　　朱絃斷，明鏡缺，朝露晞，芳時歇；
　　　白頭吟，傷離別，努力加餐母念妾。
　　　錦水湯湯，與君長訣！^{（註二）}

　　書信中透露著年華老去，新人取代舊人的悲哀，而這喜新厭舊的行
為，乃起因於人性的劣根飽暖思淫欲和舊社會下男人為家庭重心的現象
所致。當婚姻由兩角形而轉型為三角、四角、多角形時，女人不但不能
有反對的聲音，還似乎應表現風度成全丈夫，而自請下堂，以退為進以
喚起夫君覺醒，雖心中無限愁怨，但基於愛丈夫的心，只好以卑弱姿態
表現淒苦模樣，在苦於心事誰人知的無奈下，卻仍不忘向夫勸進飲食，
以保健康。或許就因為文君的怨而不怒，哀而不傷，悲中帶情，苦中
有諒，而使得相如終究未實行納妾的動機，不但應驗了文君的詩題白頭
吟，而與相如白頭偕老，更說明了有志者事竟成，運用智慧處事必有

事半功倍的效能。相如在漢武帝元狩六年（公元前一一七年）病卒，年六十餘，留下文君一人度過殘生。人生到頭來，無論多麼恩愛的夫妻，終究也要鴛鴦兩分，各往東西，各奔前程，真可謂夫妻本是同林鳥，大限來時各自飛。人生雖要經歷許多的殘酷現實，但擁有美好的回憶，將是支持人勇敢活下去的最好理由。

二、班婕妤──〈自傷賦〉

漢代女文學家有女聖人之尊的首推班婕妤與班昭，依時間先後則先論班婕妤。

班婕妤之名已因年久不可考，婕妤為當時后妃之名，其父為左曹越騎校尉班況，成帝即位之初，班氏即被選入宮而中成為婕妤，因其賢淑不慕榮華而為成帝寵幸有加。鴻嘉三年，趙飛燕姊妹得寵，在成帝跟前進讒言毀謗班婕妤和許皇后，成帝因癡迷於飛燕、合德姊妹倆，竟聽信讒言廢許皇后，拷問班婕妤，婕妤誠心之言終於感動成帝而得赦免，但趙飛燕姊妹的氣焰盛極一時，為免災禍殃及自身，班婕妤只好自請供養太后於長信宮，而退處於東宮終老一生。曾作賦以自傷曰：

> 承祖考之遺德兮，何性命之淑靈？
> 登薄軀於宮闕兮，充下陳為後庭。
> 蒙聖皇之渥惠兮，當日月之盛明。
> 揚光烈之翕赫兮，奉隆寵於增成。
> 既過幸於非位兮，竊庶幾乎嘉時。
> 每寤寐而絫息兮，申佩離以自思。
> 陳女圖以鏡監兮，顧女史而問詩。
> 悲晨婦之作戒兮，哀褒閻之為郵。
> 美皇英之女虞兮，榮任姒之母周。
> 雖愚陋其靡及兮，敢舍心而忘茲！
> 歷年歲而悼懼兮，閔蕃華之不滋。
> 痛陽祿與柘館兮，仍襁褓而離災。
> 豈妾人之殃咎兮，將天命之不可求。

白日忽已移光分，遂晻莫而昧幽。
猶被覆載之原德分，不廢捐於罪郵。
奉共養於東宮分，託長信之末流。
共灑掃於帷幄分，永終死以為期。
願歸骨於山足分，依松柏之餘休。

重曰：

潛玄宮分幽以清，應門閉分禁闥扃。
華殿塵分玉階苔，中庭萋分綠草生；
廣室陰分帷幄暗，房櫳虛分風泠泠，
感帷裳分發紅羅，紛綷縩分紈素聲。
神眇眇分密靚處，君不御分誰為榮？
俯視分丹墀，思君分履綦；
仰視分雲屋，雙涕分橫流：
顧左右分和顏，酌羽觴分銷憂。
惟人生分一世，忽一過分若浮；
已獨享分高明，處生民分極休。
勉虞精分極樂，與福祿分無期。
綠衣分白華，自古分有之。^(註三)

另有怨詩一首，文選作〈怨歌行〉相傳亦為班婕妤所作。詩云：

新裂齊紈素，皎潔如霜雪，裁為合歡扇，團圓似明月，出入君
懷袖，動搖微風發。常恐秋節至，涼風奪炎熱，棄捐篋笥中，
恩情中道絕！^(註四)

　　班婕妤在〈自傷賦〉中文情並茂，娓娓訴說著自己如何的榮幸曾
受皇帝垂愛，在宮中貴為婕妤的身分，使她享受著非比凡人的榮華富
貴，更獨享與皇帝歡娛的歲月。但好景不長存，好花不常在，嬪妃在
皇室中只不過是眾多美女中較幸運的受寵者，畢竟皇帝不是聖人，也
會見異思遷，憐香惜玉只能說是短暫的愛憐吧！一波波的如雲美女，

沖淡了班婕妤與成帝的濃情密意；一次次的君王冷漠、獨守空閨，驚醒了班婕妤曾編織的美夢，那份痛楚，那種離思，那般近在咫尺卻又形同陌路的椎心，班婕妤自知緣盡，攬鏡而照，方才大夢初醒破鏡重圓的事實。在無力與勁敵抗衡下，只有看淡浮世的名利，但求死後的清幽。此〈自傷賦〉以賦體吟詠內心傷悲的吶喊，反復表達謝恩君王的曾經榮寵，再三表明退居東宮，供養太后，實際上是不得已的選擇，人世所追求的夫妻情愛、樂享團圓，更不是自己願意拱手他讓的。看那用字遣詞多麼富於恩情如「蒙聖皇之渥惠兮，當日月之盛明。揚光烈之翕赫兮，奉隆寵於增成。既過幸於非位兮，竊庶幾乎嘉時。」、「雖愚陋其靡及兮，敢舍心而忘茲！」、「猶被覆載之厚德兮，不廢捐於罪郵。」成帝的負心不但未使班婕妤發怨辭，反而突顯皇帝曾嘉惠自己諸多好處，說明自己念茲在茲、永矢不忘的心，而對於皇帝不因讒言而降罪愛妃，更是倍覺感恩五內。這種作法似乎有違常情，推其意，一則身處宮中，隻字片語傳之甚易，一旦傳入皇帝手中，若寫皇帝的不是，有可能犯欺君褻瀆之罪；若寫皇帝的恩德，說不定皇帝龍心大悅，還有可能再次臨幸而化危機為轉機呢？二則為班婕妤果真看透了宮廷裡醜陋的人性，張牙舞爪的爭名奪利、明爭暗鬥的欺上瞞下、泯滅人性的殘害忠良等，豁然了人生的真相，於是一片靜土極樂世界，成為她追尋的美麗藍圖，一場感情追逐的遊戲，不再那麼的令人羈絆，令人遐思而糾結不清了，由班婕妤的行為和文字展現，筆者以為皇帝的威權是獨夫的統治社會，若其心意已決，許多外在因素，實在難以重新更改，因此即使班婕妤刻意想要討好龍心而歌功頌德，事實上也不可能挽回舊情，她寫作的用心，後者的說法，應較為合理。

再看那愁思憂傷，多麼充滿悲情，在在顯示出皇帝在激情過後只剩下寡情，回頭想想能夠給自己的，也只有無限的同情了。在文字上如「白日忽已移光兮，遂晻莫而昧幽」、「潛玄宮兮幽以清，應門閉兮禁闈局。」、「廣室陰兮幃幄暗，房櫳虛兮風冷冷。」、「神眇眇兮密靚處，君不御兮誰為榮？」、「俯視兮丹墀，思君兮履綦；仰視兮雲屋，雙涕兮橫流。」、「顧左右兮和顏，酌羽觴兮銷憂。」等等充滿暗淡無光、心寒孤寂的愁懷字眼，可算是將心境的落寞發好的淋漓盡緻了。在行為上班婕妤則選擇了藉酒澆愁的方式，排遣煩悶，在無數個淒清的日子裡，終於她找到了生命的出路服侍太后，安享晚

年，不問世事，遠離紛擾。「奉供養於東宮兮，託長信之末流。共灑掃於帷幄兮，永終死以為期。」、「願歸骨於山足兮，依松柏之餘休。」人生在歸於塵土之後，所有的愛恨情仇、悲歡離合、幽怨聚散、貪嗔痴疑都將煙消雲散、了無蹤影了，在賦的最後班婕妤更不忘自我安慰一番，「勉虞精兮極樂，與福祿兮無期。綠衣兮白華，自古兮有之。」像項羽愛姜虞姬般的美貌貞烈，如古代后妃的賢德^(註五)，亦同遭夫妻難以長相守和色衰愛弛的命運，虞姬甚至還為愛而捨了性命，回頭思量自己的命運，雖已失名位尊寵，但換得了清閒，和古人相比，自己的遭遇又算得了什麼呢？

　　另外班婕妤的一首〈怨歌行〉詩將比喻法使用得非常巧妙，成為後代著名的引用範例。在看〈怨歌行〉中比喻前，先回顧一下〈自傷賦〉中的比喻用法，我們便可了解班婕妤之善於運用比法的寫作。如以「白日忽已移光兮」比喻成帝對班婕妤的愛竟轉移至他處，非常委婉含蓄，卻又極為清楚明白。又以物寓意將「華殿塵兮玉階苔，中庭萋兮綠草生。」庭園的蒙塵、生苔、荒蕪、雜亂，比喻自己遭逢情變，心頭的蒙羞、紛亂如雜草一般，砍也砍不完，燒也燒不盡。最後用虞姬、綠衣二人自比，而得到心理上的平衡，是非常出色的寫作法。怨歌行詩中，作者以新製的合歡扇比為自己，喜的是能讓君王隨身攜帶成為貼身近物，悲的是秋涼將來，君王再不需要扇子，以扇隨身的短暫緣分將要結束。如霜雪一般的扇面就好似婕妤純潔無瑕專一付出的愛情，用扇作比方與散葉音，合歡扇裁成，人卻已離散，看到團扇似明月，可是月圓人卻兩離分，羨慕扇的能近君王，卻道不盡望圓月而引發的離散幽情呢？

三、班昭──《女誡》

　　班婕妤之後有班昭，班昭為班彪之女，班婕妤又為班彪之姑母，班昭和班婕妤可以說是姪孫女和姑婆的關係，因此班昭為班婕妤後人，故而才氣出眾，或為其來有自。班昭嫁曹世叔為妻，博學多才，曾因續作其兄班固未竟之漢書八表、十志兩部份，而入宮撰書，當時鄧太后女主臨期，委請班昭為宮中之女教師，教授后妃嬪婢等宮廷禮儀，班昭於是作了《女誡》一書，這本書可說是特意為女子量身訂做

的一本謹守禮儀規範的書，全書共〈卑弱〉、〈夫婦〉、〈敬慎〉、〈婦
行〉、〈專心〉、〈曲從〉和〈叔妹〉等七章，強調三從四德之義，
而予女性套上了千古不移的牢籠枷鎖，女性由於受教知識的淺薄，再
加上一昧被灌輸凡事曲從的思想，不但扼殺了女子獨立思考的能力，
對女性人格的尊嚴更是一種漠視。班昭的才氣文采有過人之資賦，但
卑弱的女性思想，使得數千年來女性一直抬不起頭來，成為低於男性
種族的次等民族附庸的角色，班昭實難逃始作俑者之罪。封建社會裡，
男子已極盡能事地壓榨女性，貶抑女性的價值，而女性自己因能力的
薄弱而無力聲援也就算了，但自我貶抑，自我作賤的妄自菲薄思想，
造成了男性更加的妄自尊大，千古以來，班昭可說是頭一人有系統地
製造一些沒有人格尊嚴、甘心情願為男人趨使的活機器人，在這一點
的「貢獻」真不可謂不大。試看七章中篇旨大要：

　　〈卑弱〉篇中指陳古書詩經上都贊同男子是尊貴的，女子是卑下
的，所以會有「生男曰弄璋，生女曰弄瓦」的言語。認為男尊女卑，
男高女低、男上女下，男優女劣，男強女弱，天生女子就不能和男子
相提並論，所以在家不必多問事，多做少說，辛勤努力操持家務，便
是克盡了做為女人的天職。所以說「晚寢早作，勿憚夙夜，執務和事，
不辭劇易。」^{（註六）}這不是明白告訴女人做為一個文盲是天經地義的事，
女子只適合做肢體勞動的活路，其餘知識性的工作則與己無關，未免
太小看萬物之靈中佔有半數的女性了。不知班昭是為鄧太后調教一些
唯命是從的嬪妃，擔心她們在宮中惹事生非而做，還是刻意為鄧太后
設計的愚民文宣，便得所有榮耀歸於太后一人，而其餘的女子只是屈
言順從，毫無主見的應聲蟲而已。若所言皆是，班昭恐怕料想不到，
她在宮廷中的影響力竟然遠及於民間而流傳後世如此的深遠吧！

　　〈夫婦〉篇中，將丈夫看作是天，是一切的主宰，必須恭謹侍候，
以維繫感情。所以說「婦不賢則無以事夫，婦不事夫則義理墜廢，若
要維持義理於不墜，必須使女性明習義理。」^{（註七）}這樣單項式的付出，
所學只是如何侍奉男子的義理，若像班昭所說，只要學會侍奉丈夫，
就能擁有美滿婚姻，何以數千年來不乏始終如一，敬謹事夫的女子，
但為何男子們仍在三妻四妾五婢六媵的享受他們獨有的特權，對婚姻
可以不忠，對妻子可以不義，這是怎樣的叫女子服膺的金科玉律啊！

　　〈敬慎〉篇中主張「男子以剛強為貴，女子以柔弱為美，無論是

非曲直，女子應當無條件的敬順丈夫。」^{（註八）}這好似中英鴉片戰爭中所訂下的喪權辱國條約，女子對丈夫無論對錯應無條件「投降」表現出女子柔美順從之德，如此一剛一柔，剛柔並濟，才能永保夫妻情長，這是如何在性別上的歧視啊！

在〈婦行〉篇中，設計了一整套為婦人訂製的行為準則。「貞靜清閒、行己有恥，是為婦德：不瞎說霸道，擇辭而言，適時而止，是為婦言：穿戴整齊，身不垢辱，是為婦容：專心紡績，不苟言笑，烹調美食，款待嘉賓，是為婦工。」^{（註九）}要婦女們備有這德、言、容、工四種德行，並沒有什麼不對，但由四項準則來看似乎只重視婦女外在的言語、行為、容貌、手工技藝，卻不見提及強調女子受教求知的觀點，所訂定的法則，只見強調適用女子依循，那麼男人的行為準則又在何處呢？是不是男人都受教育所以不必要遵守有形的法則，而女子無教育可受，所以必須要三令五申，條條謹遵？是不是只有女人在婚後需要再教育，而男人就可以為所欲為呢？

在〈專心〉篇中強調事夫要「專心正色，耳無淫聽，目不邪視。」、「貞女不嫁二夫」^{（註十）}在今日社會若再有人發此言論，則要引起社會大眾議論紛紛了。班昭強調丈夫可以再娶，而妻子絕對不可以再嫁，以為下堂被休之妻簡直是社會的敗類，家人的恥辱，怎可再嫁禍延親族。這完全是站在男人立場欺壓女性，何況定法的人班昭是位女性，寫出如此殘虐女子的文字，若不是想歌功頌德，做皇家的傳聲筒，就是喪心病狂、虐人虐己的自虐狂、變態！

在〈曲從〉篇中，教導婦女要善事公婆，凡事以謙遜為主，盡量多忍耐，務必做到曲意順從的地步，正因為有這樣的心態，造成自古以來眾多的惡婆婆和可憐的小媳婦，婆婆認為媳婦理所當然應順從己意，稍有不滿就要惡言相向，百般凌虐媳婦，這就是為什麼公婆永遠主導著婚姻的幸福與否，而小夫婦們永遠只能在夾縫中苟安的緣故吧！

在〈叔妹〉篇中，說出了如何與丈夫的兄弟姊妹相處，最重要的就是要忍得住氣，把受氣蒙冤看成是識大體、明大義，把受氣看成是天經地義的事，只要能維持和睦氣氛，即使自家受罪，本也是應該的！這種做法實在是粉飾太平而昧於事實的逃避行為，既是親戚就應盡量溝通，怎能開倒車而日漸退步呢？姑且不論《女誡》一書的功過

如何，班昭在文字上的用心仍是值得肯定的，只是她曲意承歡太后，而使得文字產生正面效果的同時，也產生了深遠的負面影響。

班昭所著共有賦、頌、銘、誄、問、注、哀辭、書、論、上疏、遺令等十六篇，子婦丁氏為之編纂成集。隋書經籍志有曹大家集三卷，原集已不傳，今存賦四篇，除〈東征賦〉外，〈大雀賦〉、〈鍼縷賦〉、〈蟬賦〉文字皆不全。另有〈上鄧皇后疏〉及〈為兄上書〉二篇，均見於《後漢書》。班昭曾注《列女傳》，亦已不傳，然偶可見於他書所引。又為兄所作〈幽通賦〉作注，今尚存於文選中。班昭以女教為名而創作《女誡》一書，當世以及後世數千年，謹遵為女性的精神指導者和教條規範的創造者，自古以來莫不視之為女聖人般崇敬。而其所作賦多為應制之作，奉命行事殊難有佳妙意境，更遑論所謂真性情之作品了。雖然如此，在民風未開，女權不彰的年代，能有班氏一門兩女傑的產生，亦實為不易。因此在論及兩漢婦女文學的同時，必然也要論述評析她們姑姪孫女，以真實呈現他們在文學創作上所費盡的心力。

四、蔡琰〈胡笳十八拍〉

蔡琰的身世和漢代的幾位女性文學家有雷同之處，也有別具一格異乎常人的遭遇。雷同的是她與卓文君一樣早年喪偶，梅開二度，又如烏孫公主和王昭君一樣遠嫁蠻夷大漠，飽受離鄉別情的哀愁。除此之外，蔡琰較其他女文學家更為悲慘的遭遇，則是除喪偶、離鄉之外，又添加了別子的哀痛，在胡地與沒有感情的南凶奴左賢王生了二子，雖厭惡胡人胡地的生活，但畢竟骨肉親情，是最令人難分難捨，也最叫人悲痛逾恆的！幼親子何辜徒遭此無故喪母之悲，文姬何過要受此生離愛兒的痛！曹操雖念蔡邕無子獨有一女，而將文姬重金贖回，又再嫁董祀，雖梅開三度，但餘生卻在極度痛苦的回憶中和百般思子的情懷裡反覆交戰、顫顫微微地度過的！

蔡琰的心境在後人所寫的〈胡笳十八拍〉中，可見她對人世的感觸和無限的苦悶，發出鏗鏘有力，擲地有聲的愁鳴和不平！長篇敘事詩在以蔡琰為中心的主題詩裡，表現得非常具有可讀性。雖然〈胡笳十八拍〉這以楚辭體寫作的詩篇為後人偽作而貫上蔡琰之名，但作品

的內容，以蔡文姬的坎坷一生作為素材，實在是最能引人入勝之處。此外蔡琰的〈悲憤詩〉與無名氏的〈孔雀東南飛〉，可以說是長篇敘事詩的雙鳳，都是以女性為主題來探討女子的心靈世界和生活經歷。〈孔雀東南飛〉一詩作，在本書〈《孔雀東南飛》析論〉中已有詳述，此先略而不談。先說蔡琰，她是漢朝大文學家蔡邕的女兒，字文姬，陳留圉人。博學有辨才，又妙善音律，初嫁河東人衛仲道，不幸夫早死，無子嗣。興平中（公元一九四－一九五年）天下大亂，文姬不幸為胡騎所擄成了南匈奴左賢王愛妾，共處十二年，育二子。這段故事在許多戲劇的搬演上都有文姬歸漢的劇碼，在宋畫院真蹟也有文姬歸漢圖，用圖畫來展現文學中無法物象的淒厲愁涼，以下便將文人以文姬生平遭遇為文學素材而創作的〈胡笳十八拍〉分段論述，以明蔡文姬的生平遭遇和她後來能創作動人心脾的五言敘事詩－悲憤詩的心靈觸動源頭。茲將〈胡笳十八拍〉分成變天、擄婚、失身、思鄉、斷腸、胡地、遊牧、怨天、懷情、反戰、望鄉、還鄉、別子、思子、償願、念子、悲慟、怨天等十八個主題漸次敘述。

（一）變天

> 我生之初尚無為，我生之後漢祚衰，
> 天不仁兮降亂離，地不仁兮使我逢此時。
> 干戈日尋兮道路危，民卒流亡兮共哀悲；
> 煙塵蔽野兮胡虜盛，志意乖兮節義虧。
> 對殊俗兮非我宜，遭惡辱兮當告誰？
> 笳一會兮琴一拍，心憤怨兮無人知！

　　怨天怨地怨命運，國家遭逢離亂，人人自危，流離失所，戰鼓頻仍，煙塵四佈，山雨欲來風滿樓之勢已然來到，國家尚且岌岌可危，何況是一般升斗小民呢？寫作佈局將故事的序幕拉起，就是因為心有深怨無人知，所以才要一拍一拍隨著淒厲的胡笳節奏，而款款道來！

（二）擄婚

> 戎羯逼我兮為室家，將我行兮向天涯。
> 雲山萬重兮歸路遐，疾風千里兮揚塵沙。

> 人多暴猛兮如虺蛇，控弦被甲兮為驕奢。
> 兩拍張絃兮絃欲絕，志摧心折兮自悲嗟。

文姬不幸被強擄沒入南匈奴，懾於胡人的脅迫下，嫁給了左賢王為妻，望著塵沙飛揚的胡地，歸鄉之路愈來愈遠，再見親人似乎更成為永遠的夢。胡人性剛烈猛暴，驍勇善戰，氣劫驕矜狂放，在大漠荒野中，脆弱的女子只有志摧心折自怨自嘆了。

（三）失身

> 越漢國兮入胡城，亡家失身兮不如無生！
> 氈裘為裳兮骨肉震驚，羯羶為味兮枉遏我情；
> 鞞鼓喧兮從夜達明，胡風浩浩兮暗塞營。
> 傷今感昔兮三拍成，銜悲畜恨兮何時平？

在歷經大驚大悲、離鄉背井、迫嫁蕃王、飽受胡人習俗的搔擾下，亡家之女又成了失身之婦，在傳統禮教思想沈浸的女子，怎度此羞於見人的殘生哪！匈奴的慶功喜宴、鞞鼓喧騰，在文姬看來卻是銜悲畜恨、傷今感昔、喪鐘的悲鳴！

（四）思鄉

> 無日無夜兮不思鄉土，稟氣含生兮莫過我苦。
> 天災國亂人無主，唯我薄命兮沒戎虜。
> 殊俗心異兮身難處，嗜慾不同誰可與語？
> 尋思涉歷兮多贈阻。四拍成兮益悽楚。

凡人都會有思鄉懷土之情，都存有思親念舊之意，何況是慘遭家變、國亂、又身陷胡地的文姬呢？加上所見所聞，所言所談，都無法契合，怎能不令她憶起陣陣的家的溫暖，怎能不叫她泛起濃郁的思鄉愁懷呢？

（五）斷腸

> 雁南征兮欲寄邊聲，雁北歸兮欲得漢音。

雁高飛兮渺難尋，空斷腸兮思愔愔。

攢眉向月兮撫雅琴，五拍泠泠兮意彌深。

到地的漢人卻遭命運無情的捉弄，身處於塞外胡地，因而見大雁在春分時節北飛，秋分時節南飛，依著它本有的飛行習性而自由翱翔，在有心歸鄉卻回不得的痛苦下，只有眼睜睜望著大雁的幸福而無奈的遐思了，那斷腸寄邊聲、繫鄉心的滋味，又豈是在溫室中的幸福人兒所能領略的呢？

（六）胡地

冰霜凜凜兮身苦寒，飢對肉酪兮不能餐。

夜聞隴水兮聲鳴咽，朝見長城兮路杳漫。

追思往日兮行李艱，六拍悲來欲罷彈。

冬日的北方凜烈刺骨，打在身外的是冷若冰霜，涼在心頭的則是有家難回。生活習俗的不能適應，面對胡餐肉酪，卻無法下嚥，日思夜想的仍是故里，魂牽夢繫的更是雙親，所謂胡馬依北風，越鳥朝南枝，這次第怎一個愁字了得？

（七）遊牧

日暮風悲兮邊聲四起，不知愁心兮說向誰是？

原野蕭條兮烽戍萬里，俗殘老弱兮少壯為美。

逐有水莫兮安家葺壘，牛羊滿野兮聚如蜂蟻。

草盡水竭兮羊馬皆徒，七拍流恨兮惡居於此。

文姬在塞外的生活完全是逐水草而居的遊牧方式，牛羊牲畜是胡人生活的最好保證，人口群居是胡人安全的最佳標記，一生的奔波只為尋得了擁有活水源頭的青青草原，胡人的糊口安家生活哲學，又豈是才女文姬所希冀的呢？

（八）怨天

為天有眼兮，何不見我獨漂流？

> 為神有靈兮，何獨處我天南北海頭？
> 我不負天兮，天何使我殊配儔？
> 我不負神兮，神何殛我越荒州？
> 製斯八拍兮擬俳優，何知曲成兮心轉愁。

呼天搶地的歲月，日復一日，卻不見蒼天回應，於是心生無盡的怨、無窮的恨，若青天有眼，為何不垂憐在胡地的悲苦小女子？若神明有靈，為何不撫慰那獨自漂零的天涯思鄉心？文字的表露，呈現出天考驗人的耐力，使之更具有韌性，凡事有得必有失，禍福皆相依，就因文姬的悲苦遭遇，而使得她做出悲憤詩而留名千古！

（九）懷情

> 天無涯兮地無邊，我心愁兮亦復然。
> 人生倏忽兮，如白駒之過隙；
> 愁不得歡樂兮，當我之盛年。
> 怨兮欲問天，天蒼蒼兮上無緣。
> 舉頭仰望兮空雲煙，九拍懷情兮誰與傳？

人生苦短如朝露，光陰似箭更如白駒過隙，在文姬二十三歲的年華遭擄至胡，長達十二年的異地生活，求告無門的鄉愁懷情盛年難歡樂，活著只為難以求死，這是多麼無奈的告白啊！

（十）反戰

> 城頭烽煙不曾滅，疆場徵戰何時歇，
> 殺氣朝朝衝塞門，胡風夜夜吹邊月，
> 故鄉隔兮音塵絕，哭無聲兮氣將咽，
> 一生辛苦緣離別，十拍深兮淚成血。

胡人塞外征戰連連，民族性就是殺戮保衛戰，爭強鬥狠為生存，這也是遊牧民族缺乏安全感的自保之道。看到胡人胡地的種種血腥和挑釁行為，身為一個附庸角色的匈奴王妻子，又能如何的力挽狂瀾，掙脫種種有形無形的枷鎖呢？

（十一）望鄉

> 我非貪生而惡死，不能損身兮心有以。
> 生仍冀得兮歸桑梓，死當埋骨長已矣！
> 日居月諸兮在戎壘，胡人寵我兮有二子；
> 鞠之育之兮不羞恥，愍之念之兮生長邊鄙。
> 十有一拍兮因茲哀，起響纏綿兮徹心髓。

　　何以無法一死魂歸鄉里，乃心仍有願活見親人，再歸故里，不願身葬邊區，屍陳胡地。在苟安的歲月裡，左賢王使文姬生有二子，在無法改變所處環境的心態下，只有暫時守著孩子，不顧羞恥的活下去，這苦心、這屈辱恐怕只有天地可知吧！

（十二）還鄉

> 東風應律兮暖氣多，知是漢家天子兮布陽和，
> 羌虜舞蹈兮共謳歌，兩國交懽兮罷兵戈。
> 忽遇漢史兮稱近臣，詔遣千金兮贖妾身，
> 喜得生還兮逢聖君，嗟別稚子兮會無因。
> 十有二拍兮哀樂均，去住兩情兮難具陳。

　　終於老天不負苦心人，文姬朝思暮想回漢邦的心願，在使節到來時，得償宿願。兩國暫時休兵，漢室以重金犒贈匈奴，而交換文姬歸漢。文姬大喜過望，但要生別幼子，卻又是如何地叫人痛楚，期盼已久的心願來到，眼見美夢即刻成真，卻又留下叫人心碎的夢痕，難以抹去，無法撫平！

（十三）別子

> 不謂殘生兮卻得旋歸，撫抱胡兒兮泣下沾衣。
> 漢使迎我兮四牡騑騑，胡兒號兮誰得知？
> 與我生死兮逢此時，愁為子兮日無光輝，
> 焉得羽翼兮將汝歸？一步一遠兮足難移，

魂銷影絕兮恩愛遺？十有三拍兮絃急調悲，
肝腸攪刺兮人莫我知！

　　人世間豈能得事事如意、真善美聖全具，在文姬回鄉的同時，又拋不開胡兒己子的哀戚，在漢使迎歸的當兒，更揮不去生離幼兒的哀愁，在一步一遠的歸鄉路上，母性的光輝漸形褪色，在謝天成全返回故居的剎那，攪刺的血緣親情，使之更是肝腸寸斷！

（十四）思子

身歸國兮兒莫之隨，心懸懸兮常如饑。
四時萬物兮有盛衰，唯有愁苦兮不暫移。
山高地闊兮見汝無期，更深夜闌兮夢汝來斯，
夢中執手兮一喜一悲，覺後痛吾心兮無休歇時！
十有四拍兮涕淚交垂，河水東流兮心是思。

　　思子之情，念子之悲，已身雖歸兒莫隨，這是何等的心懸懸、意牽牽啊！感嘆四時萬物皆有興衰，唯有愁苦並無季節更移，想著相見無期，只有藉著夢境再相會，聊慰那永無休歇的思子之情了！

（十五）償願

十五拍兮節調足，氣填胸兮誰識曲？
處穹廬兮偶殊俗，願得歸來兮天從欲，
再還漢國兮歡心足，心有懷兮愁轉深。
日月無私兮曾不照臨，子母分離兮意難任，
同天隔越兮如商參，生死不相知兮何處尋？

　　或許是文姬胡地思親心切，誠感動天，而使得她在十二年後，因緣際會而得償心願，但時空的轉換下，十二年使文姬由一被強搶的女子而變成了擁有兩個可愛胡兒的娘，雖然回鄉心願猶在，但攜兒見爹娘的希望，卻成了奢望，匈奴懾於漢皇室的威權而只得同意文姬歸漢，但胡子的歸屬，是斷難順遂文姬心意的。生命中諸多的不美滿、不周全，造成人妻離子散、家破人亡，似乎經由這些的不幸，人們才

更加期盼那得不到的，也才更寶貝那曾經擁有的！

（十六）念子

> 十六拍兮思茫茫，我與兒兮各一方，
> 日東月兮徒相望，不得相隨兮空斷腸！
> 對萱草兮憂不忘，彈鳴琴兮情何傷！
> 今別子兮歸故鄉，舊怨平兮新怨長；
> 泣血仰歎兮訴蒼蒼，胡為生兮獨此殃？

同照一方日出，共賞一輪明月，思念之情卻不能如日月般籠照愛兒，十二載的去國之思漸撫平，無休無止的念子新愁難訴盡，在莫可奈何的情況下，也只有仰天長嘯，無語問蒼天了！

（十七）悲慟

> 十七拍兮心鼻酸，關山阻修兮行路難！
> 去時懷土兮心無緒，來時別兒兮思漫漫。
> 塞上黃蒿兮枝枯葉乾，沙場白骨兮刀痕箭瘢，
> 風霜凜凜兮春夏寒，人馬饑虺兮筋力單。
> 豈知重得兮入長安，歎息欲絕兮淚闌干！

去國懷鄉心雖悲，返國思子情更怯，眼見春花謝了太匆匆，又望秋雨絲絲更綿長，沙場上白骨增新叫人膽寒，生活上的情思糾葛雖不能外見，內心的交戰卻是點滴滋味在心頭！

（十八）怨天

> 胡笳本是出胡中，絲琴翻出音律同。
> 十八拍兮曲雖終，響有餘兮思無窮。
> 是知絲竹微妙兮均造化之功，
> 哀樂各隨人心兮有變則通。
> 胡與漢兮異域殊風，天與地隔兮子西母東；
> 若我怨氣兮浩於長空，六合雖廣兮受之應不容！^{（註十一）}

　　胡笳聲的悲切，胡地馬嘶牛咩的低迴，帶給人多少的落寞，多少的惆悵，為天涯的未歸人，也為世俗的多情種，不禁一掬傷心淚，一生同情心！〈胡笳十八拍〉以音律為主的彈詞體，曲調與詞意或有不一致的，隨著感情奔放而長短其曲詞，胡人在蔡文姬去後，每於月明星稀之夜，捲蘆葉為吹笳，發出哀怨之聲，像是在為文姬的戲劇性遭遇如泣如訴地詮釋著！這樣的音律成為後來胡地歷久不衰的曲調，中原人士則以胡琴及箏來彈奏，極為盛行。唐人李頎曾有詩云：

　　　　蔡女昔造胡笳聲，一彈一十有八拍；
　　　　胡人落淚沾邊草，漢使斷腸對歸客。^{（註十二）}

　　〈胡笳十八拍〉一詩文雖作者不得而知，但它的內容具有敘事效果，文字清麗，感情深切，全篇自首至尾，以文姬的傳奇生涯編織情節而綴集為十八段文字，在吟咏詩文的同時，也為一代才女的淒涼身世，作一番誠摯的巡禮！

　　蔡文姬另有一首五言敘事詩──〈悲憤詩〉，是在她歸漢後感離亂而作，另一七言古辭寫她的遭遇，尤其懷念她生離的兒子，且看最後一段的幾句文字：

　　　　家既迎兮當歸寧，臨長路兮捐所生。
　　　　兒呼母兮啼失聲，我掩耳兮不忍聽。
　　　　追持我兮走煢煢，頓復起兮毀顏形。
　　　　還顧之兮破人情，心怛絕兮死復生！^{（註十三）}

　　歸寧是喜，棄兒他去則是悲，母子連心人情之常，反常情而生別離，這等的苦痛，想必是文姬在大痛之後，化為文學創作最佳的心靈觸動和最深的情感刻痕吧！

　　再看她的五言敘事詩──〈悲憤詩〉，茲將此詩分成三段評析內容：

一、政治動亂期

> 漢季失權柄，董卓亂天常。
> 志欲圖篡弒，先害諸賢良；
> 逼迫遷舊邦，擁主以自彊。
> 海內興義師，欲共討不祥。
> 卓眾來東下，金甲耀日光。
> 中土人脆弱，來兵皆胡羌；
> 縱獵圍城邑，所向悉破亡；
> 斬截無孑遺，尸骸相拒撐。
> 馬邊懸人頭，馬後載婦女；
> 長驅西入關，迴路險且阻。
> 還顧邈冥冥，肝脾為爛腐。
> 所略有萬計，不得令屯聚。
> 或有骨肉俱，欲言不敢語；
> 失意幾微間，輒言斃降虜。
> 要當以亭刃，我曹不活汝。
> 豈復惜性命，不堪其詈罵，
> 或便加捶楚，毒痛參並下；
> 旦則號泣行，夜則悲吟坐；
> 欲死不能得，欲生無一可！
> 彼蒼者何辜，乃遭此禍！

　　東漢末年，天下大亂，大將軍何進為十常侍所殺，董卓又盡誅十常侍而把持朝政，軟硬兼施的刻意籠絡名滿京華的蔡邕，之後火焚洛陽，遷都長安，董卓被呂布所殺，蔡邕亦被收付廷尉治罪。董卓死後，長安又被其部將攻陷，天下諸候紛紛起兵靖難，羌胡番兵趁機劫掠中原一帶，胡兵所向披靡，馬邊懸男頭，馬後載婦女，長驅入朔漠，打了一次收獲豐碩的戰役。蔡文姬和其他婦女就是在這樣的情形下，被送到了南凶奴。這一路上的顛簸旅程，這些被擄的婦女不但承受著胡兒的惡言相向，更飽受了蠻夷的鞭笞折磨，使她們求生不得，求死不

能。多愁善感的蔡文姬，身逢國難又慘遭家變，自己的命運更是前途未卜，在做為俘擄的路途上，白天飲泣而行，夜間則悲吟而坐，真是經歷了一生中最悲苦的日子。但誰知道文姬的日子，由入胡、生子、歸漢等這一連串的變化後真正悲苦的早已不是那肉體上的受辱，而是精神上永遠無法彌補的失子，失親的傷痛啊！

二、胡地遭擄期

> 邊荒與華異，人俗少義理。
> 處所得霜雪，胡風春夏起。
> 翩翩吹我衣，肅肅入吾耳。
> 感時念父母，哀歎無窮已。
> 有客從外來，聞之常歡喜。
> 迎問其消息，輒復非鄉里。
> 邂逅徼時願，骨肉來迎己。
> 己得自解免，當復棄兒子。
> 天屬綴人心，念別無會期。
> 存亡永乖隔，不忍與之辭。
> 兒前抱我頸，問母欲何之？
> 人言母當去，豈復有還時。
> 阿母常仁惻，今何更不慈。
> 我尚未成人，奈何不顧思？
> 見此崩五內，恍忽生狂癡。
> 號泣手撫摩，當發復回疑。
> 兼有同時輩，相送告離別。
> 慕我獨得歸；哀叫聲摧裂。
> 馬為立踟躕，車為不轉轍。
> 觀者皆欷歔，行路亦嗚咽。
> 去去割情戀，遄征日遐邁。
> 悠悠三千里，何時復交會。
> 念我出腹子，胸臆為摧敗。

　　在來到胡地生活，對一個秀外慧中，心思細膩的富家千金來說，自然會有太多太多的不滿和不適應，首先便是景觀所見的大異其趣，人民素質的大相逕庭，吃的是羶肉酪漿，住的是流動帳幕，說的是胡語，穿的是胡服，胡人多鄙俗之類，與中原翩翩君子，大家閨秀相比自然是各異其趣。種種生活上的不適應，又和不相愛的人被迫成婚，生下二子，每當有中原來的人，總是細加盤問鄉里之事，以慰思鄉之愁。時光匆匆，在十二年後果然美夢成真而即將返國，但是無奈兒子歸屬胡人，無法同行，只有肝腸寸斷地揮別嬌兒，幼子的呼喊，哭叫，更是令做母親的在午夜夢迴也要魂牽夢繫，淚濕襟衫了！

三、願償返鄉期

　　　　既至家人盡，又復無中外。
　　　　城郭為山林，庭宇生荊艾。
　　　　白骨不知誰，從橫莫覆蓋。
　　　　出門無人聲，豺狼號且吠。
　　　　煢煢對孤景，怛吒糜肝肺。
　　　　登高遠眺望，魂神復忽逝。
　　　　奄若壽命盡，旁人相寬大。
　　　　為復彊視息，雖生何聊賴！
　　　　託命於新人，竭心自勖厲。
　　　　流離成鄙賤，常恐復捐廢。
　　　　人生幾何時，懷憂終年歲。（註十四）

　　幾經戰亂波折，流亡塞外，別譜異國婚姻，曾經擁有一個胡化的家庭，而文姬卻始終保有那蕙質蘭心的詩情，許多大悲遭遇更加深了她在文學創作上的靈感源頭，雖然終究她如願以償的回到了中原，再度踏上了芬芳的中原故土，重回家鄉的懷抱，但親人已故去，無限的哀傷又再次一波波吞噬著那再也不堪一擊的身軀。世事的難料，人生的短暫，在在給予文姬深重的感觸。曹操感於友人之女的遭遇，更將文姬再次許配董祀為妻，但無論如何文姬所受的苦，並沒有隨著時光消逝而埋葬過去的記憶和生活的點滴，雖仍想再度過新生活，但畢竟

戰爭所帶給她的夢魘不是休戰或停戰就能消彌殆盡的！

　　在看過文姬的〈悲憤詩〉和以文姬為題材的〈胡笳十八拍〉後，我們可以感受到這些長詩呈現出的有政治現象、社會現象、家庭現象和個人心態，內容詮釋詳盡完善，只是在文姬一次次的婚姻中，我們可以感覺到不是被安排，就是被強迫，連她成了家生了子後，仍然身不由己，回中原雖是心願已久，但行為上卻是奉命行事，竟無人問一問她要如何選擇，她如同貨物一般任人取用搬移，一嫁再嫁三嫁，這種不尊重女性的作風，又再一次讓我們清楚地由文藝創作上發掘出來。

參、嫁為官吏之妻而善為文的女性作家

一、徐淑──〈答夫秦嘉詩〉

　　漢代女詩人除前述幾人外，餘則身世多不可考，而作品僅存一、二首。

　　徐淑、隴西人，上郡掾秦嘉之妻。秦嘉到郡就職，徐淑因患病無法同往，但夫妻倆的感情融洽，情深意濃，臨別時秦嘉作詩相贈，是後更常寫信給她，又贈她明鏡、寶釵、芳香、素琴等，以表情意。徐淑亦有〈答夫秦嘉詩〉及〈答書〉二通，茲錄其詩於下，以作分析。

> 妾身兮不令，嬰疾兮來歸。
> 沈滯兮家門，歷時兮不差。
> 曠廢兮侍觀，情敬兮有違。
> 居今兮逢命，迢遞兮京師。
> 悠悠兮離別，無因兮敘懷。
> 瞻望兮踊躍，佇立兮徘徊。
> 思君兮感結，夢想兮容暉。
> 君發兮引邁，我去兮日乖。
> 恨無兮羽翼，高飛兮相追。
> 長吟兮永嘆，淚下兮沾衣。（註十五）

　　徐淑對於她的長年染疾，停滯家中，無法隨夫同任官務，照撫起

居，深感歉意和未盡人婦的缺失。身不能與夫同行，心卻與君常伴，離別之情悠長，等待之意徘徊，只有在夢中再見那昔日的英姿神采。此時此刻最安欣羨的莫過於能振翅高飛的鳥兒了，若能身著羽翼飛翔，就能一解愁思，一睹舊人，一償宿願，但回到現實卻又是那麼地冷酷，病魔依然來纏，人兒依然兩分，鳥兒依然單飛，在這當兒，莫不是長吁短嘆，又能如何呢？莫不是淚溼衣裳，又能怎樣呢？

　　徐淑的真摯情感，動人筆墨以發自心底的思君情懷，而將古代小女子的心事一表絹墨之上，是普通凡俗碧玉所萬難比擬的！

二、蘇伯玉妻──〈盤中詩〉

　　蘇伯玉妻，姓名已不可考。蘇伯玉奉使到蜀去，長久未歸，她住長安，思念異常。因此將心中的感慨，作成一詩，寫入盤中，屈曲成文，人們於是稱它作〈盤中詩〉。這首詩詞意迴環，質同其形，實為千古傑作。晉朝蘇蕙的織錦迴文，雖也是自古而來無雙之寶，但只是以巧妙取勝，內容上則辭意枯澀，不如盤中詩的富有情致。

盤中詩

山樹高，鳥鳴悲。
泉水深、鯉魚肥。
空倉雀，常苦饑。
吏人婦，會夫稀；
出門望，見白衣；
謂當是，而更非。
還入門，中心悲；
北上堂，西入階；
急機絞，杼聲催；
長嘆息，當語誰。
君有行，妾念之；
出有日，還無期；
結中帶，長相思。
君忘妾，未之知；

　　妾忘君，罪當治；

　　妾有行，宜知之。

　　黃者金，白者玉；

　　高者山，下者谷；

　　姓者蘇，字伯玉；

　　人才多，智謀足；

　　家居長安身在蜀，

　　何惜馬蹄歸不數！

　　羊肝朐酒百斛，

　　令君馬肥麥與粟。

　　今時人，知四足；

　　與其書，不能讀；

　　當從中央周四角。^{（註十六）}

　　　本詩之分析著重在意境的層層剝敘，期能將文意盡可能表達完全。蘇伯玉妻在思念夫婿久宦不歸的情形下，化思念而為文字聊表心境。雖生平不可考，但觀其所作，用言不俗，想必也是出於閨秀之女，但歿後卻只能以夫而得名，這也可說是古代女子的一種不幸吧！全詩用了四十四句三字句和五句七言句組成，茲將婦人悲情分成家居生活、思君情懷、感念人生三部份，首先可以由字面上知道，蘇家居於鄉遠之野，有山林、有溪泉，是一幅清靜無染的鄉間村舍圖，林間有為鳥，溪中有魚，但因夫婿長年不在，因此沒有人打獵更沒有人能捕魚，家中少了幫手因此生活的忙碌和辛苦，連麻雀都飛向他處覓食，可見得她生活的清寒了。料想她的夫婿是官宦之人，何以妻子會受此清苦生活折磨，莫非是蘇伯玉變心別愛，否則怎會置結髮妻於不顧呢？這恐怕又是舊社會體制下男性對女子的不公吧！由「史人婦，會夫稀」寫到做妻子的，一年到頭見不到夫婿，看到他人以為是自己丈夫，已到了神魂顛倒念夫成痴的地步。聽到了機杼聲急促激切，就好似她心中思夫的急切一般，織布機急急切切終能有布匹織成，而思婦心忐忑卻難有了結，也只有嘆息徒呼奈何了！感嘆丈夫「出有日，還無期。」由思君情懷轉而感嘆人生的起落遭遇，想到世俗對夫妻男女的行為評價是大異其趣的，心中就有不盡的痛楚，夫君忘了妻妾，移

情別戀，捨了糟糠，有了新人忘舊人，既使公務繁忙也該稍個音信，貼補家用的經濟更應負擔起來，但社會對如此負心漢卻沒有言辭撻伐的情形，更不用說使他受法律制裁了。法律一切都以保障男性為主，男子有休妻之權，女子卻只有順天之義，若是「妾忘君，罪當治。」這是鮮明的婦人對人生不平的心底吶喊、深層感歎哪！為夫之人高高在上，仰之如山，望之彌尊，為妻之人低低在下，俯之如谷，視之愈卑。最後幾句七言，明顯說出夫君的有意不歸，吃香喝辣在四川，馬肥倉豐忘長安，為妻的發出什麼是最好夫婿的心聲呢？就是能知足、能顧家、能念舊、能感恩的人，至於求取功名的書本啊，不能讀呀，不能讀呀！

三、甄氏──〈塘上行〉

　　魏文帝（曹丕）的皇后甄氏，中山無極人，甄氏本為袁紹次子袁熙的妻，後來袁紹為武帝（曹操）所滅，文帝私納為夫人。甄妃是曹植〈洛神賦〉中出神入化、賽若天仙的女主人翁，和曹植之間的關係，一直到現在，仍然是文學上和世俗間津津樂道的謎團。在袁紹被滅時，為了甄妃，曹丕曹植兩兄弟曾發生嚴重衝突，曹植最後失敗，此後仍抑鬱而終，甄妃也因此為郭后所譖而賜死。結束了她悲淒又戲劇化的一生。

塘上行

蒲生我池中，綠葉何離離。
豈無蒹葭艾，與君生別離。
念君去我時，獨愁常苦悲。
想見君顏色，感結傷心脾。
念君常苦悲，夜夜不能寐。
莫以賢豪故，棄捐素所愛；
莫以魚肉賤，棄捐蔥與薤；
莫以麻枲賤，棄損管與蒯。
倍恩者苦枯，蹶船常苦沒；
教居安息定，慎莫致倉卒。

與君一別誰，何時復相對？

出亦復苦愁，入亦復苦愁。

邊地多悲風，樹木何艘艘？

從軍致獨樂，延年壽千秋。（註十七）

　　以甄妃和曹植的關係曖昧不明，再以〈洛神賦〉與此詩對照而看，可看出幾分她文中所透露的玄機了。魏東阿王、曹子建於漢末求甄妃不遂，晝思暮想，廢寢忘餐。文帝將甄妃的玉鏤金帶枕賜給曹植。當時甄妃已因郭后讒言而死。不久，曹植息於洛水上，夢中見甄后，自云：「我本託心君王，其心不遂，此枕是我在家時，從嫁前與五官中郎將，今與君王，遂用薦枕席，懽情交集，豈常辭能具。為郭后以糠塞口，今被髮羞將此形貌，重睹君王爾。言訖遂不復見。所在遣人獻珠於王，王答以玉佩，悲喜不能自勝，遂作感甄賦，後明帝見之改為〈洛神賦〉。」（註十八）洛神之得名在《漢書》音義曰「宓妃，宓羲氏之女，溺死洛水為神。」

　　甄氏與植分手的痛苦，由〈塘上行〉一首可以明顯看到甄氏與曹子建的男女情愛是如何的糾葛纏繞，「念君常苦悲，夜夜不能寐。」思君念君若此，只願君莫相棄，更莫相忘。用比喻的方式將自己比之如蒲，菅蒯、雖卑弱微不足道，但愛情的真摯卻是不容存疑的。在詩末表明，雖相逢無由相見，仍盼君保重，無憂無愁活到老，這份愛心是如何令人感動啊！

四、王宋──〈自傷詩〉

　　王宋是平虜將軍劉勳的妻子，夫妻結褵二十餘載，劉勳忽又別情寄愛於山陽司馬氏之女，而以「無子」的罪名將她休離。王宋在歸去的途中，作詩自傷，詩云：

翩翩床前帳，張以蔽光輝。

昔將同爾去，今將爾共歸。

緘藏篋笥裡，當復何時披？

誰言去婦薄，去婦情更重。

千里不唾井，況乃昔所奉？

望遠未為傷，蹢躅不得共！^{（註十九）}

　　王宋的自傷，可以說是為自古以來，許多無故被休妻的女子，道出了心中的悲苦，更在畸形的社會不公下，反映了受壓抑女性的心聲，默默地向世人發出心中激憤的吶喊和怒吼！被休的下堂妻豈都是人間薄情種，王宋發出心中的不滿，「去婦情更重」沒有犯錯的妻子竟要受到最大的責罰離家他去，不僅丈夫的變心令她心碎，前途的茫茫，更叫她徘徊不前，邁不開沈重的腳步，更挽不回失去的情愛，這是誰的錯？是身為大夫的男人？還是對女性不公的社會制度？

五、孟珠──〈陽春歌〉

　　孟珠是魏時丹陽人，能寫〈陽春歌〉，今存三章，歌云：

陽春二三月，草與水同色。道逢遊冶郎，恨不早相識。

陽春二三月，草與水同色。攀條摘香花，言是歡氣息。

望見四五年，實情將懊惱。願得無人處，回身與郎抱。^{（註二）}

　　這首民歌具有《詩經》作品的餘風，也可看到漢代民歌承襲周代民歌的痕跡，那就是重複強調法，一、二兩章的前兩句，都是重複，這是因為它獨具的音樂特性，故而不顯單調的重複。三章，一唱三嘆，有層次剝敘的漸進感。其次是文辭簡潔，雖然我們無法確切得知她的原始寫作動機，但由文字上的表現，可知這是一首少女懷春的詩，在陽春二三月風光明媚時，在鄉間小路上遇上青年郎，郎送番花襟上插，以此表情意，而少女竟回以真摯而大膽的言語，盼與郎成雙。這在漢代的民風中可以算是民間女子大膽寫作的痕跡了。孟珠此詩不知寫自己或另有所指，因生平的不可考，亦無從得知。雖不知其所嫁為官宦人家與否但並列於第三節中，乃在呈現女子創作於民間之特色與官妻間的異同。

六、丁廙妻──〈寡婦賦〉

丁廙在建安（漢獻帝時）中為黃門侍郎，為陳思王（曹植）門客，魏文帝即位，就把他處死。丁廙妻乃作寡婦賦自悼不幸遭遇。賦云：

> 惟女子之有行，固歷代之彝倫。
> 辭父母而言歸，奉君子之清塵。
> 如懸蘿之附松，似浮萍之託津。
> 何性命之不造，遭世路之險迍？
> 榮華曄其始茂，所恃奄其徂泯。
> 靜閉門以卻婦，魂孤煢以窮居。
> 刷朱屏以白堊，易玄帳以素幃。
> 含慘悴以何訴，抱弱子以自慰。
> 時翳翳以東陰，日曇曇以西墜；
> 雞斂翼以登棲，雀分散以赴肆。
> 還空床以下幃，拂衾褥以安寐。
> 想逝者之有憑，因宵夜之髣髴。
> 痛存歿之異路，終窈漠而不至。
> 時荏苒而不留，將遷靈以大行；
> 駕龍輀於門側，設祖祭於前廊。
> 彼生離其尤難，矧永絕而不傷！
> 自銜恤而在疚，歷春冬之四節。
> 風蕭蕭而增勁，寒凜凜而彌切；
> 霜淒淒而夜降，冰濂濂而晨結。
> 瞻靈宇之空虛，悲屏幌之徒設。
> 仰皇天而歎息，腸一日而九結。
> 惟人生於世上，若馳驥之過櫪；
> 計先後其幾何，亦同歸於幽冥。（註二一）

晉賦家潘岳也有〈寡婦賦〉，但畢竟男性的寫作在意境的揣摩上，不如女性自己親身體驗，深入其境，自我描述來得貼切。但文學史上

人盡皆知〈寡婦賦〉，而丁廙妻的同名作品，卻鮮有人知，恐怕這就是為什麼女性文學家不被發掘而女文人稀少源自於文人對女性歧視的緣故吧！丁廙在權貴門下為官，本就應有今為座上客，明為階下囚的心理準備，做為妻子的人，更是有隨時成為寡婦的危機，丁廙夫妻的遭遇只不過是政治權利鬥爭下，眾多醜陋的實情之一而已！身為位高權重的皇親貴族！總以玩弄權臣於股掌之間為樂，視民命如草芥，怎知民間疾苦？又怎能領略在他們喪心病狂的摧殘下，多少百姓正在受苦、飲泣，生不如死？

　　丁廙妻自敘她的寡婦遭遇，最為真切動人。在崇尚女子之義的禮教規範，她守義講理，清白地嫁到了丁廙家中，本以為得人、有靠，「如懸蘿之附松，似浮萍之托津。」女子有了好的歸宿，莫不是女家最值得安慰的。但天不從人願，晴天竟然起了風雲、霹靂！敬愛的夫君一夜間與之陰陽兩隔，生死兩分，幼子頃刻間也成了孤兒無依無靠！要想不想他也難，要想與君長伴更難！痛苦難耐之情，正如「風蕭蕭而增勁，寒凜凜而彌切，霜淒淒而夜降，冰謙謙而晨結。」以「蕭蕭、凜凜、淒淒、謙謙」四個疊詞來形容風寒、霜、冰，以此六言四句來比擬心中的苦況，頗為貼切、生動。幾經心路攀爬荊棘而撥雲見日，人生畢竟如朝露，歲月流轉短如白駒之過隙，回頭想想，人之生死，都是必經之路，先後又有多少的差距呢？重要的是曾經走過，必留痕跡，曾經擁有，必留回憶！

　　丁廙妻之〈寡婦賦〉作品，語辭雅緻，善於運用疊辭，內容真切，情感動人心脾，是不出可多得的佳作！

肆、展現婦女社會地位的佚名作品

秦羅敷──〈陌上桑〉

陌上桑

日出東南隅，照我秦氏樓；

秦氏有好女，自名為羅敷。

羅敷善採桑，採桑城南隅；

青絲為籠系，桂枝為籠鉤。

頭上倭墮髻，耳中明月珠；

緗綺為下裙，紫綺為上襦。

行者見羅敷，下擔捋髭鬚；

少年見羅敷，脫帽著帩頭。

耕者忘其犁，鋤者忘其鋤；

來歸相怨怒，但坐觀羅敷。

使君從南來，五馬立踟躕；

使君遣吏往，問是誰家妹？

秦氏有好女，自名為羅敷！

羅敷年幾何？二十尚不足，十五頗有餘。

使君謝羅敷，寧可共載不？

羅敷前致詞：使君一何愚！

使君自有婦，羅敷自有夫。

東方千餘騎，夫婿居上頭；

何用識夫婿，白馬從驪駒。

青絲繫馬尾，黃金絡馬頭；

腰中鹿盧劍，可值千萬餘。

十五府小吏，二十朝大夫；

三十侍中郎，四十專城居。

為人潔白皙，鬑鬑頗有鬚；

盈盈公府步，冉冉府中趨。

坐中數千人，皆言夫婿殊。(註二二)

　　〈陌上桑〉是漢代的一首民歌，文字質樸自然有敘事詩的特性。一開始運用第一人稱帶出故事發生在秦家的女主角身上，這首五言詩雖作者已不可考，但全首用語淺顯易懂，充分展現民歌的色彩，更有問答體的呈現，帶動一股俏皮逗趣的情致。第二句以後使用第三人稱的形式敘述，介紹鄉間一美女名為秦羅敷，她的穿著打扮更透露出漢代婦女服飾的點滴，頭上髮飾為倭墮髻，耳上墜子是明珠，衣裙為緗綺紫綺所作，那巧笑倩兮，美目盼兮的神韻直叫做工的男子們見了，也不自禁的要放下手上的擔子而欣賞一番美人的風采。少年英俊見了她，則脫帽示意，耕田的農夫們見了她，更是忘了手邊的工作，等到

凝神觀賞完工後，才回復清醒，可是工作卻耽擱了。羅敷的美不僅是升斗小民，文人士子喜愛，連太守聞風而來，也為之傾倒。這位不滿二十歲的年輕女子，卻有著過人的膽識和智慧，見著官衙的尉吏，更有不凡的氣勢和冷靜沈著的應對態度，表明「使君有婦，羅敷有夫。」的事實，不應再做出悖禮的事，何況她的夫婿是多麼的英勇挺拔，驍勇善戰，用誇讚少年英雄的丈夫，威武的氣概，來挽拒府吏的挑逗，這說明了古來貪官惡吏的醜陋習性目無王法，以為調戲民婦村姑不是什麼大驚小怪的事，身為有財有勢的大戶，便可以運用權勢予取予求，這是何等的蔑視婦女，又是何等的尸位素餐、魚肉鄉民的行為啊！這一首民間敘事詩，將一個太守調戲採桑女不成，反被義正嚴詞拒絕的詩，看了叫人拍案叫好！讓那些食君俸祿，卻枉做父母官的人，得到當頭棒喝，若他們是有良知的，自然會得到警惕，若他們仍冥頑不靈，則只有由輿論來作公正的裁決了。

〈陌上桑〉為漢代的相和歌古辭，《玉臺新詠》輯錄本篇，題為〈日出東南隅行〉，樂府詩集則題為〈陌上桑〉。全首除了說出了漢代女子以羅敷為美女的緣由，慣用其名為美女的代稱。此外，更點出了漢代男子美的標準，就像詩中人物般的「為人潔白皙，鬚鬚頗有鬚。」、「盈盈公府步，冉冉府中趨。」即使是驕矜自恃的太守府吏一聽也要為之自慚形穢、退避三舍了。在這首詩中，我們雖看到了一位勇敢堅強的女性，不畏強權而為自己的權益做奮力的保衛；但我們更可以看出女性在社會上的不受重視，即使是身為朝中官員竟也敢光明正大地調戲良家婦女，說的嚴重些則是破壞別人美滿家庭，甚至有誘拐良家女子的嫌疑。那麼一般男子對女性評價和給予的社會地位，是如何的低下不值，便是非常清楚的了！

伍、結語

漢代樂府歌辭和古詩，在中國古典詩歌的歷史上，有不可忽視的藝術評價，尤其在女子創作的作品或以女子為主題素材而創作的作品中，我們更可以看到那舊社會下的婚姻悲劇、戰爭的苦痛、妻離子散的別情、孤兒寡婦的愁悶無依、下堂妻的自傷、求告無門的小媳婦和時代反調戲反傳統的新女性心聲！這些充滿寫實意味的內容，在文字

形式上，不僅承繼著詩經的血脈筋骨，更創造了漢代獨有的民歌內涵，對於了解婦女生活不僅有實質上的幫助，在研究漢代的社會意識和文化流變上，更有莫大的啟示和教育意義。本文選材之作品分析，多著重在內容意境的拿捏評論，但求盡可能與作者所要傳達的心意契合，因此在形式上則較少論述。一篇佳作的詩文，不一定要拘泥在形式上、格局上的禁錮，掉落在有形的框框中，許多無形的神韻恐怕就會因此而失落，若是墜入了八股的深淵中，那呈現的作品，不免要流於窠臼，而失去自然性靈發抒之美了。

附註

註一：譚正璧著《中國女性的文學生活》，頁三八。

註二：同註一，頁三九。

註三：同註一，頁四十七。

註四：《昭明文選》第二七卷樂府上班婕妤〈怨歌行〉。

註五：屈萬里著《詩經釋義》。頁十九。邶風綠衣－詩序云：「綠衣，衛莊姜（衛莊公夫人，齊女）傷己也。妾（莊公嬖妾，即州吁之母）上僭，夫人失位，而作是詩也。」此說是否，未能達定。班婕妤依詩序之說而引用后妃失寵之意為喻行文。

註六：戚宜居著《中國歷代名女人評傳》，黎明文化事業出版，頁一九二。

註七：同註六。

註八：同註六。

註九：同註六。

註十：同註六。

註十一：譚正璧《中國女性的文學生活》，頁五十六。

註十二：同註六，頁二〇六。

註十三：同註十一，頁六〇。

註十四：同註十一，頁六一。謝无量《中國婦女文學史》，中華書局，此版本中與所列不同者為「平土人脆弱，來具皆胡羌。獵野圍城邑，所向悉破亡。」平、具、獵野三處以前版為依循而作中、兵、縱獵。

註十五：譚正璧著《中國女性的文學生活》，頁六四。

註十六：同註一，頁六五。

註十七：同註一，頁六六。

註十八：《文選》第十九卷曹子建〈洛神賦〉註。

註十九：同註一，頁六六。

註二：同註一，頁六六。

註二一：同註一，頁六七。

註二二：《中國文學發展史》，華正書局，頁二一四。

參考書目

1.《漢書》，班固著，藝文書局。
2.《史記》，司馬遷著，藝文書局。
3.《禮記》，鄭玄注，藝文書局。
4.《中華五千年藝苑才女》，段偉著，貫雅出版社。
5.《中國才女》，周宗盛著，水牛出版社。
6.《中國婦女文學史》，謝无量著，中華書局。
7.《中國婦女史論文集》，李又寧、張玉法編，商務書局。
8.《名妻與名女》，司昭芳編著，常春樹書坊。
9.《美人圖譜》，左華成編譯，常春樹書坊。
10.《中國歷代名女人評傳》，戚宜君著，黎明公司。
11.《烈女傳》，清汪憲著，振綺堂叢書本。
12.《列女傳今註今譯》，張敬註譯，商務書局。
13.《名媛詩歸》，明鐘惺編，明刻清刻本。
14.《歷代詩話》，清何文煥著，藝文書局。
15.《歷代詩話續編》，丁福保著，藝文書局。
16.《中國婦女與文學》，陶秋英著，中華書局。
17.《中國婦女生活史》，陳東原著，商務書局。
18.《增補全像評林古今烈女傳》，廣文書局。
19.《漢唐貴族與才女詩歌研究》，張修蓉著，文史哲出版社。
20.《漢唐宮廷祕史》，魯波著，國文天地雜誌社出版。
21.《中國五千年女性》，劉華亭編著，星光出社。
22.《中國婦女的文學生活》，譚正璧著，莊嚴出版社。
23.《中國歷代賢能婦女評傳》，劉子清著，黎明書局。
24.《昭明文選》，梁蕭統編著，開明書局。
25.《詩經釋義》，屈萬里著，開明書局。
26.《中國文學發展史》，華正書局。

中國文學與音樂的藝術超連結

　　《詩大序》：「情動於中而形於言，言之不足，故嗟嘆之；嗟嘆之不足，故詠歌之；詠歌之不足，不知手之舞之，足之蹈之也。」《詩經》。說明中國最早的民間文學即為口耳相傳的歌謠，老百姓因情感的牽動而表現出喜、怒、哀、樂等的行為，或由言語、或由歌唱、或由舞蹈等肢體語言傳達。生活即為一種藝術的綜合呈現，由音樂、歌唱、舞蹈、戲曲等形式，融合人們的情感流露，將今日我們所見到的平面文字，以富於親和力、平民化的純文學展現在世人的面前。中國文學有韻文和散文之分，韻文乃押韻之文字組合，如詩、詞、曲，而散文亦有押韻之情形，如駢體文或各代之散文。以下由各朝代韻文與音樂結合的情形分別敘述之。

周朝

　　《詩經》為中國北方文學的代表作，其中為大眾熟知的歌謠如〈關雎〉、〈桃夭〉、〈摽有梅〉、〈鹿鳴〉、〈采葛〉等皆為膾炙人口的當代流行歌曲，此外如陝西民歌秦風亦有許多優美的代表作品。《楚辭》為中國南方文學的代表作，至今仍有歌舞並存的文學形式如《九歌》等。

秦朝

　　秦末時有西楚霸王項羽的《垓下歌》：「力拔山兮氣蓋世，時不利兮騅不逝，騅不逝兮可奈何，虞兮虞兮奈若何？」以古箏撥弄琴弦的輪指急切聲浪，象徵項羽的數度為爭奪權勢的奮力一搏，而古琴的低沉雄渾，顯現項羽的氣勢磅礡，卻仍挫敗在顢頇無謀的匹夫之勇上，淋漓鋪陳其在烏江自刎時的無奈，訴說著一代梟雄窮途末路時的倉皇。漢高祖《大風歌》：「大風起兮雲飛揚，威加海內兮歸故鄉！

安德猛士兮守四方！」首句音調高昂響亮，表現宏遠瀟灑、氣勢澎湃的帝王胸襟。

漢代

《孔雀東南飛》樂府詩，述說著婆媳問題這千古難解的習題，鋪陳出一對癡情夫妻的一世情。陳琳作《飲馬長城窟行》古樂府詩，以問答體方式敘述秦時修長城之政策，為國家之安危，健少犧牲生命、家庭幸福的無奈悲嘆，直抒胸臆，令人哀惋！漢孝武帝陳皇后為找回失去的寵愛，陳皇后重金聘請當代大文豪司馬相如，以黃金百斤之酬寫下《長門賦》，終究仍只是短暫挽回了武帝的心。後世文學創作常引用此典，如元雜劇《漢宮秋》第一折賺煞：「怎下的真個長門再不踏？」第二折隔尾：「恁的般長門前抱怨的宮娥舊。」第四折《堯民歌》：「呀呀的飛過蓼花汀，孤雁兒不離了鳳凰城。畫檐間鐵馬響丁丁，寶殿中御榻冷清清，寒也波更，蕭蕭落葉聲，燭暗長門靜。」表現韻文中使用疊詞的音韻之美。此外；《漢宮秋》月琴曲詮釋在班固《漢書》、司馬遷《史記》中記載漢元帝時的和親政策，凸顯漢室的迂腐衰敗，懦弱無力解救宮中嬪娥，喪權辱國又割地賠款，下嫁宗世女使漢庭蒙羞，一曲《琵琶怨》道出了漢宮的屈辱和宮娥的無助。

魏晉南北朝

晉陶淵明辭官歸故里，由《歸去來辭》一文凸顯魏晉清談的孤高自芳品行及女子守貞、男子守節的節操。《歸去來辭》以古琴低沉雄渾旋律詮釋，將陶淵明淡泊名利，幽居田園，閒雲野鶴般的自在無為，化為指間的沉澱音符。又《廣陵散古曲》為南北朝相和歌曲之一，故事源自於史記刺客列傳，戰國時聶父為韓王鑄劍，逾時未交遭斬，聶政復仇刺韓王。《廣陵散》以古琴訴說聶政死士的豪邁俠氣，雄渾之低音為聶父之死哀悼，清揚激越處又似替聶政控訴韓王的暴虐無道。

唐代

　　唐詩為唐代流行歌曲上至皇帝、文武百官、下至文人、雅士、販夫走卒，皆以賦詩吟唱為好。如李白長相思、關山月，白居易，李白，杜甫，王維，李賀，以二胡、古箏、古琴等古曲古樂器表現，如江南春色蘇南小曲、揚州小調民歌絲竹、古箏與現代鋼琴樂器的對話，詮釋輕快迭宕有緻的聲情與溫柔婉約的詞情。張繼《楓橋夜泊》詩，詩中有畫，畫中有詩，詩中有樂，樂中有詩。「月落烏啼霜滿天，江楓漁火對愁眠，姑蘇城外寒山寺，夜半鐘聲到客船。」一首詩表現的卻是文字、風景畫、美聲、鄉愁的綜合體，文字的意象將落日餘暉籠罩大地，夕陽無限好，只是近黃昏的惋惜，覆蓋在秋霜的鄉愁上，更以烏啼含蓄地壓抑著旅人客居他鄉的哀愁。點點漁火和江邊楓葉觸目所見，無不能激起作者的離愁，漁船星火竟也能使之照無眠。思鄉情懷冗冗，夜半思緒仍清徹，姑蘇城外的寒山寺鐘聲，亦能清晰聽見此幽冥鐘聲，一則為超渡亡魂，二則為警惕世人珍惜光陰，勿磋跎歲月而老大徒傷悲。歌樂配搭或由音樂家定譜文學家原譜填詞，或由詩人作詞音樂家原詞以定譜；此兩條路線的開展，使得詞作文學更加普及流傳，邁向大眾化藝術發展。

宋代

　　陸游唐琬的宋詞《釵頭鳳》，《釵頭鳳》古琴加古箏演奏，男女混聲二重唱，將陸游、唐琬一對恩愛夫妻的同林鳥，連理枝款款深情，綿密宣洩而出，又將古代父母之命難違，孝子難為，賢媳難為的苦，內心的糾葛以古琴古箏刷弦，強勢鋪陳心緒的糾纏紛亂。柳永《雨霖鈴》中描寫的柳，細膩地呈現柳絲柳條，搖曳生姿、纏綿繾綣、溫柔婉約的纖細，將柳條的細長幻化成癡情及送別情意綿長的象徵，以物喻人比喻法寫作，在文學創作中常見此引用，如趙飛燕柳腰纖細掌中輕；元雜劇《漢宮秋》劇本第一折【金盞兒】：「我看妳眉掃黛，鬢堆鴉，腰弄柳，臉舒霞。」第二折【梁州第七】：「他比那落伽山觀自在無楊柳，見一面得長壽。」【賀新郎】：「您須見舞春風嫩柳

宮腰瘦。黃鐘尾：我索折一枝斷腸柳，餞一杯送路酒。」第三折【駐馬聽】：「尚兀自謂城衰柳助淒涼。」等皆是。

元代

　　中國戲曲是集音樂、舞蹈、文學、藝術於一身的藝術表演，曲詞、唱功、身段、做手均展現出中國深厚的文化傳統，如元雜劇《竇娥冤》第一折【混將龍】：「長則是急煎煎按不住意中焦，悶沉沉展不徹眉間皺，越覺的情懷冗冗，心緒悠悠。」以疊詞凸顯心情的忐忑不安，重複乃強調的意味，使煩悶的心緒更是濃得化不開了。第三折【滾繡球】：「有日月朝暮懸，有鬼神掌著生死權。天地也只合把清濁分辨，可怎生錯看了盜跖顏淵：為善的受貧窮更命短，造惡的享富貴又壽延。天地也，做得個怕硬欺軟，卻原來也這般順水推船。地也，你不分好歹何為地？天也，你錯勘賢愚枉做天！哎！只落得兩淚漣漣。」以對比式寫作，凸顯弱女子的不平之鳴，有劇力萬鈞的效果。《漢宮秋》第三折【哭皇天】：「如今陽關路上，昭君出塞。」【步步嬌】：「您將那一曲陽關休輕放，俺咫尺如天樣，慢慢的捧玉殤。」第四折【么篇】：「悽愴似和半夜楚歌聲，悲切似唱三疊陽關令。」將渭城曲陽關三疊送行的悲淒躍然紙上。《堯民歌》：「呀呀的飛過蓼花汀，孤雁兒不離了鳳凰城。畫檐間鐵馬響丁丁，寶殿中御榻冷清清，寒也波更、蕭蕭落葉聲、燭暗長門靜。」孤高冷寒，借景抒情，疊詞使用，凸顯聲情的寂寥落寞。牆頭馬上第一折（正旦做念詩科云）：「只疑身在武陵遊，流水桃花隔岸羞，咫尺劉郎腸已斷，為誰含笑倚牆頭。」（舍看科詩云）：「深閨拘束暫閒遊，手撚青眉半掩羞，莫負後園今夜約，月移初上柳梢頭。」詩媒傳情的俏皮邂逅，將男子試問的含蓄，藉武陵人遊春的奇遇，潛藏求偶的春心；以月夜邀約，家院私會，積極主動，外柔內剛，描寫女子調情的大膽。文字鏗鏘有力，意會言傳，言簡意賅，卻情韻綿邈。

明代

　　《牡丹亭》傳奇遊園、驚夢、尋夢、步步嬌、皇羅袍、山坡羊、

山桃紅一、二、棉搭絮、懶化眉、忒忒令、嘉慶子、豆葉黃、玉交枝、江兒水等曲牌的膾炙人口。章回小說亦有如《水滸傳》林沖夜奔的令人熱血沸騰、《三國演義》的剛中帶柔，如序文「青山依舊在，幾度夕陽紅。」般的詩情畫意。清代《紅樓夢》中黛玉葬花詞，聲情與詞情皆可謂相得益彰。

　　平面文字立體化的優點，藉由多媒體語言，可加強文學作品的吸引力，經由影音視訊，亦可增進對文藝創作的鑑賞力，提昇對文字表達的想像力、理解力。文學乃發乎情止於樂，文學與音樂皆感性的顯現，戲曲為韻文學的最高層次。聲情由語言旋律而來，詞情則由文字意境而來，二者相得益彰，如影隨形。杜甫「中巴之東巴東山」七字平聲除之皆響亮聲，寫長江衝過三峽的氣勢如虹；「江水開闢流其乾」則平穩聲調寫其雄偉壯麗。歌頌用人的聲音表現，音樂家用音符詮釋歌曲，歌唱者用聲音詮釋作曲家的音符，用自己的唱腔、體悟，以咬字吐音詮釋歌曲意境，文學家則以生花妙筆，點石成金，引領眾人進入心靈的饗宴。昆曲在 2001 年為聯合國教科文組織列為世界文化之寶，至今世人皆如此看重中國文化之美，而列入世界人類的文化遺產之中，身為炎黃子孫的一份子，更當有此自許，將之發揚光大，流傳萬世。在藝術的殿堂裡，結合多元的鑑賞方式，一則可藉以還原作品的原貌，二則融合多元藝術，為心靈開啟了另一面窗，在熙來攘往的煩囂之中，能靜下心來回顧一番熟識的文學作品，品味一番以文學為源頭的音樂、舞蹈或戲曲，我們的生命將擁有繽紛艷麗的色彩，為自己的人生彩繪出無限的熱情與光輝！

語言文學類　PG2753　文學視界144

中國古典文學中的婦女文化地位及形象研究

作　　者/陳瑞芬
責任編輯/陳彥儒
圖文排版/黃莉珊
封面設計/王嵩賀

發 行 人/宋政坤
法律顧問/毛國樑　律師
出版發行/秀威資訊科技股份有限公司
　　　　114台北市內湖區瑞光路76巷65號1樓
　　　　電話：+886-2-2796-3638　傳真：+886-2-2796-1377
　　　　http://www.showwe.com.tw
劃撥帳號/19563868　戶名：秀威資訊科技股份有限公司
　　　　讀者服務信箱：service@showwe.com.tw
展售門市/國家書店（松江門市）
　　　　104台北市中山區松江路209號1樓
　　　　電話：+886-2-2518-0207　傳真：+886-2-2518-0778
網路訂購/秀威網路書店：https://store.showwe.tw
　　　　國家網路書店：https://www.govbooks.com.tw

2023年3月　BOD一版
定價：600元

讀者回函卡

國家圖書館出版品預行編目

中國古典文學中的婦女文化地位及形象研究 /
陳瑞芬著. -- 一版. -- 臺北市 : 秀威資訊科技
股份有限公司, 2023.03
　　面 ;　公分. -- (語言文學類 ; PG2753)(文
學視界 ; 144)
　BOD版
　ISBN 978-626-7187-60-9(平裝)

1.CST: 中國文學 2.CST: 文學評論
3.CST: 文集

820.7　　　　　　　　　　　111022424